KB151775

William

Butler

윌리엄 버틀러 예이츠 자서전

〈유년기와 청소년기에 대한 회상〉과 〈휘장의 떨림〉

Yeats

Autobiographies:
Reveries over Childhood and Youth
and *the Trembling of the Veil*

William

Butler

서양편
768

윌리엄 버틀러 예이츠 자서전

〈유년기와 청소년기에 대한 회상〉과 〈휘장의 떨림〉

윌리엄 버틀러 예이츠 지음 | **이철** 옮김

Yeats *Autobiographies:*
Reveries over Childhood and Youth
and *the Trembling of the Veil*

한국문화사

한국연구재단 학술명저번역총서 서양편·768
윌리엄 버틀러 예이츠 자서전
〈유년기와 청소년기에 대한 회상〉과 〈휘장의 떨림〉

───────────────────────────────────────

1판 1쇄 발행 2018년 5월 10일
원   제 *Autobiographies:*
            Reveries over Childhood and Youth and *the Trembling of the Veil*
지 은 이   윌리엄 버틀러 예이츠(William Butler Yeats)
옮 긴 이   이 철
교   정 이지은
펴 낸 이   김진수
펴 낸 곳   **한국문화사**
등   록 1991년 11월 9일 제2-1276호
주   소 서울특별시 성동구 광나루로 130 서울숲IT캐슬 1310호
전   화 02-464-7708
전   송 02-499-0846
이 메 일   hkm7708@hanmail.net
홈페이지   www.hankookmunhwasa.co.kr

ISBN 978-89-6817-634-0   93840

이 도서의 국립중앙도서관 출판예정도서목록(CIP)은 서지정보유통지원시스템 홈페이지(http://seoji.nl.go.kr)와
국가자료공동목록시스템(http://www.nl.go.kr/kolisnet)에서 이용하실 수 있습니다.(CIP제어번호: CIP2018013173)

'한국연구재단 학술명저번역총서'는 우리 시대 기초학문의 부흥을 위해
한국연구재단과 한국문화사가 공동으로 펼치는 서양고전 번역간행사업입니다.

차례

일러두기 / iv

유년기와 청소년기에 대한 회상

서문 ·· 3

휘장의 떨림

서문 ··· 143
제1권 4년간의 삶: 1887~1891 ························· 145
제2권 파넬 이후의 아일랜드 ····························· 257
제3권 카멜레온의 길 ······································ 327
제4권 비극적 세대 ··· 357
제5권 깨어나는 뼈들 ······································ 451
권말주석 ··· 494

해설: 젊은 시인의 초상 / 502
예이츠 연보 / 520
예이츠 친가 외가 가계도 / 526
찾아보기: 예이츠의 작품 / 527
찾아보기 / 529

· 일러두기 · ─────────────

1. 이 책은 William Butler Yeats, *Autobiographies: Reveries over Childhood and Youth and the Trembling of the Veil*(맥밀런 컴퍼니, 1926)을 번역 판본으로 삼았다.

2. 예이츠 자신이 붙인 원래의 각주는 총 4개이며 이 책에서는 '원주'로 표기했다. 나머지 각주들은 모두 역자가 작성한 것이다. *Autobiographies. The Collected Works of W. B. Yeats*, Vol. III(스크리브너 출판사, 1999)의 권말주석이 이에 크게 참조가 되었음을 밝히는 바이다.

3. 인물사진이나 그림 등 원전에 있는 도판은 1926년 초판에 5개, 1938년 개정판에 추가된 5개 등 총 10개이며, 나머지 도판자료들은 독자들의 이해를 돕기 위해 모두 역자가 따로 삽입한 것들이다.

　〈1926년 초판의 도판〉
　예이츠 (찰스 섀넌 그림): 4쪽
　예이츠의 어머니 (예이츠 아버지 작품, 1867년): 40쪽
　존 버틀러 예이츠 자화상, 수채화: 57쪽
　잭 버틀러 예이츠 작 『추억의 항구』: 69쪽
　예이츠 (21세, 예이츠 아버지의 소묘 작품): 134쪽

　〈1938년 개정판에 추가된 도판〉
　예이츠 (오거스터스 존 그림): 356쪽
　에드워드 마틴 (새러 퍼서 그림(부분)): 413쪽
　조지 무어: 443쪽
　그레고리 여사(조플링의 소묘 작품): 486쪽
　쿨 장원(예이츠의 파스텔화): 488쪽

유년기와 청소년기에 대한 회상

Reveries over Childhood and Youth

내가 쓴 모든 것을
읽어본
몇몇 사람
특히 친구들에게

서문

좋아한 친척이나 지나간 이상한 사건이 이따금 떠오를 때면 나는 여기저기 돌아다니며 이야기할 사람을 찾는다. 그러다 나는 듣는 사람이 따분해 하고 있음을 이내 눈치채게 된다. 그러나 이야기를 글로 다 쓰고 나서는 이제 서서히 잊어 가는지 모를 일이다. 어쨌든 언제라도 책은 덮어버릴 수 있으니까 친구가 지루해할 필요는 없다.

내가 알고도 사실과 다르게 바꾼 것은 없다. 그러나 모르고 바꾼 것은 틀림없이 꽤 많을 것이다. 오랜 세월이[1] 흐른 후에, 친구나 편지나 옛날 신문의 도움을 받지 않고 기억에 떠오르는 대로 쓰고 있으니 말이다.

내가 이 말을 하는 것은 아직 살아 있는 어린 시절의 친구가 나와 다르게 기억하고 있어 이 책에 기분 상하지 않을까 걱정되어서이다.

1914년 크리스마스.

---

[1] 오랜 세월이: (1916년판) 아주 오랜 세월이.

예이츠
(찰스 섀넌 그림)

I

내 생애 최초의 기억들은 조각 조각으로 연관성 없이 동시에 떠오른다. 마치 태초의 칠일 가운데 어떤 첫 순간을 기억하듯이[2] 말이다. 시간은 아직 창조되지 않은 것처럼 보인다. 모든 생각이[3] 아무 순서도 없이 감정과 장소에 연결되어 있기 때문이다.

누군가의 무릎 위에 앉아있는 내 모습이 떠오른다. 나는 아일랜드식 창문 너머로[4] 금이 가고 부서져 떨어지는 회반죽이 발린 벽을 쳐다보고 있다. 그러나 그것이 누구네 집이었는지 기억이 없다. 친척이 거기서 산 적이 있다는 얘기를 듣고 있다.

나는 런던에서 또 다른 창문 너머를 내다보고 있다. 피츠로이 로드에서의 일이다.[5] 아이들 몇이 길에서 놀고 있고, 그중 한 아이는 제복을 입고 있는데 전보배달부인 듯하다. 그 아이가 누군지 묻자, 하인은 그가 도시를 온통 폭파해버릴 거라고 말해준다. 나는 겁을 먹은 채 잠자리에 든다.

다음으로는 외할머니, 외할아버지[6]와 함께 살았던 슬라이고의 기억들

---

[2] 어떤 첫 순간들을 기억하듯이: (1916년판) 처음 어떤 날을 희미하게 기억하듯이.

[3] 모든 생각이: (1916년판) 모든 것이.

[4] 아일랜드식 창문 너머로: (1916년판) 창문 너머로

[5] 예이츠 가족은 1867~1873년에 리젠트 파크 근처 피츠로이 로드 23번지 3층집에 세 들어 살았다.

[6] 예이츠의 외할아버지와 외할머니는 윌리엄 폴렉스펜(1811~1892)과 엘리자베스 미들턴 폴렉스펜(1819~1892)으로, 1867년부터 예이츠의 어머니와 아이들은 외

유모에게 안겨있는 예이츠
(슬라이고, 7세)

이 떠오른다. 바닥에 앉아 페인트가 지워지고 긁힌, 돛대 없는 장난감 배를 쳐다보면서 나는 아주 우울하게 중얼거리고 있다. "배가 전보다 훨씬 많이 망가졌어." 이렇게 말하면서 배의 꼬리 부분에 난 길게 긁힌 자국을 보고 있다. 특히 그 부분이 많이 망가졌기 때문이다.

그 다음은 어느 날 저녁식사 때이다. 윌리엄 미들턴 우리 외종조 할아버지[7]께서 말씀하고 계신다. "아이들의 고통을 가볍게 봐서는 안 돼. 아이들의 고통은 어른의 고통보다 더하지. 우리는 고통의 끝을 볼 수 있지만, 아이들은 그렇지 못하기 때문이야." 그 말씀에 나는 고마움을 느낀다. 내가 아주 불행하다는 걸 알고 있고, 자주 스스로에게 이렇게 말해왔기 때문이다. "나는 어른이 되면 아이들의 행복에 대해 어른들처럼 말하지 않을 거야." 며칠 동안 죽기를 기도하고는 정작 내가 죽어가고 있지 않나 두려워하여 죽지 않기를 기도한 날 나는 이미 고통의 밤을 겪었을지 모른다. 내가 불행할 이유는 아무것도 없었다. 아무도 친절하지 않은 사람은 없었다. 또 우리 외할머니는 그렇게 세월이 많이 흘렀어도 내가 여전히 감사해하고 존경하는 분이시다.

집은 아주 커서 언제나 숨을 방이 있었고, 붉은 조랑말과 헤매 다닐

갓집에서 자주 시간을 보냈고 1872~1874년에는 아예 외갓집에서 살았다.

[7] 윌리엄 미들턴(1820~1882)은 예이츠 외할머니의 동생으로서, 매형인 예이츠의 외할아버지와 회사를 함께 운영했다.

6 윌리엄 버틀러 예이츠 자서전

수 있는 정원이 있었다. 또 내 꽁무니를 쫓아다니는 개 두 마리가 있었는데, 한 녀석은 머리에 검은 반점이 몇 개 있는 흰 개였고 또 한 녀석은 길고 검은 털이 온통 덮여있는 놈이었다. 나는 하느님에 대해 생각하며 나 자신이 아주 사악하다고 생각하곤 했다. 어느 날 나는 돌멩이를 던져 재수 없게 뜰에 있던 오리 한 마리를 맞춰 날개를 부러뜨렸다. 그 오리를 잡아 저녁상에 올릴 것이며 나는 아무 벌도 받지 않을 것이라는 말을 들었을 때는 깜짝 놀랐다.

내 고통의 일부는 외로움 때문이었고, 또 일부는 우리 외할아버지 윌리엄 폴렉스펜에 대한 두려움 때문이었다. 그분은 결코 불친절하거나 내게 거칠게 말씀하신 적이 한 번도 없지만, 그를 무서워하고 존경하는 것은 습관과도 같았다. 그분은 스페인 도시 하나를 해방시켰고, 그래서 아마 사람들을 구해냈을 것이다.[8] 그러나 그 일에 대해 입을 다물고 계셨기에 거의 80세가 되었을 때 어떤 늙은 선원이 우연히 방문하기 전까지

외할아버지 윌리엄 폴렉스펜

는 외할머니도 모르고 계셨다. 외할머니는 그게 사실인지 물으셨고, 외할아버지는 그렇다고 대답하셨다. 그러나 외할머니는 외할아버지의 성격을 너무도 잘 아셔서 더 이상 묻지 않으셨고, 그 늙은 동료 선원은 마을을 떠났다. 외할머니 역시 외할아버지에 대한 두려움이 습관처럼 되어 있었다.

우리는 외할아버지가 세계 이곳저곳을 많이 돌아다녔다는 것을 알고

---

[8] 아마 사람들을 구해냈을 것이다: (1916년판) 사람들을 구해냈다.

외할머니 엘리자베스 폴렉스펜
(친정 성은 미들턴)

있었다. 그도 그럴 것이 외할아버지의 손에는 고래낚싯바늘 때문에 생긴 커다란 흉터가 있었고, 다이닝룸에는 산호 몇 점이 들어있는 장이 있었다. 또 아이들 세례식에 사용하는 요르단에서 가져온 물 항아리와 종이에 그려진 중국 그림들, 외할아버지가 돌아가신 후 내 소유가 된 인도산 상아 지팡이가 있었기 때문이다.

외할아버지는 체력이 아주 강한 분이셨고, 몸소 하지 않을 것을 사람들에게 시키시지는 않는 것으로 유명했다. 외할아버지는 범선을 여러 척 소유하고 계셨는데, 한 번은 로시스 포인트[9]에 막 닻을 내린 선장이 배의 키에 문제가 생겼다고 보고한 적이 있었다. 외할아버지는 심부름꾼을 보내서 "바다 밑에 사람을 내려 보내 뭐가 잘못되었는지 알아보시오"라고 하셨다. "선원이 모두 거부하고 있다"라는 선장의 말을 듣고는 "선장 당신이 내려가시오"라고 했지만 그는 명령을 따르지 않았다.[10] 그러자 외할아버지는 이웃사람이 모두 바닷가 자갈밭을 따라 줄을 지어 서서 지켜보고 있는 가운데 갑판에서 바닷물로 뛰어드셨다. 외할아버지는 살갗이 찢긴 채 물에서 나오셨지만, 키에 관해 모두 파악을 하신 상태였다.

외할아버지는 성미가 불같으셨다. 도둑이 들어올까 봐 침대 머리맡에 손도끼를 두고 주무셨으며 법에 호소하기보다는 사람을 직접 때려잡으

---

9   슬라이고의 해안 마을.
10 1916년판의 문장을 같은 내용으로 일부 수정함.

실 분이었다. 언제가 나는 외할아버지가 한 무리의 사람들을 말채찍으로
모는 것을 본 적도 있다. 외할아버지는 외동아들로 친척이 아무도 없었
는데, 혼자이고 말이 없다 보니 친구도 별로 없으셨다. 외할아버지는 배
가 난파된 후 친해지고 그의 선원이 된 이스레이의 캠벨이라는 분과 연
락을 주고받았다. 또 영국해협을 최초로 헤엄쳐 건넜지만 나이아가라
급류에서 수영을 하다 익사한 웹 선장은 그에게 고용된 항해사로서 친한
친구였다.[11] 이것이 내가 기억하는 외할아버지 친구 전부였지만, 외할아
버지를 워낙 사람들이 우러러보고 존경했기 때문에 바스[12]에서 온천욕
을 하고 돌아왔을 때 외할아버지 부하들이 철길을 따라 수 마일에 걸쳐
모닥불을 피워주기도 했다. 반면에 외할아버지의 동업자였던 윌리엄 미
들턴 외종조 할아버지는 그 현장에 왔지만 사람들의 관심을 받지 못한
채 돌아갔다. 외종조 할아버지의 부친은 대기근이[13] 나고 나서 몇 주 동
안 병자들을 돌보았고 환자 하나를 품에 안아 자기 집으로 데려갔다가
콜레라에 전염되어 죽었으며 모든 사람에게 공손하고 우리 외할아버지
보다 더 똑똑한 분이셨는데 말이다. 이즈음 내가 우리 외할아버지를 하
느님과 혼동했다는 생각이 든다. 우울한 기분이 나를 엄습했을 때 외할
아버지가 내 죄를 벌했으면 하고 기도한 기억이 있기 때문이다. 그래서
우리 사촌으로 기억되는 대담한 여자아이 하나가 외할아버지께 하는 말
을 들었을 때 나는 엄청나게 놀라고 충격을 받았다. 그 여자아이는 외할
아버지가 네 시 무렵 저녁식사를 하러 갈 때 지나가는 가로수들 아래서
기다리고 있었다. 그러다가 외할아버지께 "제가 할아버지이고 할아버지

---

[11] 친한 친구였다: (1916년판) 친한 친구가 되었다.
[12] 바스는 영국에서 온천으로 유명한 곳.
[13] 1845~1849년의 감자수확량 감소로 인한 대기근. 이로 인한 굶주림과 질병, 이민
    등으로 아일랜드의 인구가 급감했다.

가 꼬마 여자아이라면, 저는 할아버지께 인형을 선물할 텐데요"라고 말한 것이다.

그렇지만 내가 외할아버지에 대해 감탄하고 두려워했음에도 그의 폭력성이나 엄격함의 틈을 찾아 허를 찌르는 것을 나도 다른 사람들도 잘못이라고는 생각하지 않았다. 그의 의심할 줄 모르는 성격과 속수무책은[14] 우리의 애정을 자극하기는 했지만 쉽게 그의 허를 찌르도록 만들었다. 내가 아직 어린, 일곱 살이나 여덟 살 때였던 것 같다. 어느 날 밤한 외삼촌[15]이 사촌에게 철도통행권을 빌리려고 나를 잠자리에서 불러내어 로시스 포인트까지 5~6마일을 같이 말을 타고 간 적이 있다. 외할아버지도 통행권이 있었지만 다른 사람이 사용하게 하는 것을 부정직하다고 생각하셨다. 반면에 사촌은 그렇게 까다롭지는 않았다. 나는 집에서부르면 들리는 거리에 있는 정원 옆으로 난 소로 쪽으로 열려있는 문을 통해 빠져나와 달빛을 뚫고 즐겁게 말을 달렸다. 새벽 한두 시경, 채찍으로 창문을 두드려 사촌을 깨웠다. 나는 새벽 두세 시경에 다시 집에 돌아왔는데, 마부가 소로에서 기다리고 있었다. 외할아버지는 그런 모험이 가능하리라고 생각지 않으셨을 것이다. 그분은 매일 밤 여덟 시에는 마구간 뜰이 잠긴다고 믿으셨고 열쇠를 자기에게 가져다 놓는 것으로 알고 계셨기 때문이다. 언젠가 하인 하나가 밤에 말썽을 피운 적이 있었기에 외할아버지는 문을 모두 잠그도록 해두셨던 것이다. 열쇠를 가져다 놓는 모양새를 취하고 있었지만 그 문은 절대 잠그지 않았다는 사실을 집안 모든 사람은 알고 있었는데도 할아버지는 결코 알지 못하셨다.

심지어 요즘에도 내가 『리어왕』을 읽을 때면 언제나 외할아버지의 이

---

[14] 속수무책은: 1916년판 구절을 일부 수정함.
[15] 프레더릭 폴렉스펜(1852~1929).

미지가 눈앞에 떠오른다. 내 극이나 시에 등장하는 격정적인 인물에게서 느끼는 즐거움이 그분에 대한 기억 이상이 될지 가끔 궁금할 때가 있다. 내가 어린 시절에 판단할 수는 없었지만 외할아버지는 분명히 무식했을 것이다. 왜냐하면 외할아버지는 소싯적에 집을 나가 뱃사람이 되었고(그의 말대로라면 "집 구멍을 빠져나가 바다로 갔고"), 내가 기억하기로는 그에게는 책이 두 권(성경과 언제나 그의 책상 위에 놓여 있던 녹색 표지의 작은 책인 팰코너의 『난파선』[16])뿐이었기 때문이다.

윌리엄 펠코너의 『난파선』 표지

외할아버지는 유서 깊은 콘월 가문의 신생 분파에 속해 있었다. 그의 아버지[17]는 군인이었다가 은퇴하여 범선들을 샀다. 외할아버지는 가문의 옛 터전[18]을 그린 판화를 뒤쪽 작은 응접실의 페인트칠을 한 갑옷 옆에 걸어두어야 한다고 생각하셨다. 외할아버지의 어머니[19]는 웩스퍼드 출신이다. 전해 내려오는 말로는 그의 가문은 여러 세대 동안 아일랜드와 관계를 맺었으며 한때는 옛날 스페인의 골웨이와의 무역에도 한몫했다고 한다. 외할아버지는 자존심이 아주 강했고 이웃사람들을 싫어했다. 반면 외할머니는 미들턴 집안 여자로서 상냥하고 참을성이 많았다.

---

[16] 스코틀랜드 시인 윌리엄 펠코너(1732~1769)는 에든버러의 이발사 아들로 태어나 선원이 되었는데, 그의 장시 『난파선』(1762)은 이 경험을 바탕으로 쓴 작품이다.
[17] 예이츠의 외증조 할아버지 앤서니 폴렉스펜(1781~1833).
[18] 키틀리 장원(莊園).
[19] 예이츠의 외증조 할머니 메리 스티븐스(1771~1830).

외할머니는 프리즈 모직 코트를 입고 머리에 숄을 두른 사람들과 함께 뒤쪽 작은 응접실에서 자선행사를 자주 했고, 매일 밤 외할아버지가 잠든 것을 보고는 혼자 촛불을 들고 집안을 돌며 외할아버지의 손도끼에 찍힐 위험이 있는 도둑이 없는지 확인하셨다. 외할머니는 정말로 정원을 사랑해서 집안일이 없을 때는 좋아하는 꽃들을 골라 종이에 그리기도 했다. 얼마 전에 나는 외할머니가 직접 만든 세공품을 보았는데 그 미묘한 형태와 색채, 그리고 확대경으로나 보일 정도로 아주 섬세한 솜씨에 놀랐다. 그밖에 내가 기억하는 그림은 중국 그림들과 복도 벽에 걸려 있는 크림전쟁[20]의 전투장면을 담은 컬러 판화 몇 점, 그리고 세월이 흐르면서 칙칙한 색으로 변한 복도 끝에 걸려있는 배 그림 등이다.

어른이 된 외삼촌들과 이모들, 즉 외할아버지의 많은 아들딸들은 외갓집에 들렀다 가곤 했는데, 몇 마디 거친 말을 빼고는 그들이 한 말이나 행위는 거의 모두 내 기억에서 사라졌다. 말이 거칠기는 했지만 생동감이 있었으므로 외가 식구 모두가 친절하고 생각이 깊다는 사실을 확신시켜줄 뿐이었다. 막내 외삼촌[21]은 몸이 통통하고 유머가 넘쳤다. 그는 자기 방 열쇠 구멍을 혓바닥 같은 가죽 조각으로 덮어서 바람이 빠져나가게 했다. 긴 돌 복도 끝에 침실이 있는 또 다른 외삼촌[22]은 유리 상자에 든 모형 포함(砲艦)을 가지고 있었다. 그는 슬라이고 부두를 설계하기도 한 똑똑한 사람이었지만 이제는 미쳐가면서, 그의 팸플릿 설명에 따르자면 원목으로 만든 선체 때문에 절대 물에 가라앉지 않을 전함을 고안하

---

[20] 크림전쟁(1853~1856)은 크림반도와 흑해를 둘러싸고 러시아와 영국·프랑스·오스만투르크·프로이센 등의 연합군 사이에 벌어진 전쟁.
[21] 알프레드 폴렉스펜(1854~1916).
[22] 윌리엄 미들턴 폴렉스펜(1847~1913)은 엔지니어로서, 정신병 발병 후 죽을 때까지 정신병원에 있었다.

예이츠의 여동생 수전 메리 예이츠
(일명 '릴리' 예이츠, 11세)

고 있었다. 불과 여섯 달 전에 내 여동생[23]은 날개 없는 바닷새를 품에
안고 있는 꿈을 꾸다가 잠에서 깼는데, 얼마 되지 않아 그가 정신병원에
서 죽었다는 소식이 들렸다. 바닷새는 폴렉스펜 집안사람의 죽음이나
위험을 알려주는 징조이기 때문이다. 조지 폴렉스펜[24] 외삼촌은 나중에
점성술사에다가 신비주의자가 되었고 특히 나와 친하게 지낸 분이다.
그는 아주 가끔만 밸리나에서 오셨는데, 한 번은 초록색 옷을 입고 마차
기수 두 사람과 경주 모임을 하러 오셨다. 그리고 철도통행권 심부름을
보냈던 그 작은 외삼촌[25]이 있었다. 그는 우리 외할머니가 아주 아끼는
아들이었는데, 어떤 녀석을 부추겨서 다른 애들을 괴롭히다가 퇴학당했
다는 얘기를 하인들이 내게 해주었다.

　외할머니가 나에게 벌을 준 기억은 단 한 번뿐이다. 나는 부엌에서
놀고 있었는데, 밀치기 장난을 하다가 하인이 내 바지에서 셔츠를 잡아

---

[23] 수전 메리 예이츠(1866~1949).
[24] 조지 폴렉스펜(1839~1910)은 신비주의에 관한 관심 때문에 1890년대 초에 예이
　　츠와 친했던 외삼촌.
[25] 프레더릭 폴렉스펜.

예이츠의 여동생 엘리자베스 코벳
(일명 '롤리' 예이츠, 9세)

빼는 바로 그 순간 외할머니가 갑자기 나타나셨다. 유치하고 점잖지 못한 행동을 했다고 나는 영문도 모른 채 야단을 맞고는 저녁밥을 방에서 혼자 먹는 벌을 받았다. 그러나 외삼촌이나 이모들은 언제나 무서웠다. 애들을 괴롭히도록 어떤 녀석을 부추겼던 그 외삼촌이 한 번은 내가 외할머니가 주신 점심을 먹고 있는 것을 보고는 나를 꾸짖고 아주 부끄러운 아이로 만들었다. 우리는 아홉 시에 아침을 먹고 네 시에 저녁을 먹었는데, 식간에 뭔가 먹는 것을 식탐으로 여겼다. 또 이모 하나는 내가 조랑말 고삐를 잡고 말을 때리면서 온 마을을 타고 돌아다니며 거들먹거렸다고 말한 적이 있다. 꾸지람을 듣자 내가 아주 추악한 죄를 지었다는 생각이 들어 괴로운 밤을 보냈다. 정말로 내 어린 시절은 고통 말고는 기억나는 게 별로 없다. 나는 내 안에 있는 그 무엇을 점점 극복해 가는 듯 인생이 매년 점점 더 행복해져 갔다. 분명히 나의 고통은 다른 사람들 때문에 생기는 게 아니라 바로 내 마음의 일부라는 것을 깨달았기 때문이다.

II

어느 날 누군가가 양심의 소리에 대해 말해주었다. 그 말을 듣고 곰곰이 생각해보니 나는 어떤 내면의 소리도 또렷이 들은 적이 없었으므로 내 영혼이 사라졌다고 생각하기에 이르렀다. 나는 며칠 동안 비참하게 지냈다. 그러다가 이모 하나와 단둘이 있을 때, "너는 참 성가신 놈이야!"라고 내 귀에 속삭이는 목소리를 듣게 되었다. 처음에 나는 틀림없이 이모가 말했다고 생각했다. 이모가 말하지 않았음을 알았을 때 나는 그것을 양심의 소리로 결론짓고 다시 행복해졌다. 그날부터 그 목소리는 위기의 순간마다 찾아왔지만, 느닷없이 나를 놀라게 하는 그 목소리는 내 머릿속에 있는 소리라는 것을 이제는 안다. 그 목소

예이츠(10세)

리는 내가 할 일을 말해주지 않고 자주 꾸짖기만 할 뿐이다. 어떤 생각을 하면 "그것은 옳지 않아"라고 말하는 식이다. 한 번은 내 기도가 이루어지지 않았다고 불평했을 때 그 목소리는 "도움을 얻었잖아"라고 말했다.

집 앞에는 작은 깃대가 하나 있었고, 나는 영국 국기가 구석에 그려진 붉은 깃발을 하나 가지고 있었다. 매일 밤 나는 그 깃발을 내리고는 접어서 침실 선반 위에 두었다. 그런데 어느 날 아침 식전에 보니 깃발이 깃대 아랫부분에 매듭지어 묶여서 풀밭에 끌리고 있었다. 분명히 내가 전날 밤에 깃발을 접어두었는데도 말이다. 하인들이 요정들 짓이라고 말하는 것을 틀림없이 들은 것 같다. 요정 하나가 네 개의 매듭을 만들고 그 이후로 내 귀에 속삭인다는 식으로 내가 즉시 결론을 내린 것을 보면 말이다. 나 자신도 기억하지 못하고 한 번인지 몇 번이었는지도 모르지만, 내가 방구석에서 신비의 새 한 마리를 보았다는 얘기를 듣기도 했다.

또 한 번은 막 어두워진 후, 슬라이고에서 바다로 약 5마일을 흐르는

소년 예이츠
(예이츠 아버지의 연필 소묘)

운하 근처를 외할머니와 함께 마차로 달리고 있었다. 외할머니는 바다로 나가는 기선의 붉은 불빛을 가리키며 그 배에 외할아버지가 타고 계신다고 말해 주셨다. 그런데 그날 밤 나는 잠을 자다가 비명을 지르고 깨어나서 그 기선의 난파 광경을 상세히 얘기했다. 다음 날 아침 외할아버지는 고마워하는 승객들이 제공해준 곁눈을 가린 말을 타고 집에 도착하셨다. 내가 기억하는 얘기에 따르면, 배에서 외할아버지가 잠이 드셨는데, 선장이 그를 깨우며 배가 바위에 부딪힐 것 같다고 말했다고 한다. 외할아버지는 "돛을 조정해보았소?"라고 물었는데, 선장의 대답을 듣고는 그의 넋이 완전히 나갔다고 판단한 후 배의 통제권을 넘겨받았다. 그리고 배를 구할 수가 없게 되자 승무원들과 승객들을 구명정에 타게 했다. 하지만 자신이 탄 구명정이 뒤집히자 외할아버지는 헤엄을 쳐서 자신과 다른 사람들의 목숨을 구해냈다. 어떤 여자들은 페티코트 때문에 둥둥 떠서 해안가에서 표류했다. 생존자 중의 한 사람인 어떤 교장선생님은 "노를 젓고 있는 그 지독한 사람이 바다보다 더 무서웠소."라고 말했다. 그러나 여덟 사람이 익사했고, 외할아버지는 평생 그 기억 때문에 이따금 괴로워하셨다. 그래서 가족 기도에서 성경을 읽도록 요청을 받을 때면 어김없이 성 바울의 난파 부분을 읽으셨다.[26]

나는 외할아버지와 외할머니를 빼고는 사람보다는 개들을 더 똑똑히 기억한다. 털 많은 검은 개는 꼬리가 없었는데, 내가 들은 말이 사실이라면, 그 꼬리는 기차에 잘려나갔다. 개들이 내 뒤꽁무니를 따라다녔다기보다 내가 개들을 따라다닌 것 같다. 개들의 산책은 정원 뒤에 있는 토끼 사육장에서 끝났다. 때때로 녀석들은 맹렬히 싸웠는데, 털 많은 검은 개는 털이 잘 보호해주었으므로 상처를 덜 입었다. 아주 맹렬했던 싸움이 기억나는데, 마부가 녀석들을 빗물받이통에 걸쳐서 한 놈을 통밖에 또 한 놈을 물속에 넣을 때까지 흰 개는 검은 개의 털을 물고는 절대 놓지 않으려고 했다. 언젠가 외할머니는 마부에게 사자 갈기 같은 그 털을 밀어버리도록 분부했다. 마부는 마구간지기와 한참 상의를 하고는 머리부터 어깨 부분까지는 몽땅 깎아버리고 몸의 뒷부분의 털은 그대로 남겨두었다. 그 개는 며칠 동안 자취를 감췄는데, 녀석이 상심했을 것이라는 사실을 나는 의심치 않는다.

집 뒤에는 사과나무로 가득한 커다란 정원이 있었다. 한가운데에는 화단과 잔디밭이 있었고, 배 앞부분에 붙이는 두 개의 조각상이, 하나는 과일나무로 덮인 담 아래 딸기 덩굴 속에, 또 하나는 꽃나무들 가운데 놓여있었다. 꽃나무들 가운데 있는 조각상은 나부끼는 듯한 의상을 입은 흰 여성상이었고, 담 아래 있는 또 하나는 제복을 입은 건장한 남성상으로 외할아버지의 돛이 세 개 달린 배 《러시아 호》에서 가져온 것이었다. 하인들은 건장한 남성상이 러시아 황제를 본뜬 것으로서 러시아 황제가 선물한 것이라고 믿고 있었다.

집의 진입도로, 즉 영국에서 드라이브라고 부르는 그 길은 집 현관으로부터 한 무리의 큰 나무들을 지나 부서지고 누추한 오두막집들이 경계를 이루는 허술한 문과 길까지 이르렀는데, 200~300야드밖에 되지 않았

---

[26] 「사도행전」 제27장에 언급되어 있음.

《오렌지 단》 로고

《페니언 형제단》 포스터

다. 가끔 나는 그 길을 더 구불구불하게 만들어야 한다고 생각했다. 나는 주로 진입도로의 길이로 사람들의 사회적 위치를 판단했기 때문이다. 이런 생각은 마구간지기 아이한테서 온 것 같다. 내가 함께 놀던 친구는 주로 그 아이였으니까 말이다. 그는 《오렌지 단》[27]의 시집을 가지고 있었는데, 건초 창고에서 그 시들을 함께 읽은 그때 나는 처음으로 시의 운(韻)이 주는 즐거움을 느꼈다.

나중에 《페니언 형제단》[28]의 폭동 소문이 있을 때 소총이 오렌지 단원들에게 지급되었다는 얘기를 들었다. 그러자 페니언 단원들에 맞서 싸우다가 죽는 내 미래의 삶을 꿈꾸기 시작한 기억이 난다. 나는 아주 빠르고 근사한 배를 만들고, 늘 운동선수처럼 훈련되어 이야기책에 나오는 청년들처럼 용감하고 멋있는 청년 부대를 내 휘하에 두며, 로시스 근처 바닷가에서

---

[27] 《오렌지 단》은 아일랜드의 보수적 신교도 비밀결사조직으로서, 아일랜드 자치에 반대했다.
[28] 《페니언 형제단》(Fenian Brotherhood)은 아일랜드의 독립을 위해 미국에서 만들어진 단체. 아일랜드에서 만들어진 같은 성격의 단체는 《아일랜드공화국 형제단》(Irish Republican Brotherhood)이었다.

큰 전투를 벌이다가 전사하게 되어 있었다.

　나는 작은 나뭇조각을 모아 구석에 쌓아두었다. 멀리 있는 들판에 오래된 썩은 통나무 하나가 있었는데, 배를 만드는 데는 한참이 걸릴 것으로 생각했기에 자주 그 통나무를 보러 갔다. 내 모든 꿈은 배에 관한 것이었다. 어느 날 외할아버지와 식사하러 오신 선장 한 분은 내 머리 양쪽에 손을 대고 아프리카를 보여준다며 나를 들어올렸다. 또 어느 날 다른 선장 하나는 풀밭 나무들 너머로 부두에 있는 실패 만드는 공장에서 솟아오르는 연기를 가리키며 벤 불벤 산[29]이 활화산이냐고 물으셨다.

　몇 달에 한 번씩 나는 로시스 포인트나 벌리소더레[30]에 가서 한 아이를 만나곤 했다. 그는 얼룩 조랑말을 가지고 있었다. 그 말은 한때 서커스단에 있던 녀석인데, 가끔 현재 자기가 어디 있는지를 잊어버리고 계속 빙빙 돌았다. 그 아이는 윌리엄 미들턴 외종조 할아버지의 아들 조지 미들턴이었다. 미들턴 할아버지는 당시에는 안전한 투자라고 생각되었기에 벌리소더레와 로시스에 땅을 사서, 겨울은 벌리소더레에서 여름은 로시스에서 지냈다. 미들턴과 폴렉스펜 집안의 제분소는 벌리소더레에 있었는데, 거기엔 연어가 올라오는 커다란 둑과 여울, 폭포가 있었다. 그러나 나는 조지를 로시스에서 더 자주 보았다. 우리는 강어귀에서 노를 젓거나 무겁고 느린 돛단배나 장비를 갖추고 치장한 큰 구명보트를 타기도 했다.

　집 지하에는 커다란 저장고들이 있었는데, 그 집이 백 년 전에는 밀수업자의 집이었기 때문이다. 이따금 저물녘이면 세 번 크게 두드리는 소리가 거실 창문을 타고 올라와서 개들이 모두 짖어댔다. 그것은 죽은

---

[29] 슬라이고 북쪽에 있는 산. 예이츠는 사후에 벤 불벤 산의 기슭에 있는 교회묘지에 안장되었다.
[30] 슬라이고 남쪽에 있는 마을.

릴리 예이츠(23세)

밀수업자가 늘 하던 대로 신호를 보내는 것이었다. 어느 날 밤 나는 그 소리를 아주 똑똑히 들었다. 친척들은 자주 들었고 나중에는 내 여동생[31]도 들었다. 도선사 한 사람이 내게 얘기한 바로는 자기가 우리 외삼촌 집 정원에 보물이 묻혀있는 꿈을 세 번이나 꾸고는 한밤중에 담을 타고 넘어와 땅을 파기 시작했지만 "흙이 너무 많아" 좌절했다는 것이다. 그가 얘기한 것을 누구에겐가 말했을 때 그 보물은 철판처럼 생긴 정령이 지키고 있으므로 보물을 찾지 못한 것이 당연하다는 말을 들었다. 벌리소더레의 바위들 가운데에 갈라진 틈이 있었는데, 나는 거기에 벌처럼 붕붕 대는 소리를 내는 살인 괴물이 산다고 믿어서 그곳을 지날 때는 오금이 저렸다.

내가 시골에 떠도는 이야기에 관심을 갖게 된 것은 아마도 미들턴 집안사람들 때문이었을 것이다. 요정 이야기를 처음 들은 것은 분명히 그들 집 주위에 있는 오두막집에서였다. 미들턴 집안사람들은 가장 가까이에 있는 오두막집을 친구들이 쓰도록 했고, 도선사와 세입자들의 오두막집을 언제나 들락날락했다. 그들은 실질적인 사람들이라 배를 만들고 병아리 먹이를 주는 등 늘 손으로는 뭔가를 했지만 야망은 없었다. 그중 하나[32]는 내가 태어나기 몇 해 전에 기선을 설계했는데 내가 어른이 되고 나서 한참 후에 그 배 얘기가 들렸다. 그 배는 노후 엔진이 달려있어서

---

[31] 수전 메리 예이츠, 일명 '릴리' 예이츠.
[32] 1892년경에 죽은 글래스고의 상인이었던 종조부 존 미들턴.

천식 환자처럼 쌕쌕거리며 운하에서 수 마일을 갔다고 한다. 그 배는 호수에서 만들어져서 여러 필의 말에 끌려 마을을 통과해 어머니가 공부하시던 건물 창문 앞에 멈추어 온 학교를 닷새 동안 촛불들로 환하게 만들었다. 그 배는 행운을 가져다준다고 믿었으므로 계속 수리해서 사용했다. 그 배는 만든 사람의 약혼녀 이름을 따서 〈자넷〉이라고 불렸는데, 이미 오래전에 좀 더 친숙한 이름인 〈제넷〉으로 변했다. 그 약혼녀는 내가 어릴 적에 팔십을 넘기고 죽었는데, 폭력적인 성미 때문에 남편에게 재앙이었던 여자였다.

나보다 겨우 한두 살 많은 또 다른 미들턴[33]은 암탉들이 막 알을 낳으려는 순간을 감으로 알고 암탉들을 쫓아다녀서 나를 놀라게 하곤 했다. 그들은 자기네 집이 허물어지고 온실 창에서 유리가 떨어지도록 내버려두었지만 적어도 그중 한 사람[34]은 앞을 내다보는 능력이 있었다. 그들은 사람들에게 인기는 있었지만 자만심이나 조심성, 예법이나 질서에 대한 감각이 없었다. 다만 인간의 상상력을 자극하는 사람들에게 있는 본능적인 감각은 늘 살아있었다.

가끔 외할머니는 나를 데리고 나이든 슬라이고의 귀부인을 보러 가셨다. 그녀의 정원은 비스듬하게 강까지 뻗어서 십자화가 가득 피어있는 낮은 담에서 끝이 났다. 나는 아주 따분하게 의자에 앉아있었고, 어른들은 케이크와 포도주를 먹었다. 나는 하인들과 산책을 하는 게 더 재미있었다. 우리는 가끔 뚱뚱한 여자아이 곁을 지나갔는데, 하인 하나가 나를 부추겨서 여자아이에게 연애편지를 쓰게 만들었다. 그 다음번에 여자아이는 지나가면서 혀를 쏙 내밀었다. 나는 하인의 얘기에 더 관심이 있었

---

[33] 또 다른 미들턴: (1916년판) 또 다른 사람. 헨리 미들턴(1862~1932)을 말함.
[34] 루시 미들턴.

다. 어느 모퉁이에서 모병 장교가 통 안에 있는 사람에게 동전을 던져주었는데, 그 사람이 통에서 몸을 굴려 나와서는 불구가 된 자기 두 다리를 보여주었다는 것이다. 또 어떤 집에서는 한 할머니가 손님으로 온 장교 부부의 침대 밑에 숨어 있다가 자기를 욕하는 소리를 엿듣고는 빗자루로 마구 패주었다고 한다.

유명한 집안에는 하나같이 나름대로 괴이하고 비극적이거나 낭만적인 전설이 있었다. 집을 떠나 아무도 내 얘기를 모르는 곳에서 죽는다는 것은 얼마나 무서운 일일까 하고 나는 자주 혼잣말을 했다. 그로부터 몇 년이 지나 열 살 혹은 열두 살이 되어 런던에 있을 때 나는 눈물을 흘리며 슬라이고를 떠올렸다. 내가 작가로서 글을 쓰기 시작했을 때 내 책의 독자가 있기를 바랐던 곳도 바로 그곳이었다.

내가 사는 머빌 근처에는 나무들로 온통 둘러싸인 집 한 채가 있었다. 때때로 그 집에 와서 자기 할머니와 함께 지내는 사내아이가 있었는데, 나는 가끔 그 애를 보러 갔었다. 그 할머니는 이름은 잊었지만 내게 친절하고 다정했던 것 같다. 내가 열셋이나 열네 살이 되어 그 할머니를 다시 보러 갔을 때 그 할머니가 아주 어린 사내아이만 좋아한다는 사실을 알게 되었지만 말이다. 손님들이 집에 왔을 때는 하인이 뜰에서 내 이름을 불러대는 동안 건초창고에 몸을 감추고 커다란 건초더미 뒤에 숨어 있기도 했다.

내가 처음으로 술에 취해본 것이 나이가 얼마나 들어서였는지 모르겠다(이 모든 사건이 같은 시간적 거리에 놓여있는 것처럼 보이니까 말이다). 외삼촌과 외사촌들과 요트를 타고 나갔는데 바다가 만만치가 않았다. 나는 가운데 돛대와 앞 돛대 사이 갑판에 누워 있다가 파도가 덮쳐 머리 위로 쏟아져 내려오는 초록빛 바닷물을 보았다. 나는 몸은 흠뻑 젖었지만 아주 자랑스러웠다. 우리가 로시스로 다시 들어갔을 때 나는 몸에 비해 큰 옷을 입어서 바지가 부츠 아래로 질질 끌렸다. 도선사 아저씨는 내게 스트레이트 위스키를 조금 주었다. 나는 외삼촌과 함께 마차를 타고 집으로 돌아왔는데, 묘한 기분에 빠져있는 게 너무 좋아서 외삼촌이 아무리 말려도 지나가는 모든 사람에게 내가 취했습네 하고 고래고래 소리를 질렀다. 마을이고 뭐고 온통 지나가는 데마다 계속 소리를 질러댔다. 마침내 외할머니는 나를 침대에 눕혔고, 나는 블랙베리 맛 음료를 받아먹고는 잠이 들었다.

III

벤 불벤 산 쪽으로 약 6마일 떨어지고 슬라이고와 로시스 사이에 있는 조수하천이라고 부르는 운하 너머 언덕 꼭대기에는 덩굴식물에 뒤덮인 네모난 작은 이층집이 있었다. 그 집에서 내다보이는 정원에는 박스형 화분들이 있었는데, 나는 그렇게 큰 화분을 본 적이 없었다. 거기서 처음으로 나는 띠처럼 줄지어 있는 글라디올러스의 진홍빛 꽃봉오리를 보고 꽃이 피기를 들뜬 마음으로 기다렸다. 처마 아래에는 작은 나무들이 우거져 은밀하고 신비로운 장소를 만들어주어서 아이들은 거기서 놀면서 뭔가 일어날 것이라고 믿었다. 미키 종고모할머니[35]가 그곳에 살고 계셨다. 그녀의 이름은 메리 예이츠였기 때문에 미키는 원래 이름이 아니었고, 그녀의 아버지는 몇 마일 떨어져 있는 드럼클리프의 교구목사로 1847년에 돌아가신 증조할아버지 존 예이츠[36]였다. 얼굴이 야위고 불그레한 그 할머니가 키우고 있는 고양이처럼 그렇게 늙은 고양이를 나는 그전에 본 적이 없었다. 그 고양이가 늙어 보인 이유는 누리끼리한 그

---

[35] 메리 예이츠(1821~1891).
[36] 실제로는 1847년이 아닌 1846년에 사망했다.

흰 털이 엉킨 머리타래처럼 보였기 때문이다. 그 할머니는 나이든 남자 하인을 하나 두고서 농사를 짓고 있었다. 그러나 이웃에 있는 농부들이 농기구를 빌려준 보답으로 도와주지 않았다면 전혀 농사를 지을 수 없었을 것이다. 또 "예이츠 집안사람들은 늘 아주 존경할 만한 분들이야."라고 슬라이고의 이발사인 조니 맥걱이 말했듯이 "그 집안에 대한 존경심에서" 도와주지 않았다면 말이다.

미키 할머니 집은 가문의 역사로 가득했다. 나이프는 하도 닦아대서 모두 단검처럼 끝이 뾰족했으며, 예이츠 집안의 좌우명과 문장(紋章)이 새겨진 제임스 1세 크림 통도 있었다. 다이닝룸 벽난로 선반 위에는 메리 버틀러[37]라는 분과 결혼한 우리 고조할아버지[38] 소유였던 아름다운 은잔이 있었다. 잔에는 버틀러 집안 문장이 있었다. 잔의 테두리 아래 부분에는 어떤 신랑 신부가 새긴 이니셜이 있었는데, 그 이니셜을 새긴 1534년에도 그 잔은 이미 오래된 것이었다. 그 잔에 대한 여러 세대 동안의 모든 역사가 적힌 종이쪽은 세월로 누렇게 변색된 채 돌돌 말려서 잔 속에 들어있었는데, 마침내 어떤 손님이 그 종이쪽을 가져다가 담뱃불을 붙이는 일이 터지고 말았다.

내가 외할머니와 가끔 찾아간, 과부[39]와 두 아이가 있는 또 다른 예이츠 가족은 근처의 길고 나지막한 오두막에 살았다. 그 집에는 손님을 공격하는 아주 사나운 수컷 칠면조가 있었다. 몇 마일 떨어진 곳에는 대배심 서기이며 토지중개인이었던 맷 예이츠 종조부 할아버지[40]의 대

---

[37] 더블린 캐슬의 성주 존 버틀러의 딸 메리 버틀러(1751~1834)로 벤저민 예이츠와 1773년에 결혼했는데, 이 결혼으로 예이츠 집안은 12세기에 아일랜드에 정착한 버틀러 집안과 연결되었다.

[38] 벤저민 예이츠(1750~1795).

[39] 존 예이츠의 미망인 종조모 엘렌 예이츠.

[40] 토지중개인으로서 1860년에 로시스의 토지들을 분할하는 일에 관여하여 소작인

가족이 살고 있었는데, 내가 그들을 잘 알게 된 것은 최근의 일이다. 이들 중에 폴렉스펜 집안사람들을 좋아하는 사람은 아무도 없었던 것 같다. 폴렉스펜 집안사람들은 잘살고 자기들 보기에는 돈 자랑이나 하는 것처럼 보이는 데 반해 자신들은 가세가 기운 사람들이었다. 나는 그들이 매우 예의 바르고 복음주의 방식의 아주 종교적인 사람들이었으며 미키 고모할머니의 옛 역사를 중시한 것으로 기억한다.

우리 선조 중에는 말버러의 장군으로서 킹스 카운티의 군인이었던 분[41]이 있다. 그는 조카[42]가 식사를 하러 왔을 때 삶은 돼지고기를 대접했다. 조카가 자기는 삶은 돼지고기를 좋아하지 않는다고 하자 그는 다시 식사하기를 청하고 조카가 더 좋아할 음식을 차려주겠다고 약속했다. 그러나 조카에게 삶은 돼지고기를 다시 차려주자 조카는 그 뜻을 조용히

예이츠의 외가쪽 조상인
존 암스트롱 장군

알아차렸다. 요전에 내가 미국에서 집으로 돌아왔을 때[43] 그의 후손들 가운데 한 사람을 만났다. 그 집안은 우리 집안과 별다른 연결고리가 없었다. 하지만 그 사람 역시 삶은 돼지고기 이야기만은 알고 있었다. 우리는 그 장군의 초상화를 가지고 있다. 그는 군복을 입은 채 긴 곱슬머리 가발을 쓴 근사한 모습을 하고 있는데, 그 아래에는 이름과 함께 우리

들의 불만을 산 인물(1819~1885).
[41] 말버러의 장군이며 죽어 런던 타워에 묻힌 존 암스트롱(1674~1742). 이 장군의 고손녀 그레이스 암스트롱이 1791년에 윌리엄 코벳과 결혼했고 그의 딸이 1835년에 윌리엄 버틀러 예이츠 목사와 결혼함으로써 예이츠 집안과 연결되었다.
[42] 아서 영 대령.
[43] 예이츠는 1914년 4월 2일에 뉴욕에서 돌아왔다.

에드워드 피츠제럴드 경

에게는 전통이 끊어져버린 훈장들을 잔뜩 달고 있다. 우리가 시골사람이었다면 그의 생애를 전설로 만들었을 것이다.

다른 선조들이나 종조부들도[44] 아일랜드 역사의 한 부분을 차지했다. 한 선조[45]는 세지무어 전투에서 사스필드[46]의 생명을 구했고, 다른 선조[47]는 제임스 왕의 군대에 포로로 잡혔으나 사스필드 덕에 목숨을 구했다. 한 세기 후에 또 다른 선조[48]는 농민반란을 진압하려고 미스[49]의 신사부대를 일으켰으나 시골길에서 총에 맞아 죽었고, 역시 또 다른 선조[50]는 '통일아일랜드군[51]'을

---

[44] 다른 선조들이나 종조부들도 … 우리 고조할아버지 아들들의 대부였다: (1916년 판) 또 다른 선조 종조부는 통일아일랜드군을 두 주일 동안 추격하다가 그들의 손에 사로잡혀 교수형을 당했다. 또 쉬어즈 형제를 배신한 악명 높은 써 소령은 그들의 자식들을 자기 무릎 위에 앉혀놓고 쉬어즈 형제를 심문했다. 전해오는 이야기가 거짓이 아니라면 써 소령은 그 아이들의 대부였다.

[45] 누구인지 밝혀지지 않음.

[46] 루칸 백작 패트릭 사스필드는 아일랜드의 제임스 2세(스튜어트 왕가) 지지자로서, 앵글로 노르만 가문의 후손이었다. 그는 영국 왕 찰스 2세의 서자인 몬머스 공 제임스 스코트(1649~1685)에 대항하여 세지무어에서 싸웠고(1685년), 제임스 2세가 아일랜드 군을 로마가톨릭 군대로 재조직하는 것을 도왔다. 제임스 2세와 프랑스로 도피했다가 함께 다시 돌아와 참전했는데, 1693년에 랜든 전투에서 치명상을 입고 사망했다.

[47] 누구인지 밝혀지지 않음.

[48] 1793년에 총에 맞아 죽은 토머스 버틀러 목사.

[49] 더블린의 북쪽 지방.

[50] 릴리 예이츠는 그가 버틀러 집안사람 중의 하나라고 했다.

[51] 1791년 울프 톤과 토머스 러셀 등이 주축이 되어 창설한 《통일아일랜드협회》 군대를 말하는 것으로서, 아일랜드인을 단합시켜 영국의 지배를 끝내고자 몇 차례의 봉기를 일으켰다.

두 주일 동안 추격하다가 그들의 손에 사로
잡혀 교수형을 당했다.' 악명 높은 써 소령
은, 에드워드 피츠제럴드 경[52]에게 총상을 입
혀 감옥에서 죽게 한 인물인데, 우리 고조할
아버지 자식들의 대부였다. 반면, 이런 사람
들과 균형을 맞추기 위해 얘기하자면, 우리
증조할아버지[53]는 로버트 에밋[54]의 친구였고
단 몇 시간이기는 하지만 의심을 받아 투옥

로버트 에밋

되기도 했다. 어떤 종조부[55]는 1813년 뉴올리언스에서 쓰러졌다. 반면
페낭의 총독이 된 또 다른 종조부[56]는 가망 없는 랑군 점령 작전을 이끌
었다.[57]

　마지막 세대에서도 권력과 쾌락의 삶을 산 사람들이 있었다. 어떤 할
아버지[58]는 자신의 18세기식 저택에서 많은 유명인사를 즐겁게 해주었

---

[52] 에드워드 피츠제럴드 경(1763~1798)은 아일랜드의 귀족 출신 혁명가로서, 반역
　　혐의로 체포되는 과정에서 저항하다가 입은 상처로 죽었다.

[53] 예이츠의 증조할아버지 존 예이츠 목사(1774~1846)는 더블린의 트리니티 칼리
　　지에서 에밋을 알게 되었다.

[54] 로버트 에밋(1778~1803)은 《통일아일랜드협회》의 일원으로, 1803년 반란을 일
　　으켰으나 써 소령에게 체포되어 처형되었는데, 법정과 교수대에서의 최후발언으
　　로 유명하다.

[55] 제인 그레이스 예이츠(1811~1876)의 남자형제 패트릭 코벳 소령.

[56] 1813년 뉴올리언스 포위작전 때 사망한 알렉산더 암스트롱.

[57] 어떤 종조부는 1813년 뉴올리언스에서 … 랑군 점령 작전을 이끌었다: (1916년
　　판) 어떤 종조부는 페낭의 총독이 되어 승산이 없는 랑군 점령 작전을 이끌었고,
　　좀 더 윗세대의 어떤 종조부는 1813년 뉴올리언스에서 쓰러졌다.

[58] 예이츠의 종조부 로버트 코벳(1795~1870)은 나폴레옹이 영국·스페인·포르투갈
　　과 벌인 반도 전쟁(1808~1814)에 참전했고, 그 후 증권중개인이 되어 많은 재산
　　을 모았다. 그가 구입한 샌디마운트 캐슬에서 예이츠의 아버지는 학창시절에 5
　　년간 살았다. 나중에 그는 재정난과 마비 증세로 고통을 받다가 아일랜드 해에
　　투신해 자살했다.

는데, 그 집의 총 쏘는 구멍이 있는 벽과 탑은 호레이스 월폴[59]의 영향을 보여주는 것이었다. 그러나 그는 말년에 돈을 몽땅 잃어버리고서, 진귀한 것들을 수집해왔던 자신에게 어울리는 반지들과 목걸이, 시계 등을 풀어놓고는 물속에 몸을 던져 자살했다. 그리고 우리에게 더욱 열정적인 삶을 기억나게 하는 예를 들자면, 종조부인지 아니면 다른 사람인지 모르나 그분의 혼외자식[60]이 포함(砲艦) 한 척을 로시스로 보내도록 명령한 사람이라고 한다. 그들의 초상화를 들여다보고 뒤집어보면서 나는 군인이나 변호사나 성[61]의 관리자 이름을 찾아보고 그들이 좋은 책이나 좋은 음악에 관심이 있었을지 궁금해한다. 아일랜드에서 권세가 있던 사람들이나 어디서든 훌륭한 하인이며 불쌍한 흥정꾼이었던 사람들에게 나의 삶을 연결해주는 모든 것에 나는 즐거움을 느낀다. 하지만 어린 시절의 나는 미키 할머니의 이야기들에 대해서는 전혀 관심이 없었다.

나는 외할아버지의 배가 포구나 강으로 올라오는 것을 볼 수 있었다. 그의 선원들은 나를 공손하게 대했고, 배의 목수는 장난감 배를 만들어주고 고쳐주었다. 나는 우리 외할아버지만큼 중요한 사람은 아무도 없다고 생각했다. 이제야말로 나는 외할아버지의 열정이나 난폭성과는 아주 딴판인 온순한 성격의 사람들을 높이 평가할 수 있을 것 같다.

슬라이고의 한 사제는 내게 우리 존 예이츠 증조할아버지가 부엌으로 들어가실 때는 언제나 열쇠를 철렁거리는 소리를 내셨다고 얘기해주었다. 그 정도로 그는 어떤 사람이 잘못을 저지르는 것을 발견할까봐 두려

---

[59] 월폴(1717~1797)은 영국작가로서, 스트로베리힐에 저택을 사서 진기한 고딕풍으로 꾸몄다.
[60] 예이츠의 여동생 수전 예이츠에 따르면 암스트롱을 지칭하는 것으로 보인다고 한다.
[61] 더블린 캐슬.

워했다. 또 그 사제는 자기 교구의 대지주 대리인이 증조할아버지를 이 집 저 집 데리고 다니며 여인들에게 자식들을 개신교 학교에 보내라고 종용하게 했을 때 증조할아버지가 한 말에 관해 얘기해주었다. 모두가 그러겠다고 약속했는데, 그러다가 어느 집에서 "우리 자식은 당신네 학교에 절대 발을 들여놓지 않을 거예요."라고 하는 말을 듣게 되었다. 그러자 증조할아버지는 "감사합니다. 아주머니, 오늘 당신처럼 솔직한 여자분은 만나보지 못했어요."라고 말했다는 것이다.[62] 언젠가 토지중개인 맷 예이츠 아저씨[63]는 사과 서리 하는 아이들을 잡으려고 일주일 동안 매일 밤 기다렸다. 아이들을 잡았을 때 그는 6펜스를 주고 다시는 그 짓을 하지 말라고 했다. 내가 그들의 얼굴에서 공손함과 온순함을 발견하게 만드는 것은 아마 나의 단순한 공상이거나 이 얼굴들을 부드럽게 만들어 놓은 초상화 화가의 손재주 때문일지 모른다.

18세기 얼굴[64] 중 두 사람이 파우더를 바른 곱슬머리 가발 밑에 반쯤 여성적인 매력이 있어서 내 관심을 가장 많이 끈다. 둘 중 하나는 어떤 고조할아버지[65]의 얼굴이다. 그들을 살펴볼 때 나는 나 자신 속에 있는 뭔가 어색하고 무거운 것을 발견하게 된다. 그러나 내게 생각을 다시 하도록 만든 것은 외가 폴렉스펜 집안을 유일하게 칭찬한 어떤 친가 사람이었다. "우리 집안은 생각만 많지 열정이 없어. 폴렉스펜 집안사람과 혼인해서 우리는 해안 절벽이 말하도록 만들었지."_

---

[62] 슬라이고의 한 사제는 … 솔직한 사람이오."라고 말했다는 것이다: 1916년판에서는 중문, 복문이 복잡하게 얽혀있는 한 개의 문장이었으나 1926년판에서는 이 것을 몇 개의 문장으로 나누고 이해하기 쉽게 정리함.
[63] 수전 예이츠는 이 사람이 아저씨가 아니라 종조부라고 했다.
[64] 예이츠 집안에는 윌리엄 코벳과 아서 영 대령 등 일곱 명의 타원형 흑백 초상화가 있었다.
[65] 벤저민 예이츠(1750~1795) 혹은 패트릭 코벳을 지칭하는 것으로 보인다.

초상화 중에는 다른 것보다 유독 큰 그림이 있다. 어떤 장인이 그렸는지 모르는 아주 훌륭한 그림으로서, 다른 것에 비해 지나치게 거칠고 흥겨워 보이는 것이다. 초상화의 주인공은 우리 증조모 코벳의 친한 친구인데, 우리가 어릴 때 그를 "비티 아저씨"[66]라고 불렀지만, 우리 집안과 혈연관계는 없다. 93세에 돌아가신 우리 종조모는 그에 관한 기억이 많았다. 그는 골드스미스[67]의 친구였다. 그는 성직자였지만, 자기만 빼고 자신이 속한 사냥클럽 회원 모두 반역혐의로 교수형을 당하거나 유배되었다고 습관적으로 자랑했다. 또 신성모독적이거나 외설적인 대답을 피할 수 있는 질문을 자신에게 던지는 것은 불가능하다고 자랑했다.

IV

나는 내 생각보다 더 재미있지 않으면 집중을 하지 못했으므로 사람들이 나를 가르치기란 쉽지 않았다. 외삼촌과 이모들 몇몇이 읽기를 가르치려고 애썼다. 그러나 가르치지 못한데다 내 나이가 쉽게 글을 읽는 아이들보다 훨씬 많았기 때문에,[68] 나중에 알게 되었지만, 그들은 내가 모자라는 아이라고 생각하기에 이르렀다. 어떤 사건이 없었다면 그들은 오랫동안 그렇게 생각했을 것이다.

우리 아버지는 교회에 절대 나가지 않고 집 안에 머물러 계셨다. 그것이 용기를 주어 나도 어느 일요일 아침 교회 가기를 거부했다. 가끔은 신심이 불타올라 하느님과 나 자신의 죄에 대한 생각으로 두 눈에 눈물이 그득하기도 했지만 교회는 질색이었다. 내가 교회에서 발뒤꿈치로

---

[66] 로버트 암스트롱의 딸과 결혼한 토머스 비티 목사.

[67] 영국의 작가 올리버 골드스미스(1730~1774).

[68] 이모들은 예이츠의 교육에 관심이 많았지만 예이츠는 일곱 살 때도 글을 읽지 못했다고 한다.

쿵쿵대며 걸었기에 외할머니는 발가락을 먼저 땅에 디디라고 가르치신 것 같은데, 그것이 교회 가는 즐거움을 빼앗아버렸다. 나중에 읽기를 배웠을 때 찬송가 가사에 흥미를 느꼈지만 왜 합창단이 찬송가의 끝에 이르는 데 내가 읽는 것보다 세 배나 더 걸리는지 도무지 이해할 수가 없었다. 그리고 예배 중에 설교와 계시록 및 전도서 구절을 좋아하긴 했지만 그것들이 그 모든 반복과 그렇게 오래 서 있는 데서 오는 피로감을 보상

예이츠의 아버지 존 버틀러 예이츠

하지는 못했다. 아버지는 내가 교회에 가지 않겠다면 자신이 읽기를 가르치겠다고 말씀하셨다. 지금 생각해보니 아버지는 단지 외할아버지 때문에 나를 교회에 나가게 하려 했던 것이고 다른 식으로는 생각지 못하신 것 같다. 아버지는 선생으로서는 화를 잘 내고 참을성 없어서 독본을 내 머리에 집어던지기도 하셨다. 그래서 나는 그 다음 일요일에는 교회에 나가기로 결심했다. 그러나 아버지는 나를 가르치는 데 흥미를 느끼셨고 가르치는 시간만 주중으로 바꿔서 마침내 나의 산만한 머리를 바로잡으셨다.

내 뇌리에 박혀있는 아버지에 대한 뚜렷한 첫인상은, 아버지가 나를 처음 가르치시기 며칠 전에 생긴 것이었다. 그는 런던에서 막 돌아와 아기방을 오르락내리락하셨다. 아버지는 턱수염과 머리칼이 아주 새까맸는데, 충치로 인한 치통을 줄이려고 무화과를 물고 있느라 한쪽 뺨이 불룩했다. 간호사 중의 하나(우리 외사촌 형들과 누나들과 함께 런던에

서 온 간호사)가 다른 간호사에게 살아있는 개구리가 치통에는 최고라는
말을 들었다고 했다.

그 후에 나는 어떤 할머니가 운영하는 부인학교에 가게 되었다.[69] 그
할머니는 우리를 줄을 맞춰 서게 했고 뒷줄까지 닿을 만큼 당구 큐대처
럼 긴 막대기를 가지고 있었다. 첫 수업을 마치고 돌아왔을 때 아직 슬라
이고에 머물고 계셨던 아버지는 내게 무엇을 배웠는지 물으셨다. 노래를
배웠다고 했더니, "그럼 노래해봐."라고 말씀하셨다. 그래서 나는

작은 물방울들
작은 모래알들은
거대한 바다와
즐거운 땅을 만들지요

라며 목청 높여 노래를 불렀다. 그래서 아버지는 그 할머니께 편지를
써서 내게 다시는 노래를 가르치지 말라고 하셨고, 나중에는 다른 선생
님들도 똑같은 말을 들었다.

얼마 되지 않아 제일 윗 여동생[70]이 와서 길게 머물렀다. 여동생과 나
는 빈민가에 있는 작은 이층집에 가서 나이든 귀부인에게서 철자법과
문법을 배웠다. 공부를 잘 따라가자, 인도인지 중국인지에서 군대를 지
휘했던 그녀의 부친이 선물로 받은 칼을 들여다보고 은으로 된 칼집에

---

[69] 이것은 1873년의 일로서, 부인학교(dame school)는 영국에서 나이든 부인이 자기
집에 취학 전의 아이들을 불러 모아 가르치던 사설교육기관이었다. 릴리 예이츠
에 따르면, 예이츠가 말하는 이 할머니는 암스트롱 부인으로서, 어머니의 결혼식
들러리를 했기 때문에 그렇게 늙을 수가 없다는 것이다.
[70] 수전 메리 예이츠(1866~1949). 그 아래로는 엘리자베스 코벳 예이츠(1868~1940),
한 살도 되기 전에 죽은 제인 그레이스 예이츠가 있다.

새겨진 긴 찬사의 문구를 하나하나 모두 써보는 것을 허락받았다. 걸어서 그녀의 집으로 가거나 우리 집으로 다시 돌아올 때 우리는 커다란 우산을 앞으로 뻗은 채 우산 손잡이를 함께 잡고 쥐가 갉아서 뚫린 동그란 우산 구멍으로 앞을 내다보면서 길을 찾아갔다. 한 음절 단어의 책들을 떼자 나는 〈도서관〉이라고 불리는 방에서 시간을 보내기 시작했다. 그 방에서 기억할 수 있는 책이라고는 내가 펴보지도 않은 옛날 소설책들과 18세기 말경에 발행된 여러 권으로 된 백과사전밖에 없었지만 말이다. 나는 백과사전을 많이 읽었는데, 화석목(化石木)이 겉모양과는 달리 신기하게 생긴 돌 그 이상일지도 모른다고 설명하는 긴 구절을 읽은 기억이 난다.

아버지의 불신앙은 나에게 종교의 근거에 대해 생각하게 만들었고 나는 그 문제를 늘 불안한 마음으로 저울질했다. 종교 없이는 살 수 없다고 생각했기 때문이다. 나의 모든 종교적 감정은 구름들과 구름 사이로 흘깃 보이는 밝은 하늘과 연결되어 있었던 것 같은데, 아마도 성경에 나오는 아브라함에게 말씀하시는 하느님의 그림 같은 것 때문일 것이다. 적어도 내가 울 만큼 나를 감동시킨 광경은 기억이 난다.

어느 날 신앙에 관한 결정적 추론을 하게 되었다. 암소가 막 새끼를 낳으려던 참이어서 나는 랜턴을 든 농부 몇 사람이 암소와 함께 있는 들판으로 갔다. 다음 날 새벽에 새끼를 낳았다는 소식을 들었다. 모든 사람에게 어떻게 송아지가 태어나는지를 물었지만 아무도 말해주려 하지 않았으므로 나는 아는 사람이 없다는 결론을 내렸다. 송아지는 하느님의 선물이며 그것까지는 확실하지만, 아무도 감히 송아지가 내려오는 것을 보려 하지 않는 것은 분명했다. 아이들도 같은 식으로 내려오는 것임이 틀림없었다. 내가 어른이 되면 송아지나 아이가 내려올 때까지 기다리리라 다짐했다. 구름과 터져 나오는 빛이 있을 것이고 하느님이 구름 속에서 빛으로부터 송아지를 데려오는 것이라고 나는 확신했다.

나는 우리 집에 온 열두세 살 먹은 사내아이가 건초창고에서 옆에 앉아 섹스의 모든 구조에 관해 설명해줄 때까지는 그 생각에 만족하고 있었다. 그 사내아이는 자신을 (그가 이해하지 못할 용어를 쓰자면) 미동[71]으로 쓰는 자기보다 나이 많은 사내아이에게 그 모든 것을 배웠던 것이다. 이제는 내가 알고 있듯이, 그는 마치 육체적 삶의 또 다른 진실을 말하는 것처럼 나에게 상세히 설명해주었고, 그것은 몇 주 동안 나를 괴롭게 만들었다. 첫 충격이 가라앉자 나는 그가 진실을 말했는지 의심하기 시작했다. 그러나 어느 날 그의 말을 확인해주는 구절을 백과사전에서 발견하게 되었다. 비록 그 긴 설명을 부분적으로만 이해할 수 있었지만 말이다. 나는 그와 그 아이보다 나이 많은 그 사내아이와의 관계에 충격을 받을 만큼 제대로 알지는 못했지만, 그것은 어린 시절의 꿈이 처음으로 산산이 깨지던 순간이었다.

내가 죽음에 대해 깨달은 것은 아버지와 어머니, 두 남동생과 두 여동생이 어딘가를 갔을 때의 일이었다. 나는 그 부인학교의 도서관에 있었다. 그때 나는 달려서 지나가는 사람들의 발소리를 들었고 복도에서 누군가가 내 동생 로버트[72]가 죽었다고 말하는 것을 들었다. 당시에 내 동생은 며칠 동안 앓아누워 있었던 것이다. 조금 후 여동생과 나는 아주 행복하게 책상에 앉아 깃발을 돛대 반쯤의 높이에 달고 있는 배를 그렸다. 틀림없이 우리는 배들이 항구에서 깃발을 돛대 반쯤의 높이에 달고 있다는 얘기를 들었거나 그런 것을 보았을 것이다. 다음 날 아침식사 때 나는 사람들이 얘기하는 것을 들었다. 막냇동생이 죽기 전날 밤 엄마

---

[71] 미동(美童)은 주로 동성애 섹스 대상으로 부리던 남자아이.
[72] 로버트 코벳 예이츠(1870~1873).

와 하인이 밴시[73]가 울부짖는 소리를 들었다고 했다. 외할머니가 병상에 누워있는 노인들을 보러 가실 때 나는 그들이 곧 죽을 것을 알았으므로 외할머니와 함께 가지 않겠다고 했다. 그것은 틀림없이 이 일이 있고 난 이후일 것이다.

밴시

V

드디어 내가 여덟이나 아홉 살이 되었을 때 이모[74]는 내게 말했다. "넌 런던으로 갈 거야. 여기서는 네가 대단한 존재지만, 거기서는 별 볼 일 없어." 그 당시에는 이모의 말은 내가 아니라 우리 아버지에게 충격일 것이라고 생각했다. 몇 년이 지나서야 나는 이모가 왜 그 말을 했는지 이유를 알게 되었다. 이모는 우리 아버지처럼 능력 있는 사람이 마음을 먹기만 하면 사람들에게 좀 더 인기가 있는 그림을 그리는 방법을 찾아낼 수가 있을 것이며, 아버지가 "매일 저녁을 클럽에서 보내는 것"은 잘못된 일이라고 생각했다. 이모는 오해를 한 것이다. 아버지가 방종을 하는 장소라고 이모가 생각한 곳은 사실 히덜리 미술학교였기 때문이다.

어머니와 남동생, 여동생은 내가 잉글랜드로 가게 되었을 때 슬라이고

---

[73] 밴시는 아일랜드 민담에 나오는 여자 유령으로서, 슬픈 울음소리로 가족의 죽음을 알려준다고 한다.
[74] 아그네스 미들턴 폴렉스펜(1855~1926).

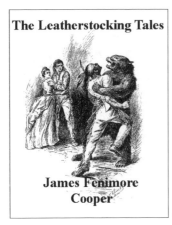

제임스 페니모어 쿠퍼의
『가죽 각반 이야기』 표지

에 있었을 것이다. 아버지와 나와 몇몇 풍경화가는 얼 씨 부부와 함께 버넘 비치스에 살고 있었기 때문이다. 마차를 타고 슬라우에서 파넘 로열[75]로 가다 보면 첫 번째로 마주치는 커다란 호수를 아버지는 그리고 계셨다. 아버지는 그림을 봄에 시작해서 그해 내내 그리셨는데, 그림은 계절에 따라 변해갔고 히스가 덮인 둑에 눈이 내린 풍경을 그리고서는 미완성인 채로 포기하고 말았다. 아버지는 결코 만족할 줄 모르셨고, 어떤 그림이 완성되었다고 자신하지 못하셨다. 저녁이면 아버지는 내가 공부하는 소리를 듣거나 내게 페니모어 쿠퍼[76]의 소설을 읽어주셨다.

나는 숲에서 즐거움을 주는 모험들을 찾아내기도 했다. 어느 날은 푸른 숲 공터에서 눈먼 벌레와 독사 한 마리가 싸우는 것을 보았다. 내가 벽난로 선반에 도롱뇽이 잔뜩 들어있는 병을 놓아둔 적이 있어서 가끔 얼 씨 부인은 집안 청소를 두려워했다. 이따금 도로 건너편 농가에 사는 아이가 새벽에 내 방 창문에 조약돌을 던졌다. 그러면 우리는 커다란 두 번째 호수에 낚시를 하러 갔다. 때때로 또 다른 농부의 아들과 함께 페퍼박스 권총[77]으로 잡은 참새를 줄에 매달아 구워 먹기도 했다. 화가 아저씨 하나가 〈발판〉이라고 부르는 늙은 말이 있었는데, 가끔 얼 씨의

---

[75] 버넘, 슬라우, 파넘 로열은 모두 런던 서쪽에 있는 지역.
[76] 제임스 페니모어 쿠퍼(1789~1851)는 미국의 소설가로서, 대표작으로는 변방개척자의 생애를 다룬 『가죽 각반 이야기』 연작이 있다.
[77] 후추 그라인더를 닮은 모양 때문에 붙여진 이름.

아들은 나를 그 말에 태우고 슬라우에 갔다. 한 번은 윈저에 가서 선술집에서 산 차갑게 식어 버린 소시지로 점심을 때웠다.

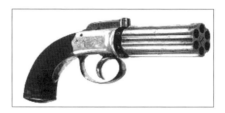

페퍼박스 권총

나는 혼자라는 게 뭔지 몰랐다. 즐겁고도 불안한 마음으로 비치스의[78] 가려진 곳들이나 탁 트인 곳, 혹은 호수 주위를 돌아다니며 갈대숲에서 배들이 들어갔다 나왔다 하는 것을 상상하고 슬라이고를 떠올리거나 내가 어른이 되면 띄울 멋진 배를 타고 항해하는 낯선 모험을 떠올릴 수 있었기 때문이다. 당시에는 밤이 되기 전에 끝마쳐야 할 공부가 늘 기다리고 있어서 내내 괴로웠다. 기억해야 할 것은 너무나 많은데 생각을 거의 집중하지 못하고 두려워만 했기 때문이었다.

어느 날 아버지는 내가 얼굴이 아주 두꺼운 녀석이고 말이 씨도 안 먹히는 놈이라는 말을 어떤 화가 아저씨에게서 들었다고 했다. 세상에 도대체 그렇게 남을 부당하게 평가하는 사람이 있다는 것이 이해가 되지 않았다. 빈둥거리는 내 자신이 가련했지만 어쩔 도리가 없었다. 하지만 나도 깜짝 놀란 일이 있었다. 우리 아버지와 나만 빼고 아저씨들 모두 런던에 갔다 오셨을 때였다. 지금도 이름이 희미하게 기억나는 케네디와 패러, 페이지 아저씨가 웃고 떠들며 집에 들어왔다. 아저씨 중 하나가 역 대합실에 있는 사연 적힌 카드를 떼어 와서는 벽에 걸어둔 것이다. 나는 '그 아저씨가 훔쳐온 것'이라고 생각했지만, 아버지와 친구들은 즐거운 잡담거리로 삼을 뿐이었다.

당시 몇 년 동안 나는 해마다 한두 번 예정대로 몇 주씩 슬라이고에

---

[78] 비치스의: 1926판에서 추가된 구절.

가 있곤 했다. 그 후에는 런던에 정착했다. 어머니와 동생들은 내내 런던에 있었던 것 같다. 아버지와 내가 이따금 런던에 간 기억이 나는 걸 보면 말이다. 우리가 살던 첫 집은 노스 엔드[79]에 있는 번 존스 집 가까이 있었다. 한두 해 후에 우리는 베드퍼드 파크[80]로 이사했다. 노스 엔드에서는 정원에 배가 엄청나게 많이 열리는 배나무 한 그루가 있었지만, 배에는 구더기가 득실거리곤 했다. 맞은편에는 오닐이라는 선생님이 살고 계셨는데, 어떤 애가 그 선생님의 증조할아버지가 왕이었다는 얘기를 했을 때 나는 그 말을 전혀 의심하지 않았다. 거기에 있는 어떤 집 정원의 울타리와 철제 난간에 기대어 앉아있을 때 애들끼리 주고받는 얘기를 들었다. 내가 간에 문제가 있어서 얼굴빛이 검고 그래서 1년 이상 살지 못할 거라고 했다. 나는 혼잣말로 1년이면 아주 긴 시간이며 많은 일을 할 수 있다고 생각하고는 그 일을 머릿속에서 지워버렸다.

아버지가 내게 놀 시간을 주거나 나중에 학교가 쉴 때면 나는 돛단배를 가지고 라운드 폰드[81]로 가서 대개는 늙은 해군 장교의 커터 요트 두 척을 향해 배를 띄웠다. 그는 가끔 오리들을 보며 "저 녀석을 저녁감으로 집에 데려가고 싶은데."라고 말했다. 또 그는 대기근 이후 슬라이고를 떠난 "시체선"[82]에 대한 뱃노래를 나에게 불러주어 내가 아주 중요한

---

[79] 예이츠 가족은 1874년에 런던으로 돌아와 노스 엔드(현재의 웨스트 켄싱턴)의 에디스 빌라 14호에 정착했다.

[80] 베드퍼드 파크는 교외열차역 터넘 그린 스테이션 근처에 있는 마을. 존 린들리 (1799~1864)의 소유였던 사유지를 1876년 조나단 카(1845~1915)가 예술인 촌으로 설계한 마을로, 예이츠 가족은 1879년 봄에 이곳 우드스톡 로드 8번지로 이사했다.

[81] 맥밀런 출판사의 예이츠 자서전들이 모두 '둥근 연못'(round pond)이라고 한 것을 1999년에 나온 스크리브너 출판사의 자서전은 '라운드 폰드'(Round Pond)로 특정하고 있다. 라운드 폰드는 런던의 켄싱턴 공원에 있는 연못.

[82] 원래 "시체선"은 아주 낡은 배를 말하는데, 질병과 굶주림, 이민 등으로 200만 명 이상의 인구가 줄었던 1845~1849년 아일랜드 대기근 때 이민자들을 북미로

사람이라도 되는 듯한 느낌이 들게 했다. 슬라이고의 하인들이 내게 그 이야기를 들려준 적이 있었다. 배가 정박지를 빠져나 갔을 때 신원을 알 수 없는 시체 한 구

일명 〈시체선〉 (그랜저 사진)

가 둥둥 떠올라왔는데, 그것은 아주 불길한 징조였다. 로이드 보험사[83]의 보험설계사였던 외할아버지는 배에 문제가 있다고 이미 지적했지만, 배는 밤에 몰래 빠져나간 것이었다. 그 연못은 나름의 전설들이 있었는데, 모형기선에 붙은 불이 '연안까지 번지는 것'을 본 적이 있는 아이를 나는 아주 특별한 친구로 여겼다. 또 나는 어떤 아이를 잘 대해 주었는데, 그의 아버지가 뭔가 불미스러운 짓을 했다는 이유였지만, 그게 어떤 것이었는지는 몰랐다. 몇 년이 지나서 그의 아버지는 그저 사람들이 좋아하는 조각상을 만든 사람이라는 사실을 알았다. 그가 만든 많은 조각상이 현재 공공장소에 있다. 나는 아버지의 친구들이 그의 아버지에 대해 하는 말을 들었다.

가끔 여동생[84]이 따라왔고, 그래서 우리는 집으로 오면서 모든 사탕 가게와 장난감 가게 안을, 특히 홀란드 하우스 맞은편에 있는 가게 안을 유심히 들여다보았다. 거기에는 창 안에 설탕으로 만든 커터 요트가 있

신고 가던 배를 그렇게 불렀다.
[83] 런던의 거대 보험회사.
[84] 릴리 예이츠.

예이츠의 어머니
(예이츠 아버지 작품, 1867년)

었기 때문이다. 그리고 우리는 식수대를 마주칠 때마다 모조리 마시며 다녔다. 한번은 낯선 사람이 우리에게 말을 걸고 사탕을 사주며 거의 집까지 따라왔다. 우리는 그 사람에게 들어오시라고 하며 우리 아버지의 이름을 말해주었다. 그는 들어오려고 하지 않고 다만 웃으며 말했다. "아, 너희 아버지가 전날 그린 그림을 매일 지워버린다는 그 화가로구나."

얼마 전에 홀란드 파크 근처에 있는 식수대를 지날 때 가슴 아픈 기억이 떠올랐다. 그 앞에서 나와 여동생이 우리가 얼마나 슬라이고를 그리워하며 런던을 싫어하는가를 함께 얘기했기 때문이다. 나는 우리 둘 다 거의 울 지경이었다는 것을 안다. 그리고 내가 알던 들판의 흙 한 줌, 그 슬라이고의 일부라도 내 손에 쥐어보고 싶어 한다는 사실을 기억해내고는 스스로 놀랐다. 나는 기억을 떠오르게 하는 그런 흙 같은 것에 애착을 느끼는 사람을 본 적이 없었기 때문이다. 그것은 미개인의 오래된 종족 본능 같은 것이었다. 우리는 감정을 드러내는 것을 모조리 비웃도록 교육받아왔기 때문이다. 그렇지만 감정을 드러내는 것을 속되다고 생각하면서도 그런 것에 대한 애정을 살아있도록 만든 분이 바로 우리 어머니셨다.

어머니는 로시스 포인트의 도선사나 어부들 혹은 자신의 슬라이고에서의 소녀시절 이야기를 듣거나 얘기하면서 몇 시간씩 보냈다. 어머니와 우리 사이에는 슬라이고보다 더 아름다운 곳은 이 세상에 없다는 사실이 언제나 묵계처럼 되어 있었다. 나는 이제야 어머니가 아주 깊은 감성의 소유자였으며 그 아버지에 그 딸이었다는 사실을 알 수 있다. 당시에 어머니가 어떠하셨는지 내 기억은 아주 희미해졌지만, 그녀의 개성에 대한 감각, 자신의 삶에 대한 소망은 우리를 돌보시느라, 돈 걱정을 많이 하시느라 사라져버렸다는 생각이 든다. 내 눈에 어머니는 언제나 수수한 옷을 입고 안경을 낀 채 바느질이나 뜨개질을 하는 분이었다. 그러나 10년 전에 내가 샌프란시스코에 있을 때[85] 만난 늙은 지체장애인은 이렇게 말했다. 그는 우리 어머니가 결혼하시기 전에 슬라이고를 떠나온 사람인데, 우리 어머니가 "슬라이고에서 최고 미녀였다"는 것이다.

그때까지 나에게 있어 유일한 가르침은 아버지에게서 온 것이었다. 아버지는 나의 도덕적 타락을 묘사해서 겁먹게 했고 불쾌한 사람들과 닮았다고 하면서

예이츠가 다녔던 고돌핀 고등학교

굴욕감을 주는 방식으로 나를 가르치려 했다. 그러나 나는 곧 해머스미스에 있는 학교에 가게 되었다.[86] 그 학교는 노란 벽돌로 지은 고딕식 건물이었다. 책상들로 가득 찬 커다란 홀과 몇 개의 작은 교실, 기숙생들을 위한 별관 등은 아마 모두 1860년이나 1870년에[87] 지어졌을 것이다. 학교 설립자 고돌핀 경의 소유로 내가 생각한 학교 건물은 아주 오래된 것이었는데, 고돌핀 경에 관한 소설이 있었기 때문에[88] 그는 낭만적으로

---

[85] 예이츠는 1904년 1월 21일부터 2월 3일까지 샌프란시스코에 머물렀다.
[86] 예이츠는 1877년 1월부터 1880년 여름까지 해머스미스의 고돌핀 스쿨을 다녔다.
[87] 1860년이나 1870년에: (1916년판) 1840년이나 1850년에.

유년기와 청소년기에 대한 회상 41

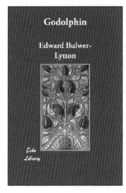

에드워드 리튼의 소설
『고돌핀』 표지

보였다. 나는 그 소설을 읽은 적이 없었지만 낭만적인 사람만 책에 나올 수 있다고 생각했었다. 한쪽 면에는 노란 벽돌로 지어진 피아노 공장이 있었고, 양면에는 온통 노란 벽돌로 된 반쯤 지어진 작은 가게들과 빌라들이 줄지어 있었으며, 네 번째 면에는 운동장 벽 바깥에 재와 반쯤 탄 노란 벽돌 더미가 쌓여있는 벽돌공장이 있었다.

얼굴은 기억이 안 나고 이름만 기억나는 친구 하나와 얼굴과 이름 모두 기억나는 친구 하나를 빼놓고는 내 모든 학창시절 친구의 이름과 얼굴은 내 기억에서 희미해졌다. 그 주된 이유는 의심할 바 없이 아주 오래전 일이라서지만, 부분적인 이유는 그 자체로 극적이거나 잊을 수 없는 장소들과 어떤 식으로든 연결된 일만 기억되기 때문이다.[89]

며칠 동안 해머스미스 로드를 따라 집으로 걸어오면서 나는 제일 좋아하는 것을 죄다 빼앗겼다고 투덜거렸다. 나는 더블린 과학자가 아버지에게 준 녹색 표지의 작은 책 한 권을 발견했다. 그 책은 그 과학자가 호스[90]에 있는 바위들 가운데서 발견했거나 더블린 만 밑바닥에서 파낸 기이한 바다생물들에 관한 설명을 담고 있었다. 내가 오랫동안 좋아한

---

[88] 영국의 소설가이며 시인, 극작가, 정치가인 에드워드 불워 리튼(1803~1873)이 쓴 풍자적 로망스 『고돌핀』(1833).

[89] 부분적인 이유는 … 때문이다: (1916년판) 내 기억에 반복적으로 떠오르게 만드는 특징이 있는 장면들과 연결된 일만 기억되기 때문이다.

[90] 호스는 더블린의 동쪽 끝에 있는 마을로서, 더블린 만의 북쪽 경계를 이루며 호스헤드 반도의 대부분을 차지하고 있다. 원래는 작은 어촌이었는데, 지금은 더블린의 근교 도시로 변모했다.

책[91]이었고 그 책을 읽을 때면 내가 똑똑해진다고 믿었지만, 그 무렵에는 내가 그 책을 읽거나 나만의 생각을 할 겨를이 없었을 것이다. 수업을 듣고 복습하며, 점심을 먹으러 중간에 집에 왔기 때문에 하루에도 네 번씩 학교와 집을 걸어서 오가며

더블린 동쪽에 위치한 호스

시간을 다 썼을 것이다. 그러나 이내 나는 그 수고로움을 잊어버리고, 이전에 알지 못한 두 가지, 우정과 적대감에 몰두했다.

첫날 방과 후에, 끼리끼리 노는 애들 한 무리가 운동장에서 나를 에워싸고 물었다. "너의 아버지가 누구냐?" "뭐 하는 사람이냐?" "돈은 많냐?" 이내 어떤 녀석이 모욕적인 말을 했다. 나는 전에 누구를 때려본 적도 맞아본 적도 없었지만, 이때는 순식간에 아무런 의식도 없이 마치 줄에 매달려 조종당하는 인형처럼 닿은 대로 주먹을 마구 휘둘렀다가 흠씬 두들겨 맞았다. 그 일이 있고 난 뒤 애들은 나를 아일랜드놈이라고 욕했고 나는 몇 년 동안 여러 번 싸웠지만 한 녀석도 이겨본 적이 없었다. 나는 약골인 데다 근육도 없었기 때문이다.

그러나 가끔 나는 보복수단, 심지어 공격수단을 찾아냈다. 아주 성큼성큼 걷는, 작은 애들이 무서워하는 애가 있었는데, 나는 그 애가 운동장에 혼자 있는 것을 보고는 다가가 "서곤으로 일어났다가 개드에 넘어지네."[92]라고 말했다. "그게 무슨 뜻이야?" 하고 묻자 나는 "건초 다리로

---

[91] 어떤 책인지 알려지지 않음.

[92] '서곤'은 아일랜드어로 짚이나 건초를 꼬아서 만든 새끼줄이며, '개드'는 나뭇가지나 섬유질을 꼬아서 만든 띠나 밧줄.

일어났다가 짚에 넘어지네."라는 뜻이라고 말하고는, 아일랜드에서는 군대 고참이 어벙한 신병에게 양다리의 길이 차이를 보여주려고 신병 발목에 짚과 건초를 묶는다고 말해주었다. 나는 양쪽 귀싸대기를 얻어맞았다. 친구들에게 하소연했더니, 모두 내가 자초한 일이고 맞아도 싸다고 했다. 필시 나는 비슷한 종류의 모험들을 겁도 없이 시도한 것 같다. 그것은 영국인들이 예술가들 빼놓고는 지성적이지도 않고 행동거지가 바르지도 않다고 생각했기 때문이다.

슬라이고에서 내가 잘 아는 사람은 모두 민족주의자와 가톨릭교도를 멸시했지만, 모두 다 아일랜드 의회[93] 시절부터 내려온 편견을 가지고 영국을 싫어했다. 나는 영국인들에게 수치가 되는 여러 가지 이야기를 알고 있었고 그 모든 이야기가 진짜라고 생각했다. 우리 어머니는 사람들 다리가 너무 뻣뻣하다며 더블린이 싫다는 영국 여자를 만난 적도 있었다. 그리고 누구나 다 아는 얘기인데, 슬라이고에서 영국 사람 하나가 언젠가 마부에게 이렇게 말했다고 한다. "당신네가 그렇게 게으르지 않았다면 산을 허물어 모랫바닥에 덮어 수천 평의 옥토를 만들었을 것이오." 슬라이고에는 넓은 하구가 있는데 썰물 때는 대부분이 드러나 뭍이 되지만, 내가 기억하지 못하는 어떤 방식으로 모래밭에 바닷물이 퍼져 그 좁은 해협으로 배가 드나들기에 적합하게 되었다는 것을 슬라이고 사람들은 다 알고 있었다. 어쨌든 그 마부는 낄낄대며 온 슬라이고에 그 이야기를 퍼뜨리고 다녔다. 영국 사람들은 항상 투덜거린다는 점을 증명하려고 사람들은 이런 이야기를 해댔다. "영국인들은 저녁식사고 뭐고 모든 것에 투덜대지. 낙너레이 산[94]을 허물고 싶어 하는 영국인도

---

[93] 청교도적 성격이 강했던 아일랜드 의회는 1297년부터 시작되었다. 마지막 의회는 1782~1800년의 《그래튼 의회》.
[94] 슬라이고 서쪽에 있는 327m의 높이의 석회암 산.

슬라이고 서부에 있는 낙너레이 산 전경

있었지." 하는 식이었다.

어머니는 내게 영국인들이 기차역에서 키스하는 걸 보게 하시고는 그들이 삼갈 줄 모르는 것을 역겨워하도록 가르치셨다. 아버지는 내가 태어나기도 전에 돌아가신 윌리엄 예이츠 할아버지[95]가 영국에 가셨다가 다운 카운티에 있는 목사관으로 돌아오셨을 때 마찻길에서 만난 사람에 대해 어떤 식으로 얘기했는지를 말씀해주셨다. 그 사람은 "영국인이 그러하듯" 자기 얘기를 미주알고주알 털어놓은 것이다. 영국인은 보통 사적인 일들을 얘기하면 사람들이 자신을 신뢰하게 된다고 믿지만, 반면 아일랜드인은 그렇지 않다고 아버지는 설명해주셨다. 아일랜드인들은 가난하고 보통은 빚을 지고 있기 때문이었다. 그러나 나는 이 설명을 믿지 않았다. 틀림없이 아일랜드 가톨릭교도의 정치적 증오심을 지니고

---

[95] 윌리엄 버틀러 예이츠 목사(1806~1862).

영국군가 「영국척탄병」 악보

있었을 우리 슬라이고의 간호사들은 영국인에 대해서는 좋게 얘기하는 법이 없었기 때문이다.

한 번은 슬라이고 시내를 걷고 있을 때 옷차림이 눈길을 끄는 영국인 남녀 한 쌍을 고개를 돌려 쳐다본 적이 있다. 내 기억으로는 남자는 회색 옷과 반바지를, 여자는 회색 드레스를 입고 있었는데, 우리 간호사가 "토우로우들"이라고 하면서 경멸적으로 말했다. "토우 로우 로우"라는 후렴구가 나오는 영국 노래가 있었는데, 우리가 태어나기 전에도 이미 있었을 것이다.[96] 영국 사람들은 홍어도 먹고 심지어 상어도 먹는다고 누구나 얘기했고, 나도 영국에 막 도착했을 때 어떤 노인이 죽에다 마멀레이드를 넣는 것을 보았다.

나는 영국 아이들과는 그 누구와도 섞이지 않았다. 그것은 곳곳에 있는 다른 민족에 대한 불신을 보여주는 이런 일화들 때문만이 아니라 우리의 정신적 이미지가 서로 달랐기 때문이었을 것이다. 나는 영국 어린

---

[96] "토우 로우 로우"(앞 열을 따라 전진, 열 맞춰, 열 맞춰)는 영국군가 「영국척탄병」에서 나온 후렴구.

이 도서를 읽고 흥미를 느꼈지만 영국의 승리에 관한 이야기를 읽고는 우리 민족의 승리에 관해 읽었다는 생각이 들지 않았다. 그들은 크레시와 아쟁쿠르[97]와 유니언잭을 생각하고 모두 애국심에 불탔지만, 나는 아일랜드 가톨릭들을 강하게 만들었을 리머릭과 옐로퍼드[98]를 떠올리기보다는 산과 호수, 우리 외할아버지와 배들을 생각했다. 당시에는 반아일랜드적인 감정이 고조되고 있었는데, 《토지연맹》[99]이 결성되고 지주들이 사살되었기 때문이었다. 나는 아무런 정치적 견해도 없었지만 긍지가 넘쳤다. 위험한 나라에서 산다는 것은 낭만적이었기 때문이다.

우리 할아버지 예이츠가 여행 중 우연히 만난 영국인에 대해 생각한 것처럼, 나는 그 후진 학교의 거친 분위기를 영국의 전형적인 것으로 생각한 것 같다. 어쨌든 나는 괴롭힘을 당하고 눈에 시퍼렇게 멍이 든 적이 한두 번이 아니었고, 슬픔과 분노도 여러 번 터뜨렸다. 연애사건 때문에 자기 나라에서 그 학교로 전학을 온, 우리보다는 나이가 많은 보헤미아 출신의 큰 유리공장 사장 아들이 있었다. 그는 언젠가 우리가 "둘 다 외국인"이라는 이유로 나를 위해 어떤 애를 패주었다. 또 나중에 학교 운동선수가 되었고 내 절친이 된 아이[100]는 아주 많은 애들을 때려주었다. 그 애가 바로 내가 얼굴과 이름을 모두 기억하는 녀석이었다.

---

[97] 《크레시 전투》와 《아쟁쿠르 전투》는 영국과 프랑스 간에 일어난 백년전쟁 때 벌어진 전투로서, 모두 영국이 대승했다. 《크레시 전투》는 1346년에 프랑스 북부 크레시 지방에서 벌어진 전투이며, 《아쟁쿠르 전투》는 1415년에 프랑스 북부 아쟁쿠르에서 벌어진 전투였다.

[98] 리머릭은 아일랜드 최남단에 있는 카운티로 1690년 오렌지 공 윌리엄의 포위를 잘 버티었으나 다음 해 2차 포위 때 함락되었다. 영국은 《리머릭 조약》에 서명했으나 나중에 부인했다. 1598년 《옐로퍼드 전투》에서는 휴 오닐이 이끄는 아일랜드 군이 영국군을 무찔렀다.

[99] 《토지연맹》(1879~1881)은 소작권 보장과 공평한 임대료 등을 주장하며 아일랜드 농민을 위해 투쟁했던 정치조직.

[100] 찰스 씨릴 비시. 나중에 인도로 감.

그의 이름을 보자면 위그노 혈통으로서 얼굴은 수척했으며, 나긋나긋한 그의 몸처럼 얼굴빛이나 얼굴 모양이 북미원주민 같았다.

　나는 다른 애들을 아주 무서워했고 그것이 처음으로 나 자신을 믿지 못하게 만들었다. 커다란 배를 만들 나뭇조각들을 구석에 모으던 시절에는 폭풍우 속에서도 침착할 수 있고 큰 전투가 벌어져도 싸우다 죽을 수 있다는 자신감이 있었다. 그러나 이제는 용기가 부족한 것이 부끄러웠다. 위험 따위는 안중에도 없이 비스케 만[101]에서 낡은 모자를 잡으려고 배 바깥으로 몸을 날린 우리 외할아버지처럼 되고 싶었기 때문이다. 나는 신체적 고통을 아주 두려워했다. 어느 날 내가 수업시간에 떠들었는데, 운동선수 친구가 범인으로 지목을 받았다. 그 애가 회초리로 두 대를 맞는 것을 보고서야 내가 그랬다고 실토했다. 그는 꿈쩍도 않고 두 손을 앞으로 내밀고 있었고, 매를 맞은 후에도 손을 옆구리에다 비비지도 않았다. 나는 매를 맞지는 않았지만 나머지 수업시간 동안 서 있는 벌을 받았다. 나중에 그 생각이 나면 아주 괴로웠지만 그 친구는 나를 나무라지 않았다.

　몇 년 학교를 더 다니고 나서 나는 마지막 싸움을 했다. 운동선수 친구는 여러 달 동안 나를 평안하게 지낼 수 있게 해주었지만, 마침내 더 이상 애들을 패지 않겠다고 했다. 내가 권투를 배워야 한다고 했고, 권투 기술을 배울 때까지는 다른 애들 근처에는 얼씬거리지도 말라고 했다. 나는 매일 그와 함께 집으로 가서 그 친구 방에서 권투를 했는데, 시합의 결말은 늘 똑같았다. 흥분 잘하는 내 성격이 처음에는 유리하게 작용해서 방을 가로질러 그를 몰아붙였다. 그러고 나면 그가 나를 방을 가로질러 몰아붙였고 아주 흔히 내 코피가 터지는 것으로 끝났다. 어느 날 나이가

---

[101] 프랑스 서해안에 있는 만.

지긋한 은행가인 그의 아버지가 우리를 정원으로 데리고 나가서는 냉정하고 정중하게 권투시합을 하도록 만들려 했지만 뜻대로 되지 않았다.

마침내 내 친구는 다시 애들 근처에 가도 된다고 말했다. 드디어 내가 운동장 안으로 들어서자마자 어떤 애가 진흙 덩어리를 던지며 "미친 아일랜드 놈"이라고 소리쳤다. 나는 한 대도 맞지 않고 그 녀석 얼굴을 여러 차례 때렸다. 마침내 주변에서 보던 애들이 우리가 친구가 될 수 있을 거라고 말했다. 나는 무서워서 얼른 손을 내밀었다. 싸움을 계속했다가는 내가 얻어맞으리라는 것을 알고 있었기 때문이었다. 녀석은 뚱하니 내 손을 잡았다. 나는 싸움에는 젬병이라는 소문이 자자했기 때문에 녀석에게는 아주 수치스러운 일이었다. 심지어 선생님들까지 그의 통통 부은 얼굴을 가지고 놀렸다. 그리고 작은 애들이 대신 와서 어떤 애가 지목하는 녀석을 손봐달라고 나에게 부탁하기도 했다. 그러나 나는 학교 애들과는 더 이상 싸움을 하지 않았다.

우리는 부랑아들이나 근처 자선학교 아이들과 여러 번 크게 싸웠다. 돌멩이를 던지는 것은 허용되지 않았으므로 싸움은 언제나 우리에게 유리했다. 그래서 우리는 상대 애들에게 가까이 가거나, 가까이 가기 위해 최선을 다했다. 학생부 선생님들은 거리에서 싸우는 아이들을 모두 보고하라는 지시를 받았지만 그들은 돌멩이를 던지는 아이만 보고했다. 나는 언제나 운동선수 친구 뒤꽁무니만 졸졸 따라다니고 아무도 때려본 적이 없었다. 아버지는 그 싸움질을 터무니없는 짓이라고, 심지어 영국인들의 불합리성을 보여주는 것이라고 생각하셨다. 그래서 나는 서로 주먹다짐을 할 만큼 화를 낼 수가 없었다. 게다가 내 친구가 앞에 있는 싸움 상대를 쫓아 주었다. 내 친구는 한 점의 의심도 생각도 없이 상대에게 주먹을 날렸고, 상대가 저질스러운 놈이면 가능한 자주 패주었다. 그런데 진짜 복수를 해야 할 나쁜 일이 일어났다. 우리 편 아이 하나가 눈덩이 속에 숨겨진 돌멩이에 맞아 죽은 것이다.

　가끔 우리 편에서도 상대편 아이 부모와 시비 붙는 일이 있었다. 우리가 집에 오는 길에 있는 이발소의 주인인 독일인 할아버지와 내 운동선수 친구 사이에 말다툼이 있었다. 어느 날 내 친구가 창문 너머로 침을 뱉어 그 독일인 대머리 이마에 정통으로 떨어졌다. 학생부 선생님들은 침 뱉는 일은 금하지 않았던 것이다. 그 독일인은 우리를 뒤쫓아 왔지만 운동선수 친구가 맞짱을 뜨려고 하자 도망쳐버렸다. 나는 사람들에게 침을 뱉는 것은 옳지 않다는 걸 알고 있었지만, 이때 친구에 대해 경탄하는 마음은 최고조에 이르렀다. 나는 그의 무용담을 온 학교에 퍼트렸는데, 다음 날 그 독일인 할아버지가 자갈길을 따라 교장실로 올라가는 것을 누군가 보았을 때 작지 않은 소란이 벌어졌다. 이내 복도에서 아주 시끄러운 소리가 나서 교장선생님 귀에까지 들릴 지경이었다. 교장선생님의 빨강머리 동생이 독일인 할아버지를 내쫓으면서 급사에게 소리를 지른 것이다. "외투 훔쳐가지 않는지 잘 감시해." 우리가 나중에 들은 바로는 그 독일인이 매일 자기 가게 창문 앞을 지나가는 두 남자아이 이름을 대라고 요구했고, 대답으로 들은 것은 우리처럼 역시 그곳을 지나가지만 품행이 바르기로 아주 명성이 자자한 두 학생 대표의 이름이었다고 한다. 그러나 운동선수 친구에게도 소심한 구석은 있었고, 그 사실 때문에 내 자신감은 회복될 수 있었다. 그는 낯선 사람에게 말을 거는 것을 아주 두려워해서 나에게 사탕이나 진저비어를 대신 사달라고 자주 부탁하기도 했던 것이다.

　내 명성을 높이게 되어 아주 뿌듯했던 일이 하나 있었다. 해머스미스 수영장에 다른 애들과 처음 갔을 때 나는 다이빙을 무서워해서 허벅지까지 물이 차도록 사다리를 내려가기 전에는 다이빙을 하지 않았다. 그런데 어느 날 혼자 있다가 나는 물에서 5, 6피트 높이의 스프링보드에서 떨어졌다. 그 일이 있고 난 후 나는 다른 애들보다 더 높은 곳에서 다이 빙을 할 수 있게 되었고, 물속에서 잠영을 연습하고 올라올 때는 마치 숨이 차지 않는 척했다. 그리고 때마침 시합을 하게 되면 헐떡거리거나 긴장한 기색을 보이지 않으려고 신경을 썼다. 내가 이 점에서는 운동선 수 친구보다도 유리했다. 그는 다른 애들보다 수영 속도가 더 빠르고 덜 지쳤지만 시간이 갈수록 얼굴이 아주 창백해졌기 때문에 도리어 내가 낫다는 얘기를 자주 들었다. 내 친구가 훈련을 할 때면 나는 계속 함께 있으려고 그와 함께 수영을 하곤 했다. 훨씬 먼저 출발해도 나는 그 녀석 에게 바로 따라잡혔다.

　나는 몇 달 동안 어떤 프로 육상선수의 이력을 추적하며, 그가 우승할 지 실패할지를 예측하는 기사가 실리는 신문들을 샀다. 나는 그를 "미국 육상계의 빛나는 특출한 스타"라고 추켜세우는 것을 보았는데, 그 멋진 문구가 그를 아주 매력적으로 만든 것이다. 그가 "빛나는 특출한 스타" 가 아니라 "특출한 빛나는 스타"로 불렸다면 그를 전혀 좋아하지 않았을 것이다. 나는 그 후 몇 년 동안 그 증상을 이해할 수가 없었다. 나는 부서 지고 썩어가는 나뭇조각들은 더 이상 모으지 않았지만, 나만의 꿈, 나대 로의 흔한 학창시절의 꿈을 키우고 있었다. 수업을 듣는 대신 내 작은 책상 위의 흰 사각형 바둑판무늬에다 펜과 잉크로 내 얼굴을 그리기도 하는 등 온갖 대범한 행위를 자주 했다. 어느 날 아버지가 말씀하셨다. "트라팔가르 해전에서 넬슨 제독의 배를 탔던 배 사무장이 있었는데, 머리칼이 하얗게 변했었지. 얼마나 기질이 예민했던지. 그 사람은 뭔가 해야 했는데!" 그렇게 많은 고귀한 인물을 알았으면서도 내 몸뚱이 하나 통제하지 못하는 것이 얼마나 가련하고도 미친 짓인지 알고서 나는 화가 나서 어쩔 줄 몰랐다. 지금도 역시 어쩔 줄 모르겠고, 지금도 역시 화가 난다.

VI

교장선생님[102]은 성직자로서 쾌활하고 태평한 분이고, 다른 모든 점에서 그렇듯 종교생활에서도 절제를 잘 하신다는 것은 누구도 의심치 않았다. 만일 우리 때문에 잠을 이루지 못하신다면 그것은 우리의 품행에 대한 그의 아주 합당한 걱정 때문이었다. 언젠가 나는 어머니가 데번셔에서 산 광택이 나는 푸른 수제 모직 옷을 입고 학교에 갔다가 창피를 당했고 다시는 그따위 옷은 입지 말라는 얘기를 들었다. 교장선생님은 뻔히 안 되는 일이라는 것을 알고 있었을 터인데도 여러 번 학부모들을 설득해 우리에게 이튼 학생복[103]을 입히려고 애썼다. 어떤 날에는 우리에게 장갑을 끼도록 시켰다. 1학년이 지난 후에는 구슬치기가 노름의 일종이며 못된 꼬마들이나 하는 놀이라는 이유로 금지되었다. 몇 달 후에는 수업시간에 다리를 꼬지 말라는 지시를 받았다. 그 학교는 실패했거나 이제 막 일을 시작한 전문직 종사자의 자식들을 위한 학교였다. 그래서 새로 들어온 아이가 약사 아들이라는 사실을 알고는(처음에는 내가 그 아이의 유일한 친구였던 것 같다) 학생들이 항의집회를 열었다. 우리는 모두 우리 부모들이 실제보다 더 잘사는 척했다. 나는 우리 어머니가 내 옷을 뜨개질하거나 수선하는 것을 자주 본 꼬마에게 그저 어머니가 좋아서 하시는 일이라고 말했다. 나는 그게 생계 때문이라는 것을 알고 있었지만 말이다.

내 생각으로 그 학교는 그런 종류의 학교가 대부분 그렇듯이 외설이 난무하고 약한 애들을 괴롭히는 곳이었다. 덩치가 큰 애는 작은 애가 몸을 웅크려 피하나 보려고 허공에 주먹을 날려보기도 하고 성적인 감정

---

[102] 해머스미스의 고돌핀 스쿨 교장 루퍼트 모리스.
[103] 영국의 명문공립학교 이튼 학교의 학생들은 모자에 검은 교복을 입었다.

을 갖기에는 너무 어린 애들이 길거리에서 떠도는 외설적인 노래를 부르는 곳이었지만, 나에게는 더 좋은 학교보다는 더 잘 맞았던 것 같다. 교장선생님이 "아무개 학생 그리스어 잘하나요?"라고 물었을 때 담임선생님이 "아주 좋지 않습니다만 크리켓은 곧잘 하지요."라고 대답하는 소리를 들은 적이 있다. 그러자 교장선생님은 "아, 그 아이 그냥 내버려두세요."라고 대꾸했다.[104]

나는 학교공부 체질이 아니라서, 몇 주 동안 모든 것을 잘해도 제대로 한 가지를 배우는 데는 저녁 시간을 꼬박 써야 하는 일이 잦았다. 내 생각들은 지나치게 활발해서 뭔가를 하려고 하면 마치 거센 바람이 부는데 풍선을 헛간에 집어넣으려고 애쓰는 꼴이었다. 내 성적은 언제나 반에서 바닥 근처를 기었고, 늘 변명을 했지만 그건 내 소심증을 가중시킬 뿐이었다. 그러나 나를 거칠게 대하는 선생님은 없었다. 나는 나방과 나비를 수집하며, 한다는 나쁜 짓이란 고작 이따금 꼬리 없는 늙은 흰 쥐를 외투 주머니나 책상 속에 숨겨놓는 정도의 아이로 알려져 있었다.

우리의 은밀한 관습을 방해하는 일이 단 한 번 있었다. 훌륭한 그리스어 학자이며 열정적인 선생님이시지만 말할 때 기이한 습관이 있었던 아일랜드인 선생님[105]이 잠시 가르치실 때 있었던 일이다. 그는 교장선생님이 복도 끝을 지나가실 때면 "저기 가시네, 저기 가셔."라고 말하거나, "당연히 이 학교는 꽝이지. 성직자가 교장인데 별수 있겠어?"와 같은 말을 하며 수업을 시작하셨다. 그러고 나서는 그의 눈길이 나에게로 떨어지면 나를 일어나게 해서 어떤 아일랜드 아이도 영국 아이들 반 전체를 모아놓은 것보다 더 똑똑하다는 것을 온 세상 사람들이 다 아는데도

---

[104] 라고 대꾸했다: (1916년판) 라고 말하며 가셨다.
[105] 누구인지 밝혀지지 않음.

나처럼 빈둥거리는 것은 수치스러운 일이라고 말했다. 나는 이후에 이 말의 대가를 톡톡히 치러야 했다. 가끔 그는 얼굴이 여자애 같은 작은 애를 불러서는 양쪽 볼에 뽀뽀하고 휴가 때 그리스에 데려가겠다고 말했다. 얼마 안 되어 그 선생님이 아이의 부모에게 그 사실을 편지로 알렸다는 얘기가 들렸는데, 그는 휴가 때가 되기도 한참 전에 학교에서 해고되었다.

VII

두 개의 영상이 기억에 떠오른다. 운동장 가에 있는 나무 꼭대기에 기어올라가 학교친구들을 내려다보며 먼동이 틀 때 홰를 치는 봄날 수탉처럼 의기양양해 있는 내 모습이 보인다. 나는 혼잣말을 한다. "지금 내가 애들보다 더 똑똑한 것처럼 커서도 다른 어른들보다 더 똑똑하게 되면 나는 유명인이 될 거야." 아이들이 모두 같은 것만을 생각하고 선거철이 되면 자기네 아버지들이 신문에서 읽는 그런 주장들로 학교 담벼락을 온통 도배질하는 모습이 떠오른다. 나는 예술가의 아들로서 특별한 것을 온 인생의 목표로 택하고, 다른 애들처럼 단지 잘살겠다거나 즐겁게 살겠다고 생각해서는 안 된다고 다짐하는 모습이 떠오른다. 또 다른 영상은 스트랜드 가에 있는 호텔 거실에 관한 것이다. 거기서 어떤 남자가 난로 위로 몸을 웅크리고 있다. 그 남자는 우리 사촌[106]인데, 또 다른 사촌의 돈으로 투기를 하고는 체포될까 두려워 아일랜드에서 도망쳤다. 아버지는 그와 함께 저녁을 보내고 그가 틀림없이 겪고 있을 양심의 가책을[107] 덜어주려고 우리를 그리로 데려가신 것이었다.

---

[106] 알렉산더 미들턴. 이 사건은 10년 후인 1888년에 일어났다.
[107] 양심의 가책을: (1916년판) 아버지가 알고 있는 양심의 가책을.

VIII

몇 년 동안 베드퍼드 파크는 낭만적이고 신나는 곳이었다. 노스엔드에서 아버지는 아침식사 때 우리 집 샹들리에는 우스꽝스럽기 짝이 없으니 떼어내겠다고 선언하셨는데, 얼마 후에 노먼 쇼가 짓고 있는 마을에 관해 설명해주셨다. "거기에는 사방에 담이 둘러쳐지고 신문은 반입이 허용되지 않을 것"이라고 말씀하셨다. 담도 문도 찾을 수 없는데 어떻게 신문반입을 막을 수 있느냐고 내가 묻자, 아버지는 그저 당연히 해야 할 것을 말한 것일 뿐이라고 하셨다. 우리는 새 집에서 드 모건 타일과 청록색 문, 석류 문양과 모리스의 튤립 문양을 보게 되었다. 그리고서야 우리가 그동안 인조 나뭇결과 빅토리아 중기의 장미들이 그려진 문, 그리고 흔들리는 뿌연 만화경에서 나온 것처럼 보이는 기하학적 문양으로 덮인 타일들을 항상 싫어했다는 사실을 새삼 느낄 수 있었다.

이사를 가서 우리는 그림에서 보던 것과 같은 집에서 살며 심지어 이야기책에 나오는 것처럼 옷을 입은 사람들을 만났다. 거리들은 노스엔드에서처럼 곧게 뻗어 따분하지 않게, 큰 나무가 있는 곳에서 구부러지거나 그저 돌아가는 재미를 위해 구불구불하게 만들어져 있었으며, 철제 울타리 대신 목재 울타리를 사용했다. 모든 것 하나하나의 새로움과 우리가 숨바꼭질하고 노는 곳에 있는 빈 집들, 그 모든 것의 낯섦은 우리가 장난감들 속에서 살고 있다는 느낌을 주었다. 가난한 사람들도 그림 같고 집안 가장이 바다 건너의 이상한 모험담을 이야기할 수 있던[108] 옛날 그런 시절의 행복한 삶을 거기 사는 사람들은 누리고 있다고 상상했다. 새 집은 이미 지은 집들보다 더 좋게 지어졌다. 그 상업적 건축업자는 이미 있는 집들을 모방하여 격을 떨어뜨리는 일은 아예 할 엄두도 내지

---

[108] 이야기할 수 있던: (1916년판) 이야기하곤 했던.

못했다. 게다가 우리는 가장 아름다운 집인 예술가의 집들밖에는 몰랐다.

두 여동생과 남동생과 나는 타일이 깔린 낮은 붉은 벽돌집에서 무용 교습을 받았다. 그 집은 배의 선실과 똑같이 만들어진 집에서 언젠가 살리라는 나의 오래전부터 간직한 꿈을 산산이 깨버렸다. 뱃사람 신드바드가 앉았을 법한 식탁은 청록색으로 칠해져 있었고 목조로 된 부분도 모두 청록색이었다. 위층 높은 곳에는 아주 넓은 창 앞에 별도의 공간이 있었고 거기에는 오르내릴 수 있는 계단과 탁자가 하나 있었다. 유명한 라파엘전파 화가인 그 집 주인[109]의 두 여동생[110]이 우리 선생님이셨다. 선생님들과 그들의 나이 드신 어머니는 아주 소박하게 재단한 청록색 옷을 입으셨으므로 그들 하나하나는 이야기의 한 부분인 것처럼 보였다. 언젠가 내가 그 할머니를 즐거운 표정으로 바라보고 있을 때, 프랑스 예술에 막 영향을 받기 시작한 우리 아버지는 "나이 드신 네 엄마가 저렇게 옷을 차려입은 것을 상상해 보렴." 하고 중얼거리셨다.

아버지의 친구들은 라파엘전파 운동에 영향을 받았지만 자신감을 잃어버린 화가들이었다. 윌슨과 페이지, 네틀쉽, 포터 아저씨가 내가 기억하는 이름인데, 노스엔드에서는 그들을 아주 분명히 기억하고 있었다. 나는 로세티가 자기 재료들에 숙달하지 못했다고 아저씨들이 얘기를 주고받는 소리를 자주 들었다. 네틀쉽 아저씨는 이미 사자 그림을 그리는 쪽으로 바꾸었지만, 아버지는 끊임없이 네틀쉽 아저씨가 젊었을 적 구상한 작품들, 특히 "악을 창조하는 하느님"에 관해 얘기하셨다. 그것은 로

---

[109] 라파엘전파는 존 러스킨의 지원을 받은 19세기 예술운동으로서 영국의 《왕립미술원》이 중시하던 르네상스 전성기의 라파엘과 미켈란젤로의 미술을 비판했다. 그 대신, 색채와 빛의 음영에 의한 정확한 자연묘사에 충실했던 그 이전의 중세 고딕 및 초기 르네상스 미술로 돌아갈 것을 주장했다. 여기서 말하는 집 주인은 영국 수채화가 토머스 매슈즈 루크(1842~1942).

[110] 누구인지 알려지지 않음.

세티가[111] 편지에서 "고대예술에서건 현대예술에서건 가장 숭고한 관념"으로 찬미했던 것으로서, 아버지는 그 편지[112]를 보신 적이 있으셨다. 초창기에 아버지는 사회의 유혹 때문에 자신의 작업을 못 하게 되는 일이 생기지 않도록 외투 뒷자락을 찢어 놓으신 적이 있었다. 나는 어머니가 한 번은 그 부분을 꿰매셨다가 아버지가 돌아오시기 전에 모든 바늘땀을 다시 풀었다고 말씀하신 것을 들은 적이 있다. 지금은 《테이트 갤러리》에 소장되어 있는 포터 아저씨의 정교한 작품 『겨울잠쥐』[113]는 몇 년 동안 우리 집에 걸려 있었다. 그 아저씨가 제일 친하게 지낸 사람은 내 기억이 시작될 무렵 공립학교에서 일한 예쁜 모델[114]이었다. 나는 그녀가 노스엔드 스튜디오의 장식 의자 한구석에 앉아 손에 책을 들고 라틴어를 복습하는 것을 아버지가 듣고 계시던 장면이 기억난다. 그녀의 얼굴은 당시의 전형적

존 버틀러 예이츠
자화상, 수채화

프랭크 포터의 유화
『작은 겨울잠쥐』

---

[111] 로세티가: (1916년판) 브라우닝이.

[112] 로세티의 어떤 편지인지 밝혀지지 않음.

[113] 프랭크 허들스톤 포터(1845~1877)의 유화 『작은 겨울잠쥐』(57cm×47cm)를 말하는 것으로서, 《테이트 갤러리》가 소장한 포터의 작품 8점 중 하나이다.

[114] 어머니가 이탈리아인이고 아버지가 아일랜드인인 샐리 월런. 예이츠의 고희 생일에 축전을 보내기도 했다.

미인형인 선이 고운 계란형 얼굴로서, 정말로 미인의 이상형을 만드는 데 도움이 되었을 것이다. 나는 얼마 전에 그 얼굴이 『지상천국』의 빈 책장에 연필로 그려진 것을 발견했다.

버넘 비치스에서 내가 처음 인사를 한 패러 아저씨가 포터 아저씨의 죽음과 매장에 관해 얘기하는 것을 들은 것은 베드퍼드 파크에서였다. 포터 아저씨는 몹시 가난했고 반은 굶어 죽었다. 그는 아주 오랫동안 빵과 차로만 연명해서 위장이 쪼그라들었다고 했다(사람들이 그런 식으로 표현한 것이 확실하다). 그의 친척들이 그를 발견해서 좋은 음식을 주었지만 이미 때가 너무 늦었던 것이다. 패러 아저씨는 장례식에 참석해 무덤을 가까이 에워싸고 있는 부자들 뒤에 서서, 영구차를 맨발로 쫓아와 이제는 멀리서 울고 있는 그 모델 쪽을 향해 외쳤다. "이 여자가 포터의 돈을 다 가져갔어." 사실은 그녀는 포터의 빚을 자기가 갚게 해달라고 자주 졸랐지만 포터가 돈을 받으려 하지 않은 것이었다. 십중팔구 그의 부자 친구들은 가난한 친구들을, 가난한 친구들은 부자 친구들을 서로 비난했겠지만, 아마도 누구 하나 그를 도울 만큼 잘 알지는 못했을 것이다.

게다가 포터 아저씨는 이상한 종류의 방종을 일삼았다. 나는 누군가가 얘기하는 것을 들었다. 그는 아이들에게 헌신적이었고, 그러다 어떤 아이에게 관심을 갖게 되어 (그의 『겨울잠쥐』는 그 아이를 그린 것이다) 그 아이의 교육에 가진 돈을 다 쏟아부었다는 것이다. 내 여동생은 그 아저씨가 오른손에 검은 장갑을 끼고 그림을 그리면서 자기가 광택제를 너무 많이 써서 장갑이 없으면 손에 반사되는 빛 때문에 괴롭다고 말한 것을 기억하고 있다. 그는 "곧 내 얼굴을 검은 색깔로 칠해야 할 거야."라고 덧붙였다. 우리 아버지는 언제나 서서 왔다 갔다 하셨지만 포터 아저씨는 이젤 앞에 앉아 있었고, 그의 그림 배경에는 늘 내 감정을 움직인 색깔인 짙은 푸른색이 있
는 것을 지켜본 기억만 남아
있다. 월슨[115] 아저씨의 고향
애버딘[116]에는 그의 작품을
소장한 공공미술관이 있다.
내 여동생들도 월슨 아저씨
의 수많은 풍경화를 가지고
있다. 이들은 대부분 차갑고

조지 월슨의 『만추의 빛』

우울하게 그려진 숲의 풍경으로서, 낭만주의 운동이 마지막 단계로 접어
들고 있었음을 보여준다.

IX

우리 아버지는 내가 여덟 혹은 아홉 살이 되었을 때 처음으로 나에게
책을 읽어주셨다. 슬라이고와 로시스 포인트 사이에는 조수 상태에 따라
바다가 되기도 뻘밭이 되기도 하는 곳으로 뻗어나간 거친 풀이 덮여있는
곳(串)이 있었다. 그곳은 죽은 말들이 묻히는 곳이었다. 그곳에 앉아서
아버지는 나에게 『고대 로마 시편』을 읽어주셨다. 마구간지기의 『오렌
지 시편』 이후에 처음으로 나를 감동시킨 시들이었다. 나중에 아버지는
『아이반호』와 『마지막 음유시인의 노래』[117]를 읽어주셨는데, 그것들은
아직도 기억에 생생하다. 나는 얼마 전에 『아이반호』를 다시 읽어보았

---

[115] 예이츠 아버지의 친구인 스코틀랜드 화가 조지 월슨(1848~1890). 예이츠의 아버
지에게 피렌체를 배경으로 한 아르노 강을 그린 작품과 숲의 그림 등 두 점의
작품을 주었다.
[116] 스코틀랜드 북동쪽 항구.
[117] 『아이반호』(1819)와 『마지막 음유시인의 노래』(1805)는 둘 다 19세기 초 영국의
역사 소설가이며 시인인 월터 스코트(1771~1832)의 작품.

월터 스코트의
『아이반호』 표지

지만, 어린 시절 나를 사로잡은 두 장면[118]인, 처음에 나오는 돼지치기 거스, 터크 수사와 그의 사슴고기 파이를 빼고는 모두 기억에서 사라져버리고 없었다. 『마지막 음유시인의 노래』는 내게 마술사가 되고 싶은 소망을 심어주었고 그 소망은 해변에서 살해당하고 싶어 하는 꿈과 몇 년 동안 다투었다.

내가 처음 학교에 들어갔을 때 아버지는 어린이신문을 읽지 못하게 하려고 애쓰셨다. 아버지의 설명에 따르자면, 신문은 성격상 보통의 어린이나 보통의 어른을 대상으로 하므로 인간의 성장을 방해할 수밖에 없는 것이었다. 아버지는 내 신문을 빼앗으셨지만 나는 그저 산문으로 다시 풀어 쓴 『일리아드』를 읽고 재미를 느끼고 있다고 말씀드릴 용기가 없었다. 그러나 몇 달이 지난 후 아버지는 자신의 걱정이 지나쳤다고 말씀하고는, 내 공부에 덜 조급하게 굴며 제대로 배우지 않았어도 덜 화를 냈고 무엇을 읽는지 더 이상 살피지 않으셨다.

그로부터 나는 어린이신문이 발행되는 수요일 오후마다 내 모든 친구들 마음속에 퍼지는 흥분을 함께 나눴다. 그리고 슬라이고에서 읽은 『그림동화집』이나 어머니가 나와 여동생들에게 읽어주신 「미운 오리 새끼」를 제외한 모든 안데르센 동화처럼 그렇게 잊어버린 이야기들을[119] 끝없이 읽었다. 안데르센 동화가 그림 동화보다 덜 평범해서 더 좋아한

---

[118] 거스는 『아이반호』 제1장에, 터크 수사는 제40장에 나온다.
[119] 모든 안데르센 동화처럼 그렇게 잊어버린 이야기들을: (1916년판) 안데르센 동화들처럼 까마득하게 잊어버린 이야기들을

기억이 어렴풋이 난다. 그렇지만 안데
르센조차도 내가 바라는 기사와 용과
아름다운 아가씨에 관한 얘기는 해주
지 않았다.

나는 읽은 것은 하나도 기억하지 못
하고 듣거나 본 것만 기억했다. 내가
열 살이나 열두 살일 때 아버지는 나
를 어빙의 『햄릿』 공연에 데려가셨는
데, 아버지는 내가 엘렌 테리보다 어
빙을 왜 더 좋아하는지 이해하지 못하
셨다. 엘렌 테리가 아버지와 아버지
친구들의 우상이었다는 것을 이제야

예이츠의 두 여동생
수전과 엘리자베스

예이츠(11세 무렵)

나는 안다. 그저 나로서는 어빙의 『햄릿』에 대해 생각하듯 그녀에 대해 생각할 수가 없었고, 여성적인 매력이나 아름다움에 마음을 둘 만큼 성숙한 나이가 아니었다. 몇 년 동안 햄릿은 청소년과 어린이들이 본받을 만한 영웅적 침착성의 이미지, 자신과의 싸움을 하는 전사였다.

아버지는 초서의 작품[120]에 나오는 유대인에게 살해당하는 어린 소년 이야기와 토파즈 경 이야기를 어려운 단어를 설명해가면서 읽어주셨다. 두 이야기 모두 흥미가 있었지만 나는 토파즈 경 이야기를 더 좋아했는데, 이야기가 중간에서 멈춰서 아쉬웠다. 내가 나이가 들어감에 따라 아버지는 발자크 소설들의 플롯을 얘기하며 사건이나 인물을 심원한 인생

발자크의 『인간희극』 속표지

비평의 본보기로 드셨다. 내가 『인간희극』을 모두 다 읽고 보니 작품의 어떤 부분들은 부자연스럽게 강조되면서 억지스러워 줄거리의 균형을 잃고 있었다. 어느 교외 거리에서 아버지가 뤼시앙 드 뤼방프레와 주인의 배신 이후의 결투에 대해, 또 부상당한 뤼시앙이 누군가가 자신이 죽지 않았다는 말을 하는 것을 듣고는 "그만큼 더 나쁜 일"[121]이라고 중얼거린 일에 관해 말씀하신 것이 기억난다.[122]

---

[120] 제프리 초서(1340~1400)의 『수녀원 부원장 이야기』와 『토파즈 경 이야기』를 말함.

[121] 발자크의 『인간희극』의 중심작품 중의 하나인 3부작 『잃어버린 환상』(1837~1843). 여기서 예이츠가 회상하는 장면은 제2부 〈파리에 온 지방 명사〉의 끝에 나오는 부분.

[122] 어느 교외 거리에서 … 기억난다: 1916년판에 나온 구절의 어순 등을 약간 개정함.

지금은 그저 친구와 생각과 감정을 나눌 수 있을 뿐 의견 차이가 존재한다는 것을 계속 느끼게 되지만, 당시에는 아무 생각도 없이 친구들과 모험을 함께했다. 친구들이 계획을 세워 어떤 일을 함께 하면 마음이 하나가 되고 마지막 비밀까지도 사라지게 된다. 나는 운동에는 소질이 없었다. 나는 골을 넣거나 점수를 낸 기억은 없지만, 나와 운동선수 친구 그리고 품행 바르기로 명성이 자자한 두 아이가 (그 아이들이 이름 말고는 얼굴이 기억 안 나는 애들인데) 리치몬드 파크나 쿰우드 혹은 트와이퍼드 사원으로 나비와 나방, 딱정벌레를 찾으러 나설 때면 나는 지식의 보고였다.

　요즘에도 가끔 점심이나 저녁식사 때 그 주소가 익숙하게 들리는[123] 사람들을 만나면 사냥터지기가 그들의 집 뒤에 있는 큰 농장에서 나를 쫓아온 일과, 희귀한 딱정벌레가 그곳에 서식한다고 생각해서 잡으러 갔다가 방목장에 있는 소똥 위에 엎어진 일이 갑자기 떠오르기도 한다. 운동선수 친구는 우리의 경비원이며 안전요원이었다. 그는 우리가 길에서 마차를 만나면 모두 모자를 벗고 어디를 방문하기 위해 가는 것처럼 계속 걸어가자고 제안했다. 한 번은 쿰우드에서 사냥터지기의 눈에 띄었을 때 품행 바른 두 형제 중에서 형을 설득해서 그가 학생들을 산책시키는 선생님인 척했다. 사냥터지기는 욕을 하거나 고발하겠다고 하는 대신, 딱한 표정을 지으며 따지고 들었다. 그곳이 아무리 매력적이었다 해도(그리고 윔블던 커먼이 즐거운 기억으로 남아있는 쿰우드로 이어지는 공터에는 작은 개울이 있었다!), 내가 보지 못한 무엇을 다른 애들은 본다는 걸 나는 알았다. 나는 거기서 이방인이었던 것이다. 장소의 이름을 말하는 그들의 방식에는 내가 그렇게 느끼도록 만드는 뭔가가 있었다.

---

[123] 익숙하게 들리는: (1916년판) 익숙하게 들릴.

아일랜드 시인
제임스 클레런스 맹건

나는 방학 때 슬라이고로 가는 길이면 리버풀의 클래런스 유역에 다다라(클래런스 맹건[124]의 이름은 이 부두 이름에서 따온 것이었는데), 슬라이고 사람들 틈에 끼게 되었다. 어릴 때 이런 일이 있었다. 내가 마차에서 내리자마자, 새가 들어있는 상자들을 가지고 리버풀에 온 어떤 할머니가 갑자기 나를 와락 껴안았다. 할머니는 내 짐을 들어준 선원에게, 내가 갓난애였을 때 나를 안아본 적이 있다고 말해서 황당했다. 그 선원도 나를 알던 사람이었을 것이다. 나는 장난감 배를 물에 띄우러 슬라이고 부두에 자주 갔고 또 우리 외할아버지와 동업자 윌리엄 미들턴 할아버지가 이사로 있는 회사 소유의 《S. S. 슬라이고 호》나 《S. S. 리버풀 호》를 타고 매년 한두 번씩 왕래했기 때문이다. 나는 둘 중에서 《리버풀 호》를 언제나 더 좋아했다. 그 배는 남북전쟁 동안 해상봉쇄망을 뚫고 운항할 수 있도록 건조되었기 때문이다.

나는 언제나 이 항해를 들떠서 기다렸고 다른 애들한테 자랑하기도 했다. 어릴 때는 두 발을 벌리고 걸으며 선원들의 걸음걸이를 따라 하기도 했다. 뱃멀미를 하곤 했지만, 다른 애들에게, 심지어 약간은 나 자신에게도 이 사실을 숨긴 것 같다. 과거를 회상해보니 뱃멀미에 대해 기억나는 게 거의 없기 때문이다. 반면 선장이나 일등항해사에게 들은 얘기

---

[124] 제임스 클래런스 맹건(1803~1849)은 더블린 출신의 아일랜드 시인. 예이츠는 그를 아일랜드 최고 시인 중의 하나로 생각했다.

들, 도니골[125]의 거대한 절벽 모습, 아일랜드어로 떠들며 바닷가재를 잡아오는, 그리고 밤이면 사람들의 주의를 끌려고 불타는 잔디를 훅훅 불어 불꽃을 날리는 토리 섬[126] 사람들은 기억이 난다. 어깨가 떡 벌어지고 흰 수염이 얼굴에 빙 둘러 난 그 나이든 선장[127]은 맞장구를 아주 잘 치는 일등항해사에게 자신이 리버풀 해안에서 벌인 전투에 관해 이야기하곤 했다. 내가 아주 어린애였을 때 외할아버지께 하느님이 선원들처럼 힘이 세냐고 물은 적이 있는데, 아마 내가 생각했던 것은 바로 이 선장의 모습이었을 것이다.

어쨌든 외할아버지는 난파를 당할 뻔한 적이 한 번 있었다. 《리버풀호》가 배의 축이 부서진 채 멀어브갤러웨이[128] 근처까지 폭풍에 밀려왔다. 선장은 일등항해사에게 "배가 부딪히면 꼭 뛰어내리게. 돛대 파편에 맞아 죽을 수도 있네."라고 말했다. 일등항해사가 "아이고, 전 수영 못해요."라고 대답하자, "이런 바다에서 누가 5분 이상 떠 있을 수 있겠어?"라고 말했다. 외할아버지는 일등항해사가 세상에서 가장 소심한 남자이며 "선창가 아가씨 웃음 한 방이면 나가떨어진다."고 자주 말씀하시곤 했다. 외할아버지가 배의 항해를 그 항해사에게 맡긴 일도 한두 번이 아니었지만, 언제나 그 항해사는 자신의 정박지를 내버려두고 같이 있으면 안전하다고 느끼는 늙은 선장과 함께 항해에 나섰던 것이다.

언젠가 외할아버지에게 리버풀의 선박수리소에 있는 배 한 척이 맡겨진 적이 있었다. 그런데 그 배에서는 슬라이고에서 한 아이가 익사하는 사고가 있었다. 그 소식이 그에게 채 전해지기도 전에 외할아버지는 아

---

[125] 아일랜드 최북단 지방.
[126] 도니골 북쪽에 있는 작은 섬.
[127] 키블 선장. 나중에 슬라이고 항만장이 되었다.
[128] 스코틀랜드 남단에 있는 곳.

내에게 전보를 쳤다. 〈귀신, 당장 나타날 것, 그렇지 않으면 내가 나서겠음〉. 그는 여러 번 난파를 당했는데, 그것 때문에 신경쇠약에 걸린 것 같다. 또는 그것 때문에 가지게 된 예민함이 또 다른 차원에서 그에게 감식안과 소양을 갖게 만든 것 같다. 내가 언젠가 『파리의 로베르 백작』[129] 책을 갑판의자에 두고 잊어버린 적이 있는데, 그것을 다시 찾았을 때 그 책에는 외할아버지의 더러운 엄지손가락 지문이 잔뜩 묻어 있었다. 그는 언젠가 코차보,[130] 즉 죽음의 마차를 본 적이 있다는 말을 했다. 그 마차는 길을 따라오다가 오두막에 가려졌는데 오두막의 다른 쪽으로 절대 나오지 않았다고 한다.

언젠가 나도 배가 육지에서 한참 떨어졌을 때 막 벤 건초 냄새를 맡은 적이 있다. 또 한 번은 바다앵무새들(선원들이 바다오리를 그렇게 부르는데)이 머리를 날개 밑에 집어넣는 방식이 서로 다른 것을 보고, 선장에게 "저 녀석들은 성격이 제각각이에요."라고 말했다. 그렇지만 내가 그것을 실제로 보았는지, 아니면 보았다고 상상해서였는지는 잘 모르겠다. 가끔은 아버지도 함께 오셨는데, 선원들은 아버지가 오는 것을 보면 "존 예이츠가 오는 걸 보니 폭풍을 만나겠군." 하고 말했다. 아버지는 재수 없는 사람으로 여겨졌기 때문이다.

나는 우리 할아버지가 사셨던 머빌의 마구간 뜰이나 미키 할머니가 사셨던 씨뷰에 있는 집 옆의 잡목숲 같은 밀폐된 좁은 장소를 더 이상 좋아하지 않았다. 가끔은 마구간지기를 친구삼아 산에 올라가고 고장 역사에 나오는 산에 관한 이야기를 찾아보기 시작했다. 나는 계곡에서

---

[129] 『파리의 로베르 백작』(1832)은 월터 스코트의 소설.
[130] 목이 없는 말들이 관을 실은 마차를 끌고 온다는 죽음의 마차 얘기는 북서 유럽의 민담에 나오는 것으로서 특히 아일랜드에 많았다. 이 마차의 모습을 보거나 소리를 들으면 그 사람이나 친척에게 죽음이 찾아온다고 한다.

지렁이 미끼 송어낚시를 했고, 밤에는 청어 낚시를 나갔다. 낚시 얘기가 나와서 하는 말이지만, 외할아버지가 영국인들이 홍어를 먹는 것은 잘하는 일이라고 말씀하셨기 때문에 나는 로시스 포인트에서 6마일 여의 거리를 걸어 커다란 홍어를 가져온 적이 있다. 하지만 외할아버지는 드시지 않았다.

어느 날 밤 내가 해안경비대 배를 타고 집으로 가던 중 춘분 추분 때 흔히 오는 돌풍이 막 불어 닥쳤다. 한 아이가 내게 마치 포의 단편소설 「황금풍뎅이」[131]에서 나와서 날아다니고 있는 것 같은 금색 풍뎅이를 스

에드거 앨런 포의
「황금풍뎅이」가 실린
단편소설집 표지

코틀랜드에서 누군가가 목격했다는 얘기를 해주었다. 나는 그 아이나 나나 그 사실을 의심치 않았다고 생각한다. 정말로 나는 부두에서 어슬렁거리거나 슬라이고와 로시스 사이를 운항하는 작은 기선 앞 갑판의 난로 주위에 있는 선원들에게서, 혹은 낚시를 나온 아이들에게서, 세상은 괴물과 기이한 일로 가득한 것처럼 보인다는[132] 얘기를 너무도 많이 들었다. 귀걸이를 달고 있는 외국인 선원들이 이야기를 들려준 적은 없었지만, 나는 낚시하는 아이들처럼 놀라고 감탄하며 그들을 물끄러미 바라보았다.

집들과 정박한 배, 멀리 있는 등대가 모두 마치 오래된 지도처럼 가까

---

[131] 「황금풍뎅이」(1843)는 미국의 시인이며 소설가인 에드거 앨런 포(1809~1849)의 작품으로, 우연히 황금풍뎅이에게 물린 후 그 황금풍뎅이를 이용해서 해적이 숨긴 보물을 찾는다는 내용.
[132] 가득한 것처럼 보인다는: (1916년판) 가득하다는.

예이츠의 남동생인
화가 잭 버틀러 예이츠

이 모여 있는 동생의 그림 『추억의 항구』[133]를 보면 나는 흰 셔츠가 두드러진 푸른 외투의 남자 모습에서 내가 함께 낚시를 간 적이 있는 도선사[134]의 모습을 발견하고는 불안과 흥분으로 가득 찬다. 그리고 동생이 그리는 그림보다 더 좋은 시를 내가 더 많이 쓰지 못했다는 것 때문에 우울해진다. 나는 신드바드의 황금해변을 걸어왔고, 다른 것은 내 취향에 맞지 않았다.

나는 아직도 붉은 조랑말이 있다. 언젠가 아버지가 나를 따라서 말을 타고 오신 적이 있는데, 아주 강압적이었다. 아버지는 내가 말을 제대로 못 탄다고 생각해서 화를 내고 무섭게 나무라셨다. "넌 다른 것들도 해야 하지만 폴렉스펜 집안이 높이 치는 것은 뭐든 다 잘해야 해."라고 말씀하셨다. 아버지는 내 수업에 대해서도 똑같은 말씀을 하시며, 수학을 잘해야 한다고 말씀하셨다. 그 에너지 넘치는 성공한 사람들[135] 가운데 있을 때 아버지가 열등감을 느끼셨다는 사실을 이제는 안다. 아버지 자신은 말 타는 게 아주 서툴면서도 무작정 사냥을 나가려 하고 어떤 도랑도 무서

---

[133] 화가이며 작가인 예이츠의 동생 잭 버틀러 예이츠(1871~1957)가 그린 수채화로서, 1900년 작품(32cm×47cm)이다. 이 작품은 로시스 포인트의 항구를 그린 것인데, 오래된 파노라마식 지도에 있는 것처럼 거리가 축소되고 집들이 모여 있는 것처럼 보인다. 강물 한가운데 받침대 위에 서 있는 사람은 배들이 지나갈 수 있는 깊은 지점을 가리키고 있다. 곳에 그려져 있는 관과 해골, 빵 한 덩어리는 거기에 묻혀있는 선원을 상기시켜주는 것으로서, 얘기에 따르면 그가 진짜 죽었는지 확실히 알 수가 없어서 빵 한 덩어리와 함께 묻었다 한다.

[134] 잭 예이츠가 잘 알고 지냈던 마이클 길렌이라는 이름의 도선사.

[135] 외가인 폴렉스펜 가문의 사람들.

잭 버틀러 예이츠 작 『추억의 항구』

워하지 않는다고 외갓집 누군가가 말했다. 다운 카운티의 교구목사였던 할아버지는 품위 있는 분이며 학자였지만, 하도 멋을 부리며 말을 타서 하루 사냥을 위해 안장에 자리를 잡는데 승마바지를 세 벌이나 찢었다는 애기가 있다. 또 그의 첫 교구목사가 "내가 바란 건 부목사였는데 말 타는 사람을 보냈네."라고 탄식했다는 애기를 들은 적이 있다.

혼자가 되면 나는 여러 번 넘어졌지만 아무런 욕심 없이 말을 탔고, 다른 곳보다는 종조부 맷 할아버지가 사시는 라스브론[136]에 더 많이 갔다. 그분

예이츠의 할아버지
윌리엄 버틀러 예이츠 목사

---

[136] 슬라이고 북부에 있는 마을.

의 아이들과 나는 그 집 앞 강에서 장난감 배들을 띄우곤 했다. 우리는 그 배들을 장난감 대포로 무장하고 대포 구멍마다 점화용 종이를 쑤셔 박았다. 우리는 배들이 소용돌이에서 맴돌지 않고 대포가 서로를 향해 발사되기를 늘 바랐지만 그것은 언제나 실패로 돌아갔다.

나는 크리스마스 휴가 때는 가끔 슬라이고에 갔던 게 틀림없다. 붉은 조랑말을 타고 사냥을 나간 기억이 있는 것을 보면 말이다. 내 말은 처음 점프를 할 때 주춤거려 다행이다 싶었는데, 아이들이 떼로 달려들어 말을 때리자 나는 그냥 내버려둘 수가 없었다. 아이들은 내가 무서워한다고 조롱했다. 나는 쉬는 틈을 타서 혼자[137] 다른 도랑을 시도했지만 내 조랑말은 그것도 뛰어넘으려 하지 않았다. 그래서 나는 말을 나무에 매어두고 고사리 덤불 가운데 누워 하늘을 쳐다보았다. 집으로 돌아오는 길에 사냥꾼들을 다시 만났는데, 아이들이 모두 사냥개들을 피하려고 했다. 왜 그러는지 알고 싶어서[138] 나는 사냥개들이 모여 있는 길 한복판으로 조랑말을 몰고 가서 그 한가운데 말을 세웠다. 그러자 아이들이 나에게 소리를 질러댔다.

가끔 나는 우리 미들턴 집안 사촌[139]과 결혼한 늘 싸움질을 하는 소지주[140]가 사는 다건 캐슬에 말을 타고 갔다. 한번은 친척인 조지 미들턴과 함께 간 적이 있다. 아마도 그 집은 무모한 아일랜드의 쇠락한 최후의 모습을 발견할 수 있는 마지막 집이었을 것이다. 그러나 작은 호수를 가로질러 서로 마주보고 있는 폐허가 된 두 개의 성, 다건과 퓨어리 캐

---

[137] 혼자: (1916년판) 들판에 혼자 있을 때.
[138] 왜 그러는지 알고 싶어서: (1916년판) 왜 그러는지 알기를 원했기 때문에.
[139] 종조부 윌리엄 미들턴의 딸 메리.
[140] 존 로버트 옴브시로 그의 집안은 슬라이고의 밸리골리 근처에 있는 다건 캐슬을 소유했다.

다건 캐슬

슬[141]의 낭만 때문에 나는 그곳을 좋아했다. 그 소지주의 집안은 18세기 어느 무렵에 성에서 나와 조그만 집으로 이사를 해서 살았다. 결혼을 하지 않은 채 슬라이고에서 하숙집을 운영하는 퓨어리 캐슬의 두 분 할머니는 망한 또 다른 혈통의 마지막 남은 후손이었다. 해마다 한 번씩 그는 슬라이고로 말을 몰고 두 할머니를 찾아가 할머니들이 선조의 비석을 살피고 혈통을 기억하도록 만들어 주었다. 그는 또 할머니들이 무서워하는 모습을 즐기려고 가장 사나운 말들을 매어 마차를 달리기도 했다.

그 소지주는 생각이 왔다 갔다 해서 어디서 마음이 무거운 시간을 떨쳐버릴지[142] 알지 못했다. 내가 거기 간 첫날, 그는 내 사촌에게 권총을 주었고, (우리는 큰길에 있었는데) 그 총을 자랑하기 위해서인지 자기 총 솜씨를 자랑하기 위해서인지 몰라도 지나가는 닭에게 총질을 했다. 30분쯤 후에는 지금은 나선형 계단이 있는 부서진 탑[143]의 한 부분만 남

---

[141] 슬라이고의 아드나브락에 있는 성들.
[142] 어디서 마음이 무거운 시간을 떨쳐버릴지: (1916년판) 마음이 무거운 시간을 떨쳐버리기 위해 무엇을 할 수 있을지.

아있는 자기 성 밑 호수 가장자리에서, 직접 겨냥한 것인지[144] 아니면 그냥 그 방향으로 쏜 것인지는 모르지만 호수의 먼 저쪽 가장자리를 걸어가고 있는 시골노인을 향해 총을 쏘았다. 다음 날 나는 그가 그 시골노인과 위스키 한 병을 나눠 마시며 그 문제를 매듭짓는 것을 보았는데, 두 사람 모두 기분이 좋은 상태였다.

그가 언젠가는 소심한 이모에게 자신의 새로 생긴 마지막 애완동물을 보고 싶지 않으냐고 물었다. 그리고는 곧바로 경주마 한 마리를 현관문으로 몰고 들어와서 식탁 주위를 돌았다. 또 한 번은 사냥개들이 사람들의 아침식사를 먹어치우게 하는 것이 재미있을 거라고 생각해서 개들에게 창문을 열어주어 이모가 아래층으로 내려왔을 때는 식탁에 남아있는 음식이 하나도 없었던 적도 있었다. 당시에 떠돌던 이야기 중에는 그가 사격술을 자랑하느라 마티니헨리 소총[145]으로 자기 집 문을 쏘아 노커[146]를 떨어뜨렸다는 얘기도 있었다. 마침내 그가 우리 윌리엄 미들턴 할아버지와 말다툼을 하는 일이 벌어졌다. 그는 복수를 위해 거친 시골아이 떼거리를 모아 그들과 함께 자기가 부릴 수 있는 가장 성질이 못된 늙은 말들을 타고 《토지연맹》[147]의 깃발을 꽂은 채 온 슬라이고를 누비고 다녔다. 그 일이 있고 난 뒤 그는 친구도 돈도 다 떨어져서 호주인지 캐나다인지로 떠났다.

나는 다건 캐슬에서 파이크 낚시를 하기도 하고 총구멍에 장전을 하는 총으로 새 사냥을 하기도 했다. 그러다가 누군가가 쏜 총에 맞고 죽어

---

[143] 예이츠 자신도 1917년에 나선형 계단이 있는 탑을 샀다.
[144] 호수 가장자리에서, 직접 겨냥한 것인지: (1916년판) 호수 가장자리로 우리를 데리고 갔다. 직접 겨냥한 것인지.
[145] 영국군이 1871~1891년 사이에 사용한 소총.
[146] 초인종 역할을 하는 문 두드리는 고리쇠.
[147] 주석 99 참조.

가는 토끼가 내지르는 끽 – 하는 날카롭고 긴 비명을 듣게 되었다. 그 후부터 나는 말 못 하는 물고기 외에는 아무것도 죽이지 않으려고 했다.

XI

우리는 베드퍼드 파크를 떠나 더블린의 호스에 있는 긴 초가집으로 이사했다.[148] 토지전쟁이 최고조에 이르러서 여러 세대 동안 우리 집안 소유였던 킬데어 땅은[149] 점점 줄어들고 있었다. 토지대여가 점점 뜸해져 어떤 비용이나 융자금을 충당하려고 토지를 팔아야 했을 때 아버지와 소작인들은 아무런 악감정 없이 갈라섰다. 가장 어려웠던 시기에 어떤 소작인 할아버지[150]는 아버지의 사냥개를 자기 집에 두고 1년 소작료로 버는 것 이상으로 잘 돌보아 주었다. 그는 개가 편안하도록 난로 앞 제일 좋은 자리를 따로 마련해 주었다. 개가 집으로 들어올 때 사람이 그 자리에 있었다면 개에게 자리를 양보해야 했다. 땅을 팔고 난 후에도 한동안 이 할아버지와 아들들 사이의 분쟁을 해결하려고 그들이 아버지를 오시도록 청한 사실이 기억난다.

나는 열다섯 살이 되었다. 아버지는 그림을 계속 그리고 싶으셨기 때문에 나를 화실 가까이에 있는 하코트 가의 학교에 다니게 하셨다.[151]

---

[148] 예이츠 가족은 1881년 가을에 호스에 있는 발스카든 코티지로 이사했고, 예이츠는 에라스무스 고등학교에 등록했다. 그러나 이내 다음 해인 1882년 봄에 항구가 내려다보이는 아일랜드 뷰로 이사를 했고, 1883년에는 다시 래스 가로 이사했다.

[149] 메리 버틀러가 유산으로 받은 이 토지는 존 예이츠 목사, 그의 아들 윌리엄 예이츠에게로 넘겨졌다가 마침내 1846년에 존 버틀러 예이츠의 소유가 되었다. 1886년까지 예이츠의 아버지는 소작인들에게 토지를 계속 팔았기 때문에 예이츠는 지주가 되지 못했다. 토지전쟁이나 경영부실 때문이 아니라 경제가 좋지 않아 토지는 거의 수입을 가져다주지 못했다.

[150] 토지관리인 존 도란을 말함.

[151] 더블린의 하코트 40번지에 있는 하코트 스트리트 스쿨(에라스무스 스미스 고등

나는 철책이 쳐 있고[152] 긴 야적장과 지저분하고 장식적인 기차역을 마주한 칙칙한 18세기 건물과 진흙과 자갈투성이의 조그만 운동장을 보았다. 이 학교에서는 아무도 예절 따위에는 신경 쓰지 않는다는 걸 바로 알게 되었다. 우리는 시끄럽게 떠들면서 수업을 했다. 우리는 기도로 아침수업을 시작했지만, 수업이 시작될 때 교장선생님은 기분이 나면 교회와 성직자들을 조롱했다. 그는 "내키는 대로 지껄이라지, 그래도 지구는 태양을 돌거든." 하고 말하곤 했다. 반면에 약한 애를 괴롭히는 일은 없었고, 생각과는 달리 학생들은 엄청나게 열심히 공부했다. 크리켓과 축구, 나방과 나비 채집은 금지하지는 않았지만 권하지 않았다. 그런 것은 빈둥거리는 애들이나 하는 짓이었다.

나는 전에 그랬듯이 학교친구 대부분을 알지 못했다. 교실 밖에서 함께하는 생활이 없었기 때문이었다. 나는 학교공부가 내 자연사 공부에 방해가 된다고 생각하기 시작했다. 그러나 학교공부와 상관없는 책을 보지 않는다고 해도 어차피 밤에 해야 할 공부를 사 분의 일도 하지 못했을 것이다. 다른 애들은 유클리드 기하학 문제를 제대로 풀지 못하고 칠판에서 끙끙댔지만 나는 언제나 쉽게 풀었고, 그것 때문에 가끔 성적이 바닥을 기다가도 1등을 하기도 했다. 그러나 이 아이들도 나와 똑같이 타고난 재능이 있어서 입문과정 마지막에 가서는 4학년이나 5학년 책 대신 최근 서적을 배웠다. 그리고 사전을 찾아가며 베르길리우스의 시 10여 행을 읽기보다는 해설서의 도움으로 150행을 읽었다. 다른 애들은 번역문을 통째로 외웠고 어떤 라틴어와 영어 단어가 대응하는지 기억할 수 있었지만, 나는 우리가 아직 배우지 않은 부분에서 무슨 일이 벌어

학교). 교장은 윌리엄 윌킨스였다.
[152] 나는 철책이 둘러 있고: (1916년판) 나는 넓은 18세기식 거리 쪽으로 철책이 쳐있지만.

질지 미리 알고 싶어 한 나머지 엉뚱한 실수들을 저질렀다. 그리고 관심이 없는 것은 전혀 공부를 하지 않은 내가 70개의 날짜 목록밖에 없는 역사 공부를 무슨 수로 할 수 있었겠는가? 나는 문학 과목에는 최악이었는데, 우리는 셰익스피어를 문법을 익히려고만 읽었기 때문이다.

어느 날 나에게 좋은 생각이 떠올랐다. 학생들은 아주 많은 양을 마지막 시간에 복습했는데, 그날 배운 것들이거나 밤새 암기해야 할 것들이었다. 몇 주 동안 어떤 것 하나가 이해가 안 되자 나는 누구의 허락도 받지 않고 그 시간을 빼먹어 버렸다. 나는 수학 선생님에게 공부해야 할 것을 한꺼번에 달라고 했는데, 아무도 이에 토를 달지 않았다. 자주 아버지가 끼어들어 내 라틴어 공부를 가르쳤지만 언제나 엉망이 되었다. 내가 "저는 지리도 공부해야 해요."라고 말하면, 아버지는 "지리는 절대 배우면 안 돼. 그것은 정신의 훈련이 아니야. 필요한 것은 네가 읽는 교양서적에 다 들어있어."라고 대꾸하셨다. 그것이 역사 과목이었어도 아버지는 똑같이 말씀하셨을 것이다. "유클리드 기하학은 너무 쉬워. 그것은 자연스럽게 문학적 상상력으로 다가오거든. 하지만 그것이 정신을 위한 좋은 훈련이 된다는 옛사람들의 생각이 낡은 것으로 인식된 지 이미 오래되었지."라고 말씀하셨다.

내가 라틴어 과목을 잘하는 것도 잠시는 화제가 되었지만, 몇 주 후에는 그렇게 똑똑한 아이가 그토록 게으른 것은 수치스러운 일이라는 얘기를 들어야만 했다. 내가 산만한 생각을 통제할 수 있었던 것은 라틴어를 오로지 공포 속에서 공부했기 때문이라는 사실을 아무도 알지 못했다. 그 무렵 언젠가 그 사실을 내가 교장선생님에게 일러바친 것 같다. 교장선생님이 "내가 과제를 내주겠다. 과제를 주려고 너희 아버지께 연락을 할 수가 없으니."라고 말씀하신 기억이 나는 것을 보면 말이다.

가끔 우리는 에세이를 써야 했는데, 에세이는 필체와 철자법으로 평가

되었기 때문에 나는 상장 하나 받지 못하고 많은 창피를 당했다. 선생님에게 불려 나가서 내가 진짜 그런 것들을 믿는지 질문을 받기도 했다. 내가 변치 않고 늘 믿고 있는 것과 아버지가 말씀해 주신 것, 혹은 친구들과 대화한 기억만을 에세이로 썼기 때문에 나는 그런 질문에 화가 났다.[153]

〈인간은 죽은 자아를 발판 삼아 더 고귀한 것들을 향해 나아갈 수 있다〉는 주제로 에세이를 쓰라는 숙제를 받은 적이 있다. 아버지는 그 주제를 어머니께 읽어주셨지만 어머니는 그런 문제에는 관심이 없으셨다. 아버지는 말씀하셨다. "그러니까 애들이 불성실해지고 자신을 속이게 되는 거야. 이상(理想)은 피를 묽게 만들고 사람들의 인간성을 빼앗아가 버리지." 아버지는 엄청나게 화를 내며 방을 왔다 갔다 하시더니 내게 그런 주제에 관해서는 절대 글을 쓰지 말고 셰익스피어의 "너 자신에게 충실해라. 그러면 마치 밤이 낮을 따르듯이 저절로 누구에게나 진실할 수 있게 되지."[154]라는 구절에 관해 쓰라고 말씀하셨다.

또 언젠가 아버지는 의무감이라는 관념을 비난하셨다. 아버지는 "제대로 된 여자가 의무감만으로 포장된 남편을 경멸하는 것을 떠올려봐라."라고 하시고는, 어머니가 그런 것을 얼마나 비웃으시는지 말씀해주셨다. 의무감이 자연스러운 사람들이 있을지 모르지만 누구도 그런 사람들과는 같이 식사를 하려고 하지 않는다.

나는 지금은 아버지가 말씀하신 모든 것이 옳았다고 믿지만, 아버지는 나를 학교에 보내지 말았어야 했다. 그러면 아버지는 그리스어와 라틴어

---

[153] 1916년판에는 다음 문장이 이어져 있었음: 나는 다른 민간신앙들도 더 알고 있었지만 그것들은 우리가 알지 못하는 속되고 어리석은 사람들이 갖고 있는 것으로 취급되었다.

[154] 『햄릿』 제1막 3장 78~80행.

만 가르치셨을 것이고 나는 이때쯤에는 제대로 교양 있는 사람이 되어있었을 것이다. 또한 번역이라는 서툰 장치를 통해 내 영혼을 형성한 책들을 쓸모없는 동경으로 쳐다볼 필요가 없었을 것이며, 변명과 회피에서 나온 소심함으로 권위적인 것들을 대하지도 않았을 것이다. 나는 일이 닥치면 비버의 집짓기 본능처럼 회피와 변명을 잘도 써먹었다.

XII

런던 학교 시절의 운동선수 친구는[155] 한여름을 우리와 함께 보냈지만, 행동과 모험을 토대로 한 어린 시절의 우정은 이제 끝나가고 있었다. 그는 모든 신체적인 활동에서 여전히 나보다 우월했고 지금도 불편한 기억으로 남아있는 바위타기도 함께 했지만 나는 그를 못마땅하게 보기 시작했다. 어느 날 아침 내가 램베이 섬[156]으로 여행을 가자고 제안했는데, 그러면 점심을 못 먹게 될 거라고 그가 말해서 경멸스러운 생각이 들었다. 우리는 작은 보트의 돛을 올리고 빠른 속도로 9마일을 가서 해변에 있는 얌전한 갈매기 한 마리를 보고 있었다. 해안경비대의 두 아들이 옷을 입은 채 물에 뛰어들더니 책에서 읽은 미개인들이 하듯이 우리 배를 뭍으로 끌어냈다. 햇살이 내리쬐는 해변에서 한 시간을 보낸 후 나는 말했다. "난 여기서 영원히 살고 싶어. 언젠가는 그렇게 할 거야." 나는 일생을 보내고 싶은 곳을 늘 찾고 있었다. 우리는 집을 향해 노를 젓기 시작했고 점심시간이 한 시간 쯤 지났을 때 운동선수 친구는 불만을 터뜨리며 몸을 웅크리고 배 바닥에 누워버렸다. 나는 위장이 시계처

---

[155] 씨릴 비시.
[156] 더블린 북쪽에 있는 램베이는 '양의 섬'이라는 뜻으로, 아일랜드 동쪽 해안에서 가장 큰 섬이다. 정상은 127m이며, 서쪽의 낮은 해안을 제외하고 가파른 절벽으로 둘러싸여 있다.

Earth Made	Begin Flood	Abram to Canaan.	Israel's Exodus	Begin Solomon	Israel Divided	3rd Captivity	1st Release
TIME PERIODS AND DATES (BC) OF USSHER'S CHRONOLOGY							
4004	2348	1921	1491	1015	975	586	536 BC
1,656	427	430	476	40	389	50	

Adam	Begin Flood	Covenant w/ Abraham	Israel's Exodus	Begin Solomon	Israel Divided	3rd Captivity	1st Release
TIME PERIODS AND DATES (BC) OF THIS CHRONOLOGY							
3989	2333	1942	1512	1036	996	606	536 BC
1,656	391	430	476	40	390	70	

어셔의 연대표

럼 정확하게 시간을 알려주는 내 친구나 그의 동족들을 비웃었다.

자연사 또한 우리 둘 사이를 갈라놓기 시작했다. 나는 언젠가는 해안 바위 구멍에 사는 생물들의 열두 달 동안의 변화에 관한 책을 쓸 계획을 세웠고, 지금은 기억하지 못하지만 말미잘의 색깔에 관한 내 나름의 이론이 있었다. 그리고 많은 망설임과 고통, 당혹스러움 끝에 아담과 노아, 천지창조 7일에 관해 부정하면서 그와 뜨겁게 논쟁을 벌였다. 나는 다윈과 월리스, 헉슬리, 헤켈의 책들을 읽었다. 휴일이면 신앙심이 독실한 어떤 지질학자[157]를 몇 시간씩 귀찮게 했는데, 그는 기네스 양조장에 일이 없으면 호스 절벽에 있는 화석을 보려고 망치를 들고 왔다. 내가 "이러이러한 인간 유골들은 그것들이 묻혀있던 지층으로 볼 때 5만 년 이하가 될 수 없다는 것 아시죠?"라고 말하자, 그는 대답했다. "아, 그런 것은

---

[157] 누구인지 밝혀지지 않음.

드문 경우지." 그리고 한 번은 내가 어셔의 연대표[158]에 강한 반대의견을 얘기하자 그는 그 주제를 다시는 꺼내지 말라고 부탁하며 말했다. "네가 믿는 것을 내가 믿으면, 나는 도덕적으로 살 수 없을 거야." 그러나 아직도 단지 모험이 좋아 나비를 수집하며 그 이름밖에는 관심이 없는 운동선수 친구와는 논쟁도 할 수가 없었다. 나는 그의 지적 능력을 판단하고, 그의 자연사는 그의 우표수집 취미처럼 과학과는 아무 관계가 없다고 말하기 시작했다. 런던에서 학교를 다니던 시절에도 아버지의 영향 때문인지 나는 우표수집을 깔보았다.

XIII

내가 1학년 때쯤 살던 집은 벼랑 꼭대기에 있어서 폭풍이 치는 날씨에는 물보라가[159] 밤에 침대를 축축하게 적셨다. 내가 유리를 창틀에서 떼어놓았기 때문이었다. 문학을 하는 사람으로서 트인 공기에 대한 열정이 몇 년 동안 지속되었다. 그 다음에는 한두 해 동안 항구가 내려다보이는 집에 살았는데,[160] 고기잡이배들이 떼로 나갔다 들어왔다 하는 모습이 장관이었다. 우리에게는 어부의 아내인 하녀가 붙박이로 있었고, 붉은 얼굴의 덩치 큰 여자아이가 가끔 도와주었다. 이 여자아이는 어머니가 교회에 가셨을 때 잼 한 단지를 모두 먹어치우고는 나한테 죄를 뒤집어씌우기도 했다. 내가 얘기하고 있는 그때부터 오랜 후까지 그런 식으로

---

[158] 제임스 어셔(1581~1656)는 아일랜드의 고위 성직자이며 신학자로서, 그의 연대표는 창세기의 연도를 기원전 4004년으로 잡았다.
[159] 물보라가: (1916년판) 가끔 물보라가.
[160] 예이츠 가족은 1881년에 베드퍼드 파크에서 호스의 발스카든으로 이사를 했다가 곧 호스 항구가 내려다보이는 아이런드 뷰의 아주 작은 집으로 이사를 했고, 1883년에 래스 가로 다시 이사했다.

두 하녀가 일을 했다. 잠시 필요할 때마다 고용된 그 여자아이가 다른 하녀와 헤어진다는 생각에 눈물을 흘리는 것을 우연히 부엌에 간 아버지가 보았고 그래서 둘이 절대 헤어지지 않도록 해주겠다고 약속을 하게 된 것이다.

우리가 항구에 살게 된 것은 어머니를 위해서였다는 것을 나는 의심치 않는다. 어머니는 우리가 어릴 때 바닷가에 간이탈의실이 있다는 얘기를 듣고는 우리를 데리고 가지 않으려고 했지만, 어촌의 활발한 모습은 좋아하셨다. 어머니를 생각하면 부엌에서 어부의 아내인 하녀와 차를 마시며 집 밖에서 벌어지는 일 중에서 유일한 흥밋거리인 호스의 어부들이나 로시스 포인트의 도선사와 어부들에 관해 이야기를 하던 모습이 거의 매번 떠오른다. 어머니는 책을 읽지 않으셨지만, 어머니와 어부의 아내는 호메로스가 얘기했을 법한 말들을 주고받으며 이야기가 갑자기 진지해지는 순간을 즐기고 풍자의 포인트마다 함께 웃었다. 내 책 『켈트의 여명』에는 「마을 유령들」이라는 에세이가 있는데, 그것은 그런 오후의 기록일 뿐이며, 금방 생각이 나지 않아 메모를 하지 못한 바람에 훌륭한 이야기가 많이 사라져버렸다.

아버지는 여동생들과 나에게 늘 어머니 칭찬을 하셨다. 어머니는 느끼지 않은 것을 느낀 척하지 않으셨기 때문이다. 어머니는 굽이치는 구름을 보는 즐거움을 아버지께 편지로 썼지만 그림을 좋아하지는 않으셨고, 심지어 아버지의 그림을 보러 전시회에 가시거나 그날 하신 작업을 보러 아버지의 화실에 가신 적도 없었다. 그런 일은 이 당시에도 없었고, 처음 결혼했을 때도 없었다. 나는 이 모든 일을 아주 똑똑히 기억하지만, 이내 중풍 때문에 어머니의 정신은 무너졌다. 그러나 어머니는 마침내 돈 걱정에서 해방되어 런던의 창가에서 새에게 모이를 주면서 완벽한 행복을 찾게 되셨다. 어머니는 언제나 집중력이 있다고 아버지께서 말씀하셨는데, 그것은 아버지가 칭찬할 때 주로 쓰는 표현이었다. 언젠가는 그 칭찬에다 이렇게 덧붙였다. "구두쇠는 몰라도 돈을 헤프게 쓰는 사람이 시인을 아들로 둔 적은 없지."

XIV

섹스에 눈뜨는 것은 사내아이의 삶에서 큰 사건이 된다. 사내아이는 하루에도 몇 번씩 몸을 씻거나 새벽에 일어나 옷을 벗고 두 의자 사이에 걸쳐놓은 막대기를 이쪽저쪽으로 넘어다니며, 자기가 발가벗은 것을 즐거워하기 시작했다는 사실을 거의 알지 못하거나 절대 인정하지 않고, 어떤 꿈이 그것을 드러낼 때까지 그 변화를 이해하지 못한다. 사내아이는 몸보다 정신이 더 큰 변화를 겪고 있다는 것을 결코 이해하지 못할지 모른다.

이 모든 일이 열일곱 살 가까이 되었을 때 마치 껍질이 터지듯이 내게 닥쳤다. 시골 여자애들에게 이런 일이 벌어지면 그들은 몽유병에라도 걸린 듯 폴터가이스트를 흉내 내어 접시를 사방에 던지거나 긴 머리칼로 잡아당기기기도 하고[161] 장난기 많은 순전한 혼령의 도구가 되어 기묘한 것들에 대한 갈망에 굴복한다. 과거를 돌이켜보면, 열정과 사랑, 절망에 내가 끊임없이 온통 집중해야만 했던 이유는 이것들이 나를 혼란스럽게 하고 공격하는 적이 아니라 아주 아름다운 것들로 변했기 때문이라는 사실을 깨닫게 된다. 이제야 처음으로, 혼자 있을 때 본 것이 여러 사람과 함께 하거나 본 일들보다 기억에 더 생생하다는 것을 알게 되었다.[162]

---

[161] 폴터가이스트는 물건들을 던지며 시끄러운 소리를 낸다고 하는 시끄러운 유령으로, 여기에서는 시골 여자애들이 폴터가이스트를 흉내내어 자기들의 긴 머리칼을 이용해 접시를 움직인다는 뜻.
[162] 이제야 처음으로, 혼자 있을 때 본 것이 여러 사람과 함께 하거나 본 일들보다

어떤 목동이 벼랑에 난 길에서 약 150피트 아래, 바다에서 200피트 위에 있는 동굴을 가르쳐주고 약 15년 전에 죽은 맥롬이라고 불리는 쫓겨난 소작인이 거기서 여러 해 동안 살았다고 말해주었다. 그리고 그가 바람과 악천후를 피하려고 나무 방책을 걸었을 것 같은 바위에 박힌 녹슨 못을 보여주었다. 이 동굴에다 나는 코코아 통과 비스킷을 저장해두었고, 더운 날 밤이면 나방을 잡는다는 핑계를 대고 집에서 슬쩍 빠져나와 동굴에서 잠을 잤다. 거기에 가려면 절벽에서 튀어나온 바위 위를 지나가야 했는데, 보통 사람이면 충분히 안전하게 지나갈 수 있는데도, 위에서 내려다보면 좁고 경사진 것처럼 보였다. 그 길을 따라 내가 올라가는 것을 보고 모르는 사람이 위험하다고 말리면 오히려 모험의 기쁨이 배가되었다. 어느 공휴일에 내 동굴에 남녀 한 쌍이 있는 걸 보게 되자 나는 동굴이 더 이상 마음에 들지 않았다. 동트기 직전에 맥롬의 망령이 동굴 입구에서 모닥불 위로 몸을 구부리고 있는 모습이 보였다는 이야기를 들을 때까지는 말이다.[163] 그 모습은 사실은 내가 책에서 본대로 모닥불 재에 달걀을 구워 먹고 있었던 것이다.

또 어떤 때는 호스 캐슬의 황무지에 있는 진달래밭과 바위에서 잠을 자기도 했다. 얼마 후에 아버지는 내가 밤 시간의 반은 집 안에 머물러야 한다고 말씀하셨다. 그 말의 뜻은 내 침대에서 어느 정도는 잠을 자야 한다는 것이었다. 그러나 그렇게 하면 너무 졸리고 편안해서 다시 일어나기 어렵다는 것을 알고 있었기 때문에 나는 부엌에 앉아서 난로를 쬐

기억에 더 생생하다는 것을 알게 되었다: (1916년판) 처음으로 기억을 쭉 들춰보니 혼자 있을 때 본 것이 여러 사람과 함께 하거나 본 일들보다 더 생생하다는 것을 알게 되었다.

[163] 몸을 구부리고 있는 모습이 보였다는 이야기를 들을 때까지는 말이다: (1916년판) 몸을 구부리고 있는 모습이 보였기 때문에 어선들이 내는 경보음을 들었을 때까지는 말이다.

며 밤이 반쯤 지나가기를 기다리기도 했다. 과장된 소문이 학교에 돌기도 했고, 가끔 내가 모르는 게 있으면 어떤 선생님은 내가 밤을 어떻게 보냈는지에 대해[164] 빈정거리기도 했다. 과학에 대한 흥미가 사라지기 시작했고, 그래서 나는 곧 "모두가 다 엉터리야."라고 중얼거렸다. 나는 채집을 하느라 몇 년을 보냈으면서도 내가 얼마나 빨리 곤충표본에 싫증을 내고 얼마나 아는 게 적은지 깨닫게 되었다. 그동안 내가 곤충채집을 하려고 그렇게 애를 쓴 것은 슬라이고의 성 요한 성당에서 들었던 성경 구절 때문이며, 나만의 지식을 확실하게 하고 싶어서 약초와 나무에 관한 지식이 있었던 솔로몬 왕[165]을 본뜬 것이라는 사실을 알게 되었다.[166]

나는 여전히 녹색 그물을 가지고 다녔으나, 현자나 마술사 혹은 시인 놀이를 시작했다. 나에게는 많은 우상이 있어서, 좁은 바위 위를 따라 걸으면서 어떤 때는 빙하에 있는 맨프레드가 되었고 또 어떤 때는 외로운 등불 아래의 아타나즈 왕자가 되었지만,[167] 곧 알라스토르를 나의 대장으로 선택해서 우울함을 함께 나누고 그가 거대한 나무들 사이를 천천히 흐르는 강물을 따라 배를 타고 떠돌다가 사라진 것처럼 최후에는 모든 사람의 시선에서 사라지고 싶었다.[168] 내가 생각한 여자들은 좋아하는

---

[164] 내가 밤을 어떻게 보냈는지에 대해: 1926년판에서 추가된 구절.

[165] 「아가서」 제2장 3절에 언급되어 있다.

[166] 그동안 내가 곤충채집을 하려고 그렇게 애를 쓴 것은 슬라이고의 성 요한 성당에서 들었던 성경 구절 때문이며, 나만의 지식을 확실하게 하고 싶어서 약초와 나무에 관한 지식이 있었던 솔로몬 왕을 본뜬 것이라는 사실을 알게 되었다: (1916년판) 슬라이고의 성 요한 성당에서 처음으로 들은 성경 구절 때문에 그동안 그렇게 애를 썼다고 생각하게 되었다. 나는 약초와 나무에 대한 지식이 있었던 솔로몬 왕을 본따서 나만의 지식을 확실하게 하고 싶었다.

[167] 1916년판의 구절 일부가 수정됨.

[168] 맨프레드는 영국 낭만주의 시인 바이런 경(1788~1824)의 극시 『맨프레드』(1817)에 나오는 회한에 가득 찬 젊은 낭만적 주인공이며, 퍼시 비쉬 셸리의 「아타나즈 왕자: 단편」(1817)에 나오는 아타나즈 왕자는 완벽한 사랑을 찾아 헤매는 인물이

시인들의 작품에 나오거나 짧은 비극에서 사랑을 받는 여자들이 모델이거나 『이슬람의 반란』에 나오는 여자아이[169] 같고, 사랑하는 사람을 따라 온갖 종류의 위험한 곳을 헤매다니는, 집도 없고 자식도 없는 여자 무법자들이었다.

XV

내 사고에 대한 아버지의 영향력은 최고조에 이르렀다. 우리는 매일 아침 기차로 더블린에 가서 아버지의 화실[170]에서 아침을 먹었다. 아버지는 요크 가에 있는 셋집의 아름다운 18세기식 벽난로 장식이 있는 커다란 방을 차지하고 계셨고, 아침식사 때는 시인들의 시 구절을 읽어주셨는데, 그것들은 언제나 극이나 시의 가장 격정적인 부분이었다. 아버지는 시구를 깊이 생각하시느라 읽어주신 것은 아니었으며, 일반화되었거나 추상화된 시는 아무리 열정적인 시라도 정말로 좋아하지 않으셨다.

아버지는 『사슬에서 풀려난 프로메테우스』[171]의 첫 연설 부분을 소리 내어 읽곤 하셨지만 그 유명한 제4막의 황홀한 서정성 넘치는 부분은 읽지 않으셨다. 또 어떤 날엔 코리올레

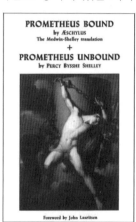

PROMETHEUS BOUND
by ÆSCHYLUS
The Medwin-Shelley translation
+
PROMETHEUS UNBOUND
by PERCY BYSSHE SHELLEY

Foreword by John Lauritsen

셸리의 극시
『사슬에서 풀려난
프로메테우스』 표지

고, 『알라스토르 혹은 고독한 영혼』(1815)에 나오는 알라스토르 역시 이곳저곳을 표류하는 주인공이다.

[169] 셸리(1792~1822)의 『이슬람의 반란』에 나오는 신시아.

[170] 더블린 요크 가 44번지에 있던 화실.

[171] 『사슬에서 풀려난 프로메테우스』(1820)는 셸리(1792~1822)의 총4막 서정시극.

이누스가 아우피디우스의 집에 와서 무례한 하인들에게 자기 집은 하늘 아래에 있다고 말하는 장면을[172] 소리 내어 읽으셨다. 그때 이후로 나는 아버지의 『코리올레이누스』 재현을 여러 번 보았고 이 작품을 읽은 것도 한두 번이 아니지만, 그 장면처럼 기억에 생생한 장면은 없다. 내 귀에 들리는 것은 어빙이나 벤슨의 목소리가 아니라 아버지의 목소리이다.

아버지는 공들여 만들어진 아름다운 구절 뒤에 실제의 인간이 느껴지지 않으면 아무리 훌륭하고 서정적인 구절이라도 좋아하지 않으셨고, 언제나 바람직하고 익숙한 삶의 모습들을 찾고 계셨다. 혼령들이 맨프레드에 대한 경멸감을 노래하고 맨프레드가 "아 감미롭고 우울한 목소리"[173]라고 대답했을 때, 나는 그들이 분노하고 있음에도 불구하고 자신들의 영적 아름다움을 감출 수 없다는 말을 들었다.[174] 아버지는 키츠[175]가 셸리보다 덜 추상적이기 때문에 더 위대한 시인이라고 생각하셨지만, 내 생각으로는 미술의 영향을 받은 근대의 가장 아름다운 시조차도 좋아

---

[172] 『코리올레이누스』 제4막 5장 34~36행. 『코리올레이누스』는 셰익스피어의 마지막 비극. 로마의 장군 코리올레이누스는 전쟁에서 공을 세웠지만 배신자로 몰려 추방을 당한다. 그는 로마에 대한 복수를 계획했다가 가족의 설득으로 복수 계획을 취소하지만, 같이 로마 침공을 계획한 아우피디우스의 모의에 의해 암살당한다. 제4막 5장은 추방당한 코리올레이누스가 아우피디우스에게 찾아와 자기를 죽여 달라고 하는 장면.

[173] 『맨프레드』 제1막 1장.

[174] 혼령들이 맨프레드에 대한 경멸감을 노래하고 맨프레드가 "아 감미롭고 우울한 목소리"라고 대답했을 때, 나는 그들이 분노하고 있음에도 불구하고 자신들의 영적 아름다움을 감출 수 없다는 말을 들었다: (1916년판) 혼령들이 맨프레드에 대한 경멸감을 노래하고 있을 때, 나는 맨프레드의 대답 "아 감미롭고 우울한 목소리"로써 그들이 분노하고 있음에도 불구하고 자신들의 영적 아름다움을 감출 수 없다고 판단을 내리게 되었다.

[175] 존 키츠(1795~1821)는 그리스적인 아름다움과 이상을 추구한 영국 낭만주의 시인으로서, 특히 「그리스 항아리에 부치는 노래」, 「나이팅게일에게」 등의 송시로 유명하다.

하지 않으셨기 때문에 키츠를 읽지는 않으셨다. 모든 것은 언어의 이상화가 되어야 하며 열정적 행동이나 몽유병적인 몽상의 순간에 있어야 했다. 모든 사색적인 사람은 하나같이 자신들의 삶의 상태를 과대평가하며, 위대한 시인들을 제외하고는 작가들도 모두 역시 그렇다고 아버지가 말씀하신 것이 기억난다.

돌이켜보건대 아버지의 정신이 조각나 있는 것을 본 듯하지만, 이제야 깨닫게 된 사실은 언제나 그 조각들이 보이지 않게 연결되어 있었다는 것이다. 아버지는 관념적인 빅토리아조 시를 싫어하셨고, 워즈워스도 몇몇 구절과 시를 빼고는 싫어하셨다. 아버지는 어느 날 아침식사를 하시면서 아버지가 초상화를 그리고 있는 나이 많고 크게 존경받는 성직자인 어떤 워즈워스 학자[176]의 머리 모양에서 어떻게 프로 권투선수의 동물적인 본능을 발견했는지를 말씀해 주셨다.[177] 아버지는 라파엘의 형식적 미, 즉 정리된 열정이 아니라 위선에 불과한 그 평정심을 경멸하셨고, 쾌락과 방종에 빠졌던 라파엘의 삶을 공격하셨다. 문학에 있어서는 아버지는 언제나 라파엘전파주의자여서, 아직 《왕립미술원》이 건재할 때,[178] 학술적 형식에 처음으로 비판적이었던 원칙들을 문학에 끌어들이셨다.

더 이상 아버지는 줄거리 때문에 작품을 읽어주시는 일이 없었고, 우리가 토론한 것은 모두 문체에 관한 문제였다.

XVI

나는 남의 집을 방문할 때 실수를 저지르기 시작했다. 어릴 때 좋아한

---

[176] 스토퍼드 브룩 목사(1832~1916).
[177] 1916년판의 단어와 어순을 일부 바꿈.
[178] 라파엘전파는 《왕립미술원》의 권위에 처음 도전한 운동이었지만, 그 영향력은 미술보다 오히려 문학에 더 컸다.

어떤 아줌마는 내가 나쁜 쪽으로 변했다고 말했다. 나는 현명하고 말 잘하는 사람이 되고 싶었는데, 젊은 시절의 앙페르[179]에 대한 에세이가 이런 야망을 부추겼다. 혼자 있을 때면 나는 내 실수들을 과장하고 비참해졌다. 나는 셸리와 에드먼드 스펜서를 모방하여 시를 쓰기 시작했다. 아버지가 다른 종류들보다 극시를 높이 쳤기 때문에 극시를 계속 썼지만, 나는 환상적이고 앞뒤가 안 맞는 플롯을 만들어냈다.[180] 내 극시들은 거의 운율이 맞지 않았는데, 책에 나온 작시법을 이해하지 못했기 때문이다. 그 자체로 음악적인 느낌이 나는 행들이 많기는 했지만 말이다. 시행들을 천천히 소리 내어 읽어가면서 썼지만, 막상 다른 사람에게 읽어줄 때면 내 시가 일반적인 음악도 없고 작시법도 엉망이라는 사실이 여실히 드러났다.

그러나 관찰의 순간들은 있었다. 더 이상 나방을 잡지 않을 때도 나는 지나가는 나방들을 여전히 눈여겨보고 있었기 때문이다. 저물녘에 작은 나방들이 나오고, 그 후에는 몇 마리의 큰 나방만 있다가 새벽이 되면 작은 나방들이 다시 나타나는 것을, 그리고 잠자는 것처럼 보이지만 어떤 새들이 밤에 울어대는지를.

XVII

방학 때면 나는 여전히 슬라이고에 가서 조지 폴렉스펜 외삼촌 집에 머물렀다. 외삼촌은 은퇴한 외할아버지의 자리를 메우려고 밸리나에서 돌아와 있었다.[181] 이제 외할아버지에게는 큰 집이 없었고, 동업자 윌리

---

[179] 프랑스의 문헌학자인 장 자크 앙페르(1800~1864)를 말함. 그의 아버지는 전류의 단위 '암페어'로 유명한 물리학자 앙드레 앙페르(1775~1836).

[180] 예이츠는 1884년에 『조각상의 나라』, 『사랑과 죽음』, 『모사다』, 『시간과 마녀 비비엔』 등의 극을 썼다.

엄 미들턴도 돌아가셨으며 법적인 문제가 있었다. 외할아버지는 예전처럼 부자가 아니었고, 그의 아들딸들은 결혼하고 흩어졌다. 그는 항구가 내려다보이는 텅 빈 높은 집[182]에서 살았는데, 준설용 배를 제대로 다루지 못하는 것을 보거나 기선의 연기를 보고 값싼 석탄을 연료로 쓰고 있다고 판단되면 분노를 터뜨렸고, 자기 묘지를 조성하는 걸 감독하는 것밖에 할 일이 없었다.

묘지에는 미들턴 집안 무덤이 하나 있고 벽에는 미들턴 집안사람들 명단이 길게 적혀 있었으며 폴렉스펜 집안의 이름은 거의 빈 상태로 있었다. 묘지에 외할아버지가 좋아하지 않는 미들턴 집안사람 하나가 있었기 때문에 외할아버지는 "나는 저 오래된 유골들과 함께 누워있지 않을 거야."라고 말씀하셨다. 돌로 만든 새 무덤 담벼락에 이미 커다랗게 금박으로 자기 이름을 새겨놓은 것을 본 사람도 있었다. 외할아버지는 거의 매일 성 요한 성당[183] 교회 묘지에서 산책을 끝내셨다. 배에서처럼 모든 것이 말끔하고 필요한 것들이 다 갖춰져 있는 것을 좋아하셨고, 또 자신이 무덤을 손수 돌아보지 않으면 무덤을 조성하는 업자가 뭔가 불필요한 것을 추가로 설치할지도 모른다고 생각했기 때문이었다.

그러나 아직도 외할아버지는 예전의 모든 기술과 배짱을 가지고 계셨다. 작은 상선을 타고 로시스 포인트로 가면서 나는 외할아버지가 배의 조타수에게서 타륜을 물려받아 배를 조종하여 양쪽에 벽처럼 서 있는

---

[181] 조지 폴렉스펜(1839~1910)이 돌아온 것은 예이츠의 외할아버지 윌리엄 폴렉스펜(1811~1892)의 자리를 대신해서가 아니라, 1882년에 죽은 윌리엄 미들턴 삼촌의 자리를 대신하기 위해서였다.

[182] 1930년대에는 고등학교가 되었다.

[183] 슬라이고에 있는 성당으로서, 예이츠의 부모가 결혼한 곳(1863년 9월 10일). 외할아버지 폴렉스펜은 자기 무덤을 손수 설계하고 아내와 함께 이 교회 묘지에 묻혔다.

좁은 해협을 통과하고 알려지지 않은 경로로 모래밭 사이를 가로지르며, 로시스에서 항해가 끝날 때 으레 그렇듯이 지그재그로 움직이거나 밧줄을 잡아당기는 일이 없이 단번에 배를 부두에 접안시키는 것을 보았다. 감기에 걸렸을 때는 코를 킁킁거렸으나 외할아버지는 담배를 피우거나 술을 드신 적이 없었다. 외할아버지가 열여덟 살이 되었을 때 의사가 자극적인 음료를 마실 것을 권하자 그는 "아니 아니요, 전 나쁜 습관을 아예 안 들일 겁니다."라고 대꾸했다고 한다.

남동생은 내가 차지하고 있던 외할머니의 사랑을 부분적으로 빼앗아 갔다. 녀석은 그때부터 몇 년 동안 외할머니댁에서 쭉 살면서 슬라이고의 학교에 다녔는데, 언제나 성적이 반에서 바닥을 기었다. 외할머니는 개의치 않으셨다. "애가 너무 마음이 착해 다른 애들을 앞지르려고 하지 않아."라고 말씀하신 걸 보면 말이다. 동생은 도선사와 선원의 아들들이 정말 좋아하는 골목대장이 되어 시간만 나면 그런 작은 애들과 패거리로 여기저기 몰려다니며 당나귀 경주를 주선하기도 하고 당나귀 두 마리를 한 줄로 묶어서 몰기도 했다. 그것은 당나귀들의 고집 때문에 머리를 온통 짜내야 하는 일이었다. 게다가 동생은 그림으로 모든 사람을 즐겁게 만들기 시작했다. 동생이 요즈음 그리는 그림들의 반은 그 안에 내가 얼굴을 알아볼 수 있는, 로시스나 슬라이고 부두에서 만난 사람들이 나온다. 거기서 산 지는 오래되었지만 동생의 기억력은 눈으로 보는 것처럼 정확한 것 같다.

조지 폴렉스펜은 그의 아버지가 성급했던 것과는 달리 참을성이 있었고, 모든 일을 하던 습관대로 했다. 부유하고 나이 지긋한 그는 인생을 막 시작한 젊은 시절과 마찬가지로 느긋하게 살았다. 그는 작은 집과 나이든 하인, 그리고 말을 돌보는 또 다른 하인이 있었는데, 하던 활동을 매년 하나씩 포기하며 자기와 맞지 않는 음식이 하나씩 더 있다는 것을 발견해 가고 있었다. 우울증이 있어서 그는 겨울부터 여름까지 여러 벌의 모직 옷을 늘 무게를 달아가며 입었다. 어릴 때부터 그는 4월이나 5월 혹은 날짜가 어찌 되었든 그 날짜에 입고 다닌 옷의 정확한 무게만큼의 옷을 확실히 입어야만 했다. 그는 의기소침하게 살면서 가장 즐거운 소식에서도 낙담할 이유를 찾았다. 매년 6월 22일 하지 때마다 이제부터는 낮이 짧아진다고 한숨을 지었다. 말년에 한 번은 한여름 낮에 더블린에서 땀을 흘리고 있는 그를 만나서 시원하고 그늘진 《킬데어 스트리트 도서관》[184]으로 모셔간 적이 있지만, 그의 마음을 가볍게 하지는 못했다. 그가 그저 우울한 목소리로 "여기는 도대체 겨울에는 얼마나 춥겠어?"라고 말한 것을 보면 말이다. 가끔 아침식탁에서 외삼촌의 재능도 기억력도 건강도 나빠지고 있는 것은 아니라고 우기며 쾌활하게 그의 우울한 기분을 누그러뜨리려고 할 때면, 그는 "20년 후에는 내가 얼마나 늙은 텐데."라고 말해서 나를 손들게 만들었다.

그렇지만 삶의 수액이 말라 없어져 가는 것처럼 보이는 이 소극적인 사람도 마음속에는 그림들이 가득했다. 내 생각에는 별로 열렬하지도 않았던 이루어지지 못한 한 번의 연애사건과 젊은 시절의 항해 말고는 그에게는 특별한 일이 아무것도 일어나지 않았다. 외할아버지는 제임스 1세 치하에서 아일랜드에서 도주해온 타이런 백작 휴 오닐의 후손들인 오닐이라는 이름의 스페인 사람 둘이 해운회사 대리점을 하고 있는 스페인의 어느 항구로 외삼촌을 범선에 태워 보냈다. 그들의 무역은 한때 골웨이를 부유하게 만든 스페인 무역의 마지막 남은 잔재였다. 외삼촌과 그들은 자신들의 혈통의 기억을 소중히 했으므로 몇 년 동안 서로 소식을 주고받았다. 카넉트[185]의 어떤 묘지에서 외삼촌은 우연히 눈에 띄게

---

[184] 아일랜드 국립도서관.

외국인처럼 보이는 애도자 한 사람만 있는 아이의 장례식을 본 적이 있었다. 그 사람은 유서 깊은 오스트리아 귀족인 어떤 아일랜드 가문의 마지막 후손을 묻고 있는 오스트리아의 백작[186]이었는데, 그 가문 사람은 죽으면 언제나 반쯤 폐허가 된 그 묘지로 운반되어 왔던 것이다.

우리 외삼촌은 거의 사냥을 포기한 상태였고 머지않아 완전히 포기할 수밖에 없었지만, 한때는 장애물 경마도 했으며 승마조련사의 말에 따르면 카넉트 최고의 기수였다.[187] 그는 말에 매우 박식했던 게 분명하다. 밸리나[188]에서 그가 마법으로 말을 치료했다는 소문이 인근의 여러 카운티에 돌았던 것을 보면 말이다. 그러나 그가 점성술과 의식을 치르는 마법에 밤마다 빠져든 시기는 그로부터 한참 뒤의 일이므로 그가 말을 치료한 이야기는 단지 진단하는 데 뛰어났다는 얘기로 봐야 할 것 같다.

어린 시절부터 함께 있었던 하녀 메리 배틀은 예지력이 있었는데, 아마 그것 때문에 외삼촌은 기이한 연구에 빠졌을 것이다.[189] 어느 날 아침 그녀가 그에게 깨끗한 셔츠를 막 가져다주다가 멈추고는 셔츠 앞부분에 피가 묻어 있다면서 다른 셔츠를 갖다주었다고 한다. 그는 사무실로 가는 길에 작은 담을 넘다가 넘어졌고 상처가 나서, 입고 있던 리넨 셔츠에 그녀가 핏자국을 본 것과 같은 위치에 핏물이 들었다. 저녁때 그녀는 아침에 핏자국이 있다고 생각한 셔츠가 아주 말끔하다고[190] 그에게 말해

---

[185] 아일랜드 서부지방.
[186] 누구인지 알려지지 않음.
[187] 그는 폴 해밀턴이라는 가명으로 경마를 했다.
[188] 슬라이고 서쪽에 있는 도시.
[189] 1916년판에는 다음 구절이 이어져 있었음: 그녀에게 알려지지 않은 채 외삼촌이 손님을 집에 데려왔을 때 두 사람이 먹도록 저녁식탁이 차려진 적이 한두 번이 아니었다고 그는 말하곤 했고.
[190] 아침에 핏자국이 있다고 생각한 셔츠가 아주 말끔하다고: (1916년판) 아침에 핏자국이 있다고 생각한 셔츠를 다시 보니 아주 말끔한 것을 발견하고는 깜짝 놀랐

주었다. 읽지도 쓰지도 못했지만 쾌활함으로 그의 우울증을 달래준 그녀의 정신은 온갖 종류의 옛 역사와 이상한 신앙으로 가득했다. 내 책『켈트의 여명』의 많은 부분은 그녀가 일상적으로 한 말을 단지 옮긴 것일 뿐이다.

슬라이고 사람으로는 드물게 외삼촌은 보통사람들의 존경을 받았다. 그는 존경이 지나치면 자기 사생활을 침해한다고 생각했을 것이다. 그는 모든 사람에게 예를 갖추면서 그 지위나 가치에 합당한 존경심을 표했고, 일꾼들에 대해서는 단지 개인적 권위만 중시하면서 부대나 배에서와 같은 규율을 유지했다. 예를 들어 짐마차꾼이 잘못을 저지르면 해고하는 대신 그를 불러오고 그의 채찍을 가져와 벽에 걸어두었다. 말하자면 잘못을 저지른 사람의 지위를 몇 달 동안 강등시켰다가 지위와 채찍을 돌려주었다.

하고자 하는 일은 오로지 사색이었고 아일랜드인으로서는 상당히 많은 자신의 재산은 어떤 형제 혹은 동업자의 재능에서 온 것이라고 주장했던 이 근면하고 수완이 좋은 사람은 내 소년시절의 유별난 생각과 몽상을 털어놓는 친구였다. 시골은 밤에 겪어보지 않으면 아는 것이 아니라고 내가 어떤 책에서 읽은 것과 비슷한 얘기를 하자(그는 밤에는 한순간도 잠자리에서 나오려고 하지 않았겠지만) 외삼촌은 기뻐했다. 그는 자연을 배우기 좋아했고 댕기물떼새의 두 가지 울음소리도 배웠기 때문이었다. 한 가지는 자기가 서 있는 곳으로 새를 끌어오는 울음소리이고, 또 하나는 날아가게 만드는 울음소리였다.

내가 길 호수[191] 주위로 산책을 가서 숲에서 자고 오겠다고 했더니 외

다고.

[191] 슬라이고에 있는 호수.

소로우의 『월든』 속표지

삼촌은 허락하시고 간편한 도시락을 준비해 주셨다. 나는 새로운 야망을 키우고 있었기 때문에 내 모든 목적을 얘기하지 않았다. 아버지가 『월든』[192]의 어떤 구절을 읽어주신 적이 있는데, 그래서 나는 언젠가 이니스프리[193]라 부르는 조그만 섬의 오두막에서 살 계획을 세웠다. 이니스프리는 내가 자고 오려고 했던 슬리쉬 숲 맞은편에 있었다.

나는 육체적인 욕망과, 여자들이나 사랑에 마음이 기우는 것을 극복하면서 소로우처럼 지혜를 찾으며 살리라 생각했다. 이 지방의 역사[194]에는 이니스프리 섬에 한때 있었다는 나무에 관한 전설이 있다. 그 나무는 무시무시한 괴물이 지키고 있고 신들의 과일이 열렸다고 한다. 젊은 처녀 하나가 그 과일을 탐해서 애인에게 괴물을 죽이고 과일을 가져다 달라고 부탁했다. 부탁대로 했지만 그는 과일을 맛보았고, 그래서 그녀가 기다리던 땅에 도착했을 때는 과일의 치명적인 힘 때문에 죽어가고 있었다. 슬픔과 후회로 그녀도 과일을 먹고 죽었다. 내가 그 섬이 아름다워서 선택한 것인지 이야기 때문에 선택한 것인지 기억할 수는 없지만, 나이가 스물두셋이 되어서야 나는 그 꿈을 포기했다.

나는 저녁 여섯 시경에 슬라이고를 출발하여 천천히 걸어갔다. 정말

---

[192] 미국의 초절주의 철학자 헨리 데이비드 소로우(1817~1862)가 1845년 여름부터 1847년 초가을까지 2년여 동안 오두막을 짓고 지낸 월든 호숫가에서의 생활을 기록한 글.

[193] 길 호수 속에 있는 섬.

[194] 윌리엄 그레고리 우드마틴이 쓴 『슬라이고 역사』(1882년 더블린에서 발행) 제63~64쪽에 언급됨.

아름다운 것은 저녁이었기 때문이다. 취침시간까지는 슬리쉬 숲에 들어 갔지만 잠자리로 택한 마른 바위가 불편해서가 아니라 삼림관리원이 무서웠기 때문에 잠을 이루지 못했다. 사실일 리가 없다고 생각하지만 관리원이 불시에 순찰을 돈다고 누군가 얘기한 것이다. 발각되면 무슨 말을 할지 계속 생각해봤지만 나는 관리원이 믿을 만한 말을 생각해낼 수가 없었다. 그러나 이른 새벽에는 섬을 지켜보며 새들이 우는 순서를 알아낼 수 있었다.

중간중간 거칠고 늪이 많은 땅을 약 30마일이나 걸었기 때문에 나는 상상할 수도 없이 피곤하고 졸린 채로 다음 날 집에 돌아왔다. 그 후 몇 달 동안 그 숲에 걸어들어간 일을 언급하면 외삼촌의 하녀[195]는 웃음을 터뜨리곤 했다(병에서 서서히 회복되고 있었던 메리 배틀이 아니다. 그녀라면 그런 실례를 범하지 않았을 것이다). 그 하녀는 내가 노처녀처럼 내숭을 떨면서 다른 식으로 밤을 보내고서는 외삼촌을 속이려고 구실을 만들었다고 믿었다. 그녀가 "그래서 너는 곤죽이 되도록 좋은 밤을 보냈겠네."라고 말해서 나는 아주 황당했다.

언젠가 1년에 몇 달씩 가는 로시스 포인트에 외삼촌과 함께 머물고 있을 때, 나는 자정 무렵 외사촌 집[196]에 가서 요트를 꺼내달라고 부탁했다. 동트기 전 바닷새들의 움직임을 관찰하고 싶었기 때문이었다. 그는 몹시 화를 내고 거절했다. 그러나 그의 누나가 내 말을 듣고는 계단 위로 와서 그에게 소란을 피우지 못하게 했다. 그것 때문에 몹시 짜증이 난 그는 방수 장화나 가져오라고 부엌으로 소리를 질렀다. 그는 자기 말로는 사람들의 존경을 받고 있고 사람들이 나에 대해 그렇듯 아무도 여태

---

[195] 아마도 조지 폴렉스펜의 가정부 케이트를 말하는 듯.
[196] 찰스 미들턴.

껏 그가 이상한 놈이라고 말한 적이 없는 터라 아주 우울해 하며 하는 수 없이 나를 따라왔다.

우리는 졸음을 참지 못하는 마을 아이 하나를 깨워 데리고 가서 돛을 올렸다. 그가 고기를 잡으면 기분이 좀 나아질 거라고 생각해서 트롤망을 꺼냈지만, 바람이 자서 배가 꼼짝도 할 수 없었다. 당시에 나는 어디서나 잠을 잘 수 있었기 때문에 돛으로 몸을 말고 잠을 잤다. 동틀 무렵에 깨어난 나는 외사촌과 그 아이가 돈을 찾으려고 자기네 호주머니를 뒤지고 내 호주머니까지 샅샅이 뒤지고 있다는 것을 알았다. 생선을 실은 배 한 척이 러플리에서 노를 저어 들어오고 있었고 그래서 그들은 생선을 몇 마리 사서 자기들이 잡은 척하려고 했지만, 우리 호주머니는 모두 텅 비어있었다.

나는 15년 후에 낸 「그늘진 바다」라는 시를 쓰기 위해서 새들의 울음소리를 듣고 싶었다.[197] 처음 구상했을 때 쓸 수 있었다면 그 시는 내가 관찰한 것들로 가득했을 것이다. 어린 시절 나를 감동시킨 바람에 흔들리는 빛을 그때 다시 발견하게 되었다. 나는 동틀 무렵을 아주 좋아한다고 확신했고, 이런 감정은 아동극처럼 주로 과장되어 있었지만 진지한 순간들도 있었다. 몇 년 후에 시 「어쉰의 방랑」을 완성했을 때 황색과 흐릿한 녹색, 낭만주의 운동의 유산인 과장된 그 모든 색채에 불만스러워 하며 나는 짐짓 나의 문체를 다시 만들고 차가운 빛과 굽이치는 구름을 보는 것 같은 인상을 찾았다. 나는 전통적 비유를 던져버리고 리듬을 느슨하게 했으며, 내가 알고 있는 모든 인생비평은 외국에서 온 것이거나 영국적인 것이라는 사실을 깨닫고는 가능한 정서적이 되려고 했다.

---

[197] 나는 15년 후에 낸 「그늘진 바다」라는 시를 쓰기 위해서 새들의 울음소리를 듣고 싶었다: (1916년판) 내가 새들의 울음소리를 듣고 싶었던 것은 15년 후에 나온 「그늘진 바다」라는 시를 쓰기 위해서였다.

그러나 그것은 단지 나 스스로가 냉정하다고 생각할 수 있는 그런 정서였다. 고양이들이 쥐오줌풀에 대해 느끼듯이[198] 그렇게 갈망을 일깨우는, 영적 상태를 상징하는 풍경이 있을지 모른다고 믿은 것은 화가의 아들로서는 자연스러운 신념이었다.

XVIII

나는 아버지 그림의 초기 구상에서 암시를 받은, 우화를 기초로 한 장편 극[199]을 쓰고 있었다. 어떤 공주가 어린 시절 정원 위 빛나는 하늘에 보이는 신을 사랑하여, 신의 마음에 들기 위해, 그리고 죽음을 벗어나기 위해 무자비해지고 죄악을 저지른다. 그녀는 마침내 살육을 통해 권좌에 올라 대신들에 둘러싸여 그가 오기를[200] 기다린다. 대신들은 하나씩 몸이 싸늘해져 쓰러져 죽는다. 단지 그녀의 눈에만 보인 채 신이 궁정에 있기 때문이다.[201] 마침내 신이 그녀의 용상 발치에 왔고, 그녀는 마음을 다시 한 번 정원에 둔 채 어린애처럼 웅얼거리며 죽어간다.

XIX

언젠가 외사촌과 항해하고 있을 때 우리와 같이 배를 탔던 녀석이 이웃 항구[202]의 클럽에 대해 언급하며 어떻게 거기서 여자들이 남자들에게 몸을 주는지를 말했다. 그의 말은 마치 자기 이름이 도시 이름이 된 창녀

---

[198] 쥐오줌풀 뿌리는 말리면 고약한 냄새가 나지만, 고양이들은 아주 좋아하여 고양이 진정제로 쓰이기도 한다.

[199] 『사랑과 죽음』.

[200] 그가 오기를: (1916년판) 그 시간을.

[201] 궁정에 있기 때문이다: (1916년판) 궁정으로 걸어 들어오고 있기 때문이다.

[202] 마요 카운티의 밸리나.

들이나 시바 여왕 자체를 찬양하는 것처럼 과장되어 보였다. 또 어느 날 녀석은 우리 외사촌에게 해안을 따라 약 50마일을 배를 타고 가서, 여자들이 있다는 소문을 들은 오두막들 근처에 묵으면서 "엄청난 환대를 받아보자고" 했다. 녀석은 흥분하며 설득했지만(그의 두 눈이 반짝인 것 같다) 거의 우리를 설득할 가망이 없었다. 그는 아마도 그저 인생과 섹스에 관한 근사한 이미지들로 말장난을 한 것 같다.

젊은 기수이며 외삼촌의 말들을 훈련한 승마조련사였던 사람이 있었다. 언젠가 자기 마구 창고 안에서 크리스마스 만찬용 칠면조가 줄에서 이리저리 뒤틀리며 구워지는 동안, 그는 사악한 영국에 대해 말했다. 그는 경주에 참가한 영국에서 두 귀족을 만났는데, 그들은 "휴가로 유럽대륙에 가면 늘 아내를 서로 바꿔치기했다"는 것이었다. 그 자신도 언젠가는 유혹에 빠져 여자 하나를 데리고 집으로 가고 있었는데, 우연히 자기 견갑골을 만지는 순간 천사가 공중에서 흰 날개를 퍼덕이는 것을 보게 되었다고 했다. 그로부터 머지않아 나는 그를 더 이상 만날 수 없었는데, 외삼촌 말로는 그가 말에게 뭔가 수치스러운 짓을 저질렀다고 했다.

XX

호스에서 언덕을 올라가는 길에 뒤에서 바퀴 소리가 나더니 조랑말이 끄는 마차가 내 옆에 다가와 멈추었다. 예쁜 아가씨[203]가 모자도 쓰지 않고 혼자 마차를 몰고 있었다. 그녀는 자기 이름을 말해주고 우리가 같은 애들의 친구라면서 같이 마차를 타고 가자고 했다. 그 일이 있고 난 뒤 우리는 자주 만났고 곧 사랑에 빠졌다. 그러나 그녀에게 사랑한다고 말하지는 않았다. 그녀는 약혼한 몸이었기 때문이었다. 그녀는 나를

---

[203] 예이츠의 먼 사촌인 군인 리처드 암스트롱의 딸 로라 암스트롱(1862년생).

예이츠의 첫 사랑 로라 암스트롱

마음을 털어놓는 친구로 선택했고, 그래서 나는 그녀가 애인과 한 싸움에 대해 모든 것을 알게 되었다. 그가 몇 번이나 약혼을 깨서 그녀는 앓아누웠고,[204] 그러면 친구들이 화해를 시켰다. 가끔은 하루에 세 번씩이나 그에게 편지를 썼지만 믿을만한 친구가 없이는 그렇게 할 수가 없었다. 그녀는 격정적이고 가식적이었으며 느닷없이 종교에 푹 빠지기도 했다. 설교를 들을 때면 울면서 스스로를 죄 많은 여자라고 부르고, 또 그것을 되풀이한다는 것을 나는 알고 있었다. 나는 그녀에게 엉터리 시들을 써 보냈으며 그녀의 약혼자에 대한 분노 때문에 잠 못 이룬 밤이 하루 이틀이 아니었다.

XXI

벌리소더레에서 나를 어린 시절의 미신으로 돌아가게 만든 사건이 벌어졌다. 이 시기의 사건들이란 어린 시절의 사건들처럼 중요하지 않았으므로 그 일이 언제 있었는지는 기억할 수 없다. 나는 아베나 하우스에 머물며 사촌들과 함께 있었는데, 나보다 몇 살 많은 사촌 형과 내 또래의 사촌 여자아이, 그리고 그녀보다 상당히 나이 많은 사촌 누나가 있었다. 사촌 여자아이[205]는 벌리소더레나 로시스에서 본 이상한 광경들을 자주 내게 얘기했다. 지팡이를 짚고 있는 키가 3~4피트밖에 되지 않는 할머니

---

[204] 앓아누웠고: (1916년판) 앓아눕곤 했고.
[205] 루시 미들턴.

가 한 번은 창문에 와서 그녀를 들여다본 적이 있고, 또 가끔 자기 집안사람의 이름을 거론하며 "아무개 씨는 어떠신가?"라고 묻는 사람들을 길에서 만나는데, 설명은 할 수 없지만 그들은 이 세상 사람들이 아니라는 것을 알 수 있다는 것이었다. 한 번은 익숙한 들판에서 길을 잃어버렸는데, 길을 다시 찾았을 때 보니 자기가 가지고 간 오빠 소유의 지팡이에 씌워진 은이 사라져버렸다. 나중에 마을에 있는 할머니가 이렇게 말했다는 것이다. "너는 그들 가운데 좋은 친구가 있구나. 그러니까 너 대신 은을 가져간 거야."

오랜 세월이 지났지만 내가 지금 얘기하려는 것은 틀림없이 정확하다고 할 수 있다. 얼마 전에 그녀는 누가 시키지 않았는데도 자기 기억을 전부 글로 써냈는데 내 얘기와 똑같았기 때문이다. 그녀는 고풍스러운 거울 아래 앉아 책을 읽고 있었고 나는 그 방 한쪽에서 책을 읽고 있었다. 갑자기 누군가가 거울에 소나기처럼 콩알들을 던지는 듯한 소리가 들렸다. 소리가 거기서 들려오는 것인지 살펴보려고 나는 그녀를 옆방으로 보내어 벽의 다른 쪽 면을 손가락 마디로 두들겨보게 했다. 내가 혼자 있을 때 크게 쿵 하는 소리가 그 벽의 다른 쪽 면 벽판에 대고 있는 내 머리 가까이에서 났다.

그날 늦게 하녀는 빈 집에서 묵직한 발걸음 소리가 나는 것을 들었으며, 그날 밤 내가 두 사촌과 산책을 나갔을 때 그녀는 나무들 밑의 땅이 온통 불길에 휩싸여 있는 것을 보았다. 나는 그 광경을 보지 못했다. 산책을 나간 우리는 이내 강을 건너서 강변을 따라 갔다. 근처에 오래된 묘지가 있는 그곳에는 파괴된 마을이 있었다고들 했는데, 내 생각으로는 그것은 17세기 전쟁 때의 일인 것 같다. 갑자기 우리 모두는 강물이 거세게 흘러가는 곳에서 빛이 움직이는 것을 보았다. 그것은 아주 밝은 횃불 같았다. 잠시 후에 사촌 여자아이는 어떤 남자가 우리 쪽으로 다가오다가 강물 속으로 사라지는 것을 보았다고 했다. 나는 나 자신이 있지도 않은 것에 현혹될 수 있을지 계속 스스로에게 물어보았다. 불가능해 보이는 일이지만 아마도 결국 누군가가 횃불을 들고 강물 속을 걸어가고 있었던 것이다. 그러나 곧 우리는 7마일 떨어진 낙너레이에 낮게 가라앉아 있는 조그만 빛을 볼 수 있었다. 그 빛은 산비탈을 넘어 위로 움직이기 시작했다. 내 시계로 시간을 재어 보았는데 5분이 못 되어 그 빛은 산꼭대기에 도달했다. 그 산을 자주 올라가본 나는 어떤 인간의 발걸음도 그렇게 빠를 수는 없다는 것을 알고 있었다.

그때부터 나는 토성[206]과 요정 언덕들을 헤매고 다니면서 할머니와 할아버지들에게 물었고, 내가 완전히 지치거나 불행하다고 느낄 때면 진짜 토머스가 발견한[207] 그런 목적지를 갈망하기 시작했다. 나는 머리로는 몸과 영혼이 어디로 간다는 것을 믿을 수 없었지만 마음으로는 믿을 수 있었으며, 시골 사람들의 믿음은 그것을 쉽게 했다. 한 번은 제3 로시

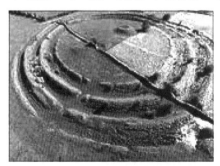
아일랜드의 선사시대 토성 라스

스 토성의 돌로 만든 통로[208]에 도선사와 함께 기어 들어갔다. 그때 그가 통로 아래쪽을 향해 갑자기 소리쳤다. "어르신, 괜찮으세요?"

또 어느 날 밤, 슬라이고에서 이어진 도로에 있는 로시스 마

---

[206] 토성(라스)은 아일랜드 지방의 선사시대 원형 토담으로 요정이 나오는 민담이 연상되는 곳.
[207] 「요한복음」 제20장 19~29절에 나오는 도마(토머스)의 이야기에 관한 언급으로, 예수의 부활을 믿지 못하다가 실제로 예수를 다시 만나고서야 믿었던 제자.
[208] 석기시대의 거석 무덤.

을 근처를 지날 때, 내 오른편 풀이 나 있는 둑에서 7~8피트 위로 불꽃이 타올랐는데, 다른 불꽃이 갑자기 낙너레이에서 화답을 했다. 나는 의심을 해보려 했지만, 마음속으로는 벌리소더레 강가에서 본 불꽃들을 다시 본 것이라고 믿지 않을 수 없었다. 모든 나라에서 모든 시대에 믿어온 것은 믿어야만 하며, 모든 것을 다시 시작해서 입증할 수 있는 것만 믿는 대신, 그것을 부정할 만한 충분한 증거가 나온 후에야 그 일부를 부정해야 한다고 나는 사람들에게 자주 말하기 시작했다. 그러나 그 모든 것에도 불구하고 나는 언제나 나의 비밀스러운 광적 믿음을 부정하거나 농담으로 돌릴 태세가 되어 있었다. 다윈과 헉슬리를 읽고 그들이 믿는 대로 믿게 되었을 때는 확고한 권위가 내 편에 있었으므로 나는 누구와도 논쟁하고 싶어 했다.

XXII

호스에서 래스 가로 이사를 하고 나서 나는 더 이상 《하코트 스트리트 스쿨》을 다니지 않았다. 나는 킬데어 가에 있는 미술학교에 등록을 했지만,[209] 이따금 학교에 오신 아버지가 나의 선생님이었다. 선생님들은 나를 혼자 내버려두었다. 그들은 아주 매끈한 표면과 아주 깔끔한 윤곽을 좋아했고, 정말로 오로지 깔끔함과 매끈함만 이해할 수 있었다. 아버지가 손을 본 후 끊어진 날렵한 어깨선 때문에 두드러져 보이는 원반 던지는 사람의 그림은 그들에게는 아무런 의미도 없었다. 그리고 대부분 나는 아버지가 하신 모든 것을 더 과장해서 그렸다. 정말로 가끔은 가까이에 있는 학생에 대한 경쟁의식에서 나도 매끈하고 깔끔하게 하려고 노력

---

[209] 예이츠는 1884~1886년에 더블린 시립미술학교(메트로폴리탄 미술학교)에 다녔다.

조지 러셀

하기도 했다.

하루는 예술적 재능이 없는 게 분명한 옆 학생이 석고 과일을 그리는 것을 내가 도와주었다. 그에 대한 감사의 표시로 그는 자기 얘기를 들려주었다. "나는 미술을 좋아하지 않지만 당구는 잘해. 더블린에서도 손꼽히지. 그렇지만 내 후견인은 내가 직업이 있어야 한대. 그래서 나는 시험을 안 치러도 되는 곳을 친구들한테 물어보고 여기로 오게 된 거야." 나 자신도 그보다 더 나은 이유가 없었는지도 모른다. 아버지는 내가 트리니티 칼리지에 가기를 원하셨고, 내가 가려 하지 않자 이렇게 말씀하셨다. "내 아버지와 할아버지, 증조할아버지 모두 거기 다니셨어."[210] 나는 내 고전이나 수학 실력 가지고는 붙을 시험이 없다고[211] 아버지께 말씀드리지는 않았다.

학교친구 중에는 카넉트의 지주 자선가의 도움으로 더블린으로 오게 된 불행한 "시골 천재"[212]가 있었다. 그는 침실 벽에 못으로 박아놓은 종이 위에 종교적인 그림들을 그렸는데, 그중에는 『최후의 심판』이 있었다. 그리고 데이지 화환을 목에 걸고 아침에 학교에 오는 좀 엉뚱한 어린 학생[213]이 있었고, 또 "Æ"라고 칭하는 시인이며 신비주의자인 조지

---

[210] 더블린의 트리니티 칼리지. 예이츠는 1922년에 이 대학에서 명예문학박사학위를 받았다.
[211] 나는 내 고전이나 수학 실력 가지고는 붙을 시험이 없다고: (1916년판) 내가 가려고 하지 않은 이유는 내 고전이나 수학 실력 가지고는 붙을 시험이 없기 때문이라고.
[212] 밝혀지지 않음.
[213] 필립 프랜시스 리틀.

러셀[214]이 있었다. 자신의 눈에는 언제나 다른 이미지가 떠올랐기 때문에 그는 우리가 그리려는 모델을 그리지 않았는데(내가 기억하기로는 『광야의 성 요한』이라는 작품이 있었다), 이미 우리에게 자신의 환상들에 관해 이야기를 한 적이 있었다.[215] 어느 날 그는 자신의 의지가 약하므로 미술학교를 떠나겠다고 선언했으며, 미술이나 다른 정서적인 작업은 그의 의지를 더욱 약하게 할 것이라고 말했다.

올리버 셰파드의 조각
『죽어가는 쿠훌린』

이내 나는 모델이 있는 수업에 들어가 우리 사이에 권위가 있는 상급생들과 같이 있게 되었다. 이들 중에는 오늘날 아일랜드 조각가로 유명한 존 휴즈와 올리버 셰파드[216]가 있었다. 그들이 작업을 하는 화실에 처음 들어간 날 나는 놀라서 문턱에 가만히 서 있었다. 상냥해 보이는 예쁜 여학생이 방 한가운데서 모델을 하고 있었다. 남학생들은 모두 그 여학생에게 조명을 가린다는 이유로 아주 거칠고 기이한 욕들을 퍼붓고 갖은 별명을 불렀지만,

---

[214] 조지 윌리엄 러셀(1867~1935)은 아일랜드 시인이며 비평가로 아일랜드 민족주의자였다. 신비주의에 빠졌던 그는 '영겁'(永劫 aeon)이라는 뜻의 Æ(가끔은 AE나 A. E.로 씀)라는 별명을 사용했다. 제2부 2권 XIV에도 언급됨. 주석 613 참조.

[215] 1916년판에는 다음 구절이 이어져 있었음: 그의 말은 요즘에는 명쾌하면서 열정적이지만, 당시에는 거의 이해할 수 없었다. 어떤 구절은 반복되면서 이따금 이해할 수 있었지만 말이다.

[216] 존 휴즈(1865~1941)는 더블린 출생의 아일랜드 조각가. 올리버 셰파드(1865~1941)는 아일랜드 조각가로 전투에서 죽어가는 신화적 인물 쿠훌린의 청동조각으로 유명하다.

그녀는 모든 것을 참아내면서 흔들리지 않는 성실성으로 임하고 있었다. 곧 내 근처에 있던 남학생이 내 얼굴을 보고는 말했다. "저 여자애는 귀머거리야. 그래서 불빛을 가리면 언제나 욕을 하고 별명을 부르거든." 실제로는 모든 학생이 그 여학생에게 친절하여 그녀의 화판 따위를 들어다주고 방과 후에는 마차도 태워준다는 것을 나는 곧 알게 되었다.

우리는 이론적인 배경도 없었고 미술의 역사에 관한 어떤 비평적 지식도 정해진 기준도 없었다. 어떤 애가 모두 감탄할 만한 프랑스 작품 사진을, 어떤 때는 로댕이나 달루의 조각을, 또 어떤 때는 파리의 과장된 기념비를 보여주었다. 우연히 그 일을 아버지와 토론하지 않았더라면 나는 다른 애들 이상의 차별성을 가지고 감탄하지 못했을 것이다. 허세를 부리는 듯한 강베타 기념비[217]는 우리 사이에 커다란 동요를 일으켰다. 프랑스 작품만이 우리를 감동시킬 수 있었는데, 상급생 중 한두 명은 프랑스에 이미 갔다 온 적이 있었고 나머지 애들도 모두 가고 싶어 했다.

영국 작품에 대해 아는 사람은 나밖에 없었다. 우리 중 가장 실력 있는 애는 이탈리아어를 배워 단테를 읽었지만 테니슨이나 브라우닝에 대해서는 들어본 적이 없었다. 영시, 특히 지혜로운 분위기로 나를 감동시키기 시작했던 브라우닝에 관한 얼마간의 지식을 학교에 들여온 것은 바로 나였다. 내가 잘한다고 생각지는 않았다. 나는 많은 양의 글을 썼지만 그것이 나를 지치게 했고 내 작품은 따분했기 때문이다. 혼자 아무 데도 영향을 받지 않고 나는 패턴과 라파엘전파주의, 시와 연결된 예술을 갈망했고, 터너의 『황금가지』[218]를 보려고 《아일랜드 국립미술관》에 자꾸만

---

[217] 프랑스 법률가이며 정치가인 레옹 강베타(1838~1882)의 기념비.
[218] 터너의 『황금가지』(유화, 104cm×164cm, 1834년 작품)는 1847부터 런던의 《국립미술관》이 소장하고 있다가 1929년에 《테이트갤러리》로 옮겨졌다. 따라서 예이츠가 더블린에서 보았다는 것은 잘못된 기억이다.

터너의 『황금 가지』

다시 갔다. 그렇지만 너무 소심했기 때문에 내가 방법을 알았다고 해도 아버지의 스타일과 내 주변 사람들의 스타일을 깨고 나올 수가 없었다.

나는 아버지가 젊은 시절의 스타일로 돌아가서 그의 포트폴리오에서 여전히 발견할 수 있었던, 지금은 잃어버린 어떤 구상을 가지고 그림을 그리기를 언제나 바라고 있었다. 침대에 사람들이 누워있는 지하를 지나가는 흐릿한 중세의상을 입은 늙은 꼽추를 그린 그림이 있었다. 침대에서 반쯤 일어난 소녀가 그의 손을 잡고 키스를 하고 있다. 그 이야기는 잊어버렸지만 이상한 노인과 소녀 모습의 강렬함은 어린 시절처럼 생생하다.[219] 성경에 나오는 것으로 생각되는데, 한 도시를 구하고 떠난 후

---

[219] 18세기나 19세기 작품으로 보이는 연도 미상의 무제 수채화로서(17cm×25cm), 흰 잠옷을 입은 소녀가 침대에서 몸을 약간 일으켜 평범한 긴 갈색 코트를 입은 백발노인의 오른손에 키스를 하는 그림이다. 다른 여섯 아이가 그 광경을 모두 흰 잠옷을 입은 채 두 개의 커다란 양편 침대에 앉아서 지켜보고 있다. 뒤쪽 중앙에 올라가는 계단이 있고 천장에 매달린 기름 램프가 비추고 있다. 예이츠는 이 그림을 1917~1926년 사이에, 아마도 1922년 아버지가 돌아가실 때 얻게 된 것 같다. 앤 예이츠는 아버지가 액자에 넣은 이 그림을 책상 위에 몇 년 동안 두고 있었던 것으로 기억한다. (1926판 각주) 이 작은 그림을 찾아서 우리 집에 걸어두고 있다.

그 소식을 다시는 들을 수 없었던 어떤 사람에 관한 구절이 나온다. 장터에서 자신의 동상을 비웃는 누더기를 입은 늙은 거지의 모습으로 그는 다른 그림에 나타나기도 했다.[220] 그러나 아버지는 말씀하시곤 했다. "눈앞에 보이는 것을 그려야만 해. 물론 본성이 무의식적으로 끼어들기 때문에 뭔가 다른 것이 그려질 테지만."

가끔 나는 아버지와 논쟁을 하려고 했다. 동료 미술가들과 아버지 자신의 철학은 빅토리아조 과학, 내가 수도자 같은 증오심으로 싫어하게 된 그 과학에 의해 만들어진 오해라고 생각하게 되었기 때문이다. 그러나 아무 소용이 없었다. 그래서 순간적으로 나는 했던 말을 취소하고 진짜 믿지 않는 척했다. 아버지는 더블린의 고위 법관들, 대학 명사들, 혹은 우연히 찾아왔는데 머리 모양이 마음에 들어 초상화를 무료로 그려 준 사람들 등 많은 인물의 섬세한 초상화를 그리고 계셨지만 나는 모두 불만이었다. 마음속으로 나는 아름다운 것만 그려야 하며 옛것들과 꿈속에 나오는 것만 아름답다고 생각했다. 지금은 잃어버린 가장 섬세한 그림 중 하나인 폐병에 걸린 거지 소녀의 커다란 수채화를 그렸을 때[221] 나는 아버지와 거의 싸울 뻔했다. 《아일랜드 왕립학술원》에 걸려있는, 마네를 추종하는 화가가 그린, 카페 앞에 앉아있는 누런 얼굴의 매춘부들의 그림은 며칠 동안 나를 비참하게 했지만, 아버지가 조금 힘을 써서 휘슬러의 작품 몇 점이 전시되었을 때는 행복했다. 아버지가 "너의 늙은 엄마가 회색 옷을 입고 꾸민 모습으로 그려진다고 상상해 보렴!" 하고 말했을 때, 나는 동의하지 않았다.

나는 단순한 현실을 좋아하지 않았을 뿐 아니라 예술창조는 의도적이

---

[220] 어떤 성경 구절과 그림인지 밝혀지지 않음.
[221] 1885년에 더블린의 《아일랜드 왕립학술원》에, 1887년에 런던의 《왕립학술원》에 전시된 예이츠 아버지의 그림 『출근길』을 말하는 듯한데, 현재는 소재 미상이다.

어야[222] 한다고 믿었지만, 아버지를 모방할 수밖에 없었다. 나는 초상화밖에 그릴 수 없었으며 오늘날조차 끊임없이 초상화가처럼 사람들을 바라보며 마음의 눈으로 그들을 이러저러한 배경 앞에 세운다. 한편 나는 여전히 어린아이 같은 구석이 많이 남아 있어서, 가끔은 영감에서 나온 것이라고 생각되는 작품을 흉내 내며 미친 듯이 공을 들여 그림을 그린다. 또 가끔은 햄릿을 기억하며[223] 작위적으로 성큼성큼 걸어서 가게 창문 앞에 서서 내 타이가 가게 안에 있는 느슨한 세일러 매듭 위로 겹쳐 보이는 것을 보며, 언제나 바람에 휘날리고 있는 그림에 나오는 바이런의 타이[224] 같지 않음을 아쉬워한다. 나는 지금처럼 그때도 아이디어가 많았는데, 그중에서 진짜 내 삶에 속하는 것들을 골라내는 방법을 몰랐을 뿐이다.

XXIII

우리는 붉은 벽돌이 슬레이트 줄무늬와 어울려 허세를 부리는 듯 속되게 보이는 빌라에 살았는데, 사방에 적들이 있는 것 같았다. 정말로 한쪽에는 친절한 건축가가 살았지만, 다른 쪽에는 바보 같은 통통한 여자와 그 가족이 살았다. 내 공부방 창문은 그녀 집 창문을 마주보고 있었는데, 어느 날 밤 내가 글을 쓰고 있을 때 조롱기 가득한 목소리가 들려서 보니 창문에 그 통통한 여자와 가족들이 서 있었다. 나는 내가 쓴 것을 연기하며 나도 모르게 큰 소리로 말하는 습관이 있다. 아마 그때 나는 방바닥에 손을 대고 무릎을 꿇고 있었거나 내가 상상한 심연 속으

---

[222] 의도적이어야: (1916년판) 의식이 있어야.
[223] 예이츠가 어릴 때 그의 아버지는 헨리 어빙이 주인공으로 나오는 『햄릿』 공연에 데리고 갔다(61쪽에 이에 관한 언급이 있음).
[224] 스코틀랜드 화가 조지 샌더스(1774~1846)가 그린 『배에서 내리는 바이런』(1807)을 말하는 듯하다.

로 말을 하며 의자의 등받이 너머를 내려다보고 있었을 것이다.

또 어느 날에는 길을 가르쳐 달라는 여자가 있었는데, 갑자기 묻는 통에 생각에 빠져 있던 나는 머뭇거렸다. 그때 이웃집 여자 한 사람이 다가왔다. 이웃집 여자가 내가 시인이라고 하자 길을 물은 여자는 경멸하는 듯이 돌아섰다. 반면에 경찰관과 전차 차장은 내 하인이 내가 시인이라고 말하자 내가 멍한 것도 충분히 납득이 된다고 했다. 왜 내가 깨끗한 길과 진흙길을 분간하지 못하고 다니는지 물었던 경찰관은 말했다. "아 그래요. 머릿속에 맴도는 생각이 시뿐이라면 그렇겠죠." 나는 수척하고 야위어 보인 모양이다. 근처 갈림길에 내가 지나가면 꼬마들이 "야, 여기 저승사자가 또 지나간다."라고 말하곤 했으니까 말이다.

어느 날 아침 아버지는 화실로 가는 길에 건물 주인을 만나서[225] 이런

알프레드 테니슨

대화를 나누셨다. "테니슨에게 귀족작위를 주어야 했다고 생각하세요?"라고[226] 그가 묻자, 아버지는 "의아한 것은 단지 그가 작위를 받아들여야만 했는지 하는 거지요. 그냥 알프레드 테니슨이라는 게 더 나았지요."라고 대답하셨다. 그러고 나서 침묵이 잠시 흐른 후 아버지는 말씀하셨다. "어쨌든 내가 아는 모든 사람은 그가 작위를 받아들이지

---

[225] 건물 주인을 만나서: (1916년판) 커다란 식료품 가게를 가지고 있는 건물 주인을 만나서.
　　＊ 1883년 말에 예이츠의 아버지는 화실을 스티븐스 그린 7번지에 있는 건물로 옮겼는데, 그 주인 스미스는 화실 밑에서 가게를 하고 있었다.
[226] "테니슨에게 귀족작위를 주어야 했다고 생각하세요?"라고: (1916년판) "선생님, 테니슨에게 귀족작위를 주어야 했다고 생각하시는지 말씀해 주시겠어요?"라고.
　　＊ 알프레드 테니슨(1802~1892)은 1884년에 남작 작위를 받았다.

말았어야 한다고 생각한답니다." 그런 후에 건물 주인이 심술궂게 "시가 무슨 소용이 있어요?"라고 하자, "아, 시는 우리 마음에 많은 즐거움을 주지요."라고 아버지는 대답하셨다. 그러자 그는 "테니슨이 유익한 책을 썼다면 우리 마음에 더 많은 즐거움을 주지 않았을까요?"라고 했고, 아버지는 "아, 그랬다면 저는 읽지 않았을 거예요."라고 대답하셨다고 한다. 아버지는 이 얘기를 즐거워하며 저녁에 돌아오셨지만 나는 아버지가 왜 그런 의견을 가볍게 받아들이고 그 사람과 진지하게 논쟁을 하지 않았는지 이해할 수 없었다.

이런 사람들이 평생 본 시인이라고는 어떤 백발노인 하나를 빼놓고는 아무도 없었을 것이다. 그 노인은 여러 권의 쉽고 아주 달콤한 시를 썼고 재산을 다 날려버리고는 완전히 미쳐버린 사람이었다. 그의 모습은 거리에서 흔히 눈에 띄었고, 자갈밭에서 암탉과 병아리들이 노는 공동주택 근처의 초라한 집에서 살았다. 매일 아침 그 노인은 집으로 빵 한 덩어리를 가져와 그 반을 암탉과 병아리, 새들 혹은 개나 굶주린 고양이에게 주었다. 그는 단칸방 천장 중간에 박은 못에 줄을 여러 가닥 매어서 벽에 박힌 여러 개의 못에 연결해 놓고 사는 것으로 알려졌다. 이런 식으로 그는 아라비아 사막의 텐트 속에서 산다는 환상을 유지했다. 나도 이 노인처럼 속닥거리는 소리를 죄다 듣고 지나가며 흘끔흘끔 쳐다보는 눈길을 죄다 느끼면서 집에서도 이웃에서도 벗어날 수가 없었고, 집과 이웃 둘 다 증오했다.

우리 외할아버지가 며칠 동안 의사를 만나려고 우리 집에 오셨을 때는 깜짝 놀랐다. 아버지는 외할아버지께 저녁마다 클라크 러셀의 『그로스베너 호의 침몰』[227]을 소리 내어 읽어주셨지만, 의사는 그것을 금지했

---

[227] 동인도회사 무역선인 《그로스베너 호》는 1782년 8월 4일 남아프리카 해안에서

다. 왜냐하면, 내가 내 시를 몸으로 연기하듯이 외할아버지는 한밤중에 일어나서 중간중간 "그래, 그래, 이런 식으로 벌어졌을 거야."라고 추임새를 넣으면서 반란을 연기하셨기 때문이다.

XXIV

에드워드 다우든

더블린에 처음 도착했을 때부터 아버지는 나를 데리고 이따금 에드워드 다우든[228] 아저씨를 만나러 가셨다. 그와 아버지는 대학 친구로서 아마도 옛 우정을 다시 다지려고 한 것 같다. 가끔 아침식사를 같이 하자는 초대를 받았는데, 나중에 아버지는 나에게 내 시 중의 하나를 소리 내어 읽어보라고 하시곤 했다. 다우든 아저씨는 지나치게 칭찬하거나 공감하지 않는 법이 없이 현명하게 격려를 하셨고, 가끔 책도 빌려주셨다.

모든 것이 고상한 취향을 반영하고 시가 제대로 존중받는 그 정연하고 부유한 집은 더블린을 한동안 내가 참을 만한 곳으로 만들었다. 2년 정도 그는 나에게 낭만의 이미지로 비쳤다.

───────────

침몰했는데, 132명의 승무원과 18명의 여객을 태우고 영국으로 돌아오는 중이었다. 123명의 생존자 중 18명만이 케이프타운에 도착했다. 나머지는 궁핍으로 죽거나 반투족에게 살해되거나 반투족과 행동을 같이 했다. 이 중 4명이 살아서 마침내 영국으로 돌아왔다.

[228] 더블린의 트리니티 칼리지 시절부터 아버지의 친구였던 에드워드 다우든(1843~1913)은 24세의 나이에 트리니티 칼리지 영문과 교수가 된 인물. 그는 시인이 되고 싶어 했으나 출판한 시집은 『시편들』(1876) 한 권 뿐이며, 다른 점에서는 문학비평가로서 알려졌다.

아버지는 나처럼 열광하지 않으셨고, 이내 이 만남을 못 견뎌 하시는 것이 내 눈에 띄었다. 가끔 아버지는 두 분이 젊었을 때 다우든 아저씨가 창조적인 예술에 몰두하기를 원했다고 말씀하시고는, 아버지가 생각하는 다우든 아저씨의 인생 실패에 대해 언급하시곤 했다. 아버지는 라파엘전파 화가들의 대화 덕에 자신이 빠져나온 세계를 자기 친구에게서 찾으려 했다는 걸 나는 지금은 알고 있다. "그 친구는 자기 본성을 믿으려고 하지 않아." 혹은 "그 친구는 자기보다 못한 사람들에게 너무 영향을 많이 받아."라고 말씀하시거나, 다우든 아저씨가 쓸 수도 있었던 것을 보여주기 위해 그의 시 중 하나인 「포기자」[229]를 칭찬하시곤 했다. 검고 낭만적인 얼굴에 어울리는 과거를 상상했기 때문에 나는 영향을 받지 않았다. 나는 여기저기 스윈번적인 수사법의 영향을 받은 그의 시를 있는 그대로 받아들이고, 그가 불행한 불륜의 사랑을 했다고 생각했다. 그러나 내가 창작을 거듭하면서 그의 시에 나오는 여인의 사랑에 대한 이미지가 그가 학교에서 배운 것이라는 사실을 발견했을 때, 그에 대한 환상이 깨어졌다. 그래서 나는 그를 그냥 아주 똑똑한 사람으로만 생각하게 되었다.

나는 끊임없이 철학적인 문제로 시달렸다. 미술학교에서 학교친구들에게 "시와 조각 작품은 우리의 열정을 살아있도록 만들기 위해 존재한다."라고 내가 말하면, 누군가는 "우리는 열정이 없는 게 훨씬 낫다."라고 말하곤 했다. 혹은 〈예술이 우리를 더 행복하게 혹은 더 민감하게, 그래서 더 불행하게 만드는가?〉와 같은 문제로 한 주일을 시름하며 보내기도 했다. 나는 휴즈나 셰파드에게 이렇게 말한 것 같다. "예술이 우리

---

[229] 다우든의 『시편들』에 실린 시 중 하나로 신중함과 절제, 규칙에서 벗어나 감성을 따르라는 내용의 시.

를 더 행복하게 만든다는 확신이 없다면 나는 다시는 글을 쓰지 않을 거야." 만일 내가 이런 일들을 다우든 아저씨에게 말했다면, 그는 유머러스한 역설로 그 질문을 처리했을 것이다. 그는 누구에게나 무엇에나 몸을 낮추어 나의 본보기가 되었다. 누군가가 서정시를 쓰고자 하면 자연과 예술에 의해 대여섯 개의 전통적 태도 중에서 어느 하나에 맞추어 자신을 형성하여 연인이나 성인이 되거나, 현인이나 관능주의자가 되거나 그저 모든 삶을 조롱하는 자가 되어야 하며, 불운이 닥칠 때만 그에게 세상에 대한 축적된 표현이 열린다는 사실을 나는 막 배우게 되었다. 이런 생각은 지식이기 이전에 본능이었다.

나는 아버지가 다우든 아저씨의 역설을 소심함이라고 말해서 화가 났는데, 몇 년이 지나고도 아저씨에 대한 아버지의 인상은 변치 않은 것 같았다. 불과 몇 달 전에 나에게 이런 편지를 보내신 것을 보면 말이다. "그에게 말하는 것은 마치 성직자에게 말하는 것 같았어. 그에게 희생제를 상기시키지 않도록 조심해야만 했지." 언젠가 아침식사 후에 다우든 아저씨가 아직 출판되지 않은 『셸리 전기』 몇 꼭지를 우리에게 읽어주셨는데, 『사슬에서 풀려난 프로메테우스』를 경전으로 삼은 나는 그가 읽는 것 모두가 흥미로웠다. 그러나 그가 셸리를 좋아하는 마음이 사라져버렸고 셸리 가족과의 옛 약속이 아니었더라면 전기를 쓰지 않았을 거라고 설명했을 때는 오싹했다. 전기가 출판되었을 때, 아버지와 나도 알게 되었지만, 자신에게 공감이 결여되어 있음을 감추고 있는 세심한 사람의 폭력성 혹은 어색함이 드러나는 그 책의 인습적인 것들과 과장된 것들을 매슈 아널드는 조롱했다.[230]

---

[230] 1916년판에는 다우든에 대한 부분이 더 있었음: 다우든 아저씨는 자신의 걸작이 될 『괴테전기』 역시 이미 포기했거나 포기하려던 참이었다. 젊은 시절에 들은, 괴테에 대한 사랑을 너무 공공연히 표명한 알렉산드리아 대학의 한 강좌의 영향

나의 믿음은 흔들렸지만 다우든 아저씨가 조지 엘리엇을 읽도록 충고했을 때에야 나는 화가 나고 실망스러워 그와 언쟁을, 아니 반쯤 언쟁을 벌이게 되었다. 나는 빅토르 위고의 모든 연애소설과 발자크의 작품 두 권을 읽었지만, 조지 엘리엇을 좋아할 마음은 없었다. 그녀는 삶에서 인간에게 도약할 수 있는 발판을 주는 모든 것에 불신과 혐오감이 있었던 것 같다. 그리고 그녀는 역시 빅토리아 중기 과학의 권위에 의해 혹은 그것을 키워온 정신습관에 의해 자신의 혐오감을 강요하는 방법을 너무 잘 알고 있었기 때문에, 싫어하는 것에 끌리는 마음을 피할 수 없었던 나는 그 책이 펼쳐져 있는 동안 내 본능이 그 시대의 영광에 대해 알고 있는 것은 무엇이든 의심했다. 조지 엘리엇은 나를 혼란스럽고 놀라게 했지만, 내가 그녀에 대해 말했을 때 아버지는 "아, 그녀는 잘생긴 남자들과 잘생긴 여자들을 싫어하는 못생긴 여자였거든." 하고 말씀하시며, 그녀의 책을 팽개치고 『폭풍의 언덕』을 칭찬하기 시작하셨다.

얼마 전에 다우든 아저씨의 편지 한 통을 받고서야[231] 나는 다우든 아저씨와 우리 아버지의 우정이 얼마나 오랫동안[232] 적대적인 것이었는지 발견하게 되었다. 아버지는 1860년대에 피츠로이 로드에서 시인 에드윈 엘리스[233]와 네틀쉽[234] 아저씨, 그리고 아버지 자신을 의미하는 그 조직

으로 더블린의 신교 대주교에 대한 불만을 품게 되었지만 말이다. 그는 다른 어떤 시인들과도 다르게 오직 워즈워스만이 자신이 일찍이 품은 사랑을 아직도 받고 있다고 말했다.

[231] 다우든 아저씨의 편지 한 통을 받고서야: (1916년판) 다우든 아저씨의 편지를 받고서야.

[232] 오랫동안: (1916년판) 오랜 세월 동안.

[233] 에드윈 존 엘리스(1848~1916)는 영국 시인이며 삽화가로 예이츠 아버지의 오랜 친구였다. 예이츠와 편집한 세 권의 블레이크 작품집으로 유명하다.

[234] 존 트리벳 네틀쉽(1841~1902)은 동물 그림, 특히 사자 그림으로 유명한 영국의 화가, 삽화가, 작가.

은 "워즈워스를 혐오했다"는 편지를 쓴 적이 있었다. 다우든 아저씨는 그 다음 주에는 분위기가 영 달라져서 자신이 혐오를 받게 될 것이라는 사실을 생각하지 못한 채 고통에 찬 엄숙한 편지를 썼다. 아버지는 다우든 아저씨가 지성을 너무 믿고 있지만 모든 가치 있는 교육은 정서를 불러일으키는 것이라고 답하고, 그러나 그것은 흥분을 의미하는 것은 아니라고 덧붙였다. 아버지는 "완전히 정서적인 인간에게 있어서는 감정을 최소한으로 일깨우는 것이 감정의 현이 모두 진동하는 조화를 가져온다. 흥분은 정서가 불충분한 사람이 보이는 특징이며 단지 한두 개의 현만 거칠게 진동하는 말"이라고 쓰셨다. 대중을 계도하기 위해서가 아니라 진리를 발견하기 위해 말하고 글을 쓰는 사람들, 그 동료들의 이야기를 즐겁게 과장하는 데 익숙한 자유로운 세계에서 살면서, 두 분이 20대였을 때 아버지는 이미, 다우든 아저씨가 프로방스인이라는 사실이 명백하다고 결론지은 것이다.

XXV

내가 아버지의 영향에서 벗어나게 된 것은 심령연구와 신비철학을 공부하기 시작하면서부터였다. 아버지는 존 스튜어트 밀의 추종자였고 과학운동과 함께 성년에 이르렀다. 이 점에서 아버지는 태양이 지구 주위를 돌든 지구가 태양 주위를 돌든 아무에게도 상관이 없다고 말한 로세티 편은 절대 아니었다. 그러나 이런 새로운 연구, 대중적 과학에 대한 반작용을 통하여 나는 내 비밀스러운 사고의 동지들이 있다는 것을 느끼기 시작했다.

언젠가 다우든 아저씨의 응접실에 있을 때, 하인 하나가 지금은 돌아가신 교장선생님[235]이 오셨다고 알렸다. 내 얼굴이 붉으락푸르락했던 게 틀림없다. 다우든 아저씨가 다정하지만 빈정거리는 투로 말하며 나를 다른 방으로 데려갔고, 나는 교장선생님이 갈 때까지 거기 있었던 것을 보면 말이다. 몇 달 후에 교장선생님을 다시 만났을 때 나는 그 전보다는 더 용기가 생겼다. 거리에서 우연히 만났는데, 그는 이렇게 말씀하셨다. "네가 아무개 학생에게 영향력을 발휘해 주었으면 좋겠어. 그 녀석이 신비주의에 빠져 시간을 모두 쓰고 있어서 시험에 떨어질지도 모르니까 말이야." 나는 깜짝 놀랐지만, 이 세상 아이들은 빛의 아이들보다 더 현명하다는 그런 어떤 얘기로 둘러댔다. 교장선생님은 무뚝뚝하게 "잘 가거라." 하고는 가셨다. 나라면 그 나이가 되더라도 그렇게까지 상투적인 말을 절대로 할 것 같지는 않았다. 그는 나를 참을 수 없이 분노하게 만들었다.

나의 새로운 동지와 옛 동지들은 똑같이 나를 받쳐주었다. 내가 늘 거부해온 〈중간시험〉은 학생과 선생 모두에게 돈을 의미했고 그것뿐이었다. 학교 다닐 때는 미래나 어떤 실제적인 결과를 절대 생각하지 말도록 아버지는 그렇게 나를 키웠다. 나는 아버지가 심지어 이렇게까지 말씀하신 것을 알고 있었다. "내가 젊었을 때 신사의 정의는 먹고사는 문제에만 신경 쓰지 않는 남자였다." 그렇지만 이 교장선생님은 내 친구가 모든 진리 중에서 가장 중요한 것을 추구하지 않기를 바라는 것이었다.

당시에 졸업반이었던 내 친구[236]는 '남 앞에 나서기 좋아하는 녀석'으로서 온 아일랜드 사람들을 들었다 놓았다 했지만, 그때 그와 나는 《신지학협회》[237]가 발행한 『라이헨바흐 남작의 오딕 포스론』[238]과 매뉴얼들

---

[235] 윌리엄 윌킨스(1852~1912). 시인이며 더블린의 에라스무스 스미스 고등학교 교장(1879~1908 재직).

[236] 찰스 존스턴(1867~1931). 아일랜드의 국회의원이며 정치가인 윌리엄 존스턴(1829~1902)의 아들로 아일랜드 북부지방인 다운 카운티에서 태어났다. 1885년에 예이츠, 러셀과 함께 《더블린 연금술협회》를 창립하고 예이츠를 마담 블라바츠키에게 소개한 인물이다.

찰스 존스턴

을 읽고 있었다. 우리는 커다란 수정에서 흘러나오는 오딕 포스를 느끼거나 느낀다고 믿으면서 손을 유리 상자 위로 지나가게 하느라 많은 시간을 《킬데어 스트리트 박물관》에서 보냈다. 또한 우리는 눈을 가린 채 핀을 찾았고, 요크 가에 있는 옥상 근처에서 모인 《연금술협회》[239]에서는 우리가 발견한 것에 대한 보고서를 읽었다. 우리가 협회를 처음 만들었을 때 나는 위대한 시인들이 최선의 순간에 확신한 것은 무엇이든 어떤 권위 있는 종교에 우리가 가장 가까이 다가가는 것이며 그들의 신학, 그들의 물과 바람의 정령들은 문자 그대로 진리라고 생각하자는 제안을 했다.

나는 이런 생각을 염두에 두고 『사슬에서 풀려난 프로메테우스』를 읽었으며, 이것이 모든 문학에 관한 공부를 해 가는 데 도움을 주기를 원했다. 나는 진리를 "가장 고귀한 인간의 극적으로 적절한 발언"이라고 정의함으로써 머지않아 아버지를 화나게 할 것이었다. 그리고 만일 "가장 고귀한" 인간을 정의하도록 요청을 받았다면, 아마도 나는 "호메로스가 주제를 찾다가 오디세우스를 발견한 것처럼 우리도 가장 고귀한 인간을 그저 그렇게 발견할 수 있다."고 말했을 것이다.

---

[237] 《신지학협회》는 1875년에 헬레나 블라바츠키와 올코트 대령이 뉴욕에서 창립했다. 1878년에 런던 지부가 만들어졌고, 1884년에는 블라바츠키가 런던을 방문했다. 예이츠는 1887년에 가입했고, 동양의 밀교를 연구하는 파트에 속해 있었다.
[238] 라이헨바흐 남작(1788~1869)은 독일내과의사로서 소위 "예민한 사람" 수백 명을 대상으로 인체나 물질에서 방사되는 아우라에 대해 과학적 연구를 한 사람이다. 그는 이 에너지를 '오드(od)'라고 이름 붙였다.
[239] 《연금술협회》는 1885년 6월 16일에 예이츠와 찰스 존스턴에 의해 창립되었다.

내 친구는 선교회에 자신을 남태
평양으로 보내달라는 편지를 썼다.
그때 나는 그에게 르낭의 『그리스
도의 생애』와 『밀교』를 읽어보라
고 주었다.[240] 그는 두 책을 모두 거
절했다. 하지만 며칠 후 《킬데어 스
트리트 도서관》에서 시험 준비를
하고 있을 때, 쉬는 시간에 나에게
『밀교』를 달라고 했고, 그는 결국
밀교 신자가 되었다. 그는 선교회
에 자신의 편지를 철회하는 글을
보냈고, 《신지학협회》에 자신을
체일라[241]로 바쳤다. 그는 이제는

찰스 존스턴과 아내, 어머니, 형

내가 열정이 부족하다고 화를 냈는데, 아마
도 내가 아버지의 회의주의에 의해 제동이
걸려 책들 사이 어디엔가 머물러 있었기 때
문이었을 것이다. 나는 머리로는 믿었지만
"신념을 재능으로서 타고난 사람은 단 한 사
람도" 알지 못한다고 말했다. 내 말은 진심이
었지만 그는 심한 농담으로 생각했다.
　한동안 그는 내 세계와 그 열정의 부족을
부끄러워하게 만들었지만, 나는 모든 것이

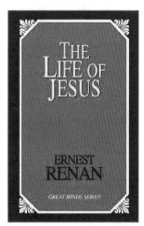

에르네스트 르낭의
『그리스도의 생애』 표지

---

[240] 에르네스트 르낭의 『그리스도의 생애』(1863)는 성경 이야기에 역사연구 방법론
　　을 적용한 책이며, 『밀교』는 알프레드 시넷(1840~1921)의 소책자.
[241] (힌두교) 종문(宗門)의 제자.

믿음의 문제인 그의 세계(그의 아버지[242]는 악명 높은 《오렌지 단》의 지도자였다)가 내 세계보다 나을 바 없다고 생각했다. 그는 지금은 더블린 수학자이며 아직도 키가 5피트가 안 되는, 똑똑한 꼬마였던 또 다른 '남 앞에 나서기 좋아하는 녀석'[243]에게 바로 개종을 하라고 권했다. 다음 날 나는 친구가 아주 우울해 하는 것을 보았다. "그 녀석이 네 말을 안 들었니?"라고 내가 묻자, 그가 대답했다. "그렇지 않아. 내가 15분 동안 계속 떠들어댔는데, 걔는 믿는다고 말했거든." 분명히 많은 시험 때문에 고갈된 정신들은 갈증이 나 있었던 것이다.

가끔 트리니티 칼리지의 동양언어학 교수인 페르시아 사람[244]이 우리 협회에 와서 동방의 마법사들에 관해 얘기했다. 어릴 때 그는 흘러나온 잉크에서 많은 정령이 아라비아말로 "우리를 믿지 않는 자들에게 화가 있을지어다."라고 노래하는 환상을 보았다. 그리고 우리는 어떤 브라만 철학자[245]를 런던에서 오도록 설득하여 우리 중에 유일하게 방이 여럿 있는 회원 집에서 며칠 머무르도록 했다. 그것은 나의 모호한 사색들을 확신시켜 준 논리적이면서 동시에 무한해 보이는 철학과의 첫 만남이었다. 그는 가르치기를, 의식은 단순히 표면을 확장

모히니 채터지

---

[242] 윌리엄 존스턴.
[243] 밝혀지지 않음.
[244] 트리니티 칼리지의 페르시아어, 아라비아어 및 힌두어 교수인 미르 알리.
[245] 1885년에 《더블린 연금술협회》를 방문한 모히니 채터지(1858~1936).

하는 것이 아니라 비전과 명상 속에서 또 다른 움직임을 가지며 높이나 깊이가 변할 수 있다고 했다. 전형적인 그리스도의 얼굴을 한 잘생긴 이 젊은 사람은 유쾌하게 나를 놀렸다. 그의 말로는 내가 아침식사 때 와서 질문을 하다가 첫 방문객 때문에 중단되면 조용히 기다렸다가 마지막 방문객이 가는 밤 열 시나 열한 시에야 내 질문을 마무리 짓기 때문이라는 것이었다.

XXVI

내가 겪은 교육제도에 대해 많이 생각했고 누구나 자신들이 하는 모든 행위에 철학적 변호를 한다고 믿었으므로 나는 질문을 받아줄 수 있는 선생님을 간절히 만나고 싶어 했다. 내 나름의 욕망을 가져야만 한다고 잠시 생각한 것 같다. 나는 에드먼드 스펜서를 모방한 목가적 시극인 『조각상들의 섬』이라는 작품을 대학 잡지에 출판할 가치가 있는지를 결정하려고 모인 비평가들 앞에서 그 시극을 낭송하도록 초대받았다. 그

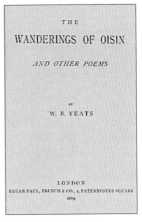

예이츠의 첫 시집
『어쉰의 방랑』(1889) 속표지

잡지는 내 생애 첫 출판물인 서정시 한 편을 이미 출판했고,[246] 사람들이 내 이름을 알아보기 시작한 때였다. 우리는 현재 새 대학교[247] 정치경제학 교수인 올덤의 방에서 만났다. 당시에 아

---

[246] 1885년 3월호 『더블린 대학 리뷰』에 예이츠의 시 「요정들의 노래」와 「목소리들」 두 편이 게재되었고, 이 두 시는 같은 잡지 7월호에 실린 『조각상들의 섬』 제2막 3장에 쓰였다. 이 시들은 『어쉰의 방랑』(1889)에 포함되었다.

[247] 더블린 아일랜드 국립대학교를 말함.

찰스 올덤 (예이츠 아버지의 소묘 작품)

주 젊었던 베리 교수의 발언은 출판 여부에 결정적인 영향력이 있었지만, 올덤 교수는 아주 많은 청중이 낭송회에 모이기를 요청했다. 낭송이 끝나고 시극 출판이 결정된 후에, 나는 왜 그렇게 되었는지 기억은 안 나지만, 학교 선생님이라는 젊은 남자와 단둘이 남아 있었다. 나는 침묵을 지키면서 용기를 다지고 있었고, 그 역시 침묵을 지켰다. 이내 나는 대뜸 말했다. "선생님은 일반적 교육 시스템이 의지를 강화한다고 변호하시겠지만, 저는 그것이 충동을 약화시키기 때문에 그렇게 보일 뿐이라고 확신합니다." 그러고 나서 나는 부끄러워져서 말을 중단했다. 그는 아무 대답도 하지 않고 미소를 지으며 마치 내가 "당신은 그것들이 페르시아 복장이라고 말씀하실 테지만, 갈아입으세요."[248]라고 말하기라고 한 것처럼 놀라는 표정을 지었다.

XXVII

우리는 올덤 교수가 창립한 클럽[249]에 자주 드나들기 시작했는데, 본

---

[248] 윌리엄 셰익스피어의 『리어왕』 제3막 6장에 나온 내용. 원래 알렉산더 대왕이 준 페르시아 옷을 클리투스가 거절하면서 하는 말이었는데, 셰익스피어에서는 리어왕이 에드거에게 복장이 마음에 안 든다며 갈아입으라고 하는 데서 나온 말이다.

[249] 토요일 저녁에 만나 토론을 한 《컨템퍼러리 클럽》. 예이츠는 1885년부터 참석하기 시작했다.

능적으로 좋아해서가 아니라 비밀스러운 야망 때문이었다. 나는 침착해
지기를, 햄릿이 연기한 것처럼 적개심을 품고 연기할 수 있기를, 말하자
면 눈 하나 깜짝하지 않고 사자의 얼굴을 들여다볼 수 있기를 바랐다.
영국에서는 유행이 지나가 버린 거친 논쟁이 아일랜드에서는 여전히 대
화의 방식이었고, 이 클럽에서는 연합주의자와 독립주의자가 서로 상대
방의 말에 끼어들고 대중연설의 형식적, 전통적 자제심 없이 서로 욕설
을 퍼부었다. 가끔 그들은 단지 자신들의 옛 열정을 새로운 모습을 통해
찾기 위해 주제를 바꾸고, 사회주의나 철학적인 문제에 관해 토론했다.

나는 쉽게 말하고 제대로 생각을 했지만, 마침내 어떤 사람이 무례해
지면 침묵을 지키거나 의견을 불합리할 정도로 과장하거나 망설이고 혼
란스러워지거나 한쪽으로 치우친 열정에 의해 자제력을 잃어버리게 되
었다. 그 후에 나는 내가 한 말을 점검하여 잘못된 것을 바로잡는 데
몇 시간씩 보내곤 했다. 친밀하게 아는 사람들에게만 내가 침착하다는
것을 발견하고, 훈련을 위해 내가 아는 낯선 집에 가서 자주 참담한 시간
을 보내곤 했다. 나는 햄릿이 훈련을 통해서가 아니라, 상냥함을 죽이는
무관심과 열정을 통해 침착성을 유지했으며, 정신이 덜 영웅적인 사람들
은 노년에야 그것을 바랄 수 있을 뿐이라는 사실을 깨닫지 못했다.

XXVIII

나는 돈이 별로 없었다. 어느 날 리피 강 철교[250]에서 반 페니 내는
것을 거절하고 "아니요, 저는 오코넬 다리로 돌아갈 거예요."라고 하자,
통행료를 받는 직원과 그의 수다쟁이 친구가 웃었다. 렌스터 로드에 있
는 어떤 집을 처음 방문했을 때, 중년 아줌마 몇 사람이 카드놀이를 하다

---

[250] 오코넬 다리에서 약 300미터 떨어진 보행자용 철교.

존 올리어리

가 나에게 게임에 끼라면서 셰리 포도주 한 잔을 주었다. 포도주에 취한 나는 6펜스를 잃어버리고 며칠 동안 궁하게 지냈다.

집주인은 엘렌 올리어리로서, 자기 오빠 존 올리어리[251]를 위해 그 집을 지키고 있었다. 존 올리어리는 《페니언 단》 단원이며 내가 본 사람 중에 제일 잘생긴 노인이었다. 올리어리는 20년 징역형을 선고받았지만 15년 동안 아일랜드로 돌아오지 않는 조건으로 5년 후에 석방되었다. 그는 정부에 말했다. "독일이 전쟁을 걸어오면 돌아오지 않겠지만, 프랑스가 걸어오면 돌아올 것이오."

그와 나이든 여동생은 그가 아주 존경하는 《오렌지 단》 지도자의 집을 정면으로 마주보고 있는 집에서 살았다. 그의 여동생은 얼굴이나 모습이 아주 다정했던 내 런던 학교의 양호선생님을 닮았다는 이유만으로 처음에는 나의 애정을 불러일으켰지만, 그녀를 제대로 알게 되었을 때 보니 두 남매는 똑같이 플루타르크 영웅전에 나올 법한 사람들이었다. 그녀는 나에게 자기 오빠의 삶에 대해, 페니언 운동의 창설에 대해,[252]

---

[251] 존 올리어리(1830~1907)는 영국의 아일랜드 통치를 종식시키기 위해 1850년대에 미국과 아일랜드에서 결성된 단체인 《페니언 단》의 지도자이며 문인이었다. 20세가 되기 전에 올리어리는 《청년 아일랜드당》에서 활동하다가 투옥되고 석방된 후 프랑스로 유배되었다. 귀국 후에는 페니언 운동에 관여하며 『아일랜드 민족』이라는 잡지를 1863년부터 1865년 정간당할 때까지 발행했다. 그와 시인인 여동생 엘렌 올리어리(1831~1889)는 예이츠 부자, 모드 곤, 아서 그리피스, 테일러 등 민족주의 문학인들의 중심이 되었다. 예이츠에게 올리어리는 낭만적이고 문학적인 민족주의의 표상이었다.
[252] 그녀는 나에게 자기 오빠의 삶에 대해, 페니언 운동의 창설에 대해: (1916년판)

그리고 잇따른 체포에 대해(나는 그 단체가 파괴되는 과정에 어떤 식으로든 그녀의 남자친구가 관여한 것으로 생각한다), 대중을 공포에 몰아넣은 허위증거를 바탕으로 한 사형선고에 대해 말해 주었는데, 비통해하는 느낌은 없었다. 그런 상냥함을 지닌 사람은 어떤 주의에 대한 광적인 믿음을 갖기는 힘들 것이다. 그녀는 적도 자기만큼 고귀한 동기를 품을 수 있다는 사실을 믿기 어렵지 않다는 것을 깨달았고, 자신의 길이 험난하다고 해서 상대에 대한 증오심이라는 박차가 필요하지도 않았다.

그녀의 오빠는 첫 번째 공판 때 그녀와는 사뭇 달랐다. 그는 몇 마디 과격한 맹세를 하며 욕을 했고, "하늘에 계신 선하신 하느님"도 그 맹세 중 하나였다. 그는 누군가의 말이나 행동이 싫으면 자기 생각을 전부 말해버렸지만, 조금 있으면 사람들은 그의 정의감이 그녀의 자애심과 비견될 수 있음을 알게 되었다. 그는 말하곤 했다. "선한 사람들이 선한 동기로 변호할 수 없을 만큼 그렇게 나쁜 주의주장은 없다." 또한 그는 의견이 같다고 해서 사람을 과대평가하지도 않았다. 그는 내게 데이비스의 시와 내가 몰랐던 젊은 《청년 아일랜드당》 당원들[253]의 시를 빌려주었다. 데이비스의 시는 나를 애국자로 만들었지만, 그는 그 시들이 훌륭한 시라고 주장하지는 않았다.[254]

그녀는 나에게 자기 오빠의 삶에 대해, 그가 지금에도 그렇듯이 젊은 시절에 어떻게 희귀한 책들을 찾아 헌책방들을 다니면서 오후 시간을 보냈는지에 대해, 어떻게 《페니언 단》 조직자인 제임스 스티븐스가 거기에 있는 그를 찾아 도움을 청했는지에 관해 얘기해 주었다. 그는 이렇게 말했다고 한다. "나는 당신이 성공할 가능성이 없다고 생각합니다. 그러나 다른 사람을 등록시키도록 내게 요구하지 않는다면 나도 참여하겠습니다. 그것은 나라의 도덕성을 위해 아주 유용할 것입니다." 그녀는 내게 그것이 어떻게 무서운 운동으로 변질되었는지에 대해,

[253] 토머스 오스본 데이비스(1814~1845)는 시인이며 정치가로서, 1842년에 존 딜런, 찰스 더피와 함께 《청년 아일랜드당》의 기관지가 된 잡지 『국가』를 창간했다. 《청년 아일랜드당》은 1840년에 결성된 급진적 민족주의 정당.

[254] 1916년판에는 다음과 같은 부분이 이어져 있었음: 그의 방은 책으로 가득했는데,

그는 젊은 사람들이 감동할 만한, 엄격한 의견이 있지만 평범한 삶을 살아온 사람들에 대해 거부감을 느끼는 젊은 사람이라면 더더욱 감동할 만한 타고난 도덕성이 있었다. 나 같은 식으로 교육받은 사람이라면 누구라도 그렇게 하듯 나는 편협한 진지함에 충격을 줄 과격하고 역설적인 것들을 말하기 시작했고, 다우든 아저씨의 반어적 침착함도 단지 기술적인 자세로 보였다. 그러나 올리어리에게는 예술가의 생애처럼 마음에서 우러나온 무엇이 있었다. 이따금 올리어리는 엘리자베스 시대의 서사극에 어울릴 만한 것들을 말하곤 했다. 나는 그의 주제를 시로 표현하는 시인이었기 때문에 이런 것들을 분출하도록 그를 자극하는 것은 내게는 즐거움이 되었다. 언젠가 한 아일랜드 정치가가 자신이 일반범죄자로 취급을 받자 격한 반응을 보인 일이 있었다. 내가 그를 변호하여 그가 한 일은 대의를 위한 것이었다고 말했을 때, 올리어리는 "나라를 구하기 위해서[255] 사람이 해서는 안 되는 것들이 있지."라고 말했다. 그는 어떤 말의 감정적 의미를 모르는 것처럼 말을 하고는 그 순간이 지나면 까맣게 잊어버리곤 했다.

모두 헌책으로서 흔히 상태가 아주 험했다. 새 책인 경우도 엉망으로 인쇄된 것들이었다. 오래된 더블린 서점에서 묻어온 먼지 때문에 그 책들이 나의 비역사적인 마음에는 더 즐겁게 느껴지지는 않았다. 많은 수가 아일랜드 책이어서 처음으로 나는 아일랜드 가톨릭교도라면 어려서부터 알고 있을 역사와 시들을 읽기 시작했다.// 그는 정치를 거의 전적으로 도덕적 원칙으로 생각하는 것 같았고, 제시된 행동강령에 대해 실제적이라느니 그렇지 않다느니 하는 식으로 얘기하는 법이 거의 없었다. 나에게 자신의 감옥살이에 관해 얘기해 줄 때면 겉으로는 자유롭게 모든 것을 말하는 것 같았지만, 자신의 고난에 대해서는 전혀 말하지 않는다는 것을 이내 알 수 있었다. 그리고 누군가가 왜 그러는지 물으면 "적의 손아귀에 있는데 왜 내가 불평을 하겠어?"라고 대답하곤 했다. 그 이후에 나는 교도소 소장이 그가 몇 달 동안 불필요한 불편을 감수하고 있다는 걸 알고는 왜 말하지 않았느냐고 물었다는 얘기를 들었다. "나는 여기에 불평하러 온 것이 아니오."라는 게 그의 대답이었다.

[255] 구하기 위해서: (1916년판) 구하기 위해서라 해도.

나는 올리어리의 집에서 그의 노년의 친 구들을 만났는데, 그중에는 자기 아버지 집 에서 아직도 살고 있는 캐서린 타이넌[256]과 마요 카운티 사람들의 이야기와 노래를 채 록하며 그들처럼 코담배를 피우던 대학생 인 하이드 박사[257]가 있었다.[258] 그 집을 늘 방문하는 사람 하나가 나에게 아주 적대적 이었다. 아마도 내가 올리어리의 눈에 더

존 테일러

든다는 것 때문에 질투를 해서일 것이다. 나중에 적대적일 수밖에 없는 더 확실한 이유를 발견하기는 했지만 말이다.[259] 그는 아직 잘 알려지지 않았던 위대한 연설가 존 테일러[260]였다. 얼마 전 나는 마음속에 깊이 박혀있는 엘리자베스 시대 서정시를 내가 읊듯이, 더블린에서 어떤 사람 이 테일러의 연설을 다른 사람에게 읊어대는 것을 들은 적이 있다. 그

---

[256] 캐서린 타이넌 힝크슨(1861~1931)은 시인이며 소설가로 100여 권의 소설과 18권 의 시집, 12권의 단편소설집, 3개의 극 등 엄청나게 많은 작품을 썼다. 예이츠는 그녀를 1885년 여름 그녀 아버지 집에서 처음 만났다. 캐서린은 예이츠의 초기 작품 출판을 도와주었는데, 그녀에게 끌린 예이츠는 청혼을 한 적이 있는 것으로 알려져 있다.

[257] 더글러스 하이드는 더블린 트리니티 칼리지에서 신학과 법률을 공부했지만, 그 의 진짜 관심사는 아일랜드 언어와 문학이었다. 주석 552 참조.

[258] 1916년판에는 다음에 한 문장이 더 있었음: 올리어리는 "대비트는 추종자를 천 명이나 원하지만, 나는 여섯 명만을 원한다."고 말하곤 했다.
  * 마이클 대비트(1846~1906)는 《토지연맹》을 창설한 농민 운동가이며 노동자 지도자, 아일랜드 공화주의자.

[259] 아마도 내가 올리어리의 눈에 더 든다는 것 때문에 질투를 해서일 것이다. 나중 에 적대적일 수밖에 없는 더 확실한 이유를 발견하기는 했지만 말이다: 1926년판 에서 추가된 구절.

[260] 존 프랜시스 테일러(1850~1902)는 변호사, 연설가로서 1886년 《아일랜드 청년 회》에서 「아일랜드 의회」라는 개회연설을 했고 아일랜드어를 배우도록 장려한 사람이다.

제럴드 피츠기번

연설은 더블린의 토론회, 아마 대학단체의 토론회에서 행해진 것 같다. 그 토론회에서 대법관[261]은 때로는 자기도취에 빠지기도 하고, 때로는 조소하며 감정을 드러내지 않는 균형 잡힌 연설을 했다. 테일러는 말을 머뭇거리고 멈추기도 하면서 시작했지만, 잠시 아주 엉망으로 연설을 하다가 몸을 바로 하고 마치 꿈에서 나온 것처럼 말했다.

모든 청중이 귀를 기울인 그 이집트인에게 "나는 다른 시대, 더 고귀한 사회로[262] 옮겨왔고, 여기에는 다른 대법관이 연설하고 있습니다. 나는 첫 파라오의 법정에 서 있는 것입니다."라고 말하고, 이제는 이스라엘의 자손들을 향해 연설을 시작했다.[263] "여러분들이 자랑하는 정신이 있다면 왜 여러분의 위대한 제국을 이용하여 그것을 세계로 퍼뜨리지 않습니까, 왜 아직도 여러분의 하찮은 국적[264]에 매달리고 있습니까? 이집트와 비교할 때 우리 제국의 역사와 업적은 어떻습니까?" 그러고는 그의 목소리가 변하며 가라앉았다. "나는 군중 가장자리에 있는 남자를 봅니다. 그는 저기서 귀를 기울이고 서 있지만, 복종하지 않을 것입니다." 그러고 나서는 목소리를 올려 외쳤다. "그가 복종했더라면 무법자의 언어로 쓰인 율법의 석판을 자기 팔에 안고 산을 내려오지 않았을 것입니다."[265]

---

[261] 당대에 가장 잘 알려진 아일랜드 법률가 중 하나인 제럴드 피츠기번(1837~1909). 아버지와 아들까지 모두 3대가 변호사로서 같은 이름을 쓰는 저명한 변호사 집안 출신이었다.

[262] 사회로: (1916년판) 법정으로.

[263] 영국의 지배하에 있던 아일랜드 민족을 이집트의 지배하에 있었던 이스라엘 민족에게 비유하고 있는 것임.

[264] 영국 국적.

용기를 시험하려고 야생동물에 맞서듯이[266] 나는 거듭해서 테일러에 맞섰지만, 언제나 그가 생각보다 더 나쁘다는 것을 알게 될 따름이었다. 내가 밀의 말을 인용하여 "연설은 듣는 것이고, 시는 엿듣는 것"[267]이라고 말하면, 그는 경멸감이 가득한 목소리로 언제나 청중이 있게 마련이라고 응수했다. 그러나 그의 연설이 최고조에 이르는 순간에는 어떤 청중이 있건 그 사람 혼자뿐이었다. 또 어떤 때는, 그의 과학관 때문인지 정통가톨릭 신앙 때문인지 알 수는 없지만, 나의 초자연주의 신앙에 그가 몹시 화를 냈다. 나는 단 한 번 뻔뻔하고 설득되지 않는 그를 피한 적이 있었음을 기억한다. 나는 올리어리 집 저녁 파티에서 일부러 과장하여 "여섯 명 중에 다섯 명꼴로 유령을 본 경험이 있다."고 말했다. 테일러는 내가 놓은 덫에 걸려들어 "그래, 여기 있는 사람들 하나하나에게 물어봐야겠어."라고 했다. 첫 번째 대답은 자기 죽은 형의 목소리를 들었다고 믿는 어떤 사람에게서, 두 번째 대답은 의사 부인에게서 나오도록

---

[265] 이 연설은 『무법자의 언어』라는 제목의 소책자로 1903년경에 더블린에서 발행되었다. 1916년판에는 다음과 같은 부분이 더 이어져 있었음: 그는 포목상에서 잠시 일을 했고, 독학으로 공부를 해서 대학에 들어갔다. 이제는 변호사로서 질게 뻔한 사건의 변호로 유명하여, 불확실한 판단이 사태를 악화시킬 수 없게 하고, 달변과 대질심문, 지식으로 잘못된 것을 모두 바로잡았다. 그와 대화하는 것은 언제나 논쟁이 되었다. 고집 센 상대에 대해 그는 "귀하는 머리에 봉지를 쓰고 계십니까?"와 같은 문구를 썼는데, 나는 특히 그가 질색하는 대상이었다. 그 세대의 많은 자수성가한 사람들처럼 그는 문학적으로 칼라일에게 가장 열광했다. 그가 믿는 바로는 빈궁한 삶에서는 알 수 없는 복합성과 세련됨에 대한 자신의 경멸감을 칼라일이 지지해주었다는 것이다. 나는 칼라일을 수사학자이며 민중선동가로 부르기 시작한 세대에 속했다. 언젠가 들판에서 성난 황소를 보고 내 용기를 시험하려고 황소에게로 걸어갔는데, 공포심이 막 엄습하는 순간 나는 그 녀석이 단지 짜증난 암소에 불과하다는 것을 발견하게 된 적이 있다.

[266] 용기를 시험하려고 야생동물에 맞서듯이: 1926년판에서 추가된 구절.

[267] 존 스튜어트 밀의 에세이 「시란 무엇인가?」(1833)에서 나온 구절. '시와 웅변은 둘 다 감정의 표현 혹은 토로이다. 그러나 서로 대립된 것으로 보아도 좋다면, 연설은 듣는 것이고 시는 엿듣는 것이라고 말할 수 있을 것이다.'

나는 일을 꾸몄다. 의사 부인은 귀신이 든 집에 살면서 목이 베인 사람을 만났고 그 사람이 정원 길을 따라 떠돌 때 그의 목이 "물고기의 입처럼 열렸다 닫혔다" 하는 것을 본 사람이었다. 테일러는 성난 말처럼 머리를 확 젖히더니 더 이상 질문을 하지 않고 그날 저녁에는 그 주제로 다시 돌아가지 않았다.

테렌스 맥마너스

그 질문을 계속했더라도 모두가 직접적인 경험은 아닐지라도 모든 사람에게서 비슷한 얘기를 들었을 것이다. 미스 올리어리는 《청년 아일랜드당》 정치판에서 꽤 알려진 맥마너스 형제 중 하나[268]가 죽었을 때 일어난 일을 얘기해주었을 것이다. 그중 하나가 누운 채 죽어가는 형제의 침대 곁을 지키다가, 열린 창문 틈으로 매처럼 생긴 이상한 새가 날아와서 죽어가는 형제의 가슴에 내려앉는 것을 보았다. 그는 감히 새를 쫓아버리지 못했다. 새는 거기에 머물면서 죽음이 찾아올 때까지 자기 형제의 두 눈을 들여다보고 있는 것처럼 보였다. 마침내 죽음이 찾아오자 새는 창문 밖으로 날아갔다는 것이다. 나는 확신은 할 수 없지만 그녀가 그 이야기를 목격자에게서 직접 들었다고 생각한다.[269]

---

[268] 테렌스 맥마너스(1823~1861)는 《청년 아일랜드당》 혁명가로서 호주로 유배되었다가 샌프란시스코로 탈출한 후 가난 속에서 죽은 인물이다. 그는 1848년에 법정에서 자신의 활동 이유를 '내가 영국을 덜 사랑해서가 아니라 아일랜드를 더 사랑해서'라고 설명한 것으로 유명하다.

[269] 1916년판에는 다음 부분이 이어져 있었음: 테일러는 자기 시대의 가장 위대한 연설가였을지 모르지만 기질 때문에, 어떤 지도자도 그를 받아들이려 하지 않았다. 그의 더블린 적들 중 한 사람의 말에 따르면 "그는 어떤 당파에도 가입하지 않았고, 가입시키자마자 바로 탈당했다"는 이유 때문에 더욱더, 공적인 생활을 할 수 없는 것으로 생각되었다.

흔히 그랬듯이 의견이 서로 다를 때조차도 그는 올리어리에게는 언제나 상냥하고 공손했지만, 그가 나를 자기 친구에 포함시키려고 한다는 생각은 그로부터 몇 년 후에 단 한 번 든 적이 있었다. 우리는 런던 길거리에서 우연히 만났는데, 그는 느닷없이 나를 멈춰 세우며 말했다. "예이츠, 내가 좀 생각을 해 보았는데 말이지, 자네와 그(그가 혐오하는 또 다른 사람을 거명하며)가 만일 중세시대에 작은 이탈리아 공국에서 태어났다면, 그는 궁정에 친구들이 있었을 것이고, 자네는 목에 현상금이 걸린 채 망명 중이었을 거야." 그는 더 이상 한마디 말도 없이 가버렸다. 그리고 다음에 우리가 만났을 때는 그 전과 마찬가지로 여전히 내게 적대적이었다.

내 청소년기의 비극적 인물로 떠오르는 것은 언제나 마음의 동요가 없는 올리어리가 아니라 자기 세계에 갇힌 테일러이다. 올리어리가 가진 모든 도덕적, 육체적 탁월성을 향한 그의 열렬한 마음과 똑같은 열정이 며칠 동안 그에게 친구의 반지 혹은 핀을 끼거나 꽂도록 만들었을 것이며, 모든 아름다운 여자를 향한 불타는 마음을 갖게 했을 것이다. 나는 그가 자신의 사랑들로 해서 행복했을지 의심스럽다. 내가 생각하기로는, 그의 강력한 지성에 매혹된 사람들도 그의 거친 빨강머리, 수척하고 볼품없는 몸, 네덜란드 인형 같은 뻣뻣한 움직임, 엉망으로 접은 초라한 우산 등에 거부감을 느꼈기 때문이다. 그러나 올리어리에게와 마찬가지로 그는 여자들에게는 상냥하고 공손하고 거의 주눅이 들어 있었다.

《아일랜드 청년회》[270]는 올리어리를 회장으로 하여 요크 가에 있는 노동자클럽 강당에서 모였다. 거기에는 나와 네댓 명의 대학생이 있었는

---

[270] 존 올리어리가 1885년 1월 이 모임의 창립총회연설을 했고, 예이츠는 1886년에 가입했다. 이 모임의 목적은 문학을 통해 아일랜드 민족주의를 확산시키는 것이었다.

데, 가끔 테일러가 아일랜드 역사나 문학에 대해 강연을 했다. 테일러가 강연하는 것은 큰 행사였다. 연설이나 강연 도중에 그가 토머스 데이비스의 정치적 시를 청중에게 전달하는 것은, 강렬한 순간, 그 상승하는 긴 사고의 정점에서 거의 리듬에 취한 사람이 말하는 시의 효과가 얼마나 대단할 수 있는지에 대한 확신을 주었다. 책에서 읽을 때는 밋밋하고 공허하게 보이는 시가, 반쯤은 거칠고 낯설어서 매력적인 목소리를 통하여 고상함과 스타일을 획득했다. 언제나 아버지는 시를 그처럼 강렬하게, 그리고 더 미묘하게 읽으셨지만, 테일러의 기술은 공적이고 아버지의 기술은 사적인 것이다. 나는 유명한 배우가 말했듯 "아무도 시라는 사실을 알지 못할 정도로 아주 자연스럽게" 배우가 대사를 읊는 것을 들었을 때 내 소망이 일깨워지는 것을 느낀 적이 있다. 내 귀에 쟁쟁하게 울렸고[271] 그런 식으로 내 소망을 일깨우는 것은 역시 테일러의 목소리이다. 나는 아주 많은 강연을 했는데, 내 생각으로는 강연을 꼭 하고 싶어서라기보다 침착성 훈련으로서 한 것이었다.

한 번은 토론 때문에 소동이 벌어져 신문에 보도되고 거리에 소문이 퍼진 일이 있었다. 이탈리아 애국자들에게 맞서는 교황을 위해 싸우고 우리의 독립주의자 행렬에서 늘 흰 말을 타는 흥분 잘하는 사람[272]이 있었다. 그는 "다른 사람들을 억압하려는 것은 우리 조국 해방에는 좋지 못한 준비"라고 그에게 말한 올리어리와 사이가 좋지 못했다. 올리어리는 소위 "아일랜드계 미국인 다이너마이트 당"[273]을 비난하며 "명예로운

---

[271] 쟁쟁하게 울렸고: (1916년판) 쟁쟁하게 울리고.
[272] 1886년 2월에 올리어리와 충돌한 《아일랜드 청년회》 부회장 찰스 맥카시 틸링.
[273] 1883년부터 1885년 사이에 주로 런던에서 몇 건의 다이너마이트 폭파사건이 있었는데, 〈폭탄 테러리스트들〉이라는 별명이 붙은 아일랜드계 미국인 그룹이 모의한 것이다.

전쟁"의 한계를 규정하는 편지를 언론에 써 보냈었다.

그 다음 모임에서 그 교황 지지자 군인은 다른 문제에 관해 토론을 하는 도중에 일어나서 올리어리에 대한 불신임 투표를 안건으로 냈다. 그는 "저 자신은 폭탄에 찬성하지 않습니다만, 아일랜드인이 무엇을 하지 못하게 막아서는 안 된다고 생각합니다."라고 말했다. 올리어리는 그가 규칙을 어겼다고 규정했다. 그러나 그는 그것에 따르기를 거부하고 계속 서 있었다. 주위에 있는 사람들이 그를 위협하기 시작했다. 그는 자기가 앉아있는 의자를 들어 머리 위로 빙빙 돌리며 아무도 접근하지 못하게 했다. 그러나 그는 사방에서 덤벼든 회원들에게 붙잡혀 밖으로 쫓겨났고, 그를 제명하기 위한 특별회의가 소집되었다. 그는 신문에 편지를 써 보내고 어느 곳에선가 군중에게 연설을 했다. 그는 항변하며 말했다. "《아일랜드 청년회》는 할아버지[274]가 1798년에 교수형 당한 사람을 제명할 수는 없습니다."

특별회의가 있던 밤에 그의 제명이 안건으로 제출되었다. 투표를 하기 직전, 흥분해 있는 어떤 사람이 거리에 군중이 모여 있고 그 교황 지지자가 연설을 하고 있으며 한순간에 우리가 습격당할지도 모른다는 사실을 알려주었다. 다른 사람들이 토론을 계속하는 동안 우리 중 서너 명은 문으로 달려가 등으로 받치고 있었다. 그것은 양쪽에 좁은 유리창이 있는 안쪽 문이었는데, 그 창을 통해서 우리는 바깥문과 거리에 있는 군중을 볼 수 있었다. 곧 어떤 사람이 문의 갈라진 틈으로 우리가 "군중을 피해서 위층에 있는 노동자 클럽으로 가" 줄 수 있는지 물었다. 몇 분

---

[274] 바톨로뮤 틸링(1774~1798). 그는 《아일랜드 연맹》에 속한 사람으로서 1796년에 울프 톤과 함께 프랑스로 건너가 영국에 대항하는 아일랜드 독립운동의 군사적 지원을 요청했다. 그는 1798년에 프랑스 장군 움베르의 부관으로 킬랄라에 상륙했으나 체포되어 사형에 처해졌다.

후에 각목과 유리창 깨지는 소리가 요란했고, 그 후에 건물 주인이 와서 현관등 값을 물어야 할 사람을 찾았다.

XXIX

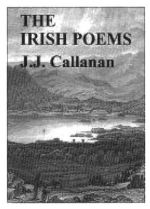

제레미야 캘러난의
『아일랜드 시편』 표지

내가 그 이후로 손댄 모든 것은 이런 토론들과 올리어리의 발언에서, 그가 빌려주거나 가지라고 준 여러 권의 아일랜드 책에서 나왔다. 나는 영어로 글을 쓴 아일랜드 시인들에 대해 많이 알아가고 있었다. 나는 지금은 읽을 만하지 않다고 생각할 책들을 흥미롭게 읽고, 기지도 모험도 없는 삶 속의 낭만을 발견했다. 나는 스스로를 속이지 않았고, 그들이 얼마나 자주 냉정하고 추상적인 언어를 쓰는가를 알았다. 그러나 키츠와 셸리가 살던 집을 보고 싶어 하지는 않았지만, 인치도니가 어떤 곳인지, 캘러난이 그것을 따서 『차일드 해럴드』 방식으로 쓴 엉터리 시에 제목을 붙였기 때문에,[275] 모든 사람에게 묻곤 했다.

토론이 끝나고 집으로 걸어오면서 나는 어떤 대학생에게 이렇게 말한 기억이 난다. "아일랜드는 옛 무력주의 문명과 라틴어로 기도하는 교회에서 배운 관습들을 떼어버릴 수가 없지요. 그 인기 있는 시인들은 아일랜드의 마음을 감동시키지 못했고, 때가 되면 오로지 아일랜드의 시만 두드러지게 될 겁니다." 올리어리는 언젠가 내게 이렇게 말한 적이 있다.

---

[275] 아일랜드 시인이며 번역가인 제레미야 캘러난(1795~1829)의 「인치도니의 은둔자」(1830). 코크 카운티에 있는 인치도니 섬은 방죽 길로 본토와 연결되어 있다.

"아일랜드도 영국도 예술에 있어서 좋은 것과 나쁜 것을 구별하지 못하지만, 아일랜드는 영국과는 달리, 좋은 것을 지적해주면 그것을 받아들이지요."

부드러운 밀랍[276]이 굳어지기 전에 어떻게 올바른 이미지로 인장을 찍어 봉인을 할지 나는 궁리하고 계획을 짰다. 아주 많은 정치적 순교자를 낳은 아일랜드 가톨릭교도들은 내가 알고 있는 아일랜드 신교도들이 지닌 좋은 심미안, 가정예절과 점잖음이 없지만, 아일랜드 신교도들은 단지 성공하는 것만 생각하기 시작했다는 사실에 나는 주목하게 되었다. 내 기억 속에 아일랜드를 아름답게 만드는 민족문학이 있고 유럽인들의 태도인 강요적 비판에 의한 편협성에서 자유로워진다면 우리는 그 두 반쪽을 합칠 수 있을 거라고 생각했다.[277]

---

[276] 로버트 웰치는 이 이미지가 스탠디쉬 제임스 오그레이디의 『토리즘과 토리 민주주의』(1886)에서 온 것으로 보고 있다. '아일랜드 민족은 한때 어떤 인상도 받아들여서 어떤 틀에도 맞출 태세가 되어 있는 부드러운 밀랍 같은 상태였다'(226쪽)라는 표현에서도 보이듯이, 아일랜드가 당시에 아직은 유동적이지만 어떤 틀에도 맞춰질 수 있는 상태였다는 뜻이다. 제2부 2권, I, III에도 같은 이미지에 관한 언급이 있다.

[277] 1916년판에는 다음과 같은 부분이 길게 이어져 있었음: 바로 이런 꿈 때문에 나는 런던으로 돌아왔을 때 서재 천장에 오래된 지도처럼 배와 정교한 나침반으로 장식된 슬라이고 지도를 파스텔로 그렸다. 그리고 약간 기질에는 안 맞았지만 두 개의 슬라이고 이야기를 썼다. 그중 하나는 어린 시절에 아버지가 읽어주셨던 『그레티어 이야기』(*역주: 호전적인 아이슬란드 무법자 그레티어 아스문다슨의 이야기)의 여운이 약간 있는 것이다. 또한 더 즐거운 마음으로 「어쉰의 방랑」을 완성하고, 낭만적 색채를 지닌 문체를 없앤 채 『캐슬린 백작부인』을 쓰기 시작했다. 나는 우리 민족이 책을 읽지는 않지만 끈기 있게 들을 수 있다는 것을(얼마나 많고 긴 정치연설에 그들은 귀를 기울여왔는가?) 알았고, 제대로 된 음악가들을 찾는다면 시에 곡을 붙여 공연하는 극장이 있어야 한다는 사실을 알았다. 우리의 새로운 중산층의 "사실주의" 취향도 아니고 반항의 위대함도 아니고 승리의 지연도 아니지만, 나는 지금 우리가 하고 있는 많은 것을 그때 예견했다.//데이비스는 일하는 4년 동안 아주 많은 일을 했다. 나는 하루 일과를 마무리할 때 필요한 모든 팸플릿 발행 작업과 연설을 진행할 수 있다고 생각했다. 도움을 줄 수 있는 학교와 신문이 있다고 해도 취향이 의견보다 훨씬 깊이 뿌리박혀 있기 때문에 두 세대 내에 취향을 변화시키는 것은 거의 불가능하다는 사실을 알지

XXX

예이츠
(21세, 예이츠 아버지의 소묘 작품)

《아일랜드 청년회》에서 누군가가 신문을 주며 기사나 편지를 읽어보라고 했다. 나는 임종이 가까워져 귀국한 해외이주자가 본 아일랜드 해안을 묘사하는 시를 한가롭게 읽기 시작했다. 내 두 눈은 눈물로 가득 찼지만, 그 시들이 신문에서 볼 수 있는 모호하고 추상적인 단어들로 쓰인 서툰 시라는 것을 알았다. 그리고 시의 맨 끝에 나온 이름을 보고 시를 쓴 사람이 아일랜드에 돌아온 지 며칠 만에 죽은 정치적 망명자[278]라는 것을 알았다.

못한 채 말이다. 또한 모든 것을 토론하고 심지어 무분별함과 에너지는 불가분이라고 들으면서 화실에서 자라온 나는 보수주의에 대해서도, 신앙에 대한 회의에 대해서도 알지 못했다.//우리 도시에 우리나라의 기억과 비전들을 가져와서 사방에 중세 아일랜드의 역사와 전설들을 퍼뜨리고 아일랜드를 다시 한 번 성스러운 장소들로 채우기 위해 나는 그리스적인 드라마와 아마 반쯤은 위고적이고 반쯤은 드 라 모트 푸케(*역주: 독일 낭만주의 작가. 1777~1843)적인 연애소설들을 쓸 계획을 세웠다. 심지어 나는 아주 자세하게 (그 신비로운 불빛들과 목소리들은 오랫동안 잊히지 않았기 때문에) 또 다른 사모트라키 섬(*역주: 에게 해 동북쪽에 있는 그리스 섬), 새로운 엘레우시스(*역주: 고대 그리스의 도시)를 계획했다. 내 신념이 너무 강했기 때문에, 혹은 《청년 아일랜드당》이 보여준 선례가 너무도 나를 현혹했기 때문에, 나는 사방에서 재능 있는 사람들을 찾아야 한다고 믿었다. 나는 자신이 원하는 글을 쓰도록 민족에게 강요하는 일은 수사학이나 교육운동으로 귀결되기 때문에 해서는 안 된다는 신념이 있었던 것 같다(*역주: 예이츠의 말은 민간차원에서 다층적인 문화운동을 전개해야하는 것이지 힘을 가진 개인이 자신이 원하는 대로 전체 민족문학의 앞날을 끌어가게 되면 그 문학은 다양성을 잃게 되고 한쪽으로 치우치거나 어떤 지침에 따라 움직이는 수사학이나 교육운동처럼 되버릴 수 있다고 생각하는 것으로 보인다). 그러나 나는 민족의 영혼을 발견했고, 곧 사람들로 북적거릴 길을 내 갈 길로 정해 놓았다고 믿었다.

[278] 누구인지 밝혀지지 않음.

그 시들은 한 인간이 삶의 열정적 순간에 했던 실제 생각을 담고 있었기 때문에 감동적이었다. 나는 이와 같은 새로운 사실을 많이 깨달은 후 아버지를 만나 내 생각을 펼쳤다. 될 수 있는 한 우리가 사고를 하는 언어로 친한 친구에게 편지를 쓰듯이 자신의 생각을 써내야만 한다. 어떤 식으로든 자신의 생각을 감춰서는 안 된다. 극 중 인물의 삶이 그들의 말에 힘을 부여하듯 삶은 생각에 힘을 주기 때문이다. 영국문학에서는 거의 사라져버린 사적 감정의 노출은 드라마 그 자체처럼 수사학과 추상화에서의 훌륭한 탈출구일 수 있다. 그러나 아버지는 드라마 얘기 외에[279] 내 얘기는 아무것도 들으려 하지 않으시고 이렇게 말씀하셨다. "사적 감정의 노출은 자기중심주의일 뿐이야." 나는 그렇지 않다는 것을 알았지만, 그때까지 그 차이를 설명할 방법을 알지 못했다.

그때부터 나는 쭉, 삶에서 닥치는 감정들을 더 아름답게 만들려고 변화시키는 일 없이 있는 그대로의 감정을 가지고 글을 쓰려고 노력했다.[280] 나는 스스로에게 말했다. "내가 진지해지고 내 언어를 자연스럽게 만들며 소설가처럼 산만하거나 그렇게 무분별하거나 산문적이지 않다면, 행운이나 불운이 내 삶을 흥미진진하게 만들 때 나는 위대한 시인이 될 것이다." 그러나 나를 그렇게 수고롭게 한 초기 시들을 다시 읽어보면 거의 낭만적 관습의 시들이며, 의식 없는 드라마라는 것을 알 수 있다. 아주 많은 세월이 흐르고 나서야 자신의 느낌이 무엇인지 알게 되고 그

---

[279] 그러나 아버지는 드라마 얘기 외에: (1916년판) 아버지는 거의 난폭할 지경으로 분개하셨고, 드라마 얘기 외에.

[280] 있는 그대로의 감정을 가지고 글을 쓰려고 노력했다: (1916년판) 있는 그대로의 감정을 가지고 글을 쓰며 모든 도치 구문과 문어적 어휘를 없애려고 노력했는데, 그것이 글 쓰는 것을 아주 어렵게 만들었다. 그것은 쉽게 각운과 운율을 만들 수 있기에 반복해서 쓰이는 단어나 구문을 거부하는 것을 의미했다. 또한 감정을 더 아름답거나 더 격렬하게, 혹은 상황을 더 낭만적으로 만들지 않고 진지해진다는 것은 얼마나 어려운 일이었던가.

느낌을 확실히 믿을 수 있게 되는 법이다.

XXXI

캐서린 타이넌

아마 우리 가족이 런던으로 다시 이사 가기 1년 전 일인 듯하다. 페니언주의자라는 의심을 받아 최근에 체포되었다가 증거 부족으로 풀려난 청년 집에서 있었던 심령모임에 가톨릭교도 친구[281]가 나를 데리고 갔다. 매주 그녀와 친구들은 혼령이 나타나기를 기다리며 탁자 주위에 앉아있었고 한 사람이 영매 구실을 했다. 아무도 건드리지 않았는데 책이 꽉 찬 서랍이 책상에서 확 열렸고, 벽에 걸어 놓은 그림이 움직였다. 거기에 모인 사람은 여섯 명쯤 되었다. 주최자는 의자에 똑바로 앉아있는 영매에게 최면을 걸어 잠이 들게 하면서 의식을 시작했다.

다음에는 등불을 죄다 끄고 희미한 난로 불빛 속에서 모두 앉아 기다리고 있었다. 곧 내 어깨와 양손이 경련을 일으키기 시작했다. 쉽게 그것을 멈추게 할 수도 있었겠지만, 들어본 적도 없는 일이라 신기했다. 몇 분 후에 움직임이 격렬해져서 나는 그것을 멈추게 했다. 나는 한동안 꼼짝 않고 앉아있었는데, 그러고 나서는 온몸이 갑자기 풀리는 시계태엽처럼 움직이다가 뒤쪽 벽으로 던져졌다. 나는 또다시 움직임을 멈추고 탁자에 앉아있었다. 모든 사람이 내가 영매라고 말하기 시작했고, 내가

---

[281] 캐서린 타이넌.

거부하지만 않으면 뭔가 놀라운 일이 벌어질 거라고 했다. 나는 발자크가 언젠가 실험을 위해 아편을 먹고 싶었지만 자신의 의지가 꺾이는 것이 두려워 먹지 않았다는 사실을 기억해냈다.[282]

그 다음에 우리는 서로 손을 잡고 있었는데, 곧 내 오른손이 옆에 앉아있던 여자의 손가락 관절을 탁 하고 쳤다. 그녀는 웃었고, 영매는 최면에서 벗어나며 처음으로 간신히 "아주 위험하다고 그녀에게 말해 줘요."라고 했다. 영매는 일어나서 내 주위를 걸어 다니기 시작하며 두 손으로 뭔가를 밀어내고 있는 것 같은 동작을 했다. 이제 나는 내가 의도하지 않는 동작을 하게 만드는 이 힘과 싸우고 있었지만 헛된 일이었고, 내 동작은 아주 과격해져서 탁자를 부서뜨렸다. 기도하려고 애썼지만, 기도문을 기억해낼 수가 없었다. 그래서 나는 큰 소리로 다음 구절을 반복했다.

> 인간의 태초의 거역과, 그 금단의
> 열매, 그 치명적 맛이
> 세상에 죽음과 온갖 재앙을 가져왔으니…
> 노래해 주시오, 천상의 뮤즈시여.[283]

내 가톨릭교도 친구는 탁자를 떠나 구석에 가서 〈주기도문〉과 〈성모송〉을 외우고 있었다. 갑자기 모든 것이 조용해지고 아주 어두워져서 나는 아무도 볼 수 없었다. (나는 다음 날 누군가에게 그 일을 마치 시끄러운 정치모임에 있다가 한적한 시골길로 빠져나온 것처럼 설명했다.) 나는 자신에게 말했다. "나는 지금 최면에 빠져있지만, 더 이상 거부할 의지가

---

[282] 사실을 기억해냈다: (1916년판) 아버지의 말씀을 기억해냈다.
[283] 밀턴의 『실락원』, 제1권 1~6행에서 따온 것.

없다." 그러나 내가 눈길을 난로 쪽으로 돌렸을 때 희미한 불빛을 볼 수 있었고, 그래서 "아니, 나는 최면에 걸리지 않았어."라고 생각했다. 그러고 나서 어둠 속에서 형체들이 희미하게 나타나는 것을 보고 "저것들은 혼령들이야."라고 생각했지만, 그들은 단지 심령론자들과 기도를 하고 있는 내 친구였다. 영매는 희미한 목소리로 말했다. "우리는 악령들에게서 빠져나왔습니다." 내가 "다시 올 거라고 생각하세요?"라고 묻자, 그는 "아니요, 절대 다시 오지 않을 거예요."라고 대답했다. 나는 유치한 허영심에 젖어, 악령들을 물리친 것은 바로 나였다고 생각했다.

그 후로 몇 년 동안 나는 심령모임에 가지 않았고 탁자를 뒤집은 적도 없었다. 그러나 가끔, 내 신경 속을 흐르던 그 격렬한 충동은 무엇이었을까 하고 스스로에게 묻곤 했다. 그것은 나의 일부, 아마도 언제나 위험스러울 수 있는 그 어떤 것이었을까, 아니면 느껴진 것처럼 그렇게 외부에서 온 것이었을까?

XXXII

올리어리가 많은 구독자를 모집해주어 나는 첫 시집을 구독신청으로 발행했고, 이야기책도 한 권 냈다.[284] 그때 나는 외할머니가 돌아가셨다는 소식을 듣고 장례식에 참석하려고 슬라이고로 갔다. 외할머니는 돌아가시기 전에 나를 보고 싶다고 했으나 무슨 착오가 있어서 나에게 연락이 오지 않았다. 외할머니는 사람들이 모두 감탄하는 미모의 여자[285]에게 내가 푹 빠져있지만 가난해서 결혼 얘기 꺼내기를 꺼린다는 말을 듣고, 나에게 "여자들은 돈밖에 몰라."라는 말을 하고 싶어 하셨다고 한다.

---

[284] 이 시집은 『어쉰의 방랑』(1889). 이야기책은 『존 셔먼과 도야』(1891).
[285] 모드 곤. 예이츠의 외할머니 엘리자베스 폴렉스펜은 1892년 10월 2일에 죽음. 예이츠는 모드 곤에게 1891년에 처음으로 청혼했다.

Oison and the Islands of Youth

Patrick
Oison tell me the famous story
Why thou out liveth old and hoary
The bad old days thou were't men sing
Trapped of an amorous demon thing

「어쉰의 방랑」 초고

외할아버지도 역시 죽어가고 계셨고, 외할머니보다 단지 몇 주 밖에 더 사시지 못했다. 나는 외할아버지를 보러 갔는데, 이제는 병이 그의 잘생긴 얼굴을 고상하게 만들어 놓아서 놀랐다. 그리고 외할아버지가 다른 사람에게는 아무런 의미도 주지 않는[286] 빛과 기온을 보고 날씨 변화를 예고하셨다는 것을 알게 되었다. 외할아버지 병상 옆에 앉아있을 때 옛날의 내 유치한 두려움이 되살아났으

예이츠의 외할머니와 외할아버지 비석

므로 나는 거기서 빠져나온 게 기뻤다. 나는 외할아버지가 사시는 곳 맞은편에 있는 외삼촌 집에 머물렀다. 어느 날 집으로 걸어오면서[287] 우

---

[286] 다른 사람에게는 아무런 의미도 주지 않는: (1916년판) 나에게는 아무런 정보도 주지 않는.
[287] 집으로 걸어오면서: (1916년판) 그와 함께 집으로 걸어오면서.

리는 의사를 만났다. 의사는 가망이 없다고 하면서 외할아버지도 그 사실을 아셔야 한다고 말했으나 외삼촌은 허락지 않았다. 외삼촌은 "사람은 자기가 죽어간다는 사실을 알면 미치게 되거든."이라고 말했다. 의사는 자기가 죽을 걸 알고 더 차분해지지 않는 사람은 본 적이 없다고 거듭 권했지만 헛된 일이었다. 나는 그 말을 듣고 슬프고 화가 났지만, 외삼촌은 언제나 인간성을 낮게 평가했다. 정말 대단한 그의 인내심은 누구에게도 아무것도 바라지 않는 데서 나오는 것이었다. 외삼촌이 의사의 말에 굴복하기 전에, 외할아버지는 두 팔을 위로 들며 "저기에 우리 집사람이 있구나."라고 외치면서 뒤로 넘어져 돌아가셨다.[288] 외할아버지가 돌아가시기 전에는 잡음이나 무질서가 없었던 그 집의 늙은 하인들은 조금씩 살림을 훔치기 시작했고, 외할아버지가 돌아가신 후에는 아무 가치도 없는 벽난로 장식의 처리 문제를 놓고 말다툼이 벌어지기도 했다.

XXXIII

그로부터 몇 달 동안 나는 내 청소년기와 유년시절을 회상하며 살았다. 정말로 글을 늘 쓰지는 않았으나 그 시절을 거의 매일 생각하며 슬퍼하고 혼란스러워했다. 내가 야심적이지 않아 계획을 너무 적게 완성해서가 아니었다. 읽은 모든 책, 들은 모든 지혜로운 말씀, 부모님과 외조부모님께 끼쳐드린 걱정, 내가 가졌던 희망을 생각하면, 나 자신의 삶의 저울로 잰 모든 인생이 내게는 결코 일어나지 않는 그 무엇에 대한 준비처럼 보이기 때문이다.

[끝]

---

[288] 윌리엄 폴렉스펜은 1892년 11월 12일에 죽음.

휘장의 떨림

The Trembling of the Veil

나의 친구이자 조력자이며,
이 책에 언급된
사람들의 친구이자 조력자인
존 퀸에게

서문

　나는 내 오래된 일기장에서 자신의 시대가 성전에 있는 휘장의 떨림에 의해 흔들렸다는 스테판 말라르메를 인용한 문장[289]을 발견했다. 그 말은 이 책에 언급된 내 생애 동안에는 여전히 유효하므로, 나는 〈휘장의 떨림〉을 책 제목으로 삼았다.

　오래된 우정으로 보증하는 사소한 이야기 한두 개에 나온 것 말고는, 나는 이름이 밝혀졌거나 누군지 뻔히 알 수 있는 사람들의 사적 대화를 인용하거나 사건들을 허락 없이 묘사하지 않았다. 나는 마음대로 글을 쓸 자유를 제약받는다고 느낀 적이 없다. 젊은 시절 친구 대부분이 죽었고, 나는 죽은 사람들에 관해서는 역사가의 권리 같은 것이 있기 때문이다. 그들은 예술가이거나 작가이며, 그중에는 천재도 있다. 천재는 보통 사람들보다 더 큰 진정성을 지니고 있으므로 그 생애는 흔히 분석과 기록이 필요한 일종의 실험이 된다. 적어도 나의 세대는 개성을 아주 귀하게 여겼으므로 그렇게 생각했다. 나는 내가 아는 선한 것과 악한 것을

---

[289] 프랑스 상징파 시인 말라르메의 비평적 산문집 『디바가시옹』 중 「시의 위기」에서 나온 말. 1892년 3월 26일자 『내셔널 옵서버』의 「프랑스 시와 음악」이라는 기사에 언급된 말라르메의 말('성전 휘장의 떨림 – 의미 있는 주름과 심지어 약간의 찢어짐')을 예이츠에게 알려준 사람은 아서 시먼스였을 것이다. 1886년에 말라르메가 진단한 것과 똑같은 형이상학적 고뇌를 자기 시대도 겪고 있다는 뜻이다. 이 말은 예수의 죽음과 관련된 「마태복음」의 울림을 담고 있다: '이에 성소 휘장이 위에서 아래까지 찢어져 둘이 되고 땅이 진동하며 바위가 터지고'(27: 51).

이 책에서 모두 말했다. 이해를 하는 데 필요한 것은 아무것도 감추지 않았다.

월리엄 버틀러 예이츠

발릴리 탑[290]에서
1922년 5월

---

[290] 골웨이에 있는 15세기경에 지어진 성. 1917년에 예이츠는 방어시설이 있는 이 성을 헐값에 구입해 수리해서 살며 '성'대신 '탑'이라는 이름을 붙였다. 나선형 계단이 있는 이 탑은 예이츠 후기 시의 중요 모티프를 제공했다.

제1권
4년간의 삶: 1887~1891
Four Years 1887~1891

I

1880년대 말에 우리 아버지와 어머니, 남동생과 누이동생들과 나는 모두 더블린에서 막 도착해 베드퍼드 파크에 정착했다. 우리 집은 붉은 벽돌집으로, 아담 형제들의 설계를 모방해서 만든 벽난로 선반 몇 개와 발코니, 그리고 거대한 마로니에 한 그루가 그늘을 만드는 조그만 정원이 있었다. 몇 년 전에 살 때는,[291] 커다란 나무들이 거대한 그림자를 드리우는 구불구불하고 과하게 꾸며 그림처럼 보이는 거리들은 우리를 새로운 열광에 빠지게 했다. 라파엘전파 운동[292]이 마침내 생활에도 영향을 미친 것이다. 그러나 이때

예이츠 가족이
1888년 3월부터 살았던
베드퍼드 파크의
블레님 로드 3번지 집

는 과장된 비판이 열광을 대신했다. 현대 런던에 처음 들어온 기울어진 지붕양식은 물이 샌다고들 했지만 사실 그렇지 않았고, 배수가 나쁘다고들 했지만 역시 그렇지 않았다. 집값이 쌌던 것 같다.

17세기식 작은 창들이 달린 협동조합 가게들을 다시 보고 실망한 기억이 있다. 내가 학교 가는 길에 짓고 있는 것을 본 이 가게들은 이제는

---

[291] 예이츠 가족은 1879년에 베드퍼드 파크의 예술인 마을로 이사 와서 2년 동안 산 적이 있다. 그들은 1888년에 다시 돌아와 블레님 로드 3번지에서 살았다. 예이츠는 여기서 1895년까지 살았고, 그의 아버지와 여동생은 1902년까지 살았다. 뇌졸중을 앓았던 예이츠의 어머니는 1900년에 죽었다.
[292] 주석 109 참조.

그때의 낭만을 잃어버렸기 때문이다. 초서의 작품에 나오는 여관의 이름을 따서 《타바드》라고 부른 여관은[293] 그저 평범한 여관이었다. 라파엘 전파 예술가 루크가 트럼펫 연주자를 그린 커다란 간판 그림은 솜씨 없는 사람이 새로 가필을 해놓았다. 붉은 벽돌의 커다란 교회[294]는 보기에 절대 즐겁지 않았다. 아무도 여태껏 걸어본 적도 없고 걸을 수도 없는 지붕의 기울어진 가장자리를 따라 나란히 붙어있는 목제 난간을 보았을 때, 그 난간은 새들이 떨어지지 않도록 설치된 것이라는 아버지의 건축가 친구의 말씀이 자연스럽게 떠올랐다. 그러나 중간에 대도시에 나가 살다 왔어도 우리 자신을 대도시에서 완전히 잃어버렸다고 느끼지 않도록 해주는 마을사람 몇은 아직도 있었다.

나는 더 이상 습관적으로 일정하게 교회에 나가지 않고 가끔씩만 나갔다. 어느 일요일 아침에 교회 현관에 있는 게시판에 다음과 같은 글이 페인트로 쓰인 것을 보았다. "신자들은 기도하는 동안에는 무릎을 꿇어야 하며, 기도 후에는 무릎 방석을 방석 걸이 못에 꼭 걸어주셔야 합니다." 자리마다 작은 방석이 걸려있었는데, 이 방석들은 "무릎 방석"이라고 불렸다. 이 웃기는 얘기는 곧 모임에 퍼졌다. 그 모임에는 종교를 기껏해야 훌륭한 건축의 하찮은 액세서리로 생각하고 특히 그 교회를 싫어하는 예술가들이 많이 있었다.

Ⅱ

내가 열두세 살의 학생이었을 때 느낀 매력이 도대체 어디로 사라져

---

[293] 제프리 초서(1340~1400)의 『캔터베리 이야기』에 나오는 순례자들이 묵었던 여관 이름.
[294] 바스 로드에 있는 영국 국교회 소속 《미카엘 대천사와 모든 천사들의 교회》.

단테 가브리엘 로세티의 『베아트리체 임종시의 단테의 꿈』

버렸는지 이해할 수가 없었다. 그때 나는 덜 지어진 집들 가운데서 놀면서 한번은 페인트에 넘어져 시커멓게 된 양손의 자국을 하얀 난간에 남겨놓은 적도 있다.[295]

그렇지만 나는 모든 점에서 라파엘전파였다. 내가 열대여섯 살이었을 때, 아버지는 로세티와 블레이크에 대해 말씀하시며 읽어보라고 그들의 시를 주셨다. 언젠가 슬라이고로 가는 길에 리버풀에 있는 화랑에서『단테의 꿈』[296]을 본 적이 있다. 그 그림은 로세티가 자신의 뚜렷한 힘을

---

[295] 1922판에는 다음 구절이 이어져 있었음: 가끔 이것들이 진짜 집이어서 그랬다고 생각했다. 반면, 나는 그림책에서 볼 수 있는 행복으로 가득 찬 상상 속의 사람들이 언젠가 살게 될 장난감 같은 집들 가운데서 놀았던 것이다.
＊ 제1부에 베드퍼드 파크에 관한 비슷한 언급이 있어서 생략한 듯하다(VIII 참조). 다음 문단 시작부분의 '그렇지만'이라는 말은 문맥상 이 생략된 부분과 연결되는 것으로 보인다.

잃어버렸을 때 그린 작품이라 지금 보아도 별로 좋지 않은데, 색채나 그림 속에 나온 인물들과 낭만적 건축물이 그림의 다른 부분들을 전부 약화시키고 있었다.

라파엘전파 화가로서 삶을 시작한 아버지는[297] 자신의 청소년기 기억에 이끌려 시에서 그림의 주제를 고르면 곧 지루해하며 미완성인 채로 남겨두었는데, 이것은 늘 당황스러운 일이었다. 아버지의 변화는 조금씩 진행되었고, 그에 대한 변명은 파리의 미술학교를 갓 졸업한 젊은 화가들이 제공해주었다. 그들은 "바로 우리 눈앞에 있는 사물을 그려야 한다."라거나 "인간은 자기 시대에 속해 있어야 한다."고 말했다. 내가 블레이크나 로세티에 대해 말하면 그들은 이들이 그린 나쁜 그림을 지적하며, 대신 뒤랑과 바스티앵르파주[298]에 빠져보라고 권했다. 그들 역시 무지한 사람들이었다. 그들은 책을 전혀 읽지 않았는데, 너무 많은 다른 일에 시간을 허비한 것처럼 보인 세대에 뒤이은 세대로서 그에 대한 반동으로 "그리는 법을 아는 것" 외에는 그들에게는 아무것도 중요하지 않았기 때문이다. 과거를 경멸하고[299] 미래를 독점하는 이 젊은 화가들을

---

[296] 원제는 『베아트리체 임종시의 단테의 꿈』이다. 단테 가브리엘 로세티(1828~1882)가 그린 원래 수채화(1856년, 47cm×65.3cm)의 커다란 복제 유화(1871년, 216cm×312cm)를 리버풀의《워커 미술관》이 소장하고 있다. 이 그림은 단테 알리기에리의『신생』(1293)에 영향을 받은 것으로, 단테는 꿈속에서 자신이 사랑을 이루지 못한 베아트리체의 임종 장면으로 이끌려간다. 그림에서 검은 옷을 입고 있는 사람은 단테로서, 침대에서 죽어가고 있는 베아트리체를 향해 서 있고, 녹색의 옷을 입은 두 여성은 베아트리체 위에 캐노피를 들고 있다. 붉은 옷을 입은 천사는 단테의 손을 잡고 몸을 기울여 베아트리체에게 키스하고 있다.

[297] 1922년판에는 다음 부분이 이어져 있었음: 이제는 먼저 온 고객부터 초상화를 그려주고, 신문을 파는 아이들이나 머리에 생선바구니를 인 폐병에 걸린 소녀의 초상화(*주석 221 참조)를 그리고 있었고.

[298] 카롤루스 뒤랑(1837~1917)은 파리 사교계를 주름잡는 여인들의 초상화로 유명한 프랑스 사실주의 초상화 화가이며, 쥘 바스티앵르파주(1848~1884)는 농촌 풍경을 즐겨 그린 프랑스 사실주의 화가.

싫어하는 사람은 나 혼자뿐이라고 생각했다. 그러나 나처럼 생각하는 내 또래 사람들이 있다는 것을 몇 달이 지나서야 알게 되었다. 젊은이들이 잘 훈련된 군인 같은 기계적 안목으로 앞을 내다볼 수 있다는 것은 사실과 다르기 때문이다. 그 싸움은 과거와의 싸움이 아니라 현재와의 싸움이다. 그러나 현재는 기득권자들이 니무도 강력하므로 그 싸움이 기득권자들의 힘을 위협한다 해도 그들이 옳다고 믿는 것은 사라지

예이츠(24세 이전)

지 않을 것이다. 박해를 피해 참나무[300]에 숨어있는 〈왕족〉을 찾을 수 없는 미래를 교양 있는 젊은이가 진정으로 사랑할 수 있겠는가? 그 미래에서 그렇게 많은 프롤레타리아 수사학이 나오는 것이 분명하다고 해도 말이다.

단 한 가지 점에서 나는 우리 세대 사람들과 달랐다. 나는 아주 종교적이었다. 그래서 내가 혐오하는 헉슬리와 틴들[301] 때문에 어린 시절의 천진난만한 종교를 잃어버린 후, 시적 전통에서 나오는 오류가 거의 없는 교회, 새로운 종교를 만들었다. 그 종교는 철학자들과 신학자들의 도움

---

[299] 과거를 경멸하고: (1922년판) 이제 정말로 중산층의 삶을 지향하며 과거를 경멸하고.

[300] 참나무 잎은 힘과 견실함, 고귀함의 상징.

[301] 토머스 헨리 헉슬리(1825~1895)는 영국의 내과의사이며 작가로서 19세기 중반의 새로운 과학적 태도를 정의하고 옹호했다. 그는 자신의 철학적 입장을 묘사하는 말로 '불가지론'이라는 말을 만들어냈다. 존 틴들(1820~1893)은 영국 과학자로서 강의와 저작을 통해 과학정신을 보급했다. 예이츠는 뒤랑과 바스티앵르파주, 헉슬리, 틴들 등을 19세기의 사실주의와 물질주의를 대표하는 사람들로 보고 비판했다.

티치아노 베첼리오의
『아리오스토』

을 받으며 시인들과 화가들이 세대를 이어가며 전해 내려온, 처음 표현했을 때의 느낌이 살아있는 이야기와 인물과 감정의 다발이다. 나는 그림이나 시에서뿐만 아니라 벽난로 주위의 타일과 바람을 막아주는 가림막에서도 이 전통을 영원히 발견할 수 있는 세계를 원했다. 심지어 나는 교리까지 만들었다. 〈이 상상의 사람들은 인간의 가장 깊은 본능에서 창조되어 나와서 인간의 기준과 규범이 되기 때문에, 그 사람들의 입을 통해 나온다고 상상할 수 있는 것은 무엇이든 진리에 가장 가까이 다가가는 것이 될 수도 있다〉. 귀를 기울이면 그들은 언제나 단 한 가지만 말하는 것 같았다. 그들 자신이나 그들의 사랑, 삶의 모든 사건은 초자연적인 세계에 싸여있었다. 내가 제일 좋아하는 초상화인 티치아노의 『아리오스토』[302]조차 마치 완벽한 최후의 사건을 기다리는 것처럼 어찌 그런 엄숙한 표정을 지닐 수 있었겠는가? 티치아노 이전의 화가들이 초상화 기법을 배우지 않은 채, 그림 구석에 무릎을 꿇고 있는 수호성인들과 함께 성인들과 성모 마리아를 가득 차게 그렸다면 말이다. 열일곱 살이 되었을 때 나는 이미 포탄이 가득 든 구식 놋쇠 대포와 같아서 그 무엇도 내가 쏘아대는 것을 막을 수 없었다. 제대로 쏠 수 있을까 하는 내 능력에 대한 회의를 빼고는 말이다.

---

[302] 티치아노 베첼리오(1488~1576)는 이탈리아 화가로서, 그의 『아리오스토』(혹은 『아리소토』라고 불리기도 함)는 아리오스토의 초상화가 아니라 티치아노 자신의 자화상인 것으로 보인다. 영국 《국립미술관》(81cm×66cm, 유화) 소장.

III

나는 열심히 공부하는 사람이 아니라서 우연히 알게 되는 것만 배웠다. 그리고 티치아노 이후에는 좋아하는 것을 발견하지 못했다. 더블린에 있는 『엠마오의 만찬』의 모작[303]을 통해 티치아노를 알았고, 마침내 블레이크와 라파엘전파를 알게 되었다. 당시에 아버지의 친구 중에는 라파엘전파 화가가 하나도 없었다. 어떤 사람들은 정말로 맨 먼저 집을 지어볼 생각이 간절해서 베드퍼드 파크로 왔고, 뒤질세라 다른 사람들도 왔다.

그중에는 우리 아버지가 아직 라파엘전파 화가일 때 그림을 산 돈 많은 토드헌터[304] 아저씨가 있었다. 그는 이제는 시인이며 시극 작가이지만 한때는 더블린의 의사였다. 그는 키가 크고 병색이 돌며 야위고 우울한, 훌륭한 학자이며 지성인이었다. 아버지는 그와 서로 다투면서도 끈끈한 우정을 유지하고 계셨다. 내 생각으로는 그 우정은 옛날의 추억 때문에 살아있었지만, 의견이 서로 다른 데서 오는 말다툼 때문에 소진된 것 같았다. 그는 살아있는 아버지 친구 중에서 누구보다도 기가 많이

존 토드헌터

---

[303] 《아일랜드 국립미술관》 소장(1540년경 작품, 1.63m×2m, 유화).

[304] 존 토드헌터(1839~1916)는 아일랜드의 의사이며 시인, 극작가로서, 예이츠 아버지의 친구. 그는 더블린의 트리니티 칼리지를 졸업한 후 유럽에 가서 의학을 공부하고 돌아와 더블린에서 내과의사로 개업을 했으나 나중에 영문학자가 되었다. 그는 「미의 이론」(1872)이라는 에세이로 유명해졌고, 《아일랜드 문학회》의 창립을 도왔다.

꺾여있고, 아버지와의 사이가 가장 덜 멀어진 사람이었다. 숭배하는 것이 그와 서로 같다는 느낌 때문에 나는 모리스가 디자인한 아주 값비싼 카펫을 그에게 사도록 부추긴 일이 기억난다. 그는 아주 좋아하지도 않으면서 그 카펫을 깔았는데, 누군가 흠을 잡았더라면 자기도 그렇게 생각한다고 말했을 것이다. 아주 좋아하는 것이 무엇이라도 있었다면, 그는 유명한 사람이 되었을 것이다. 몇 년 후에 그는 우연히 일어난 충동적 애국심으로 몇 편의 시를 썼다. 그 시들이 지금은 모든 아일랜드 시선집에 들어가 있는 것을 보면 훌륭한 작품이라 할 수 있을 것이다. 그러나 그에게 있어서 책이란 모두, 오래된 가지에 새로 싹이 돋아나게 하는 것이 아니라 새로 나무를 심는 일과 같았다. 그는 마음의 평화가 없었던 것 같다.

프레더릭 요크 파월

그러나 아버지의 절친은 유명한 옥스퍼드 역사학 교수인 요크 파월[305] 아저씨였다. 그는 묵직한 청색 옷감으로 만든 옷을 입은, 가슴이 떡 벌어지고 이마가 넓은, 갈색 턱수염을 기른 분이었다. 눈이 나쁜 학생처럼 안경을 끼지 않았다면 해운업에 종사하는 선장처럼 보였을 것이다. 사람들은 토드헌터 아저씨와 어울리다가 태평한 채 하는 파월 아저씨에게로 아주 기꺼이 옮겨갔다. 그는 철학에도 경제학에도 국가의 정책에도 관심이 없었다. 역사에 대해서는 생각하기에 즐겁

---

[305] 프레더릭 요크 파월(1850~1904)은 영국의 역사가, 스칸디나비아문학 연구가.

고 흥미로운 인간들의 기억이라고 보았다. 그는 만나는 사람 모두에게 강한 인상을 남겼고 어떤 사람들에게는 천재로 보였다. 그러나 자신만의 생각을 구축해 낼 만큼 야심차지 못하고 자기 문체에 리듬을 붙일 만한 자신감도 충분치 않아서[306] 늘 별 볼 일 없는 작가에 머물렀다. 완결되지 못한 생각과 미숙한 확신이 너무 많았던 나는, 아무런 이유나 계획이 없으므로 우연하다고 할 수 있는 그의 모든 연설과 모임에서 드러나는 박학하고 깊이 있는 대화를 제대로 평가할 수가 없었다. 그러나 아버지는 파월 아저씨의 구체적 대화방식을 나름의 필요한 완성으로 생각하셨다. 여러 해가 흐른 후 편지로 어디에서 철학을 배우셨느냐고 물었을 때, 아버지는 "요크 파월에게서"라고 대답하셨다. 그리고 의심할 바 없이 파월 아저씨는 아이디어가 없다는 사실을 상기하며 "그를 바라봄으로써"라고 덧붙이셨다.

다음으로는 사람들의 말을 잘 들어주는 화가[307]가 있었는데, 그의 집 현관에는 커다란 그림이 걸려있었다. 학창시절에 그린 그 그림에는 파이아케스인[308]의 궁전에서 배를 타고 귀향하는 율리시스가 있었는데, 그 옆에 오렌지 한 개와 가죽 술통이 있고 뒤에는 푸른 산이 솟아 있었다. 그러나 그는 덜 교육받은 사람들 사이에 엄청나게 많이 팔리는 주간지에 집안 모습이나 연인들의 만남 등을 그려주면서 살고 있었다. 보통은 원고 마감시간에 쫓기지 않으면, 출판사에서 심부름 온 사람이 현관에서 기다리는 밤늦은 시간이 아니면 결코 작업을 하지 않았다. 그는 작업의 지루함을 피하고자 화실의 반을 자기가 만든 움직이는 장난감으로 채워

---

[306] 자신감도 충분치 않아서: (1922년판) 자신감이 없어서. 기타, 문장이 약간 수정됨.
[307] 영국의 화가이며 삽화가인 헨리 매리어트 패짓(1856~1936).
[308] (그리스 신화) 오디세우스가 집으로 돌아가는 길에 들른 스케리아 섬 사람들.

나갔고 그 수는 계속 불어났다. 모형기차는 벽의 가장자리를 따라 몇 개의 기차역과 신호등을 지나며 간간이 칙칙폭폭 거리며 달렸다. 바닥에는 공격하고 방어하는 군인들의 야영지가 있었고, 공격자들이 창을 통해서 완두콩을 발사하면 폭파되는 요새도 있었다. 동시에 천장에는 커다란 모형 템스 강 바지선이 매달려 있었다.

우리 집 맞은편에는 그와 마찬가지로 생계를 유지하느라 신문에 삽화를 그리지만 자신의 즐거움을 위해 풍경화를 그리는 화가 할아버지가 살고 있었다. 그 할아버지에 대해 기억나는 것은 그가 야망이 사라진 후까지 오래 살았고 남의 얘기를 잘 들어주던 사람이라는 것과 그의 수척한 모습이 포카혼타스[309] 후손이기 때문이라고 아버지가 설명하신 것밖에 없다.

이 모든 사람이 약간은, 바람이 없어 멈춰있는 배 같은 존재였다면, 분명히 돛이 활짝 펴진 것 같은 사람이 하나 있었다. 도로의 우리 집 쪽으로 서너 집 떨어진 곳에는 대중의 이상과 대중의 호응에 대해 순진하기 짝이 없는 믿음을 지닌 장식예술가[310]가 살고 있었다. 그는 매일 우리를 웃게 만들었다. "나와 프레더릭 리튼 경[311]은 이 시대의 가장 위대한 장식예술가입니다."라는 말을 그는 늘 입에 달고 살았다. 자신이 어쨌든 좌절을 모른다는 것을 보여주려고 시골 교회 묘지에서 커다란 문을 사와서는, 자신의 집 앞 정원 입구 위로 상여꾼과 관을 가리게 만들어진 그 억새 지붕을 치켜세워 놓았다.[312]

---

[309] 포카혼타스(1595~1617)는 영국인과 결혼한 아메리카 원주민으로서, 아메리카 원주민과 영국 정착민들 사이의 평화 관계를 유지하는 데 큰 역할을 한 인물.
[310] 아마 영국의 도안 작가이며 화가, 삽화가인 조지 찰스 헤이테(1855~1924)를 말하는 듯.
[311] 프레더릭 리튼 경(1830~1896)은 영국의 화가이며 조각가.
[312] 1922년판 문장의 구절 순서를 일부 바꿈.

베드퍼드 파크에 살던 많은 사람들 중에는 다른 사람들과 달리 얼굴이 떠오르는 사람 몇이 있다. 아버지와 요크 파월 아저씨는 특별히 충성하거나 반감을 가질 대상이 없는 이 사람들을 대화상대로 찾았다. 반면, 나는 젊은 혈기 때문에 한정된 주제에 관해서만 이야기할 수 있었는데, 내가 흥미 있던 주제들은 결코 다룬 적이 없었다.

IV

베드퍼드 파크에는 내 상상력을 자극하기 시작한 조그만 극장이 있는 붉은 벽돌의 클럽하우스[313]가 있었다. 나는 토드헌터 아저씨에게 목가극을 쓰게끔 설득해서 거기서 공연을 하게 만들었다.

2년 전 우리 가족이 여전히 더블린에서 살고 있을 때, 그리스식 극장으로 리모델링이 된《행글러 서커스》[314]에서 그는 자신의 『트로이의 헬렌』[315]을 많은 돈을 들여가며 공연했다. 그것은 내가 난해한 작품이어서 공연에 부적합하다고 생각한 오라토리오 형식의 스윈번적인 연극이었다.[316] 열일곱 살 이래로 나는 "작은 부족에게 위대한 시를 남긴"[317] 시인에 대한 키츠의 찬양을 의식하며 내 나름의 야망을 끊임없이 시험했다.

---

[313] 1878년에 노먼 쇼가 디자인해서 1879년 5월에 개관한 클럽으로서, 베드퍼드 파크에서는 최초의 대중 모임 장소였다. 당구장과 도서관, 그리고 소극장으로 쓰인 회의실이 있었다.

[314] 런던의 원형 극장.

[315] 토드헌터의 1886년 작품.

[316] 앨저넌 찰스 스윈번(1837~1909)은 영국의 시인이며 극작가, 소설가, 비평가. 동성애나 가학·피학증 성애, 식인행위, 반유신론 등의 금기시된 주제로 글을 쓴 당대 논쟁의 중심에 있었던 인물.

[317] 존 키츠(1795~1821)가 1818년에 쓴 「마이아에게 부치는 오드」의 미완성 원고 제7~8행의 '작은 부족에게 위대한 시를 남기며/ 즐거운 초원에서 만족하고 죽은 시인들'이라는 구절에서 나온 말.

플로렌스 파

그래서 '우리는 대규모의 일반 대중과는 상관이 없고, 우리의 소수 관중에 만족하는 것을 영광의 지표로 삼아야 하며, 사람들은 남자 목동과 여자 목동이 멜로드라마 없이 시를 말하고 감동시키는 것을 기대하기 때문에 그 목동들에 관해 써야만 한다'고 당시에 그를 설득한 것은[318] 아주 자연스러운 일이었다. 아저씨는 『시칠리아 목가』[319]를 썼는데, 나는 그 작품 공연을 30년 동안 보지 못했고 그 작품은 시로서는 결코 높이 평가할 수 없음에도 불구하고, 그에게는 틀림없이 일생의 유일한 성공작이었다. 그 소극장은 원래 계획한 것보다 두 배나 많이 공연했고 관객들도 꽉 들어찼다. 영국 각지에서 예술가들과 문학인들과 학생들이 몰려들었기 때문이었다.

나는 이 공연들을 통해 내 일생에 영향을 미치게 될 가까운 친구를 만나고 새로운 발견을 하게 되었다. 토드헌터 아저씨는 별로 이름이 알려지지 않은 몇몇 전문 배우를 기용했지만, 여주인공은 당시 전문배우들조차 흉내 낼 수 없는 독특한 자질이 있었던 플로렌스 파[320]에게 맡겼고,

---

[318] 당시에 그를 설득한 것은: (1922년판) 그를 설득시키려고 하루 저녁을 보낸 것은.

[319] 『시칠리아 목가』는 예이츠가 토드헌터에게 쓰도록 권한 작품으로서, 1890년 5월 5일에 베드퍼드 극장에서 초연되었다.

[320] 플로렌스 파(1860~1917)는 에머리 여사로 알려진 영국배우. 예이츠는 1890년에 베드퍼드 클럽하우스에서 있었던 토드헌터의 『시칠리아 목가』 공연에서 그녀의 연기를 처음 보았다. 예이츠는 자기가 계획하는 시극들의 공연에 그녀가 꼭 필요할 거라고 생각했고, 실제로 그녀는 1892년에 공연된 예이츠의 시극 『캐슬린 백작부인』에서 알릴 역으로 출연했다.

남자 주인공은 변호사이며, 바이올리니스트이고, 손금에 관해 글을 쓰는 인기 작가인 아마추어 헤론 앨런[321]에게 맡겼다. 헤론 앨런과 플로렌스 파는 시를 즐겨 읽었다.

그들이 무대에 서면 그 누구도 눈을 감거나 귀를 닫고 있을 수 없었다. 그들의 말은 음악이 되었고, 시는 고상함을, 즉 그것을 어느 순간 세상의 위대한 시와 유사하게[322] 만드는 열정적 엄격성을 획득했다. 바이올린에 대해 강의할 때를 제외하고는 대중 앞

헤론 앨런

에서 말해본 적이 없었던 헤론 앨런은 지혜롭게도 자신의 연기를 일련의 포즈로 축소하여 "푸른 망토를 쥐는 데"[323] 필요한 정도의 제스처만으로 당당한 목동이 되었고, 자신의 우아함이 플로렌스 파의 열정적인 대사전달을 더욱 돋보이게 하도록 만들었다.

그들이 대사를 멈추고 나서, 다른 배우들이 대사를 시작해서 시를 망가뜨리며 일상대화처럼 만들고 몸이나 두 팔을 갑자기 움직여서 엄숙한 시적 이미지를 전혀 보여주지 못한 채 바로 사람만을 보여줄 때면, 나는 대사를 들으며 불같은 증오심을 느꼈다. 나는 가까스로 자리에 앉아있었고, 기억을 더듬어 모욕적인 말들을 생각해내서 사람들이 듣도록 혼자 중얼거리기까지 했다. 언어의 아름다움에 극의 효과를 의존하는 모든

---

[321] 에드워드 헤론 앨런(1861~1943)은 박학다식한 영국의 작가이며, 과학자, 손금연구가이고, 오마르 카이얌의 작품들을 번역한 페르시아어 학자.

[322] 유사하게: (1922년판) 유사한 것처럼 보이게.

[323] 존 밀턴의 목가적 비가 「리시다스」(1637)의 제192행(총193행의 시)에 나오는 구절.

『데메테르와 페르세포네』(《대영박물관》소장)

공연에서는 시적 문화가 전문적인 경험보다 오히려 더 중요할 수 있다는 사실을 나는 처음으로 발견하게 되었다.

플로렌스 파는 걸어서 약 20분쯤 걸리는 거리에 있는 브룩 그린의 하숙집에 살았다. 얼마 지나지 않아 나는 그곳을 거듭해서 방문하면서 언젠가 그녀를 위해 쓰려는 내 극들에 관해 얘기를 나눴다. 그녀는 세 가지 뛰어난 재능을 타고났는데, 그 세 가지는 《대영박물관》 열람실 문 근처에 있는 데메테르 상[324]과 같은 조용한 아름다움과 그 조각상의 자연스러운 표현처럼 느껴지는 그 누구와도 비교될 수 없는 리듬감과 아름다운 목소리였다. 그러나 그녀 자신이 이 세 가지 이상으로 높이 평가하는 다른 재능은 거의 없었다. 우리 모두는 자신의 단순 이미지, 즉 재능이 있어서 그것이 우리를 강하게 짓누르기 때문에 다른 사람들에게서 칭찬받지 못하는 재능에 대해서는 업신여기고 다른 사람에게서 그 재능을 찾게 된다. 그녀는 유행하지 않는 기술을 통해서만 자신의 재능을 표현할 수 있었는데, 이 기술은 17세기 이래로 거의 사라져버린 것이어서 이따금 하찮은 칭찬을 받을 뿐이었다.

---

[324] 《대영박물관》에는 실물 크기의 데메테르 좌상이 있다. 이 상은 기원전 330년경에 제작된 것으로서, 1858년 소아시아 서남부 크니도스에서 발굴하여 옮겨온 것이다. 그리스 신화의 곡식의 여신 데메테르가 자기 딸 페르세포네를 애도하는 모습이다.

그녀는 자신의 아름다움을 감추려는 것처럼, 그리고 아름다움의 힘을 경멸하는 것처럼, 신경을 쓰거나 계산을 해서 옷을 입지 않았다. 어떤 남자가 그녀를 사랑한다고 했다면, 남자의 몸짓과 억양이 무대에서 보고 들은 것들과 다르지 않다고 여기고 그녀는 그 모든 것을 비현실적으로 느꼈을 것이다. 그녀가 영어나 프랑스어로 시를 소리 내어 읽으면 모든 것이 열정이요 전통적 웅장함이 되지만, 그녀는 실질적인 일들에 대해서는 차가운 기지나 역설의 긴장 아래서 얘기했다. 그녀는 기지나 역설을 통해 전통이나 열정이 있는 것들을 무너뜨리려고 했다.

플로렌스 파는 곧《대영박물관》열람실에서 낮 시간을 보냈고, 충족되지 않는 파괴적 호기심에 이끌려 잡다한 학문에 박식한 사람이 되었다. 나는 그녀를 만나면 늘 다투면서도 지속적인 우정을 나눴다. "왜 당신은 등을 구부리고 끽끽거리는 목소리를 내며 연기를 하나요? 우리의 모든 인생을 증오하며 환상적 삶을 사는 당신이 어떻게 인물들을 연기하는 배우가 될 수 있겠어요?" 그러나 논쟁은 아무 소용도 없었고, "아무도 원치 않은 것은 해봤자 소용없다."는 것 혹은 "다른 사람들이 하는 것은 할 수 있다."는 것을 보여주려 했기 때문에, 그녀는 에우리피데스에 나오는 유모를, 내가 주장하는 무녀의 전적인 장엄함이 아닌, 노파의 모든 병약함으로 연기했음에 틀림없다.

나는 화가 치밀 때면, 그녀의 기분이 최악일 때를 골라서 그녀의 생각을 스필리켄즈[325]라고 부르는 게임에 빗대곤 했다. 나는 어린 시절에 이 게임을 하는 것을 보았는데, 비슷비슷한 작은 뼛조각 더미에서 갈고리로

---

[325] 이 막대기 집어내기 게임은 8센티미터에서 20센티미터 정도 되는 길이의 막대기들을 탁자 위에 엉키도록 쌓아 놓고 돌아가면서 다른 막대기를 건드리지 않고 하나씩 집어내는 게임이다. 잭스트로우즈, 스펠리칸스 혹은 스펠리킨즈 등으로 불리는 이 게임의 가장 흔한 타입은 미카도 게임이다. 막대기의 재료로는 상아나 뼈, 나무, 대나무, 밀짚, 갈대, 플라스틱 등을 사용한다.

뼛조각을 하나씩 집어내는 게임이었다. 데메테르의 황금 볏단이 아니라 뼛조각 더미라니! 그녀의 브룩 그린 하숙집의 거실은 곧 그녀의 정신이 투영되어, 벽들은 악기들과 동양의 피륙 조각들, 직접 그린《대영박물관》의 이집트 남신들, 여신들로 뒤덮였다.

V

그로부터 얼마 지나지 않아 모드 곤 양[326] 을 태운 2륜 마차가 베드퍼드 파크에 있는 우리 집 앞에 와서 섰다. 그녀는《페니언 단》의 지도자 존 올리어리의 소개장을 지니고 아버지께 온 것이었다. 모드 곤은 전쟁을, 가치를 창조하는 것으로서가 아니라 흥분 자체에 가치가 있는 것처럼, 그것 자체로 찬미함으로써 우리 아버지를 화나게

모드 곤

했다. 나는 아버지 의견에 반해 그녀를 편들어서 아버지를 더욱 화나게 했다. 카롤루스 뒤랑과 바스티앵르파주가 어느 정도 관여되었다는 사실과는 별개로, 나처럼 젊은 남자는[327] 그렇게 젊고 아름다운 여자와 의견을 달리할 수 없다는 것을 이해하셨을 테지만 말이다. 그녀가 오늘날에는 큰 키와 변치 않는 몸매 때문에 플로렌스 파가 연기 했으면 하고 내가

---

[326] 에디스 모드 곤 맥브라이드(1866~1953). 예이츠가 모드 곤을 처음 만난 것은 1889년 1월 30일이었다. 그녀에 대한 예이츠의 길고 낭만적인 사랑은 그의 많은 시에 반영되어 있다. 예이츠는 모드 곤에게 1891년에 처음 청혼을 시작해서 1903년에 모드 곤이 맥브라이드 소령과 결혼하기 전까지 계속 했고, 1916년에 모드 곤의 남편이 처형되고 난 후에도 다시 청혼을 했다.

[327] 나처럼 젊은 남자는: (1922년판) 나처럼 그렇게 젊은 남자는.

바랐던 무녀처럼 보이지만, 그날은 고전적인 봄의 화신처럼, "그녀는 여신처럼 걷네."[328]라는 베르길리우스의 찬사가 오로지 그녀를 위해 만들어진 것처럼 보였다. 그녀의 얼굴은 꽃잎 사이로 빛이 쏟아져 들어오는 사과꽃처럼 빛났고, 가득 핀 꽃 덤불 옆에 그녀가 서 있는 것을 창을 통해 본, 그 처음 만난 날이 기억난다.

그 후로 몇 년 동안 모드 곤이 더블린과 파리 사이를 오갈 때면 나는 언제나 그녀를 만났다. 여행이 얼마나 급하든, 양쪽 중 어느 한 곳에서 머무르는 것이 얼마나 짧든, 그녀는 언제나 온갖 종류의 카나리아와 핀치새로 가득한 새장, 강아지들과 앵무새에 둘러싸여 있었고, 한번은 더니골에서 온 다 자란 매도 있었다. 언젠가 그녀를 열차 객실까지 배웅한 적이 있다. 나는 새장들이 짐꾸러미와 방석들을 막고 있는 것을 보고 열차 승객들이 뭐라고 할지 궁금했으나 객실은 텅 비어있었다. 나는 몇 년이 지나서야 그런 미모와 에너지 아래 감춰진 정신을 들여다볼 수 있었다.

VI

베드퍼드 파크에서 리치먼드로 가는 큰길을 따라 걸어서 15분 정도 떨어진 곳에 윌리엄 어니스트 헨리[329]가 살고 있었다. 많은 이가 그랬듯

---

[328] 베르길리우스(기원전 70~19)는 로마의 시인으로서, 인용된 구절은 트로이 멸망 후의 아이네이스의 모험을 다룬 서사시 『아이네이드』 제1권 405행에 나오는 구절. 폭풍우를 겪고 해안에 닿은 아이네이스에게 그의 어머니 비너스가 여자 사냥꾼의 모습으로 나타나자 아이네이스는 그녀를 알아보지 못한다. 그러나 '그녀의 걸음걸이를 볼 때 그녀가 진정으로 여신임이 분명했다.'

[329] 윌리엄 어니스트 헨리(1849~1903)는 영국 빅토리아조 후기의 영향력 있는 시인이며 비평가이자 편집자로서, 18세기의 새뮤얼 존슨 같은 역할을 했다. 예이츠는 그를 "격렬한 연합주의자이며 제국주의자"로 묘사했다. 예이츠는 친구인 윌리엄 로센스타인(1872~1945)이 제작한 그의 석판 초상화(1897년 작품, 28cm×18cm)

『헨리의 초상화』
(윌리엄 로센스타인 작품)

이 나도 그의 밑에 들어가 배우기 시작했다. 로센스타인이 제작한 그의 석판 초상화가 다른 친구들의 초상화들과 함께 우리 집 벽난로 장식 위에 걸려있다. 그는 선 채로 그려져 있지만, 탁자인지 창문틀인지 약하게 그려진 어떤 물체 위에 팔꿈치를 기대고는 몸을 앞으로 기울여 서 있는데, 그것은 틀림없이 불편한 다리 때문일 것이다. 그의 육중한 몸과 강해 보이는 두상, 위로 솟아 있는 헝클어진 머리털, 짧고 정돈되지 않은 턱수염과 콧수염, 잔금이 많은 주름진 얼굴, 대상을 꼼짝 않고 응시하는 두 눈, 완전한 자신감과 침착성을 지니고 있지만 반쯤 깬 몽상에 잠겨있는 그 모든 모습이 내가 기억하는 그의 모습과 정확히 닮아있다. 다른 초상화들도 보았는데, 그 역시 내가 기억하는 그의 모습을 정확히 보여준다. 마치 그는 한 가지 모습만 있고, 그 모습을 첫눈에 딱, 모든 사람이 똑같이 본 것처럼 말이다.

그는 아주 인간적이었지만 – 내가 말하곤 했던 셰익스피어의 등장인물처럼 인간적이었지만 – 말하자면, 저항하기 힘든 상황에 압박을 받아 한 가지의 태도, 거의 한 가지의 제스처와 대화방식에 억지로 맞춰진 것 같았다. 모든 점에서 서로 의견이 달랐지만, 나는 말할 수 없이 그를 존경했다. 옛 프랑스 시를 모델로 한 몇몇 초기 시[330]를 제외하고는 나는

를 1916년 10월에 샀는데, 현재는 존재하지 않는다.
[330] 헨리가 〈장식품들〉(1877~1888)이라고 부른 시들.

그의 시를 싫어했다. 주된
이유는 틴들이나 헉슬리가
떠오르고, 자신의 커다란
부츠를 멍한 눈으로 응시
하는 바스티앵르파주의 촌
뜨기 여자 농부[331]가 떠오
르는 자유시형으로 시를
쓰고, 자신의 다리를 잘라
내는 수술을 받은 병동에
대한 감정이 배제된 묘

바스티앵르파주의 『건초 만드는 사람들』

시[332]로 시를 채웠기 때문이다. 나는 최고로 강렬한 감정을 원했다. 눈으
로 보는 것과는 상관없는 감정, 반쯤 자고 있거나 말을 타고 여행하는
사람들이 불렀을 만큼 오래되어 보이는 운율형식과는 상관이 없는 감정
을 원했다.[333] 더구나, 어떤 사람들은 방에 있는 고양이에게 영향을 받듯
이, 그는 라파엘전파주의에 영향을 받았다.

우리가 처음 만났을 때 그는 어떤 정치적 이익이나 신념도 없다고 선
언했으나, 곧 과격한 연합주의자[334]와 제국주의자로 변했다. 나는 그의
시에 대해 이렇게 말하곤 했다. "그는 나쁜 배역을 맡은 훌륭한 배우

---

[331] 바스티앵르파주의 『건초 만드는 사람들』

[332] 헨리의 병원에 관한 시는 『시집』(1888)과 『병원에서』(1903)에 나타난다. 그는
결핵성 관절염으로 처음에는 발 하나를 절단했으나 나중에는 두 다리를 모두
절단해야 했다.

[333] 나는 최고로 강렬한 감정을 원했다. 눈으로 보는 것은 … 감정을 원했다: (1922
년판) 나는 최고로 강렬한 감정이, 눈으로 보는 것과는 상관없는 감정이, 반쯤
자고 있거나 말을 타고 여행하는 사람들에 의해 불렸을 만큼 오래되어 보이는
운율형식으로 불리기를 원했다.

[334] 아일랜드 독립에 반대하고 영국과 아일랜드의 통합을 지지하는 사람.

같다. 그러나 무덤 장면에서 살비니[335]가 묏자리 파는 사람 역을 한다면 누가 햄릿에게 눈길을 주겠는가?" 그렇게 함으로써 그의 말과 행동의 많은 부분이 설명되었을 것이다. 내 말의 뜻은 그가 열정 있는 훌륭한 배우라는 것이었고(어떤 배역을 연기하는지는 오랜 세월 동안 내게는 아무런 의미가 없었다), 열정 있는 배우는 거듭거듭 인물을 통해 구체화되는 영혼의 특질을 보여줄 것이다. 티치아노나 보티첼리 혹은 로세티 같은 위대한 시적 화가가 그 위대함을 우리가 바로 그들의 이름으로 칭하는 어떤 유형의 미에 의존하듯이 말이다.

영국의 극에서는 마지막으로 나타난 종류의 인간이며, 현대 영국과 프랑스에서는 아주 드문 종류의 인간인 어빙은 지적 자만심을 표현할 때를 제외하고는 나를 결코 감동시키지 못했다. 나는 살비니를 한 번밖에 보지 못했지만 그의 천재성은 일종의 동물적 고귀함이라고 확신한다. 개인적인 말다툼에 휩싸이게 되면 명확하게 자신을 표현하지 않는 헨리는 "나는 아주 굼떠."라고 말하곤 했는데, 힘과 아량의 이미지를 구축하다가 마침내, 번갯불에 순간적으로 비쳐보이듯이, 그 이미지는 순간순간 그의 진짜 모습이 되었다. 그가 가진 의견의 반은 언제나 극적 위기에 활기를 불어넣고 진정한 자아를 표출할 수 있는 핵심적 기술을 표현하려는 잠재의식이 만들어낸 것이었다. 반대자들이 없으면 드라마도 없었다. 그는 우리 아버지 세대였기 때문에 그가 젊은 시절에 알았던 대립은 러스킨주의[336]와 라파엘전파주의의 대립뿐이었다. 자신이 가치 있는 역할

---

[335] 토마소 살비니(1829~1900)는 이탈리아 비극배우로서, 셰익스피어 4대 비극의 주인공역을 모두 맡았다.

[336] 존 러스킨(1819~1900)은 영국의 건축 및 미술비평가로서, 『현대화가들』 첫 권이 발행된 1843년경부터 영국 예술계를 지배한 인물이다. 이 책은 1860년까지 네 권이 더 나왔다. 그는 『건축의 일곱 개 램프』(1849), 『라파엘전파주의』(1851), 『베니스의 돌』(1851~1853) 등의 저작도 펴냈다. 러스킨은 라파엘전파주의자인

을 할 수 있도록, 매일 같이 이것저것 조소하고 조롱하는 어중이떠중이 대중을 넘어선 자신과 같은 유형의 상대를 꼭 찾아내는데, 어떻게 그의 편견에 대해 욕할 수 있겠는가?

언젠가 제국주의 선전에 열이 한참 올랐을 때 헨리는 나에게 이렇게 말했다. "이 위대한 일은 반드시 성사되어야 한다고 아일랜드의 젊은이들에게 말하게. 사람들은 아일랜드가 자치정부를 만드는 데는 적합지 않다고 말하는데, 그것은 말도 안 되는 소리네. 유럽의 다른 나라나 마찬가지로 자치정부는 우리에게도 맞아. 사람들이 용인하지 못하는 것일 뿐이야."[337] 그리고는 더블린 신문을 하나 창간해서 편집을 맡고 싶다는 포부를 밝혔다. 그 신문은, 하이드 박사에게는 아직 연맹이 없었지만,[338] 우리의 옛이야기, 우리의 현대문학을 필두로 하는 당시의 게일어 보급에 대해, 정부 개입이 전혀 없이 할 수 있는 모든 것에 관해 설명하려는 것이었다. 그는 문학적 독재를 꿈꾸었는데, 그것은 코시모 데 메디치[339]의 것과 같았다.

터너의 열렬한 지지자였는데, 나중에는 관심을 예술생산의 사회적, 정치적 조건에 돌려 당시 사회의 기계적 물질주의를 비판했다.

[337] 헨리는 아일랜드 자치정부를 반대하고 영국과의 통합을 주장한 제국주의자였는데, 그가 이때 자신의 기존 주장과는 상반된 얘기를 하는 엉뚱함을 보였다는 것인지, 아니면 영국과의 통합이 필요한 것이기는 하지만 아일랜드가 자치정부를 만들 수 있는 역량이 없는 것은 아니라고 주장했다는 것인지 애매하다.

[338] 이 해는 예이츠가 헨리를 만난 1888년일 것이다. 1889년초에 헨리는 런던을 떠나 에든버러에 가서 나중에 『내셔널 옵서버』가 된 『스코트 옵서버』의 편집자가 되었다. 《게일연맹》은 1893년에 더블린에서 더글러스 하이드의 주도하에 창설된 조직으로서, 그 기관지의 편집장은 패트릭 피어스였다. 아일랜드에서 게일어가 사용되게 하는 것이 주목적이었고 정치성을 배제한 사회문화운동을 지향했지만, 이 조직에 참여한 많은 사람이 아일랜드 민족주의 운동에 관여했다.

[339] 코시모 데 메디치(1389~1464)는 이탈리아 르네상스 시대의 은행가이자 정치적 지배자로서, 그의 가문은 여러 분야의 문화예술인을 열렬히 후원했다.

VII

우리는 일요일 저녁마다 두 방에서 모였다.[340] 방 사이에는 접히는 문이 있었으며, 네덜란드 대가들의 사진 작품이 걸려있었던 것 같고, 한쪽 방 식탁에는 차게 먹는 고기요리가 언제나 차려져 있었다. 나이든 사람 하나만 기억난다. 그의 이름은 던[341]으로서, 그는 상당히 조용하고 양식이 있는 사람이며, 헨리의 오랜 친구였다. 우리는 모두 나이가 젊었고, 누구도 아직, 스스로 보기에나 다른 사람들이 보기에 채 자리를 잡지 못한 사람들로서, 헨리를 마음을 털어놓는 우리의 지도자로 삼고 있었다.

어느 날 저녁, 헨리가 혼자 즐거워하면서도 동시에 분통을 터트리는 것을 보았다. 그는 소리쳤다. "젊은 A가 내 충고를 듣겠다고 막 들렀거든. 그 녀석이 B 여사와 도망가는 것을 내가 현명한 일로 생각할 것 같아? '그러기로 확실히 마음을 먹었니?'라고 물었더니, '확실히 그렇다.'는 거야. 그래서 내가 말했지. '그래? 그러면 난 너에게 어떤 충고도 줄 수 없어.'라고 말했지." B 여사는 아름답고 재능 있는 여성으로서, 『웨일스 트라이어드』[342]에서 기네비어[343]에 관해 이야기한 것처럼 "남에게 곧 잘 넘어가는" 사람이었다.

---

[340] 맥스 비어봄은 헨리를 추종하는 젊은이들을 〈헨리의 요트 팀〉이라고 불렀다. 그들은 루퍼트 가에 있는 《솔퍼리노 레스토랑》에서 만나다가 나중에는 치지크에 있는 헨리의 집에서 만났다.

[341] 스코틀랜드 언론인 제임스 던(1856~1919). 그는 나이가 예이츠보다 아홉 살 위고 헨리보다 일곱 살 아래였다.

[342] 『웨일스 트라이어드』는 웨일스의 역사에 나오는 인물이나 사건, 장소 등을 세 개 한 조로 된 말로 만들어 놓은 이야기를 모아놓은 것이다. 시인이 이야기를 쉽게 기억할 수 있도록 암기하기 쉬운 구조로 만들어 놓은 것인데, 많은 부분은 켈트 전승의 아서왕 이야기이다.

[343] 기네비어는 아서왕 전설에 나오는 아서왕의 부인. 중세 로망스에서는 원탁의 기사 중 한 사람인 랜슬롯 경과의 불륜의 사랑이 중요한 부분으로 되어 있다.

우리는 헨리의 말을 귀담아들었고 곧잘 따랐던 것 같다. 그 이유는 부분적으로 그가 확실히 우리 부모 편은 아니기 때문이었다. 우리는 언쟁을 할 때 서로 다른 근거를 가지고 있었는지 모르지만, 결과가 근거보다 더 중요해 보였고 그의 자신감 있는 태도와 말은 처음으로 우리에게 승리를 확신하도록 만들어준 것 같다. 게다가, 내 경우에도 분명히 그랬듯이, 비밀스럽게 숭배하며 간직한 우리의 생각을 비난하려 할 때

예이츠(1890년대 중반)

그는 우리에게 숭배하는 마음을 일으키지 않는 사람이나 사물과 그 생각을 어김없이 연관시켰다. 언젠가 리버풀인지 맨체스터인지에서 있었던 예술회의[344]에서 막 돌아온 그를 만났다. 그는 그것을 "예술의 구세군주의"라고 부르고는, 터너의 작품에 감탄한 시의원을 괴상망측하게 묘사했다. 러스킨이 칭찬하는 것은 모두 싫어했던 그는 그래서 터너를 비웃어왔던 것이다.[345] 그 시의원을 만난 다음 날 또 헨리는 화랑의 다른 편에서 그 시의원이 거기에 있는 어떤 라파엘전파 화가에 감탄하는 것을 보고 그 라파엘전파 화가를 비웃었다고 한다. 셋째 날, 헨리는 그 불쌍한 시의원이 그 방 중간에 있는 의자에 앉아 마룻바닥을 암담한 표정으로 응시하고 있는 것을 발견했다는 것이다.

헨리는 우리 또한 공포에 떨게 했기 때문에, 나는 감히 그가 비난하는 책이나 그림을 좋아한다고 말하지 못했고, 우리 중 누구도 감히 그렇게

---

[344] 예술에 대해 토의하고 지원하기 위해 소집된 대규모 회의.
[345] 그는 그래서 터너를 비웃어왔던 것이다: (1922년판) 헨리는 그래서 터너를 비웃었다.

하지 못했다. 그러나 그는 언제나 우리 스스로가 중요한 사람이라고 느끼게 만들었고, 그래서 누구나 훌륭한 일을 하거나 그런 가능성을 보일 때는 언제나 그 사람을 칭찬하지 않을 수 없었다.

어느 일요일 밤 모임에서는 찰스 위블리,『황금시대』의 작가 케네스 그레이엄, 지금은 유명한 소설가인 배리 페인, 미술평론가이며 유명한 이야기꾼인 R. A. M. 스티븐슨,[346] 나중에 장관과 아일랜드 국무장관이 된 조지 윈덤을 만났고, 이따금 우리보다 열 살 정도 나이가 많은 오스카 와일드도 보았다. 그러나 지금은 많은 얼굴과 이름이 희미하고, 단 한 번 만난 사람들의 얼굴이 뚜렷이 떠오르는가 하면, 일요일마다 여러 번 만난 얼굴이 기억에서 까마득히 사라져버린 것 같을 때도 있다. 키플링이 가끔 온 것으로 생각되는데, 나는 그를 만난 적이 없다. 다른 곳에서는 자주 만났지만 그곳에서는 한 번도 만나지 못했던 허무주의자 스텝니악[347]은 말했다. "1년에 한 번 이상 나갈 수가 없네. 아주 진이 빠지거든."

헨리는 우리를 모두 이겼다. 그는 자신을 우리의 심판관으로 받아들이게 만들었고, 그의 판단은 정지될 수도, 누그러질 수도, 변할 수도, 제쳐 놓을 수도 없었기 때문이다. 내 시야에 이제껏 들어온 인간성의 기본인 모순성 그 자체인 헨리를 생각하면, 나는 그가 다른 사람들이 쓸 수 있도

---

[346] 로버트 앨런 모브리 스티븐슨(1847~1900)은 에든버러 출신의 예술비평가.

[347] 러시아의 혁명주의자 스텝니악(1852~1895)의 본명은 세르기우스 크라브친스키이다. 황제의 군대 포병장교였던 그는 남부 러시아의 귀족 집안에서 태어났으나 자라면서 농민들이 수탈당하는 광경을 목격하고 이들에게 동정심을 갖게 되었다. 그래서 그는 친구들과 함께 농민들에게 민주주의와 혁명사상을 고취시켰고 이 일로 해서 체포되었다. 그러나 1876년 러시아에서 탈주하여 제네바로 갔고, 1885년에는 런던으로 옮겨갔다. 러시아에 없는 동안 1878년에 길거리에서 상트페테르부르크 비밀경찰국장을 단도로 찔러 살해했다는 혐의를 받기도 했다. 러시아 '허무주의'란 아나키즘과 유사한 철학적, 정치적, 사회적 운동으로서, 기존의 정치적, 사회적 질서를 전복하려는 비밀조직의 성격을 띠고 있었다.

록 영원히 칼을 버리고 있는 불카누스인 것처럼 그의 절름발이 다리를 보게 된다.[348]

언제나 나는 창백한 얼굴의 훌륭한 고전학자이며 겉으로 보기에는 신사인 C[349]를 우리의 대장 검객이요 자객으로 생각했음이 틀림없다. 헨리가 창간한 주간지『스코트 옵서버』는 나중에 이름이『내셔널 옵서버』가 되었는데, 그가 이 주간지를 창간했을 때, 이 젊은이 C는 통렬한 기지로 악명 높은 기사와 논평들을 썼다. 세월이 흘러『내셔널 옵서버』가 폐간되고[350] 헨리는 죽어가고 우리의 무법자 동굴이 텅 비었을 때, 나는 파리에서 아주 슬프고 가난해 보이는 그를 만났다. "이제는 아무도 나를 써주지 않아."라는 그의 말에 "당신의 주인은 가버렸고, 당신은 저절로 사람들을 죽이며 돌아다니지 않도록 양귀비즙에 담가 보관해야만 하는, 옛 아일랜드 이야기에 나오는 창[351]과 같네요."라고 나는 대답했다.

나는 잘 쓰인 서정시와 무난한 에세이 몇 편을『내셔널 옵서버』에 기고했는데,[352] 언제나 서명을 할 때 보면 내 작품들은 좀 제멋대로인 것 같았다. 헨리는 자주 내 시의 어떤 행이나 연에 줄을 그어 지우고 자기가 새로 써넣어 고치기도 했는데, 당시에 인기가 최고였던 키플링[353]의 글도

---

[348] 불카누스는 로마신화에 나오는 불과 대장장이의 신으로서, 못생긴 절름발이로 그려져 있다. 그리스 신화의 헤파이스토스와 동일시됨.

[349] 레슬리 코프 콘포드(1867~1927). 나중에 헨리의 전기를 썼다.

[350] 헨리가 1889년에 창간한『스코트 옵서버』는 1890년에『내셔널 옵서버』가 되었는데, 1894년에 발간이 중단된 후 헨리는『뉴 리뷰』의 편집인이 되었다.

[351] 예이츠의「연금술 장미」에는 러그(Lug)가 자신의 창이 싸움터로 맹렬히 뛰쳐나가지 않도록 양귀비즙에 담그는 얘기가 나온다.

[352] 예이츠는『스코트 옵서버』와『내셔널 옵서버』(1889~1894),『뉴 리뷰』(1895~1897)에 전체 20편의 시와 12편의 에세이 등을 발표했다.

[353]『정글북』으로 잘 알려져 있는 조지프 러디어드 키플링(1865~1936)은 인도 봄베이에서 출생한 영국의 소설가, 시인.

그가 고쳐 쓴다는 사실에 나는 위안을 받았다. 사실 처음에는 내 글이 고쳐진다는 것이 부끄러웠고 다른 사람들의 글은 그렇지 않다고 생각했다. 파리 패션에 관한 기사와 이집트 파샤가 쓴 아편에 관한 기사에 경구나 고어 등 편집상 특징적인 것들이 나타났을 때에야 나는 그것을 알아보기 시작했다. 시는 시인의 고집이 그대로 드러나는 것이라 전적으로 편집방침에 따를 필요가 없었다. 그러나 나는 산문에서는 받아들이기 힘든 비판을 피하려고 우리 어머니나 로시스 포인트의 도선사에게 들은 유령이나 요정 이야기만 썼다. 헨리는 내가 글의 주제에 맞춰 다른 소재도 섞어 써야 한다고 생각했다. 그러나 내가 쓴 모든 "has"를 그가 고어투의 말 "hath"로 바꾸면, 나는 그냥 내버려두었다. 우리가 그의 관대함 덕분에 햇빛을 볼 수 있지 않았던가? 그는 편지에 "내가 데리고 있는 젊은 애들이 나를 넘어설 만큼 글을 잘 쓴다네."라고 하며 찰스 위블리의 작품을 칭찬하는 글을 썼고, 또 다른 친구에게는 내 작품 「요정 나라를 꿈꾼 남자」를 언급하며 "내 애들 중 하나가 쓴 이 훌륭한 작품을 좀 보게."라고 쓰기도 했다.

VIII

오스카 와일드[354]와의 첫 만남은 놀람 그 자체였다. 그 어떤 말도 마치 밤을 새워 손본 것 같은 완벽한 문장으로, 하지만 아주 저절로 나오는 것처럼 그렇게 말하는 사람을 나는 전에 본 적이 없었다. 가까운 곳에 살아서인지 우연히 그렇게 되었는지는 모르지만, 그날 밤 헨리의 집에

---

[354] 오스카 와일드(1854~1900)는 더블린 출신의 아일랜드 극작가, 소설가, 시인. 『윈더미어 부인의 부채』(1892), 『진지함의 중요성』(1895) 등의 희곡과 장편소설 『도리언 그레이의 초상』(1891) 등으로 잘 알려져 있다.

우둔하고 악의로 가득 찬 사람이 하나 나타 나서는 툭툭 끼어들면서 계속 사람들의 대화를 중단시키고 산만하게 만들었다. 나는 와일드가 얼마나 능숙하게 공격을 막고 그를 고꾸라뜨리는가를 목격하게 되었다. 와일드의 말을 들은 사람이라면 누구든 그의 말이 작위적이라는 인상을 준다고 썼을 것인데, 그 이유는 그가 문장을 너무 완벽하

오스카 와일드

게 다듬기 때문이며 또 그렇게 만드는 용의주도함 때문이라는 점에 또한 나는 주목하게 되었다. 운율의 효과가, 혹은 그 자체가 진짜 운율인 17세기의 대구(對句) 산문의 효과가 시인 자신에게 도움이 된 것처럼, 바로 그런 인상이 그에게 도움이 되었다. 그렇게 해서 예상치 못한 재빠른 기지를 발휘하다가 껄끄러움 없이 정교한 몽상으로 넘어갈 수 있었기 때문이다.

　나는 며칠이 지나 어느 날 밤에 그가 이렇게 말하는 것을 들었다. "나에게 『리어왕』 말고, 『겨울이야기』의 '제비보다 감히 먼저 핀 수선화'[355] 를 주시오. 『리어왕』은 안개 속에서 비틀거리는 불쌍한 인생이 아니고 무엇이겠소?" 그 느리고 조심스럽게 조절된 억양은 내 귀에는 자연스럽게 들렸다. 처음 만난 날 밤 그는 월터 페이터[356]의 『르네상스사 연구』를 칭찬했다. "이것은 내가 정말 소중하게 여기는 책입니다. 여행할 때면

---

[355] 제4막 3장 118행.

[356] 월터 페이터(1839~1894)는 영국의 문학가 및 평론가. 예술을 위한 예술, 심미주의적 태도를 중시한 비평가로서 19세기 말 데카당스의 선구자였다. 『르네상스사 연구』(1873)는 다빈치와 보티첼리 등 르네상스 시대의 화가를 중심으로 한 연구로서, 매슈 아널드의 인생론적 비평과 라파엘전파의 심미주의를 결합한 태도를 보여준다.

늘 가지고 다닙니다. 이 책은 데카당스의 진수라 할 수 있지요. 최후의 나팔은 이 책이 쓰인 바로 그 순간 울렸어야 합니다." 자꾸 끼어들던 그 우둔한 사람이 "그런데 당신은 우리에게 그 책을 읽을 시간을 주지도 않으려 했잖아요?"라고 말하자, 그는 "아, 그렇죠. 이승에서나 저승에서나 나중에는 시간이 많을 테니까요."라고 대꾸했다. 생각해보니, 우리가 젊고 유약해서 당황할 수

월터 페이터

밖에 없었기 때문에 그가 의기양양한 모습으로, 또 우리 중 어떤 이들에게는 다른 시대에서 온 인물처럼, 대담한 15세기 이탈리아의 인물처럼, 보인 것 같다.

나는 와일드와 헨리를 편집인으로 고용한 출판사[357] 임원인 아버지 친구가 몇 주 전에 헨리를 "통제하지 않으면 쓸모가 없는" 사람이라고 비난하고, 와일드를 "아주 게으르지만 천재"라고 칭찬하는 소리를 들었다. 이제는 그 출판사가 우리의 화제가 되었다. "얼마나 자주 사무실에 가십니까?"라고 헨리가 묻자, 와일드는 "저는 한 주에 세 번 갔습니다. 하루에 한 시간씩이요. 그렇지만 그 후로 하루를 빼먹어버렸습니다."라고 대답했다. 헨리는 "아이구, 나는 하루에 다섯 시간씩 일주일에 다섯 번을 갔습니다. 그리고 하루 쉬고 싶었는데 마침 특별위원회를 하더라고요." 라고 말했다. 와일드는 이렇게 대답했다. "더구나 저는 그 사람들 편지에는 답장을 안 합니다. 밝은 기대로 가득 차 런던에 왔지만 편지에 답장하

---

[357] 카셀앤컴퍼니 출판사. 예이츠의 아버지 친구는 이 출판사 임원이 아니었다. 아마 그런 이야기를 듣고 예이츠에게 전해주었을 것이다.

는 습관 때문에 몇 달 만에 완전히 망가진 사람들을 저는 보았거든요."
와일드는 상사들이 선을 지키도록 만드는 법을 아주 잘 알고 있었고,
그의 방법은 분명히 더 성공적이었다. 헨리만 해고된 것을 보면 말이다.

헨리는 와일드가 라파엘전파 화가들과 얽히는 것에 약간 당혹스러워
하며 나중에 이렇게 논평했다. "아니, 와일드는 미학자가 아니야. 사람들
은 그가 학자이며 신사라는 걸 곧 알 수 있지." 며칠 후 나와 저녁식사를
같이 할 때 와일드는 "헨리와 대등해지려면 무척 긴장해야만 했네."라고
하며 곧장 말을 시작했다. 나는 헨리에게 아주 충성하느라, "모든 뛰어난
생각을 말하는 것은 헨리가 아니라 당신입니다."라고 내 생각을 말할
수 없었다. 와일드도 나머지 우리처럼 드라마의 핵심에 있는 삶을 포착
하는 것 같은 강한 긴장감을 느낀 것이다.

와일드는 첫 만남에서 "문학적 우정의 기초는 독이 든 사발을 섞는
것입니다."라고 말했다. 그리고 몇 주 동안 헨리와 와일드는 가까운 친구
가 되었는데, 마침내 그 만남의 놀라움이 사라지고 나자 성격과 야망의
차이가 두 사람을 갈라놓았다. 헨리는 동굴 멤버들 절반의 도움으로 와
일드를 위해 독이 든 사발을 섞기 시작했다. 그러나 헨리가 와일드에게
처음에 가진 경탄하는 마음을 완전히 잃어버린 것은 아니었다. 와일드가
몰락하고 난 후, "그가 왜 그랬을까? 내가 애들에게 그를 공격하라고는
했지만, 우리는 함께 그의 기치 아래서 싸울 수도 있었는데."라고 내게
말했던 것을 보면 말이다.

IX

헨리의 집과 베드퍼드 파크의 두 모임에 모두 자주 나온 R. A. M.
스티븐슨이 말을 꽤 잘한다고 사람들은 습관적으로 얘기했다. 와일드는
학부생들에게 칠면조처럼 묶여 언덕 위아래를 끌려다녔고, 그의 샴페인

은 얼음통에 다 부어버려 동이 났으며, 여러 마을의 거리에서 야유를 받았다. 나는 그가 사람들에게 돌을 맞은 거라고 생각한다.[358] 조롱하는 것 말고는 그의 이름을 들먹거리는 신문이 없었다. 그의 태도는 자신을 반대하는 것들에 대처하느라 완고해졌다. 그는 때때로 용서할 수 없을 정도로 무례하게 굴었다. 그가 가진 매력은 후천적으로 획득되고 체계화된 것으로서, 자신이 내킬 때만 쓰는 일종의 가면이었다.

반면 스티븐슨이 가진 매력은 그의 머리색처럼 타고난 것이었다. 스티븐슨의 말이 독백이 되어도 우리는 알지 못했다. 우리의 유일한 목적은 그의 말에 귀를 기울임으로써 그가 결코 말을 그만둘 필요가 없다는 것을 보여주는 것이었기 때문이다. 혹시 그가 잘못 생각했더라도 그가 말한 것을 반박하거나 새로운 주제를 시작하지 않고, 질문으로 그를 격려했다. 사람들은 그가 어린 시절부터 쭉 그래온 것으로 느꼈다. 그의 마음은 판타지를 위한 판타지로 가득 차 있었고, 그의 사촌 로버트 루이스 스티븐슨이 시나 이야기로 그러는 것처럼 독백으로 사람들을 아주 즐겁게 했다. 그는 언제나 "가정해보기"를 했다. "여러분이 200만 파운드가 있다고 가정해보십시오. 그 돈으로 무엇을 하시겠습니까?" 또 "여러분이 스페인에 있고 사랑에 빠졌다고 가정해보십시오. 어떻게 프러포즈를 하겠습니까?"

어느 날 오후에 베드퍼드 파크에 있는 우리 집에서 그가 내 동생들과 아버지 친구 몇 분에 둘러싸인 채 대여섯 나라의 프러포즈 방식을 설명하던 것이 생각난다. 거기서는 여러분의 부친은 이러이러한 방식으로 옷을 입고 이러이러한 말로 프러포즈를 할 겁니다. 친구 하나는 교회

---

[358] 와일드의 동성애와 관련된 대중의 비난에 대한 언급. 동성애로 인한 와일드의 몰락 과정은 "제4권 비극적 세대"에서 자세히 다루어진다.

바깥에서 신부를 기다리다가 성수를 신부에게 뿌리며 이렇게 말하죠. "내 친구 존스는 당신을 죽도록 사랑합니다." 그러나 그 이야기가 끝나면, 마치 커다란 집에서 언젠가 내가 본 예쁘게 차려입은 어린이들이 춤을 추며 들어갔다 나갔다 하면서 긴 리본을 엮는 춤처럼, 웃음과 공감으로 가득했던 그의 이상한 설명들은 우리의 생애와는 생소한 것으로 기억 속에 남아있거나 희미해져 버렸다.

나는 스티븐슨의 편은 아니었는데, 주된 이유는 그가 벨라스케스[359]를 칭찬하는 책을 썼기 때문이었다. 당시에는 라파엘전파가 욕을 먹는 곳에서는 어디서나 그런 식으로 칭찬들을 했다. 내 생각에는 그것은 무지 속에서 상징을 고르는 일로서, 벨라스케스는 따분함을 숭배하여 미사를 집전하는 최초의 따분한 사제 같았다. 나는 모호한 추론을 통해 스티븐슨의 대화방식이 마치 늙은 사람들과 야망이 없는 남자와 모든 여자를 위한 것처럼 그를 나이 많은 사람들에게, 그 무관심한 세계에 연결시켜 매력과 유머에 만족하게 만든다고 확신하게 되었다. 편을 드는 것은 젊은이의 특권이었다. 와일드가 "버나드 쇼 선생은 적은 없지만 그의 친구 모두가 지독하게 싫어한다."고 말했을 때 그것은 내가 잊지 못할 말이라는 것을 알았고, 아량과 용기를 측량할 수 없는 악명 높은 모험담 혐오자에게 복수를 했다고 느꼈다.

X

당시에 나는 와일드를 상당히 자주 만났는데, 그게 1887년인지 1888

---

[359] 디에고 벨라스케스(1599~1660)는 스페인 궁정의 자연주의 화가. 스티븐슨의 책은 『벨라스케스의 예술』(1895). 이 책의 수정 증보판은 1899년에 『벨라스케스』라는 제목으로 나왔다.

년인지는 확실치 않다. 그때 내가 첫 시집『어쉰의 방랑』을 출판했고 와일드는 아직『거짓말의 쇠퇴』[360]를 출판하기 이전이었다는 것밖에 날짜를 확실히 찍어 얘기할 방법이 따로 없다. 우리가 처음 만나기 전에 그는 내 책[361]을 논평한 적이 있었다. 내 책은 의도가 모호하고 표현이 부정확했지만 그는 무조건 내 작품을 칭찬했다. 그는 그 작품으로 어떤 평론보다 더 가치 있는 것을 말했다. 당시에 내가 런던에 혼자 있다고 생각했는지 그는 크리스마스에 함께 저녁을 먹자고 청했다.

와일드는 당시에 벨벳 옷을 막 그만 입기로 했고, 소매 끝을 위로 접어 올리기까지 하며 당시의 유행을 따라 아주 세심하게 옷을 입기 시작했다. 그는 건축가 고드윈이 휘슬러의 영향을 받아 우아하게 장식을 해준 첼시의 작은 집에서 살았다. 그 집에는 중세적인 것도, 라파엘전파적인 것도, 금박에 그림을 그려 넣은 찬장도, 진한 청록색도, 어두운 배경도 없었다. 휘슬러의 에칭 작품들을 하얀 액자에 "넣은" 하얀 거실과 테라코타로 만든 작은 조각상 밑 탁자 중간에 놓여있는 마름모꼴의 붉은 식탁보 외에는 의자나 벽, 벽난로 장식, 카펫이 온통 하얀색인 다이닝룸이 희미하게 기억난다. 또 붉은 갓이 달린 등이 천장에 매달려 그 작은 조각상 약간 위까지 드리워진 것이 기억난다. 그것은 완전히 몰락하기 전 몇 년간의 그의 과거가 하나로 완벽히 통일된 모습이었던 듯하다. 아름다운 아내와 두 어린 자녀가 함께 있는 그곳에서 그의 삶이 이루고

---

[360] 오스카 와일드의 에세이『거짓말의 쇠퇴: 대화록』은 1889년 1월,『19세기』에 처음 발표되고, 1891년에 발행된 에세이집『의도』에 포함되었다. 비비언과 시릴이라는 두 가공인물의 대화를 통해 와일드의 심미주의 미학이론을 보여주는 작품이다.

[361]『어쉰의 방랑』은 1887년 12월 18일에 완성되고, 1889년 1월에 출판되었다. 와일드는 이에 대한 평론을『여성의 세계』(1889년 3월),『폴 몰 가제트』(1889년 7월)에 발표했다. 예이츠는 1888년 9월에 헨리의 집에서 와일드를 처음 만났고, 그해 크리스마스를 와일드의 집에서 그의 가족과 함께 보냈다.

있는 완벽한 조화는 하나의 계획적인 작품이라고 생각한 기억이 난다.

그는 식사를 하면서 자신의 성격을 우리나라에 연관 지으면서 스스로를 추켜올리기도 하고 깎아내리기도 했다. "우리 아일랜드 사람들은 너무 시적이라 시인이 될 수가 없어. 우리는 찬란한 실패를 경험한 민족이지만, 그리스인 이래로 가장 위대한 이야기꾼들이지."

저녁식사가 끝났을 때 그는 『거짓말의 쇠퇴』 교정지에서 몇 구절을 내게 읽어주었다. 그가 "쇼펜하우어는 현대인의 사고를 특징짓는 염세주의를 분석했지만, 햄릿은 염세주의를 만들어냈다. 꼭두각시 하나가 한때 우울했기 때문에 세상 사람들도 슬퍼지게 되었다."[362]는 문장을 읽었을 때, 나는 물었다. "왜 '슬프다'는 말을 '우울하다'는 말로 바꾸었습니까?" 그는 문장이 끝날 때 완전한 소리가 나는 것을 원했다고 대답했다. 나는 그것은 변명이 안 되며, 그의 글에 대한 나의 호감을 망치는 모호한 인상주의의 예로 생각했다. 단지 말을 할 때나 글이 말을 그대로 옮겨놓았을 때만, 혹은 단순한 동화에서만, 그는 섬세한 귀를 사로잡을 만한 정확한 어휘를 구사했다.

헨리와는 다른 방식이었지만 그도 나를 놀라게 했다. 나 자신을 바보나 멍청이로 생각하며 그의 집을 나선 적은 없었기 때문이다. 그는 자기가 좋아하는 사람은 모두 치켜세웠다. 그는 나에게 긴 아일랜드 이야기를 하도록 만들었고, 나의 구술기법을 호메로스의 기법에 비교했다. 그는 언젠가 인구조사표에 자신을 묘사하며 "나이: 19세, 직업: 천재, 병약한 곳: 재능"이라고 써넣었다. 옥스퍼드인지 케임브리지인지를 갓 졸업한 또 다른 손님인 젊은 언론인이 "저는 어떻게 써넣었어야 할까요?"라

---

[362] 예이츠의 인용문은 정확하다. 『거짓말의 쇠퇴: 대화록』, 『19세기』 제25호(1889년 1월호), 48쪽.

고 묻자, "직업: 재능, 병약한 곳: 천재"라고 써넣어야 했다고 말해주었다고 한다.

그러나 내가 좀 진한 노란색 구두를 신고 그 집에 들렀을 때 (당시는 검지 않은 가죽이 막 유행할 때였다) 그가 두 눈을 내 구두에서 떼지 못하는 것을 보고, 나는 내 구두가 얼마나 과했는지 깨닫게 되었다. 어느 날은 와일드가 자기 어린 아들에게 동화를 들려달라고 부탁을 했다. 내가 막 "옛날에 거인이 하나 있었는데"를 시작하자마자 녀석은 소리를 지르고 방을 뛰쳐나가 버렸다. 와일드는 심각한 표정을 지었고, 그래서 나는 어린애를 괴롭게 한 나의 서투름을 부끄러워하게 되었다. 매달 나에게 돈을 얼마씩 지급하던 지역신문[363]이 있었다. 내가 그 신문에 실릴 문단의 뒷얘기를 와일드에게 부탁하자, 그는 문단의 뒷얘기를 쓰는 것은 신사가 할 일이 못 된다고 했다.[364]

나를 호메로스에 비교하는 것은 시간이 즐겁게 지나가도록 했지만, "길게 얘기할 건가?"라고 하며 (헨리는 분명히 그렇게 말했을 것이다) 와일드가 내 말을 중단시켰다 해도 나는 크게 동요하지 않았을 것이다. 나는 세계적으로 유명한 재사인 그 사람 앞에 혼자 있느라 쑥스러웠다. 그가 자신의 성공과 효율성을 중시하는 일반인들의 바로 그 믿음을 비난한 기억이 나는데, 나는 그것이 진심이었다고 생각한다. 그가 성공한 형태 한 가지는 이제 사라져버렸다. 그는 더 이상 제 철을 맞은 사자가 아니며, 희극을 쓰는 재능을 발휘할 기회를 얻을 수 없게 되었다. 그러나

---

[363] 예이츠는 1887년부터 1992년 사이에 《보스턴 파일럿》, 《프로비던스 선데이 저널》 등 두 개의 미국신문에 시와 에세이들을 발표했다. 《보스턴 파일럿》은 원고 하나에 1파운드 3실링에서 4파운드를 지불했다.

[364] 그는 문단의 뒷얘기를 쓰는 것은 신사가 할 일이 못 된다고 했다: (1922년판) 그는 문단의 뒷얘기를 쓰는 것은 신사가 할 일이 못 된다고 아주 분명히 설명했다.

나는 그의 생애에서 가장 행복한 순간에 그를 알았다고 생각한다. 스캔들이 그의 이름을 건드리지 못했으며, 말재주꾼으로서의 명성은 그와 필적할 만한 사람들 가운데서 점점 올라가고 있었다. 그는 자신의 즉흥성을 즐기며 살고 있는 것 같았다.

그는 어느 날 "나는 이단 기독교를 만들고 있네."라며 말을 시작해서, 초기 사제들 방식으로 자세한 이야기를 들려주었다. 기독교의 허구성을 알고 있는 지상의 유일한 인간인 그리스도가, 어떻게 십자가형 후 되살아나, 무덤에서 도망쳐서 여러 해 동안 더 살았는지에 대해. 또 성 바울이 그가 살고 있는 마을을 방문했는데, 목수들이 사는 구역에서 그만이 홀로 바울의 설교를 들으러 가지 않았다는 것. 그 이후로 다른 목수들은 그가 알 수 없는 이유로 자기 두 손을 가리고 있다는 사실을[365] 목격하게 되었다는 것에 대해.

며칠 후에 나는 선교사 한 사람이 설명을 하는 동안 와일드가 여러 가지 색깔의 작업복을 자기 앞 마룻바닥에 펼쳐놓고 있는 것을 보게 되었다. 선교사는 이교도들이 주 중에 발가벗고 다니는 것은 반대하지 않지만 교회에서는 옷을 입어야 한다고 주장했다. 그는 그 작업복들을 마차로 실어가서, 중앙아프리카까지 이름이 알려진 유일한 예술비평가에게 색깔을 고르도록 했다. 와일드는 그렇게 거기에 앉아서 의식이 있는 성직자와 같은 엄숙함으로 모든 것을 따져보고 있었다.[366]

---

[365] 그 이후로 다른 목수들은 그가 알 수 없는 이유로 자기 두 손을 가리고 있다는 사실을: (1922년판) 다른 목수들은 그가 알 수 없는 이유로 그 이후로 자기 두 손을 가리고 있다는 사실을.
　　* 자신이 무덤에서 살아나 도망쳐온 예수라는 사실을 감추려고 십자가에서 못이 박힌 자국이 있는 두 손을 가렸다는 것.
[366] 종교인들이 예복에 엄격하게 신경을 쓰듯이 와일드는 예술가들도 엄격한 기준과 형식이 있어야 한다고 생각했다는 뜻.

　최근에 나는 자주 와일드를 그의 가족사로써 이해하려고 노력했다. 그의 아버지는 우리 아버지의 아버지 친구이거나 아는 사람이었다. 그의 가문에 전해 내려오는 말 중에는 오래된 이런 더블린 수수께끼가 있었다. "윌리엄 와일드 경[367]의 손톱은 왜 그렇게 시커멓지?" 대답은 "자기 몸을 긁어대니까."였다. 그리고 더블린에는 와일드 여사[368]가 하인에게 "왜 석탄 통에 접시를 집어넣느냐? 의자들은 도대체 뭣에 쓰는 거냐?"라고 말했다는 옛이야기가 아직도 돌아다닌다. 그 집안사람들은 유명했고, 이와 비슷한 이야기들이 많다. 카넉트의 농부가 만들어낸 무시무시한 민담에 의하면, 안과의사였던 윌리엄 와일드 경은 상담하러 온 사람들의 눈알을 뽑아서 접시에 놓고 바로 바꿔 끼우려고 했는데, 고양이가 그 눈알들을 먹어치워 버렸다고 한다. 고양이의 특성에 관해 장기간 연구를 해 온 내 친구는 처음 그 얘기를 듣더니 "고양이가 눈알을 좋아하긴 하지."라고 말했다.

　분명히 와일드 가문은, 더럽고 단정치 못하고 무모한 찰스 레버[369]의

---

[367] 윌리엄 로버트 와일드 경(1815~1876)은 더블린에서 안과의사와 귀 전문가로서 명성을 날린 인물이다. 1844년에 병원을 설립했고, 1885년에는 의료 전문잡지 『더블린 의학』의 편집을 맡았다. 1841년 아일랜드 통계조사 때 의학분야 위원으로 활동한 공로로 1864년에 작위를 받았다.

[368] 제인 프란체스카 와일드 여사(1826~1896)는 〈스페란자〉(이탈리아어로 '희망'의 뜻)라는 가명으로 작품을 발표한 아일랜드 시인, 산문작가로서, 『시집』(1864년), 『고대 아일랜드의 전설』(1887) 등의 시집이 있다. 아일랜드 젊은이들의 무력투쟁을 옹호하는 선동적인 글을 쓰기도 했다. 1851년에 윌리엄 와일드 경과 결혼하여 윌리엄 찰스 와일드, 오스카 와일드, 이솔라 와일드 등 세 남매를 낳았다. 남편이 죽은 후 아들들과 함께 런던으로 이주하여 더블린에서처럼 런던에서도 살롱을 열었는데, 이곳에는 예이츠 부부가 들르기도 했다. 그녀는 아들 오스카 와일드가 옥중에 있을 때 사망했다.

[369] 찰스 제임스 레버(1806~1872)는 부모는 모두 영국인이었으나 더블린에서 태어

상상력조차 키워준 그런 종류의 사람들이었고, 평범한 활동을 더 좋아한 찰스 레버가 높이 쳐주지 않았을 아주 상상력이 넘치고 학식 있는 사람들이었다. 와일드 여사를 내가 처음 알게 되었을 때 그녀는 자신의 주름진 얼굴을 아무도 보지 못하도록 막을 치고 덧문을 내린 채 친구들을 맞았다. 그녀는 분명히 깊은 자조에 빠져 있었지만, 언제나 자신이 가질 수 없는 성격과 환경의 화려함을 갈망한 것 같다. 와일드 여사는 첼시 평지에서 아들 집 근처에 살고 있었지만, 나는 그녀가 이렇게 얘기하는 것을 들었다. "프림로즈 힐이나 하이게이트 같은 높은 곳에서 살고 싶어. 나는 젊을 때는 독수리였으니까."

그녀의 아들은 절대로 자조하는 법 없이 자신이 상상하는 삶을 산 것 같다. 그는 자신이 유년기와 소년기에 알던 것과는 모든 점에서 정반대인 연극을 쉬지 않고 공연하며, 매일 아침 자신의 예쁜 집을 보며 눈을 뜨는 경이감을 완전히 잊지 않았다. 또한 공작부인과 지난밤 저녁식사를 함께 했다는 사실과 자신이 플로베르와 페이터를 좋아한다는 사실, 호메로스를 선생님들이 문법을 위해 읽어주듯이 읽지 않고 원전으로 읽었다는 사실을 기억하며 살았다. 또 그의 혈관 속에 흐르는 그 모든 반쯤만 문명화된 피 때문에 앉아서 하는 창조적인 예술의 노고를 참지 못하고 내내 행동하는 인간으로 남아있었다. 그리고 그는 즉각적인 효과를 위해 자기 스승들에게서 배운 모든 기술을 과장하며, 이젤 위의 그림을 채색된 실제 풍경으로 바꾸었다고 나는 생각한다.

와일드는 벼락출세한 사람이었지만, 『석류의 집』의 모든 이야기를 어떤 귀부인에게 헌정했다면, 그 이유는 단지 자신은 잭이고 사회라는 사다리는 그의 무언극 콩나무라는 사실을 보여주기 위해서였다는 것을 모

나고 성장한 아일랜드 소설가이며 내과의사, 외교관.

든 태도가 입증해주는 그런 식의 벼락출세자였다. 그의 친구가 언젠가 나에게 이렇게 물은 적이 있다. "그가 '딤스데일 후작'이라는 말을 하는 것을 들은 적 있습니까? '요크 공작'이라는 말을 하는 것도 즐거워하지 않습니다."

벤저민 디즈레일리

와일드는 언젠가 자신이 의회의 확실한 자리를 제안받았다는 얘기를 내게 했다. 그 자리를 받아들였다면, 그는 비콘스필드[370] 와 같은 생애를 살았을 것이다. 초기 문체가 와일드의 문체를 닮아있는 비콘스필드는, 대중과 흥미, 신속한 결정, 즉각적인 승리를 지향했던 사람이다. 그런 인간들에게 만일 성실성이라는 게 있다면, 그들은 그 성실성을 실제 사건에 부딪히면서 얻는다. 만찬은 와일드가 주로 벌인 일로서, 만찬을 통해 그는 당대 최고의 논객이 되었다. 그의 극과 작품에 나오는 대화들은 그가 한 말을 때로는 흉내 내기도 하고 때로는 그대로 따오기도 했기 때문에 의미가 있었다.

나는 당시에조차 자주 와일드를 변호했다. 그는 아주 젊었을 때 당시 처음으로 인기를 끌기 시작한 선배시인인 브라우닝과 스윈번, 로세티에 너무 빠져있었다. 그래서 자신의 무한한 야망을 만족시킬 성공은 불가능한 것처럼 보였던 것이다. 예술가가 일단 위대하게 보이게 되면 작품도 어려워 보이는 법이다. 당시에 나는 그를 벤베누토 첼리니[371]에 비교하곤

---

[370] 비콘스필드 백작 벤저민 디즈레일리(1804~1881)를 말함. 디즈레일리는 영국수상을 두 번 역임한 영국의 정치가이며 작가. 유대계로서는 유일한 수상이었던 그는 윌리엄 글래드스턴의 자유당과 싸우면서 현대 영국 보수당의 출현에 중심적 역할을 한 인물이다.

했다. 미켈란젤로 다음에 출현했던 첼리니는 미켈란젤로의 코를 부러뜨린 사람들에 맞서 대담하게 말다툼하는 것 말고는 만족할 만한 일이 아무것도 남지 않았다는 것을 발견한 것이다.

XII

해머스미스에 있는 윌리엄 모리스[372]의 집인 켐스코트 하우스 옆 오래된 마구간에서 일요일 저녁마다 《사회주의연맹》이 토론회를 열었다. 하지만 누가 나를 처음 데리고 갔는지는 기억할 수 없다. 나는 곧 소그룹에 들어갔는데, 그 그룹은 나중에는 모리스와 저녁을 함께 먹는 모임이 되었다. 이 모임에서 나는 좋은 책을 많이 인쇄한 코브던 샌더슨의 소개로 오게 된 월터 크레인과 에머리 워커를 아주 일정하게 만났다. 이따금 버나드 쇼와 케임브리지 박물관에서 일하는 코커럴도 만났으며, 사회주의자 하인드먼과 무정부주의자 크로포트킨 왕자도 한두 번 만난 것 같다.[373]

---

[371] 예이츠는 존 시먼스가 번역한 첼리니의 자서전(1888년)을 보고 미켈란젤로에 대한 첼리니의 헌신과 그의 호전적인 생애에 대해 알게 되었을 것이다. 예이츠는 나중에 『벤베누토 첼리니의 생애』(1923)를 가지고 있었다.

[372] 윌리엄 모리스(1834~1896)는 영국의 공예가, 건축가, 시인, 소설가. 특히 현대 공예디자인에 지대한 영향을 미친 인물이다. 시작품으로는 『지상낙원』(1868~1870), 소설로는 『존 볼의 꿈』(1888) 등이 있다.

[373] 토머스 코브던 샌더슨(1840~1922)은 영국의 예술가, 책제본기술자이며, 월터 크레인(1845~1915)은 영국의 판화가, 장식예술가이고, 에머리 워커 경(1851~1933)은 영국의 판화가, 사진작가. 이들은 모두 19세기 말에 영국에서 모리스를 중심으로 일어난 《미술공예운동》과 관계된 인물들. 시드니 코커럴 경(1867~1962)은 영국의 박물관 큐레이터이며 수집가로서, 1908년부터 1937년까지 케임브리지의 《피츠윌리엄 박물관》의 관장으로 있었다. 헨리 하인드먼(1842~1921)은 영국의 작가, 정치가로서, 《사회민주연합》과 《국가사회주의당》의 창설자. 표트르 크로포트킨 왕자(1842~1921)는 러시아의 과학자, 철학자이며 무정부주의자.

『윌리엄 모리스의 초상화』
(조지 프레더릭 와츠 작품)

또한 그곳에서는 어떤 상황에도 대처할 자신감이 있고, 말과 태도가 거친, 어느 정도 교육을 받은 노동자들을 언제나 만날 수 있었다. 어느 날 밤 나는 내 몫 이상의 말을 한 것 같다. 내가 말을 마치자, 그중 한 사람이 자기가 살아온 일생을 통틀어 들어본 것보다 더 많은 헛소리를 내가 하룻저녁에 했다고 말했다. 국제외교를 통해 아일랜드에 대한 파넬[374]의 영향력을 손상시킨 마이클 대비트[375]보다 나는 당시에 인생의 절정에 있었던 파넬을 그냥 더 좋아한 것이다.

우리는 모리스 부인의 초상화인 로세티의 『석류』[376]가 걸려있고 한쪽 벽과 천장의 일부가 커다란 페르시아 카펫으로 덮여있는 방에서 페인트 칠을 하지 않은 무광택의 새 목재로 만든 긴 탁자에 앉았다. 어디에선가

---

[374] 찰스 스튜어트 파넬(1846~1891)은 아일랜드 정치인, 독립운동가. 1880년대 영국 하원에서 가장 영향력이 있는 인물 중 하나였다. 그러나 개인적으로는 오셰이 대위의 부인 캐서린과 오랫동안 내연 관계를 지속하며 그 사이에서 자녀 셋을 낳았다. 금전적 보상을 받기로 하고 이를 묵인해온 그녀의 남편이 돈을 받지 못하게 되자 이를 폭로하고 이혼소송을 제기함으로써 이 일은 만천하에 공개되었다. 도덕적으로 치명상을 입은 파넬은 정치적 생명도 잃게 되었다.

[375] 대비트는 아일랜드 지도자인 찰스 파넬의 가까운 협력자였으나, 1890년에 파넬과 관련된 캐서린 오셰이 부인의 이혼 사건이 터지면서 두 사람은 원수 같은 사이로 변했다. 마이클 대비트에 관해서는 주석 258 참조.

[376] 모리스의 부인이 모델이 된 단테 가브리엘 로세티의 『프로세르피나』(1872)를 말함. 하계의 왕 하데스의 왕비인 프로세르피나가 한 알을 뜯어 먹은 석류를 들고 있는 그림으로서, 8개의 판과 복제품이 존재한다. 모리스의 집에서 예이츠가 본 그림은 파스텔과 검은 분필로 칠한 작품(97cm×46cm.『황후 프로세르피나』)이거나 잉크로 그린 초기 복제품(22cm×11cm『프로세르피나』)일 것이다. 모리스 부인과 로세티의 불륜으로 모리스는 평생 괴로워했다.

모리스가 카펫은 집에 들어올 때 신발을 벗는 사람들이 쓰는 것이며, 텐트 바닥에 대부분 깔려 있다고 말한 적이 있다. 나는 그 집에 약간 실망했다. 모리스는 집을 아름답게 만들기보다는 결국 아름다운 물건을 수집하는 데 만족하는 나이 들어가는 사람이었기 때문이다.[377] 나의 모든 장식 감각은 로세티 그림의 배경에 기초를 두고 있어서 한두 번 본 거실에서만 그 감각을 충족할 수 있었다. 번 존스[378]가 그 거실에 있는 커다란 찬장에 초서 작품에 나오는 한 장면을 그려 놓았던 것이다. 그러나 그곳에조차 우연히 거기 놓인 것처럼 보이는 물건들이 있었다. 의자나 작은 탁자였던 것으로 기억된

단테 가브리엘 로세티의
『프로세르피나』

다. 아마 아내나 딸을 편안하게 해주려고 아무 생각 없이 급히 구입했을 것이다.

나는 아버지가 가진 책 중에서 『지상낙원』 제3권과 그보다 재미없는 『기네비어의 변호』[379]를 어릴 때 읽은 후 그 두 책을 오랫동안 다시 펴보지 못했다. 나는 『다시는 웃지 않은 사람』[380]을 가장 훌륭한 작품으로

---

[377] 나이 들어가는 사람이었기 때문이다: (1922년판) 노인이었기 때문이다.

[378] 에드워드 번 존스 경(1833~1898)은 후기의 라파엘전파 운동과 관계있는 영국의 화가, 도안작가.

[379] 『기네비어의 변호와 기타 시편』(1858)을 말함. 그중 「기네비어의 변호」는 총 286행의 비교적 긴 윌리엄 모리스의 시.

[380] 『다시는 웃지 않은 사람』은 『천일야화』에 나오는 이야기를 토대로 각색한 모리스의 시 형식의 이야기로서, 『지상낙원』(1870)에 실림.

생각하고 있었다. 어느 날 아버지는 내가 키츠보다 모리스를 더 좋아한다고 몰아세우며 화를 내셔서 나는 완전히 무안해졌다. 아버지는 내 기쁨을 망쳐버린 것이다. 당시에 그 책들을 읽다가 의혹이 생겨 결국 읽기를 중단한 것을 보면 말이다. 모리스는 그 작품들만큼 내게 큰 즐거움을 주는 산문 로망스를 그 이전에는 쓴 적이 없었다. 그 작품들은 그가 죽은 후 내가 빨리 끝을 보지 않으려고 천천히 읽은 유일한 작품이었다.

윌리엄 모리스

이제는 모리스라는 사람 자체에 관심이 갔다. 처음에는 슬라이고의 우리 외할아버지를 연상시키는 장난기 있는 말과 몸짓 때문에 그에게 빠졌지만, 곧 그의 자연스러움과 즐거워하는 모습을 발견하고는 추종하게 되었다. 지금은 아주 놀랍고 특이한 시행이나 시상을 제외하고는 그의 시를 높이 평가하지 않는다. 그렇지만 천사가 내게 선택을 하라고 제안한다면, 나는 나 자신이나 다른 사람의 것보다는 그의 인생과 시, 그 모든 것을 택할 것이다. 와츠가 그린 그의 초상화 복제품[381]이 헨리와 또 다른 친구들의 초상화들과 함께 내 벽난로 장식 위에 걸려있다. 그의 엄숙하고 크게 뜬 두 눈은 꿈꾸는 짐승의 눈처럼 나에게 티치아노의 『아리오스토』를 상기시켜주었다. 반면, 어깨가 떡 벌어지고 활기에 찬 몸은 온갖 환상에 빠질지라도 제정신으로 남아있기 위한 지성이 필요치 않은 정신을 암시해준다. 그것은 중세 몽상가의 모습이다. 그것은 "언덕처럼 넓고 거친 … 바보 요정"[382], 미동 없는 부처의 명상을 아직도 반쯤은 기억하며, 우리의 상상

---

[381] 조지 와츠의 『윌리엄 모리스 초상화』(1870년 유화, 65cm×52cm).

력을 채우는 극단의 유명한 여러 햄릿이 보여준[383] 굶주린 사색의 흔들리며 야윈 이미지와는 공통적인 특징이 없는 의연한 유럽인의 이미지이다. 셰익스피어 자신은 세상 사람들의 모든 성향의 변화를 보여주는 상징적인 변화를 미리 보여주었다. 비록 자신의 햄릿을 "뚱뚱하며" 심지어 "숨을 헐떡거린다."고 했지만, 햄릿은 손가락 사이에 장검과 단검을 잽싸게 쑤셔 넣었기 때문이다.[384]

다른 천재들과 마찬가지로 모리스가 가진 꿈의 세계는 일상의 삶과는 반대였지만, 그는 그 대립을 결코 의식하지 못했으며, 그래서 지적 고통에 대해서는 전혀 알지 못했다. 사색이나 궤변에 의해 소진되지 않았던 그의 지성은 전적으로 손과 눈을 따랐으며, 내키는 것은 무엇이든 전에 들어보지도 못한 정도로 쉽고 단순하게 해냈다. 문체와 어휘가 때때로 단조하다고 해도, 자신을 포기하지 않는 한, 다른 방법이 없었을 것이다. 공부를 통해 언어의 씨실을 배우며 그 날실을 밭과 시장에서 싱싱하게 가져온 초서와 셰익스피어의 언어 대신에, 그의 시대는 추상성 때문에 소진되어버린 언어를 모리스에게 제공해 주었다. 그러나 그 언어는 학구적으로 천천히 사용하면 그것이 가진 원래의 활력을 완전히 되찾을 수

---

[382] 1901년에 「바보요정」으로 출판된 「여왕과 바보」 참조. 『켈트의 여명』(1902), 신화 112~116.

[383] 우리의 상상력을 채우는 극단의 유명한 여러 햄릿이 보여준: 1922년판과 구절 순서가 바뀜.

[384] 『햄릿』 제5막 2장 참조: '햄릿 왕자님, 당신은 살해되었습니다./ 세상의 어떤 약도 소용없습니다. /당신께는 생명이 반시간도 남아있지 않습니다.'(제298~300행). 이 문단의 의미는, 건장한 모리스의 모습은 당시의 여러 셰익스피어 실제공연에서 보이던 햄릿의 고뇌하고 야윈 이미지들과는 다른데, 원작에서는 햄릿이 숨을 헐떡거릴 정도로 뚱뚱하게 묘사되어 있다는 것이다. 실제공연에서 햄릿을 야윈 인물로 묘사한 것은 세상 사람들의 성향 변화를 보여주는 것이며, 원작도 햄릿이 검을 잽싸게 사용하는 날렵한 모습을 보여줌으로써 사실 그런 성향 변화를 예견하고 있다는 것이다.

있었다.

정반대되는 그의 꿈의 뿌리들은 분명히 드러났다. 엄청난 육체적 힘이 있으며 화가 나면 무섭게 분노하고, 절대 빈둥거리지 않는 사람(그는 크리스마스 날 창문 틈으로 맛이 없는 자두 푸딩을 내던지지 않았던가?), 우리 세계의 지적인 사람 중에서 가장 즐거운 사람인 그는[385] 스스로를 "일 없는 날의 빈둥거리는 가수"[386]라 불렀고, 새로운 형태의 우울과, 40권의 책에 등장하면서도 결코 한 번도 화를 낸 적이 없는 번 존스의 기사와 귀부인들 같은 아련한 인물들을 창조해냈다. 그는 평등이 얼마나 쉽게 얻어질 수 있는가를 입증하기 위해, 더블린 사회주의자들의 소풍모임 때, 유일하게 전향하지 않았던 어떤 사람에게 "나는 신사로 교육받았지만 보시다시피 온갖 종류의 사람들과 어울립니다."라고 말해서 그 후 20년간 고통을 준 상처를 남기는 따위의 실수를 늘 저질렀다. "그는 자신이 뭔가 잘못을 저지르고 있지 않나 늘 두려워하는데, 사실 대개는 실수를 저지르죠."라고들 말했다. 그는 심각하게 어려운 여러 상황을 통해 등장인물들이 서로 절묘한 기교를 보여주는 것밖에는 분명히 다른 목적이 없는 긴 이야기들을 쓰기도 했다.

그는 헨리나 와일드처럼 자신의 이미지를 투사하지 않았다. 자기인식이 거의 없는 창조와 행위에 모든 상상력을 맞추어 놓았기 때문이다. 대신에 그는 새로운 조건의 창조와 행위를 상상했다. 내 소년시절을 주눅 들게 한 과학적 일반화에 맞서서, 나는 모든 거대한 변화 속에서 상상을 좋아하는 사람들을 눈여겨보며, 날치가 처음으로 튀어오른 것은 공기에 "적응"하려는 게 아니라 바다에 대한 공포 때문이었다는 사실을 믿는다.[387]

---

[385] 그는: 1926년판에서 추가됨.
[386] 모리스 『지상낙원』, 「변명」 제7행.
[387] 나는 모든 거대한 변화 속에서 … 사실을 믿는다.: (1922년판) 날치가 처음으로

자수를 놓고 있는 릴리 예이츠(맨 앞, 1904년)

XIII

내가 강좌들을 듣고 다니기 시작한 직후에 옛 마차보관소에서 프랑스로 여행을 계획한 젊은 사회주의자들을 위한 프랑스어 강의가 시작되었다. 그 강의를 들은 나는 한동안 나이든 프랑스 여선생님의 칭찬에 끊임없이 격려를 받는 모범생이었다. 아버지께 프랑스어 강의에 대해 말씀드렸더니 여동생들도 그 강의를 듣게 하라고 하셨다. 나는 불평을 하고 그 문제에 관해 논의하는 것을 미루고 있었다. 내가 그때 형성해가던 새롭고 감탄할 만한 나의 자아는 가족들이 보게 된다면 평범한 봉제인형으로 변할 것이기 때문이었다. 여동생들이 나오게 되면, 내가 전혀 그런

튀어오른 것은 공기에 "적응"하려는 게 아니라 바다에 대한 공포 때문이었다는 사실을 모든 거대한 변화 속에서 믿으며 상상하는 것을 좋아하는 사람들을 나는 볼 수 있다.

사람이 아니라는 것을 알고 있는데도, 어떻게 내가 열심인 척하고, 꾸며 대다가 실제로 공부를 하게 되는 지경까지 이를 수 있겠는가? 그러나 마땅한 변명거리가 없어서, 결국 여동생들도 강의를 듣게 되었다. 내가 기억하는 한, 동생들이 불쾌한 말을 한 적은 전혀 없었다. 그렇지만 나는 한두 주가 지나자 질질 끄는 과거의 게으른 자아로 돌아왔고 강의 수강 을 곧 완전히 그만두게 되었다.

큰 여동생은 계속해서 강좌를 들었고, 메이 모리스 양[388] 밑에서 수(繡) 를 놓는 사람이 되었다. 옥스퍼드셔의 켐스코트 하우스에 있는 모리스의 커다란 침대 주위에 걸려있는 "모든 새가 나무의 마을에서 노래를 부를" 때 행복하게 침대에 누워있는 것을 노래한 시가 적힌 장식들은 여동생이 직접 디자인한 것은 아니었지만 여동생이 자수를 한 작품이었다. 여동생 은 해머스미스의 켐스코트 하우스에서 처음 몇 달간 일을 했다. 그리고 내 상상 속에서는 내가 직접 보고 들은 것과 동생이 알려준 것을, 말하자 면 숭배받는 중세의 왕에 대해서 하듯이 모리스를 우러러보는 종족이나 길드에 관해서 동생이 알려준 것을 구분할 수 없었다.

모리스는 다른 사람이 필요 없었다. 사람들의 결혼이나 죽음이 그를 슬프거나 기쁘게 했을지는 의심스럽지만, 내가 알던 어떤 사람도 그만큼 사람들에게 사랑을 받은 사람은 없다. 사람들은 그가 속수무책이기도 하고 동시에 의기양양해 보이기도 하면서, 곳곳에서 조직을 만들고 미를 창조해내는 것을 볼 수 있었다. 그는 아이들이 사랑을 받듯이 사람들의 사랑을 받았다.

---

[388] 모리스의 딸 메이(혹은 메리) 모리스(1862~1938). 메이 모리스는 아버지에게 배 운 자수를 릴리 예이츠에게 가르쳐주었다. 릴리는 그녀를 위해 1888부터 1894년 까지 일했는데, 특히 1893년 메이의 전시회를 위해 힘들게 일한 것으로 알려졌 다.

아주 가까이에 있는 사람들은 그가 바라지 않는데도, 마치 단순한 사람들이 아이들에게 몰두하는 것처럼 그렇게, 점차 그와 그의 일들에 관여하기 시작했다. 모리스의 통풍이 도질 때는 그의 생각을 분산시키기 위해 모리스가 싫어하는 밀턴으로 은근히 대화가 흘러가게 하고는 그것을 자랑스러워하고 즐거워한 사람도 있었다. 그 사람이 스윈번으로 운을 떼자, 모리스는 이렇게 말했다. "아, 스윈번은 수사학자지. 내 선생들은 키츠와 초서였어. 그들은 그림을 만들었거든." "밀턴도 그림을 만들지 않았나요?"라고 그 사람이 묻자, 모리스는 대답했다. "아니야, 단테는 그림을 만들지만, 밀턴은 정신이 위대하고 진지했음에도 자신이 수사학자임을 드러내었지." '정신이 위대하고 진지했다'는 말이 내게는 생소하게 들렸는데, 그 질문을 한 사람이 단순하지 않았다면 모리스는 더 강조하여[389] 말했을 것이 틀림없다. 하루는 그 사람이 초서에 대한 칭찬으로 입을 열었다. 그러나 통풍은 더욱 심해졌고, 그러자 모리스는 초서가 외국에서 들어온 말들을 써서 영어를 망쳐놓았다면서 비난했다.

모리스의 말을 최고로 생각하는 사람들이 많이 있었지만, 따로 떼어내어 얘기할 만한 구절은 별로 없었고, 내가 기억할 수 있는 것도 거의 없다. 다만 그의 말은 그의 건장한 몸과 어울렸고, 특정 범위 내에서는 사실과 표현이 무궁무진한 것처럼 보였다. 내가 알던 모든 사람 중에 오직 모리스만 짐승 같은 본능에 의해 인도되는 것처럼 보였다. 그는 결코 낯선 음식은 먹지 않았다.

모리스가 언젠가 내게 말했다. "발자크! 발자크! 아, 그가 몇 년 전에 프랑스 중산층들이 그렇게 많이 읽은 사람이란 말이지." 모리스가 저녁 식사 때 와인을 칭찬하던 것이 기억난다. "와인에 영감을 받는 것을 사람

---

[389] 강조하여: (1922년판) 맹렬하게.

들은 왜 산문적이라고 말하지? 와인은 햇빛과 수액으로 만들어지지 않는가?" 그는 자신이 장식한 집들을 평가절하하기도 했다. "자네는 그런 종류의 집을 내가 좋아하리라고 생각하는가? 나는 큰 헛간 같은 집을 택할 것이네. 한구석에서는 밥을 먹고, 다른 구석에서는 요리를 하고, 또 다른 구석에서는 잠을 자고, 나머지 구석에서는 친구를 맞는 그런 집을 말일세." 그리고 그는 지하철을 반대하는 러스킨에 대해 불평하면서 말했다. "사람들이 지하철을 만들어야 한다면, 최선의 것은 양쪽 끝을 코르크로 막아 튜브 속에 넣는 것이네." 내가 무엇이 그로 하여금 그런 예술운동을 하게 만들었는지 물었을 때 그가 이렇게 대답한 것도 기억난다. "아, 러스킨과 칼라일일세. 그러나 누군가가 칼라일 옆에 붙어서 5분마다 그의 머리를 때려줬어야 했네." 기억나는 것은 별로 없지만, 일요일마다 그곳에 계속 나갔더라면, 나는 그의 말에 자극을 받아 중세적인 작업 같은 일에 손을 댔으리라는 것을 의심치 않는다.

그곳을 그만 다니기 직전에 나는 내 작품 「어쉰의 방랑」을 그의 딸에게 보냈다. 물론 그가 보았으면 하는 희망에서 보낸 것이었다. 그 후에 바로 홀본에서 우연히 그를 만났다. 그는 "자네는 내가 좋아하는 종류의 시를 썼더구먼." 하고 말하며 나를 칭찬하기 시작했다. 그리고는 연맹의 기관지 『연방』에 내 작품에 대한 호평을 써 보내주겠다고 약속했다.[390] 그러나 그는 새로운 주물가로등 장식 기둥이 눈에 띄자 그것을 주제로 아주 열을 올리며 얘기를 시작했다. 그렇지 않았더라면 내 작품에 관해 말을 더 했을 텐데 말이다.

나는 모리스의 강연과 소책자들의 영향으로 사회주의자로 전환했지

---

[390] 그러나 《사회주의연맹》의 기관지인 『연방』에 예이츠의 「어쉰의 방랑」에 대한 모리스의 평은 실린 적이 없었다.

만 경제학을 읽지는 않았다. 모리스 자신이 경제학을 읽을 수 있었을 것 같지는 않다. 나의 옛 도그마는 그 문제와 깊은 관련이 있는 것 같았다. 시인이 상상하는 남자들과 여자들이 기준이고, 자연스러운 상태에서 혹은 살고 싶은 대로 살고 있는 남자들과 여자들을 당시『연방』지에 실리던 예컨대 〈근거 없는 뉴스〉란에서 모리스가 묘사했다면, 이 자연스러운 상태 자체가 기준이 되어야 한다. 우리가 어떤 제도들을 없앨 수만 있다면, 세상 사람들은 기이한 행태를 그만두게 될 것이다. 모리스 자신은 단순한 논리로써 속으로 스스로를 정당화시켰을지 모른다. 어느 날 밤 강좌가 끝나고 집으로 걸어가면서 사회주의자 D[391]가 내게 말했듯이 모리스는 자신도 인식하지 못하는 무정부주의자였다. 분명히 나와 D를 포함한 내 주위의 모든 사람은 메데이아[392]의 단지에 넣으려고 옛 왕의 목을 자르고 있었다. 모리스는 사람들에게 일반적으로 《페이비언협회》와 하인드먼의 《사회민주연합》으로 대표되는, 그리고 우리에게는 D에 의해 대표되는 의회사회주의자들과 자신은 상관이 없다고 우리에게 말했다.

전환기에는 실수들이 나오게 되고 이 실수들로 인한 불명예는 중산층에게 돌아가게 마련이다. 더구나 이런저런 방법에 관해 이야기를 시작하게 되면 사람들은 목표를 보지 못하고, 스윈번의 티레시아스의 묘사를 뒤집어 말하자면, "도중에는 빛, 목표에는 어둠"[393]밖에 볼 수 없게 된다.

---

[391] D는 조지 버나드 쇼(1856~1950)를 말한다. 예이츠는 원고에서 G로 썼다. 쇼는 1884년에 비혁명적 사회주의자들의 단체인 《페이비언협회》가 결성되었을 때 이 단체에 가입했다. 영국의 작가이며 정치가인 헨리 하인드먼(1842~1921)을 중심으로 1884년에 만들어진 《사회민주연합》은 1881년에 결성된 《민주연합》이 모태가 된, 영국 최초의 사회주의자 단체였다.

[392] 이아손이 황금양털을 가져오도록 도와준 여자 마법사.

[393] 스윈번의 「티레시아스」: '목표에는 빛, 도중에는 어둠/ 밤새내 빛, 낮에는 온종일 어둠.'

조지 버나드 쇼

실수로 모리스는 짜증스러운 제한과 타협을 시도했다. "어떤 사람이 나를 근로단에 집어넣는다면 벌렁 드러누워 억지를 부릴 것이다."라고 그는 말했다. 그 구절은 우리의 혁명 전략의 개념을 아주 잘 표현하고 있다. 우리 모두는 벌렁 드러누워 억지를 부릴 작정이었던 것이다.

창백한 얼굴을 하고 늘 앉아있는 D는 근로단을 싫어하지는 않았다. 우리 모두는 한편으로는 무한히 그에게 감탄하면서도, 다른 한편으로는 싫어했다. 오직 D만 홀로 초대를 받아 모리스 부인을 즐겁게 했다. 그는 자기 아일랜드 삼촌들의 얘기를 많이, 특히 머리를 여행 가방에 집어넣고 자살을 시도했던 그 삼촌[394]의 얘기를 알고 있었기 때문이다. 당시에 그는 미미한 존재로서 거리 구석에서나 공원 시위에서 기지 넘치는 연설가로서만 알려져 있었다. 그는 의도적인 신랄함과 분노, 차가운 논리, 변함없는 다정함, 흐트러지지 않는 예의범절을 유지하고 있었다. 그러나 이름이 이탈리아식이었던 모자 장인[395]이 비난하기 전에는 연설을 절대 끝내지 않았다.

이 모자 장인은 D의 영향을 받아 사회주의로 전향을 하고 스스로 무정부주의자가 되었다. 그는 팔을 흔들어대며 격앙된 목소리로 의회에

---

[394] 이 삼촌은 윌리엄 버나드 쇼(바니 삼촌).
[395] 제임스 토차티(1852~1928)는 《사회민주연합》 해머스미스 지부의 열성 선전원. 스코틀랜드에서 태어난 그의 원 이름은 몬큐어 더글러스였는데, 할아버지가 이탈리아인이었다. 의학을 공부했으나 결국 재단사가 된 사람이다.

대해 우리가 가책을 느끼게 만들었고, 그 가책을 부풀린 것 같다. "나는 의회를 도무지 존경하지 않습니다."라고 D가 말하자, 이 사나운 사람이 외쳤다. "저런 멍청이 같으니라고." 과거를 회상할 때 나는 어쩐지 나 자신의 모습과 이 모자 장인의 모습, 우리가 가진 히스테리의 이미지를 혼동하는 순간들이 있다. 나 자신도 종교적 광신자의 과격한 엄숙함으로 상당히 과격해졌기 때문이다. 나는 심지어 D의 뒤에 앉아서 어깨너머로 이런저런 거친 말들을 던진 기억이 난다.

어째서 그랬었는지는 잘 기억나지 않지만, 나는 갑자기 그 모임을 그만두었다. 어쩌면 그렇게 만든 것은 모리스와 카를 마르크스의 사상을 동시에 받아들이고 있었던 한 젊은 노동자[396]였는지 모르겠다. 그는 해군사를 쓸 계획을 갖고 있었다. 내가 넬슨 시대의 전함들에 관해 얘기하자 그는 이렇게 말했다. "아, 그것은 전함 역사의 퇴보였습니다." 그러나 그의 해군에 관한 흥미가 중세적인 것이었다고 해도 종교에 대한 그의 생각은 순전히 카를 마르크스적인 것이었고, 그래서 우리는 곧 끊임없이 논쟁을 하게 되었다.

당시에 종교라는 주제를 전적으로 피했던 모리스를 제외하고 점차로 거의 모든 사람의 종교관이 내 신경에 거슬리기 시작했다. 그도 그럴 것이 나는 분노하는 젊은이의 교만함으로 이런저런 강좌 이후에 그 모임을 깨고 나왔기 때문이다. 나는 그들이 종교를 공격한다는 식의 얘기를 했다. 그렇지만 우리는 마음의 변화가 필요하며 종교만이 그 변화를 가져올 수 있었다. 모든 것을 제대로 돌아가게 만드는 새로운 혁명에 관해 얘기하는 것이 무슨 소용 있었겠는가? 변화가 온다고 해도, 별처럼 느릿느릿하게 온다면, 태양이 식고 달이 마르는 것처럼 온다면 말이다. 모리

---

[396] 누구인지 알려지지 않음.

스는 의장의 종을 울렸지만 나는 너무 화가 나서 들으려고 하지 않았다. 그가 종을 두 번째 울리고 나서야 나는 자리에 앉았다.

모리스는 그날 저녁을 먹으면서 얘기했다. "물론 마음의 변화가 있어야만 하네. 그러나 그렇게 천천히 오지는 않을 것이네. 자네가 이해를 못 하는 것 같아서 내가 종을 울린 것일세." 그는 화를 내지는 않았지만, 그날 밤 이후로 나는 모임에 다시는 나가지 않았다. 그렇지만 내가 어떤 것을 전적으로 믿어서 말한 것은 아니었다. 나는 더 나은 세상을 위한 상당히 급격한 변화를 생각하며 그 변화를 위해 계획을 세우는 일을 단지 점차 포기해 가고 있었던 것이다.

XIV

나는 낮 시간을 《대영박물관》에서 보냈다. 나는 아주 몸이 약했던 것 같다. 도서목록에 있는 무거운 책들을 드는 것을 꺼려서 책이 필요해도 찾아보는 것을 몇 시간이고 미룬 일이 기억나는 것을 보면 말이다. 그러나 오후에 커피와 롤빵을 먹으려고 돈을 절약하느라 자주 베드퍼드 파크의 집까지 쭉 걸어갔다. 나는 아일랜드 동화 선집[397] 보급판 시리즈와 미국 출판사에서 나올 좀 더 고급스러운 두 권짜리 아일랜드 소설 선집을 편집하는 중이었다. 돈을 많이 받지는 못했다. 책을 훑어보는 데 한 권당 석 달 이상의 기간이 필요했기 때문이다. 첫 번째 책으로 약 12파운드를 받았고 (출판업자가 "아, E씨, 다시는 그렇게 돈을 많이 주지 마세요!"라고 편집자에게 말했다고 한다.), 두 번째 책으로 20파운드를 받았

---

[397] 1888년에 런던 월터 스코트사에서 발행한 『아일랜드 농부의 동화와 민담』. 이 책은 어니스트 리스가 편집한 〈카멜롯〉 시리즈 중 하나였다. 예이츠가 말한 E씨 는 어니스트(Ernest).

다. 그러나 돈을 아주 적게 받았다고 생각지는 않았다. 내 나름의 목적을 위해서 그 일을 선택했기 때문이었다.

여름마다 슬라이고에 갔지만 매년 대부분을 아일랜드 밖에서 살 수밖에 없었다. 그래서 내 시의 주제여야 한다고 생각하는 것들을 마음에만 두고 있었다. 만일 모리스가 고향 웨일스를 자기 작품의 배경으로 삼았다면(나는 그가 웨일스 태생인 줄 알았고 거기서 어린 시절을 보냈다고 잘못 생각했기 때문인데), 또 만일 셸리가 자신의 『프로메테우스』나 그와 대등한 상징을 웨일스나 스코틀랜드의 바위에 못박았다면, 그들의 예술은 더 친밀하게, 말하자면 더 세밀하게, 우리 생각을 파고들었을 것이고, 아마도 고대시와 같은 넓은 폭과 안정성을 현대시에 부여했을 것

이라고 나는 믿었다. 《대영박물관》에 있는 마우솔루스와 아르테미시아의 조각상들[398]은 은밀하고 반은 동물이며 반은 신성한 존재로서, 그리스의 운동선수들이나 이웃에 있는 이집트의 왕들과는 완전히 다르게, 군중의 환호를 받으며 서 있거나, 굳은 의지로 평등하게 정의를 실현하는 모습으로 높은 곳에 앉아있다. 내게 이 조각상들은 그 때나 그 후에나 의심과 의문으로 고통받는 나 자신이나 그 누구도

아르테미시아와 마우솔루스 조각상

---

[398] 마우솔루스는 기원전 353년에 죽은 소아시아 카리아의 왕. 아르테미시아는 마우솔루스의 누이이며 아내, 후계자였다. 1857년에 뉴턴 경이 이들의 조각상들을 발굴하여 《대영박물관》으로 가져왔다.

성취할 수 없는 저절로 우러나오는 환희의 힘을 보여주는 이미지가 되었다. 그렇지만 일단 그런 예술성을 성취할 수 있다면 코네마라나 골웨이 사람들에게는 그것이 바로 자신들의 영혼처럼 보일 수 있을지 모른다.

지금은 폐허가 된 어떤 무덤은 한 여왕이 죽은 연인을 위해서 세우고는 슬픔 때문에 죽었다는 식으로 흘러가는 이야기가 전한다. 그 여왕이 죽은 후에 위대한 조각가들이 돈도 받지 않고 무덤을 완성하는 노고를 했다고 한다. 그 무덤을 연구할 때 우리는 스코파스와 프락시텔레스[399]의 손길을 구분할 수 없다. 나는 다시 한 번 예술가의 손길이 반쯤 익명의 도구 밑에서처럼 숨을 수 있는, 혹은 옛 스코틀랜드 발라드나 12~13세기 아서왕 모험담에서 발견하게 되는 것과 같은 그런 예술을 창조하기를 원했다. 그 손길을 확인하고 나면, 나는 예술가가 자신의 이미지를 팔라스 아테나의 방패에 새겨놓았다고 해서 비난한 적이 없다. 나는 옛 모험담과 발라드 속에서 발견되는 작자 자신의 삶에 관한 언급에서 커다란 기쁨을 얻었고, 작가가 반쯤 작품 속에서 사라지는 까닭에 작품 속에 등장함으로써 오히려 더욱 절실하다고 생각했기 때문이다. 마치 비대한 초서가 캔터베리로 가는 길에서 식료품 조달자와 면죄부판매자 뒤에 숨어 있는 것처럼 말이다.[400]

독일 파르치팔을 노래한 볼프람 폰 에셴바흐[401]는 고향집에서 생쥐들이 먹을 음식이 없다는 사실을 기억하고 굶주린 도시에 대한 묘사를 중단해버렸다. 낮에 싸우고 밤에 바로 그 싸움을 노래했노라고 주장한 옛 발라드 가수[402]는 누구였던가? 진정으로 대가다운 본능을 지닌 음유시인

---

[399] 스코파스와 프락시텔레스: 기원전 4세기의 그리스 조각가들.

[400] 『캔터베리 이야기』에는 작가 초서 자신이 등장인물 중 하나로 나타난다.

[401] 볼프람 폰 에셴바흐(1170~1220)는 서사시 『파르치팔』을 쓴 중세독일의 궁정시인.

은 자신이 노래하고 있는 시의 작자가 누구인지 모르면 어떤 인간상을 만들어내야만 했다. "낯선 사람이 와서 가장 아름답게 노래하는 사람이 누구냐고 묻는다면, 입을 모아 '눈먼 사람, 그는 바위투성이 키오스[403]에 살고 있지요. 그의 노래들은 영원히 가장 아름다운 노래일 것이오.'라고 대답한다."

감정은 강력할수록 보편적이며 단순한데도, 정교한 현대 심리학에서 모든 것을 개인적인 것으로 해석할 때면 나는 그것을 자기중심적이라고 느꼈다. 그래서 항상 개인적인 감정이 일반적인 신화와 상징의 틀로 엮이는 그런 시들을 머지않아 많이 쓰려고 했다. 어떤 페니언 시인[404]이 "소중한 아일랜드여, 그대의 불행한 운명과 나 자신의 슬픔에 대해서" 심장이 차갑고 무감각해졌다고 말한다면 그는 그저 관습을 따르는 것일 뿐이다. 그가 우리를 깊이 감동시키지 못한다면, 그 이유는 필요할 때 즉각적으로 나타나는 감각적, 음악적 어휘가 없기 때문이다. 그런 감각적, 음악적 어휘는 시인이 친구들에게서 멀어지기까지 하면서 앉아서 시를 짓느라 애쓴다고 생기는 게 아니다. 나는 그런 감각적, 음악적 어휘를 창조하려고 생각했다. 마치 중세 일본 화가가 자기의 스타일을 유산으로 가문에 남겼듯이, 나 자신을 위해서뿐만 아니라 후대 아일랜드 시인들에게 남기기 위해서 말이다. 나는 주의를 기울여 전통적인 양식과 소재를 사용했다. 그렇지만 나는 이런 힘든 작업 때문에 변하면서, 카인의 저주에서의 내 몫에 의해,[405] 모든 황폐한 현대의 복잡성에 의해, 신문

---

[402] 누구인지 알려지지 않음.

[403] 키오스는 지중해에 있는 그리스 섬으로, 호메로스의 출생지라고 하는 일곱 곳 중 하나.

[404] 누구인지 알려지지 않음.

[405] 카인의 저주란 땅에서 유리되어 영원히 방랑하는 것(창세기 제4장 11~12절)을 말하는데, 예이츠는 자신이 카인처럼 아일랜드와 영국, 어느 쪽에도 확실히 속하

에서 떠드는 "독창성"라는 말에 의해 압박을 받으면서, 전적으로 다른 방향으로 나아갔다.

모리스는 혁명을 시작했다. 그의 『세상 끝 우물』이나 『놀라운 섬들의 물』에 나오는 인물들은 내 생각에는 언제나 아르테미시아와 그녀의 애인처럼 보였는데, 그는 그 인물들이 자기 고향의 경치 속을 거닐도록 만든 것이다. 아직은 미숙한 상태였지만 나도 내 작품의 인물들이 내 고향의 경치 속에서 살아있도록 하는 새로운 방법과 새로운 문화를 찾고 있었다. 내 마음은 〈마스크〉의 원칙[406]을 향해 희미하게 움직이기 시작했다. 모든 열정적인 사람은 말하자면, (나는 기계론자나 박애주의자, 혹은 모든 것이 똑같이 보이는 사람들과는 관계가 없다) 자신의 에너지를 일으키는 이미지를 발견할 수 있는 역사상 실제로 존재했거나 상상 속에 존재하는 어떤 시대와 오로지 연결되어 있다는 점을 그 원칙은 내게 확신시켜 주었다. 자연주의 작가와 화가들이 모든 사람이 그러기를 바라듯 나폴레옹은 결코 자기 시대에 속하지 않았으며, 머릿속에는 로마 황제의 이미지를, 마음속에는 용병대장[407]의 피를 지니고 있었다. 다비드의 그림[408]에서 보이듯, 나폴레옹은 로마에서 손수 자신의 머리에 왕관을 쓸 때, 로마 황제의 오래된 예복을 입어서 그 떨리는 마음을 감추었다.

지 못한 채 떠돌고 있다고 생각한 것으로 보인다.

[406] 예이츠가 말하는 〈마스크〉는 타고난 자아와는 대립적인, 우리가 바라는 이상적 자아의 이미지. 예이츠는 인간의 삶을, 타고난 자아와 그것에서 벗어나 그와는 정반대되는 자아(반대 자아 혹은 〈마스크〉라고 부름)로 향하는 욕망 사이의 갈등 상태로 생각했다. 예이츠는 이런 갈등이 개인적 차원에 그치지 않고 사회, 국가, 민족, 인류, 역사와 우주에도 작용한다고 보았다. 예이츠의 마스크 이론은 궁극적으로 이런 갈등을 극복하고 〈존재의 통합〉을 이루는 것을 지향하고 있었다.

[407] 14~16세기에 유럽에서 흔했던 용병의 우두머리.

[408] 자크 루이 다비드(1748~1825)의 『대관식』 혹은 『나폴레옹의 대관식』으로 알려진 작품(1805~1807, 유화, 6.10m×9.31m).

자크 루이 다비드의 『대관식』

XV

나는 여러 부류의 여자 친구가 있었다. 5시쯤에 그들을 찾아가곤 했는데, 주된 이유는 남자들에게는 의견충돌 없이 꺼내기 어려운 생각을 나누기 위해서였지만, 여자들이 사 주는 차와 토스트가 '집에 마차를 타고 갈' 수 있도록 돈을 절약해 주기도 했기 때문이다. 그러나 생각을 친밀하게 나누는 것과 별도로 나는 여자들 앞에서는 소심해지고 수줍음을 탔다.

나는 《대영박물관》 앞 의자에 앉아서 비둘기에게 모이를 주고 있었다. 그때 여자애 둘이 가까이 앉더니 서로 웃고 속삭이면서 내가 먹이를 주던 비둘기들을 자기네 쪽으로 끌어모으기 시작했다. 나는 몹시 화가 나서 앞만 똑바로 쳐다보고, 여자애들에게 고개도 돌리지 않은 채 곧장 박물관으로 들어가 버렸다. 그 이후로도 문득문득 그 여자애들이 예뻤는지, 그냥 젊기만 했는지 궁금했다.

나는 가끔은 나 자신을 주인공으로 한 아주 모험에 가득 찬 러브스토리를 생각하기도 했고, 또 어떤 때는 홀로 엄격한 삶을 살 계획을 세우기도 했다. 또 어떤 때는 그 두 개의 이상을 섞어서, 간간이 타락함으로써 홀로 사는 엄격한 삶을 완화할 계획을 하기도 했다. 나는 10대 때 슬라이고에서 락길 호수에 있는 작은 섬 이니스프리에서 소로우를 모방하여 살 야망을 세웠었는데, 아직도 그 야망은 있었다. 향수에 흠뻑 젖어 플리트 가를 걸어가고 있을 때 아주 작은 물소리를 듣고는 가게 창문 안쪽을 들여다본 적이 있다. 분출하는 물줄기 위에 작은 공을 균형을 잡아 띄우고 있는 분수를 보고 나는 그 호숫물을 떠올리기 시작했다.

그 갑작스러운 회상에서 나의 시 「호수 가운데 있는 섬 이니스프리」가 나왔다. 이 시는 나 자신만의 음악적 리듬이 있는 첫 서정시다. 나는 이미 수사학에서, 그리고 그 수사학이 불러오는 사람들의 감정에서 도피하는 방법으로서 리듬을 느슨하게 하기 시작했었다. 그러나 내 특별한 목적을 위해서는 평범한 구문만 써야 한다는 사실에 대해서는 아주 모호하게, 또 가끔만 이해했을 따름이었다. 2년 후였더라면 나는 전통적 고어투의 "일어나 가리라"라는 구절로 첫 행을 시작하지 않았을 것이고, 또 마지막 연의 도치도 사용하지 않았을 것이다.

또 어느 날, 고딕식 건물이기 때문에 내가 감탄하던 새 법원 빌딩[409]을 지나고 있을 때 모리스가 말했다. "썩

더블린 법원 건물

---

[409] 조지 에드먼드 스트리트(1824~1881)가 설계하여 1874~1882년에 지은 건물. 런던에 있는 최후의 고딕식 건축물로서, 이를 비판한 사람들은 '현대 고딕의 무덤'이라고 불렀다.

좋은 것은 아니야, 그러나 사람들이 갖고 있는 그 어떤 것보다 낫지. 그래서 사람들이 싫어하는 거야." 나는 갑자기 돌들의 엄청난 무게를 느끼고 압박을 받으며 생각했다. "저 돌과 벽돌들을 내 주위에 늘어놓으면 몇 마일이나 뻗치겠군." 그리고 곧 이어서 생각했다. "만일 세례 요한이나 그런 종류의 사람들이 다시 나타나서 이 건물을 본다면, 그들은 모든 사람에게 건물을 몽땅 비워두고 광야로 나가게 만들겠지." 지금 보기에는 별 볼 일 없는 그 생각이 나를 일깨워주었기 때문에 내게는 아직도 그 기억이 생생하게 남아있다.

나는 출판업자[410]에게 보내려고 옥스퍼드에서 포지오의 『해학집』 혹은 폴리필리의 『꿈』[411]의 17세기 번역을 베껴 쓰면서 며칠을 보냈다. 두 책을 모두 베껴 썼으므로 이때 베낀 게 어느 책이었는지는 기억나지 않는다. 아주 창백한 얼굴로 나는 걱정하는 가족에게 돌아갔다. 옛날에 세례 요한이 메뚜기와 야생꿀[412]이 영양분이 많음을 알아냈듯이 내 영혼은 더 이상의 것이 필요가 없을 만큼 강하다고 생각했기 때문에 나는 빵과 차만 먹고 지냈다. 나는 언제나 과장된 제스처를 취할 준비가 되어 있어서, 평형저울 한쪽에 온 세상을 올려놓고 다른 한쪽에는 내 영혼을 놓아서 어떻게든 온 세상이 나를 튀어 오르게 하는 상황을 상상했다. 그로부터 30년 이상이 흘렀지만 자극제 같은 것 없이 대도시에 용감히 맞설 힘 있는 젊은 문학인을 나는 보지 못했다. 2년이나 3년이 지나서, 혹은

---

[410] 대를 이어 출판업을 한 런던의 출판업자이며 민담작가인 알프레드 너트(1856~1910).

[411] 포지오 브라치올리니(1380~1459)의 『해학집』(1438－1452)은 르네상스 시대의 가장 유명한 만담집으로서, 방귀와 관련된 이야기 6개와 배변과 관련된 이야기 6개 등 배설물과 관련된 이야기들이 포함된 익살스러운 이야기 모음집이다. 수사 프란체스코 콜로나(1433~1527)의 『폴리필리의 꿈』(1499)은 고대 사상과 기독교사상이 혼합된 우화집이다.

[412] 세례 요한이 먹었다는 음식. 「마태복음」 제3장4절, 「마가복음」 제1장6절.

완고한 의견에 따르자면 12년이나 15년이 지나서야, 모두가 한 일이라고는 앉아서 레이스를 겨우 몇 줄 뜬 것 같은 일이었을 뿐임을 알았다. 나는 나의 자극제에서 헤아릴 수 없이 큰 이득을 얻었다. 즉, 아주 도도하게 나 자신이, 장비들이 다 닳아버린 채, 다른 어떤 먼 곳, "하늘 아래 … 매들과 까마귀들의 도시에"[413] 있다고 상상하면서, 구멍 난 양말이 신발 틈으로 보이지 않도록 색칠하기도 했다.[414]

런던에서 나는 좋은 것은 보지 못한 채, 러스킨이 아버지 친구에게 했던 이 말을 끊임없이 떠올렸다. "《대영박물관》으로 일을 하러 가는 길에 보면 사람들의 얼굴이 하루하루 더 타락해가는 것을 알 수 있네." 한동안 나도 같은 길을 지날 때면 그가 본 것만 보인다고 믿었다. 어떤 할머니들의 얼굴을 보면 공포심에 사로잡혔다. 이제는 더 이상 거기에 없지만, 거기에 있었다면 눈에 띄지 않는 나를 스쳐 갈 그 할머니들의 얼굴, 맥주를 너무 많이 마시고 고기를 너무 많이 먹은 여인들의 두 겹 턱 위로 보이는 살찌고 저승꽃이 핀 얼굴들 말이다. 더블린에서 나는 할머니들이 고개를 뻣뻣이 들고 수척한 몸으로 걸어가면서 술과 가난에 미쳐서 큰 소리로 중얼거리는 것을 자주 보았지만, 그들은 뭔가 달랐다. 그들은 소설의 세계에 속해 있었던 것이다. 다빈치는 그렇게 보이는 여자들, 그런 몸가짐을 하는 여자들을 그린 것이다.

XVI

나는 아버지의 옛 친구 한 분이 젊었을 때 하던 일을 다시 하게 하려

---

[413] 셰익스피어 『코리올레이누스』 제4막5장 41~45행. 주석 172 참조.
[414] 런던이나 더블린 같은 대도시에서 책상에 앉아 작업하는 시인들과는 달리, 예이츠에게는 아일랜드의 민속에 관한 관심이 일종의 자극제로 작용하여 먼 곳까지 실제로 자기 발로 뛰며 아일랜드의 민담과 설화를 수집하고 다녔다는 뜻인 듯.

노력했지만 실패했다. 그는 우리 아버지와는 달리 자신의 신념을 버리지는 않았지만 말이다. 아버지는 위그모어 가에 있는 잭 네틀쉽[415] 아저씨와의 저녁식사 자리에 나를 데리고 갔다. 그분은 한때 상상력이 넘치는 창의적 도안가였지만, 이제는 통속적인 사자 그림을 그리는 화가였다. 저녁을 먹으면서 나는 얘기를 많이 했다. 젊은이로서나 그냥 일반인으로서나 내가 너무 많이 얘기를 한 것 같다. 그래서 내가 좋은 인상을 남기기를 분명히 바라셨던 아버지는 집으로 돌아오는 길에 단단히 화를 내셨다. 아버지는 내가 어떤 효과를 노리고 말을 했으며, 그런 식으로 말을 한다는 것은 확실히 사람이 해서는 안 되는 일이라고 말씀하셨다. 아버지는 언제나 수사와 강조를 싫어하셨고, 나로 하여금 그것들을 싫어하도록 만드셨다. 아버지의 분노가 나를 아주 의기소침하게 했다.

다음 날 나는 사과를 드리러 네틀쉽 아저씨의 화실을 방문했다. 네틀쉽 아저씨는 손수 문을 열어주면서 아주 따뜻하게 나를 맞이하셨다. 그는 어떤 여자 손님에게 내가 아일랜드 사람이라서 말을 아주 잘할 텐데, 현실이 그렇지 못해서 어쩐다는 등등의 설명을 했다. 내가 사과를 할 필요가 없다는 사실에 안심되기는 했으나 우쭐한 기분은 아니었다. 아저씨는 아주 과묵한 사람이어서 그가 진정으로 감탄한 것은 내가 말이 많다는 점뿐이었다는 것을 곧 알아챘기 때문이었다.

존 트리벳 네틀쉽

네틀쉽 아저씨는 예순 살쯤 되어 보였고 대머리에 흰 턱수염이 있으

---

[415] 네틀쉽에 관해서는 주석 234 참조.

며, 아버지의 친구가 늘 얘기했듯이 코가 오페라 안경 모양이었다. 그리고 오후와 저녁 내내 오직 그를 위해 디자인한 것임이 틀림없는 엄청나게 큰 찻잔으로, 식어가는 것에는 상관하지 않고 코코아를 홀짝거렸다. 몇 년 전에 그는 사냥을 하다가 말에서 떨어져 팔을 부러뜨렸는데, 처치를 잘못해서 한동안 상당히 고통을 겪었다. 약간의 위스키로 언제나 고통을 달래곤 했는데, 조금씩 마시던 술이 어느덧 양이 늘어 주정꾼이 되어버렸다. 몇 달 동안 자신의 자유를 유보함으로써 팔은 완치가 되었다. 그러나 그에게는 끊임없이 액체를 홀짝거리는 버릇이 생기게 되었다.

나는 어린 시절부터 갖게 된 그에 대한 존경심을 품고 그를 찾아간 것이었다. 아버지가 늘 "조지 윌슨은 아일랜드의 타고난 화가이지만, 네틀쉽은 아일랜드의 천재야."라고 말씀하셨기 때문이다. 내가 좋아할 수 있는 것을 그가 아무것도 보여주지 못했다고 해도 내 존경심은 뼛속에 박혀있었으므로 나는 그를 여전히 존경했을 것이다. 그는 초기 도안들을 보여주었는데, 서툴게 그린 것도 흔히 있었지만 그 도안들은 희망을 채워주었다. 그 도안들은 분명히 블레이크의 어떤 점을 보여주었지만, 블레이크의 즐겁고 지적인 에너지 대신 새턴적인 열정과 우울함이 있었다. "악을 창조하는 하느님"이라는 도안은 이마에서 여인과 호랑이가 나오는 죽음의 신 같은 머리를 그린 것인데, 로세티가(아니면 브라우닝이었던가?) "고대예술 혹은 현대예술에서 가장 숭고한 도안"이라고 묘사한 작품이다.[416] 이 작품은 소실되었지만 똑같은 아이디어로 만든 다른 버전이 있었다. 그러나 다른 도안들은 결코 발행되거나 전시된 적이 없었다. 특히 나무꼭대기 위로 손을 더듬으면서 떠도는 눈먼 타이탄 같은 유령의 모습은 요즘 명상할 때도 내 눈앞에 떠오른다.

---

[416] 같은 언급이 제1부 VIII에 있다.

나는 네틀쉽에 관한 비평[417]을 쓰고 예술잡지의 편집자와 그것을 출판하는 문제를 협의했다. 이미 글도 썼고 출판 약속도 받았지만, 그 잡지사 소유주는 내 글의 게재를 거절했다. 내가 헉슬리와 틴들과 카롤루스 뒤랑과 바스티앵르파주[418]의 까마귀 소굴에서 들리는 비굴한 까마귀 울음이라고 규정한 어떤 것을 그는 거론했다. 네틀쉽 아저씨는 "요즘에 누가 그런 것들을 좋아하겠어. 열 사람도 안 될걸."이라고 말하면서, 거절당했다는 데는 신경 쓰지 않았다. 그러나 내가 쓴 글을 그에게 보여주기를 거절한 데는 신경 쓰는 것 같았다. 내 글은 찬사 일색이었지만 나는 그것이 내 첫 미술비평이었기 때문에 그의 판단을 두려워했다.

나는 그의 커다란 사자 그림들을 싫어했다. 그의 천재성에도 불구하고, 그 그림들에서는 터치의 감각, 부드러움과 거칢, 지나치게 세밀해 보이는 표면의 불규칙함에만 너무 신경을 쓰는 그런 예술을 시도했기 때문이다. 나는 그도 그 점을 알고 있었다고 생각한다. 그는 "로세티는 내 그림을 돈 벌려는 수작이라고 말하곤 했지. 그러나 저것들은 모두, 모두 상징이야."라고 말하면서, 자기 팔을 캔버스 쪽을 가리키며 흔들었다. 내가 그에게 신과 천사와 사라진 정령들을 다시 한 번 더 그려달라고 하면, 그는 언제나 원점으로 되돌아왔다. "아무도 좋아하지 않을 거야." "모든 사람은 〈존재 이유〉가 있어야 하거든."[419]이라는 말을 그는 늘 입에 달고 있었다. "아무개 여사의 글은 좋지는 않지만, 그녀에게는 자신의 〈존재 이유〉가 있거든."

---

[417] 예이츠는 1890년 4월에 스코틀랜드 정치경제학자 제임스 메이버(1854~1925)가 편집하는 『미술평론』에 네틀쉽에 관한 글을 실을 계획이 있었으나, 이 잡지는 두 달 후에 발간이 중단되었다.

[418] 주석 298, 301 참조.

[419] 초고에는 '내 사자 그림은 나의 〈존재 이유〉야'라는 구절이 덧붙어 있었음.

더블린의 미술학교에서는 학술적인 것을 거의 배우지 못했기 때문에 나는 예술에 대한 지식이 거의 없었다. 그래서 세상에 대한 나의 일반적인 믿음과 연결될 수 있는 것이면 어떤 것이든 그 특질을 과대평가했다. 그가 그린 사자들에게 천사 혹은 악마의 이름을 붙일 수 있었다면 나 역시 그 사자들을 좋아했을지 모른다. 그리고 네틀쉽 아저씨 자신도 그 사자들을 더 좋아했을 것이며, 더 좋아했다면 더 좋은 화가가 되었을 것이라고 생각한다. 아저씨나 나나 같은 종류의 종교적 감정을 갖고 있었지만, 나는 내 종교적 감정을 조잡하게 철학적으로 표현할 수 있었던 데 반해 아저씨는 행동과 붓과 연필로써 자신의 감정을 표현할 수 있을 뿐이었다.

그는 젊은 시절의 모든 도덕적인 성취에 대한 열망을 여전히 간직하고 있었기 때문에 내가 지닌 것과 아주 흡사한 금욕주의적 열망에 대해 자주 내게 이런 식으로 말했다. "예이츠, 지난밤에 나는 경찰한테 붙잡혔네, 내 육체를 좀 통제해 보려고 리전트 파크를 맨발로 걷고 있었지. 아주 할 만한 일이었다네. 손에 부츠를 들고 걷고 있었는데, 경찰관은 나를 절도범으로 오인해서 내가 자초지종을 설명하고 그에게 반 크라운을 주었을 때도, 다음번 경찰을 만나기 전에 구두를 다시 신겠다고 약속을 할 때까지 풀어주지 않았네."

그는 자존심이 매우 강하고 수줍음을 탔기 때문에 다른 사람에게 질문을 받는다는 것은 상상할 수 없었다. 그래서 나는 이런 이야기들을 들은 대로 그냥 받아들이는 데 만족했다. 그것들은 어린 시절에 그에 대해서 들은 얘기들을 확인해주는 것들이었다. 특히 상상력을 자극하는 이야기가 하나 있었다. 그 이유는 내가 어린 시절 내내 육체적 용기가 부족한 데 대해 부끄러움을 느끼며 따라 할 수 없는 것에 감탄했기 때문이다. 그는 모든 허약함이, 심지어 육체적인 허약함도, 죄의 성격이 있다고 생각했다. 모퉁이에 있는 집 3층에서 방 하나를 함께 쓰고 있는 동생과 아침을 먹으면서 그는 자기 신경이 문제가 있는 것 같다고 말했다. 그는 곧 식탁을 떠나 창문을 넘어 나가서는 창문틀 아래 벽을 따라 쭉 이어진 돌로 된 턱을 밟고 섰다. 그는 그 돌로 된 턱을 따라 쭉 옆걸음질을 쳐서 모퉁이를 돌아 다른 창문으로 들어와 식탁에 다시 앉았다. 그리고는 말했다. "내 신경은 생각보다 괜찮네."

네틀쉽 아저씨가 나에게 물었다. "에드윈 엘리스[420]가 내 재능에 미치는 음주의 영향에 대해 말한 적이 있나?" "아니요."라고 대답했더니, 그는 말했다. "내가 자네에게 물은 이유는, 엘리스에게는 이상한 의학적 안목이 있다고 늘 생각했기 때문이야." 나는 아니라고 대답했지만, 사실 불과 며칠 전에 엘리스 아저씨가 "네틀쉽은 음주 때문에 자신의 재능을 다 날려버리고 있지."라는 말을 했던 것이다.

엘리스 아저씨는 페루자[421]에서 몇 년 동안 살다가 최근에 귀국했다. 그는 아버지의 옛 친구 중 하나였지만, 네틀쉽 아저씨나 우리 아버지보다 몇 살 더 어렸다. 네틀쉽 아저씨는 자신의 단순 이미지[422]를 발견했지만, 자신의 그림에서는 상관이 없는 일이었다. 반면 엘리스 아저씨는 결코 그런 이미지를 발견하지 못했다. 그는 알렉산더 엘리스[423]의 아들인

---

[420] 에드윈 존 엘리스(1848~1916)는 영국의 시인, 삽화가, 비평가. 예이츠 아버지의 친구인데, 나중에 예이츠와 함께 세 권으로 된 『블레이크의 시, 상징 및 비평 작품집』(1893)을 편집했다.

[421] 이탈리아 중부의 도시.

[422] 자신의 단순 이미지: 제1부 IV(160쪽)에서는 이 이미지를 재능과 동일시하고 있다: '우리 모두는 자신의 단순 이미지, 즉 재능이 있어서 그것이 우리를 강하게 짓누르기 때문에 다른 사람들에게서 칭찬받지 못하는 재능에 대해서는 업신여기고 다른 사람에게서 그 재능을 찾게 된다.'

[423] 알렉산더 존 엘리스(1814~1890)는 시인 에드윈 엘리스의 아버지로서, 영국의 문헌학자, 음성학자, 수학자이며 음악학 분야에 큰 영향을 미친 인물. 원래의 성(姓)은 샤프였으나 재정지원 조건으로 외가 쪽 성으로 개명했다.

데, 그의 아버지는 한때 유명한 과학자로서 아마 영국에서 과학모임을 실질적으로 운영한 마지막 사람이었을 것이다. 엘리스 아저씨는 화가이며 시인이지만, 내가 별로 관심이 없었던 그의 그림은 레이튼의 영향을 보여줄 뿐이었다. 그는 당시로부터 2년 전에 그림을 시작한 것 같았는데, 그래서 라파엘전파의 영향을 받기에는 너무 늦은 시기였고, 더구나 1870년 이후에는 뛰어난 라파엘전파의 그림이 없었기 때문이다. 그리고 그는 프랑스 화가들의 영향을 받기에는 너무 빨리 영국을 떠나 버렸다.

그러나 엘리스 아저씨는 시인으로서는 가끔은 감동적이었고, 또 놀라운 점을 심심치 않게 보여주었다. 분명히 말을 멈추지 않은 채, 직전에 했던 말을 바로 10여 행의 음악적 시로 바꾸는 것을 나는 보았다. 그러나 일단 작업이 끝나고 나면, 그것을 고칠 수도 없었고 고치려고 하지도 않았다. 우리 아버지는 엘리스 아저씨가 야망이 없다고 생각하셨다. 그러나 그는 가끔 고상한 리듬감, 즉 장엄함을 찾는 본능을 갖고 있었는데, 30년이 지난 지금도 아직 나는 그가 대지를 향해 하는 말을 되뇔 수 있다.

아, 언덕의 어머니시여, 우리의 탑을 용서하소서,
아, 구름의 어머니시여, 우리의 꿈을 용서하소서.[424]

엘리스 아저씨의 시 중에는 내가 가끔 다시 꺼내 읽고 다른 사람에게도 권하는 시가 있다. 낙원에서 도망가는 아담과 이브를 묘사한 시[425]가 있는데, 문체가 너무 느슨하고 안이해서 소재와는 어울리지 않는다. 작품 속에서, 그렇게 조심스럽게 가지고 가는 것이 무엇인지 아담이 묻자,

---

[424] 에드윈 엘리스의 『아카디아에서의 운명과 기타 시편』에 실린 「모두의 어머니인 대지에게」에서 나온 구절.
[425] 예이츠는 표제시인 「아카디아에서의 운명」을 생각한 것 같다.

이브는 자식들을 위해서 아껴둔 사과 속살이라고 대답한다. 또 아주 단 시간에 쓴 발라드[426]가 있는데, 이 작품은 "열등한 그리스도 반쪽"에 관한 환상을 그리고 있다. 열등한 그리스도 반쪽이 "더할 나위 없는 행복을 찾아서 떠난" 신성한 반쪽에게 희생되어 울부짖으며 골고다를 헤매고 있다는 내용이다. 『성인과 젊은이』라는 작품에서는 그 어떤 결점도 찾을 수 없다. 엘리스 아저씨는 복합적인 것들을 좋아했다. 예를 들면 "그녀의 얼굴을 둘러싼 촛불 같은 일곱 침묵들"이라는 시행이 그런 것이다. 작품이 좋든 나쁘든, 내가 알기로 아저씨는 언제나 다른 시인을 모방한 문체를 사용하고 있었다. 그는 나에게 이렇게 말하곤 했다. "나는 수학을 배제한 수학자일세."(사실 그의 아버지는 위대한 수학자였다) 혹은 "어떤 여자가 언젠가 나한테 이렇게 얘기하더군, '엘리스 씨, 당신의 시는 왜 그렇게 이것저것 다 모아놓은 것 같습니까?' 하고." 분명히 엘리스 아저씨는 상징과 추상적인 것들을 좋아했다. 언젠가 내가 무엇인가를 언급하지 말라고 부탁하자 그는 말했다. "내가 대화를 할 때 실제 사실은 언급하지 않는다는 것을 자네가 지금쯤은 알 때가 된 게 분명한데…"

엘리스 아저씨는 블레이크를 여러 라파엘전파 화실을 통해 알고 나서는 아주 좋아하게 되었다. 우리가 서로 막 안면을 튼 초기에 그는 몇 년 전에 쓴 시 해설이 적힌 쪽지 한 장을 내 손에 쥐여주었다. 그 시는 이렇게 시작된다.

이즐링턴에서 메릴본까지
프림로즈 힐과 성 요한 숲까지
들판에 금으로 된 기둥들이 세워졌고
그곳에 예루살렘의 기둥들이 서 있었다.[427]

---

[426] 엘리스의 『아카디아에서의 운명과 기타 시편』에 실린 「그 자신」.

그는 런던의 네 구역이 블레이크의 거대한 네 신화적 인물인 조아스와 4원소를 나타낸다고 썼다. 그 몇 개의 문장은 윌리엄 블레이크의 철학에 관한 모든 연구의 기초를 보여준다. 그 연구는 블레이크의 체계와 스베덴보리[428]나 뵈메[429]의 체계 사이의 연관 관계를 추적하는데, 그 연구를 추진하려면 정확한 지식이 필요하다. 엘리스 아저씨는 기독교 카발라철학에 관해 들어본 적이 없었지만, 그 글에는 사람들이 가끔은 카발라철학이라고 부르는 것에서 온 속성이 있다는 것을 나는 인지했다. 아저씨의 해석이 단순한 환상이 아니라는 이런 증거를 바탕으로, 아저씨와 나는 윌리엄 블레이크의 예언서에 대한 4년간의 작업을 함께 시작했다.

아저씨와 내가 처음 머리를 맞대고 지혜를 짜내던 1889년 봄이 블레이크의 예언서 중에서 맨 처음 발행된 『셀의 서』가 출판된 지 100년째 되는 해라는 것을 알았을 때, 우리는 거의 블레이크가 우리를 개인적으로 돕는 징표라고 생각했다. 귀신들도 기념일을 좋아한다는 것이 입증된 사실이기라도 한 것처럼 말이다. 몇 달 동안 토론하고 강독을 한 후에 우리는 블레이크의 모든 신화용어 색인집을 만들고, 박물관과 레드 힐에서 수없이 옮겨 적는 작업을 해야 했다. 레드 힐에서는 블레이크의 친구이며 후원자였던 풍경화가 존 린넬[430]의 후손들이 필사본을 많이 가지고 있었다.

---

[427] 윌리엄 블레이크의 『예루살렘』(1804~1820) 제2장 서문에 나온 시 「유대인들에게」, 제1~4행.

[428] 블레이크는 1789년에는 스베덴보리의 『신의 사랑과 신의 지혜에 관한 천사의 지혜』, 1790년에는 『신의 섭리에 관한 천사의 지혜』에 대한 주석 작업을 했다.

[429] 야콥 뵈메(1575~1624)는 17세기초 독일의 기독교적 신비주의자, 신학자. 루터교의 전통 속에서 독창적 신학관을 확립했다.

[430] 존 린넬(1792~1882)은 영국의 풍경화가, 초상화 화가이며 판화가. 윌리엄 블레이크의 친한 친구이며 후원자. 성경에 대한 연구에 몰두하여 여러 권의 성경비평 소책자와 논고를 발행하기도 했다.

린넬 집안사람들은 종교적인 생각이
극히 편협해서 블레이크가 가진 종교의
정통성에 대해 의심하면서도, 그것을 아
주 존중하고 있었다. 어린 시절에 블레
이크와 알고 지낸 소심한 노부인이 "블
레이크는 아주 잘못된 생각을 갖고 있었
어요. 역사적으로 예수를 믿지 않았거든
요."라고 말하던 것이 기억난다. 노인 하
나[431]가 언제나 우리 곁에 앉아 있었는데,

『존 린넬 자화상』

그것이 겉으로는 우리의 연필을 깎아주기 위해서였지만, 사실은 우리가
필사본들을 훔쳐가지 않을까 지켜보기 위해서였을 것이다. 그들은 점심
식사 때면 아주 오래된 포도주를 내어 주었고, 나에게 블레이크의 단테
판화[432]를 선물해 나는 그것을 우리 집 다이닝룸 벽에 걸어두었다.

그곳을 오가면서 엘리스 아저씨는 즉흥적으로 지어낸 얘기들을 곁들
여 철학적 토론을 다채롭게 하며 나를 즐겁게 해주었다. 처음에 아저씨
는 스코틀랜드에서 들었다고 주장한 민담들을 얘기했는데, 나도 많은
민담을 읽고 수집했지만 그 말이 거짓인지 아닌지 알 수가 없었다. 나는
아주 잘 만들어진 이야기 두 개를 부분적으로 기억하고 있다. 하나는
새벽에 맨발로 도망친 이탈리아 음모자 이야기인데, 이탈리아의 어느
도시에서 일어난 일인지, 어떤 사건으로 도망친 것인지 잊어버렸다. 그
는 자기가 맨발인 것 때문에 들킬까 봐, 늦게 들어온 손님인 것처럼 "몇
호실"이라고 중얼거리면서, 졸고 있는 호텔 수위 옆을 슬그머니 지나갔

---

[431] 블레이크 후원자 존 린넬의 아들인 존 린넬 주니어(1821~1906).
[432] 예이츠는 아들 존 린넬이 선물한 블레이크의 단테『신곡』「지옥편」을 위한 미완
성 판화 7장 세트를 가지고 있었는데, 현재는 딸 앤 예이츠의 소유로 되어 있다.

다. 그리고는 이 방 저 방 다니면서 신발을 신어보았다. 맞는 신발을 막 찾았을 때, 방 안에서 "거기 누구요?"라고 누군가가 소리쳤다. 그러자 그는 "접니다, 선생님, 당신의 신발을 가져갑니다."라고 대답했다는 이야기였다.

다른 이야기는 순교자의 성경에 관한 것이었다. 그 성경 주위에는 기본 덕목들[433]이 사람의 형상을 취하고 있었다. 이것은 블레이크 철학의 한 부분이기도 하다. 그 성경은 늙은 성직자의 소유였는데, 어떤 경마 기수가 그를 방문했을 때 기본 덕목들이 기수와 성직자를 혼동해서 자신들을 기수에게 바쳤다. 그래서 기수가 죄를 저지르려고 할 때마다 기본 덕목이 간섭해서 그를 덕으로 되돌려놓았기 때문에 그는 아주 신뢰를 얻으며 살았고, 단 한 마디 말을 제외하고는 아주 신성한 죽음을 맞이했다. 그의 아내와 가족들이 존경하며 슬퍼하는 마음으로 주위에 무릎을 꿇고 있을 때 그는 갑자기 외쳤다. "제기랄." 그러자 그의 아내가 말했다. "아이고, 무슨 끔찍한 말씀이세요?" 그는 "내가 천국을 가게 되다니"라고 대답하고는 바로 죽었다. 그것은 아주 긴 얘기였다. 성직자의 모험뿐만 아니라 죄를 지으려는 기수의 헛된 시도에 관한 얘기들이 더 있었기 때문이다. 성직자는 정말로 아주 많은 죄를 짓게 되었지만, 기수가 죽고 덕목들이 성직자에게 되돌아옴으로써 이야기는 행복하게 끝을 맺었다.

엘리스 아저씨 눈에는 모든 청중이 다 똑같았으므로 요청을 받으면 어떤 청중에게도 얘기할 수 있는 사람이었다고 나는 생각한다. 이런 이유로 아버지는 엘리스 아저씨가 야망이 없는 사람이라고 말씀하셨던 것 같다. 젊었을 때 그는 손을 씻은 도둑과 친구가 되었는데, 고마워하는

---

[433] 기독교에서 말하는 일곱 가지 기본 덕목(정의, 신중, 절제, 인내, 희망, 신념, 자비) 혹은 네 가지 덕목(지혜, 절제, 용기, 정의).

도둑에게 자기를 런던의 도둑소굴로 데려가 달라고 부탁했다. 그 도둑은 최악의 소굴로 그를 데려갔지만, 급히 데리고 나오면서 "몇 분만 있으면 그자들이 당신을 찾아낼 것입니다. 놈들이 런던에서 가장 멍청한 자들이 아니라면 벌써 그랬을 겁니다."라고 말했다고 한다. 엘리스 아저씨는 그 도둑이 짧은 생애 동안 강도질을 한 모든 집과 목을 딴 모든 사람에 대한 상세하고 낭만적이고 위트 있는 설명을 내내 들어야 했다.

따지고 보면 모든 사람의 말이 그렇지만, 엘리스 아저씨의 말은 자주 이해할 수 있는 범위를 벗어나서 추상적이고 미묘한 미로 속으로 빠져들었다. 그러다가 갑작스럽게 기발한 비유나 위트를 사용하면서 제자리로 되돌아오곤 했다. 인간의 정신은 무아지경에서 아주 예외적인 민첩성을 얻는 것으로 알려져 있다. 그래서 우리는 때때로 인간의 한계를 넘는 지적 강렬함의 상태를 상상할 수밖에 없으며, 육체의 자비로운 어리석음에 의해서 그런 상태를 빠져나올 수 있는 것이다. 나는 에드윈 엘리스 아저씨의 정신은 끊임없이 무아지경의 경계지점에 있었다고 생각한다. 한번은 우리가 블레이크 철학에서의 성의 상징성에 관해 토론하고 있었는데, 오후 내내 서로 의견이 맞지 않았다. 나는 새로운 자신감으로 얘기를 시작했는데, 이젤 앞에 앉아있던 엘리스 아저씨는 잠시 후에 붓을 내려놓더니, 내가 설명하는 것을 상징적 환상의 형태로 본 적이 있다고 말했다. 그는 "내가 다른 순간으로 떠나 있었던 거야."라고 했다.

아저씨와 나는 그 느낌을 지우려고 트인 공기 속으로 나가서 이리저리 걸어 다녔다. 그러나 곧장 다시 돌아왔고, 엘리스 아저씨가 소파에 누워있는 가운데 나는 다시 설명을 시작했다. 얼마간 그런 식으로 있었는데 엘리스 부인이 방으로 들어와서 말했다. "왜 어두운 데 앉아들 계세요?" 그러자 아저씨가 대답했다. "아니, 그럴 리가." 그리고는 놀라는 목소리로 덧붙였다. "내가 등불을 켜고 앉아있다고 생각했는데, 지금 보니 어둠 속에 누워있었네." 나는 천장에 빛이 깜박거리는 것을 보았지만, 집 밖에 있는 어떤 빛이 반사된 것이라고 생각했다.[434]

XVII

어니스트 리스

나는 이미 우리 세대 시인을 대부분 다 만나보았다. 『어쉰의 방랑』이 출판된 직후에, 나에게 아일랜드 동화 편집 일을 맡긴 보급 복각판 시리즈 편집자에게 말했다. "저는 다른 시인들을 점점 질투하고 있습니다. 서로를 알고 서로의 성공에 공감하지 않으면 우리는 모두 서로 질투하게 될 것입니다." 그 편집자는 최근까지 광산 기술자였던 웨일스 사람 어니스트 리스[435]로서, 웨일스어 번역가이며, 시를 쓰는 작가였다. 읽어본 사람이 있을 것 같지는 않지만 그 작품들은 자주 내게 큰 감동을 주었다. 나이가 나보다 열 살 남짓 위였던 것 같은데, 그는 편집 일을 하면서 7~8파운드만 주면 책 편집을 맡을 만한 사람을 모두 알고 있었다.

둘이 친해지며 우리는 《시인클럽》[436]을 만들고, 몇 년 동안 《체셔 치

---

[434] 1922년판에는 '사실이 그랬을 것이다'라는 구절이 덧붙어 있었음.

[435] 어니스트 리스(1859~1946)는 〈에브리맨즈 라이브러리〉 보급판 시리즈 편집자로 잘 알려져 있는 에세이와 시, 소설, 드라마 등의 작가. 탄광회사에서 일을 하다가, 1886년부터 5년간 〈카멜롯〉 시리즈 편집 작업을 하면서 작가의 길로 나섰다. 1890년 런던의 《시인클럽》 창설자 중의 하나였다.

[436] 예이츠와 어니스트 리스, T. W. 롤스턴 등이 주축이 되어 만든 모임으로 직원도 규칙도 따로 없는 오픈 포럼의 형식을 취하고 있었다. 1890년 초에 만들어진 이

즈》라는 스트랜드의 오래된 음식점에서 모임을 가졌다. 매일 밤 우리는 바닥에 모래가 깔린 2층 방에서 만나기로 되어 있었다. 라이널 존슨과 어니스트 다우슨, 빅터 플라, 어니스트 래드퍼드, 존 데이비슨, 리처드 르 갤리엔, T. W. 롤스턴, 셀윈 이미지, 에드윈 엘리스, 존 토드헌터 등이 한동안 계속 나왔고, 아서 시먼스와 허버트 홈은 덜 지속적으로 나왔다. 반면 윌리엄 왓슨은 가입은 했으나 나온 적이 없고 프랜시스 톰슨은 한 번 왔으나 가입하지 않았다. 가끔 우리가 회원들 집에서 만날 때면 오스카 와일드가 왔다. 그는 보헤미아 풍을 싫어했기 때문에 그를 《체셔 치즈》에 초대하는 일은 쓸데없는 일이었다. 언젠가 그는 내게 말했다. "사람들이 얼굴에 가면을 쓸 수 있는 유일한 곳이기 때문에 올리브 슈레이너는 이스트엔드에 머물고 있지만, 나는 가면 외에는 삶에서 관심 있는 것이 없기 때문에 웨스트엔드에 산다고 그녀에게 말해주었지."

우리는 자신들의 시를 읽고 서로 비평을 하며 술을 조금씩 마셨다. 그 모임에 대해 말할 때면 나는, 마치 우리가 철학적 생각이 상당히 있다는 듯이, "우리는 이런저런 생각을 지니고 있고, 위대한 빅토리아 시인들과 이런저런 싸움을 하며, 우리 앞에는 이런저런 목표가 있다."는 얘기를 가끔 했다. 내 생각이 그러했고 그런 얘기를 시작할 때마다 우울한 침묵이 방 전체에 흘렀다는 사실을 인정하기 부끄러워 이 말을 털어놓는 것이다.

글은 아주 잘 썼지만 태도가 불량했던 젊은 아일랜드 시인 하나[437]가

클럽은 1896년에 마지막 모임을 가졌다. 회원은 예이츠가 본문에서 언급한 시인들 외에 조지 아서 그린, 오브리 비어즐리 등이 더 있었다. 이들은 1892년에 『시인클럽북』, 1894년에 『두 번째 시인클럽북』 등 두 권의 모음집을 출판했다. 이들은 몇 년 동안 보헤미안 구역에 있는 《체셔 치즈》에서 모임을 가졌다.
[437] 아일랜드 소설가이며 시인인 제임스 조이스(1882~1941).

몇 년 후에 "당신은 시인처럼 얘기하지 않고 글쟁이처럼 얘기하는군요."
라고 내게 말했다. 그 모임의 모든 시인이 점잖지 않았더라면, 그들 대부
분이 옥스퍼드나 케임브리지에서 공부한 사람들이 아니었다면, 반 이상
은 내게 마찬가지 얘기를 했을 것이다. 나는 생각들로 가득 차 있었고,
그것도 흔히 상당히 추상적인 생각들이었지만, 그와 동시에 이미지로
가득 차기를 바라고 있었다. 나는 대학 대신 미술학교에 다녔기 때문이다.

그렇지만 대학을 다녔다 해도, 그래서 영국문학과 영국문화의 모든
고전적 기초와, 일단 받아들이게 되면 정신을 불안함에서 해방해주는
모든 위대한 학식을 얻었다고 해도, 내가 추구한 아일랜드 주제와 새로
운 전통을 발견하려는 시도는 포기해야만 했을 것이다. 알려진 충분한
선례가 없었으므로 내가 하는 모든 일에 이유를 반드시 찾아내야만 했
다. 여러 가지 이유가 넘쳐나는 것은 태생이 좋지 못하기 때문이라는
것을 나는 거의 처음부터 알았다. 그리고 사람들이 좋지 않은 혈통을
숨기듯이 내가 언제 그 이유들을 숨겨야 할지를 알았고, 또한 우리의
국가가 생겨나지 못할 것을 알고도 어찌할 도리가 없음을 알았다. 나는
불완전한 성취만을 이루도록 운명 지워진, 그리고, 말하자면 이끼와 가
지와 지의류의 유리함에 관해 논쟁하며 둥지를 만드는 데 필요한 시간을
허비할 수밖에 없는 종류의 새들처럼 저주를 받은 그런 사람들에 속했
다. 르 갤리엔과 데이비슨 그리고 심지어 시먼스는 출발점에서는 지역적
이었지만, 그들의 지역주의는 치유될 수 있었던 데 반해, 나의 지역주의
는 치유될 수가 없었다.

반면에 모든 젊은이가 공유했고 자신들의 개성을 우리에게 강요한 존
슨과 혼이 주로 공유했던 유일한 신념은 모든 사고, 설명되고 토론할
수 있는 모든 일반화에 반대한다는 것이었다. 파리에서 막 돌아온 시먼
스[438]는 가끔 "우리는 단지 인상들에만 신경을 쓴다."고 말하곤 했다. 그

러나 그것 자체도 일반화였고, 그 말은 돌 같은 침묵을 만날 뿐이었다. 언제나 우리의 대화는 "당신은 아무개 씨의 최근 책을 좋아하십니까?" "아니요, 나는 그 전 책이 더 좋아요."라는 식으로 점점 축소되었다. 그래서 생각나는 것은 무엇이든 얘기하지 않고는 못 배기는 아일랜드인 회원들이 없었더라면, 그 모임은 첫 몇 달의 어려운 기간을 버티지 못했을 것이다. 어떤 때는 나 스스로가 "글쟁이처럼" 본다는 것을 부끄러워했고, 또 어떤 때는 이 시인들의 문단 시류에 대한 무관심에 분개했다. 그러면서 스윈번이든 브라우닝이든 테니슨이든 모두 각자의 방식으로, 정치나 과학이나 역사나 종교에 대한 호기심들, 즉 내가 "불순한 것들"이라고 부르는 것들로 자신들의 작품을 채운다는 사실을 알았다. 그리고 다시 한 번 우리가 순수한 작품을 창조해야만 한다는 사실을 알게 되었다.

우리가 입은 옷은 우리가 나눈 대화처럼 대부분 과감하지 못했다. 나는 말 그대로 갈색 벨벳 코트와 느슨한 타이, 소매 없는 아주 오래된 망토를 입고 있었지만 말이다. 그 망토는 20년 전에 아버지가 버렸지만 계절처럼 불합리하고 습관적인 행동을 하셨던 슬라이고 출신의 어머니가 보관해 오던 것이었다. 그러나 느슨한 타이를 맨 르 갤리엔과 아주 새롭고 유행에 가까운 소매 없는 망토를 걸친 시먼스를 제외하고는, 모임의 어떤 회원도 "영국 신사 의상" 외의 옷을 입은 모습을 세상에 내보이는 일이 없었다. 존슨은 "사람은 눈에 띄어서는 안 돼."라고 내게 설명했다. 옷을 아주 주의 깊게 유행에 맞추는 사람들의 필체는 그것과는 아주 딴판으로 작고 깔끔하고 세심했는데, 내가 이름을 잊어버린 어떤 시인은 조지 허버트[439]의 필체를 따르기도 했다.

---

[438] 1922년판에는 익명 E로 썼음.
[439] 조지 허버트(1593~1633)는 웨일스 태생의 형이상학파 시인이며, 영국 국교회 목사.

시먼스와 아주 친한 친구가 된 후년에 나는 다우슨과 시먼스를 더 잘 알게 되었다. 존 데이비슨을 많이 보기는 했지만 그의 스코틀랜드적인 거칢과 격분의 숨은 뜻을 이해하지 못하고 처음부터 라이널 존슨에게 빠져있었다. 존슨과 혼, 이미지, 그리고 다른 한두 명은 하인 하나를 두고 피츠로이 스퀘어의 샬럿 가에 있는 오래된 집을 함께 쓰고 있었다.[440] 이들은 선배 시인들이 많이 했던 부주의한 행위를 학식과 섬세한 취미의 완성으로 생각하고 따라서 했던 전환기의 전형적 인물들이었다.

이들 모두는 라파엘전파였고, 가끔 사람들은 이들 중 어떤 사람의 방에서 멸망한 왕조에서 온 것 같은 누더기를 입은 인물을 만날 수 있었다. 그 인물은 라파엘전파 화가인 시미언 솔로몬으로서, 한때 로세티와 스윈번의 친구였지만, 이제는 허름한 선술집에서 막 나온 터였다. 그는 범죄를 저질러 오랫동안 복역을 하고 나서 주정뱅이가 되고 아주 비참한 삶에 빠진 인물이었다. 그러나 어느 날 저녁 어떤 사람에게 소개가 되었을 때, 희미한 촛불 때문에 그 사람이 그를 성공한 학구적 화가이며《왕립미술원》회원인 또 다른 솔로몬으로 오해했다. 그러자 그는 분노해서 벌떡 일어나 말했다. "선생님, 감히 나를 그 야바위꾼으로 오해하십니까?"

그들은 아무도 헉슬리와 틴들과 카롤루스 뒤랑과 바스티앵르파주의 오래된 나뭇가지 둥지의 까마귀 울음소리에 조금이라도 귀를 기울이거나 거기서 떨어지는 새똥을 조금도 맞지 않았지만, 처음에 나는 그들의 미지근함과 심지어 퇴행을 의심하면서 만남을 시작했다. 내가 혼과 친해지지 못한 것은 그 의심 탓이었다. 혼은 15세기[441] 이탈리아인의 삶에

---

[440] 이들은 블룸스베리의 피츠로이 가 20번지에서 살았다.
[441] 15세기: (1922년판) 14세기.

관한 영국 최고 권위자가 되었고, 보티첼리에 관한 정평 있는 작품[442]을 썼다. 다양한 예술의 전문가인 그는 마블아치 근처에 있는 묘지터에 이니고 존스의 양식으로 조그만 교회를 설계했다. 지금은 그가 지은 작은 교회를 걸작이라고 생각하지만, 그 양식은 스물두세 살이었던 나의 환상을 충족시키기에는 한 세기 이상이나 뒤늦게 나타난 양식이었다. 나는 그가 18세기에 의존하고 있다고 비난했다.

> 얼간이들의 학교에서
> 매끈함과 상감, 자르기, 맞추기를 가르쳐서
> 마침내 야곱의 지혜의 지팡이들처럼
> 그들의 시가 꼬리표로 붙었다.[443]

다른 데 빠져있느라 내가 바로 친해지지 못했던 사람이 둘 있는데, 그들은 지금은 내 친구이며 어떤 문제에서는 나에게 가장 중요한 선생들이다. 그 누군가가(라이널 존슨이 거의 확실한 것 같은데) 위대

찰스 섀넌과 찰스 리케츠

한 세대의 상속자들임에 분명한 찰스 리케츠와 찰스 섀넌[444]의 화실로

---

[442] 허버트 혼의 『산드로 보티첼리라고 불리는 피렌체 화가 알레산드로 필리페피』(1908).

[443] 존 키츠(1795~1821)의 「잠과 시」(1817), 제196~199행.

[444] 찰스 리케츠(1866~1931)는 영국의 화가, 삽화가, 작가. 찰스 섀넌(1863~1937)은 초상화, 동판화, 석판화로 유명한 영국의 화가. 두 사람은 평생 파트너로 지냈다.

나를 데리고 갔다. 맨 처음 본 것은 내가 싫어하는 세기를 암시하는 레이스 달린 실크와 새틴 옷을 입은 모자상(母子像)을 그린 섀넌의 그림이었다. 내 눈은 더 신화적인 모자상에 관심이 있었지만, 그 그림은 전혀 그렇지 않았다. 그래서 나는 그가 그린 것은 모자상이 아니라, 손님을 기다리고 있는 우아한 두 사람일 뿐이라고 말했다. 그를 아주 심하게 비판한다고 한 말이었다.

꿩과 사과를 그린 그림은 먹을 것을 그린 데 불과하다는 글이 『배아』지에 실린 적이 있었다. 나는 바스티앵르파주 이후 모든 미술비평에서 흔한 일이 된 소재에 대한 무관심에 몹시 화가 나서 때때로 소재밖에 아무것도 보지 못했다. 어떤 사람이 아주 열렬히 사랑하기만 한다면, 백인을 사랑하든 흑인을 사랑하든, 여자 소매치기이든 영국교회에 정규적으로 나가 성찬을 받는 사람이든 그에게는 문제가 되지 않는다 해도, 그것은 분명히 친척들에게는, 심지어 어떤 환경에서는 모든 이웃에게는 문제가 되리라고 나는 생각했다. 정말로 가끔 나는 몰리에르의 작품에 나오는 어떤 아버지처럼 사랑하는 이의 감정을 전적으로 무시했고, 특히 지속적이지 않은 관계에서 약간의 악마적인 것, 약간의 색채가 자극을 줄 수도 있다는 사실조차 인정하기를 거부했다.

이 사람들 중에는 대단히 열정적인 삶을 살다가 매우 비극적인 죽음을 맞게 되어 있던 위대한 재능이 있는 사람들이 참 많았다. 이들 중에서 아주 조용한 편에 속했던 T. W. 롤스턴[445]은 늘 다른 사람들과 어울리지 못했다. 나중에 아일랜드에서 어떤 일을 하게 만들 생각으로 그를 그 모임에 데리고 간 사람은 바로 나였다. 젊은 더블린 노동자들이 작업장

---

[445] 토머스 윌리엄 롤스턴(1857~1920)은 아일랜드 시인, 번역가로서 문학과 정치에 관한 광범위한 글을 쓴 작가.

을 슬쩍 빠져나와 그 제2의 토머스 데이비
스인 그가 지나가는 것을 지켜본 사실을
나는 알고 있었다. 그중 서너 사람이 공모
를 해서 그를 "국내외의 아일랜드 민족 지
도자"로 만들려고 했다는 사실도 기억하
고 있다. 그 이유는 전적으로, 그의 이목구
비가 잘생겼기 때문이었다. 따지고 보면,
알렉산더 대왕과 알키비아데스[446]도 잘생
긴 인간들이었고, 기독교의 창시자도 너무

토머스 윌리엄 롤스턴

도 크지도 작지도 않은 정확히 키가 6피트인 유일한 사람이었다. 우리
아일랜드에서는 연극이나 민요에서처럼 그렇게 생각했다. 자연이 바스
티앵르파주의 탄생을 예견한 첫 순간, 과도함이나 호기심으로 얼굴이
일그러지고 혹은 자신을 보호하려는 어리석음으로 둔해져 있는 사람들
에게만 자연은 위대한 창조력을 부여했다는 사실은 이해하지 못했다.

나는 문학사에서 지난 세기의 90년대를 비극적으로 만들게 된 이 모
든 사람을 만났다. 그러나 그때까지는 우리 모두 겉으로는, 재능에서나
운에서나, 드물지만 개성에 있어서나, 도토리 키 재기였다. 《체셔 치즈》
에 보통 때보다 더 많은 시인이 모인 어느 날, 내가 이렇게 말한 일이
기억난다. "아무도 우리 중 누가 성공할지, 심지어 누가 재능이 있는지
없는지 말할 수 없습니다. 우리에 대해서 한 가지 확실한 점은 우리가
너무 많다는 것입니다."

---

[446] 알키비아데스(기원전 450~404년)는 아테네의 장군이며 정치가.

XVIII

나는 와일드와 헨리, 모리스가 표현했거나 표현하려고 애쓴, 언제나 자연적 자아나 자연계에 반대되는 이미지를 설명했지만, 나 자신의 이미지를 찾았는지는 말하지 않았다. 나는 자신에 대해 아는 것이 아주 적고, 더구나 반(反)자아에 대해서는 아는 것이 더더욱 적다.[447] 내 식사를 준비해주는 아줌마나 서재를 청소해주는 아줌마가 나보다 필시 더 잘 알고 있을 것이다. 나는 천성이 남과 어울리기 좋아해서 여기저기 대화를 찾아다니며, 두려움이나 호의로, 나 자신이 자긍심 넘치는 고독한 것들을 좋아한다는 나의 가장 소중한 믿음도 기꺼이 부정할 준비가 되어 있는 사람이었기 때문일 것이다. 어려서 교회관리인의 딸[448]에게 글쓰기를 배우러 매일 다녔을 때, 나는 독본에서 다른 무엇보다 나를 즐겁게 하는 시를 발견했다. 그것은 새들이 인간을 조롱하는 아리스토파네스의 번역시 한 부분이었다.[449]

나이가 들어서 내 마음은, 남과 어울리기 좋아했던 셸리가 그린 외로운 탑에서 철학을 공부하며 슬픔으로 머리칼이 하얗게 센 젊은이에 관한 꿈,[450] 혹은 지중해 해안의 조개껍데기 널린 동굴에서 사람의 눈에 띄지 않은 채 모든 인간 지식을 통달한 노인에 관한 꿈에 흠뻑 빠졌다. 다른 구절들보다 항상 이 구절이 내 귓가에 맴돌았다.

---

[447] 예이츠의 『상냥하고 조용한 달빛 속에서』(1918)에는 '다른 자아, 반자아 혹은 대립적 자아는, 사람에 따라 어떻게 부르든, 더 이상 기만당하지 않고, 열정이 본질인 사람들에게만 다가온다.'라는 구절이 있다.

[448] 글쓰기를 가르친 교회관리인 딸인 암스트롱 부인에 대해서는 제1부 IV에 언급되어 있다. 주석 69 참조.

[449] 아리스토파네스의 『새들』(기원전 414년).

[450] 『아타나즈 왕자: 단편』(1817)에 관한 언급인 듯. 주석 168 참조.

어떤 사람들은 그가 에녹이라고 꾸며대고, 또 어떤 사람들은
그가 아담 이전 사람으로서, 세대와 멸망의
순환주기보다 오래 살았다고 생각합니다.
진실로 그 현자는, 무시무시한 금욕과
반역하는 육신을 정복하는 속죄에 의해,
인간의 수명을 뛰어넘어 뻗어있는 긴 세월 동안
깊은 명상과 지치지 않는 연구를 하며
다른 사람들은 두려워하며 알지 못하는
그 강력하고 비밀스러운 사물과 사고에 대한
지배력과 지식을 성취했습니다.

    마무드.   나는 얘기하고 싶네,
그 늙은 유대인과.

    하싼.   전하의 뜻은 지금쯤엔
전하나 신보다 접근하기 어려운 데모네시 섬들[451]
가운데 있는 바다 동굴에 살고 있는 그에게
전해졌을 겁니다! 그에게 물어보려면
거품이 일지 않는 이 섬들 주위, 바닷물결이 잠자는 곳에서
저물녘에 혼자 항해해야 합니다.
초승달이 지금처럼 서쪽으로 지고 있고
저녁 공기가 파도 위에서 맴돌 때.
그리고 꿀벌을 키우는 섬, 초록의 에레빈터스 소나무들이
사파이어 빛 바닷물에서 금빛 뱃머리의
불꽃 같은 그림자를 어둡게 만들 때,
그 외로운 키잡이는 큰 소리로 외쳐야 합니다.
'아하수에루스!' 하고. 그러면 주위 동굴들이
'아하수에루스!' 하고 대답할 것입니다. 그의 기도가

---

[451] 터키 북서부 마르마라 해에 있는 9개의 작은 섬.

허락되면, 희미한 유성이 떨어지면서
마르모라 위에 그를 비출 것입니다. 바람 한 줄기가
한숨을 쉬는 소나무 숲에서 몰려나오고,
바람과 함께 말할 수 없이 감미로운 화음의 폭풍우가
몰려나오며 그를 인도할 것입니다.
부드러운 황혼녘에 보스포루스 해협까지.
거기에서 서로 의논하기 합당한
시간과 장소와 환경에
그 유대인이 나타납니다. 원하는 영적 교류를
감히 얻으려는 사람도, 얻은 사람도 거의 없습니다.[452]

이미 나는 더블린에서 신지학자들에게 끌렸었다.[453] 그들은 그 유대인이나 그와 비슷한 사람의 실존에 관해 확인해 주었기 때문이다. 그리고 헉슬리와 틴들, 카롤루스 뒤랑, 바스티앵르파주가 상상했을지 모르는 것과는 별도로 나는 그의 실존을 부정할 만한 증거를 보지 못했다. 얼마 안 되어 마담 블라바츠키[454]가 프랑스에서인지 인도에서인지 왔다는 소

---

[452] 셸리의 『헬라스』(1822), 제152~185행. 이 시극은 셸리가 그리스 독립전쟁을 지원할 기금을 마련할 목적으로 피사에 있을 때 쓴 것으로, 셸리 생전에 발행된 마지막 작품이다. 이 작품은 그리스를 공격하는 터키의 술탄 마무드에 초점을 맞추어 그의 관점에서 쓰인 것이다. 그는 잠을 이루지 못하고 악몽에 시달리다가 마법을 사용하며 자기의 꿈을 해몽할 수 있는 아하수에루스라는 방랑하는 유대인에게 도움을 청한다. 서로 대화를 나누는 가운데 술탄 마무드는 절망에 빠져든다. 터키군의 계속되는 승전보에도 불구하고 싸움에서 자신들이 졌다는 것을 깨달았기 때문이다.

[453] 신지학은 일반적인 신앙이 아닌 신비적인 체험이나 직관, 계시 등에 의해서만 신에 관한 지식을 얻을 수 있다고 주장하는 철학으로서, 주로 블라바츠키와 올코트에 의해 만들어진 《신지학협회》와 연관되어 있다.

[454] 헬레나 페트로브나 블라바츠키(1831~1891)는 러시아 출신의 세계적으로 유명한 영매이자 신비주의 사상가로서, 미국과 유럽, 이집트 등에서 활동했다. 그녀는 1875년에 올코트 대령(1832~1907)과 함께 뉴욕에서 《신지학협회》를 창설했고,

식을 듣고 그 문제를 따져볼 때가 되었다고 생각했다. 지혜가 이 세상 어느 곳엔가 있다면, 분명히 우리에게 어떤 의무도 지우지 않고 오로지 신과 영적 교제를 하며 아무것도 두려움이나 호의 때문에 용인하지 않는 고독한 정신 속에 있을 것임이 틀림없다. 한 가지 정신과 취미로 함께 결합되어 있는 모든 사람은 그런 인물들이 존재한다고 믿고, 자선가들이나 학식 있는 사람들에게는 표하려고 하지 않는 존경을 표하거나, 단지 그 그림자에도 존경을 표하지 않는가?

XIX

마담 블라바츠키를 노우드의 작은 집에서 보았는데, 그녀의 말대로 남은 추종자 단 세 사람과 함께 있었다. 그녀가 인도에서 일으킨 경이로운 현상들에 대해 《심령연구회》[455]가 막 보고를 한 참이었다. 세 추종자 중 하나가 바깥쪽 방에 앉아서 원치 않는 방문객들을 들어오

마담 블라바츠키

1884년에 런던에 와서 1887년에 런던 지부를 만들었다. 예이츠는 1888년에 그녀의 조카와 결혼한 옛 친구 찰스 존스턴의 소개장을 들고 그녀를 만나러 갔다. 그녀는 티베트에서 특히 쿠트후미와 모리아 두 스승에게서 비밀지식을 전수받았다고 주장했으며, 『베일 벗은 이시스』(1877), 『신비교의』(1888) 등의 책을 썼다. 흔히 'H. P. B.'로 알려진 그녀의 신비주의 사상은 《신지학협회》를 통해 전 세계로 뻗어나갔다.

[455] 《심령연구회》는 대부분의 과학이 부인하는 현상들을 조사하기 위해 1882년 창설된 단체로, 마담 블라바츠키의 주장들을 조사했다. 그들의 『회의록 3』(1885년 12월 발행)은 블라바츠키의 주장이 허구임을 밝혀냈지만, 그녀의 인기를 시들게 하지는 못했다. 예이츠는 1887~1890년 사이의 기간에 《신지학협회》 회원이었다.

지 못하게 했기 때문에, 나는 오랫동안 기다려야만 했다. 이윽고 들어갈 수 있게 되었고, 그래서 나는 소박하고 헐거운 검은 드레스를 입고 있는 나이든 여인을 보게 되었다. 대담하고 분위기가 유머러스한 아일랜드 농부 할머니 같았다. 그녀가 여성 방문자와의 대화에 깊이 빠져있었기 때문에 나는 여전히 계속 기다렸다.

사라 베르나르

나는 그 방을 벗어나 접히는 문을 통해 옆방으로 들어가서 마냥 한가로운 마음으로 뻐꾸기시계를 바라보며 서 있었다. 시계추가 떨어져 바닥에 놓여있는 걸 보아 시계는 멈춰있는 것이 분명했다. 그러나 내가 거기에 서자 뻐꾸기가 나와서 나에게 '뻐꾹 뻐꾹' 하고 울었다. 나는 마담 블라바츠키의 말을 막으면서 말했다. "당신의 시계가 나를 보고 울었습니다." 그러자 그녀는 "저 시계는 낯선 사람에게 자주 그렇게 해요."라고 대답했다. "그 속에 무슨 영혼이라도 들어있는 겁니까?"라고 내가 묻자 그녀는 대답했다. "몰라요. 그 속에 무엇이 있는지 알려면 내가 혼자 있어야만 해요." 나는 그 시계 쪽으로 다시 가서 그것을 살펴보기 시작했는데, "시계 망가뜨리지 마세요."라는 그녀의 말이 들렸다. 나는 거기에 기계장치가 숨겨져 있지 않나 궁금했고, 내 짐작으로는 내가 뭔가를 발견했다면 쫓겨났을 것 같다. 헨리가 "물론 그 여자가 일으킨다는 기적은 사기야. 그러나 재능을 지니고 태어난 사람은 뭔가를 할 수밖에 없지. 사라 베르나르[456]는 관속에서

---

[456] 사라 베르나르(1844~1923)는 파리 출신의 프랑스 연극배우이며 초기 영화배우로서, 흔히 '역사상 가장 유명한 여배우'로 불린 인물.

잠을 자거든."이라고 말했지만 말이다.

이윽고 그 방문객이 갔고, 마담 블라바츠키는 그녀가 여성인권운동가로서 "남자들이 왜 그렇게 못됐는지" 알아내러 방문했다고 설명해주었다. 내가 "어떻게 설명하셨어요?"라고 묻자, 그녀는 "남자들은 나쁘게 태어났지만, 여자들은 스스로를 그렇게 만든다."고 대답했다. 그러고 나서, 내가 그렇게 기다리게 된 것은 나를 다른 사람으로 오해했기 때문이라고 설명했다. 그 사람은 이름이 내 이름과 닮았고, 지구가 평평하다는 것을 그녀에게 설득하고 싶어 했다는 것이다.

그 다음에 다시 만났을 때 그녀는 홀란드 파크에 있는 집으로 이사를 한 상태였다. 여러 추종자에게 둘러싸여 있었던 것을 보아 한동안 시간이 흘렀음이 틀림없다. 그동안 나는 십중팔구 늘 했던 대로 슬라이고에 가서 오랫동안 지내고 있었을 것이다. 그녀는 밤마다 녹색 모직 천으로 덮인 작은 탁자 앞에 앉아서 천 위에 흰 분필 조각으로 뭔가를 끊임없이 휘갈겨댔다. 그녀는 가끔은 유머러스하게 설명할 수 있는 상징들을 휘갈겨 그리기도 하고, 또 가끔은 알아볼 수 없는 숫자들을 써댔지만, 분필은 원래 그녀가 혼자 카드놀이를 할 때 점수를 적는 용도로 쓰던 것이었다.

옆방에는 커다란 테이블이 있었다. 거기서 매일 저녁, 가끔은 아주 여러 명의 추종자와 손님들이 앉아서 채식으로 식사를 하기도 했다. 그동안 그녀는 접히는 문을 통해 그들을 격려하거나 조롱했다. 그녀는 성격이 아주 열정적인 일종의 여자 존슨 박사[457]로서, 나름대로 뭔가 있는 모든 남녀에게 강한 인상을 준 것 같다. 그녀는 주위 사람들의 형식주의와 날카롭고 추상적인 이상주의를 참지 못하는 것처럼 보였다. 그녀의

---

[457] 시인이며 비평가인 새뮤얼 존슨(1709~1784)은 18세기 후반기 영국문단의 지배적 인물로서, 17세기 이후의 50여 명의 영국 시인을 다룬 『시인전』으로 잘 알려져 있다.

참을성 없는 성격은 욕설을 퍼붓고 별명을 불러대는 것으로 터져 나왔다. "아, 당신은 참 실없는 사람이야, 하지만 동시에 신지학자요, 내 형제지."

그녀의 추종자 중에 가장 열성적이고 아는 게 많은 어떤 사람이 내게 이렇게 말했다. "바로 조금 전에 H. P. B.는 이 지구 외에도 북극에 붙어 있는 또 하나의 둥근 지구가 있어서 지구는 사실 아령 같은 모양을 하고 있다고 저한테 얘기했어요." 그녀의 상상력이 전 세계의 모든 민속을 포함하고 있다는 것을 알았기 때문에 나는 이렇게 말했다. "그것은 틀림없이 동방 신화의 일부입니다." 그러자 그는 말했다. "아니요, 그렇지 않습니다. 저는 그걸 확신합니다. 그 안에는 뭔가 확실히 있을 겁니다. 그녀가 말한 것으로 봐서 틀림없을 거예요."

그녀는 추종자만 조롱하는 것이 아니었다. 자신에게 과학적 물질주의처럼 보이는 것을 얘기할 때면, 목소리는 거칠어지고 조롱은 환상의 힘과 유머를 잃어버렸다. 언젠가 나는 일종의 텔레파시에 의해 감지된 적대감을[458] 본 적이 있다. 나는 아주 유능한 더블린 여인 한 사람을 데리고 그녀를 보러 갔다. 여인의 오빠는 명성이 온 유럽 전문가 사이에 널리 알려져 있는 생리학자였고,[459] 오빠 때문에 그 집안은 모든 과학적이고 현대적인 것에 자부심을 갖고 있었다. 이 더블린 여인은 저녁 내내 입을 거의 열지 않았다. 그녀의 이름은 마담 블라바츠키에게 알려지지 않았던 게 확실했다. 그렇지만 즉시 나는 카드에 고개를 숙이고 있는 그 주름진 노파의 얼굴에서 개인적인 적대감, 다른 여인에 대한 한 여인의 증오심을 보았는데, 그것이 얼굴에 나타난 것을 본 것은 그때가 유일했다.

---

[458] 적대감을: (1922년판) 적대감이 무자비한 환상의 형태를 띠는 것을.
[459] 새러 퍼서(1848~1943)의 오빠 루이스 퍼서는 더블린 트리니티 칼리지 의대 교수였다.

마담 블라바츠키는 아주 원시적인 농부처럼 되어 자기 몸을 감싸면서 자신의 병에 대해, 특히 아픈 다리에 대해 투덜대기 시작했다. 그러나 최근에 그녀의 스승, 그녀의 "유대인 노인", 그녀의 "아하수에루스"가 그것을 고쳐주었고 고치는 길에 들어서게 했다. 그녀는 말했다. "나는 여기 내 의자에 앉아 있었어요. 그때 스승님이 뭔가를 가지고 들어와서 내 무릎 위에 놓았는데, 무릎을 감싸는 따뜻한 거였지요. 그것은 막 배를 가른 살아있는 개였어요." 나는 그것이 중세의학에서 가끔 쓰이는 치료법이라는 것을 인지하게 되었다. 나는 그녀가 실제로 본 것을 묘사하고 있다는 점을 그때도 의심치 않았고 그것은 지금도 마찬가지이다. 그러나 그때 사람들 가운데서 그런 방법을 사용한 것은 기가 막힌 야만성의 극치였다.[460]

그녀에게는 두 스승이 있었다. 아주 서툴게 그려진, 근사한 인도인의 머리를 한 그들의 초상화는 그 접히는 문 양쪽에 세워져 있었다. 어느 날 대화가 특정한 사람과 관계없는 일반적인 주제로 흐르고 있을 때, 나는 앉아서 그 접히는 문을 통해 희미하게 불이 켜진 다이닝룸을 응시하고 있었다. 신기하게도 붉은 빛이 어떤 그림 위에 비추는 것을 목격하고는 나는 일어나서 어디에서 그 빛이 오는지 보려고 했다. 그 그림은 인도인의 초상화였는데, 내가 가까이 가자 붉은 빛은 서서히 사라져버렸다. 내가 제자리로 돌아오자 마담 블라바츠키가 물었다. "무엇을 보았습니까?" "초상화요."라고 나는 대답했다. "가라고 하세요." "벌써 갔는걸요." 그녀는 "아, 그럼 다행이네. 그 빛이 영매작용이 아닌지 걱정했는데, 그냥 신통한 힘이 작용한 것이었네요."라고 말했다. "차이가 뭐죠?" "그

---

[460] 나는 그녀가 실제로 본 것을 … 야만성의 극치였다: 이 문장은 1926년판에서 추가됨.

빛이 영매작용이었다면 당신이 거기에 갔어도 그냥 머물러 있었을 거예요. 영매가 되지 않게 조심하세요. 그것은 일종의 광기예요. 내가 경험해 봐서 알지요.”

나는 그녀가 주위 사람이 이따금 하는 농담과는 달리 앞뒤가 안 맞고 가늠할 수 없지만 친절하고 참을성 있는 쾌활함으로 대부분 가득 차 있다는 것을 발견했다. 어느 날 저녁, 그녀의 집을 찾아갔는데 외출 중이라, 나는 그녀가 나타나기를 기다리고 또 기다렸다. 그녀는 건강을 위해 바닷가에 나갔었는데, 한 무리의 추종자를 데리고 들어왔다. 들어오자마자 그녀는 커다란 자기 의자에 앉더니 갈색 포장지로 싼 꾸러미를 풀기 시작했고, 사람들은 모두 호기심에 가득 차 지켜보았다. 꾸러미에는 커다란 가정용 성경이 들어있었는데, 그녀는 “이것은 내 하녀를 위한 선물입니다.”라고 말했다. 어떤 사람이 “성경을 주다니요, 게다가 주석도 안 달린!” 하고 놀란 듯 외쳤다. 그러자 그녀는 말했다. “아, 이 사람들아, 오렌지를 원하는 사람에게 레몬을 주는 게 무슨 소용 있겠어?”

그 이후에 나는 곧 그녀의 집을 자주 드나들기 시작했다. 처음으로 드나들 때, 그 모임에서 아주 예쁘고 똑똑한 여인[461]이 눈에 띄었다. 그녀는 스스로 참회자라고 생각했지만 확실히 그곳과는 전혀 어울리지 않는 것처럼 보였다. 곧 그곳에 추문과 뒷얘기가 무성했는데, 그것은 그 참회하는 여인이 금욕적 현자가 될 것으로 기대되는 두 젊은 남자와 분명히 관계를 가지고 있었기 때문이었다. 추문이 너무 심각해서 마담 블라바츠키는 그 참회자를 자기 앞에 부르고 이런 식으로 얘기를 할 수밖에 없었다. “우리는 짐승 같은 본성을 부숴 버릴 필요가 있다고 생각합니다. 당

---

[461] 마블 콜린스(1851~1927)는 주술에 관한 책 『길 위의 빛』의 저자로서, 1889년 2월에 블라바츠키는 그녀와 그 지부의 회장 하보틀 두 사람이 바람을 피웠다는 이유로 모임에서 축출했다. 콜린스는 당시에 로버트 쿡과 결혼한 상태였다.

신은 행동이든 생각이든 정결을 유지하며 살아야 합니다. 입문은 완전히 정결한 사람들에게만 허용됩니다."[462] 그러나 참회하는 여자가 자기 앞에 아주 처참하게 부끄러워하는 모습으로 서 있는 가운데 그렇게 몇 분 동안 격렬히 얘기한 후에, 그녀는 이렇게 마무리 지었다. "양다리는 걸치지 마세요."

그녀는 아주 진지했지만, 마음속에서 일어난 것 외에는 아무것도 중요하지 않으며 마음을 지배하지 못하면 우리의 행동은 거의 중요치 않다고 생각했다. 젊은이[463] 하나가 그녀를 아주 분개하게 했는데, 그의 버릇처럼 된 우울함이 방탕하게 놀지 못해서 생기는 것이라고 생각되었기 때문이다. 내가 이미 더블린에서부터 알고 있었던 그는 악마성이 잠시 발동하면, 오랜 기간 지속하던 채소와 물만 섭취하는 금욕생활을 중단하는 일을 습관적으로 반복하고 있었다. 악마성이 발동하면 그는 몇 시간 동안 그 지역 《신지학협회》 회원들의 상상력을 창녀와 가로등에 대한 광시곡으로 현혹했고, 그 다음에는 몇 주 동안 우울증에 빠졌다.

언젠가 동료 신지학자가 창문 기둥에 목을 매달고 있는 그를 때마침 발견해 줄을 끊어 내려 주었다. 나는 그를 구해준 사람에게 물었다. "서로 무슨 얘기를 했습니까?" 그는 대답했다. "우리는 재미있는 얘기도 하고 아주 많이 웃으면서 그날 밤을 보냈죠." 육욕과 환상의 야망 사이에서 갈등하는 이 사람은 지금은 그중 가장 열성적인 사람이 되었다. 한밤중에 그는 마담 블라바츠키의 몸주가 그녀를 부를 때 사용하는 조그만 별 모양 종이 울리는 소리를 자주 들을 수 있었으며, 그 소리는 낭랑한 낮은 톤이었지만 온 집을 흔들었다고 내게 말했다.

---

[462] 1922년판에는 '이야기가 그렇게 얼마간 계속되었다'라는 구절이 더 있었음.
[463] 누구인지 알려지지 않음.

휘장의 떨림 235

토론이 개인적인 문제로 흘러가던 어느 날 밤에, 나는 그가 현관에서 대기하면서, 입장을 허락받은 사람들을 안으로 안내하는 것을 보았다. 내가 지나가자 그는 내 귀에 이렇게 속삭였다. "마담 블라바츠키는 사실 사람이 아닐지도 모릅니다. 여러 해 전에 그녀의 시체가 이탈리아[464] 전쟁터에서 발견되었다고들 합니다."

그녀에게는 극단적인 행동을 하는 두 가지 주된 기분이 있었는데, 그 중 하나는 조용하고 철학적인 것이었다. 이 기분은 일주일 중에서 그녀가 자신의 체계에 대한 질문에 대답을 하는 날 밤에 언제나 보이는 상태였다. 30년에 지난 후에 회상할 때면 나는 자주 이렇게 스스로에게 묻는다. "그녀의 말은 저절로 나오는 것이었을까? 그녀는 매주 하룻밤만 무아지경 상태의 영매나 그와 비슷한 상태였을까?"

또 다른 기분일 때는 그녀는 환상에 가득 차고 비논리적인 농담을 해대었다. 그녀는 그 초록색 모직 천에 분필로 삼각형을 그리면서 "이것이 모든 진실한 종교처럼 삼각형 모양의 그리스 교회입니다."라고 말하고, 그것을 의미 없는 낙서들로 보이지 않게 만들고는 "그것은 퍼져나가서 로마교회처럼 가시덤불이 되었습니다." 하고 말했다. 그리고 직선 하나를 제외하고 모두를 다 지우고 나서는 "이제는 가지들을 쳐서 그것을 빗자루로 만들었는데, 그것이 신교입니다."라고 말한 것이 기억난다. 그렇게 그것은 밤마다 언제나 다양하고 예측할 수 없는 양상을 띠었다.

나는 반쯤은 초자연적인 생각을 하는 다른 사람들에게서 이와 유사한 갑작스러운 극도의 변화를 목격했다. 로렌스 올리펀트[465]는 어느 책에선

---

464 이탈리아: (1922년판) 러시아.
465 로렌스 올리펀트(1829~1888)는 남아프리카 태생의 영국 작가, 여행작가, 외교관, 정치가, 신비주의자. 국회의원으로서는 눈에 띄는 활동을 보여주지 못했지만 풍자소설 『피카딜리』로 유명해진 인물로서, 후년에는 심령주의자 토머스 해리스에

가 이와 유사한 관찰들을 기록하고 있다. 나는 단 한 번 그녀가 몽상의 분위기에 빠져있던 것을 기억한다. 무엇인가가 공격해서 그녀의 기를 꺾고 몸을 마음대로 움직이지 못하게 하는 일이 벌어졌다. 그녀는 단 한 번밖에 본 적이 없는 발자크에 대해 말했고, 그녀가 싫어하는 병적 행동이 있는 사람이라는 것을 알 만큼 잘 알던 알프레드

로렌스 올리펀트

드 뮈세에 대해서도 얘기했다. 또한 너무도 서로를 잘 알고 있어서, 당시에는 "둘 다 전혀 몰랐던" 마법에 함께 손을 댔던 조르주 상드에 대해서도 얘기를 했다. 그녀는 마치 그곳에 자신의 말을 엿들을 사람이 아무도 없는 것처럼 말을 계속했다. "나는 자기 영혼을 악마에게 팔아버린 사람들이 참 이상하고 불쌍하다고 생각했는데, 이제는 불쌍하기만 해. 그들은 누군가가 자기편을 들게 하려고 그렇게 하는 것이거든."이라고 말했다. 그리고는 내가 잊어버린 몇 마디를 더 한 후에, 거기에 덧붙여 "방랑하는 그 유대인이 걷고, 걷고 또 걷듯이 나는 쓰고, 쓰고 또 쓰지."라고 말했다.

그곳에 와서 얘기를 듣는 이는, 빅토리아조에서 어린 시절을 보낸 자신들의 청교도적인 신념을 위해 모든 원칙을 새로 인가받으려 했던 열성적 추종자들 외에도, 절반은 유럽과 미주에서 온 괴짜들이었다. 그들은 얘기를 하기 위해 왔던 것이다. 어떤 미국인이 내게 말했다. "그녀는 큰 의자에 앉아서 우리에게 말하도록 허용함으로써 세계에서 가장 유명한 여인이 되었습니다." 그들이 말을 하는 가운데, 그녀는 혼자 카드놀이를 하면서

게 빠져들기도 했다.

초록 모직 천에 점수를 더하고 있었다. 그녀는 보통은 듣는 것처럼 보였지만, 가끔은 더 이상 듣지 않으려고 했다. 그곳에는 내면에 있는 "신성한 불꽃"에 대해 끊임없이 말하는 여인이 있었는데, 마침내 마담 블라바츠키가 그녀의 말을 이렇게 막았다. "아, 당신은 내면에 신성한 불꽃이 있어요. 조심하지 않으면 그 불꽃이 코 고는 소리를 내게 될 거에요."

그중 어떤 구세군 대위가 필시 그녀를 기쁘게 했을 것이다. 그는 목청이 높고 컸지만 활기로 가득했기 때문이다. 고난을 겪은 그는 거리에서 굶주릴 때 본 환상들에 관해 얘기했는데, 여전히 머리가 좀 돈 사람이었을 것이다. 머릿속이 광적인 신비주의로 불타고 있는 그가 어떻게 무지한 사람들에게 설교할 수 있을지 나는 궁금했다. 마침내 코벤트 가든 근처에서 그가 거리에 있는 군중 몇 사람에게 말하는 것을 들었다는 사람을 나는 만났다. 그는 이렇게 말하고 있었다고 한다. "내 친구들이여, 여러분 마음속에는 천국이 있어요. 천국을 보려면 아주 커다란 알약이 필요할 것이오."

반면 나는 그 현인 아하수에루스[466]가 "데모네시 섬들 가운데 있는 바다 동굴에 살고 있다"는 것을 더 이상 입증하지 못했고, 마담 블라바츠키가 대표한다고 주장하는 그 "스승들"에 대해서 더 이상 배우지도 못했다. 거기에 있는 모든 사람은 그 스승들의 존재를 느끼는 것 같았고, 그 존재들이 그 집에 사는 눈에 보이는 사람들보다 더 중요한 것처럼 얘기했다. 마담 블라바츠키가 보통 때보다 더 조용하고 활기가 없을 때는, "그녀의 스승들이 화가 났기 때문"이었다. 그 존재들은 그녀의 실수를 꾸짖었고, 그녀는 끊임없이 자신의 실수를 공표했다.

언젠가 나는 그 스승들 앞에, 혹은 그들의 메신저 앞에 있는 듯한 느낌

---

[466] 셸리의 『헬라스』(1822) 제162~165행. 주석 452 참조.

이 들었다. 밤 9시경, 우리 중 대여섯 명이 그녀의 큰 탁자 천 둘레에 앉아 있었고, 그때 방이 향기로 가득한 것 같았다. 누군가가 2층에서 내려왔는데, 아무 냄새도 맡지 못했다. 그 영향권 밖에 있어서 그런 것 같았다. 그러나 나와 그 방에 있던 사람들에게는 향이 아주 강했다. 마담 블라바츠키는 그것은 흔한 인도 향이며, 자신의 스승의 제자가 거기에 와 있다고 말했다. 그녀는 그 문제를 가볍게 넘어가고 싶어 하는 것 같았고, 그래서 대화를 다른 것으로 돌렸다. 분명히 그것은 낭만적인 집이었고 나는 내 의지대로 그곳에서 나 자신을 분리할 수 없었다.

나는 블레이크에게서 모든 추상성을 싫어하는 것을 배웠고 소위 "비교교의"(秘敎敎義)라고 불리는 것의 추상성에 짜증이 났기 때문에[467] 일련의 실험을 시작했다. 그 모임에 의해 발행된 책 혹은 잡지는 어떤 17세기 작가가 쓴 마술에 관한 에세이를 인용했다.[468] 만일 사람이 꽃을 태워서 재로 만들어 재를 공기펌프 통 아래 같은 곳에 둔 채 통을 달빛에 아주 여러 밤 세워두면 꽃의 정령이 나타나서 재 위에 떠돈다는 것이다. 나는 사람들을 모아 소모임을 만들어 이 실험을 했지만 아무런 결과도 얻지 못했다.

아주 순수한 어떤 종류의 쪽풀은 인간본성을 나누는 일곱 가지의 상징이라고 "비교교의"는 선언했었다. 나는 어렵사리 그 순수한 쪽풀을 약간 얻어서 그 소모임 회원들에게 조금씩 나누어주고, 밤에 그것을 베개

---

[467] 짜증이 났기 때문에: (1922년판) 영향을 받았기 때문에.
[468] 어떤 17세기 작가가 쓴 마술에 관한 에세이를 인용했다: (1922년판) 18세기 점성술가인 시블리가 자신이 쓴 점성술에 관한 방대한 책에 함께 묶은 마술에 관한 에세이에서 인용했다.
* 에브네저 시블리(1751~1800)의 책은 『새 완벽 도해 점성술 천체과학』(1784~1788)이며, 17세기 작가는 조지프 글랜빌(1636~1680)을 말함. 글랜빌은 전생과 마법, 환영 등에 대한 믿음을 옹호한 영국의 플라톤주의 철학자.

밑에 두고 꿈을 기록하도록 요청했다. 모든 자연풍경은 이 원칙에 따라 7가지 유형으로 나뉘며 그것들을 연구함으로써 정신의 추상성을 없앨 수 있다고 나는 주장했다.

얼마 안 되어 그 모임의 비서 역할을 하는 친절하고 지적인 사람이 보자고 청해서 갔더니, 내가 논쟁과 혼란만 야기하고 있다고 불평했다.[469] 나는 광적이고 뭔가에 굶주린 듯이 보이는 어떤 회원의 얼굴이 벌게지고 눈물이 그렁그렁해진 것을 본 적이 있었다. 그들의 방법이나 철학에 내가 동의할 수 없다는 것이 아주 명백했다. 그는 이렇게 말했다. "우리는 명확한 사상을 갖고 있습니다. 그리고 우리에게는 그것을 전 세계에 퍼뜨리는 의무만이 있을 뿐입니다. 우리 모두는 독단적이 되었고, 입증할 수 없는 것을 믿으며, 가정생활에서 멀어지는 것이 큰 재앙이라는 것을 압니다. 그러나 우리가 무엇을 해야 합니까? 우리 모임에 모든 영적 흐름이 들어오는 것은 1897년에 끝나고 정확히 100년 동안 그칠 것이라는 말을 들었습니다. 그날이 되기 전에 우리의 기본적인 사상은 모든 나라로 퍼져야만 합니다." 나는 그 원칙을 알았고, 그것은 그 늙은 여인, 혹은 그녀에게 능력을 준 그 "스승들"이, 그들이 무엇이든 혹은 무엇이 아니든, 왜 그것을 고집하는지 궁금하게 만들었다. 어떤 종류의 사상이든 언제나 들어오기 마련이니까 말이다. 그들은 이단을 두려워했던 것일까, 아니면 즉각적으로 가능한 효과 말고는 다른 목적은 없었던 것일까?

XX

나는 《대영박물관》 열람실에서 수척하지만 결의에 찬 얼굴에 몸이

---

[469] 1890년 11월에 예이츠는 《신지학협회》의 비교(秘教) 분과에서 탈퇴하라는 요구를 받았다.

탄탄한, 갈색 벨벳 코트를 입고 있는 서른 예닐곱 되어 보이는 남자를 자주 보았다. 그의 이름을 듣거나 그가 하는 연구의 성격을 채 알기 전에는, 그는 전기(傳奇)소설에 나오는 인물처럼 보였다. 머지않아 소개를 받았는데, 그 장소가 어디였는지, 소개해준 사람이 누구였는지, 남자였는지 여자였는지도 기억나지 않는다. 그는 리들 매서스로 불렸는데, "켈트 문화 부흥운동"[470]의 영향

맥그리거 매서스

으로 곧 맥그리거 매서스가 되었고 그 다음에는 그냥 맥그리거[471]로 불렸다. 그는 『베일을 벗은 카발라』의 저자[472]였고, 연구 분야는 오로지 두 가지, 마술과 전쟁이론이었다. 그는 스스로를 타고난 지휘자로 여겼고 지혜와 힘에 있어서 그 유대인 노인[473]에 거의 대등하다고 믿었다.

---

[470] 켈트 문화 부흥운동은 18세기 중반에 시작된 아일랜드의 역사와 언어, 스포츠, 민담, 신화, 문학의 보급 운동으로 아일랜드 민족주의 운동의 하나였다.

[471] 새뮤얼 리들 (맥그리거) 매서스(1854~1918)는 영국의 신비주의자로서, 스코틀랜드의 제임스 4세를 위해 싸운 조상을 기념하기 위해 자신을 맥그리거로 불렀다. 예이츠가 그를 처음 만난 것은 1890년 이전이었다. 매서스는 1877년에는 프리메이슨 회원이 되었고, 《장미십자회》에 받아들여졌다. 《장미십자회》에서 만난 윌리엄 우드먼, 윈 웨스트코트 박사와 함께 그는 1888년에 《금빛새벽연금술회》를 만들었고, 1890년에 우드먼이 죽은 후에는 이 모임을 이끌어갔다. 그는 모이나 베르그송과 결혼하고, 이 모임의 회원인 그녀의 친구 애니 호니먼의 도움으로 호니먼의 아버지가 소유한 포리스트 힐의 박물관 큐레이터가 되었다. 매서스는 1891년에 큐레이터직을 상실했지만 1896년까지 호니먼의 재정적 도움을 받았다. 그의 행동은 점점 이상해져서 1900년 4월에는 결국 《금빛새벽연금술회》에서 쫓겨났다. 예이츠와 매서스의 논쟁은 결국 매서스의 축출로 이어졌지만, 두 사람은 결코 화해하지 않았다.

[472] 『베일을 벗은 카발라』(1677)의 저자는 노르 폰 로세로스이며, 매서스는 번역자임(1887년 출판).

[473] 아하수에루스를 말함.

그는 《대영박물관》에서 마법의식과 원칙에 대한 많은 필사본을 옮겨 썼고, 이후에는 유럽대륙의 여러 도서관에서 더 많은 것들을 옮겨 썼다. 나는 주로 그를 통해서 새로운 공부와 경험들을 시작하게 되었다. 그것들은 이미지들이 의식적이거나 잠재의식적인 기억보다 더 깊은 원천으로부터 마음의 눈앞에 떠오른다는 점을 확신시켜 주었다.

그는 몹시 가난한 가운데서도 자존심을 지켰기 때문에, 나는 초창기에 그의 마음은 얼굴이나 몸과 일치했다고 믿는다. 비록 나중에 마치 돈키호테가 고삐가 풀렸듯이[474] 고삐가 풀렸지만 말이다. 밤마다 그와 권투를 한 사람이 내게 말해 주었다. 매서스가 자기보다 더 센 사람이었지만 여러 주 동안 그를 때려눕힐 수 있었는데, 오랜 후에야 그 주간 동안 매서스가 굶고 있었음을 알게 되었다는 것이다.

우리가 처음 인사를 나눈 때인 것 같은데, 그는 나에게 《연금술연구회》[475]라는 모임에 관해 얘기를 했다. 그 모임은 회원마다 이름을 다르게 불렀다. 나는 1887년 5월 혹은 6월에 샬럿 가의 화실에서 그 모임에 입문했다. 모든 것을 아주 잘 받아들이는 나이였던 나는 틀을 갖추고는 고립되어 갔다. 매서스는 통솔력 있는 타고난 선생이요, 조직자였다. 말보다는 인품에 의해 창의적인 행동을 유도하는 사람 중의 하나였다. 우리는 약간의 연회비를 냈는데, 집세와 문방구를 위해 몇 실링씩을 냈지만 가난한 사람들은 그것조차 내지 않았다. 우리 모두는 매서스가 시간과 생

---

[474] 마치 돈키호테가 고삐가 풀렸듯이: 1926년판에서 삽입된 구절.

[475] 예이츠는 1887년 5월이나 6월이 아닌 1890년 5월 7일에 《금빛새벽연금술회》에 입문했다. 《금빛새벽연금술회》가 런던에서 만들어진 것은 1888년이었다. 이 모임은 승급제가 있었는데, 예이츠는 1893년에는 핵심계급으로 승급했고, 그의 계급명은 〈악마는 신의 반전〉이었다. 《금빛새벽연금술회》 회원으로는 플로렌스 파, 애니 호니먼, 예이츠의 외삼촌 조지 폴렉스펜 등이 있었고, 모드 곤은 잠시 가입을 했다.

각에 관대하다는 것을 알았다.

매서스와 함께 나는 백발의 옥스퍼드셔의 성직자[476]를 만났는데, 매서스의 소개에 의하면 "그는 우리를 고대의 연금술 전문가들과 통하게 해줄 사람"이었지만, 내가 알고 있는 사람 중에서 가장 공포에 질린 사람이었다. 이 노인은 나를 한쪽으로 데리고 가서 얘기했다. "자네가 혼령들을 불러오지 않았으면 좋겠네. 아주 위험한 일이거든. 심지어 행성의 영들이 결국 우리를 덮칠 거라는 얘기도 들었네." 내가 "환영을 본 적이 있으세요?"라고 물었더니, 그는 이렇게 대답했다. "아, 그래 한 번 본 적이 있지. 집 지하실에 주교님에게 감추고 있는 연금술 실험실이 있네. 어느 날 그곳을 오르락내리락하고 있는데, 내 옆에 오르락내리락하는 다른 발걸음 소리가 들리는 게 아니겠는가. 고개를 돌려보니 내가 젊었을 때 사랑한 여자가 있었네. 그런데 그녀는 이미 오래전에 죽었거든. 키스를 해달라고 하더라구. 아, 아니야, 난 하지 않으려 했네." "왜요?" "아, 그 여자 혼령에 지배당할지도 모르니까." "당신의 연금술 연구가 성공한 적이 있습니까?" "그럼, 한 번은 불로장생약을 만들었지. 프랑스 연금술사는 냄새나 색깔이 제대로 되었다고 얘기했어(그 연금술사는 아마도 엘리파스 레비[477]였을 것이다. 그는 1860년대에 영국을

엘리파스 레비

---

[476] 윌리엄 알렉산더 에이튼(1816~1909). 연금술에 관심을 가진 영국 국교회목사.
[477] 엘리파스 레비(1810~1875). 프랑스 낭만주의 시인, 신비주의 사상가. 본명은 알퐁스 루이 콩스탕이었으나 히브리 이름으로 개명했고, 기독교 카발라철학과 연금술, 타로, 마법의식 등을 연구했다. 그의 신비주의 사상은 보들레르, 말라르메, 예이츠, 브르통 등 프랑스와 영국의 현대 문인들에게 영향을 미쳤다.

방문했는데, 무엇에 관해서든 다 얘기하려고 했다). 그러나 그 불로장생약을 먹으면 우선 손톱이 떨어져 나오고 머리털이 빠지게 되는 거야. 나는 실수를 저지를까 두려워 아무 일도 일어나지 않도록 선반에 치워두었지. 나이가 들면 마실 작정이었어. 그러나 나중에 내려보니 모조리 말라버렸더군."

나와 처음 만난 직후에 매서스는 잠시 부유해졌다. 그는 포리스트 힐에 있는 사설박물관의 큐레이터로 2~3년 동안 일을 하게 되었고, 철학자 앙리 베르그송의 젊고 예쁜 여동생과 결혼을 했다. 역시 입문을 한[478] 플로렌스 파와 나, 그리고 열두어 명의 회원 등 소그룹에게는 포리스트 힐에 있는 그의 집이 곧 낭만적 장소가 되었다. 플로렌스 파는 쉽게 만족되지 않는 호기심 때문에 기묘한 이야기를 늘 먼저 꺼냈고,[479] 그래서 놀란 사람들에게 조롱을 당한 것 같다.

매서스는 플로렌스 파를 데리고 양떼가 있는 들판으로 산책을 나가서 말했다. "양들을 보세요. 나 자신을 숫양이라고 상상하겠습니다." 그러자 곧바로 양이 모두 그의 뒤를 뒤따르기 시작했다. 또 어느 날에는 그가 프리메이슨의 검으로 공중에 상징을 그려서 천둥을 동반한 폭우를 진정시키려고 했다. 그러나 뜻대로 되지는 않았다. 그런데 최고로 기적적인 일이 일어났다. 그는 색칠한 기하학적 상징이 그려진 마분지 한 장을 그녀에게 주고 이마에 붙이고 있으라고 했다. 어느 순간 그녀는 갈매기들이 머리 위에서 끽끽대는 바다 위 절벽을 자신이 걷고 있는 것을 깨달았다. 숫양 이야기는 불가능한 일로는 생각되지 않았다. 그래서 심지어 나는 고양이 코앞에서 나 자신을 생쥐라고 상상하면서 대여섯 번 고양이

---

[478] 역시 입문을 한: 1926년판에 추가된 구절.
[479] 기묘한 이야기를 늘 먼저 꺼냈고: (1922년판) 그 집에 관한 소식을 먼저 꺼냈고.

를 흥분시키려고 애쓰기도 했다. 그렇지만 양떼가 우연히 움직이는 데 그녀가 속았을 가능성도 있었다. 그러나 그 다음의 기이한 절벽 이야기에서는 무엇이 그녀를 속일 수 있었겠는가?

그 다음에는 또 다른 사람이 비슷한 보고서를 가져왔고, 곧 내 차례가 되었다. 그가 준 마분지에 그려진 상징을 보고 나는 눈을 감았다. 영상이 천천히 나타났지만, 어둠이 칼로 싹둑 잘리는 것 같은 갑작스러운 기적은 아니었다. 기적은 대부분 여성의 특권이니까. 그러나 내가 통제할 수 없는 정신적인 이미지들이 내 앞에 떠올랐다. 고대의 폐허 더미에서 두 손으로 자신의 몸을 일으켜 세우고 있는 검은 타이탄과 사막이 떠올랐다. 매서스는 나에게 샐러맨더[480] 기사단의 상징을 보여주었기 때문에 내가 그 기사단의 어떤 존재를 본 것이라고 설명했다. 그러나 상징을 보여줄 필요조차 없었고, 그가 상상하기만 하면 족했다. 1887년의 어느 날짜가 적힌 일기에 이미 나는 마담 블라바츠키의 스승들은 "무아지경 속의 인물들"이며, 내가 본 검은 타이탄보다 단지 더 지속적이고 더 강력할 뿐 모두 같은 존재로 생각한다고 썼다.

어릴 때 나는 더블린의 《아일랜드 왕립학술원》[481] 탁자 위에 놓인 일본 미술에 관한 소책자를 발견하고 어떤 동물화가[482]에 대해 읽었다. 그림 솜씨가 아주 뛰어났기 때문에 그가 절의 벽면에 그려놓은 말들이 어두워진 후에 슬그머니 벽에서 내려와 이웃에 있는 논들을 짓밟았다고 한다. 어떤 사람이 새벽에 절에 들어와 벽에서 물방울들이 마구 떨어지는 것을 보고 깜짝 놀라 위를 올려다보았다. 그는 벽에 그려진 말들이 이슬 덮인 논에서 막 돌아와 아직도 젖은 채 있었지만 그때 서서히 "떨

---

[480] 샐러맨더는 불 속에서도 산다고 하는 도마뱀 모양의 상상적 동물.
[481] 1785년에 창립된 단체.
[482] 누구인지 밝혀지지 않음.

면서 정지해가는" 것을 보았다는 것이다.

나는 매서스의 상징체계를 터득했고, 분석할 수 없는 어떤 특성을 기준으로 그 범주에 들어가는 극소수의 사람에게는, 보이는 세계가 완전히 사라지고 상징이 불러오는 세계가 대신 자리 잡기도 한다는 것을 알게 되었다. 어느 날 열차 삼등칸에 혼자 있을 때, 빅토리아 근처에 있는 템스 강을 지나는 철도 다리 중간에서 향기를 맡았다. 내가 포리스트 힐로 가는 중이었으니, 그 향기는 매서스가 불러온 영혼에서 온 것이었을까? 마담 블라바츠키 집에서 향기를 맡을 때는 교묘한 술수가 숨겨져 있지 않은지, 비밀스러운 향로가 있지 않은지 궁금했지만, 그런 설명은 이제 더 이상 가능하지 않았다. 나는 그의 샐러맨더는 단지 이미지라고 믿었고, 곧 냄새와 이미지 사이의 유사성을 발견했다. 그 냄새는 생각에 의해서 만들어지는 것임이 틀림없고 나를 놀라게 하는 것들은 나 자신의 생각에 의해서 조작될 수 있다고 확신했다. 생각이 후각에 영향을 미칠 수 있다면, 촉각은 왜 그렇지 않겠는가? 그때 나는 매서스를 둘러싸고 있는 회원들 가운데서, 꿈에서 고양이와 싸웠는데 깨어보니 자기 가슴에 온통 할퀸 자국이 나 있었다고 얘기하는 사람을 보았다. 그 할퀸 자국과 짓밟힌 논 사이에는 건널 수 없는 장벽이 있었던 것일까? 그랬던 것 같다. 그렇지만 모든 것은 불확실하다. 우리의 실험들이 우리의 상상력에 어떤 확정적인 법칙을 남겨놓을 것인가?

매서스는 학식이 많았지만[483] 학술적이지는 않았고, 상상력은 풍부했지만 불완전한 감식안을 갖고 있었다. 그러나 그가 말도 안 되는 진술과 믿을 수 없는 주장, 상투적인 농담을 할 때면, 그가 마치 우리가 만드는 극의 인물인 것처럼 우리는 반쯤 의식적으로 그 주장이나 진술, 농담을

---

[483] 학식이 많았지만: (1922년판) 학식이 있었지만.

바꿔서 이해했다. 그는 과도하기도 했지만 그것은 필요에 의한 것이었고, 셸리와 괴테의 시대로부터 내려온 낭만주의 운동에 함축되어 있는 주장을 그 어떤 사람보다도 더 멀리 밀고 갔다. 적어도 몸과 목소리에서는 완벽했다. 파우스트는 나이가 들어도 변치 않는 젊음을 유지하여[484] 그렇게 보였을 것이다. 쉽게 잘 믿는 어린 나이였던 우리는 그가 불로장생약을 만들어낸 그 노인과 직접 만나거나 아마도 그에게서 가르침을 받기까지 하지 않았을까 슬쩍 궁금해했다. 그는 속임수가 전혀 없는 것도 아니었고, 이렇게 습관적으로 말했다. "여러분들이 불로장생약을 발견한다면 그것을 발견했을 때의 나이보다 언제나 몇 년은 더 젊어 보일 것입니다. 60살의 나이에 발견한다면 100년 동안 50살처럼 보일 것입니다." 우리 중 아무도 돌이나 불로장생약을 믿는 것을 인정하려는 사람은 없었다. 그 옥스퍼드셔의 성직자는 어떤 것을 믿도록 자극하지는 않았지만, 우리 중 한 사람은 도가니나 침지로[485]를 가지고 애를 쓰고 있었다. 10년 전에 어떤 일로 나이든 변호사의 집을 방문한 일이 있는데, 화로의 재에 묻혀있는 작은 토기 항아리를 발견했을 때 나는 그 변호사가 그의 추종자였던 것을 기억해냈다. 그 변호사는 언젠가는 연금술의 역사를 쓰려고 연금술을 연구하고 있는 척했다. 나는 다른 것들을 질문해보고는 그 작은 항아리는 그저 재에 20년 동안 계속 묻어놓은 것이라는 사실을 알게 되었다.

---

[484] 나이가 들어도 변치 않는 젊음을 유지하여: (1922년판) 100년이 끝났을 때도.
* 파우스트가 사탄과 계약을 맺은 것을 언급함.
[485] 도가니는 쇠나 유리를 녹이는 그릇이며, 침지로는 온도를 일정하게 유지하도록 연료를 자동으로 공급하는 장치.

XXI

나는 일반화를 아주 많이 했고 그것을 부끄러워했다. 나는 화가와 시인이 되는 것이 내 인생에서 가야 할 길이며, 그것에 비교할 만한 일은 있을 수 없다고 생각했다. 나는 책 읽기를 거부했고, 심지어는 일반화를 부추기는 사람들을 만나는 것도 거부했지만, 모두 소용이 없었다. 나는 어린 시절처럼 기도했다. 옛날처럼 시간과 장소를 지켜서 일정하게 하지는 않았지만 말이다. 어떻게든 나의 상상력이 추상성에서 벗어나기를, 초서의 상상력이 그랬듯이 삶에 몰두하게 되기를 기도하기 시작한 것이다. 나는 10년 혹은 12년 이상을 계속해서 자책감에 시달리다가, 오로지 나의 추상적인 것들이 회화적이고 연극적으로 바뀌게 되었을 때야 만족할 수 있었다. 바로 그 자책감은 내가 불순하다고 생각한 지적인 부분을 조금도 허용치 않음으로써 내 초기 시에 약간의 감상성을 주어서 시를 망치는 데 일조했다.

실제 생활에서조차 나는 일반화를 그저 아주 천천히 사용하기 시작했고, 그것은 그 이후로 아일랜드에서 내가 한 모든 것, 혹은 하게 될 모든 것의 기초가 되었다. 내가 알고 있는 바로는 모든 사람은 젊은 시절에 아주 소심할 수 있다. 스무 살쯤 되면 사람의 지성은 장차 알게 될 모든 진리를 지니고 있다고 생각되지만, 우연한 짜증이나 순간적인 환상에 사로잡힌 채, 사람들의 의견에서 얻게 되는 인간의 진리는 아직 알지 못하는 나이이기 때문이다. 인생이 흘러감에 따라 우리는 어떤 생각이 자신을 패배 속에서 지탱해주고, 자신에 대한 승리이든 혹은 다른 사람에 대한 승리이든 우리에게 승리를 가져다준다는 사실을 발견하게 된다. 열정에 의해 시험된 이 생각은 바로 우리가 신념이라고 부르는 것이다. 주관적인 사람들, 말하자면 자기 뱃속에서 거미줄을 뽑아내야만 하는 그 모든 사람에게는 외적 운명이 앗아가 버린 모든 것에 대한 매일 매일의 지적 재창조가 바로 승리인 것이다. 그래서 운명과는 대립적이다. 반면 내가 〈마스크〉라고 부른 것은 내적 본성에서 나오는 모든 것에 정서적으로 대립되는 것이다. 인생을 비극으로 인지하기 시작해서야 우리는 비로소 제대로 살기 시작한다.

XXII

세상은 지금 단지 파편 뭉치에 불과하다는 확신이 끊임없이 나를 사로잡았다. 나는 이 확신을 《시인클럽》의 시인들에게 납득시키려고 노력했는데, 그것 때문에 이미 너무 조용했던 저녁 모임을 더 큰 침묵 속에 빠뜨렸다. 나는 익히 하던 대로 "유일하게 침묵이 부리와 발톱이 되는 사람은 존슨 당신뿐입니다."라고 말했다. 나는 그 문제에 대해 런던의 한 아일랜드인 협회에서 이미 강연을 했고 나중에 더블린에서도 강연하기로 되어 있었다. 그러나 나는 그 문제에 흥미가 있는 사람은 한 사람밖에 발견하지 못했다. 그 사람은 《앵초단》[486] 임원인데도 동시에 《페니언 형제단》의 활동적인 회원이었다. 나는 그가 "저는 아일랜드와는 별개로 극도로 보수적인 사람입니다."라고 설명하는 것을 들었다. 개인적 경험으로 세상이 조각나 있다고 생각하는 그런 안목을 공유하게 되었다는 점을 나는 의심치 않는다.

나는 헉슬리와 틴들과 카롤루스 뒤랑과 바스티앵르파주의 추종자들 때문에 분노하게 되었는데, 그들은 미술에서든 문학에서든 소재라는 것이 중요치 않다는 점뿐 아니라 여러 예술 장르가 서로 독립적이라고 주

---

[486] 《앵초단》혹은 《프림로즈연맹》은 1883년에 보수주의 원칙을 확산시킬 목적으로 만들어진 잉글랜드와 아일랜드의 조직으로서, 《페니언 형제단》과는 정반대의 입장을 취하고 있었다.

장했다. 반면에 나는 시인과 예술가들이 전 국민에게 알려진 예로부터 전해 내려온 소재들을 기꺼이 다룬 모든 시대를 좋아했다. 단테가 『향연』에서 미를 완전히 균형 잡힌 인체에 비유하면서 쓴 용어를 사용하자면, 개인에게나 민족에게나 똑같이 〈존재의 통합〉이라고 불리는 것이 있다고 생각했기 때문이다.[487] 내게 그 용어를 가르쳐주신 우리 아버지는 현 하나를 건드리면 모든 현이 희미하게 함께 울리는, 현을 팽팽하게 맨 악기에 비유하기를 좋아하셨다. 아버지는 말씀하셨다. 〈욕정에는 진정한 사랑만큼 열망이 없지만, 진정한 사랑은 열망이 연민과 희망, 애정, 감탄을, 그리고 적절한 환경이 주어지면 인간에게 가능한 모든 정서를 일깨운다〉. 그러나 내가 이 생각을 국가에 적용하고 무역이나 직업들 사이의 법적 균형을 위해 논쟁하기 시작했을 때, 아버지는 맹렬한 자유무역주의자와 자유의 선전가를 바로 언급하셨다. 추상성은 직업이나 계급이나 능력을 구별하는 것이 아니라 서로 고립시킨다는 의미에서, 나는 이 통합의 장애물은 추상성이라고 생각했다.

하늘에서 매를 불러들여라

---

[487] 예이츠는 『비전』(1937년 개정판. 82쪽)에서 '모든 통합은 〈마스크〉로부터 오며, 〈대립적 마스크〉는 자동기술문서에서 "우리를 자신과 하나로 만들기 위해 열정에 의해 창조된 형태"로 묘사되어 있다. 그렇게 추구된 자아는 〈존재의 통합〉으로서 단테는 『향연』(1306~1308)에서 "완전히 균형 잡힌 인체"의 통일성에 비유했다'라고 말했다. 그러나 실제로 단테는 "완전히 균형 잡힌 인체"라는 표현을 쓴 적이 없으며, 다만 초고에 "육체와 지적, 영적 욕망의 완전한 조화는 불완전할지 모르나, 조화가 완전하다면 그것은 통일성을 가진다."라고 되어 있다. 이것은 르네상스 이상의 표현으로서, 아마 레오나르도 다빈치의 〈비트루비안 맨〉(고대 로마의 건축가 비트루비우스의 책에 쓰인 '인체는 비례의 모범이다. 사람이 팔과 다리를 뻗으면 완벽한 기하학적 형태인 정사각형과 원에 딱 들어맞기 때문이다'라는 글에 따라 다빈치가 두 팔과 다리를 벌리고 있는 남성의 인체를 원과 정사각형의 선으로 둘러 그 안에 인체가 완벽하게 합치되는 모습을 그린 것)의 관념에 가까울 것이다.

매에게 눈가리개를 씌우고 새장에 가둬라
그 노란 눈이 부드러워질 때까지.
고깃간과 쇠꼬챙이 구이가 바닥나고
늙은 요리사는 분노하고
부엌데기도 사나워졌으니.[488]

런던에는 중세 성당이 없었고, 웨스트민스터 사원은 내가 혐오하는 런던의 일부였으므로 나에게 흥미를 주지 못했다. 그러나 나는 끊임없이 호메로스와 단테, 마우솔루스와 아르테미시아[489]의 무덤, 왕과 왕비의 거대한 조각상, 그리스와 아마존, 켄타우루스와 그리스의 그보다 작은 조각상들을 생각했다. 모든 예술은 민담에서 그 등과 강한 다리를 발견하는 켄타우루스여야 한다고 생각했다. 나는 또한 호메로스의 작품이 노래로 불렸음[490]을 기억함으로써, 『신곡』의 어떤 연을 보통사람이 노래하는 것을 들으면서, 단테의 얘기에서, 또 아리오스토를 노래하는 일반인을 만나면서, 돈키호테의 이야기에서, 큰 기쁨을 느꼈다.

모리스는 초서 이후의 어떤 시인도 썩 좋아하는 것 같지 않았다. 나는 초서보다는 셰익스피어를 좋아했지만 나 자신의 편애를 못마땅하게 생각했다.[491] 유럽인들은 하나의 정신과 마음을 공유하고 있다가 마침내 셰익스피어가 태어나기 직전에 그 정신과 마음이 모두 산산조각나지 않았던가? 초서가 생각의 깊이를 주려고 시에서 속도감을 빼내버렸을 때,

---

[488] 예이츠의 「매」(1916), 총 3연 중 첫 연.
[489] 주석 398 참조.
[490] 밝혀지지 않음.
[491] 셰익스피어는 훌륭한 작가였지만 초서와는 달리 예이츠가 중시한 〈문화의 통합〉을 표현하지 못했기 때문에, 초서보다 셰익스피어를 더 좋아하는 자신이 못마땅하다는 것이다. XXIII에 나오는 초서에 관한 언급도 같은 문맥이다.

음악과 시는 서로 떨어지기 시작했다. 초서 이후 세대의 음유시인들은 장황하게 공들여 만들어진 『트로일로스와 크리세이데』를 노래해야만 했지만 말이다. 굳건히 촉각성의 효과를 추구하기 위해 르네상스 후기에 그림은 종교에서 분리되었다. 반면 우리시대에 와서 그것은 한때 개별화한 것을 유형화하기 위해서 시라고 불려온 옛부터 전해 내려온 모든 소재를 포기했다. 곧 나는 "여성들은 열정이 너무 강해서 유머가 제대로 나올 수 없다."[492]는 콩그리브의 말, 우리 식으로 바꾸어 말하자면 유형이 제대로 나올 수 없다는 말에 힘입어서, 추상적인 것 중 유형화된 것을 손가락으로 꼽기 시작했다.

또한 우리는 일상의 햇빛 아래서는 더 잘할 수가 없었다. 순수이성이 실천이성을 경시할 뿐이었고, 데카르트 자신이 침대 밖에서보다는 침대 안에서 더 잘 생각할 수 있다는 사실을 발견한 그 아침부터 순수이성은 그것대로, 경시되어왔기 때문이다. 또한 나는 모리스 파에 너무 늦게 들어갔기 때문에, 기계가 수공예에서 분리된 것은 전적으로 세계의 이익을 위해 그런 것만은 아니라는 점을 발견하기 위해, 또한 계급들 간의 구분이 소외를 초래했다는 점에 주목하기 위해, 내가 굳이 새로운 생각을 덧붙일 필요는 없었다.[493] 우리 시대에 런던 상인이 모두 서정시를 쓰는

---

[492] 윌리엄 콩그리브(1670~1729)의 「희극에서의 유머에 관하여 콩그리브 씨가 데니스에게 보내는 편지」(1695)에서 나온 표현. '그러나 나는 여성들에게서 진정한 유머라고 할 수 있는 것을 본 적이 없음을 밝힙니다. 아마도 여성들은 열정이 너무 강해서 유머가 제대로 나올 수 없을 겁니다. 혹은 남성들의 경우에 흔히 그런 것과는 달리, 여성들은 타고난 냉정함 때문에 유머가 과도할 정도로까지 발휘되는 일은 없습니다.'

[493] 윌리엄 모리스는 예술의 기계화에 반대하여 수공예의 중요성을 강조하고 진보적 사회주의를 신봉한 인물이다. 예이츠의 말은 이미 모리스가 수공예의 중요성과 진보적 사회주의를 설파한 이후에 모리스 파에 들어갔기 때문에 굳이 자신이 따로 새로운 생각을 덧붙일 필요가 없었다는 뜻.

경쟁을 한다 해도, 그들은 튜더 시대의 상인들과는 달리, 우승자 집 앞 대로에서 춤을 주지는 않을 것이다. 또한 런던의 귀부인들은, 베네치아의 귀부인들이 심지어 18세기까지도 그랬듯이 모두를 휘감고 있는 공감을 의식하며 자기들 집 앞 인도에서 무도회를 벌이지도 않을 것이다.

의심할 바 없이 분열된 세계의 파편들은 더 작은 파편들로 부서졌기 때문에 우리는 서로를 쓸쓸한 희극의 빛 속에서 본다. 어떤 때는 한 가지 기술적 요소가 지배하고 또 어떤 때는 다른 기술적 요소가 지배하는 예술에서는, 세대끼리 증오하게 되고, 그래서 우리가 가장 애호하는 완성된 미를 빼앗기게 된다. 스스로 생각할 용기를 갖지 못했기 때문에 내가 예견하지 못한 한 가지는 이 세상이 점점 더 살기등등해진다는 것이었다.

> 나선형으로 점점 넓어지는 원을 그리며 돌고 돌아
> 매는 매잡이의 목소리를 듣지 못한다.
> 만물은 흩어지고 중심은 지탱하지 못하며
> 한갓 무질서만이 세상에 충만하다.
> 피로 검게 된 바닷물이 터져 나와, 곳곳에서
> 순수한 의식이 자취를 감춘다.
> 선인은 신념을 모두 상실하고, 악인은
> 격정으로 가득 차 있다.[494]

XXIII

추상성이 절정에 달했거나 거의 절정에 달했다면 이제는 많은 사람이 추상성에서 벗어날 수 있을 것이고, 그렇지 않더라도 개인적으로 추상성

---

[494] 예이츠의 「재림」(1920), 제1~8행.

에서 벗어날 수 있을 것이다.[495] 초서의 각 인물들이 초서의 무리에서
떨어져 나와 공통의 목표와 성지를 잊어버리고 다양하게 확대되어 각자
가 차례로 엘리자베스 시대 연극의 중심인물이 되고 그 후에 각각의 요
소로 찢어져 낭만주의 시를 낳았다면, 영사기를 거꾸로 돌려야만 하는
것인가? 문학의 일반적인 흐름이 그렇게 거꾸로 가서, 인물들이 타바드
여관 문 앞에 있는 것처럼 우연하고 일시적인 접촉을 하는 모습으로 보
여야 한다고 나는 생각했다. 또한 최근에는 『안나 카레니나』를 읽고 톨
스토이의 이론적 능력이 깨어나지 않은 곳에는 그런 역류가 있다고 생각
했다. 그러나 정서적 집중력이 강한 국민이나 개인은 순례자들을 따라
서, 이를테면 알려지지 않는 성지로 가고, 그 모든 분리된 요소와 모든
추상적인 사랑과 우울에 상징적이고 신화적인 일관성을 부여할지 모른
다. 초서의 작품 속 입이 거친 기수(騎手)들이 아니라, 순례의 끝, 신들의
행렬을!

아서 시먼스는 파리에서 베르하렌과 메테를링크[496]의 이야기들을 가
져와서 내 생각을 확인해 주었다. 그래서 나는 수피교도[497]가 쓴 것 같은
시를 발표하기 시작했다. 그러나 이야기와 상징을 멋대로 선택하는 국제
적 예술을 견딜 수 없었다. 건강과 행운이 돕고 있으니, 내가 『사슴에서

---

[495] 바로 앞부분에 나온 예술이나 문명의 시대적 변화, 혹은 가이아 이론과 관계된
    생각. 문명에 있어서든 예술에 있어서든, 어떤 경향이 생겨나서 널리 퍼져나가고
    절정에 이르게 되면, 그때쯤 그와는 정반대되는 경향이 생겨나기 시작한다는 것
    이다. 예이츠는 자기 시대가 추상성이 절정에 이르렀으므로 이제는 그와 반대되
    는 경향이 나타날 가능성이 열려있다고 생각한다. 실제로 문학에서는 19세기말
    에 절정에 이르렀던 일반화와 추상성, 감상성 등이 20세기초 이미지즘 운동 등의
    구체성, 감정배제, 언어의 정확성에 대한 강조에 의해 극복된다.
[496] 에밀 베르하렌(1855~1916)은 프랑스어로 글을 쓴 벨기에 작가로서 상징주의의
    창시자 중 하나. 모리스 메테를링크(1862~1949)는 벨기에의 극작가이며 시인,
    수필가. 1911년에 노벨 문학상을 받음.
[497] 수피교도: 이슬람교의 신비주의자.

풀려난 프로메테우스』와 같은 새로운 작품을, 프로메테우스 대신 패트릭이나 콜럼브킬, 어쉰, 피온을, 코카서스 대신 크로 패트릭이나 벤 불벤을 창조할 수 있지 않겠는가?[498] 모든 민족은 자신들을 바위와 산에 연관 짓는 신화체계에서[499] 처음 통합을 이루지 않았던가? 우리 아일랜드에는 교육받지 않는 계층이 알고 있을 뿐만 아니라 노래로도 부르는 상상력이 넘치는 이야기들이 있다. "문학의 응용예술"이라고 불러온 것, 즉 문학과 음악, 연설, 춤의 연관성을 작품 자체를 위해서 재발견하면서 우리가 그 이야기들을 교육받은 계층도 즐기게 만들 수 있지 않겠는가? 그래서 결국에는 우리나라의 정치적인 열정을 깊게 하여 예술가와 시인, 장인과 일용노동자 모두가 똑같은 공통의 틀을 받아들이도록 만들 수 있지 않겠는가? 아마도 이런 이미지들조차 일단 창조되어 강이나 산과 연관되면, 논을 뛰어다니던 일본 사찰 벽에 그려진 말들처럼 강력하고 심지어 요동치는 생명력으로 저절로 움직이지 않겠는가?

XXIV

이런 비밀스러운 생각들을 터놓을 수 있는 몇몇 친구에게 내가 아일랜드에서 했던 그 시도는 실패했다고 말하곤 했다. 우리의 문명은 낮은 형태의 삶처럼 여러 가지 요소가 분리되어 증가함으로써 아주 강해졌기 때문이다. 그러나 사실 나는 무모하기 짝이 없는 희망이 있었다. 오늘날

---

[498] 성 패트릭과 성 콜럼브킬은 5~6세기의 아일랜드의 성인들이며, 어쉰과 피온은 아일랜드 전설상의 인물들. 코카서스 산은 그리스 신화에서 세계를 떠받치는 네 기둥 중 하나로서, 프로메테우스는 제우스에게 형벌을 받아 이 산의 바위에 묶이게 된다. 크로 패트릭과 벤 불벤은 아일랜드의 산들. 예이츠의 말은, 영국적이거나 그리스로마적인 것 대신 아일랜드의 전설과 민담, 풍토에 바탕을 둔 아일랜드적인 문학예술을 추구하겠다는 것.

[499] 신화체계에서: (1922년판) 다신교에서.

나는 이 첫 번째 믿음에, 통합에 대한 그 첫 번째 열망에, 희미하게 가끔만 이해되었던, 오랫동안 단순한 의견에 불과했던 또 다른 믿음을 덧붙인다. 즉, 국가와 민족과 개인은 어떤 정신상태를 상징하거나 환기시키는 하나의 이미지 혹은 연관된 이미지들의 덩어리에 의해서 통합된다는 믿음 말이다. 그 정신상태는 그 개인이나 민족이나 국가에게는 가능한 모든 정신상태 중에서 가장 어려운 것이다. 절망 없이 생각할 수 있는 가장 큰 장애만이 충분한 집중을 향한 의지를 불러일으키기 때문이다.

공포나 수사학이나 조직화된 감상성을 이용해 지배층이 된 사람들은 자기 국민을 전쟁으로 몰고 갈 수 있다. 그러나 더 이상 그렇게는 할 수 없는 날이 다가오고 있다. 순수한 동방의 국가들과 대등한 무기로 전쟁을 하게 되는 날이 올 때 어떻게 그들을 대적하겠는가? 우리 시대에 아일랜드가 오코넬 세대와 학교의 허풍 떠는 수사학과 사교적 유머에 등을 돌리고, 마치 반(反)자아로 향하듯이 외롭고 자긍심이 넘치는 파넬에게 자신을 바치는 것을 나는 보았다. 반(半)장화가 양말을 바짝 따라가듯이.[500] 우리가 신학자나 시인이나 조각가나 건축가가 11세기부터 13세기까지 추구한 것처럼 그렇게 의도적으로 통합을 찾는 유럽의 첫 민족이 되기를 나는 기대하기 시작했다. 아니 반쯤 기대했을지 모른다. 더 이상 모든 인간의 지식을 요약하는 것이 더 편하다고 생각지 않고 그것을 다르게 추구해야만 한다는 것은 의심할 바 없다. 그러나 먼저 철학과 약간의 열정을 찾는다면 우리는 그 통합을 당연히 발견하게 될 것이다.

---

[500] 양말과 반장화는 희극과 비극의 상징이다. 그리스극에서 비극적 역할을 맡은 배우는 다른 배우들의 신발보다 굽이 높은 반장화를 신었고, 희극적 역할을 맡은 배우는 '양말'이라고 불린 바닥이 얇은 신발을 신었다.

501 1922년판에는 '파넬 몰락 이후의 아일랜드'로 되어 있었음. 찰스 스튜어트 파넬
(1846~1891)은 아일랜드 자치를 위해 일한 의회지도자로서, '파넬 이후'라는 말
은 그의 정치적 몰락과 1891년의 갑작스러운 죽음 이후를 의미한다. 이 말은 합
법적이고 비폭력적인 방법으로 아일랜드 문제를 해결할 현실적 가능성이 실질적
으로 사라진 이후라는 의미이기도 하다. 예이츠에게는 아일랜드의 정치적 힘이
쇠퇴한 후, 문화적 민족주의로 전향하는 것을 의미했다.

파넬이 죽기 2년 전에 나는 아일랜드 소설 선집 서문을 마무리 지었다.[502] 그 글에서 나는 정치가 마침내 처음으로 잠잠해질 때 지적(知的) 운동이 일어날 거라고 예언했다. 파넬이 죽고 나서는 그 예언을 완성하고 싶어졌다. 그러나 그런 식으로 말하지는 않았다. 당시 나에게 닥친 갑작스러운 감정, 즉 아일랜드는 앞으로 몇 해 동안 부드러운 밀랍과 같을 거라는[503] 갑작스러운 확신이 든 것은

찰스 파넬

초자연적 통찰의 순간이라고 생각하고 싶었기 때문이다. 내가 어떻게 그런 말을 할 수 있었겠으며, 심지어 지금도 어떻게 그런 말을 할 수 있겠는가?

사무원과 남녀 가게점원 등 젊은 사람들이 모이는 《서더크 아일랜드 문학회》라고 불리는 소규모의 아일랜드인 협회가 있었다. 그 모임에서는 누구라도 일어나 말을 하면 여자회원들이 킥킥대고 웃었다. 그래서 하고 싶은 말이 있으면 누구나 여러 번 반복해야 했다. 결국 그 협회는 모임이 중단되었다. 나는 그들에게 막 피어나는 꽃이 부서지듯이 인간의 정신이 산산이 부서지고 있다는 주제로 강연을 한 적이 있다. 인용도 줄거리도 없이 상당히 긴 시간 이야기했기 때문에 모든 사람은 나에게

---

[502] 『아일랜드 이야기 대표선집』(1891) 서문에서 예이츠는 '우리는 이 정치의 폭풍우가 잠잠해지기 시작할 때 스스로 드러날 새로운 아일랜드 문학운동을 위해 당연히 준비를 하고 있다.'라고 썼다.

[503] 부드러운 밀랍의 이미지에 관해서는 주석 276 참조.

IRISH LITERARY SOCIETY, LONDON.

—*.*.*.*.*.*.*.*—

OFFICERS :

President :
SIR CHAS. GAVAN DUFFY, K.C.M.G.

Hon. Secretary :
ALFRED PERCEVAL GRAVES, M.A.

Hon. Treasurer :
DANIEL MESCAL.

Committee :

R. BARRY O'BRIEN, *Chairman.* W. M. CROOK, B.A. *Vice-Chairman.*

REV. STOPFORD BROOKE, M.A.	MISS O'CONOR-ECCLES.
F. A. FAHY.	D. J. O'DONOGHUE.
T. J. FLANNERY	J. G. O'KEEFFE.
Miss ELEANOR HULL.	EDWARD O'SHAUGHNESSY
LIONEL JOHNSON.	DR. MARK RYAN.
M. MACDONAGH.	DR. JOHN TODHUNTER.

W. B. YEATS.

《아일랜드 문학회》임원과 회원명단

〈신아일랜드도서〉 시리즈 속표지

감탄했다. 당시에 나는 그 협회 사람들을 베드퍼드 파크에 있는 우리 아버지의 집에 초대했고, 거기서 새로운 조직인 《아일랜드 문학회》의 창설을 제안했다.[504] T. W. 롤스턴[505]이 첫 모임에 왔는데, 런던에 있는 모든 아일랜드 작가와 언론인이 참여한 그 모임이 창설된 것은 그가 재주가 많고 협회의 기술적인 업무에 대한 지식이 있었기 때문에 가능했다. 몇 주가 지나서 누군가가 협회의 연혁에 대한 글을 썼고, 우리의 사

---

[504] 《아일랜드 문학회》와 《국립문학회》의 예비모임은 1891년 12월 28일 베드퍼드 파크에 있는 예이츠의 집에서 있었다. 런던의 《아일랜드 문학회》는 찰스 더피 경을 회장으로 1892년 5월 12일에 창립되었다. 더블린의 《국립문학회》는 1892년 5월 24일에 첫 모임을 가졌고, 8월에 더글러스 하이드가 초대 회장이 되었다. 예이츠는 부회장 중 하나였고 올리어리는 평의회에서 일을 했다. 이 두 협회는 1892년에 〈신아일랜드도서〉 시리즈를 떠맡게 되었다.

[505] 주석 445 참조.

진을 실어 책으로 발행해서 권당 1실링에 팔았다.[506]

그 책이 발행되었을 때, 나는 더블린에 있었다. 더블린에서 나는 《국립문학회》라고 불리는 모임을 창설하고, 그 모임의 산하조직으로 들어오기를 원하는 것으로 보이는 시골의 아일랜드 청년모임들을 연계시켰다. 나는 명확한 계획이 있었다. 《아일랜드 극장》의 창립을 원했고, 『캐슬린 백작부인』의 엉성한 초고를 끝마쳐가고 있었으며, 시골지부 방문단을 생각하고 있었다. 그러나 그 전에 대중문학이 있어야 했다. 나는 피셔 언윈 씨와 내가 개인적으로 친한 그의 책 교정자 에드워드 가넷 씨와 함께, 우리 조직이 완성되면 피셔 언윈 씨[507]가 조직을 위해 권당 1실링 하는 책 시리즈를 발행하기로 일을 꾸몄다.

나는 이 일을 단 한 사람에게만 얘기했다.[508] 내가 그 계획을 세운 후에 걱정스러운 소문을 들었기 때문이다. 나이든 찰스 개번 더피 경이 아일랜드에 인쇄소를 차려서 책들을 시리즈로 발행하려고 호주에서 돌아오고 있다는 것이었다. 나는 그와 의견이 같기를 기대할 수가 없었지만 싸움을 하려 해서는 안 된다는 것을 알았다. 협회 둘 모두 필요했다. 그들의 강좌시리즈는 우리에게 당시에도 없었고 지금도 없는 인기 교양잡지의 자리를 대신하여 비평의 기준을 만들어야 했기 때문이다.

---

[506] 윌리엄 패트릭 라이언의 『아일랜드 문예부흥: 그 역사와 선구자들 및 가능성』(1894). 라이언은 1891년 12월의 예비모임에 참석했다.

[507] T. 피셔 언윈(1848~1935)은 〈익명도서〉 시리즈의 하나인 예이츠의 『존 셔먼과 도야』(1891), 예이츠가 편집한 〈아동도서〉 시리즈의 하나인 『아일랜드 동화』(1892), 〈카멜롯〉 시리즈의 하나인 『캐슬린 백작부인과 여러 가지 전설 및 서정시』(1892), 그리고 『어쉰의 방랑』(1892 재발행), 『마음속 욕망의 나라』(1894) 등 많은 책을 출판했다.

[508] 1892년에 예이츠는 가넷을 통해 피셔 언윈과 〈신아일랜드도서〉 시리즈를 계획했지만 결국 이 시리즈에 관심을 갖게 된 찰스 더피 경에게 편집권을 뺏기고 말았다. 이 계획에 대해 예이츠가 얘기한 사람은 T. W. 롤스턴이었고, 그래서 예이츠는 롤스턴이 배신했다고 생각했다.

아일랜드 문학은 멸시를 받았다. 교육 받은 사람은 아무도 아일랜드 책을 사지 않았다. 더블린에서 국제적인 영향력이 있는 유일한 문학자인 다우든 교수는 아일랜드 책은 냄새로 알아본다고 말하곤 했다. 그는 책을 썩은 풀로 제본하는 것을 본 적이 있었기 때문이다. 고대 아일랜드 역사에 대한 스탠디쉬 오그레이디의 마지막 책[509]은 다소 무모하고 오히려

찰스 개번 더피

너무 사색적이지만 그 이후의 연구를 예고해주는 책인데, 영국이나 아일랜드의 정기간행물이나 신문에 논평이 실린 적이 없다.

처음에 나는 큰 성공을 거두었다. 《서더크 아일랜드 문학회》의 어느 회원이 작성한 명단을 가지고 다녔기 때문이다. 나는 6주 동안 여기저기 다니면서 호소하고 설득했다. 먼저 더블린 뒷거리에 있는 버터통에 관한 것으로 첫 대화를 시작했다. 내 이야기를 들은 사람은 즉시 내 의견에 동의했고, 다른 사람들도 모두 다 동의했다. 사람들은 모두 무엇인가를 해야만 한다고 느꼈지만, 아무도 무엇을 해야 할지를 몰랐다. 그들은 나를 이해하지 못했을 수도 있다. 나도 내 생각을 모두 말하지는 않았을지 모르며, 그들은 단지 듣는 척만 했을지 모른다. 내가 계획이 있었다는 것만으로, 그리고 그것을 할 작정이었다는 것만으로 충분했다.

지방 도시에 강연을 하러 갔을 때, 주간지에 애국적인 이야기들을 쓴 노동자의 아내가 나를 집으로 초대했다. 아이들은 모두 옷을 최고로 차려입고 나를 맞이했다. 그녀는 아주 형식적이고 아주 단순한 이야기를

---

[509] 『레드 휴의 억류』(1889).

토머스 데이비스

마이클 대비트

조금 했는데, 자기가 쓴 글은 장점이 없으며, 그저 아이들 학비에 보탬이 된다는 것이었다. 그녀는 자기 아이들에게 나를 만났다는 사실을 절대 잊지 말라는 말을 하면서 이야기를 끝냈다.

어떤 사람은 나를 토머스 데이비스에 비유했고, 또 다른 사람은 내가 대비트처럼 뭔가를 조직할 수 있다고 말했다.[510] 나는 그들처럼, 그만큼 빠르게 성공할 수 있다고 생각했다. 이런 칭찬이나 내가 만난 사람들의 진짜 생각, 나라의 일반적인 상태에 대해서는 꼼꼼히 따져 보지 않았다. 그러나 나 자신에 대해서는 수없이 살펴보았고, 스스로에 대해서 어찌할 바를 몰랐다. 나는 수줍어하고 소심하며 자주 일을 미완성인 채로 두고, 물건이 필요해도 사러 가지 않는다는 것을 알고 있었다. 낯선 사무실이나 보통보다 더 으리으리한 가게를 마주 대하기를 꺼렸기 때문이다. 그러나 매일같이 낯선 사람들에게 이야기하는 것을 즐겼다.

몇 년이 지나서야 나는 예술가가 가장 잘 빠지는 유혹인 수고 없이 창작하려는 유혹에 빠졌다는 것을 알았다. 시를 짓는 것은 언제나 아주 어려웠다. 첫날에는 아무것도 이루어지지 않고, 각운이 있을 자리에는

---

[510] 토머스 데이비스와 마이클 대비트에 관해서는 각각 주석 253, 258 참조.

각운이 하나도 없다. 마침내 각운들이 나타나기 시작하면, 6행으로 된 한 연의 초고를 대충 만드는 데 온종일이 걸린다. 당시에 나는 내 문체를 형성하지 못했으므로, 6행의 한 연을 쓰는 데 가끔 며칠씩 걸렸지만, 그러고도 완성하지 못한 것 같다. 나는 지금처럼 밤이 되기 전에 내 머릿속에 있는 것을 모두 밖으로 끄집어내는 법을 익히지 못했다. 그래서 마지막 밤은 보통 잠을 이루지 못했고, 마지막 날은 신경이 곤두섰다. 그러나 셸리가 소책자를 풍등(風燈)에 매달 때 발견한 행복감을[511] 이제는 찾게 되었다.

II

처음에 나는 유명인사들에게 도움을 청하지 않았다. 사무원이나 보조 점원 회원이 "모 박사나 모 교수는 우리와는 아무런 관계가 없을 거예요."라고 말하면, 나는 "우리가 양떼를 모을 수 있다는 것을 입증하면, 양치기들은 나타날 것입니다."라고 대답했다. 얼마 지나지 않아 나이가 지긋하거나 중년에 접어든 사람들이 왔고, 나이가 나보다 얼마 많지 않은 사람들도 왔지만, 모두 나름 자기 마을에서는 권위가 있는 사람들이었다. 존 올리어리, 존 F. 테일러, 더글러스 하이드, 스탠디쉬 오그레이디, 이 사람들은 당시에 자주 나타나는 사람들이었다. 또 지식은 있지만 가식적이며 비학술적인, 전형적인 지방 명사이지만 친절한 사람인 시거슨 박사,[512] 최근에 신페인당원이 된 데일 아이린의 목사 플렁킷 백작, 현재

---

[511] 1812년 8월에 그가 쓴 「**지식**을 실은 풍선에게」라는 소네트에는 '저녁의 어둠 속에서 조용히 하늘을 날아가는 빛나는 풍등'이라는 구절이 있다.

[512] 또 지식은 있지만 가식적이며 비학술적인, 전형적인 지방 명사이지만 친절한 사람인 시거슨 박사: (1922년판) 나에게 늘 시비를 걸었고, 그에 관해서는 나에게 또 시비를 걸 것이라는 말밖에 할 수 없는 시거슨 박사.

국립대학 총장인 코피 박사, 나중에 《왕립더블린협회》[513] 박물관의 고대 아일랜드 큐레이터가 된 조지 코피, 시인이며 패트릭 가의 술집 주인이며 나중에 협회의 임원이 된 패트릭 J. 맥콜, 다정하고 지성적인 사람이며 그 당시 더블린의 전형적인 것은 아무것도 없는[514] 소설가이며 『진실』지 특파원인 리처드 애쉬 킹, 그밖에 유명, 무명의 인사들이 있었다.

우리는 이제 중요한 사람들이 되었고, 우리 협회의 방은 시장관저에 있었다. 그 오래된 관저의 집사는 우리의 중요성을 충분히 인정해서, 정족수가 될 때까지 앉아 기다리는 동안 매주 한 번씩 우리에게 속마음을 털어놓은 일이 기억난다. 그는 많은 대도시 시장을 모셨는데, 참정권이 확대되기 전[515]의 아주 뛰어난 시장들을 기억하며 현재의 시장들에 대해서는 경멸스럽게 말했다.

당시에는 우리 중 권위자들과 그들이 데려온 친구와 추종자 중에서 누가 밑부분에 늑대개가 있는 둥근 탑 모양을 한 후추통을 사라고 하면 거절하기 어려워하는 사람들이 많았다. 또한 그들의 정신은 완전히 《청년 아일랜드당》의 이미지와 비유를 중심으로 움직였기 때문에, 하프와 토끼풀과 녹색 커버[516]가 없는 아일랜드 책을 발행하는 것은 적절치 않다고 느끼는 사람들이 많았다. 나는 찰스 개번 더피 경의 귀국을 놀랍게 생각했다. 반면 벨라스케스가 그린 그림들 속에서 우리가 처음 발견하게

---

[513] 《왕립더블린협회》는 1731년에 창립된 《더블린협회》를 1820년부터 부르기 시작한 이름으로, 이 단체는 '아일랜드의 농업과 예술, 산업, 과학의 발전을 도모한다.'는 목적이 있었다.

[514] 그 당시 더블린의 전형적인 것은 아무것도 없는: (1922년판) 전형적인 것은 아무것도 없는.

[515] 최소 10파운드의 재산을 가지고 있고 매년 재산세를 내는 사람에게 부여한 참정권이 1867년에는 도시의 모든 성인 남자 가장에게까지 확대되었다.

[516] 하프와 토끼풀과 녹색 커버: 앞에 나온 후추통과 함께 아일랜드를 나타내는 상징들과 색. 자세한 내용은 주석 561 참조.

되는 그런 부드럽고 미소 짓는 얼굴을 여기저기서 목격했다. 엘 그레코의 그림 속 얼굴들을 지치게 했던 모든 굶주린 중세적인 사색은 사라졌고,[517] 그 대신 모든 것이 다 준비되어 공급될 수 있고, 명확한 형태로 헌신과 원칙의 매뉴얼 속에 규정되어 있다는 자기만족적 확신이 자리를 잡았다.

엘 그레코의 『성 제롬 추기경』

　그러나 이들은 《청년 아일랜드당》의 진정한 추종자가 아니었다.[518] 《청년 아일랜드당》은 예술과 문학이 종속적으로 돕고 부추기는 가운데 오로지 정치적 원칙에 의해서[519] 통일된 국가를 원했기 때문이다. 1840년대와 1850년대에 파리와 런던과 보스턴에서 문학을, 특히 시문학을, 과학과 역사, 정치에 대한 호기심으로, 모두가 추상적인 도덕적 목적과 교육적

---

[517] 예이츠의 친구이며 예술적 멘토인 찰스 리케츠는 벨라스케스(1599~1660)의 『부채를 든 여인』, 『필립 4세』 등을 좋아했다. 스페인의 신비주의 화가인 엘 그레코(1541~1614)의 작품으로는 『성 제롬 추기경』 참조.

[518] 1840년대 활동하다가 해체된 《청년 아일랜드당》(Young Ireland)과 예이츠가 가입하고 활동한 《아일랜드 청년회》(Young Ireland Society, 주석 270 참조)는 서로 다른 단체이다. 예이츠는 《아일랜드 청년회》를 지칭할 때도 'Young Ireland'로 쓰고 있어서 혼선이 일어난다. 1842년 설립되었다가 1849년 해체된 《청년 아일랜드당》은 아일랜드의 정치, 사회, 문화 전반에 걸친 운동으로서, 1848년 청년 아일랜드당 반란 등에 관여했다. 이 반란에 가담하여 체포된 당원들은 유형에 처해졌지만, 젊은 당원 일부는 그 이후에 《아일랜드공화국 형제단》(Irish Republican Brotherhood)을 만들었다. 《아일랜드 청년회》(Young Ireland Society, 1885~1888)는 1880년대 중반에 존 올리어리(John O'Leary)를 중심으로 뭉친 문학모임으로서, 나중에는 《아일랜드 청년연맹》(Young Ireland League, 1891~1897)으로 불렸다.

[519] 오로지 정치적 원칙에 의해서: (1922년판) 정치적 원칙에 의해서.

열정으로, 채웠던 사상의 움직임은 아일랜드의 정치를 위한 새로운 도구, 글쓰기 방법을 창조했다. 이 글쓰기 방법은 시의 문체를 게일어의 요소들과 함께 캠벨과 스코트, 맥콜리, 베랑제[520]에게서 가져왔고, 문체가 있는 유일한《청년 아일랜드당》산문작가인 존 미첼에게서 나타나는 산문의 문체를 칼라일에게서 가져왔다. 내가 반대한 이 글쓰기 방법을 많은 유보와 차별 없이 문학으로서 권하는 것은 속임을 당하는 것이거나 속이는 것이었다.

시골의 사랑 노래를 꼼꼼히 살펴보면 그것은 사랑하는 사람이 쓴 것이 아니라, 다니엘 오코넬 말로 하자면 "세상에서 제일 훌륭한 농민"이 우리에게 정말로 있다는 것을 입증하기를 원했던 애국자에 의해 쓰였다는 것을 발견하게 된다. 그러나 어떤 유명한 시 모음집의 서문에는 그런 사랑 시들이 "단지 그대의 눈으로만 건배해 주세요."[521]와 같은 "가장되고 인위적인" 영국의 사랑 노래들보다 뛰어나다는 주장이 있다. "가장되고 인위적인"이라는 말은 신문에 글을 쓴 영국 빅토리아조 사람들이 변덕스럽고 개인적인 글을 단념시키려고 쓴 바로 그 말이다.

그러나 서너 개의 노래를 빼고는, 우리의 유명한 모음집 『국민정신』[522]을 훌륭한 시선집이라고 생각하는 사람들조차 대다수가 그 선집을 마치 깨우친 신자들이 아담과 이브 이야기 혹은 요나와 고래 이야기를 대하듯 그렇게 대했다. 그런 이야기는 단순한 사람들에게는 종교에 없어

---

[520] 토머스 캠벨(1777~1844)은 감상주의적 시로 유명한 스코틀랜드 출신의 시인. 월터 스코트 경(1771~1832)은 스코틀랜드 출신의 소설가, 극작가, 시인. 토머스 맥콜리(1800~1859)는 영국의 역사가, 정치가. 피에르 장 드 베랑제(1780~1857)는 프랑스의 시인, 샹송 작곡가.

[521] 영국의 극작가이며 시인인 벤 존슨(1572~1637)의 「실리아에게」의 첫 행.

[522] 『국민』지에 실린 시와 발라드를 모아 1843년에 제임스 더피가 발행한 책. 1844년에 제2부가 나오고, 1845년에 증보판이 나왔다.

서는 안 될 부분이기 때문에 아무도 공식적으로 질문을 하지 않는다. 반면에 나는 젊어서 참지 못했고, 번역된 게일어 작가들의 발라드나 개인적이고 보통 비극적인 경험에서 쓰인 발라드 몇 개를 제외하고는 되도록 공식적으로 그 장점을 부인했다.

III

우리 모임에 참가한 대부분은 우리가 모두 단지 밀랍에 불과했던[523] 시대에 《아일랜드 청년회》의 이름 아래 모였다. 더 야심 찬 사람들은 매일 공공도서관에 가서 토머스 데이비스의 옛 신문철[524]을 읽고, 데이비스처럼 세상을 보려고 노력했다. 그 시대의 철학에 대한 사색이나 경제에 대한 질문도 종교와는 달리 철학적 역사가 부재한 통설을 흔들지 못했다. 종교적으로 편협한 사람들은 그런 것을 더 좋아했다. 몇몇 젊은 사람들은 그것을 참지 못했는데, 이 젊은 사람들이 바로 나를 지지한 사람들이었다. 이들의 수는 《더블린협회》보다 《런던협회》에 더 많았다. 단지 토머스 데이비스와 그 집단의 역사에만 흥미가 있던, 그들보다 나이가 든 몇 사람이(내 친구들과 우리 아버지의 친구 몇 사람이) 우리 모임에 가담했다.

《아일랜드 청년회》의 산문은 아일랜드의 미덕에, 침략자의 시보다는 그 악덕에 더 관심을 가지고 있었다. 우리는 곧 진흙탕에 들어가, 크롬웰이 전적으로 사악했는지, 옛 아일랜드 씨족들의 머리는 전적으로 순수했는지, 데인족은 그저 강도이며 교회를 불태운 자들에 불과했는지(9세기에 로시스 들판에서 쫓겨난 데인족들은 그 들판의 지도를 오늘날까지

---

[523] 밀랍 이미지의 의미에 관해서는 주석 276 참조.
[524] 『국민』지 제1차 시리즈(1842~1848)와 제2차 시리즈(1849~1896).

간직하면서 다시 돌아오기를 획책하고 있다고 한다),[525] 그리고 우리 민족이 세상에서 가장 위대한 웅변가인지 아닌지와 같은 그런 문제에 빠져들었다. 모든 과거는 아일랜드가 나무랄 데 없는 주인공이 되는 멜로드라마로 변했다. 시인과 소설가와 역사가에게는 악당에게 야유를 보내야 한다는 한 가지 주제밖에 없었다. 작가가 재능이 있을수록 악당을 향한 야유 소리도 크다는 사람들의 생각에 반대한 것은 소수의 사람뿐이었다. 멜로드라마를 더 고상한 예술의 형태로 대체하는 것은 더욱더 어려웠다. 형태가 다를지라도 악당과 희생자가 실제로 있었기 때문이다.

그러나 그 원한과 나는 싸워야 했다. 1892년과 1893년에 내가 그 방향으로 움직이지 않았다면, 아일랜드가 낳은 가장 위대한 드라마의 천재인 존 싱이 1907년에 침묵하게 했을지도 모른다. 나는 몇 년 전에 일어난, 나중에 더 큰 고통을 가져온 논쟁들에 관해서 쓰고 있는데, 내가 그것들의 당면한 중요성과 폭력성을 과장하고 있는지 모른다. 그러나 《아일랜드 청년회》의 장점에 관한 논쟁은 자주 규정이나 강사들의 장점에 관한 토론을 방해했고, 그 논쟁은 파넬 파와 파넬 반대파 사이에 벌어진 현재의 언쟁과 겹쳐지고 그 언쟁에 의해 아주 악화되었기 때문에, 우리가 대중 앞에 나서는 것을 1년 더 지체시켰음을 지적하는 것이 옳은 것 같다. 다른 흥분한 사람들은 틀림없이 우리가 말을 절제하지 못하는 민족이라는 것을 알고는 유감스러운 마음에서 벽에 걸린 죽은 시장들을, 다시는 유사한 사람이 없을 그 뛰어난 인간들을 우러러보았다. 그러나 내 생각으로는 그 유감스러운 마음은 그다지 학구적인 것처럼 보이지는 않는다.

나는 위대한 풍자가와 역설의 대가[526]를 위해서 길을 알지 못한 채 그

---

[525] 데인족 바이킹들은 795년~1014년 사이에 아일랜드에 침입했다.

길을 준비하고 있었다. 걸작들은 마음속에서 명확해지기 전에 많은 사람들 속에서 희미하게 꿈틀거리기 때문이다. 칭찬하기보다는 풍자를 해야 하며 원초적인 미덕은 악의 발견에서 나온다는 신념이 나를 돕듯 이미 머릿속을 스쳐지나가며 다른 생각들을 밀쳐내고 있었지만 아직은 확고해지지는 않은 상태였다. 내가 두려워한 것처럼 만일 우리가 떠들기 좋아하며 느슨하고 허풍을 떠는 민족이라면, 일찍이 사람들이 공공연하게 말해왔고 사실로 드러났듯이, 우리는 불굴의 개성과 차갑고 동시에 열정적인 태도, 오랫동안 미리 계획된 과감한 행위를 창조하는 데 더 적합할 것이다. 만일 우리가 세상에서 가장 비통한 민족이라면, 역시 사람들이 공공연하게 말해왔고 사실로 드러난 것처럼, 우리는 여전히 꿀이 가득한 벌집에 가장 가까이 있는 것일지 모른다.[527]

울려 퍼지는 종소리처럼
감미롭고도 거칠게, 거칠고도 감미롭게,
그것이 그가 아주 제대로 배워
장미를 고기 대신 먹게 된 법이라네. [528]

IV

자신만의 추종자들을 거느리거나, 우리 모임에 가입하기에는 너무 늙거나 무관심한 사람들이 있었다. 《아일랜드 청년회》를 절대 받아들이지 않은 노인들이나 중년들은 가문의 전통에 따라 그 모임이 창립되기 전의

---

[526] 존 싱이나 제임스 조이스를 말하는 듯.
[527] 성경 「사사기」에 나오는 사자 시체 속의 벌과 꿀에 관한 언급과 관련이 있다. 공포와 파괴 속에서 오히려 달콤함과 빛이 나온다는 것.
[528] 예이츠의 시집 『쿨 호수의 야생 백조』(1919)에 실린 「바보의 또 다른 노래」의 마지막 연.

토머스 무어

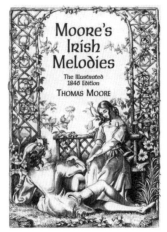

토머스 무어의
『아일랜드 멜로디』 표지

사상 유파를, 다니엘 오코넬과 레버와 토머스 무어의 아일랜드를, 전통적 눈물과 웃음이 있는 신명 나는 아일랜드를 고수했다. 그들은 무어의 『아일랜드 멜로디』를 노래로 부르고[529] 그의 시만을 인정했으며, 우리 세대가 그 책의 인위적이고 안이한 리듬을 반대한 것처럼 《아일랜드 청년회》가 그 책을 정치적인 이유로 반대한 것에 개탄했다.

머리를 꼿꼿이 들고 젊은이처럼 동물적 활력을 지닌 한 노인은 외판원이며 게일어 학자였는데, 우리 모임 지도자들 집에 자주 왔고 큰 소리로 이렇게 얘기하곤 했다. "선생, 토머스 무어는 고대와 현대를 막론하고 가장 위대한 서사시인입니다." 내 생각으로는 그가 호메로스보다 『랄라 루크』[530]에 나오는 불 숭배자들을 더 좋아한 것 같다. 혹은 『아일랜드 멜로디』의 음악을 좋아하여 당시에 인기 절정에 있던 바그너를 비난한 것 같다.

---

[529] 존 스티븐슨 경은 1807년에 토머스 무어가 출판한 『아일랜드 멜로디』에 아일랜드 전통가락의 곡을 붙였다. 토머스 무어(1779~1852)는 아일랜드 시인이며 작곡가, 가수로서, 「소년악사」 「마지막 한 떨기 여름장미」 등의 곡으로 유명하다. 머레이와 함께 바이런의 회고록을 태워버린 책임이 있는 것으로도 알려져 있다.
[530] 『랄라 루크』(1817)는 인도 설화를 소재로 한 토머스 무어의 시.

그는 "바그너를 피하기 위해서라면 나는 늪지를 10마일이라도 달릴 겁니다."라고 소리치곤 했다.

그 다음으로는 비석 만드는 사람이 있었는데, 소문은 무성했지만 거의 본 적이 없었다. 그는 나이가 지긋했지만 싸움을 좋아했고, 최근에는 포도주 상인을 구타해서 감옥살이를 하기도 했다. 런던의 《아일랜드 청년회》 젊은 회원으로 나중에 국립대학 사서가 된 D. J. 오도노휴는 아일랜드 시인들에 관한 사전[531]을 발행했

데이비드 제임스 오도노휴

THE
POETS OF IRELAND

A BIOGRAPHICAL AND BIBLIOGRAPHICAL
DICTIONARY OF IRISH
WRITERS OF ENGLISH VERSE

BY

D. J. O'DONOGHUE

LIBRARIAN, UNIVERSITY COLLEGE, DUBLIN

AUTHOR OF "THE LIFE OF WILLIAM CARLETON"
"THE LIFE OF JAMES CLARENCE MANGAN"
ETC. ETC.

DUBLIN
HODGES FIGGIS & CO., LTD.

LONDON
HENRY FROWDE, OXFORD UNIVERSITY PRESS.
1912

는데, 수록된 시인이 2천 명이나 되는 것 같다. 그는 더블린에 왔다가 갑자기 애국심이 솟구쳐서 그곳에 정착했다. 그는 런던에서 태어나서 상상할 수 있는 가장 런던 토박이다운 방언을 사용했다. 그는 토머스 무어의 시에 혐오감을 갖고 있었는데, 그것은 아마도 런던 비평가들의 영향 때문인 것 같다. 비석 만드는 사람이 다과에 초대했을 때 그는 책을 한 보따리 싸 가지고 와 옆에 있는

오도노휴의
『아일랜드 시인들:
전기 사전』 속표지

탁자 위에 올려두었다. 차를 마시며 그는 자기가 싫어하는 것들을 설명하기 시작했다. 집주인은 말없이 있었지만,

---

[531] 런던에서 태어난 아일랜드 문학사가인 데이비드 제임스 오도노휴(1866~1917)의 『아일랜드 시인들: 전기 사전』(1892~1893년, 증보재판은 1912년에 나옴).

작은 몸집의 오도노휴는 고집불통이라 말을 계속했다. 이윽고 비석 만드는 사람이 일어나서 엄숙하게 "내 면전에서 위대한 시인이 비방 받는 것을 결코 내버려둔 적이 없소이다."라고 말하고는 손님의 목덜미를 잡아 거리로 내팽개치고선 책들도 한 권씩 밖으로 내던졌다. 그 손님 자신이 얘기해 준 바에 따르면, 그동안 그는 거리 한복판에 서서 같은 말을 계속했다. "자기 집에 온 손님 대접 한 번 좋구먼."

V

존 올리어리

나는 때와 먼지로 덮여있는 오래된 책과 잡지로 가득 찬 하숙방을 《페니언 형제단》의 회장 존 올리어리와 함께 썼다.[532] 그는 나에게 말했다. "이 나라에서는 교회 편이나 페니언 편 중 어느 하나를 택해야 하지만, 자네는 절대 교회 편을 택해서는 안 될 것이네." 그는 데이비스 시의 영향으로 민족주의로 기울어 데이비스의 것과 유사한 운동을 하기를 원했지만, 문인들을 알고 있었고 휘슬러의 친구였으며 옛 문학의 문제점들을 알고 있었다. 우리는 그를 우리 모임의 대표로 삼았는데,[533] 나는 그가 없이는 아무

[532] 1892년 후반에 예이츠는 더블린의 세인트 로런스 가에 있는 집에서 존 올리어리와 잠시 함께 살았다. 그해 말에 예이츠는 런던 베드퍼드 파크의 집으로 돌아갔다. 올리어리(1830~1907)는 페니언 운동 지도자이며 아일랜드 분리독립주의자. 법학과 의학을 공부했으나 학위를 받지 않고 아일랜드 민족주의 운동에 투신했다. 5년간 감옥생활을 한 후 15년간 추방되었다가 1885년에 귀국했다. 예이츠는 올리어리의 문학예술을 통한 민족주의 운동의 기치 아래 모인 젊은이 중 하나였다.

[533] 존 올리어리는 《국립문학회》의 20명의 평의원 중 하나로 활동했으며, 회장으로 선출된 사람은 더글러스 하이드였다. 예이츠는 올리어리가 회장으로 뽑히리라고

것도 할 수 없었다. 오랜 감옥생활과 그보다 더 긴 망명, 기품 있는 외모, 그리고 무엇보다 그 사람만 유일하게 개성, 즉 군중을 위해서가 아닌 자기표현을 위한 관점이 있다는 사실이 우리 세대에게 그를 매력적으로 보이게 만들었기 때문이다.

올리어리와 나는 오랫동안 친구였으며 베드퍼드 파크에 있는 우리 집에서 함께 지냈고 우리 아버지는 그의 초상화를 그리기도 했다.[534] 그러나 내가 그의 하숙집을 함께 쓰지 않았더라면 그는 내 의견에 반대했을 것이다. 그는 나이 많은 사람이라 내 관점은 그의 젊은 시절의 관점과 달랐으며 그는 모든 혁신에 대해서 아주 의심스러워했기 때문에, 그에게 단순한 사실 하나를 이해시켜 열렬한 지지를 끌어내기까지는 흔히 한나절이 걸렸다. 그 혁명가는 자신이 그 어떤 사람들보다 가장 고귀한 동기에 호소해야 하며 이상적 원칙에 의해 인도되어야 하고 약간은 카토나 브루투스 같아야만[535] 한다고 생각한 유럽의 운동 속에서 성장했고, 도스토옙스키가 『악령』에서 다룬 그 변화[536]를 살아서 본 것이다. 그의 편이었던 사람들은, 아니 그보다는 그들의 아들들이 더 자주, 암살과 폭탄을 설교했다. 최악의 것은 그의 조국 사람 대부분이 기회주의적인 제헌의회 정치가들을 추종했으며, 그가 생각한 바와 같이 자신들의 주의주장에 보탬이 되기만 하면 거짓말을 하거나 사적인 편지도 공개해버리는 저급한 도덕성을 갖고 있었다는 사실이다.

생각했다.

[534] 예이츠의 아버지는 올리어리의 유화 초상화를 1892년과 1904년 두 차례 그렸다. 현재 더블린의 《아일랜드 국립미술관》이 소장하고 있다.

[535] '금욕주의자의 힘과 강직함으로'라는 의미. 예이츠는 셰익스피어의 『줄리어스 시저』를 염두에 두고 있는 듯하다.

[536] 도스토옙스키가 『악령』에서 탐구한 '가장 고귀한 동기'의 정치학에서 다양한 종류의 기회주의로의 변화.

올리어리는 사무적인 결의론자(決疑論者)[537]처럼 모든 실제적인 계획을 그 구성요소로 나누어서 그것이 도덕적인 오류로 이끌지 않는지 살펴보곤 했다. 그러나 그 계획이 혁명적이라면 가끔은 연민으로 비난을 자제했다. 폭탄 소지자와 어울리지 않나 하는 의심으로 아주 오래전부터 알던 사람을 버리기도 했던 그가 웨스트민스터 다리를 폭파하려다 자폭하게 된 사람에 대해 이렇게 얘기하는 것을 나는 들었다. "그는 나쁜 사람은 아니었지만 자신의 지성에 비해 가진 도덕성은 너무 컸지. 지성이 아예 없었던 것은 아니야." 그는 따로 설명하지는 않았지만, 추측해 보자면 그 말은 불의를 보면 선한 사람이 보통사람보다 더 빨리 미쳐버릴 수 있다는 뜻이었을 것이다. 그런 사람들은 길을 잘못 들기는 했지만 자기와 같은 종류의 사람들이었다. 그러나 그가 평생을 싸운 제헌의회 정치가들과 그들의 모든 소행은 그를 불쾌하게 만들었다. 그들의 목적이 잘못되었

다고 생각하거나 그것을 달성할 수 없다고 생각해서가 아니라(그는 글래드스턴의 자치법[538]을 받아들였던 것이다) 자기가 보기에는 그들이 인간성을 모멸한다는 것이었다. "만일 영국이 그런 사람들에 의해서 우리에게 정의를 실현하려고 왔다면, 그것은 우리의 힘 때문이 아니라 영국이 약하기 때

윌리엄 글래드스턴

---

[537] 결의론(casuistry)은 개개의 도덕적 문제들을 보편적 원리에 의해서가 아니라 구체적인 상황에 적용하여 해결하는 방법.
[538] 윌리엄 글래드스턴(1809~1898)은 네 번에 걸쳐 수상을 역임한 영국 자유당의 지도자로서, 디즈레일리의 제국주의적 정책을 반대하고 자유주의 정책과 아일랜드 자치를 주장한 인물. 1886년에 내각을 맡고 추진한 제1차 아일랜드 자치법안이 당내의 반발로 무산된 후, 1893년에 제2차 아일랜드 자치법안을 제출했으나 상원에서 부결되자 수상직에서 사임했다.

문"이라고 말하곤 했다. 그는 글래드스턴의 발언에 따르는 감정의 돌출과 소위 "두 마음의 결합"에 대해 특히 싫어했고, 그 감상주의를 조롱하여 "서로 다른 국민은 서로 존중할 수 있을지는 몰라도 사랑할 수는 없다."라고 말하곤 했다.

올리어리의 조상들은 티퍼레리 카운티[539]에서 작은 가게를 하고 있었거나 소규모 농장들을 운영했던 것 같다. 그러나 그는 민주주의라는 말을 칭찬이나 비난으로 사용한 적이 없음에도 불구하고, 숙원(宿怨) 이상으로 싫어했다. 그는 말했다. "신사는 사회주의자가 될 수 없지." 그러고 나서 생각에 잠긴 표정으로, "무정부주의자는 될 수 있을 테지만."이라고 덧붙였다. 그는 철학이 없었지만, 그의 입맛에 맞지 않는 것은 있었는데, 그런 것 중 두 가지는 〈국제 선전〉과 〈조직된 국가〉, 그리고 이 둘 모두를 지향한 〈사회주의〉였다. 그는 또한 '인류애'라든지 '인간주의'와 같은 말을 할 때면 반드시 자신의 말투에서 이것들이 자기 기분을 상하게 한다는 것을 드러내었다.

교회도 다를 바가 없었다. 거기서 해묵은 페니언의 논쟁이 벌어지기도 했다. 그는 "내 종교는 옛날 페르시아식이라, 활을 당기고 진실을 말하는 것이다."라고 말했다. 그는 자의식도, 눈에 보이는 자만심도 없었다. 제스처라고 부를 수 있는 것은 무엇이라도 싫어했을 것이며, 정말로 제스처를 만들어 낼 만한 예술가가 되는 것은 거의 불가능했다. 그러나 그는 감옥생활에 관한 우스갯소리는 아주 많이 했지만 그 곤경에 대해서는 절대 말하지 않으려고 했다. 언젠가 내가 졸라대자 그는 이렇게 대답했다. "적의 손아귀에 있는데 왜 내가 불평을 하겠어?" 그가 겪지 않아도 되는 불편한 일들을 왜 얘기하지 않았는지 교도소장이 물었을 때 올리어

---

[539] 아일랜드 남부의 카운티.

리가 "나는 여기에 불평하러 온 것이 아니오."라고 대답했다는 이야기를[540] 몇 년 전에 나는 들은 적이 있다.

지금은 올리어리가 죽고 없지만, 그에게 물어보았으면 하는 게 있다. 그러면 아마 소년시절에 그에게 로마인 같은 덕성을 설명해 준 선생을 만난 적이 있는지를 알아낼 수 있을 테니 말이다. 그러나 나는 뭔가 배울 수 있으리라고는 생각지 않는다. 인장이 거기 있었다 해도 그 밀랍은 인장을 잊은 지 오래되었다고 생각하기 때문이다. 그 인장은 틀림없이 웅변적이고 인도주의적이었던 1840년대와 1850년대 이전에 만들어졌고, 새비지 랜더[541]의 젊은 정신을 형성한 것이 무엇이든 그것과 같은 종류였다. 페니언주의의 창시자인 스티븐스는 희귀본을 찾아 중고서점들을 뒤지고 있는 올리어리를 발견하고는 자기 조직에 등록시켰다. 올리어리는 "당신은 성공할 가능성이 없지만, 나라의 **사기**(士氣)를 위해서는 좋을 것입니다(**사기**라는 말은 그가 즐겨 쓰는 말이었다). 그리고 다른 사람까지 끌어들이라고 나에게 요구하지 않는다는 조건으로 가입하겠습니다."라고 말했다.

올리어리는 여전히 중고서점들을 뒤지고 다녔고, 엄청나게 많은 책을, 특히 아일랜드 역사와 문화에 관한 책을 갖고 있었다. 우리가 아침에 하는 결의론적 대화에 지쳐서 내가 매일 하는 일을 하려고 앉으면(나는 『비밀의 장미』를 쓰고 있었다.)[542] 그는 조용히 더블린 부두에 나가곤

---

[540] 1914년판 『유년기와 청소년기에 대한 회상』에서 있었으나, 삭제된 부분이 1926년판 제2부로 옮겨온 것. 주석 254 참조.
[541] 월터 새비지 랜더(1775~1864)는 영국의 작가, 시인. 급진사상 때문에 옥스퍼드 대학에서 정학을 당한 후 세계 각지를 전전하다가, 에스파냐에서 의용군으로서 프랑스군과 싸우기도 했다. 귀국 후 결혼을 하고 프랑스, 이탈리아 등에서 거주하다가 피렌체에서 사망했다. 성질이 과격하여 늘 분쟁을 일으켰다. 주요작품으로는 다섯 권의 『가상 대화집』(1824~25)》과 8행의 단시 「로즈 에일머」 등이 있다.

했다. 저녁에는 커피를 마시면서 엽서와 자투리 종이에 회고록을 위한 글을 쓰곤 했는데, 그는 모든 단어와 쉼표에 엄청나게 신경을 썼다. 위대한 작품은 문체의 걸작이어야 한다고 생각했으니까 말이다. 회고록이 끝났을 때 내가 살펴보니 건조하고 추상적이고 혼란스러워서 도대체 읽을 수가 없었다.[543] 어떤 그림도 그의 마음의 눈에 지나가지 않았던 것이다. 그는 운동의 희생물이었다는 생각이 든다. 그 운동에서는 타고난 기호나 취미와 관계없이, 사견이 일종의 새잡이 끈끈이처럼 사람들을 결집하거나 떨어지게 만든다. 여유 있는 감성이 있는 사람들도 자신도 모르게 그 운동에 상존하는 짜증에 빠질 수밖에 없게 된다.

나는 올리어리가 왜 나에게 우정을 주었는지, 왜 내 작품 『어쉰의 방랑』 구독자의 대부분을 구해주었는지, 왜 내가 하는 모든 것을 지원했는지 자주 궁금하다. 모든 것이 그림이고 감정이고 신화인 시를 어떻게 그가 좋아할 수 있었겠는가 하는 생각 때문이다. 그는 나의 비평 또한 인정할 수 없었을 것이다. 나는 그가 좋아한 18세기 논리보다는 〈마스크〉와 〈이미지〉를 중요하게 생각했고, 관찰보다는 경험, 사실보다는 정서를 우선시했기 때문이다. 그러나 그는 "나에게는 테일러, 예이츠, 그리고 롤스턴, 세 사람의 추종자가 있지. 대비트는 천 명을 변화시키려고 하지만, 나는 두세 사람이면 족하네."라고 말하곤 했지만, 곧 롤스턴을 쫓아내었다. 아마도 그는 2급의 도덕성과 마찬가지로 2급의 문학으로 아일랜드 민족주의를 강화하기를 원하지 않았을 것이며, 우리가 그 점에 동의

---

[542] 예이츠가 1892~1896년 사이에 쓴 17개의 이야기들을 포함한 『비밀의 장미』는 조금 지체가 된 후 1897년에 출판되었다.

[543] 존 올리어리의 회고록은 1896년에 『페니언 단원 및 페니언주의 회고록』이라는 제목으로 출판되었다. 예이츠는 이 책에 대한 서평을 『북맨』(1897년 2월호)에 썼으나, 콜튼 존슨의 지적에 따르면 '작가에 대한 칭찬만 있고 작품은 무시된' 서평이었다.

한다는 데 만족했기 때문이라고 나는 생각한다. 그는 언젠가 나에게 말했다. "나라를 구하기 위해서라 해도 사람이 해서는 안 되는 것들이 있지."[544] 내가 그것이 무엇이냐고 묻자, "사람들 앞에서 우는 것"이라고 대답했다. 내가 졸랐다면, 아마도 틀림없이 그는 "웅변적이거나 불성실한 시를 쓰는 것"이라는 말을 덧붙였으리라 생각한다.

올리어리의 움직임과 억양은 충동으로 가득했지만, 존 F. 테일러[545]의 목소리는 사적인 토론 중에는 누구를 조롱할 때를 빼고는 감정이 없었다. 그가 팔을 움직이면 오직 어깨나 팔꿈치에서 움직였고, 그가 걸을 때는 허리 아래로만 움직여서, 마치 건조하고 추상적인 생명만 있는 로봇, 목각 병정 같았다. 그는 대중 연설을 할 때를 제외하고는 개성이 없었다. 그가 매력 있는 여성에게 하듯이 올리어리에게 존경하는 태도를 보이고 유순하게 굴 때는 그가 사람들의 개성에 매력을 느낀다는 것을 알 수 있었지만 말이다. 냉정하지 못하고 명백하지 않은 글이나 그림은 그에게 거부감을 주었다. 그래서 그의 박학다식함은 많은 미술과 문학 작품을 포괄했지만 예술적인 감정이 없었고, 도덕적인 감각에 의해서 모든 것을 판단했다. 그는 큰 야망이 있었다. 그래서 기존 정당에 가입했거나 실행 가능한 정책을 발견했다면, 그에게는 추종자들이 있었을 것이고, 심지어 커다란 효과를 만들어낼 수도 있었을 것이다. 그러나 올리어리나 파넬을 따르듯 자신을 따를 사람은 아무도 없다는 것을 틀림없이 알게 되었을 것이다. 사람들이 그에게 논리에서 밀려도 말이다.

---

[544] 제1부 XXVIII에 같은 언급이 있다.

[545] 존 프랜시스 테일러(1850~1902)는 아일랜드의 변호사. 1886년 1월 29일에 《아일랜드 청년회》의 기조연설(「아일랜드 의회」)을 했으며, 1901년 10월 24일에는 더블린의 트리니티 칼리지 법학도 토론모임 축하연설에서 조이스의 『율리시스』를 인용하며 아일랜드어를 배우라고 격려했다. 여기서는 수사법을 잘 쓰는 정신주의의 적이며, 아일랜드 국립극장 문제에서 개번 더피와 더불어 적으로 나타난다.

테일러의 웅변은 고상하고 신기하고 아름답기조차 했으며, 때때로 내가 평생 들어본 것 중 가장 위대한 것이었다. 그러나 그의 모습은 거의 없고 모든 것이 그의 너머에서 오는 것처럼 보인 연설이 끝나고 나면, 우리는 연설 이전처럼, 어울리지 않고 잘 안 맞는 옷을 입고 있는 못생긴 그의 몸을 다시 보게 되고 이 사람 저 사람에 대해 험담하는 흥분된 목소리를 다시 듣게 되었다. 그는 우리가 받아들일 수 있는 가격을 제시할 수 없고, 실행 가능한 정책을 발견하지 못하리라는 것을 우리는 알았다. 기질이 천재성을 부여하기는 했지만 때때로 제정신이 아닌 지경까지 몰고 가는 그 기질로 악명 높은 사람을 그 어떤 정당이나 정부도 받아들인다거나 더불어 협상하지 않을 거라는 것을 우리는 또한 알았다.

어느 시골 마을의 작은 시계방 아들로 태어난 그는 가게점원을 거쳐 대학에 갔고 변호사가 되었다. 그는 금주(禁酒) 모임과 《아일랜드 청년회》 모임에서 연설하는 법을 배웠고, 지금은 승소할 가능성이 없어 보이는 소송에서 시골의 범죄자들을 변호하는 것으로 유명한 왕실 고문변호사였다. 이 범죄자들을 이웃들이나 그들 스스로가 테일러의 똘마니라고 불렀다. 테일러는 자신의 스타일과 상상력을 1880년대와 1890년대 초에 독학한 사람들에게 최고의 격려자였던 칼라일에게 배워 형성했다. 콘달킨 구두수선공[546]은 이렇게 말했다. "나는 에머슨의 『대령』(大靈)을 더 좋아하지만, 이웃사람들에게 화가 날 때면 언제나 칼라일을 읽습니다." 그러나 테일러는 전에 미첼이 그랬던 것처럼 자기 스승의 스타일을 사용하여, 스승이 좋아하는 것을 깎아내리고 스승이 멸시하는 것을 찬양했다.

---

[546] 예이츠는 당시에 더블린에 머물면서 《신지학협회》 모임과 올리어리의 집, 클론달킨에 있는 타이넌의 집 등을 오간 것으로 알려져 있다. 예이츠는 캐서린 타이넌을 만나러 클론달킨에 있는 그녀의 아버지 농장에 갔는데, 클론달킨에서 이웃사람들에게 화가 날 때면 칼라일을 읽는다는 구두수선공을 만났다. 콘달킨은 클론달킨의 잘못된 표기.

그의 역사에 대한 박식함은 요크 파월처럼 폭이 넓었지만, 파월과는 다른 흥미를 지니고 있었다. 그는 마음의 눈앞에 아무 그림도 떠오르지 않은 채 단지 한 가지 목적, 즉 그가 한통속이라고 생각한 배심원들 앞에서 자기 나라의 이름으로 무죄를 주장하는 한 가지 목적만 지니고 있었기 때문이다.

올리어리는 나라의 영광에는 신경 쓰지 않았고, 그의 눈에는 나라의 개별성만이 중요한 것 같았다. 그는 어떤 여인이 좋은 사람인지 나쁜 사람인지, 현명한지 어리석은지 따지지 않고 평생 섬기는 남자 같았다. 하지만 테일러는 다른 것에는 전혀 신경을 쓰지 않았다. 올리어리를 너무나도 따랐던 제자인 그는 올리어리가 도덕적 삶 이외의 개혁의 근거를 인정치 않았기 때문에, 대화 중에 이렇게 말하곤 했다. "우리는 기가 꺾였습니다. 그렇지 않다면 변화할 이유가 무엇이겠습니까?" 그러나 그가 크게 호소를 할 수 있는 곳에는 입장이 허가되지 않았다. 그는 가장 이름이 없는 곳에서, 하얗게 칠한 벽이 사람들의 머릿기름때로 쩐 뒷골목에 있는 작은 홀에서, 의학도들이나 보조점원들 앞에서 호소할 수밖에 없었다. 자신의 재능을 숨길 수밖에 없고, 눈에 띄는 장소에서는 자신의 잘못된 판단과 성미를 보일 수밖에 없는, 저주받은 사람과 같았기 때문이다.

나에 대한 테일러의 혐오감은, 내가 영국 평론지에 아일랜드 민담을 출판해서 그의 생각으로는 아일랜드 농민들에게 불명예가 되게 했고, 영국이 듣고 있는데 내가 《아일랜드 청년회》의 산문과 시를 비난했기 때문에 생기는 것이었다. 그 혐오감은, 그에게 윤리적인 것보다는 미학적으로 보이는 상상력에 대한 혐오감이 아닌 한, 때때로 관용에 의해 누그러졌지만 말이다. 그는 『서쪽나라의 바람둥이』[547]를 싫어했을 것이

---

[547] 아일랜드 극작가 존 밀링턴 싱(1871~1909)이 쓴 총 3막의 극작품. 1907년 1월

다. 그래서 그것이 공연되기 조금
전 그가 죽은 것은 싱이나 나에게는
다행한 일이었다. 그의 비평은 형편
없었고, 그가 쓴 유일한 역사물인
휴 오닐에 관한 전기[548]도 살아있는
목소리가 없었기 때문에 그저 그랬
다. 그는 아주 만만치 않은 사람이
었지만, 몇몇 친구의 사라져가는 기
억 외에는, 그리고 그의 적이었던
내가 이 책과 다른 책에서 쓴 것들
을 제외하고는 이제는 잊혔다. 레오
나르도 다빈치는 상상력이 풍부한

쿨 호수에서 낚시하는 러셀과
예이츠, 싱(허버트 오클리의 소묘)

사람이 자신의 죽음 이후에 살아남을 수 없는 예술에 몰두하는 것을 경
계하지 않았던가?[549]

VI

1870년에 칼턴[550]은 죽어가면서 향후 20년 동안 아일랜드 문학은 진전

26일에 《애비극장》에서 초연됨.

[548] 예이츠는 '오언 로 오닐'을 '휴 오닐'로 잘못 기록함. 맥밀런 출판사의 예이츠
자서전들은 모두 예이츠의 잘못된 기록을 그대로 따르고 있다. 1999년에 나온
스크리브너 출판사의 예이츠 자서전은 이 잘못을 바로 잡았다. 테일러가 쓴 전기
는 『오언 로 오닐의 생애』(《신아일랜드도서》 시리즈, 1896)를 말함.

[549] '결과가 작업자와 함께 죽는 연구를 피하라.' 『레오나르도 다빈치의 노트북』
(1939), 제80쪽.

[550] 윌리엄 칼턴(1794~1869)은 아일랜드인들에 대한 민속학적 기록인 『아일랜드 소
작농의 특성과 이야기』로 유명한 아일랜드 소설가.

윌리엄 칼턴

이 없을 것이라고 했는데, 그 말은 현실이 되었다. 토지전쟁이 아일랜드를 고통 속에 몰아넣었기 때문이다. 그러나 상상력이 다시 요동치기 시작했다. 비록 연극도 배우도 없는 것 같았지만 그레고리 여사와 내가 《아일랜드 극장》을 창설한[551] 8~9년 후에 가진 것과 똑같은 미래에 대한 자신감이 나는 있었다. 이미 알려진 몇 사람이 나의 인기 있는 작품 시리즈를 공연하기 시작해 인기를 유지했고, 내가 이름을 모르는 사람들이 자신들을 표현하는 것을 배우게 되었다.

더블린에 살고 있을 때 나는 더글러스 하이드 박사[552]를 만났는데, 그는 아직 대학생이었다. 대학 강의실에서 얼굴이 아주 까무잡잡한 젊은이를 처음 만난 것이 기억난다. 그는 나를 놀라게 했다. 그가 내게 코담배갑을 내밀었기 때문이기도 했지만, 그의 튀어나온 광대뼈처럼 모호하고 심각한 두 눈에는 다른 문명, 다른 인종을 상기시키는 무엇이 있었기 때문이다. 나는 그를 농부 같은 사람으로 생각해서, 그가 무엇 때문에 대학에, 개신교 대학에 왔는지 궁금해했다. 그러나 누군가가 그는 하이드 캐슬의 하이드 가문 한 파에 속하며 아버지는 개신교 목사라고 설명해 주었다.

그는 시골 노인들을 시도 때도 없이 만났다. 그렇게 해서 아일랜드어

---

[551] 예이츠와 그레고리 여사, 에드워드 마틴은 1897년에 《아일랜드 문예극장》의 설립을 처음 계획했다. 1899년에 첫 공연을 했고, 1904년에는 《애비극장》으로 옮겨갔다.

[552] 더글러스 하이드(1860~1949)는 크로빈 이빙("즐거운 작은 가지"의 뜻)이라는 필명으로 알려진 아일랜드의 게일어 학자로서, 게일문화부흥운동을 이끈 《게일연맹》의 초대 회장이며 아일랜드 초대 대통령(1938~1945).

를 배웠으며, 코담배를 피우고 이웃사람들이 감자에서 증류한 형편없는 불법 위스키를 꽤 많이 마시는 습관도 얻게 되었다. 더블린 지식인들은 전혀 모르고 있었지만, 그는 이미 게일어 시인으로서 상당히 인기를 얻고 있었다. 더니골에서 케리까지 풀 베는 사람들과 추수하는 사람들은 그의 노래를 불렀다. 골웨이의 풀 베는 사람들이 작사자

더글러스 하이드

가 누군지도 모른 채 그가 게일어로 쓴 가사를 노래로 부르는 것을[553] 몇 년 후에 나는 그의 옆에 서서 듣게 되었다. 마찬가지로 인도에서도 농부들이 자기들이 부르는 노래의 작사자가 누군지 모른 채 벵골의 위대한 시인이[554] 쓴 가사를 노래로 불렀다. 옛날에 상상력이 풍부했던 민중의 삶이 방해받지 않던 곳에서는 흔히 그랬을 것임이 틀림없다. 저자 이름을 알아보려고 속표지를 보는 법 없이 이야기책을 서로 건네주는 학생들 사이에서도 그러하다. 그러나 곳곳에서 농부들은 게일의 따지는 습관을 잃어버리지는 않았다. 그들은 그 습관을 아마도 위대한 가톨릭 가문들의 몰락 후에 그들에게로 도피해온 시인들이나 오라힐리 같은 작가에게서 얻었을 것이다. 오라힐리는 그 자체가 집중된 열정의 걸작인 번역된 게일 문학작품에서 다음과 같이 외친다.

수주고둥과 강인한 돔발상어는
저녁 무렵 내 접시에 올라온다.[555]

---

[553] 도미닉 달리는 이 노래가 1889년에 널리 유행한 하이드의 「우리는 다수」일 것이라고 말했다.
[554] 인도의 시인 라빈드라나드 타고르(1861~1941).

더글러스 하이드

카넉트의 어떤 마을에서는 한 늙은 망나니를 크로빈 이빙으로 믿고 두 주일 동안 음식과 위스키를 대접하며 붙들어 둔 일이 있었다. 하이드 박사가 신문에서 필명으로 쓴 이름인 크로빈 이빙은 "즐거운 작은 가지"라는 뜻으로서, 마을 사람들은 신문에서 그의 시를 읽은 것이다. 이 가짜시인의 술타령은 그의 천재성에 대한 사람들의 믿음을 더 강하게 할 뿐이었다. 게일어 작사자들은 마지막 작사자 중 하나가 "술이 아니라 친구였네"라고 노래했듯,[556] 로버트 번즈와 같은 질환을 갖고 있었기 때문이다.

첫 만남 이후 나는 하이드 박사와 서로 연락을 주고받았으며, 그는 내가 편집한 『동화와 민담』에 실리게 된 최고의 이야기[557] 원고를 보내주었다. 그의 책 『난롯가에서』를 런던에서 발행하는 일에 내가 관여했던 것 같다.[558] 어법은 게일이며 어휘는 튜더인 카넉트의 아름다운 영어로 쓰인 책으로서, 그야말로 감정과 모험담의 표현에 카넉트 영어를 쓴 최초의 작품이다. 칼턴과 그 유파가 카넉트의 영어를 익살극으로 만든

---

[555] 게일어 시인 이건 오라힐리(애이드하겐 오라태일)(c.1670~1726)의 시 「길어지는 젖은 밤」(c.1710).

[556] 아마도 아일랜드의 마지막 음유시인으로 알려진 맹인 하프연주가 털록 오캐롤런(1670~1738). '그는 언제나 유쾌한 모임을 즐거워했고, 돌리는 술잔을 마다하지 않았다.'

[557] 더글러스 하이드가 번역한 「티그 오케인과 시체」.

[558] 예이츠는 하이드의 『난롯가에서: 아일랜드 게일어 민담모음집』(1891)의 출판을 도와주었다.

적이 있었던 것을 보면 말이다. 헨리는 그를 칭찬했고, 요크 파월은 "그가 시작한 것처럼 계속 글을 쓴다면, 역대 최고의 민담작가가 될 것입니다."라고 말했다. 나도 우리 시대에 『가지에서 딴 사과』[559]처럼 그렇게 낭만적이면서 동시에 구체적인 시집으로 그것보다 먼저 나온 책을 알지 못한다.

그러나 몇 년이 지나자 더블린 사람들은 천재성이 바닥났다며 하이드를 비웃고 욕하게 되었다. 그는 비판적인 능력이 없었다. 어떤 교육받은 아일랜드인도 영국인도 가진 적이 없는 무비판적인 민중적 천재성을 몇 년 동안 가지면서, 그는 어떤 가락을 듣고는 자연스럽게 가락을 뽑아내는 아이가 가진 것과 같은 모방적 공감에서 글을 썼다. 현대 아일랜드 문학을 창조하려 한 우리의 첫 시도의 실패는 그 천재의 파멸을 가져오게 만들었다. 나의 운이 어떻든 그는 내가 할 수 있었던 어떤 운동보다 실제적인 결과에 있어서 훨씬 더 중요한, 위대한 민중적 운동을 창조하게 되어 있었다. 그러나 그는 말싸움을 하기 좋아하거나 허영심이 있지는 않았으므로, 우리 후손들을 위하여 내가 "역사상 가장 위대한 민담작가"를, 요절한 위대한 시인을 애도한다고 말해도[560] 화내지 않을 것이다.

〈하프와 후추통〉 시인들은[561] 하이드를 붙들고 일상어로 글을 쓰도록

---

[559] 『크로빈 이빙: 가지에서 딴 사과』(1900)는 33편의 시가 실린 하이드의 익명시집.

[560] 하이드가 실제로 요절했다는 뜻이 아니라, 위대한 민담작가로서의 생명력이 끝났다는 것.

[561] 하프는 아일랜드의 상징이다. 토머스 무어(1779~1852)는 하프를 아일랜드적인 가락의 표현으로 보았고, 시집 『아일랜드 멜로디』에서 자신을 아일랜드의 하프에 비유하기도 했다. 소리가 울리는 하프의 이미지는 아일랜드의 민족의식을 고취하는 상징이 되었으며, 토머스 데이비스와 《아일랜드 청년회》가 발행한 『국민정신』(1845)은 이런 의식을 잘 보여주는 것이었다. 예이츠는 태도가 편향된 이런 시인들을 〈하프와 후추통〉 시인들이라고 조롱했다. 예이츠가 말하는 '후추통'은 아일랜드 곳곳에 있는 둥근 탑을 의미한다. '클로이케흐'('종탑'이라는 뜻)로 불리는 이 원형의 높은 탑은 주로 아일랜드에서 발견되는 중세초기의 석탑이다(다

만들었다. 머릿속에 《아일랜드 청년회》의 습관이 들어있는 어떤 애국적 편집자는 "영어나 아일랜드어로 써야 한다."고 말했다. 일상어는 멋대로 쓴 것도 유식한 언어로 쓴 것처럼 보이도록 하려면 걸러내는 작업이 필요하다. 그들은 식탁에 오르는 신문을 하이드의 글의 모델로 생각했다. 그리하여 그는 학교 선생들이 무덤에 적힌 이름을 보여줄 때까지 그 이름을 들어보지도 못했을 대중에게 뛰어난 시인으로서 사랑받았다. 비평적 안목이 결여되었기 때문에 하이드는 대중과 남녀 개인들의 비위에 맞춰 달콤한 말을 하게 되었다. 그에게 감탄하는 어떤 나이든 여인은 "하이드는 세상에 존재하거나 세상일을 하는 사람이 아닐 겁니다."라고 말했고, 몇 년 동안 아일랜드의 젊은 여성들은 모자 밴드 위에 금박으로 그의 필명인 "크로빈 이빙"을 새기고 다녔다.

> 친애하는 크로빈 이빙이여, … 우리에게 나누어 주소서,
> 비밀을 지킬 테니, 사람들을 기쁘게 할 수 있는 새로운 기교를.
> 바람 부는 바다처럼 방향을 바꾸고 변하는
> 이 프로테우스에게 씌울 굴레가 있나요?
> 아니면, 사람들의 인기를 한 몸에 받는 이여, 다른 방법이 없나요,
> 사람들이 우리를 조롱할 때 우리도 같이 조롱하는 것밖에?[562]

른 곳에는 스코틀랜드에 2개, 맨 섬에 1개가 있을 뿐이다). 이 탑의 목적에 관해서는 확실히 알려져 있지 않으나 종탑이나 대피장소, 혹은 두 가지 목적 모두를 위한 것으로 추정된다. 보통은 교회나 수도원 근처에서 발견이 되며 탑의 입구는 교회의 서쪽에 있는 문을 마주보고 있다. 그래서 남아있는 이 종탑을 토대로 해서 사라져버린 교회를 찾기도 한다. 이런 이유들로 해서 예이츠는 국수주의적인 태도를 지닌 아일랜드 시인들을 지칭하는 용어로 〈하프와 후추통〉이라는 말을 쓰게 되었다.

[562] 예이츠의 소네트 「애비극장에서」(1912)의 제1, 9~14행. "롱사르의 모작"이라는 설명이 부제로 붙어있듯이, 이 작품은 16세기 프랑스 시인 피에르 드 롱사르(1524~1585)의 작품과 거의 유사하다.

반면에 스탠디쉬 오그레이디[563]는 아주 열정적이고 동시에 대단한 비평적 능력이 있었다. 그러나 나보다 그를 더 잘 아는 사람들은 그가 지푸라기 한 오라기로도 말다툼을 하는 사람이라고 장담했다. 나는 몇 년 전에 그가 잭 네틀쉽 아저씨와 싸운 것을 알고 있었다. 네틀쉽 아저씨의 설명은 다음과 같았다. "우리 어머니는 구약성경의 하느님은 참지 못하지만 예수 그리스도는 좋아하시지. 반면,

스탠디쉬 제임스 오그레이디

나는 구약성경의 하느님은 좋아하지만 예수 그리스도는 참을 수가 없어. 어머니와 나는 점심시간이면 그 문제로 말싸움을 벌였지. 한번은 오그레이디가 우리와 점심을 같이 했는데, 그는 그렇게 민망한 광경은 본 적이 없다는 말을 하고는 나가 버렸지."

정말로 그의 말싸움 때문에 나는 그가 내 작가 중의 하나가 되기를 원했다. 그의 말싸움은 열정적이고 뒤끝이 없어서 싸움이 길어질수록 더 고상해지며 더 많은 비유가 붙게 되고 문체는 더 음악적으로 되었기 때문이다. 자기가 공격을 받을 차례가 되면 그는 "우리가 잘못한 것일세.

---

* 프로테우스: 그리스 신화에 나오는 해신(海神)으로서, 포세이돈의 돌고래 사육사라는 설도 있다. 예언의 능력이 있으나 자유자재로 변신하여 그에게 예언을 듣기가 쉽지 않은 것으로 알려져 있다. 대중과 시인들의 관계를 보여주는 이 소네트에서 프로테우스는 변덕스러운 대중을, '우리'는 시인들을 의미하는 것으로 보인다.

[563] 스탠디쉬 제임스 오그레이디(1846~1928)는 아일랜드 작가, 역사가, 언론인.

저런 위엄을 갖추었는데, 난폭하게 대하다니."[564]라고 우리가 실토하도
록 만드는 재주가 있었다.

가끔 오그레이디는 자신이 가장 사랑하는 것 때문에 가장 심하게 싸
웠다. 정치적으로는 연합주의자이고, 아일랜드에서 가장 보수적인 신문
인《데일리 익스프레스》의 주필로서 모든 형태의 민주주의를 싫어한
그는 아일랜드 소지주들에게 모든 마음을 쏟았다. 그는 그 계층에 속했
고, 어린 시절을 그 계층 사람들과 함께 보냈다. 또한 그들을 위해 책을
썼고, 시인의 시구처럼 많은 사람이 되뇌는 유명한 구절로 그들의 실패
에 곧잘 격분했다.[565] 우리 주위의 모든 사람은 승리를 위해서 말하고
글을 썼으며, 그 승리 때문에 미움을 받았다. 그러나 이 사람은 자신의
분노가, 가장 귀중하게 여기는 모든 것에 대한 백조의 노래[566]인 그런
사람이었다. 바로 그런 이유로 모든 아일랜드 작가들은 영혼의 한 부분
을 그에게 빚지고 있었다.

오그레이디는 미완성작『아일랜드 역사』에서 아일랜드 영웅들인 피
온과 어쉰, 쿨린을 다시 살아나게 만들고는 호메로스가 사용했으리라고
추측되는 방식으로 압축하고 정리했다. 그는 게일어를 몰랐으므로 그
영웅들을 오커리[567]와 그의 유파의 무미건조한 책에서 가져왔을 것이다.
그레고리 여사도 똑같은 얘기들을 썼다. 그녀는 오그레이디보다 게일어
원전에 더 가깝게, 더 잘 정리되고 더 독창적인 문체로 썼다. 그러나 그
이야기들을 처음으로 쓴 사람은 오그레이디였고, 우리는 그의 책을 10대

---

[564] 셰익스피어의『햄릿』제1막 1장 143행.
[565] 스탠디쉬 오그레이디의 연설「아일랜드 지주들에게」(1886).
[566] 백조는 죽을 때 가장 아름다운 노래를 부른다는 데서 유래한 표현으로서, 예술가
의 마지막 작품을 말함.
[567] 유진 오커리(1794~1862)는 아일랜드 문헌학자, 골동품연구가.

에 읽었다. 내가 성공을 했더라면, 그는 대
중으로 인해 거의 변화되는 일 없이 어느
지방에서 청소년기까지 형성된 재능을 그
대로 지키며 끝까지 최선을 다해 때때로 공
격과 방어를 했을 것이라고 생각한다. 그러
나 만일 우리 젊은 사람들이 유일하게 뛰어
난 소품『별들의 수렁』대신 그의 모든 역
사책과 문 작품을 손에 넣을 수 있었다면,
우리 아 랜드의 상상력은 〈이미지〉와 꿀벌
집[568] 더 가깝게 갔을 것이다.

라이널 존슨

라이널 존슨[569]은 우리의 비평가, 무엇보다도 우리의 신학자가 될 사
이었다. 그는 가톨릭으로 개종했고 그의 정통신앙은 의심할 수 없을
정도로 박식하여 우리가 하는 모든 일과 대부분의 계획을 포용했기 때문
이다. 역사적 가톨릭 신앙의 가르침과 도그마들은 여인의 아름다움처럼
그의 열정을 휘저어놓았고, 그의 눈에는 훌륭한 작품이나 비평을 위험하
다고 생각하는 무지한 교구목사들은 "모두 이교도"였다. 그의 말로는[570]
그는 몇 세대를 거슬러 올라가면 스스로를 아일랜드인이라고 부른 가문
에 속해 있었고, 그 가문의 영국인으로 자처하는 세대들은[571] 그에게 아
일랜드 민족과 가톨릭교를 동일한 성스러운 전통으로 보도록 만들 뿐이
었다.

어떻게 그가 〈성스러운 땅〉을 모를 수 있었으랴? 그는 이집트에 있지

---

[568] 꿀벌집의 의미에 관해서는 주석 527 참조.
[569] 라이널 존슨(1867~1902)은 영국의 시인이며 에세이 작가, 비평가.
[570] 그의 말로는: 1926년판에서 삽입한 구절.
[571] 세대들은: (1922년판) 최근 세대들은.

않았던가?[572] 그는 우리의 런던 《아일랜드 문학회》에 가입하고 위원회 모임에 참석했으며, 런던과 더블린과 벨파스트에서 아일랜드 소설가들과 아일랜드 시에 대해서 강연을 했다. 그는 강의를 할 때면 언제나 원고를 보고 읽었지만, 말로 하는 내 강연이 줄 수 없는 큰 영향을 청중에게 미쳤다. 아일랜드는 18세기로부터 내려온 모습을 여전히 유지하고 있었고, 그래서 그가 애써 쓴 글들에 기교보다는 위엄을 느끼고 있었기 때문일 것이다.

그는 아주 작은 키 때문에 첫눈에는 열댓 살 먹은 학생처럼 보였다. 어느 날 밤 《시인클럽》에서 그가 당시에는 위험한 지역이었던 세븐 다이얼즈를 거의 매일 밤 안전하게 지나간다면서, "누가 내 호주머니에서 팽이와 팽잇줄밖에 다른 뭐가 더 나오리라고 기대하겠어?"라고 말한 것이 기억난다. 그러나 그가 말하거나 글을 읽을 때는 아무도 그의 작은 체구를 떠올리지 못했다. 그에게는 《대영박물관》에 있는 띠를 두른 그리스 운동선수 조각상 머리가 가진 섬세하고도 강인한 인상이 있었다. 그 조각상은 4세기의 어떤 걸작을 고풍스러운 그레코로만 방식으로 모방한 작품이었다. 그 조각상과의 유사함은 그의 시가 가진 엄격한 고상함을 상징하는 것 같았다. 그는 당시에 전성기를 구가하면서, 아주 쉽고 힘 있게 글을 쓰고 있었다. 나도 다른 사람들도 모두 그의 비극을 예견하지 못했던 것 같다.

불면증에 시달린 존슨은 아직 대학생이었을 때 의사에게서 술을 마시라는 권유를 받았다. 그는 잠을 자보려는 헛된 희망에서, 마치 로세티가

---

572 라이널 존슨이 실제 이집트에 있었다는 말이 아니라, 이스라엘 민족이 이집트를 탈출하여 성스러운 약속의 땅으로 온 것처럼 존슨이 아일랜드 문학예술계에 발을 들여놓기 전에는, 이집트에 있었던 이스라엘 민족의 상태와 다를 바 없었다는 뜻.

292 윌리엄 버틀러 예이츠 자서전

최면제의 양을 늘려갔듯이, 술의 양을 점점 늘려갔고, 이제는 마시기 위해서 마시는 지경이 되었다. 그는 폭주를 했고, 아무것도 그의 침착함을 방해하거나 손발을 떨게 할 수 없는 것처럼 보였지만, 술을 몇 잔 걸치고 나면 그의 원칙은 더 금욕주의적으로 되고 우리가 인간의 삶이라고 부르는 모든 것에 더 경멸적이 되었다. 나는 그가 와인을 너덧 잔 마시고 난 후에, 수술을 받아 스스로를 성욕에서 해방시킨 어느 교회 신부를 칭찬하고, 거세된 남자는 지적인 힘을 잃게 된다는 설에 대해서 역사적 증거를 들어가며 경멸적 태도로 부정하는 것을 들었다. 자극제 없이도 그의 신학은 인간의 허약함에 굴복하지 않았으며, "나는 영원한 형벌을 부정하는 사람들이 자신들의 말할 수 없는 비속함을 깨닫기를 바란다."고 그가 힘주어 말한 것이 기억난다.

존슨의 종말을 알고 있는 지금, 그가 즐겨 쓰던 표현을 쓰자면, "대리석" 같은 시를 창조하면서, 자신의 흔들림을 억제할 수 있는 가장 무서운 원칙들을 믿었던 그의 모습이 떠오른다. 더블린에 그가 머물러 있을 때의 이미지 하나가 너무도 뚜렷해서 당시의 다른 모든 이미지를 대부분 지워버렸다. 새벽 3시에 내가 막 떠난 하숙집 식탁에 그가 앉아 있고, 주위에는 여러 가지 취한 모습으로 대여섯 명의 사람들이 옹기종기 앉아 있거나 누워 있다. 그는 한 손으로 탁자를 짚고 머리를 쳐든 채, 앞을 똑바로 보고 있다. 계단에 다다랐을 때 나는 그가 또렷하고 흔들리지 않는 목소리로 이렇게 말하는 것을 듣는다. "나는 신성 로마 가톨릭 교회만을 믿네."

가끔 그는 언제라도 술을 끊을 수 있다고 말했다. 친구들은 그가 곧 수도원에 들어갈 거라고 믿었고, 그는 우리가 그것을 믿기를 바랐던 것 같다. 짐짓 우리를 속인 것일까? 그는 「어둠의 천사」를 쓸 순간을 이미 예언했던 것일까? 그랬다고 나는 거의 확신한다. 그는 이미 「신비주의자와 기사」를 썼기 때문이다. 내 생각으로는 그 작품의 역사적 배경은 그저 가장무도회 같은 것일 뿐이다.

> 내게서 떠나게, 나는 패배한 사람이니.
> 뭐라고? 차가운 바람이 내 슬픈 친구 중에서 자네의 심장만
> 쓸어가지 않았단 말인가? 끝이 오기 전에
> 　　내게서 떠나게, 소중한 친구여!

> 자네의 승리는 빛의 승리. 자네의 발은 값진 수고 끝에
> 휴식을 취하네. 위엄 있고 달콤한 휴식을.
> 그러나 나는 전쟁이 끝난 후 슬픈 어둠 속에서,
> 　　운명의 구름 속에서 쉬고 있네.
> 　　　　・　　・　　・　　・

> 자네의 두 눈으로 이 수정 같은 천체를 꿰뚫어보게.
> 자네가 영화롭고 순수한 운명을 읽을 수 있겠는가?
> 단지 안개, 단지 우는 구름.
> 　　흐릿함과 날리는 수의뿐.
> 　　　　・　　・　　・　　・

> 아 하늘에서 울리는 풍요로운 목소리들이여!
> 절망의 해석자와 예언자들이여.
> 무서운 성찬의 사제들이여! 나는 왔네,
> 　　나의 집을 당신들과 함께 지으려고.[573]

VIII

찰스 개번 더피 경[574]이 도착했다. 그는 《청년 아일랜드당》 소속 여류

---

[573] 라이널 존슨의 「신비주의자와 기사」(1889) 제1~8, 21~24, 33~36행.

시인[575]의 개인적 편지들, 데이비스가 쓴 건 조하지만 정보가 많은 미간행 역사 에세이,[576] 그리고 윌리엄 칼턴의 미간행 소설 등의 많은 원고를 가져와서는, 그 가운데에다 뜨거운 석탄을 집어 던졌다. 그래서 모든 페이지의 가장자리만 빼고 아무것도 남지 않았다. 그는 젊은이 하나를 고용해서 저녁식사 후에 칼라일의 『영웅들과 영웅숭

찰스 개번 더피

배』[577]를 낭독하게 했다. 식사 전에는 모든 권력자와 특히 우리 아일랜드의 〈하프와 후추통〉 시인들에게 점잖게 굴다가 말이다.

테일러는 더피를 이타카로 돌아온 오디세우스와 비교했고, 신문마다 그의 생애에 관한 기사를 게재했다. 그는 《청년 아일랜드당》의 기본 역사서[578]를 쓴 백발의 노인으로, 호주로 이민을 가서 최초의 호주 연방주의자가 되었고 나중에는 수상까지 지낸 인물이다. 그러나 그의 모든 글

---

[574] 찰스 개번 더피 경(1816~1903)은 존 블레이크 딜런, 토머스 데이비스와 함께 1842년에 『국민』지를 창간했다. 원래 다니엘 오닐이 1830년에 만든 《아일랜드 통합철회협회》의 일부였던 《청년 아일랜드당》은 오닐과 갈라선 후 1848년 8월에 봉기하기로 계획을 세웠다. 그러나 7월에 더피가 체포되고 『국민』지는 정간을 당했다. 이듬해인 1849년에 풀려난 더피는 잡지를 다시 시작하고, 《소작농연맹》에 가입했으며, 1852년에는 국회의원이 되었다. 그는 1855년에는 호주로 이민을 가서 1871년에는 수상이 되었고, 1880년에 은퇴하여 프랑스를 거쳐 아일랜드로 돌아왔다.

[575] 아일랜드 시인 엘렌 메리 패트릭 다우닝(1828~1869)으로, 필명은 '국민의 메리' 였다. 『새로운 국민정신』(1894).

[576] 찰스 더피 경이 편집한 토머스 데이비스의 『1689년 애국의회』(런던 피셔언원 출판사 간행, 1893)는 〈신아일랜드도서〉 시리즈의 첫 권.

[577] 『영웅들과 영웅숭배』(1841)는 토머스 칼라일의 1840년 명강연 모음.

[578] 『청년 아일랜드당: 아일랜드 역사의 단편, 1840~1850년』(1880)과 『아일랜드 역사 4년, 1845~1849』(1883).

은, 아주 정직하고 악의는 거의 없을지라도, 주장이나 이야기 줄거리에서 벗어나면 의미를 갖는 문장이 하나도 없고, 생각이나 음악성이 뛰어난 문장 역시 하나도 없다.

사람들은 더피가 청소년기를, 경탄할 만한 오래된 건물이나 관습이라고는 없는 작고 삭막한 아일랜드 마을에서, 어떤 말도, 심지어 혼자 말을 할 때조차도, 숨어있는 감정적 의미 때문에 천천히 그리고 조심스럽게 해야 한다는 것을 도대체 모르는 마을에서 보냈으리라고 상상했다. 그의 성년기에 관해서는, 현실적 정치를, 신문사 사무실로 올라갈 때 계단 구석에 보이는 더러운 오렌지 껍질 조각을, 또한 자기 조직에 한 순간이라도 오해를 불러일으킬 수 있는 일을 말하거나 심지어 생각하는 것이 아주 화기애애한 분위기에서조차 배반이 될 수 있는 공식 모임을 상상했다.

더피는 나의 주장을 도무지 이해하지 못했고, 50년 전에 그가 적(敵)[579]을 만들지 않았다면 나는 무력했을 것이다. 그 적은 오래전에 죽었지만 그의 추종자들은 남아있었다. 비록 원한에 차 있고 귀신이 들려 있었지만 음악성과 개성이 있었던 유일한 아일랜드 청년 정치가를, 그는 내가

---

[579] 여기서 말하는 적은 존 미첼(1815~1875). 《아일랜드동맹》(Irish Confederation)은 1847년에 분열되었는데, 미첼은 폭력에 반대하고 농부와 소작농만을 중심으로 영국의 지배에 대항하기를 주장한 데 반해, 더피는 아일랜드의 모든 계급이 뭉쳐 대항하기를 주장했다. 더피의 주장이 우세하여 미첼은 《아일랜드동맹》을 떠났다. 미첼은 아일랜드 작가이며 독립주의자로서, 더블린에서 데이비스와 더피를 만난 후에 《청년 아일랜드당》의 기관인 『국민』지에 처음으로 글을 실었다. 그는 1848년에 『통일아일랜드인』 간행을 시작했으나 그해에 반역혐의로 체포되어 남아프리카의 버뮤다와 타즈매니아로 추방되었다. 그곳을 탈출한 그는 1853년에 미국으로 갔고, 거기서 그의 유명한 『옥중일기, 영국 형무소에서의 5년』(1854)을 출판했는데, 이 일기 속에서 그는 더피를 가차 없이 공격했다. 그는 1875년에 아일랜드로 돌아와 2월에 국회의원에 당선되었으나 무효가 선언되었고, 3월 재선거에서 다시 당선되었으나 그 달에 사망했다.

기억하지 못하는 이유로 공격했는데, 그 결과가 어떠했는지는 기억나지 않는다. 그는 순탄했던 글래드스턴 시기에 우리의 공식 모임[580]에서 대단한 환호를 받으면서 자신의 아일랜드 출판사 계획에 대해 말한 적이 있다. 그 모임에서 그에게 적의를 품고 불평하는 소리가 소곤소곤 들렸는데, 결국 한 사람이 소리를 내질렀다. "뉴리[581]를 기억합시다." 그러자 어떤 목소리가 "그곳에 있는 무덤을!" 하고 응답했고, 청중의 일부는 "젊은이들이여, 사라진 존 미첼을 위해, 사라진 친구들을 위해."라고 노래를 불렀다.

존 미첼의 무덤

모임이 끝난 후 우리 중 한 무리는, 더피를 환영하려고 소집한 모임에 그런 불평분자들이 있었던 데 분개하고, 사과하러 그의 주위에 모였다. 그는 이전에 자신이 쓴 소책자[582]에 관해 설명했는데, 우리에게 그것을 나눠주려 한 것이었다. 우리는 그가 옳고 미첼이 얼마나 잘못된 행동을 했는지 알고자

존 미첼

---

[580] 1892년 7월 혹은 8월의 《국립출판사》와 〈신아일랜드도서〉 시리즈를 위한 모임.
[581] 아일랜드와 접경지대에 있는 북아일랜드의 가장 오래된 도시 중 하나. 존 미첼은 1875년 3월 20일 뉴리에서 사망했고, 뉴리의 하이 스트리트에 있는 묘지에 묻혔다.
[582] 『옥중일기, 영국 형무소에서의 5년』에서의 미첼의 공격에 더피는 바로 『국민』지를 통해 『일기』를 발표하고, 그 내용을 보충하는 소책자를 발행해서 반격을 가했다.

했다. 그러나 아일랜드에는 그저 거칠고 완고한 성격을 좋아하는 사람들도 있지만, 우리 중 몇은 "미첼은 잘못되었다면서 어떻게 자기만 옳다고 할 수가 있지?"라고 투덜거리며 집으로 돌아갔을지 모른다.

IX

찰스 개번 더피

더피는 "《청년 아일랜드당》의 운동을 완성하기를", 대기근 때문에 혹은 데이비스의 죽음 때문에, 혹은 자신의 해외이민 때문에 미완성인 채로 남겨둔 모든 것을 하기를 원했다. 젊은 측은 모두 그것을 거부하는 내 편이었다. 더피 측은 내가 원하는 책을 원치 않고 자신들의 세대가 쓴 책을 원했을지 모른다. 그래서 우리는 그 출판사의 운영방침을 놓고 그와 싸우기 시작했다.[583] 테일러는 몹시 화를 냈다. "나이가 서른도 안 되는 사람이 자신이 옳다고 주장하는 것은 예의가 아니야."라고 했던 에드윈 엘리스의 진지한 경고를 생각해보면 그의 눈에 내가 어떻게 비쳤을지 이해할 수 있다. 그러나 존 올리어리는 끝까지 나를 지지했다.

개번 더피가 더블린에 주주가 많은 자기 출판사의 정관을 작성하려고 런던에 갔을 때, 논쟁이 아주 격렬해졌다. 어느 날 밤, 일반 회원들이 여섯 개의 계단을 거쳐서, 당시에는 이미 더 이상 시장관저에 있지 않았던 우리 위원회의 방에 올라와, 우리 뒤에 있는 자리에 앉았다. 우리는

---

[583] 〈신아일랜드도서〉 시리즈의 편집권을 둘러싼 싸움. 테일러는 더피 편을 들어 예이츠를 공격했다.

모두 너무나 화가 나 있던 터라 그들을 내보낼 생각도 못 했고, 심지어 그들이 거기에 나타난 것도 몰랐다. 나는 코크의 공식 모임에서 "찰스 개번 더피 경의 책들"이라고 말해야 했는데 "우리의 책"이라고 말한 것에 대해서 비난을 받고 있었기 때문이다.

나는 말로는 테일러의 상대가 되지 않았고, 글로도 거의 상대가 되지 못했다. 스물일곱 혹은 여덟 살이었던 나는 성숙하지 못하고 서툴렀으며, 올리어리의 지지는 변덕스러웠다. 그저 인생의 방관자였던 올리어리는 내 주장이 서툴면 나를 버렸고 내가 제대로 된 주장을 할 때까지 내 편이 되지 않았기 때문이다. 그리고 "가장 인기 있는 사람"이었던 의장 하이드 박사는 앉아서 멀리 떨어진 로스커먼[584]에 있는 자기의 늙은 흰 앵무새를 생각하고 있었다.

우리의 성공 자체는 불행이기도 했다. 그 출판사에 대한 문학적 정치적 성격을 띠었던 반대의견이 이제는 일반 대중에게까지 퍼져서 종교적 편견까지 불러왔고, 그래서 반대의견이 더욱 거세지도록 했기 때문이다. 그 출판사가 거의 설립되는 것처럼 보였고 현재 활동하고 있는 아일랜드 작가들에게 우리 이사회의 대표권을 주려는 계획이 고려되고 있을 때, 갑자기 개번 더피는 월시 주교에게서 온 편지를 내보이며 설립계획을 폐기해 버렸다. 그 편지는 더피가 죽고 나면 출판사가 좋지 못한 영향을 받아 위험해질 것이라고 경고하는 것이었다. 그 순간 언제나 친절했던 내 친구 하나[585]가 개번 더피 편에 붙었다. 나는 지지를 부탁할 때마다 그 친구에게 출판사와의 내 계획을 솔직하게 털어놓았는데 말이다. 그는 모두 함께 피셔 언윈 씨에게 아일랜드 책 시리즈 발행 책임을 맡기자고

---

[584] 아일랜드 공화국 북부에 있는 지방, 그 지방의 주도.
[585] T. W. 롤스턴.

제안했고, 그래서 피셔 씨와 그의 교정자[586]는 그것을 내 계획으로 믿고 시리즈 발행 책임을 수용했던 것이다.

나는 런던으로 갔지만 이미 서명된 계약서를 보게 되었고, 내가 할 수 있는 일이라고는 고작 그 두 모임을 책임질 보조편집자[587] 두 사람이 임명되도록 하는 것뿐이었다. 두세 권의 좋은 책이 발행되었는데, 특히 하이드 박사의 『게일어 문학 소사』와 스탠디쉬 오그레이디의 『별들의 수렁』 같은 책이 그러했다. 그러나 〈신아일랜드도서〉 시리즈는 첫 권인 토머스 데이비스의 건조하지만 정보가 많은 역사 에세이 한 권으로 끝이 났다.[588] 우리의 운동이 상당히 중요하게 보였기 때문에 사람들이 그것을 읽을 시간을 갖기도 전에 만 부가 팔리긴 했지만 그 후에는 출판이 완전히 멈추게 되었다.

스티븐 필립스

개번 더피는 내 계획에 대해서는 아무것도 몰랐기 때문에 죄가 없었다. 그날 저녁에 내가 여러 가지를 논의하는 것을 내 친구[589]가 들었던 것이다. 나는 인기를 이미 얻기 시작했던 인본주의자 스티븐 필립스를 비난하고, 시궁창에서 반쯤 벗어난 프랜시스 톰슨을 칭찬했다.[590] 혹은 유명한 사람

[586] 에드워드 가넷.

[587] T. W. 롤스턴과 더글러스 하이드. 그러나 더피가 편집권을 장악하고 있었다.

[588] 토머스 데이비스의 『1689년 애국의회』(1893).

[589] T. W. 롤스턴.

[590] 스티븐 필립스(1864~1915)는 생전에 상당한 인기를 누린 영국의 시인, 극작가, 배우. 프랜시스 톰슨(1859~1907)은 영국의 시인. 한때 아편중독에 빠지고 몇 년 동안 거리에서 부랑자로 떠돌았으나, 어떤 창녀와 출판인의 도움 등을 차례로 받으며 구제되어 시를 출판하게 되었다.

들의 악덕을 나열하면서, 천재와 미덕의 영원한 결합에 대한 톰슨의 믿음에 대해, 그의 성적 쾌락 추구와 필립스의 음주벽에 대해 조롱한 것 같다. 그곳에서 시답지 않은 얘기를 많이 하는 가운데서도 나는 아주 중요하다고 생각되는 얘기를 하나 했지만 개번 더피는 시큰둥했다. 그러나 그런 사실을 그는 기억하지 못할 것이다.

프랜시스 톰슨

더피는 몇 달 전에 죽었다. 그가 용서받지 못했다고 누가 말했다면 그는 놀라고 충격을 받았을 것이다. 그는 오래전에 그 모든 일을 잊어버리지 않았던가? 친구 집에 우산을 놓고 오는 것은 그 집을 다시 방문하고 싶은 잠재 욕구가 있기 때문이라고 어떤 독일 의사[591]가 말한 적이 있다. 더피는 아마도 너무도 혼란스러웠던 우리 세대가 언급하지 말았어야 할 잠재 욕구를 지니고 있었을지 모른다.

X

더블린에서 내가 할 일이 더 이상 없다는 존 올리어리의 편지를 받았을 때 나는 슬라이고에 있었다. 그의 편지에 의하면 젊은 측에 속하는 회원들조차 이미 나에게 적대적으로 돌아섰고, 그들은 무엇을 시기해야만 하는지도 모른 채 "시기하기" 때문이라고 했다. 더 나아가, 그는 모든 것이 내 잘못이며, 내가 영향을 미치고 싶은 사람들과 너무 가까워지면 어떤 일이 벌어질지 자신이 이미 경고하지 않았느냐고 말했다. 나는 그

---

[591] 오스트리아 정신분석학자 지그문트 프로이트(1856~1939)를 말함.

들과 떨어져 홀로 있어야 했던 것이다. 그것은 모두 사실이었다. 앞선 세대로부터, 아마도 월트 휘트먼에게서 영향을 받은 나는, 선술집에 앉아서도 떠들어대고, 신념을 얻을 준비만 된 사람들에게 나의 모든 신념을 보여주느라 이 사람 저 사람 집에서 밤늦게까지 떠들어댔다. 또한 그들 중에서 권위를 찾는 사람이 누구인지를 찾고 발견하기 위해 얘기를 주고받기도 했다. 나는 아직 지적 자유와 사회적 평등이 양립할 수 없다는 사실을 알지 못했지만, 알았다고 해도 내가 침묵하고 있기에는 너무 젊었기 때문에 다르게 살 수는 없었을 것이다.

문제는 잘 알려지지 않은 젊은이 대여섯 때문에 생겼다. 그들은 하는 일 없이 매번 모임에 참석하여, 내게 다른 계획들과의 연결고리처럼 보였던 순회극단 등의 계획을 뒤엎었다. 우리는 시골지부와 연계하여 작은 아일랜드 문학 도서관들을 만들 계획이었고, 책과 돈을 모아 강사를 각 지부에 보내고 강의 수익금의 절반을 떼어 책을 샀다. 모드 곤[592]은 어느 시골에서든 많은 청중을 끌어모을 수 있는 그런 미모의 강사였다. 그 계획의 비용은 거의 우리 스스로 조달해야 했다. 존 올리어리와 J. F. 테일러와 내가 많은 논쟁을 거친 후에 선정된 예닐곱 묶음의 책은 예닐곱 지부로 발송되었다. 테일러는 어느 공식 연단에서 "온 나라가 이 일을 지원할 것입니다. 우리는 하느님이 창조한 이 세상에서 가장 불같은 민족이기 때문이지요."라고 말했다. 칼라일적인 평범한 말은 그의 거친 목소리 때문에 문제가 있는 것처럼 느껴졌다. 그러나 우리는 아주 시기심이 강한 민족이기도 하다. 그 젊은이 대여섯이 나를 조금 시기한다고 하면, 점점 더 큰 주목을 받고 있는 시골지회들에 대해서는 더욱 많이

---

[592] 모드 곤은 《국립문학회》의 창립위원회에서 일했고, 1903년 겨울에는 작은 도서관 계획을 위해 강연을 했다. 그녀는 《국립문학회》가 조직에 성공한 일곱 개의 도서관 중 셋을 세웠다.

시기했다고 할 수 있을 것이다. 시골지회는 그들의 학교 선생들이 무시하도록 가르친 농촌의식으로 가득 차 있었다. 그 젊은이들은 영어나 아일랜드어 중 하나를 써야 한다고 말했을 것이다.

내가 돌아와 보니 더블린에서 어떤 일을 할 목적으로 마련된 커다란 책 상자가 있었고, 모든 계획은 포기한 상태였다.[593] 최근에 우리 모임에 가입한 한 젊은이가 해준 말을 내가 감사히 기억하고 있는 것으로 보아 그것은 씁쓸한 순간이었다. 나에게 들으라고 한 말이 아니라 기분 좋으라고 한 말이었다. 그는 지금은 뛰어난 플로티누스 번역가로 학자들 가운데 잘 알려진 스티븐 맥케나 씨[594]이다. 그때는 내게 있을지도 모를 설득의 재능을 분노 때문에 잃어버리고, 우리 중 가장 훌륭한 사람들조차 마음속으로는 아무것도 동의하지 않는다는 것을 느껴서 더욱 어찌할 바를 몰랐던 일이 기억나는 것 같다.

나는 모임보다는 안주인이 필요하지만 앞으로 몇 년 동안은 찾지 못할 것이라고 느끼기 시작했다. 나는 모드 곤에게 그런 안주인이 되어달라고 설득했지만, 그녀의 사교생활은 파리에서 이루어졌고, 이미 그녀는 프랑스의 여론을 영국에 불리하게 돌리려는 새로운 야심이 있었다. 지적 자유 없이는 의견일치가 있을 수 없었다. 더블린 민족주의자들 내부에서는, 제대로 된 귀로 말을 듣고 잘못된 귀로 남의 말을 엿듣지 않으며, 조심스럽게 마음 한구석을 남겨놓지 않고 즐겁게 마음을 다 터놓고 말하

---

[593] 예이츠는 《국립문학회》에 보고서를 제출했고, 그것은 1893년 6월 29일에 조지 노블 플렁킷 백작에 의해 발표되었다. P. J. 맥콜을 포함한 젊은 사람들은 소위원 회에 불만이 있었다. 책들은 계획대로 시골지부로 발송되었다.
   * 조지 노블 플렁킷 백작(1851~1948)은 전기 작가, 정치가, 아일랜드 독립주의자이며, 1916년 부활절 봉기의 주모자 중 하나로 처형된 조지프 플렁킷의 아버지.
   * 패트릭 조지프 맥콜(1861~1919)은 아일랜드 발라드 작곡가, 시인.
[594] 스티븐 맥케나(1872~1934)는 로마제국 후기 철학자 플로티누스를 영어로 번역한 아일랜드 혈통의 영국 언어학자이며 작가.

며, 확신이 서기 전까지는 환상을 자유롭게 가질 수 있고, 삶이 빛나고 울리며 효용성을 따지지 않는 모임은 그때도 없었고 정말로 지금도 없다. 돈이나 지위가 보호해주거나, 잘생긴 외모가 변덕을 부릴 특권을 주지 않는 평범한 인생은, 태도나 표정이 마음에 든다거나 안 든다는 이유만으로 사람들을 취하거나 버리거나 하는 식으로 자신이 어울릴 사람들을 선택할 수 없다. 그 대신 고집이 사람을 부수고 찢어놓으며, 증오와 비통함밖에 남지 않는다. 모든 것이 바퀴가 바퀴를 물고, 강철이나 쇠로 된 기계들이 굉음을 내며 모든 것을 갈아서 평범하게 만들어버리는 논쟁의 공장이다.

내가 생각하는 것처럼 정신과 금속이 상응한다면, 파리의 금세공업자들은 보석에 더 값비싼 세공을 할 때 사용하기 불편한 금 대신 철을 이용하고, 유행을 타는 사람들을 위해 크고 납작한 쇠 단추를 만들었을 때(그래서 카드게임 사기꾼들은 단추에 비친 카드를 살필 수 있었는데),[595] 그들은 프랑스혁명을 예언했을 것이다.

XI

아일랜드만큼 평등에 대해 타고난 혐오감을 지닌 나라는 없을 것이다. 모든 집단에 우스꽝스럽게도 낭만적이거나 뛰어난 특성[596]이 있는 유형의 사람으로 자리를 잡는 사람이 있기 때문이다. 우리 중 재능과 학식을 갖춘 친구 하나는[597] 자기 조상들이 9세기에 덴마크에서 왔다고 믿었다.

---

[595] 그래서 카드게임 사기꾼들은 단추에 비친 카드를 살필 수 있었는데: (1922년판) 그것으로 카드 게임을 하는 사람들은 단추에 비친 카드를 살펴서 속임수를 쓸 수 있었는데.

[596] 1922년판에는 '특성'(trait) 대신 '특질'(quality)이라는 말을 썼음.

[597] 조지 시거슨(1836~1925). 시거슨은 아일랜드 내과의사, 과학자, 작가, 시인으로

그는 외모나 말투에서 이방인이라는 것이 너무나도 완벽하게 드러났기 때문에 한 국수주의적 신문은 현재 덴마크에 있는 그의 친척으로 추정되는 사람들에 대한 특집을 실었다. 교황군에서 몇 달을 복무한 반쯤 미친 노인 하나[598]는 몇 년 전까지도 국가행사 때마다 늙은 흰 군마를 타고 행렬을 쫓아다녔다. 한 시의원은 장갑을 마루에 던지면서 다른 시의원에게 결투를 신청했다고 한다. 그들의 반대파들의 말이 거짓이 아니라면 말이다. 그런가 하면, 인기 있는 대도시 시장 하나[599]는 공식 연설에서 자신은 『사포 시집』을 적어도 열두 페이지를 읽어야 잠자리에 든다고 자랑했다. 또한, 올리어리가 크게 반대하는 심야 토론에서 미술과 문학을 얘기하지 않을 때면, 언제나 우리는 파넬에 관해 얘기했다. 파넬은 그 누구의 조언도 받아들이지 않으며 당원이 우연히 같은 호텔에 묵게 된다는 것을 알면 그 당원은 거기에 머무는 것을 주제넘은 일로 생각해서 다른 숙박업소로 옮긴다는 등의 이야기를 우리는 주고받았다. 그리고 무엇보다 반대파들 앞에 있으면 모든 감정을 감추는 그의 자긍심에 관해 얘기했다.

한때 파넬은 하원에 냉담하고 무관심해 보였는데, 포스터는 그가 암살을 사주했다며 비난했다. 그러나 파넬은 추종자들에게 왔을 때 손톱으로 자신의 양손을 쥐어뜯어 피범벅이 되어 있었다. 브라이튼 부두 장면에 관해 파넬 여사[600]가 들려준 이야기를 알고 있었다면 우리는 얼마나 흥

서, 19세기말 아일랜드 문예부흥의 선도적 역할을 한 사람이다.

[598] 《아일랜드 청년회》 부대표 찰스 맥카시 틸링(1922년 사망).

[599] 조지프 마이클 미드(1839~1900). 1892년에 《국립문학회》가 시장관저에서 모임을 갖도록 허용해준 시장.

[600] 캐서린 오셰이(1845~1921). 1867년에 오셰이 대위와 결혼한 그녀는 1890년에 이혼을 하고, 1880년 이래 내연관계를 유지한 파넬과 결혼했다. 캐서린과의 불륜이 이혼소송으로 번지고 세상에 알려지면서 파넬은 도덕성에 상처를 입고 정치적으

분했을 것인가? 우리 모두의 심장을, 당시에도 그리고 오랜 후까지도 단지 한 가지 지배적인 주제에만 매달려 있는 온 나라 사람들의 심장을, 어떤 신비감이 휘저어놓았을 것인가? 파넬이 가장 혈기왕성하던 시절, 그와 그가 사랑한 여인은 폭풍우가 치는 날 밤 부두에 서 있으면서도 두려움을 몰랐다. 그는 애인을 안아서 팔을 앞으로 뻗은 채 바닷물 위에 들어올리고 있었다. 조금이라도 움직이면 그가 두 사람 모두를 바닷물에 익사시킬 것을 알고 있었기 때문에 그녀는 꼼짝 않고 있었다. 가능할 경우 아무런 동기도 없이 자신을 던지는 행위나, 혹은 그밖에 폭풍우가 몰아치는 밤이었다는 단순한 암시도, 인간이 제시할 수 있는 자아통제와 자아표현의 가장 명백한 증거가 될 것이다.

XII

그 시절에 내가 한 아일랜드와 관련된 프로파간다를 되돌아보면, 거의 비통함밖에 찾아볼 수 없다. 아버지 집안 옛 지인이나, 대학이나 성[601]에 서 모든 중요한 직책을 맡고 있는, 성공하고 교육을 받은 계층에 속한 지인 중에 내가 찾아내어 관계를 유지할 수 있었을 사람들은 거의 만나지 않았다. 또 만나기만 하면 싸웠는데, 나는 일부러 그랬다. 아일랜드 독립주의자들이 성스럽게 여기는 것들을 심하게 공격할 때는, 내가 연합주의자들의 의견에 비위를 맞추려고 그랬다고 아무도 생각하지 못하도록 해야 한다는 것을 알고 있었다. 태생이나 교육에 의해 성이나 대학에 속하게 된 사람의 지원을 받을 때면, 나는 "이제 당신은 밑바닥의 세례를 받아야 합니다."라고 말하곤 했다. 나는 불충을 드러내기 위해 특히 여왕

로도 몰락했다.
[601] 아일랜드에 있던 영국의 행정중심지.

의 방문 행사[602]를 택해서는, 세월에 의해 무뎌지고 나약해진 늙은 독립주의자가 총독제를 지지하며 깔아놓은 붉은 카펫을 내 손으로 말아버렸다. 그리고 만일 우리 모임의 런던 지부가 국왕의 건강을 위해 건배를 한다면 내 친구들과 나는 술잔을 거꾸로 엎어서 반대 의사를 표시하겠다고 위협했다. 마치 축구장에서 편을 고르듯이 사람들은 자신이 선택한 입장에 점점 열성적이 되고 광분하게 될 수 있다는 사실을 나는 이내 발견하게 되었다. 그리고 나를 저녁식사에 초대할 생각이 전혀 없는 유복한 더블린의 집들과, 내게 집에 들르라고 할 생각조차 없는, 송어가 사는 개울을 끼고 있는 더욱더 유복한 집들에 대해 거듭 생각해 보았다.

나는 우리《학술원》특별전시회 등의 공공장소에서 주위를 둘러보며 내가 상상하는 적들을 발견하려고 터무니없이 예민해지게 되었다. 20~30년이 지난 지금조차 나는 타고난 태도를 회복하지 못했다고 때때로 느낀다. 그렇지만 우리 쪽으로 전향할 사람을 찾을 수 있는 것은 그런 유복한 집에서 젊은 남녀들 가운데 있을 때였다. 우리가 자신이나 우리의 세계를 혐오할 때, 그 혐오가 지성을 지향하기만 한다면, 자아나 세계, 그리고 반(反)자아를 한 시야 속에서 보게 된다. 혐오가 단지 혐오에 머물 때는, 세계나 자아는 스스로를 소진시켜서 우리는 그 반대의 기계적인 것으로 향하게 된다. 대중적인 독립주의와 연합주의는 상대의 모습으로 변하여 각각이 서로의 골칫거리가 될 뿐이었다. 독립주의자들의 추상성은 히스테리 상태에 있는 여인의 고정관념과 같았으며, 그 정신의 일부는 돌로 변했고, 나머지 부분들은 들끓으며 불타고 있었다. 연합주의자들의 아일랜드는 그 들끓음과 불타오름으로 냉소적 무관심에 반응했고,

---

[602] 1900년 4월 3~26일, 보어전쟁 중에 빅토리아 여왕은 아일랜드를 공식 방문했다. 예이츠는 1900년 3월 20일,《프리맨스 저널》편집자에게 아일랜드의 독립과 영국에 대한 저항을 주장하는 편지를 보냈다.

고정관념으로 가장 쉽고 분명한 성공에 반응했다.

테일러가 어떤 공식토론에서 몸이 뻣뻣하게 굳어있고 목소리는 긴장되었던 것이 기억난다.[603] 그는 주목받는 대법관 피츠기번[604]과 대조적인 모습이었는데, 피츠기번은 듣기에는 좋지만 도저히 기억할 수 없는 말을 침착하고 청산유수같이 하고 있었다. 테일러는 이름을 대지 않은 채 "거대한 페르시아 제국과 거대한 로마 제국 사이에 자리를 잡고 있던" 고대의 어떤 작은 나라에 대해 말했다. 그는 이 거대한 제국들의 얘기로 피츠기번의 주장을 뭉개버리고는 이렇게 말했다. "우리의 위대함에 동참하십시오! 그것에 비하면 당신들의 작고 거지 같은 국적[605]이란 얼마나 초라합니까?" 그 다음에 나는 그의 목소리가 높아지면서 도취한 상태로 소리칠 때의 그 흥분과 신경의 떨림을 기억한다. "그 나라에서 세계의 구원이 시작되었습니다." 또한 나는 대법관 피츠기번이 보낸 편지가 마치 어제 일처럼 기억이 나서 화가 치민다. 그는 영달을 위해서 자신의 정치색을 바꾸고, 편지를 받는 사람에게 우리를 피하라고 권했던 것이다. 우리가 사람들을 설득해서 셰익스피어와 킹슬리를 공부하지 말라고 했기 때문이다.

검고 낭만적인 얼굴을 한 아버지 친구 에드워드 다우든 아저씨는 더블린 연합주의자 중 유일한 문인이었는데, 황폐한 땅에서 시들어가고 있었다. 말년이 가까워지며 그는 인생에서 다른 무엇보다도 많은 여인의 연인이었기를 바랐다고 가까운 친구에게 고백했다. 그는 젊었을 적에 들은 청년 괴테에 대한 어떤 사려 깊지 못한 강의 때문에 신교 대주교에

---

[603] 이하에 있는 테일러와 피츠기번의 논쟁은 제1부 XXVIII에도 언급되어 있다. 제1부 주석 260~263 참조.
[604] 제럴드 피츠기번(1866~1942)은 아일랜드 변호사, 하원의원, 대법관.
[605] 아일랜드인이 갖고 있었던 영국 국적.

게 불만을 갖게 되었다.[606] 그러나 그는 셰익스피어를 영국의 벤담주의자로 만들었고, 자신의 동정심이 점점 옅어짐을 감추기 위해 셸리를 칭찬했으며, 비슷한 이유로 자신의 평생의 작업이 되었을 괴테 연구를 포기했다. 마침내 그는 잠깐 꽃을 피운 이후에 베어지고 톱질 되어 확실히 쓰기 좋은 판자로 변해버린 유일한 대시인 워즈워스만을 좋아하게 되었다. 나는 때때로 옛날에 받은 격려에 대한 감사 표시로 그를 방문했다. 내가 자유롭게 드나들 수 있는 더블린의 집 중에서 오직 그의 집에만 많은 책과 학구적 분위기가 있어서 보는 데 즐거웠기 때문이기도 했다. 그러나 언젠가 한 번 오그레이디가 제대로 화가 나서 앙심을 품고 다우든은 "나쁜 머리와 더 나쁜 마음"이 있다고 선언했을 때, 나는 내가 다우든 아저씨에게 환영받지 못함을 알고는 더 이상 방문하지 않았다.

XIII

일리 플레이스에 있는 집은 아무도 정치에 대해서 생각하거나 말하지 않는 유일한 집이었는데, 그곳에 많은 젊은이가 함께 살았다. 그들은 마땅한 이름이 없어서 〈신지론자들〉로 불렸다. 그 집에 사는 회원들 외에 다른 회원들이 낮 동안 들락거렸고, 그 집 서재에서 철학과 예술에 대한 많은 토론이 이루어졌다. 그 집은 노동부 엔지니어의 이름으로 빌렸는데, 그는 마니교 철학에 깊이 빠진 검은 턱수염을 기른 젊은 남자[607]로서, 모든 사람이 그를 주인으로 생각했다. 토론은 가끔, 특히 내가 있을 때,

---

[606] 1914년판 『유년기와 청소년기에 대한 회상』에도 다우든에 대한 비슷한 언급들이 나온다. 이하 부분도 마찬가지. 주석 230 참조.

[607] 프레더릭 존 딕(1856~1927). 노동부 소속 엔지니어였던 그는 1891년 4월부터 어퍼 일리 플레이스 3번지에 있는 자기 집을 개방했다. 이곳은 1897년경까지 더블린의 《신지학협회》 본부 역할을 했다.

너무 으스스한 얘기로 돌아가서 그의 예민한 젊은 아내의 신경을 건드렸고, 그래서 그는 화를 내곤 했다. 자신들의 삶의 기초로 삼은 새로운 종교적 개념에 대해서 부정확한 용어와 불충분한 지식으로 씨름하던 젊은이들과 능력 있는 이상한 사람 몇이 기억난다.

꼭대기 층에는 플라톤을 읽고 대마초를 피는 의대생[608]이 살고 있었다. 또 막 미국에서 돌아온 채식음식점 주인인 젊은 스코틀랜드인[609]이 살았는데, 그는 예언자 해리스의 제자로 미국에 갔다가 또 다른 새로운 예언자의 일행으로 이내 돌아왔던 것이다. 누군가가 무엇이 그로 하여금 방랑을 하게 했는가 물으면, 그는 어린 시절의 친구인 젊은 하이랜드인에 관해 얘기했다. 길이 굽은 어떤 지점을 지날 때면 그 친구의 모자는 언제나 벗겨졌는데, 결국 마을 아저씨들이 그에게 술과 여자를 권하면서 모자를 푹 눌러 씌워주었다는 것이다.

노동부 엔지니어가 떠났을 때, 미국인 최면술사가 그 집을 이어받았다. 그는 탐험가 쿠샹트와 함께 주니 인디언[610] 사이에서 살았는데, 어떤 주니 인디언에 대해서 말했다. 그 인디언은 전화와 전보에 대한 백인의 떠벌림에 짜증이 나서 "그런 것들이 어떻게 그런 일을 할 수 있어요?"라고 소리 지르며, 그의 머리 위로 모래 두 줌을 집어던졌다. 그러자 모래는 불꽃으로 변해서 그의 머리가 불에 휩싸인 것처럼 보였다는 것이다. 그는 주니 인디언의 철학에 관해 얘기한다고 떠벌렸지만, 잠 속에서 산의 심장부 속으로 빠져들어 간 사람들에 대한 많은 얘기를 제외하고 거기서 얘기하는 모든 것은 내게는 애매한 플라톤 철학 같았다. 그 원칙은 이내 그 집의 신화와 결합해 젊은이들이 성스러운 장소를 찾아 이리저리

---

[608] 에드먼드 J. 킹.
[609] 아서 드와이어.
[610] 미국 애리조나 주에 거주하는 북미인디언.

떠나도록 만들었다.

아래층에는 이상한 빨강머리 아가씨[611]가 살았다. 그녀의 모든 생각은 『향연』에 나오는 〈사랑〉과 〈가난〉 같은 추상적 이미지로 여겨진 그림과 시에 집중되어 있었다. 그녀는 아시아적인 광신으로 이 이미지들에 자기 자신을 바쳤다. 엔지니어는 그녀가 가구가 전혀 없거나 반쯤만 갖추어진 방에서 굶주리고 있었으며, 여러 주 동안 빵과 코코아만으로 살아서 음식값은 하루에 1페니 이상 들지 않는다는 것을 알게 되었다. 너무 오만해서 이웃사람들이 〈왕족〉이라고 부른 어느 시골집안에서 태어난 그녀는, 미술을 공부하고 싶어 했기 때문에 미친 아버지와 싸우고는 집에서 도망쳐 나왔다. 소작인들은 그 아버지가 "자기 물병을 누구와도 함께 나누려 하지 않는" 사람이라고 떠들었다. 그녀는 얼마간 시계를 팔아서 살았고, 그 다음에는 아일랜드 신문에 이따금 이야기를 써서 살았다. 몇 주 동안 그녀는 일주일에 반 크라운을 어떤 가난한 여인에게 주고, 자신이 미술학교에 왔다 갔다 할 때 함께 다녀달라고 했다. 그녀는 공공장소에 동반자 없이 자신을 내보이는 것은 여자로서는 잘못된 일이라고 생각했기 때문이다. 그러나 최근에 그녀는 등록금을 낼 여유가 없었다. 엔지니어는 그녀를 자기 아내의 친구로 만들었고, 공부를 다시 시작할 수 있을 만한 돈을 주었다.

그녀는 재능과 상상력이 있었고, 문체를 쓸 재주도 있었다. 그러나 우

---

[611] 알시어 가일스(1868~1949). 워터포드 카운티 출신으로 1889년에 미술학교를 다니기 위해 더블린에 왔다. 1892년까지는 런던에 있으면서 글레이드 스쿨을 다녔다. 그녀는 《황금새벽회》 회원이었으며, 예이츠는 그녀의 그림을 『비밀의 장미』(1897), 『시집』(1899), 『갈대숲의 바람』(1899) 등의 시집 표지로 사용했다. 예이츠는 T. W. 롤스턴과 스토퍼드 브룩이 편집한 『아일랜드 시의 보고』에 그녀의 시 「공감」을 추천했다. 그녀는 시를 계속 썼으나 가난과 병으로 고생하다가 양로원에서 죽었다.

의적인 모습들로 생각된 그림과 시를 위해 그녀는 죽음을 불사할 준비가 되어 있었지만 자신의 재능을 증오했으며, 그 증오감을 극복할 만큼 일찍 칭찬과 동정을 받지 못했다. 그녀는 물감과 캔버스, 펜과 종이를 마주하면서 자신의 재능은 전혀 보지 못하고 그 재능의 잔인함만 보았다. 그래서 어느 날 아침을 먹으면서, 의무라고 부를 수 있을 만큼 온종일 매달려야만 하는 일을 하기로 했다고 말했다. 정말로 그렇게 꾸며대지 않았더라도, 그녀는 그날 학교에 채 도착하기도 전에 학교를 그만둘 다른 변명거리를 찾았을 것이다. 결국 그녀는 학교에 가지 않았다.

대부분의 사람은 그녀를 조롱하면서 지켜보았지만 나는 공감을 느끼며 지켜보았다. 나의 경우에도 글을 쓰는 것이 신경을 긴장시키고 잠을 망쳤기 때문이다. 그렇지만 여러 세대 동안[612](그렇게 우리 아일랜드 사람들은 오래전 일까지 기억하는데) 나의 친가 선조들은 지적인 일을 한 반면, 그녀의 선조들은 총을 쏘고 사냥을 했다. 예술이어서가 아니라 여자가 직업이 있다는 사실 때문에 자기 아버지가 그토록 맹렬히 반대한 그 직업을 포기했다면 그녀는 언제라도 여인들의 평범하고 편안한 삶으로 돌아올 수 있었을 것이다.

그녀가 얼마 후에 그 엔지니어 혹은 그의 아내와 싸우고 다시 빵과 코코아만으로 사는 생활로 돌아갔을 때, 나는 어떤 더블린 상인에게서 보수가 상당히 괜찮은 광고일 제안을 받아 그녀에게 가져다주었다. 그 일은 예술창조보다는 덜 힘든 일이었을 것이다. 그러나 그녀는 광고 그림을 그리는 것은 예술을 비하하는 일이라고 말하고, 애써 고맙다고 했지만 분노를 감추지 않았다. 그녀는 기쁘게 기아로 되돌아갔을 거라고 믿는다. 그 우의적인 이미지들이 그녀를 뚫어지게 바라보고 있을 때 자

---

[612] 여러 세대 동안: (1922년판) 거슬러 올라갈 수 있는 한.

신이 느끼는 가책을 침묵시킬 근거를 지속적인 빈혈증이 곧 그녀에게 주었을 것이기 때문이다. 그리고 그것과는 상관없이 굶주림과 고통이 그녀의 숭배의식에 커다란 몫을 하고 있었다.

XIV

조지 러셀

내 기억이 가장 뚜렷한 그 시절에, 그 집 꼭대기 층에서 조지 러셀(A. E.)[613]이 그 젊은 스코틀랜드 사람과 같은 방에 살았다. 그 집과 모임은 러셀의 지지자들과 엔지니어 지지자들로 나뉘었고, 나는 그 두 분파 간의 논쟁에 관해 얘기를 들었다. 경쟁관계는 표면적으로 드러나지는 않았다. 어느 편도 중요한 문제에서 다른 편을 무턱대고 반대하지 않았다. 엔지니어는 모든 재정적 책임을 지고 있었고, 조지 러셀은 그 모임 사람들의 눈에는 성인이며 천재였다. 두 사람 중 누구라도 쟁점이 더블린에서 신비주의 사상의 주도권을 누가 쥐는지임을 알았다면 내 생각으로는 러셀이 포기했겠지만, 논쟁은 사소한 것으로 보였다.

매주 모임에서는 무엇이라도 토론 주제가 될 수 있었다. 말하는 사람에게 규칙을 지키도록 주의시키는 사회자는 아무도 없었다. 무신론적인

---

[613] 조지 러셀(1867~1935)과 예이츠는 1884년에 더블린의 메트로폴리탄 미술학교에서 처음 만나 신지학과 신비주의에 관한 관심을 공유하면서 가까운 친구가 되었다. 영겁(永劫 aeon)을 뜻하는 A. E.라는 필명으로 알려진 러셀은 젊은 신예 작가들을 지원하기도 한 아일랜드 문예부흥의 중심인물이었다. 제1부 XXII에도 언급됨. 주석 214 참조.

노동자는 종교에 대해서 비난할 수 있고, 신앙심 강한 가톨릭교도는 신지학을 무신론이라며 잘못되었다고 주장할 수도 있었을 것이다. 그리고 정확하고 실제적이었던 그 엔지니어는 그걸 받아들이지 않았을 것이다. 그는 목적이 있었다. 그는 어떤 확고한 형태의 신앙을 믿는 개종자들을 만들어내고 싶어 했다. 여기에서는 반대파라 할지라도 누구든 말을 더 잘한다면, 그 역시 모두를 개종자로 만들 수 있었다. 엔지니어는 토론할 권리를 그 모임의 회원에게만 주기를 원했다. 그래서, 내가 듣기로는, 위원회에서 그 문제에 대해서 결의를 하자고 제안했다. 반면에, 우리 《국립문학회》에 가입하기를 거절한 러셀은, 〈하프와 후추통〉파가 토론에 제한을 정했기 때문에 저항했고, 마침내 엔지니어의 주장을 눌렀다. 2년이 지나 새로운 논쟁이 일어나자 러셀은 그 모임을 그만두고, 미국이나 런던에서 원칙과 방법을 끌어온 새 모임을 창설했다. 종교적 사색을 사랑하지만 역사적 신념은 없는 더블린의 젊은이들 사이에서 러셀은, 오늘날에도 그렇듯이 당시에도, 대가다운 영향력이 있던 유일한 인물이었다.

러셀과 내가 6~7년 전 미술학교에 다닐 때, 그는 거의 이해할 수 없는 존재였다. 그는 일관된 사고를 할 수 없는 것 같았는데, 아마도 그런 순간들이 있었을 것이다. 자신이 말을 하면 논리의 일관성을 잃어버렸다는 사실을 들킬 것 같다는 생각이 문득 들자, 그 생각이 지속되는 사흘 동안 말할 필요성을 피하고자 더블린의 산들을 헤매며 낮 시간을 보냈다고 나에게 말한 적이 있다. 나는 당시에, 특히 밤에 거리를 거닐면서, 아무런 의미도 없는 것처럼 보이는 그의 많은 말 가운데서 종잡을 수 없는 아름답고 심원한 말을 주워듣기 위해 그에게 귀를 기울였다. 그런데 나처럼 걸으며 그의 말에 귀를 기울이는 사람들이 또 있었다. 바보가 동양에서는 성스럽다고 여겨지듯, 그가 모든 학교친구에게 성스러운 존재가 되었기 때문인 것 같다. 우리는 애를 써가며 모델을 보이는 대로 그리려고 했지만, 그는 자연적 형태에 관한 탐구 없이 그림을 그렸고 자신의 공부를 "광야의 성 요한"이라고 부르곤 했다. 그러나 지금은 성공한 조각가가 된 한 학생[614]이 상당히 놀란 표정을 지으며, 러셀이 그린 어깨 그림을 가리키면서 "너무 간단하게 그리네, 지나치도록 너무 간단하게!"라고 반쯤 혼잣말을 한 것이 기억난다. 러셀은 붓과 연필로 늘 똑같이 그렸기 때문이다.

우리는 서로를 조롱했고 터무니없는 얘기를 해서 서로를 깎아내렸지만, 러셀을 조롱하거나 그를 깎아내리는 얘기를 한 적이 없었다. 그는 친구 존 에글린턴이 우리 문명의 "사교적 접착제"라고 부른 유머 감각이 없었다. 우리는 이해할 수 없는 것을 사람들이 칭찬할 때 그렇듯, 러셀에 대해서 말할 때는 말을 "마구 쏟아내곤" 했다. 그러나 그의 그림에 대해서는 이해하는 데 어려움이 없었다. 아무런 의미도 없는 말을 자주 하는 사람이 어떻게, 우리가 도달할 수 있는 것들을 훨씬 초월하여, 쉽고 빠르게 작품 구성을 할 수 있겠는가?

내가 아일랜드로 오기 몇 달 전에 러셀은 나에게 시 몇 편을 보냈다. 서로 일치하는 리듬이 있는 시행이 하나도 없고, 각운 체계를 정했다고 생각하는 순간 그것을 이유 없이 깨버린다는 것을 보여주면서 에드윈 엘리스가 비웃을 때까지는 나는 그의 시를 좋아했다. 그러나 이제 그의 시는 사고가 명료하고 형태가 섬세해졌다. 그는 미리 생각하거나 애를 쓰지 않고 시를 썼다. 말하자면 그것은 저절로 만들어졌고, 단테가 자신의 작품에 대해서 말했듯이 마치 그것이 자신의 뺨을 창백하게 만드는 것처럼,[615] 그렇게 신경이 살아있고 생생했다. 그가 속한 모임은 동인

---

[614] 존 휴즈(1865~1941) 혹은 올리버 셰파드(1864~1941)를 가리키는 듯.

지[616]를 발행했는데, 그는 독자들에게 그의 산문이 좋은지 시가 좋은지를 물었다. 그가 초절주의 성향의 짧은 시들을 쓴 것은 독자들이 원했기 때문이며, 이 작품들은 나중에 『집으로 가는 길에 부르는 노래』[617]라는 제목으로 출판되었다.

고기를 먹지 않은 까닭인지 그 집에 사는 동안 생활비는 많이 들지 않았다. 러셀이 더블린에 있는 어떤 가게에서 경리 일을 하면서 1년에 버는 60~70파운드 중 상당 부분을 개인적인 자선을 하려고 남겨두었음을 나는 안다. 그의 말에, 그리고 아마도 그의 글에 명료성을 부여한 것은 그의 자비심 때문이었던 것 같다. 그는 어떤 특별한 활동이 공공의 이익이나 친구들의 이익을 위해서 바람직하다고 믿으면, 다른 사람을 즉시 개인적인 야망에서 벗어나게 할 열정을 갖고 있었다. 언제나 허약하거나 불운한 작은 무리의 사람들에 둘러싸여 있었던 그는, 그들과 다른 사람들에게 고양이를 그리핀[618]으로, 거위를 백조로 변신시키는 것을 설명했다. 후년에 그는 경제학이나 재정학에 관한 책을 심지어 읽기도 전에 협동은행 체계의 조직자 직책을 받아들였고,[619] 몇 달 만에 인정을 받은 전문가로서 왕립위원회 앞에서 그 체계에 관한 근거를 제시하게 되었다. 비록 자신의 열정에 찬 다재다능함밖에 보여주지 못했지만 말이다.

내가 러셀에 관해 글을 쓸 당시에 그는 종교적인 선생이었을 뿐, 그의 그림과 시, 대화는 모두 그 목적에 종속되는 것이었다. 사람들은 경탄하

---

615 단테의 『신곡』 「지옥편」, V, 제130~131행. 기네비어에 대한 랜슬롯의 사랑이야기를 읽을 때 파올라와 프란체스카의 뺨이 창백해진다.

616 1892년 10월에 처음 발행된 『아일랜드 신지학자』.

617 조지 러셀의 첫 시집(1894년 출판).

618 그리핀 혹은 그리폰은 사자 몸통과 꼬리, 뒷다리에 머리와 날개는 독수리인 신화적 존재.

619 러셀은 1897년에 《아일랜드농업협회》에 참여했다.

고 당혹해 하며 그를 지켜보았다. 그는 지속적으로, 아마도 스베덴보리 이후 어떤 현대인보다 더 지속적으로, 환상을 보는 것으로 알려졌다. 그가 본 것을 파스텔로 그렸을 때 어떤 사람들은 그 기록을 망설이지 않고 받아들였다. 나 같은 다른 사람들은 학구적인 그레코로만의 형태에 주목하고, 그가 귀스타브 모로[620]의 작품에 일찍이 심취한 것을 기억해서, 주관적 요소가 있음을 감지했다. 그러나 아무도 그의 말을 의심치 않았다.

사람들은 러셀을 훌륭한 관찰자로 생각하지 않았을 수도 있지만, 그가 자신이 보았다고 믿는 것을 가장 양심적으로 주의 깊게 보고한다는 사실은 아무도 의심치 않았다. 또한 그는 이따금 객관적으로 증명하는 것을 잊지 않았다. 아일랜드 사람들이 말하듯이 그가 터줏대감 노릇을 하는 공원을 어떤 사람과 걸으면서 그는 환상 속에서 특정한 지점에 교회가 있는 것을 보았다. 그 사람이 그 지점의 땅을 파보니 거기서 교회 건물의 토대가 나왔다. 또, 어떤 여인이 그를 만나서 "아, 러셀 씨, 저는 너무 불행해요."라고 말하자, 그는 "당신은 오늘 저녁 7시에는 완전히 행복해질 것입니다."라고 대답해서 그녀의 얼굴이 빨개지게 만들었다. 그녀는 7시에 젊은 남자를 만나기로 약속이 되어 있었던 것이다. 나는 이 이야기를 그 사건이 있고 나서 하루 이틀 뒤에 들었다. 그 일에 관해 묻자 그는 그 말을 해야 한다는 생각이 갑자기 머릿속에 들어왔다고 했다. 그러나 그 이유는 몰랐다고 했다.

나는 그와 자주 말다툼을 했다. 그가 자신의 환상을 따져보고 의심하며 그것이 나타날 때마다 글로 써보기를 내가 원했기 때문이다. 또한 길에서 지나쳐간 남녀처럼 그가 실재라고 생각하는 것을 나는 상징적인

---

[620] 귀스타브 모로(1826~1898)는 성서나 신화적 인물을 많이 그린 프랑스의 상징주의 화가.

것이라고 생각했기 때문에 더욱 그러했다. 그것들은 의심을 품으면 사라져 버릴 그의 잠재의식적 삶의 일부분이었을까? 주의력이 떨어질 때 순간적으로 나타나는, 모습이 보이지 않는 목소리, 목소리 없는 이상한 모습 같은 것이었을까? 내가 런던에서 배운 환상이었을까? 그의 시와 그림은 같은 원천에서 나왔을까? 그것이 지금은《더블린 시립미술관》에 있는 어떤 꿈같은 아름다운 모래 해변 그림[621]을 그린 바로 그 손이 아주 빠르게 많은 캔버스를 시적 평범함으로 채우게 된 이유였을까? 모든 것이 기교가 넘치고 아주 절묘한『집으로 가는 길에 부르는 노래』를 쓴 이후에 다시는 완벽한 작품을 쓸 수 없는 이유였을까? 콜리지가 스베덴보리를 남녀 양성으로 생각한[622] 이유는 정확히, 그가 완전한 존재의 접촉으로 묘사한 천사들의 결혼에서처럼, 그에게서만 의식과 잠재의식이 하나가 되기 때문이었을까?

이미 대단했던 러셀의 영향력을 더 크게 지탱해준 것은 그의 다재다능함이나 그를 둘러싼 신비감보다는 그의 정의감이었다. 그리고 자신의 영향력에 대한 자신감에서 나오는 과감성은 그를 총체적 상담자가 되게 했다. 그는 양심의 문제일 때는 시간을 한없이 썼고, 어떤 상황도 명료하게 풀어냈다. 그런데 분명히 어려운 상황들은 있었다. 두 여인이 믿음이 흔들리는 숭배자 문제로 말다툼을 하고, 얼굴을 맞대고 약간은 빈혈증이 있는 우리의 현대 어휘로 서로에게 쌍욕을 한 일이 있었다. 나는 그가 두 여인 중에서 누가 옳았는지 판단하는 데 불려간 일을 기억한다. 그리고 도스토옙스키의 백치만이 상처받는 것을 피할 수 있을 것 같은 상황을 그가 성공적으로 처리했다는 얘기를 들었다.

---

[621] 조지 러셀의『물을 건너는 사람들』(종이에 유화, 24cm×47cm). 더블린의《휴 레인 시립현대미술관》소장.
[622] 출처 불명.

그 모임은 생긴 지 얼마 되지 않았고, 회원들은 세상의 복잡한 도덕적 문제들을 마치 세상에서 처음 대하는 사람들처럼 대했기 때문에 아주 거창한 규칙들을 세웠다. 규칙 중 하나는 어떤 회원이 점점 잘못에 빠져드는 것을 보면 다른 회원이 지적해 주는 것이 의무였다. 젊은 남자 회원 하나가 젊은 여자 회원이 자기에게 사랑에 빠졌다는 것을 확신하게 되었다. 불문율 중 하나는 사랑과 영적 삶은 양립할 수 없다는 것이었으므로, 여자의 행위는 아주 큰 잘못이었다. 젊은 남자는 상황이 미묘하다는 것을 느껴 러셀을 도움을 청했고, 그래서 나란히 그들은 규칙을 어긴 젊은 여자를 대면했다. 내가 들은 바에 따르면 여자는 놀라고 부끄러워하며 그들의 훈계를 받아들이고 행실을 고치기로 약속했다고 한다. 친밀한 대화를 할 때면 흔히 그의 목소리는 아주 높아지고 침착성을 잃어버렸기 때문에, 나는 특히 그를 화나게 할 수도 있었다. 그러나 친밀한 대화를 하기에는 청중이 너무 많을 때나 흥미로운 사건이 연설에 격식을 부여할 때면 그는 열정적이면서도 동시에 사사롭지 않을 수가 있었다.

러셀은 마치 공적, 사적 소동을 해결하는 것처럼 아주 공정하게, 가장 반대가 되는 파나 개인의 생각뿐만 아니라 감정을 코르네유나 라신의 드라마 속에 집어넣는 능력이 내가 알고 있는 어떤 사람보다 더 뛰어났으며, 현재도 그렇다. 각자는 자신의 주장보다 더 설득력 있게 만들어진 상대의 주장을 들었기 때문에 서로 증오한 사람들은 때때로 화해를 하지 않을 수 없었다. 이런 재능 때문에 후년에 그는 정치적인 영향력을 갖게 되었고, 아일랜드 독립주의자들이나 연합주의자들에게 똑같이 존경을 받았다. 그가 모든 인간의 삶을 신화체계로 보게 된 것은 아마도, 후기 그레코로만 조각상과 아주 흡사한 도덕적 전통의 고귀한 이미지들을 문자 그대로 받아들이는 것과 결합된 이 점 때문일 것이다. 거기서는 모든 고양이는 그리핀이지만 더 위험한 그리핀은 그가 말을 걸지 않는 정치가들이나 대충 훑어보기만 하는 작가들에게서만 발견할 수 있는 반면, 그에게 고백하고 충고를 듣는 남녀들은 가장 순수한 백조의 깃털을 가지고 있는 것이었다.

내 생각으로는 틀림없이 그 점 때문에 러셀이 나쁜 문학비평가가 된 것 같다. 인물들의 키는 7피트여야 했으며, 기준에서 조금이라도 떨어지면 그는 비뚤어지고 병적인 것이라고 개탄했다. 나는 그가 에머슨과 월트 휘트먼의 시를 젊은 시절에 만나지 않았더라면 어떻게 되었을지 가끔 궁금하다. 그 작가들은 〈악에 대한 비전〉이 없다는 바로 그 이유 때문에 내게는 피상적으로 보이기 시작했다. 그리고 그가 우파니샤드의 번역을 만나지 못했다면 말이다. 우파니샤드를 연구할 때는 에머슨이나 월트 휘트먼이라는 등불에 의지하기보다 인도 전통의 꺼져가는 불꽃에 의지해 연구하는 것이 더 낫지만, 이렇게 연구하기는 훨씬 어렵다.

우리는 소년시절에 존경한 사람들의 성숙함에 결코 만족할 수가 없다. 그들의 전 생애를 보아 왔기 때문에 가장 성공적인 삶조차 부분일 뿐이며, 우리는 결국 그들의 가장 혹독한 비평가로 남게 된다. 옛 학교친구 하나는 내가 열여덟 살이 되기 전에 거칠고 운율을 따질 수 없는 시를 쓰겠다는 약속을 이루었다는 내 말을 믿으려 하지 않았다. 상상력이 넘치는 인간이 처음에 아직 자신의 목소리를 채 갖기도 전에 작은 집단에서 일으킨 감탄을 나이가 들어서도 얻을 수 있겠는가? 첫 성공이 최고의 성공이 아니겠는가?

분명히 나는 러셀에게 불가능한 것들을 요구했다. 내가 그에게 영향력이 있었다는 점을 나는 의심치 않지만 그것은 좋은 영향력은 아니었을 것이다. 나는 "완벽하게 균형 잡힌 인체"와 같은 〈존재의 통합〉을 표현하는 것 외에 시인이나 예술가에게는 다른 목적이 있을 수 없다고 생각했기 때문이다. 당시에는 그 말을 사용하지 않았지만 말이다. 자신의 "의지가 약하고, 정서적인 일을 계속 추구하다 보면 틀림없이 더 약해질 것"이라는 이유로[623] 그가 미술학교를 떠났을 때 내가 빈정대며 분노한 기억이 난다. 나중에 그가 잡지 독자들에게 자신의 산문과 시 중 더 좋은 것을 고르라고 했을 때처럼 말이다.

〈존재의 통합〉을 소유할 수 없고 그것을 찾거나 표현해서는 안 되는 사람들이 있음을 나는 지금은 알고 있다. 그리고 모든 존재 속에 있는 자신들의 자연적 상태와 반대되는 어떤 존재를 규정하는 〈마스크〉인 반(反)자아를 찾지 않고 단지 그 반자아를 억누르려고 하여 마침내 자연적인 상태만 남게 만드는 사람들을 나는 알고 있다. 이들은 욕망의 이미지를 찾아서는 안 되는 사람들이며, 단지 자기들의 정신 너머에 있는 것, 즉 정신의 통합이 아니라 자연의 통합, 신의 통합을 기다리는 사람들이다. 이들은 과학자이며 도덕가, 인본주의자, 정치가, 기둥 위의 성 시메온, 동굴 속의 성 안토니우스이며, 그들이 몰두하는 것은 아무것도 아닌 것처럼 되는 것이다.[624] 자신들의 마음을 공허하게 형태가 없을 때까지 비워서, 혼란을 드러냄으로써 창조주를 부르고, 다른 사람의 심지와 기름으로 등불이 되는 사람들이다. 그리고 정말로 어떤 특별한 의미에서 "완벽하게 균형 잡힌 인간의 육체"가 십자가형을 겪은 것은 그들을 인도하기 위해서였을 것이다.

그들에게 〈마스크〉와 〈이미지〉는 자신들의 눈을 스스로에게 돌리게 하는, 필연적으로 병적인 것들이다. 마치 그것들이, 스스로에게 법이 될 수 있는 사람들, "구차하게 다른 법에 따르는 것은 법에 따르지 않는 것이다."[625]라고 채프먼이 쓴 사람들에나 속한 것처럼 말이다. 반면, 사

---

[623] 제1부 XXII에 같은 언급이 있다.
[624] 아무것도 아닌 것처럼 되는 것이다: (1922년판) 자신들이 깨진 조각이며 결국에는 쓸모없는 존재임을 아는 것이다.

실상 그들은 이렇게 묻는 사람들일 따름이다. "나는 누구누구처럼 제대로 행동했는가?" "나는 십계명을 잘 지키는 훌륭한 사람인가?" 혹은 "나는 하느님 앞에 나 자신이 아무것도 아니라는 것을 인식하는가?" "나의 실험과 관찰이 충분히 엄격하게 개인적 요소들을 배제했는가?"

그런 사람들은 지혜와 미에 대해 셸리가 아하수에루스 혹은 아타나즈 왕자라는 마스크를 썼을 때 생각한 것과는 다르게 생각한다. 그들은 또한 〈이미지〉를 추구하지 않으면 사람이 살 수 없는 황야 같았던 세상에서 〈이미지〉를 추구하는 것이 아니다. 그래서 마침내 그런 추구를 배제한 가운데 〈이미지〉는 더 이상 판데모스로 불리지 않고 우라니아로 불리게 된다.[626] 그런 사람들은 모든 〈마스크〉를 벗어버리고 〈이미지〉를 던져버려야 하기 때문이다. 그래서 마침내 그 〈이미지〉는 자기비하의 잔인함 때문에 변형되어 그 자체가 모든 자연적 혹은 초자연적 세계의 〈이미지〉나 축소판이 되어, 스스로를 추구하게 된다. 그러나 온 초자연적 세계는 개인적인 형태로만 표현되는 법이다. 그것은 인간밖에 축소판이 없으며, 〈하늘의 사냥개〉[627]는 스스로를 텅 빈 가슴 속으로 던질 수밖에 없기 때문이다.

우리가 아는 사람 중에는, 조지 허버트나 프랜시스 톰슨, 조지 러셀처럼, 자신들이 창조하지 않은 어떤 것, 즉 역사상의 어떤 종교나 주의를

---

[625] 조지 채프먼의 『바이런의 음모』(1608) 제3막 1장.

[626] 그리스 신화에 나오는 아프로디테가 가진 상반되는 사랑의 두 가지 성격을 나타내는 말로서, 판데모스는 세속적이고 관능적인 지상의 사랑을, 우라니아는 신성한 천상적 사랑을 나타낸다.

[627] 켈트 신화에는 빨간 귀를 달고 있는 흰 사냥개가 하늘을 가로질러 뛰며 사슴들을 쫓는 얘기가 나온다. 빨간 귀는 바람을, 사슴은 인간의 영혼을 뜻한다. 영국 민담에도 가브리엘의 사냥개들이 나오는데, 이 역시 죽음의 상징이다. 하늘의 사냥개는 구세주, 그리스도에 대한 언급이기도 하다. 프랜시스 톰슨의 유명한 시는 『시집』(1893)에 실린 「하늘의 사냥개」이다.

표현할 때 상상력이 더 생생해지기 때문에 다른 시인들에게서 도피한 사람들이 있을지 모른다. 그러나 러셀이 때때로 그랬을 것이라고 내가 생각하듯이, 모두가 사냥꾼이며 추격자들인 모리스나 헨리나 셸리와 같은 종류의 사람이 사는 것이 당연하듯이 그 도피자가 살아야 한다면, 도피자의 예술은 도덕적이거나 시적인 진부함에, 경험과 아무런 관련이 없는 생각과 이미지들의 반복에 빠질 수밖에 없다.

나는 러셀이 감수성이 예민한 젊은 시절에, 현대의 주관적 낭만주의 대신 낭만주의가 감탄하고 칭찬하는 모든 것을 비난하는, 정말로 욕망의 모든 이미지를 비난하는 어떤 형태의 전통적 신앙과 만났더라면 나의 희망마저 꺾지 않았을 것이라고 생각한다. 그런 비난은 그의 지성을 그의 환상의 이미지들로 향하게 했을 것이기 때문이다. 틀림없이 그것은 그의 인생을 쓰라리게 만들었을 것이다. 그의 강한 지성은 사람들이 무서워하는 비개인적인 심연 속으로 몰려 들어갔을 것이기 때문이다. 그러나 그랬다면 그를 종교지도자로 계속 남아있게 했을 것이고 그를 인류의 가장 위대한 사람 가운데 하나가 되도록 했을지 모른다. 비전을 찾는 사람에게 정치라는 것은 반쯤의 성취일 따름이며, 불가능하지 않은 모든 것 중에서 가장 어려운 종류가 아닌 상당히 쉬운 종류의 기술을 선택하는 것이다. 창조주가 지진이나 천둥, 기타 흔한 표현을 하면서 하품도 하지만 소라의 절묘한 나선을 다듬는 수고를 하는[628] 것도 확실하지 않는가?

XV

나는 일전에, 젊은 시절에 일리 플레이스에 있는 그 집에 살던 기억이

---

[628] 출처 불명. 예이츠는 똑같은 관념을 「꾸중들은 미친 제인」 제1~4, 8~11행에서 사용했다.

투록산 정상에 있는 돌무덤 페어리 캐슬

갑자기 나서 눈물을 터 트린 나이가 지긋한 사 람과, 런던에서 그 사 람을 알아봤다는 더블 린 사람에 대해 들었 다. 내게는 그렇듯 사 무치는 기억은 없다. 나는 결코 그곳에 속하 지 않았고 불만 가득한 비평가였을 뿐이기 때문이다. 그렇지만 어떤 순간들은 내가 글을 쓰고 있는 지금 이 순간 생생하게 떠오른다. … 러셀은 투록산[629]에서 오래 산책을 한 후 막 돌아왔다. 그는 신앙심 깊은 늙은 거지와 많은 대화를 나눴는데, 그 거지는 반복해서 말했다고 한다. "신은 하늘을 소유하고 있지만, 땅을 탐낸다. 신은 땅을 탐낸다."

· · · · ·

나는 어떤 토론모임에서 정통파 쪽을 택한 젊은이와 얘기를 한다. 그 는 내가 처음 본 사람인데, 아버지에게서 마법을 전수받았다고 설명하고 나를 자기 방으로 초대해서 마법이 어떻게 작용하는지 보게 한다. 그와 친구는 검은 수탉을 죽이고 큰 사발에 약초를 태운다. 그러나 아무 일도 일어나지 않고 그 친구는 "아이고 맙소사"를 반복할 뿐이다. 내가 그에 게 왜 방금 그 말을 했냐고 묻지만, 그는 자신이 그 말을 했다는 사실을

---

[629] 더블린 남부에 있는 536m 높이의 산으로서, 정상에는 "페어리(요정) 캐슬"이라 불리는 선사시대의 돌무덤이 있다.

알지 못한다. 나는 그 방에 뭔가 사악한 기운이 있다고 느낀다.

·　·　·　·　·

　우리는 어느 날 밤 난로 주위에 앉아 있다. 어떤 여자 회원이 자기가 막 꾼 꿈 얘기를 한다. 그녀는 꿈에서 수사들이 정원에서 땅을 파고 있는 것을 보았다. 그들은 땅을 파내려가서 관을 찾아냈다. 관 뚜껑을 열었을 때 그녀는 관 속에 아름다운 젊은이가 금색 비단옷을 입은 채 누워 있는 것을 보았다. 젊은이는 세상 영화를 비난하는 욕을 했고, 말을 끝내자 수사들은 경건하게 관을 닫고 다시 땅에 묻었다. 그들은 땅을 평평하게 고르고는 정원 일을 계속했다.

·　·　·　·　·

　나는 《국립문학회》의 젊은 직원과 함께 있다가, 그를 러셀과 함께 서재에 남겨두고, 위층으로 젊은 스코틀랜드 사람을 보러 간다. 몇 분 후에 돌아왔을 때 나는 그 젊은 직원이 신지론자로 변한 것을 알게 된다. 그러나 그는 한 달 뒤 수사(修士)에게 자신의 놀라운 새 신앙에 대해서 설명을 하고 그와 면담을 한 다음에는 다시 미사에 참석하게 된다.

제3권
카멜레온의 길[*]
Hodos Chameliontos

케이 호수

I

하이드[631]와 함께 로스커먼에 머물고 있을 때,[632] 나는 투마우스 코스텔로에 관한 옛이야기를 기억하는 사람이 있으리라는 희망을 품고 케이 호수[633]로 마차를 몰고 갔다. 나는 그 이야기를 단편소설로 바꾸고 있었는데, 지금은 그 작품에 「자만심 강한 코스텔로, 맥데르모트의 딸, 그리고 거친 입」이라는 제목이 붙어있다.[634] 나는 코스텔로가 죽은 섬을 찾으려고 노 젓는 배를 타고 호수를 거슬러 올라갔다. 그 섬은 하이드의 『카

---

[631] 아일랜드의 게일어 학자이며 《게일연맹》과 《국립문학회》의 초대 회장이었던 더글러스 하이드. 주석 552 참조.

[632] 예이츠는 1895년 4월 13일부터 5월 1일까지 로스커먼 카운티의 라트라 하우스에 머물러 있었다.

[633] 슬라이고에서 남쪽으로 40km 정도 떨어진 곳에 있는 호수.

[634] 『비밀의 장미』(1897)에 실린 「자만심 강한 코스텔로, 맥데르모트의 딸 우나, 그리고 거친 입에 대하여」를 말함.

넉트의 사랑 노래』[635]에 나오는 설명을 근거로 찾는 수밖에 없었다. 사공에게 묻자 그는 헤로와 레안드로스의 이야기[636]를 하면서, 헤로의 집은 한 섬에, 레안드로스의 집은 다른 섬에 있다고 했기 때문이다.

곧 우리는 샌드위치를 먹으려고 섬이 온통 성인 〈캐슬록〉에 멈췄다. 그것은 오래된 성이 아니라, 그저 70~80년 전에 어떤 낭만적인 사람이 설계한 것이었다. 거기서 마지막으로 살았던 사람은 하이드 박사의 아버지로서, 그는 단지 2주 동안만 머물렀다. 그 지방에서 게일어를 쓰는 사람들은, 특히 쓸모없는 것을 "흰 코끼리"라고 부르는 대신, "바위 위에 지은 성"이라고 부르는 데 익숙해져 있었다. 그러나 지붕은 아직도 온전했고 창문도 깨지지 않은 상태였다. 그 호수는 숲이 있는 작은 섬들이 있고 숲이 우거진 언덕으로 둘러싸여 있었다. 호수 중간에 있는 그 섬의 위치는 낭만적이었고, 한쪽 끝에, 그리고 아마 다른 쪽 끝에도, 명상을 좋아하는 사람들이 몸을 이리저리 움직일 수 있는 평평한 바위가 있었던 것 같다.

나는 신비주의 교단을 설립할 계획을 세웠다. 그 계획은 그 성을 사거나 빌려서 회원들이 일에서 벗어나 잠시 머물며 명상을 하고, 일레시우스와 사모트라키 섬 사람들처럼 신비주의를 확립하는 것이었다. 그 이후 10년 동안 내가 가장 열정을 기울인 생각은 그 교단을 위한 철학을 찾고 제식을 만들겠다는 헛된 시도였다. 나에게는 어떻게 어디서 생겼는지

---

[635] 『카넉트의 사랑 노래』(1893), 47~59쪽에 실린 이야기.
[636] 그리스 신화에 의하면 아프로디테의 여사제였던 헤로는 고대 그리스의 헬레스폰트 해협을 사이에 두고 레안드로스와 사랑을 나누었다. 그녀는 레안드로스가 헤엄쳐 오도록 매일 밤 등불을 밝혀두었다. 그러다가 폭풍우 치는 어느 겨울밤 등불이 꺼지는 바람에 레안드로스는 바다에서 방향을 잃고 빠져 죽었다. 이튿날 해변에 밀려온 레안드로스의 시체를 발견한 헤로도 바다에 몸을 던져 죽었다는 이야기이다.

말할 수 없지만, 흔들리지 않는 신념이 있었다. 보이지 않는 문들이 블레이크에게 열리고 스베덴보리에게 열리고 뵈메에게 열렸듯이 나에게도 열릴 거라고 믿었다. 또한 그 철학은 신앙의 지침을 모든 문학작품에서 발견할 것이며, 많은 정신들에 의해 만들어졌지만 하나의 마음이 작업한 것처럼 보이는 아일랜드 문학을 아일랜드 사람들에게 특별 지침으로 제시하고, 우리의 전설이 깃든 아름다운 장소들을 성스러운 상징으로 바꿔놓을 것이라는 신념이 있었다. 나는 이 철학이 전적으로 이교도적인 것이라고는 생각하지 않았다. 주로 기독교적인 성격을 가졌던 여러 세기 동안 사람들에게 가장 영향력 있던 것 중에서 이 철학의 상징들이 선택될 것임이 분명했기 때문이었다.

나는 한동안, 장미가 가진 이중적인 의미 때문에 사랑을 〈장미〉라고 부르면서, 사랑에 관해 시를 쓸 수 있을 것이라고 생각했다. 또한 마음속에 "결코 균열이 없는" 어부에 관한, 젊은이들의 게으름에 대해서 불평하는 노파에 관한, 유쾌한 바이올리니스트에 관한, 말하자면 "인기시인들"이 쓰는 모든 것에 관한 시를 쓸 수 있을 것이라고 생각했다. 그러나 언젠가 그 문들이 열리기 시작하는 날, 내 시는 어려워지고 모호해질 수밖에 없을 것이라고 생각했다. 여전히 모리스의 울림을 담고 있는 리듬으로 나는 붉은 장미에게, 지적인 미에게 기도를 드렸다.

> 가까이, 가까이, 좀 더 가까이 오소서. 아, 그래도
> 그대의 향기를 채울 수 있는 틈을 조금은 남겨 두소서.
> 평범한 것들의 소리를 듣지 못한 채 …
> 나 혼자만, 오래전에 죽은, 밝은 가슴을 지닌 이들에게
> 신이 말씀하신 낯선 일들에 관해 듣고
> 인간이 알지 못하는 언어로 노래를 배우지 않도록.[637]

"밝은 마음"을 무슨 뜻으로 얘기한 것인지 기억하지 못하지만, 얼마 후에 나는 "마음속에 거울이 있는"[638] 영혼들에 관해서 썼다.

나는 제식들을 시처럼 깊이 생각하여 만들지 않고 모두 매서스가 설명해준 방법에 의거할 예정이었다. 이런 희망을 가지고 나는 아무런 실마리도 없이 이미지의 미궁 속으로 뛰어들었다. 옛날 사람들은 조로아스터의 것이라고 했지만 현대의 연구에 의하면 알렉산드리아 시인의 것으로 밝혀진 『신탁』에서 우리에게 이렇게 경고한 미궁 속으로 말이다. "찬란한 어둠의 세계에 몸을 굽히지 말라. 그 세계에는 끊임없는 무신앙의 심연이 있고, 구름에 싸여있는 하데스가 불가해한 이미지들을 즐기는 곳이니."[639]

II

나는 슬라이고에서 지지자를 발견했다. 그는 늙수그레한 우리 외삼촌[640]으로, 나이는 쉰서넛이지만 습관은 훨씬 늙은 사람 같았다. 그는 서부 아일랜드를 떠난 적이 없었다. 해마다 런던에 며칠 다녀오고 소년시절 단 한 번 무역선을 타고 2주일 동안 스페인으로 항해한 것을 제외하면 말이다. 그는 정치적으로는 가장 완고한 연합주의자며 토리당 지지자였고, 아일랜드 문학이나 역사는 아는 게 없었다. 그러나 그의 배들을 몰거나 말들을 돌보며 그를 위해 일을 하는 사람들 가운데서 그가 아일

---

[637] 예이츠의 「시간이라는 십자가 위의 장미에게」(1892), 제13~15, 19~21행.
[638] 예이츠의 「핸러핸의 환상」(1896).
[639] 11세기 비잔틴 철학자인 마카엘 프셀루스(1018~1082)의 『조로아스터의 칼데아 신탁』에서 나온 말.
[640] 조지 폴렉스펜. 예이츠는 그의 집에서 1894년 11월부터 1895년 여름까지 6개월 동안 머물렀다.

랜드의 낭만을 발견했듯이, 이상하게도 그
는 아일랜드의 낭만에 에워싸여 있었다. 또
한 생각이 편협하고 완고하며 삶을 판단하
는 기준은 청교도적이었지만, 내가 아는 사
람 중에서는 가장 관대한 사람이었을 것이
다. 그는 누가 자기 의견에 동의하기를 절
대 기대하지 않았다. 말(馬)에 대해 속이거
나 자신의 취향을 건드리지 않는 한, 누구
에 대해서든 똑같이 생각했다. 그것은 아주
좋은 것은 아니었지만, 그러면 어쨌건 난처
한 일은 피할 수 있게 된다.

예이츠의 외삼촌
조지 폴렉스펜

나는 그 외삼촌보다 훨씬 더 박식하고 훨씬 더 사고방식이 자유로운
사람들에게 익숙해졌지만, 그들은 지적인 삶 이외의 삶은 없었고 나와
의견이 맞지 않으면 그 점을 가볍게 넘어가지 않고 자주 화를 냈다. 그래
서 나는 지금까지 여러 해 동안 슬라이고에 갔는데, 때때로 더블린에서
살 여유가 없어서 그러기도 했지만 대부분은 자유와 평화를 얻기 위해서
였다. 외삼촌은 "네 친구가 그레섬 호텔에서 윌리엄 레드먼드 씨[641]에게
말을 건네는 걸 사람들이 봤다더라. 안 좋은 소문이 퍼질 텐데, 사람들이
뭐는 못 하겠어?"라는 말로 나를 맞이하곤 했다. 그는 모든 아일랜드
독립주의자 의원을 사회적 도리에서 벗어난 것으로 생각했다. 그러나
저녁식사 후에 대화가 편해지면 그가 장년시절을 보낸 밸리나의 페니언
주의자들이나 1860년대에 슬라이고에서 부상자를 뭍에 내려준 페니언

---

[641] 윌리엄 레드먼드(1861~1917)는 아일랜드 독립주의자, 변호사, 군인으로 제1차대
전 때 전사했다.

사나포선[642]에 대해서 공감하며 얘기하곤 했다.

파넬이 죽기 얼마 전에 슬라이고에서 선거운동을 하고 있을 때, 지원을 요청받은 다른 연합주의자 판사들은 거부하거나 난색을 표했다. 내가 지금은 기억을 못 하지만, 그 선거 지원은 선거법으로 허용된 것이었다. 그래서 외삼촌이 도움을 주었다. 그는 파넬과 함께 시청 회의실이나 법정을 걸어서 왔다 갔다 했지만, 두 사람이 나눈 얘기에 대해서는 내게 아무것도 말하려 하지 않았다. 파넬이 글래드스턴에게 극도의 혐오감을 품고 말한다는 것을 제외하고는 말이다. 외삼촌은 그 거물급 인사가 신랄하게 퍼부은 말을 반복하려고 하지 않았지만, 파넬은 그 순간에 누가 듣든 말든 상관하지 않을 만큼 화가 나 있었던 것이다. 나는 외삼촌만큼 입이 무거운 사람을 알지 못했다.[643] 그는 파넬의 마지막 공식 모임에 참석했고 그 모임이 끝난 후 파넬 곁에 혼자 앉아서, 떨어져 나갔거나 약한 마음을 보이던 추종자들에 관해 파넬이 말하는 것을 들었다. 어쨌든 파넬은 외삼촌 인생의 주된 헌신 대상이었다.

내가 처음으로 외삼촌 집을 찾아갔을 때, 외삼촌은 버러라고 불리는 허름한 지역에 가까운 도심에서 살고 있었다. 어느 날 저녁, 식사를 하고 있을 때 그는 창문 아래에서 어떤 남녀가 말다툼하는 소리를 들었다. 남자는 "하나밖에 없는 침대에서 내가 당신과 당신 딸과 같이 잤던 때가 있다니!"라고 하며 소리를 질렀다. 외삼촌은 그 바람에 놀라서 시골 쪽으로 1/4마일 더 들어간 작은 집으로 이사했다. 그는 앞을 내다보는 능력

---

[642] 사나포선(私拿捕船)은 적선을 공격하고 나포할 권리를 정부로부터 부여받은 민간 소유의 무장한 선박. 1907년 제2차 헤이그 평화회의 결과로 금지됨.

[643] 나는 외삼촌만큼 입이 무거운 사람을 알지 못했다: 원문에는 '나는 외삼촌만큼 입이 무거운 사람을 또 하나 알고 있었다.'로 되어 있지만, 'one other man'은 'no other man'의 잘못된 표기로 보인다.

이 있는 늙은 하녀[644] 하나와, 근처 들판에서 풀을 뜯는 경주마와 그 말에게 친구로 붙여준 당나귀 한 마리를 돌보는 남자 하인과 함께 그곳에서 살았다. 가구들은 그가 아주 젊었을 때 스스로 고른 그대로 변치 않았고, 다이닝룸 맞은편 방에는 청소년기에 쓴 안장들이 있었다. 그는 말 타는 것은 포기했지만 안장들은 기름칠이 되어 있었고 등자들은 그가 죽는 날까지 반짝반짝 깨끗하게 보전되어 있었다.

아주 젊었을 때 연애에 실패한 외삼촌은 이제는 여자들에게 관심이 없었다. 여자의 애정을 구하지 않는 게 분명했지만 외모에는 아주 신경을 썼다. 그는 수염이 자라게 내버려두지 않았다. 피부가 민감해서 혹은 민감하다고 생각해서 면도를 하는 데 1시간이나 걸렸지만 말이다. 그는 건강염려증이 있었기 때문이다. 허리가 털끝만큼이라도 굵어졌다 싶으면 곤봉이나 아령에 매달렸다. 그래서 아주 노인이 된 20년 후에도 그는 젊은 시절처럼 꼿꼿하고 균형 잡힌 몸매를 유지하고 있었다. 나는 외삼촌이 왜 그렇게 애를 많이 쓰는지 자주 궁금했다. 그것은 자만심 때문도 아니었고(그가 보기에 자만심이란 꾸며대는 일이었다) 그에게는 분명히 허영심도 없었기 때문이다. 지금 와서 과거를 돌아보건대, 그것은 습관, 단순한 습관, 그가 지역 최고의 기수였던 젊은 시절에 형성된 습관에서 나온 것이라고 나는 확신한다.

외삼촌이 초자연적인 세계를 많이 믿게 된 것은, 아마 십중팔구 앞을 내다보는 능력이 있는 하녀 메리 배틀과 오랫동안 함께 지냈기 때문일 것이다. 예고 없이 손님과 함께 집에 와서 보면 세 사람이 먹을 식탁이 차려져 있을 때가 여러 번 있었고, 리버풀에 있는 동생이 아픈 것을 다른 경로를 통해 듣기 전에 꿈에서 보았다고 그는 얘기하곤 했다. 그는 내가

---

[644] 메리 배틀. 제1부 XVII에도 언급되어 있다.

매서스에게 배운 이미지들을 사용하여 몽상을 시작하는 것을 지켜보곤 했다. 나는 그가 너무 나이가 많고 습관에 매여 있다고 생각해서 오랫동안 버티었지만, 그의 설득에 넘어가서 그 방법을 말해주게 되었다. 그때부터 우리는 끊임없이 실험을 했고, 얼마 후부터 나는 그것을 주의 깊게 기록하기 시작했다.

여름이면 언제나 외삼촌은 로시스 포인트에 있는 늘 같은 작은 집[645]에서 지냈는데, 그가 카발라철학의 상징들에 처음으로 반응하게 된 곳도 그곳이었다. 그곳에는 높은 모래 언덕과 낮은 벼랑들이 있었다. 그가 벼랑이나 모래 언덕 위를 걷는 동안 나는 해변을 걷는 방식을 취했다. 내가 말없이 어떤 상징을 상상하면 그는 자기 마음의 눈에 지나가는 것을 보았다. 얼마 되지 않아 실제로 외삼촌은 제대로 된 환상을 확실히 보게 되었다. 사용된 상징 중에 어떤 색들은 "따뜻한 색들"로 분류되고 다른 어떤 색들은 "차가운 색들"로 분류가 되었는데, 내가 "따뜻한 색들"을 사용하면 외삼촌은 아무것도 보지 못한다는 것을 나는 곧 알게 되었다. 그래서 나는 외삼촌을 훈련해 그 색들에 반응하도록 만들었고, 점차 우리가 이 작업에 아주 적합한 사람들이라는 사실을 알게 되었다. 그리고 습관에 곧잘 빠져드는 천성이 있는 사람이 그렇듯 외삼촌은 〈바위 위의 성〉에 대한 내 계획에 활발한 관심을 갖기 시작했다.

나는 대부분 그 계획을 놓고 맹세를 한 다른 사람들과도 함께 작업을 했고, 신기한 관찰을 많이 하게 되었다. 효과를 가져오는 것은 상징 자체였고, 적어도 내가 의식한 의도는 아니었다. 예를 들어 내가 실수를 해서 어떤 사람에게 엉뚱한 상징을 보라고 얘기했을 때(상징들은 카드 위에 그려져 있었다) 그가 보는 환상은 내 생각이 아닌 그 상징에 의해 암시되

---

[645] 모일 롯지.

었기 때문이다. 혹은 두 환상이, 하나는 그 상징에서, 또 하나는 내 생각에서 나란히 나타나기도 했기 때문이다. 마음이 우연히 공감하기까지 하는 두 사람이 동일한 상징으로 작업을 할 때는, 그 꿈이나 환상이 나뉘어 각각의 반이 다른 것을 상호보완하게 되기도 했다. 때때로 이 상호보완적인 꿈들이나 몽상들은 동시에 나타나곤 했다. 예를 들어 나의 옛 노트에는 다음과 같은 구절이 있다. "흐릿한 붉은색을 칠한 아주 서투르게 조각한 나무로 된 우상이 있는 텐트가 갑자기 보였다. 북미원주민처럼 보이는 남자가 그 앞에 엎드려 있었다. 우상은 왼쪽에 자리 잡고 있었다. 나는 X에게[646] 무엇을 보았는지 물었다. 그는 불그레한 오팔 색으로 빛나는 아주 위엄 있는 거대한 존재가 왼쪽 왕좌에 앉아 있는 것을 보았다." 혹은, 나중 노트를 요약해서 말하자면, … 나는 어느 방에서, 내 학교친구는 다른 방에서 명상을 하고 있다. 그때 나는 고요한 바다에 떠 있는 소동과 움직임으로 가득한 배를 보고, 내 친구는 요동치는 바다에 떠 있는 움직임이 없는 돛단배를 본다는 식이다. 원래 상징에는 배를 암시하는 것은 아무것도 없었다.

외삼촌의 늙은 하녀가 잠자리에 들 때까지 우리는 작업을 시작하지 않았다. 그렇지만 우리가 위층으로 잠을 자러 올라갔을 때는 끊임없이 그녀가 악몽 때문에 울부짖는 소리가 들렸다. 아침에 우리는 그녀의 꿈이 우리가 본 환상과 비슷하다는 것을 발견하곤 했다. 어느 날 밤에 지금은 기억이 안 나는 상징으로 시작하여 우리는 천국과 지상의 우의적인 결혼을 보았다. 다음 날 아침 하녀 메리 배틀이 아침식사를 가져왔을 때 내가, "아, 메리 아줌마, 지난밤에 꿈을 꾸셨어요?"라고 묻자 그녀는 (나는 지금 옛 노트를 인용하고 있다) "정말로 꿈을 꿨지만" 그것은 "그

---

[646] X에게: (1922년판) G에게.

녀가 하룻밤에 두 번씩 꾸고 싶지 않은 꿈"이었다고 대답했다. 그녀는 자기 교회의 주교, 즉 슬라이고의 가톨릭 주교가 "아무에게도 말하지 않고" 사라져서 "역시 너무 젊지는 않은" "아주 지체가 높은 여인"과 결혼하는 꿈을 꾸었다. 그녀는 꿈속에서 "이제 모든 성직자가 결혼할 것이니 고백성사를 하러 가는 것이 아무 소용 없을 것"이라고 생각했다. "교회 주위에는 온통 꽃들이, 많은 장미꽃들이 층층이 쌓여" 있었다.

또 어느 때는 내가 주문으로 불러낸 상징에 반응하여 외삼촌이 머리가 둘로 잘린 사람을 보았는데, 그녀는 잠에서 깨어나 "온통 피로 범벅이 되어 있는 것으로 보아 핀으로 자신의 얼굴을 찔렀음이 틀림없다."고 생각하게 되었다. 세 사람이나 네 사람이 함께 볼 때, 꿈이나 비전은 셋이나 네 부분으로 나뉘었다. 각각은 그 자체로 완전했지만 모든 부분은 함께 들어맞았고, 그래서 각 부분은 단일한 의미를 각각의 특정한 개성에 맞춘 것이었다. 말하자면, 어떤 환상적인 존재가 한 사람에게는 불붙은 횃불을 주고, 또 다른 사람에게는 불을 켜지 않은 초를 주고, 세 번째 사람에게는 익지 않은 과일을 주고, 네 번째 사람에게는 익은 과일을 주는 식이었다.

마치 한 무리의 배우들이, 사전 상의가 없을 뿐만 아니라 어느 순간에도 그 순간 이후에 말해지거나 행해질 것을 예견하지 않은 채, 즉흥적으로 꾸미고 연기를 하는 것처럼 때때로 일관된 이야기가 만들어졌다. 누가 그 이야기를 만들었을까? 환상을 자주 보는 사람의 정신이 만들었을까? 그럴 수도 있다. 두 사람이 함께 작업을 하면, 아무 말을 하지 않아도 상징적인 영향력이 마음의 눈에 상징을 맨 먼저 고정한 그 사람 정신의 특성을 띠게 된다는 증거가 내게 무수히 많기 때문이다. 그러나 그렇다고 해도 그것은 정신의 어느 부분인가? 상징 때문에 일어나는 충동으로 실제 최면상태에 빠진 한 친구는 최면에 걸려있는 동안에는 잘 짜인 아주 기이한 이야기를 했다. 그러나 깨어나서는 어떤 시점 이후에는 완전히 딴판으로 이야기를 했다. "그들이 나에게 술잔을 주었어. 그 후에는 아무 기억도 안 나." 최면상태에서는 술잔에 대해서 아무것도 말하지 않은 것으로 보아, 그 술잔은 꿈의 아주 초반부에 그의 정신 한 부분에 주어졌던 것임이 틀림없다. 그렇다면 꿈의 이미지들은 또한 어디에서 오는 것일까? 언제나 기억에서 오는 것도 아니고 최면상태나 꿈에서 오는 것도 결코 아니라는 것을 나는 이내 확신하게 되었다.

나는 상징을 이용해 어떤 사람을 몽상 속에서 에덴동산에 들어가게 한 적이 있다. 그는 확실히 이브의 사과를 청과물 가게에서 살 수 있는 그런 종류의 사과로 생각했고, 마찬가지로 확실히 그 이야기의 진실을 문자 그대로 믿었던 사람이었다. 그는 높은 산꼭대기에 있는 벽으로 둘러싸인 정원과 정원 가운데 있는, 나뭇가지에 커다란 새들이 있는 나무 한 그루, 귀에 대면 싸우는 소리가 나는 과일을 보았다고 말했다. 나는 그 당시에는 단테의 『연옥』을 읽지 않은 상태여서, 그 산의 정원을 확인하고 나뭇가지에 있는 커다란 새들은 『조하르』의 어떤 구절에서 나왔다는 것을[647] 확인하는 데 어느 정도 어려움을 겪었다. 반면에 몽상 속에서 동일한 정원으로 들어간 한 어린 소녀는 한 나무에서 나오는 "하늘의 음악"을 들었다. 그 아이는 나무둥치에 귀를 대어 소리를 듣고는 그것이 "칼들이 끊임없이 부딪쳐서"[648] 만들어지는 소리라는 것을 알게 되었다. 어디에서 음악을 만드는 칼이라는 그런 훌륭한 생각이, 그 정원의 이미

---

[647] 단테의 연옥은 바다에서 솟아오른 거대한 산으로서 꼭대기에 거대한 나무가 서 있는 정원이 있는 것으로 묘사되어 있다(『연옥』 XXVIII). 『조하르』는 13세기에 모세스 드 레온(1250~1305)이 편찬한 유대교 신비주의 카발라의 경전.

[648] 예이츠는 이것을 「난롯가에서 얘기를 나눈 사람에게」(1895) 제10~14행에 사용함.

헨리 모어

지가, 그리고 그와 유사한 많은 이미지나 생각들이 나온 것일까? 나는 아직 명확한 답을 내놓지는 못했지만, 플라톤 철학자들과 특히 근대의 헨리 모어[649]가 묘사한 〈아니마 문디〉[650]를 나 자신이 대면하고 있음을 알았다. 〈아니마 문디〉는 각 개인의 기억과는 독립된 어떤 기억을 가지고 있다. 각 개인의 기억이 그 기억을 이미지와 생각들로써 끊임없이 풍부하게 만든다고[651] 할지라도 말이다.

III

슬라이고에서 외삼촌과 나는 매일 두 번 산책을 했다. 한 번은 점심을 먹고 나서, 또 한 번은 저녁을 먹고 나서, 낙너레이로 가는 길에 있는 같은 문으로, 그리고 로시스 포인트에 있는 해변 위의 같은 바위로 갔다. 우리는 걸어가면서 생각들을 나눴는데, 지금 그 생각들을 내 앞에 떠올리면 언제나 산이나 해변의 광경이 떠오른다. 비록 거칠어지고 희화화되었지만, 하녀 메리 배틀이 우리의 생각을 꿈속에서 받았다는 점을 생각해보면, 학자나 은자의 생각들이나 그 생각들의 형상과 충동이 말을 통하지 않더라도 일반인들의 마음속으로 전해지지 않겠는가? 자기 분석적

---

[649] 헨리 모어(1614~1687)는 케임브리지 플라톤 학파에 속하는 17세기 영국의 신학자, 철학자.

[650] 〈아니마 문디〉: '세계의 영혼'이라는 뜻으로, 모든 자연을 결합시키는 집단의식 혹은 신성에 대한 믿음을 전제로 하는 것.

[651] (원주: 1926년판에 추가됨) "끊임없이 풍부하게 만든다."는 말은 어떤 사람이 제안하듯 새조개를 껍데기에서 분리하듯이 영혼을 기억에서 분리할 수 있다는 의미로 받아들여서는 안 된다. 1926년.

열정의 미묘한 고통에 사로잡힌 어떤 사교계 여인의 감정은, 그녀가 아무 말도 하지 않는다 해도, 냄비가 있는 조안에게, 양동이가 있는 질에게, 그리고 아마도 아무도 모르는 악몽 같은 우울함으로 바보 톰에게 전해지지 않겠는가?[652]

환상이 다양한 상호보완적 부분으로 나뉠 수 있다는 점을 생각해보면, 아마도 철학자나 시인이나 수학자의 생각은 진보의 순간마다 멀리 떨어져 있는 정신들 속에 있는 상호보완적인 생각에 의존하지 않겠는가? 모든 사람의 정신이 한 암시의 흐름 속을 지나고 있고, 아무리 그 정신의 거리가 멀고 입을 다물고 있다 해도 모든 흐름이 서로에게 작용하고 반작용하는 국가 전체적인 다양한 몽상이 있지 않겠는가? 말하자면, 어떤 사람이 걸어가면서 그림자를 드리우면, 어떤 것이 사람이고 어떤 것이 그림자인지, 얼마나 많은 그림자를 그가 드리우는지 말할 수가 없는 것과 같다. 우연히 만나는 사람들의 무리와 구별되는 민족은 이 흐름이나 그림자의 교환에 의해서[653] 서로 묶이며, 내가 민족문학에서 추구한 〈이미지의 통합〉에서 말하는 그 통합된 이미지는 단지 그 흐름의 근원이 되는 상징이 아니겠는가?

이러한 생각들이 생생해진 그때부터 나는 스스로를 위해 지적인 고독을 만들었고, 행동에 영향을 미칠 대부분의 논쟁은 의미를 잃어버렸다. 서로 다른 계급이나 직업이 몽상과 꿈의 보이지 않는 교감에 무슨 공헌을 하는지 측량할 수 없을 때, 내가 교육이나 사회개혁의 체계를 어떻게 판단할 수 있었겠는가? 금실 장식 조각이나 벽지에 있는 꽃 한 송이가

---

[652] 동요 「폴리가 주전자를 얹었네」와 「잭과 질」에 나오는 폴리와 질에 대한 언급. 바보 톰은 14세기부터 내려오는 전통적 인물.
[653] 이 흐름이나 그림자의 교환에 의해서: (1922년판) 이들 병행적인 흐름이나 그림자에 의해서.

혁명이나 철학을 일으키는 충동이 될지도 모를 때, 무엇이 사치이며 무엇이 생필품인지 어떻게 판단할 수 있었겠는가? 나는 나 자신이 고독할 뿐만 아니라 무력하다는 것을 느끼기 시작했다.

IV

나는 이런 주제들을 일부러 택하지는 않았다. 내가 이상한 것들을 좋아하거나 흥분을 좋아해서도 아니었고, 어떤 실험적인 모임에 속해 있기 때문도 아니었다. 심지어 내 어린 시절에도 설명할 수 없는 일들이 일어났기 때문이며, 억누를 수 없는 열망 때문이었다. 초자연적인 사건들이 시작되면 사람들은 먼저 자신이 가지고 있는 증거를 의심한다. 그러나 그것들이 계속 되풀이되면, 모든 인간이 가지고 있는 증거를 의심한다. 적어도 초자연적 사건들에 대해서 자신이 편견이 있다는 사실을 알고서, 아마 그 점을 감안할지도 모른다. 그러나 약 300년 동안[654] 세계 역사나 인간정신에 관해서 쓴 글에서 인간 경험의 그렇게 중요한 부분을 무시해온 역사가들과 심리학자들을 어떻게 믿을 수 있겠는가? 또 어떤 것들을 그들은 무시하고 왜곡했던가? 최면술사들이 대중을 즐겁게 해주는 사람으로서 처음 떠돌아다니기 시작했을 때, 인기 있는 묘기 중 하나는 최면이 걸린 사람에게 알파벳의 어떤 글자가 더 이상 존재하지 않는다고 말하고 그 후에 그에게 칠판에 자기 이름을 쓰게 하는 것이었다. Brown이나 Jones나 Robinson은 그 순간에 아무 놀람도 주저함도 없이 Rown이나 Ones나 Obinson이 되었다.

현대 문명은 잠재의식의 음모였던가? 중세 시대에는 암흑의 공포 속에서 살았기 때문에, 혹은 알려지지 않은 목적을 위해서 우리보다 더

---

[654] 약 300년 동안: (1922년판) 200년 동안.

거대한 존재들에 의해서 어떤 중대한 환상이 우리에게 강요됨으로 해서, 우리는 어떤 사고와 사물을 외면했던가? 경험적 사실들이 부정되지 않을 때조차, 논리적으로 증명된 것처럼 보이던 것들이 단지 기계적인 변화나 자동적인 충동의 결과가 아니었던가?

손님이 모두 내 친한 친구였던 런던의 만찬에서 언젠가 있었던 일이다. 나는 종이 위에 "5분이 지나면 요크 파월 아저씨[655]가 불타는 집에 대해서 말할 것이다."라고 쓰고, 그 종이를 옆에 앉은 친구 접시 밑에 밀어 넣었다. 나는 불의 상징을 상상하면서 조용히 기다렸다. 파월 아저씨는 이야깃거리를 이리저리 옮겨 다니다가 5분이 채 못 되어 자기가 어릴 때 본 화재에 대해서 묘사하기 시작했다.

로크를 프랑스어로 번역한 코스트[656]가 만일 "내재적 관념"이 없다면 둥지를 만드는 새가 보여주는 기술을 어떻게 설명할 수 있겠느냐고 물었을 때, 로크는 "나는 말 못 하는 동물들의 행동을 설명하려고 글을 쓴 것은 아닙니다."라고 말했다. 번역자는 "로크가 자신의 책 제목을 『인간 오성에 관한 철학적 에세이』라고 붙인 걸 떠올리며 그 대답이 아주 훌륭했다."고 생각했다. 반면, 헨리 모어는 새의 본능은 관념과 기억으로 가득 찬 〈아니마 문디〉의 존재를 입증한다고 생각했다. 근대 계몽주의는 달리 생각할 수 없기 때문에, 코스트처럼 로크가 더 나은 논리가 있다고 생각하는 것은 아닐까?

V

나는 현대의 책들은 상상력을 기반으로 한 책이 아니면 더 이상 읽지

---

[655] 파월에 관해서는 주석 305 참조.
[656] 피에르 코스트(1668~1747)는 프랑스의 신학자, 번역자, 작가. 영국의 철학자 존 로크(1632~1704) 작품의 프랑스어 번역자로 유명하다.

않았다. 어떤 철학적 관념이 흥미를 끌면, 그 관념이 최초에 어떻게 쓰였는지 거슬러 올라가며 추적해보려고 노력했다. 그 어떤 유럽 교회보다 더 오래된, 현대의 편견이 있기 이전 세계의 경험에 기초한 믿음의 전통이 있을 것이라고 믿었기 때문이다.[657] 전통에 대한 추구가 조지 폴렉스펜 외삼촌과 나로 하여금 시골사람들의 환상과 생각을 연구하도록 독려했다. 그리고 이 사람 저 사람에 의해서 반복되는 시골사람들의 대화는 자주 우리에게 온종일 토론할 거리를 제공해 주었다. 시골사람들이 보는 환상은 상징에 의해 불려오는 환상과 아주 유사하다는 것을 우리는 곧 발견하게 되었다.

하녀 메리 배틀은 창밖으로 로시스 포인트를 내다보면서, 낙너레이에서 "사람들이 전에 본 적이 없는 아주 훌륭한 여인이 산을 곧장 가로질러 바로 이곳으로 오는 것을" 보았다(나는 당시의 기록을 인용하고 있다). 지역 민담에서는 미브 여왕이 낙너레이의 커다란 돌 더미 밑에 묻혀 있다고 말한다. "그녀는 아주 강하지만 사악하게 보이지는 않아요"(말하자면, 잔인해 보이지는 않았다는 뜻이다). "저는 그 아일랜드 거인을 본 적이 있어요"(시장에서 볼 수 있었던 몸집이 큰 어떤 사람을 말한다). "그 거인도 대단하지만, 그녀에 비하면 아무것도 아니에요. 그 거인은 몸이 뚱뚱해서 군인처럼 발걸음을 내디딜 수 없었기 때문이에요 … 그녀는 뱃살이 없이 호리호리하고 어깨가 넓으며 그 누구보다 아름다워요. 서른 살쯤 되어 보이네요." 하녀에게 그 여인 같은 다른 사람들도 보았는지 묻자, 그녀는 이렇게 대답했다. "그중 어떤 이들은 머리칼을 늘어뜨리고 있지만, 그녀와는 아주 달리, 신문에 나오는 졸려 보이는 여인들처

---

[657] 나는 현대의 책들은 … 믿었기 때문이다: 구문이 잘못되고 혼란스러운 1922년판을 일부 수정한 것임.

럼 보여요. 머리칼을 말아 올린 이들은 그녀와 비슷해요. 머리칼을 늘어
뜨린 이들은 긴 하얀 드레스를 입고 있지만, 머리칼을 말아 올린 이들은
짧은 드레스를 입고 있어서 다리가 종아리까지 드러나 있어요." 질문을
해보고 나는 그들이 일종의 반장화라고 할 수 있는 것을 신고 있음을
알았다. "그들은 칼을 휘두르면서 산기슭에서 둘씩 셋씩 짝을 지어 말을
달리는 사람들처럼 아주 멋지고 잘생긴 사람들이에요. 그렇게 제대로
몸매가 균형 잡힌 종족들은 지금은 살아있지 않지요 … 지금 그녀와 그
들을 생각하면, 옷 입는 법을 제대로 모르고 이리저리 뛰어다니는 어린
애들 같아요 … 그래서 내가 그들을 여인이라고 부르지 않는 거예요."[658]

당시가 아니라 그로부터 약 3~4년 후, 환상들이 잠시 상징을 의식적으
로 사용하지 않는데도 찾아오고 훨씬 더 생생했을 때의 일이다. 나는
믿을 수 없이 아름다운 형상 두셋을 보았는데, 특히 그중 하나는 기억에
서 떠난 적이 없다. 우두머리 도선사 역시 밤에 조타실 근처에서 다른
시대의 의상을 입은 듯한 여인들의 행렬을 만났다고 했다. 그들은 아마도
자신들이 살던 장소를 다시 방문한 정말로 과거에 살던 사람들이었을까?
혹은 내가 에덴의 환상을 산 위의 정원으로 설명한 것처럼, 살아있는
기억[659]과 구별되는 종족의 어떤 기억으로 그들을 설명해야만 할까? 시골
사람들이 영혼이라고 부르는 이 존재들은 분명히 개성으로 가득 찬 것
같았다. 그들은 변덕스럽고 관대하고 양심에 차 있고 불안해하고 화를
내지만, 자신들이 이미지와 상징 이상이라는 것을 입증하지 않았던가?

내가 흙과 불과 달이 결합된 상징을 사용했을 때, 투시자 중의 하나인
스물다섯 살의 아가씨가 분명히 디아나[660]와 그녀의 개들이 동굴 속의

---

[658] 『켈트의 여명』(1902)에 나오는 「그리고 아름답고 맹렬한 여인들」에서 나온 구
절.
[659] 살아있는 기억: (1922년판) 개인적 기억.

불 주위에 있는 것을 보았다. 감긴 두 눈과 목소리 톤으로 보아 그녀가 몽상이 아닌 최면에 걸렸다고 판단하고는, 나는 최면을 약간 약하게 하고 싶어서, 부주의하게 혹은 성급한 생각으로 최면을 벗어나게 하는 상징을 생각하고 있었다. 즉시 그녀는 깜짝 놀라 깨어나며 외쳤다. "디아나는 당신이 자기를 너무 빨리 내몰았다고 합니다. 당신 때문에 단단히 화가 났어요." 그러니 역시, 나의 환상이 주관적 요소가 있다면, 하녀 메리 배틀의 환상 또한 그럴 것이다. 그녀가 말하는 요정들은 「먼 폭포」라는 한 가지 곡조밖에 없고, 성당 설교에서 묘사된 것 중 그녀가 "나중에 살펴보지" 않은 것들은 환상 속에서 들은 적이 없으며, 이런 식으로 환상 속에서 연옥의 문을 보게 되었다고 말했기 때문이다.

나아가, 나의 이미지들이 그녀의 꿈에 영향을 미친다면, 마찬가지로 민속 이미지들은 나의 이미지에 영향을 미칠 수 있을 것이다. 어느 날 나는 비몽사몽간에 몸이 길쭉한 이상한 강아지 한 쌍을 보았다. 한 마리는 검은색, 또 한 마리는 흰색 강아지였다. 나는 곧 그 강아지들을 시골 이야기 속에서 찾아냈다. 또 어떻게 시골 이야기에 나오는 개들과 외삼촌이 배게 속에서 짖는 소리를 들은 개들을 구별할 수 있겠는가? 나는 악몽을 꾸지 않으려고 방의 각 구석에 한 마리씩 네 마리의 경비견을 상상하는 습관을 들이고 있었다. 내가 외삼촌에게나 다른 누구에게도 이 얘기를 한 적이 없는데도, 삼촌은 이렇게 말했다. "참 이상한 일이야. 요새 거의 매일 밤 내가 베개에 머리를 갖다 대면 개 짖는 소리가 들려. 그 소리는 베개에서 나오는 것 같아." 스트린드베리[661]의 친구 하나는 진전섬망증[662]에 걸려서 쥐들의 망령에 시달렸는데, 옆방 친구는 쥐들이

---

[660] 로마신화에 나오는 달과 사냥의 여신. 그리스 신화의 아르테미스와 동일.
[661] 요한 아우구스트 스트린드베리(1849~1912)는 스웨덴의 극작가, 소설가, 수필가. 제2부 4권 XX에도 언급됨.

찍찍거리는 소리를 들었다고 한다.

VI[663]

이런 이미지들, 혹은 이미지를 불러일으킨 상징들은 육체적인 건강에 영향을 미칠 수 있다는 많은 증거가 있다. 어느 날 저녁 외삼촌은 (나중에 사실이 아닌 것으로 판명이 나긴 했지만) 낙너레이 아래 어디에선가 천연두가 발생했고 그래서 의사가 그에게 예방주사를 놓아주러 온다고 말했다. 그 예방주사는 필시 림프 감염 때문에 아주 심각한 질병을 불러왔으며, 나는 패혈증이라고 말하는 것을 들었다. 이내 외삼촌의 의식이 혼미해지자 두 번째 의사가 왕진을 왔다.

어느 날 밤 열한 시와 열두 시 사이에 정신혼미 상태가 최고조에 이르렀을 때, 나는 그의 침대 곁에 앉아서 말했다. "외삼촌, 뭐가 보여요?" 그는 대답했다. "춤추는 붉은 모습들이 보여." 그래서 나는 아무런 평도 하지 않고 카발라철학의 물 상징을 상상했다. 거의 동시에 그는 "방을 질러서 강물이 흐르고 있어."라고 말하고는, 조금 후에 "이제는 잘 수가 있겠어."라고 했다. 나는 내가 한 것을 외삼촌에게 말해주며, 춤추는 존재들이 다시 나타나면 대천사 가브리엘 이름으로 사라지라고 명령하라고 말했다. 가브리엘은 카발라철학에서 달의 천사이며,[664] 필요하면 물에게 명령을 내릴 수 있을 거라고 나는 생각했다. 의사는 외삼촌이 훨씬 좋아졌다는 것을 알았는데, 내가 그의 의식혼미 상태를 사라지게 했으

---

[662] 진전섬망증(震顫譫妄症): 알코올 금단현상을 말하는 것으로서, 불안, 초조, 망상, 환청과 환시 등의 환각, 경련발작 등의 증상을 보인다.

[663] 1926년판에서 완전히 새로 삽입된 부분.

[664] 카발라철학에서 말하는 10단계 중에서 가브리엘이 지배하는 달은 맨 밑에 있는 지구 바로 위 9번째 단계에 있다.

며, 그에게 명령하는 말을 알려줘서 한밤중에 그 붉은 사람들이 다시 나타났다가 아주 놀라는 표정을 짓고 달아났다는 얘기를 듣게 되었다.

의사가 와서 묻고는 말했다. "아, 이것은 일종의 최면이라고 할 수 있겠는데, 아주, 아주 이상합니다." 의식혼미 상태는 다시 나타나지 않았다.

VII

〈이미지의 통합〉에 의해 정의되고 환기되는 〈문화의 통합〉을 생각하도록 나를 몰고 간 흥미와 의견의 다양성, 예술과 학문의 다양성에 나는 단지 다양한 이미지를 추가했을 따름이었다. 처음 흥분상태가 지나고 나면, 조지 폴렉스펜 외삼촌 주위에 언제나 드리워지는 우울과 건강염려증에서 벗어나게 하기 위해서 할 수 있는 일은 아무것도 없었기 때문에 나는 더욱 고민스러웠다. 나는 책에서 도움을 구할 수 없었다. 내가 추구하는 진리들은 시의 주제처럼 열정적 경험의 순간에서 온다고 나는 믿었고, 내 설명을 다른 사람들의 생각이나 다른 사람들의 탐구로 채운다면 나는 그 모든 흥미와 의견의 다양성 속으로 빠져버릴 것이라고 믿었기 때문이다. 내가 확신하고 있는 열정적 경험은 제대로 된 이미지 하나 또는 여럿을 찾을 때까지는 결코 올 수가 없었다.

한 고전 역사가는 아폴로의 사제들이 경우에 따라서는 커다란 바위를 들어올리고 큰 나뭇가지들을 꺾는 힘이 있었다고 묘사했다. 그 사제들은 자신들의 기억과 열정 속에 언제나 박혀있는 아폴로의 이미지가 아니면 그 무엇에서 그런 힘을 얻었겠는가? 앞선 많은 사람처럼 젬마 갈가니[665]

---

[665] 마리아 젬마 갈가니(1878~1903)는 이탈리아 출신의 가톨릭 성녀. 일찍이 부모를 여의고 극도의 가난을 겪었으며, 뇌척수막염을 앓아 반신불수가 되었으나 이 모든 고통을 신앙심으로 받아들였다. 22세 때부터 몸에 상처가 나고 피가 흐르는 예수의

는 1889년에 십자가의 처형을 상상함으로써 자신의 몸에 깊은 상처가 나타나도록 만들지 않았던가? 와일드가 크리스마스에 내게 읽어준 에세이[666]에 다음과 같은 말이 있다. "세상 사람들이 그리스도를 본뜨는 일에 빚지지 않는 것이 무엇이 있겠는가? 또한 카이사르를 본뜨는 일에는?" 나는 맥그리거 매서스[667]가 가능한 모든 정신적 상태에 형상을 부여하는 법칙에 따라서 사람들과 동물들과 새들의 형상을 결합하여 작은 그림들을 그리는 것을 보았다. 그리고 어떤 근거에서 말했는지 기억하지 못하지만, 고대 이집트의 시민들이 명상을 할 때 어떻게 신들의 이미지를 취했는지 그가 설명하는 것을 들은 적이 있다.

그러나 이제는 이미지가 끊임없는 과정으로 이미지를 불러일으켰고, 그래서 그중 어떤 것을 자신 있게 선택할 수 없었다. 하나를 선택하게 되면, 그 이미지는 강렬함을 상실하거나 다른 이미지로 변했다. 나는 단지 플로베르의 『부바르와 페퀴셰』의 유혹을 『성 앙투안의 유혹』[668]으로 바꿨을 따름이었다. 나는 맥그리거 매서스가 보여준 카발라철학의 원고가 내게 경고한 그 영역에서 길을 잃어버렸다. 호도스 카멜리온토스[669]에서, 즉 카멜레온의 길에서, 길을 잃어버렸다.

수난과정을 되풀이하는 고통을 겪어서 "수난의 딸"로 불렸다. 26세의 나이로 죽은 그녀는 1950년에 성인 반열에 올랐다. 축일은 4월 11일이다.

[666] 와일드의 「거짓말의 쇠퇴」(『19세기』 25호, 1889년 1월): '우리가 그리스도의 모방에 무엇을 빚지고 있는지, 카이사르의 모방에 무엇을 빚지고 있는지 생각해보라.'(50쪽).

[667] 영국의 신비주의자 새뮤얼 리들 (맥그리거) 매서스(1854~1918). 주석 471 참조.

[668] 귀스타브 플로베르(1821~1880)의 『성 앙투안의 유혹』(1874)은 고대 이집트 수도사의 환상을 대화형식으로 그린 초기 소설이며, 『부바르와 페퀴셰』(1881)는 미완성의 마지막 소설.

[669] (원주: 1926년판에 추가됨) Hodos Chameliontos가 아니라, 그런 문서들이 전형적으로 그렇듯 그리스어와 라틴어가 혼합된 Hodos Camelionis가 원래 말이다.

VIII

이제는 자리를 잡고 새를 많이 기르게 되어(카나리아 새끼가 막 다섯 마리[670] 부화했다) 나는 로크가 내던져버린 문제에 직면하게 되었다. 접시처럼 생긴 빈 그릇을 새들에게 인공적인 둥지로 주었기 때문에, 카나리아들은 지의류와 이끼 중에서 각각의 종이 좋아하는 것을 골라 둥지를 만드는 야생조류의 기술이 필요 없었다. 그러나 그들은 내가 큰 나무 아래서 발견해서 넣어준 솜털과 터럭과 부드러운 흰 깃털을 골라낼 수 있었다. 그들은 풀의 줄기를 비틀어서 나긋나긋하게 만들어 둥지 중앙을 중심으로 빙 둘렀다. 회색 알 다섯 개를 낳았을 때 어미 새는 그 알들을 고루 따뜻하게 할 수 있도록 시간마다 어떻게 돌려야 하는지를 알고 있었고, 흰자위가 마르지 않도록 어느 정도나 알을 품지 않고 있어야 하는지, 그리고 자라는 새끼 새들이 감기에 걸리지 않도록 언제 돌아와야 하는지를 알고 있었다. 새끼 새들은 깃털이 모두 났을 때도 부모 새에 비하면 아주 조용했다. 혹시라도 잘못 움직이면 둥지가 흔들려 굴러떨어질 수도 있을 것처럼 말이다. 새끼 중 한 마리는 이따금 어미 새의 부리에서 받은 음식을 다른 새끼에게 건네줬다. 아비 새는 알을 낳기 전에는 어미 새를 자주 쪼았지만, 이제는 마지막 새끼가 깃털이 제대로 다 날 때까지 새끼들을 키우는 데 자기 몫을 했고, 그래서 아주 평화로웠다. 단지 그 어린것들이 스스로 먹이를 찾도록 내버려둘 때가 되어서야, 그는 질투심을 느끼고 다른 둥지로 옮겨가야 했다.

아직 세 살도 안 된 우리 아이[671]를 지켜보면, 나는 아이의 정신을 넘어선 곳에서 오는 많은 지식의 징후를 볼 수 있다. 그렇지 않다면, 왜 남자

---

[670] 다섯 마리: (1922년판) 네 마리.
[671] 1919년 2월 26일에 태어난 딸 앤 버틀러 예이츠.

아이가 창문 밖을 지날 때는 그렇게 흥분하면서도 여자아이에게는 그렇게 관심을 보이지 않는가? 왜 아이가 망토를 걸치고 언젠가 드레스를 끌 것처럼 그것이 계단에 끌리지 않는지 보려고 어깨 너머로 쳐다보는가? 그리고 무엇보다도, 왜 엄

예이츠와 부인 조지 하이드 리즈,
딸 앤, 아들 윌리엄

마 옆구리에 머리를 대고 누워서 뱃속에서 움직이는 태어나지 않은 아이를 느끼면서 "아가, 아가"라고 중얼거리는가?

천재적인 작품을 쓰거나 창조적인 행동을 하는 것은 자신의 정신을 넘어선 곳에서 어떤 지식이나 힘이 자기 정신으로 들어오기 때문이 아닌가? 나는 그것이 이미지에 의해서 불려나온다고 생각한다. 내가 둥지의 한쪽에 작은 접시를 달고, 다른 쪽에 털과 풀 더미를 달았을 때, 새에 관한 나의 모든 모험이 시작되었다. 그러나 이미지들은 우리에게 주어질 수밖에 없는 것이며, 우리가 의도적으로 이미지들을 선택할 수는 없다.

IX

계시는 자아로부터 온다는 것을 나는 이제 알고 있다. 그러나 그것은 연체동물의 정교한 껍데기와 자궁 속의 아이를 형성하며, 새들에게 둥지를 트는 법을 가르쳐주는 아주 오래된 기억 속에 묻혀있는 자아이다. 천재는 숨어있는 자아를 어떤 순간에 우리의 사소한 일상적 정신에 결합시키는 위기라는 것을 나는 알고 있다. 정말로 세상에는 그것을 실제

단테 알리기에리

프랑수아 비용

인간에게 구체화하는 영혼들이 있다. 그들은 그저 〈문〉이나 〈문지기〉라고 부르는 게 가장 적절할 것이다. 그들은 자신들의 극적인 힘을 통하여 우리가 결혼식장에 가는 줄리엣이든[672] 죽으러 가는 클레오파트라든 전혀 상관하지 않고 우리 영혼을 위기로, 〈마스크〉와 〈이미지〉로 데려가기 때문이다. 그들이 보기에 무게를 가질 수 있는 것은 열정 말고는 아무것도 없기 때문이다.

우리는 여러 세기 동안 그들이 명상의 삶을 중요하게 여긴다고 생각하면서 어리석은 꿈을 꾸어왔다. 그들은 명상의 삶을, 단지 모든 것 중 최악의 위기에 대한 다른 이름이 아니라면, 어떤 삶보다도 경멸하기 때문이다. 그들은 자기들이 선택한 사람이 절망까지는 이르지 않은 채 대면할 수 있는 가장 큰 장애에 부딪히게 만드는 단지 한 가지 목적밖에 없다. 그들은 단테가 추방[673] 되도록 일을 꾸몄고, 그의 베아트리체를 채

갔으며, 비용[674]을 창녀들의 품에 밀어 넣었고, 그를 보내어 교수대 밑에

---

[672] 셰익스피어의 『로미오와 줄리엣』(1595년경).

[673] 단테 알리기에리(1265~1321)는 1302년경부터 1321년 죽을 때까지 피렌체에서 추방당했다.

[674] 프랑수아 비용(1431~미상)은 중세후기 프랑스에서 가장 잘 알려진 시인. 성이 비용이었던 집에 양자로 들어가 교육을 받고 파리대학을 졸업했으나 일찍부터 방탕했고 절도와 살인 등으로 점철된 생애를 살았다. 1463년에 10년간 파리에서

친구들을 모으게 했다. 또한 단테와 비용이 열정을 통하여 묻혀있는 자아와 결합되게 했고, 모든 것을 〈마스크〉와 〈이미지〉로 바꾸어 그들의 눈에 환상이 되도록 했다.

그보다 조금 못한 랜더나 키츠[675] 같은 위대한 작가들에게서 우리는 〈이미지〉와 〈마스크〉가, 안드로메다와 (해룡은 아니지만)[676] 그녀의 페르세우스가 분리된 것을 보게 된다. 그러나 우리가 비극의 최고 대가로 인정하는 소수의 사람 속에서 모든 대결은 미의 범주 속에 들어오게 된다. 예를 들어 비용이나 단테 같은 대가는 예술을 통해 말할 때 자신들의 운명을 바꾸려고 하지 않았다. 그러나 그들 자신은 모든 욕망의 고통 속에 반영되었다. 그들이 가진 본성의 두 반쪽은 서로 완전히 결합해 그들의 목적을 위해서 노력하는 것처럼 보인다. 또한 운명에 묶이면서도 동시에 자유롭기 때문에, 무슨 일이 일어나든, 창조하는 바로 그 자아를 열망하는 것처럼 보인다.

우리는 그런 사람을 경외하며 바라본다. 우리는 예술작품이 아닌, 예술을 통한 인간의 새로운 재창조, 새로운 인류의 탄생을 바라보기 때문이다. 그런 탄생, 그런 재창조는 공포에서 오기 때문에 우리의 머리털이 곤두설 수도 있다. 삶에서 다시 만들 수 없는 것을 자신들의 운명이 파괴했다는 사실을 단테와 비용이 이해하지 못했더라면, 그들이 〈악에 대한 비전〉을 지니지 않았더라면, 그들이 어떤 낙관적인 인류를 소중히 여겼더라면, 그들은 단지 거짓된 미, 혹은 순간적인 본능적 아름다움만을 발견했을지 모른다. 그리고 전혀 변화를 겪지 않았거나, 단지 야생동물처

추방선고를 받고 사라져서, 그 이후의 삶에 대해서는 알려지지 않고 있다. 그의 시집 『유언집』은 지나간 청춘에 대한 회한과 죽음의 공포를 다루고 있다.
[675] 랜더와 키츠에 관해서는 각각 주석 541, 175 참조.
[676] 그리스 신화에서 페르세우스는 바다괴물에게서 안드로메다를 구한다.

럼 변했거나, 건강한 악마에서 병든 악마로 끊임없이 계속해서 변했을 것이다.

그들과 그런 부류만 명상을 얻을 수 있다. 우리가 명상을 위해 살면서도 강렬함을 지닐 수 있는 것은 지성이 전 인생을 드라마로, 위기로 만들 때뿐이기 때문이다.

그리고 이런 것들은 국가에서도 역시 나타난다. 그러나 〈이미지〉를 발견할 수 있도록 국가를 전쟁이나 무정부 상태로 몰아가는 〈문지기〉는 개인들을 몰아가는 존재와는 다르다. 나는 가끔 그들이 함께 작용한다고 생각하지만 말이다. 그리고 나 자신의 글을 되돌아볼 때, 나는 단단하고 차가운 어떤 것, 〈이미지〉의 어떤 표현을 발견한 것처럼 보이는 시에서만 기쁨을 느낀다. 그 〈이미지〉는 일상생활 속의 내 존재의 모든 것, 우리나라의 모든 것과는 정반대이다. 그러나 개인이나 국가가 〈마스크〉나 〈이미지〉[677]를 더 이상 만들 수 없는 것은, 땅에 던져진 씨앗이 땅에 의해서 만들어질 수 없는 것과 같다.

일레
일상의 꿈에서 깨어난 예술가가
어떤 몫을 이 세상에서 가질 수 있겠소?
방탕과 절망밖에.

히크
그러나 아무도
키츠의 세속적 사랑을 부인하지 않지요.
그가 애써 찾은 행복을 기억하시오.

---

[677] (원주: 1926년판에 추가됨) 삶으로부터 오고 운명 지어진 〈마스크〉나 〈이미지〉의 형태가 있지만, 선택된 형태도 있다.

일레

키츠의 예술은 행복하지만, 누가 그의 마음을 알겠소?

키츠를 생각하면, 그는 사탕 가게 창문에 얼굴과 코를

처박고 있는 학생처럼 보이오.

분명히 그는 자기 무덤으로 가라앉았기 때문이오.

감각과 마음을 만족시키지 못하고

가난하고 병들고 무지하여 …

세상의 모든 호사스러움에서 외면당한 채,

풍성한 노래를 만들었을 뿐.[678]

---

[678] 예이츠의 「나는 너의 주」(1917), 제49~62행. 『상냥하고 조용한 달빛 속에 서』(1918)에 처음 실리고, 시집 『쿨 호수의 야생백조』(1919)에 포함된 시. 제목은 단테의 『신생』에서 가져온 것으로, '나는 너의 주'라는 말은 꿈속에서 사랑의 화신이 단테에게 한 말이다. 이 시에 나오는 두 인물 히크(Hic)과 일레(Ille)는 라틴어로 각각 '이 사람' '그 사람'의 뜻이다. 에즈라 파운드는 '그 사람'이 예이 츠를 가리킨다고 말했다. 제4권, IX에도 인용된 부분의 첫 3행이 언급되어 있다.

예이츠
(오거스터스 존 그림)

제4권
비극적 세대
The Tragic Generation

I

우리 가족이 베드퍼드 파크로 돌아온 지
2~3년 후에, 딘 가에 있는 《로열티 극장》에
서 『인형의 집』을 공연했다. 그것은 영국에
서 공연된 입센의 첫 연극이었는데,[679] 누군
가가 내게 싼 좌석표를 하나 주었다. 제1막
중간에 여주인공이 마카롱을 달라고 했을
때, 내 앞에 앉아있는 중년의 세탁소 아주
머니가 벌떡 일어나 옆에 있는 꼬마에게 말
했다. "토미, 곧장 집으로 가겠다고 약속하

헨리크 입센

면 바로 지금 나갈 수 있어." 극이 끝날 때 나는 입구에 있는 홀을 왔다
갔다 하고 있었는데, 나이든 비평가가 투덜대는 소리가 들렸다. "계속
지껄여대다가 사건 하나로 끝을 내네." 내 마음은 두 갈래로 나뉘었다.
나는 그 극이 싫었다. 그것은 고작 카롤루스 뒤랑과 바스티앵르파주, 헉
슬리, 틴들[680]의 재판(再版)이었다. 교육받은 사람들이 쓰는 현대 언어에
너무 가까워 음악과 문체가 불가능한 대사에나 감탄하라고 초대받았다
니 하고 나는 분개했다.

  "예술은 자연이 아니니까 예술이지."라는 말을 나는 계속 되뇌었지만,
내가 어떻게 비평가나 세탁소 아주머니와 같은 편이 될 수 있겠는가?

---

[679] 노르웨이의 극작가 헨리크 입센(1828~1906)의 『인형의 집』(1879) 영어 번역극
(윌리엄 아처 번역)은 1887년 6월 7일에 런던의 《노블티 극장》에서 초연되었다.
입센의 『사회의 기둥』(1877) 영어 번역극(윌리엄 아처 번역)은 이미 1880년 12월
15일에 런던의 《게이어티 극장》에서 공연된 적이 있었다.
[680] 카롤루스 뒤랑과 바스티앵르파주, 헉슬리, 틴들: 예이츠가 이 책 곳곳에서 비판
하는 예술가들과 과학자들. 주석 298, 301 참조.

시간이 지나면서 입센은 내 눈에, 추상성의 쳇바퀴를 돌리도록 저주를 받아 음악과 문체를 싫어한 아주 영리하고 젊은 언론인들이 뽑은 작가로 보였다. 그러나 나나 우리 세대나 그를 피할 수는 없었다. 우리는 같은 친구를 두고 있지는 않았지만, 적은 같았기 때문이었다.

나는 한 주에 버는 돈 30실링 중 일부를 떼어 아처 씨[681]가 번역한 입센 작품전집을 사서 아일랜드와 슬라이고에 오갈 때 가지고 다녔다. 단 한 가지 위대한 재능, 가장 완벽한 시적 발성능력을 지닌 플로렌스 파는 입센의 극 여배우로서 두각을 나타냈다. 그녀는 상징주의와 망친

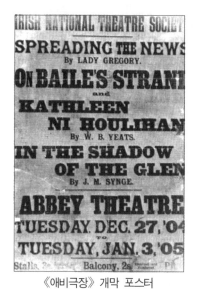

《애비극장》 개막 포스터

시의 썩은 냄새가 나는 『로스메르 저택』[682]에서 성공을 거둔 것이나 다름 없었다. 그녀와 나와 내 친구들 반은 구식 멜로드라마와 전통적 모험담을 지지하는 사람들과의 논쟁에 휘말렸고, 《데일리 프레스》지가 입센의 방식으로 글을 쓰는 작가들로 선정한 신예 극작가들을 지지했다. 1894년에 플로렌스는 토드헌터 박사의 『한숨의 희극』이라는 극과 버나드 쇼의 『무기와 인간』으로 《에비뉴 극장》의 감독이 되었다.

---

[681] 윌리엄 아처(1856~1924)는 입센을 영국에 소개한 것으로 잘 알려진 스코틀랜드 출신 비평가, 작가. 그는 1890년에 『입센 산문극』 다섯 권을 편집, 번역하여 출판했다.

[682] 입센의 희곡 『로스메르 저택』(1886). 플로렌스 파는 1890년대에 버나드 쇼와 친하게 지내면서 『로스메르 저택』을 비롯한 몇 편의 극에 출연했다.

그녀는 나에게 자기의 여덟 혹은 아홉 살 된 조카 도로시 패짓 양을 위해 조카가 첫 무대에 출연을 할 수 있도록 단막극을 써달라고 부탁했다. 그래서 내가 구상하는 《아일랜드 극장》을 염두에 두고 『마음속 욕망의 나라』를 썼다. 아이들에 대해서는 아는 게 없는데 아이가 극의 주제가 된 것은 약간 불편했지만, 메리 브륀이 바로 어떤 아일랜드 여인[683]이라는 것을 알고서는 여유 있는 마음으로 썼다. 나는 그 여인의 불안 때문에 고통스러워하고 있었다.[684]

존 밀링턴 싱

플로렌스는 극장을 열었을 때 적대적인 관객들을 대면할 수밖에 없었는데, 그 관객들은 1907년 1월에 싱이 대면했던 관객들만큼 난폭하고 분명히 더 잔혹했다. 싱의 《애비극장》의 관객들은 배우에 대한 증오심이 없었던 것에 비추어보면 말이다. 그리고 그들은 작가인 싱 자체에 대해서도 증오심이 거의 없었던 것 같다. 플로렌스는 결국은 성공할 거라는 확신도 없었기 때문에 용기를 내지 못했다. 『한숨의 희극』은 약간의 역설적 위트가 있는 두서없는 이야기였기 때문이다.[685] 그녀는 그 고민을 스스로 덮어쓴 것 같다. 이제는 진부한

---

[683] 어떤 아일랜드 여인: 모드 곤. 메리 브륀은 시극 『마음속 욕망의 나라』에 나오는 갓 결혼한 여주인공. 요정의 이야기와 전설 따위에 관심이 많았던 그녀는 자기 집을 찾아온 요정 아이에 유혹되어 결국 이 세상을 떠나 마음속 욕망의 나라인 요정의 세계로 들어가게 된다.

[684] 나는 그 여인의 불안 때문에 고통스러워 하고 있었다: (1922년판) 나는 그 여인의 불안 때문에 고통스러웠고, 그 불안은 내가 이해할 수 있는 범위를 넘은 곳에 있었다.

[685] 플로렌스 파(1860~1917)는 영국의 연극배우이고 감독이었으며, 여성인권운동가 이며 소설가이기도 했다. 1893년에 플로렌스 파는 처음으로 《에비뉴 극장》의

것처럼 보이는 자신의 시적 재능에 대한 반발로, 거울에 비친 자신의 데메테르 같은 얼굴에 대한 반발로, 《데일리 프레스》지와 인터뷰를 할 때면 언제나 충격을 주거나 놀라게 하려고, 자신이 적대적 관객들을 바라고 있는 것처럼 보이게 하려고 애쓴 것을 보면 말이다. 그렇지만 자기 일에서 벗어나면 자신의 판단에 대한 확신이 없었기 때문에, 버나드 쇼가 하는 식으로 역동적인 위트로 극을 시작하기를 두려워했다. 그래서 이제는 관객들의 격분하는 관행이 기회를 맞게 되었다. 두 시간 반 동안 관객들은 야유와 조소로 배우들의 목소리를 덮어 버렸다. 이것은 가족에 둘러싸여 모든 관객에게 보이도록 앉아있는 작가와 지루한 부분을 용감하게 헤쳐 나가며 연기하고 있는 여배우에게 쓴맛을 보여주려는 의도였다. 집으로 돌아가서 관객들은 탈의실에서 여배우의 히스테리가 발작했다는 거짓 얘기를 퍼뜨렸다.

그 극은 4막까지 있었던 것으로 생각되는데, 토드헌터는 적대적 관객들이 질러대는 소리를 들으며 끝까지 자리에 앉아있었다. 친구들은 하나둘씩 빠져나가고 마침내 곳곳에 빈자리들이 보였지만 아무것도 그 우울한 사람의 싸움 본능을 일으킬 수 없었다. 다음 날 나는 막 명성을 얻기 시작하던 비어즐리[686]가 그린 풍자적 그림과 삽화가 들어간 그의 대본[687]

제작자 및 감독으로 데뷔했다. 그녀는 버나드 쇼와 예이츠에게 자신이 상연할 극의 집필을 부탁했고, 예이츠는『마음속 욕망의 나라』를 써주었다. 그러나 그녀의 정부였던 쇼는 시리즈 개막 때까지 극을 쓰지 못했기 때문에, 토드 헌터의 『한숨의 희극』으로 대체되었다. 그러나 헌터의 극은 혹평을 받았다. 플로렌스파에게서 절망적인 전보를 받은 버나드 쇼는『무기와 인간』을 내놓았고, 이 극은 관객들과 비평가들의 극찬을 받았다.

[686] 오브리 빈센트 비어즐리(1872~1898)는 영국의 삽화가, 작가로서, 오스카 와일드와 제임스 휘슬러를 포함한 1890년대의 데카당스적 미학운동의 주동적 인물. 일본의 판화에서 영향을 받은 흑백으로 된 그의 그림들은 괴기스럽고 퇴폐적이며, 성적인 특성이 있었다. 그의 누나 마벨 비어즐리(1871~1916)는 예이츠의 시「죽어가는 여인에 대해」(1917)의 대상이 되기도 했다.

을, 대중을 공격하는 서문과 함께 그가 발행하게 하려고 애를 썼다. 그러나 그는 심통 사납고 성미가 급하기는 했어도 어떤 명분을 행동으로 옮길 열정이 없었다. 그는 대중은 진지한 극을 원하지만 감독들이나 신문들의 음모에 의해 그런 극을 가까이하지 못한다는, 극장 무대에 아직도 돌아다니는 미신을 믿고 있었고, 그래서 배우들이 비난을 받을 수밖에 없다는 생각을 도무지 그의 머릿속에서 떨쳐버릴 수 없었다.

다음 차례인 버나드 쇼는 몇 달 전에 모든 것을 예측하고 자신에게 적대적인 관객들을 당혹하게 만들 서두를 미리 계획해두고 있었다. 『무기와 인간』은 처음 몇 분 동안은 조잡한 멜로드라마인데, 관객들이 그 극이 얼마나 조잡한가 하고 막 생각하는 순간, 훌륭한 익살극으로 변한다. 대중과 자기만의 싸움을 한 이 극작가는 총 리허설 때부터 스스로 싸움판에 얽혀들었다. 처음

버나드 쇼

웃음이 터져 나올 때 버나드 쇼는 일어나서 무대를 등지고 관객들을 노려보았고, 극에 어떤 반전이 있을지 모든 사람이 알고 있을 때조차 그는 계속 노려보며 가장 가까이에 있는 관객들을 조용히 하도록 시킨 것을 보면 말이다.

첫날 저녁에 《페이비언협회》[688] 회원 몇 사람을 제외하고는 일반석과 싼 좌석에 앉은 모든 관객이 작가 쇼에 대해 비웃기 시작했다. 그러다가 자신들이 오히려 비웃음을 당하고 있음을 알고는, 마음은 바뀌지 않

---

[687] 토드 헌터의 『한숨의 희극』 대본.

[688] 쇼는 1884년에 비혁명적 사회주의자들의 단체 《페이비언협회》에 가입했다. 주석 391 참조.

앉지만(그러기에는 극에 대한 혐오감이 너무나도 심했다) 말문이 막힌 채 앉아 있었다. 극장에 있는 다른 관객들은 환호하며 웃었다. 한마디 해달라는 요청이 있고 난 뒤 작가를 맞는 침묵 속에서, 어떤 사람이 정말로 용기를 내서 큰 소리로 야유를 보냈다. 그에 대한 쇼의 반응은 이러했다. "저 관객석에 계시는 신사[689]와 제가 정확히 똑같은 의견이라는 것을 확인해 드립니다. 정반대 의견을 가진 모든 관객에 대항해서 우리가 무엇을 할 수 있겠습니까?" 그 순간부터 버나드 쇼는 현대문학에서 가장 만만치 않은 사람이 되었으며, 꼭지가 돌게 술을 마신 의대생조차 그 사실을 알았다.

『한숨의 코미디』와 함께 공연된 내 극은 강한 호응을 불러일으키지 못했지만, 플로렌스 파가 『무기와 인간』과 함께 계속 무대에 올려주었기 때문에 소수이지만 충분히 많은 사람을 기쁘게 했다. 나는 몇 주 동안 거의 매일 밤 극장에 갔다. 버나드 쇼의 배우 중 한 사람이 내게 말했다. "아, 예, 사람들은 『무기와 인간』을 좋아하는 것 같습니다. 그러나 우리는 모두 잘못되었다는 것을 막 알게 되었습니다. 버나드 쇼는 정말로 아주 진지했던 겁니다. 그렇다는 편지를 썼으니까요. 그래서 우리는 더 이상 웃음을 위해 연기를 해서는 안 되는 겁니다."

어느 날 밤에 영국 왕세자와 에든버러 공작이 거기에 왔다고 감독이 의기양양하고 흥분해 있는 것을 발견했다. 에든버러 공작은 자신의 혐오감을 큰 소리로 말해서 일등석에 있는 모든 사람이 다 들을 수 있었다. 그러나 왕세자는 "아주 즐거워했고" "에든버러 공작을 가능한 한 빨리 데리고 나갔다." 그는 말을 계속했다. "그분들이 나를 찾았는데, 에든버

---

[689] 레저널드 브라이트(1874~1941). 당시에 극비평가가 되려고 했고, 나중에 쇼의 런던 극장 에이전트가 된 인물.

러 공작은 버나드 쇼를 지칭하며 '저 사람은 미쳤어.'라는 말을 계속 반복했고, 왕세자는 버나드 쇼가 누구인지, 그 연극의 의미가 무엇인지 물었다."

나는 당황할 지경이 되었다. 주로 내 연극이 어떻게 공연되는지 보러 나는 극장에 갔고 첫 두 주일 동안은 대사를 고쳐가며 가장 끈기 있는 배우들조차 성가시게 했지만, 『무기와 인간』에는 감탄과 혐오감으로 귀를 기울였기 때문이다.[690] 그것은 내게 구부러진 인생길이 아닌, 유기적이지 못한 논리적 곧음으로 보였다. 오늘날 엡스타인이 만든 착암기나 윈덤 루이스가 설계한 디자인의 힘 앞에 있는 것처럼,[691] 나는 그것의 힘 앞에 기겁을 한 채 서 있었다. 그가 새뮤얼 버틀러를 자기 선생이라고 주장하는 게 옳았다. 버틀러는, 좋든 나쁘든 음악 없이 문체 없이 아주 효과적인 글을 쓰는 것, 정신에서 모든 정서적 함축을 제거하는 것, 그리고 모든 종류의 포도주보다는 맹물을 좋아하는 것, 포도 덩굴보다 대도시의 납과 땜납을 훨씬 더 좋아하는 것이 가능하다는 것을 발견한 최초의 영국인이었기 때문이다. 나는 드르륵드르륵 하며 빛을 내는 재봉틀에 사로잡혔다는 악몽을 갖게 되었다. 그러나 놀라운 것은 그 기계가 미소를 짓는다는 사실, 영원히 미소를 짓는다는 사실이었다. 그러나 나는 그만만찮은 사람, 버나드 쇼를 보고 즐거워했다. 내가 소중히 여기는 어떤 살아있는 작가도 그를 공격해보지 못했듯이 나도 공격할 수 없었지만, 그는 나의 적대적인 관객들, 내가 좋아하는 모든 사람의 적인 관객들을

---

[690] 『무기와 인간』에는 감탄과 혐오감으로 귀를 기울였기 때문이다: (1922년판) 『무기와 인간』의 몇 구절을 관객들이 어떻게 좋아하는지 알고 싶어 흥미를 가지고 귀를 기울였기 때문이다. 나는 그것을 싫어했다.

[691] 영국의 조각가 제이콥 엡스타인(1880~1959)과 화가이며 작가인 윈덤 루이스(1882~1957)는 모두 런던의 아방가르드 예술가로서, 기계화 시대를 비판하기 위해 작품에 기계 이미지를 사용했다.

공격할 수 있었다.

플로렌스 파가 집으로 가는 길은 내가 집으로 가는 길과 일부 겹쳤고, 그래서 우리는 자주 애기를 나눌 수 있었다. 늘 그런 것은 아니었지만 가끔 그녀는 나의 망설임을 함께 나눴다. 그 후 몇 년 동안 나는 버나드 쇼가 내 주제가 될 때마다, 그 수탉이 나를 비난하려고 울었는지 칭찬하려고 울었는지 궁금해하게 되었다.

II

버나드 쇼와 와일드는 비슷한 점이 거의 없었지만, 파국이 오지 않았더라면 오랫동안 무대를 양분했을 것이다. 와일드 스스로가 정서적 연상이 가득한 말만을 중요하게 여긴다고 생각했고, 마치 자신이 쓰는 문체는 자기의 공연이고 자기는 시장인 듯이 문체를 가두행렬처럼 바꿨기 때문이다.

나는 다시 슬라이고에 있었고, 와일드가 퀸스베리 경에게 소송을 걸겠다고 선언하는 것을 보았다.[692] 그때 나는 글렌의 코크레인과 식사를 하려고 외삼촌 집에서 출발해서 낙너레이로 걸어갔다. 코크레인은 아주 능력 있는 노인이었고, 그와 이름이 같은 다른 사람들과 구별하려고 글렌의 코크레인이라고 불렀다. 그에게는 머리가 돈 불쌍한 친척 아가씨가 있었다. 그녀는 우리와 식사를 같이 했는데, 나는 진저리를 쳤다. 그녀는

---

[692] 두 아이의 아버지였던 오스카 와일드(1854~1900)가 1895년에 동성애 혐의로 피소된 일과 관계된 것. 동성애 상대였던 옥스퍼드대 출신의 알프레드 더글러스의 아버지 퀸스베리 후작(1844~1900)과의 소송에서 유죄판결을 받았다. 2년 동안 복역한 후 1897년 1월에 출옥했으나, 그의 명예는 추락했고 영국에서 영구 추방되었다. 그는 더글러스가 있는 파리로 갔으나 그의 마음을 잡지 못했고, 결국 파리에서 가난과 병에 시달리다가 1900년 11월말에 사망하는 비참한 최후를 맞았다.

자기 앞에 있는 꽃병에서 꽃을 꺼내어 가까이 앉아있는 남자 손님 쪽으로 식탁보 가장자리를 따라 밀었랜드.

그 노인은 정신적인 특이함에서가 아니라 자신의 고독한 삶에서 생겨난 이상한 견해를 갖고 있었다. 그리고 자신이 스스로 찾은 것이 아닌 한, 모든 편견에서 자유로웠다. 그는 "세상은 점점 남성적으로 되어갑니다. 포트 와인을 다시 마시기 시작했어요."라고 말하거나 혹은 "아일랜드는 번영하게 될 것입니다. 스코틀랜드가 번영하기 전에 이혼한 부부들이 거기에 가기 시작했던 것처럼 이제는 아일랜드를 은거지로 선택합니다. 남자친구와 살고 있는 이혼한 아내가 산의 다른 쪽에 살고 있을 때도 있습니다."라고 말하곤 했다.

나는 그날 밤 나에 대한 와일드의 친절에 관해 얘기했다. 모든 감각주의자는 "풍성한 부드러움"이 있다고 한 심리학자 베인의 말을 인용하며[693] 나는 와일드의 죄 없음을 믿는다고 말하고, 그의 견고한 탁월함과 압도적인 침착함을 묘사한 기억이 난다. 나는 그가 본질적으로 행동하는 인간이며, 우연히 작가가 된 삐딱한 사람이라고 생각했다. 또 그는 군인이나 정치가가 되었으면 더 나았을 것이며, 죄가 있든 없든 스스로 남자임을 입증할 것이라고 확신했다. 나는 보나마나 흥분한 것 같다. 그래서 얘기는 대부분 내가 한 것 같다. 코크레인이 말을 했더라면 우스갯소리 한두 개는 기억날 테니 말이다. 그러나 그는 확실히 내 말에 공감했다.

이틀 후에 나는 와일드를 아주 혹독하게 비판하는 편지를 라이널 존슨에게서 받았다. 존슨에 따르면 와일드는 "냉정하고 과학적인 지성"과 "승리와 힘의 감각"을 갖고 있었다. "자신의 죄악에 대해 알고 있었기

---

[693] 알렉산더 베인(1818~1903)은 스코틀랜드 출신의 심리학자. 예이츠는 「1894년 베를렌」(1896)이라는 글에서 베인이 말한 "방대한 부드러움"이 "모든 불멸성의 기초"라고 믿는다고 말하기도 했다.

때문에 그는 모든 식탁을 주름잡았다. 누구라도 그 죄악에 대해 알게 되면, 인간이 지을 수 있는 어떤 죄악보다 그에게 더욱 심하게 등을 돌리게 만들 것이었다." 나는 그 편지를 쓴 배경에 대해서는 알지 못했다. 하지만 와일드에게 말을 건네는 형식의 「영혼의 파괴자에게」라는 시[694]의 분위기로 존슨이 그 편지를 썼음을 나는 믿고 있다.

나는 와일드의 환상이 비극적인 변화를 겪었다는 것, 그리고 그는 자신에게 닥칠지 모르는 재앙에 대해서 깊이 생각하고 있다는 것을 알고 있었던 것 같다. 그러나 사람들은 그의 말을 장난으로 받아들였다. 그는 불성실성을 "개성의 확대일 뿐"이나 그런 따위의 말로 불렀으니 말이다. 나는 베네치아의 이발소에서 그를 발견하고 그가 "저는 네로 황제를 닮으려고 곱슬머리를 만듭니다."라고 설명하는 것을 들은 사람을 만난 적이 있다. 한 번은 아일랜드 선집을 편집하던 내가 "사뿐히 밟으세요, 그녀가 바로 눈 밑에 묻혀있으니까요."[695]라는 구절을 인용할 수 있도록 허락을 구한 적이 있다. 그는 내가 좋다면 그렇게 할 수 있지만, 자신의 가장 특징적인 시는 다음과 같은 시행이 있는 소네트라고 편지를 썼다.

아! 작은 막대기로
꿀 같은 사랑을 건드렸을 뿐인데 −
나는 영혼의 유산을 잃어버리게 되는 것인가?[696]

---

[694] 라이널 존슨의 정확한 시 제목은 「영혼의 파괴자」(1892)이며, 부제로 '− 에게'라는 말이 붙어있다. 이것은 일반적으로 와일드에 대한 시이며 영혼은 알프레드 더글러스 경의 영혼을 뜻하는 것으로 알려져 있다.

[695] 와일드의 「망자를 위한 기도」(1881) 제11~12행.

[696] 와일드의 「아아!」(1881), 제12~14행. 예이츠가 편집한 『현대 아일랜드 시선집』(1895)에는 와일드의 시가 포함되어 있지 않았다.

내 극 때문에 런던에 있을 때, 그를 계속 보아온 배우에게 새로운 소식을 묻자, "그는 깊은 우울증에 빠져 있습니다."라는 게 대답이었다. "그는 되도록 인생의 많은 시간을 잠으로 보내려 노력해서, 오후 두세 시에야 잠자리에서 나와서 하루의 나머지 시간을 《카페 로열》에서 보낸다고 말합니다. 그는 자신이 세상 최고의 단편소설이라고 부르는 작품을 썼고, 잠자리에서 나오면서, 그리고 매번 식사를 하기 전에, 그것을 반복해 읽습니다. '그리스도가 하얀 평원에서 자줏빛 도시로 왔는데, 그가 첫 번째 거리를 지날 때 위에서 나는 목소리를 듣고 쳐다보니, 젊은이 하나가 술에 취해서 창틀에 누워

오스카 와일드

있었다. "왜 자네는 술에 취해 영혼을 허비하는가?"라고 묻자 젊은이는 대답했다. "주여, 저는 문둥병 환자였는데 당신이 낫게 해 주셨습니다. 제가 다른 무엇을 할 수 있겠습니까?" 그 마을에 조금 더 들어가서 그리스도는 창녀를 좇아가고 있는 젊은이를 만나서 말했다. "왜 자네는 방탕 속에 자신의 영혼을 녹여버리려고 하는가?" 젊은이는 대답했다. "주여, 저는 맹인이었는데, 당신이 낫게 해주셨습니다. 제가 다른 무엇을 할 수 있겠습니까?" 마침내 그 도시 복판에서 그리스도는 땅에 쭈그려 앉아 울고 있는 노인을 보았다. 그리스도가 왜 그가 우는지 물었을 때, 노인은 대답했다. "주여, 저는 죽었었는데, 당신이 나를 살려내셨습니다. 제가 우는 것 말고 무엇을 할 수 있겠습니까?'"

와일드는 그 이야기를 얼마 후에 출판했다.[697] 그러나 자기 시대의 언

어적 장식으로 망쳐버렸다. 그래서 나는 그 처참한 아름다움을 보기 전에 내가 처음에 들은 대로 그것을 되뇌어야만 한다. 내가 그것의 진실성을 의심치 않는 것은, 잠자리에서 늦게 일어나고 잠으로 인생을 허비하며 치밀하게 비극을 가지고 노는 것 등 모든 그의 우울의 표시는 과장을 통해 감정에서 벗어나려는 시도였다는 사실을 의심치 않는 것과 같다. 그의 극 세 개가 성공적으로 동시에 공연되고 있었다. 그는 전에는 거의 거지꼴이었지만, 머릿속이 플로베르[698]로 가득한 이제는 1년에 10,000파운드씩 벌었다. "주여, 저는 죽었었는데, 당신이 나를 살려내셨습니다. 제가 우는 것 말고 무엇을 할 수 있겠습니까?"라는 식이었다. 그는 비극밖에 이해하지 못하는 극작가들의 손아귀에 있는 희극배우였다.

내 극『마음속 욕망의 나라』첫 공연 며칠 후에 와일드와 마지막 대화를 나눴다. 극의 막이 내릴 때 그는 극장으로 왔는데, 그의 작품이 내 작품을 압도했기 때문에 내 극을 추켜세우며 이해를 구하려고 왔다는 걸 나는 알았다. 그러나 그의 생각이 방향을 바꿔서 "『내셔널 옵서버』에 실린 자네의 단편소설「추방자의 십자가형」[699]은 절묘하고 훌륭하고 훌륭한 작품이야."라고 얘기하지 않았더라면 내 극에 대해서 꼭 들어맞는 찬사의 말을 선택했을지 혹은 그렇게 과장되게 말했을지 아직도 궁금하다.

이런저런 일로 해서 나는 다시 한 번 런던에 가게 되었다. 나는 여러 부류의 아일랜드 작가들에게 와일드에게 보낼 위문편지를 요청했는데,

---

[697] 1894년 7월호『격주평론』에 와일드의 산문형식으로 된 시 6편이 실렸는데, 위에 있는 이야기는 이들 중「선한 일을 하는 사람」에 관한 언급이다.
[698] 19세기 프랑스 사실주의 소설가 귀스타브 플로베르(1821~1880).
[699] 예이츠의「추방자의 십자가형」은 원래 1894년 3월 24일자『내셔널 옵서버』에「십자가형」이라는 제목으로 처음 출판되었다.

에드워드 다우든 아저씨만 거절했다. 다우든 아저씨는 와일드가 쓴 것은 뭐든 다 싫다는 식으로, 내 생각에는 적절치 않은 변명을 했다. 나는 와일드가 오클리 가에 있는 자기 어머니 집에 있다는 얘기를 듣고 그곳을 찾아갔다.[700] 그러나 죽음을 앞둔 것처럼 핼쑥하고 비극적으로 보이는 얼굴을 한 아일랜드 출신 하녀가 그는 거기에 없지만 그의 형은 볼 수 있을 것이라고 말했다.

월리 와일드[701]는 "당신 누구요, 뭘 원하시죠?"라는 말로 나를 맞았다. 그러나 내가 위문편지를 가지고 왔다고 하자 아주 친절해졌다. 그는 자기 손에 편지 뭉치를 받아들기는 했지만, "이 편지들은 내 동생에게 달아나기를 권하는 것입니까? 동생 친구들도 모두 달아나라고 권하지만, 우리는 그가 남아서 운에 맡겨 보는 쪽으로 결정했죠." 라고 말했다. 나는 대답했다. "아니요, 분명

월리 와일드
(오스카 와일드의 형)

히 저는 그가 달아나야 한다고는 생각지 않으며, 이 편지들도 그렇게 조언하지 않습니다." 그는 말했다. "아일랜드에서 온 편지들이라 … 감사합니다, 감사합니다. 동생은 이 편지들을 받으면 좋아하겠지만, 도망을 권하는 것들이라면 동생에게 안 보여줄 겁니다."

그리고 나서 그는 뒤쪽 의자로 몸을 던지고, 일관성 없는 감정으로 자기 동생이 쓴 최악의 문체를 이따금 상기시켜주는 구절을 사용하며

---

[700] 첼시의 오클리 가 146번지. 와일드는 이미 이곳을 떠나 코트필드 가든스 2번지에 있는 친구 어니스트와 애다 레버슨의 집에서 머물고 있었다.

[701] 윌리엄('월리') 찰스 와일드(1852~1899)는 빅토리아 시대의 아일랜드 언론인이며 시인. 오스카 와일드의 형.

말하기 시작했다. 그의 두 눈에는 눈물이 고였고, 내 생각으로는 약간 취한 것 같았다. "아, 예 그렇죠. 도망갈 수도 있어요, 도망갈 수가 있죠. 템스 강에는 요트가 있고, 보석금 5천 파운드도 있어요. 아, 딱히 템스 강이 아니더라도 요트는 있죠. 아, 예 그렇죠. 내 동생은 도망갈 수가 있어요. 내 손으로 뒤뜰에서 풍선을 띄워야 한다고 해도 말이죠. 그러나 동생은 머물러 있기로, 대면하기로, 그리스도처럼 비판에 맞서기로 결심했답니다. 당신은 들었을 것입니다. 자세하게 얘기할 필요는 없겠지만, 동생과 나는 사이가 안 좋았다는 사실을. 그러나 동생이 상처 입은 사슴처럼 나를 찾아와서 내가 받아들였죠." "동생이 석방된 후에"(내 생각으로는 그가 보석금을 내고 나온 후라는 말이었는데)[702] "스튜어트 헤들램이 호텔 방 하나를 잡고 다른 사람의 이름으로 동생을 그곳으로 데려갔지만, 호텔지배인이 올라와서 물었죠. '당신은 와일드 씨 아니십니까?' 당신은 내 동생이 어떤 사람인지 아시죠. 그가 어떻게 대답했을지 뻔히 아시겠죠. 동생은 말했지요. '그래, 내가 오스카 와일드요.' 그러자 지배인은 동생이 거기에 머물 수 없다고 했어요. 똑같은 일이 호텔마다 일어났고, 그래서 동생은 이곳으로 오기로 결심했지요. 허영심 때문에 녀석은 이 모든 치욕을 당하는 겁니다. 사람들은 동생 앞에 향을 피웠었지요."[703] 그는 자기 동생이 그랬을 법하게 말의 리듬에 신경을 썼다. "사람들은 동생의 가슴에 향을 피웠었어요."

그 편지들에 대한 생각 때문에 일어난 첫 감정이 지나가자, 그는 더 단순해졌다. 자기 동생은 자신의 죄를 악덕 자체는 아니라고 생각했지만 제수씨와 아이들에게 불행을 가져다주었으며, 자신의 위치를 되찾으려

---

[702] 내 생각으로는 그가 보석금을 내고 나온 후라는 말이었는데: (1922년판) 퀸스베리 경에 대한 소송에서 진 후라고 생각하는데.

[703] 향을 피웠었지요: 경의를 표하거나 칭찬이나 아첨을 했다는 뜻.

면 아무리 사소한 기회라도 받아들일 채비가 되어 있다고 설명했다. 그는 "동생이 석방되면 몇 년 동안 영국에서 떠나 있을 것이며, 그때 가서 주위에 친구들을 다시 모을 수 있겠지만, 비록 유죄선고를 받는다고 해도 동생은 죗값을 치를 것입니다. 만일 동생이 달아난다면 있는 친구조차 모두 잃어버릴 것입니다."

지금은 누구에게 들었는지 잊어버렸는데 나는 나중에 와일드 여사[704]가 이렇게 말했다는 얘기를 들었다. "네가 남아있겠다면 설사 감옥에 가더라도 넌 언제나 내 아들일 것이고 내 애정에는 차이가 없겠지만, 네가 떠난다면 너와는 다시는 얘기하지 않겠다." 내가 그 집에 있을 때 와일드를 막 만나보고 온 어떤 여인이(내 생각으로는 윌리 와일드의 아내였던 것 같은데) 들어와서는,

작가 제인 아그네스
(오스카 와일드의 어머니)

의자에 몸을 던지고 지친 목소리로 말했다. "이제 모든 게 다 잘 되었어요. 그는 필요하다면 감옥에 가기로 결심했어요." 2년 후 와일드가 석방되기도 전에 그의 형과 어머니는 죽었고, 조금 후에는 그의 아내도 그가 감옥에 있을 동안에 풍을 맞아 죽은 것 같다.[705] 감옥생활 때문에 몸이 많이 상한 와일드 자신도 곧 뒤를 따랐다. 그러나 와일드가 옳은 결정을 했고 그 결정에 명성의 반을 빚지고 있다는 사실을 나는 한 순간도 의심해본 적이 없다.

---

[704] 오스카 와일드의 어머니인 제인 프란체스카 아그네스에 관해서는 주석 368 참조.
[705] 와일드는 1897년 5월 19일에 《리딩 교도소》에서 석방되었다. 와일드의 어머니는 1896년 2월 3일에 죽었지만, 그의 아내 콘스탄스는 1898년 4월 7일에, 형 윌리 와일드는 1899년 3월 13일에, 와일드가 석방되고 나서 죽었다.

퀸스베리 경에게 와일드가 소송을 벌이기 전에 와일드의 태도와 꾸민 문체를 비웃고 그의 위트를 인정하기를 거부한 런던의 교양 있는 사람들은 이제는 완전히 옹호하는 사람들이 되었다. 비록 그가 죄가 없다고 생각하는 사람은 단 한 사람도 만나보지 못했지만 말이다. 옛날 그의 적이었던 사람 하나가 거리에서 나를 뒤쫓아 와서 와일드의 대담성과 침착성을 칭찬하기 시작했다. 그는 "와일드는 불명예를 새로운 테르모필레 전투[706]로 만들었죠."라고 말했다.

라이널 존슨의 편지에 답장을 하며 나는 와일드의 몰락을 안타깝게 생각하지만 그의 모방자들의 몰락에 대해서는 그렇게 생각하지 않는다고 썼다. 그러나 존슨은 다른 사람들과 함께 변해버렸다. 나는 존슨도 같은 의견이리라 생각해서 의견을 함께 나누려 했을 따름인데, 존슨은 "왜 당신은 와일드 모방자들의 몰락에 대해서는 안타깝게 생각하지 않습니까? 모방자들은 가치 없는 자들이지만, 비평에 맡겨 두어야지요."라고 했다. 와일드 자체는 존슨의 눈에는 순교자였다. 비극이 와일드의 예술을 더 깊이 있게 할지 모른다고 내가 말했을 때, 존슨은 그 순교자의 적들에게 변변찮은 장점이 있을 수도 있다는 점을 인정하려 하지 않았다. 이 일이 모두 끝나고 나면, 사건들의 자취가 남지 않는 작품을 쓰는 다른 사람들과 꼭 같이 와일드가 희극작품들을 만들어낼 것이라고 존슨은 생각했다.

와일드가 증인석에서 했던 위트와 달변을 칭찬하거나 그가 사적인 자리에서 했던 대화를 언급하는 작가와 예술가를 곳곳에서 만날 수 있었다. 윌리 에드먼드는 극장협회 간담회에서 보여준 와일드의 태도에 깜짝

---

[706] 테르모필레 전투: 기원전 5세기에 그리스 테르모필레 지역에서 있었던 페르시아 군과 그리스 연합군 사이에 있었던 전투로, 크세르크세스 왕의 페르시아군에 그리스 연합군 대부분이 전멸당했다.

놀랐다고 말했다. 와일드는 분노한 관중 가운데 서서 이전보다 더 풍자적인 위트로 배우들과 나라를 조롱했다고 한다. 와일드는 재판 중에 어떤 유명 화가에게 이렇게 말했다. "불쌍한 우리 형이 온 런던을 돌아다니며 나를 변호하고 있다고 편지를 썼습니다. 우리 불쌍하고 다정한 형은 증기기관차와도 타협할 사람입니다."

와일드의 형 역시 변화를 겪었다. 소문이 형을 괴롭게 하지 않았다고 해도, "그 상처 입은 사슴"을 전혀 우아하게 맞아들이지 않았기 때문이다. "내가 더 못돼먹지 않는 것에 감사할 따름"이라는 게 형의 논평이었다. 형은 같은 식탁에 앉기를 거부하고 동생의 돈으로 이웃 호텔에 가서 식사를 했다. 형을 아무짝에도 쓸모없는 주정뱅이라고 경멸한 성공한 동생의 운명은 이제 형의 손에 달려 있었다. 게다가, 비극이 또 다른 자아를 일깨울 때까지, 형은 보나마나 거리에 있는 군중과 일반적인 성적 본능이 과도한 모든 남녀에게 가득 차 있는 분노와 경멸을 공유했을 것이다. 예술비평가 글리슨 화이트는 말했다. "파렴치한 삶을 사는 모든 사람을 자기의 적으로 만들었기 때문에 와일드는 다시는 고개를 들지 못할 것입니다." 판결이 났을 때 법정 밖 거리에 있던 창녀들은 길바닥에서 춤을 추었다.

Ⅲ

1450년 무렵, 유럽의 어느 지역에서는 백 년 정도 늦었고 또 어느 지역에서는 더 빨랐지만, 인간들은 많은 수가 개성에 〈존재의 통합〉을 이루어, "완벽하게 균형 잡힌 인체"처럼 되었다. 그런 식으로 만들어진 인간들이 권력의 자리를 점하고 국민들 또한 그것을 갖게 되어서, 왕자와 농부가 같은 생각과 느낌을 공유하게 되었다. 나중에 드러나게 된 균열들은 이미 거기에 존재하고 있었지만, 강력한 충동이 모두를 하나가 되게 했다.

그 다음에는 양귀비 씨앗이 뿌려지고 콩깍지가 터지는 흩어짐이 나타났다. 그래서 그것 때문에 잠시 개성이 더 강한 것처럼 보였다. 셰익스피어 극의 인간들은 모든 것을 자신들의 열정에 바치도록 만들었고, 그 열정은 잠시 그들 존재의 전체 에너지가 되었다. 새들과 짐승들, 남자와 여자들, 풍경과 사회는 단지 상징과 비유였고, 아무것도 그 자체로 연구되지 않았으며, 인간의 정신은 표면은 없고 깊이만 있는 어두운 우물이었다.

『윌슨 대통령 초상화』
(존 사전트의 유화)

티치아노가 그린 사람들, 종센이 그린 사람들, 심지어 반 다이크의 사람들은 때때로, 쉬고 있는 커다란 매처럼 보였다. 《더블린 국립미술관》에는 스트로치가 그린 베네치아 신사의 초상화와 사전트가 그린 윌슨 대통령의 초상화가 같은 벽에 걸려 있었고, 아마 지금도 걸려 있을 것이다.[707] 베네치아 신사의 어두운 두 눈에 도사리고 있는 생각은 생명력을 온몸에서 끌어냈다. 그것은 마치 불꽃이 양초를 먹듯이 온몸을 먹고 있다. 그래

---

[707] 《아일랜드 국립미술관》에는 제노바의 화가 베르나르도 스트로치(1581~1644)가 그린 『베네치아 신사 초상화』(유화, 1.38m×1.07m)와 미국화가 존 싱어 사전트 (1856~1925)가 그린 『윌슨 대통령 초상화』(유화, 1.53m×1.09m), 영국 출신 네덜란드 화가 코넬리우스 존슨(1593~1664)이 그린 두 개의 남자 초상화『군복 입은 장교 초상화』(유화, 75cm×65cm), 『남자 초상화』(1628, 유화, 76cm×63cm) 등이 있다. 예이츠가 말하는 '종센'은 존슨(얀센)의 잘못된 표기. 사전트가 그린 대통령 초상화는 스트로치가 그린 강렬한 신사 초상화에 비해 상대적으로 생기가 없어 보인다.

서 만일 생각이 바뀌면 자세도 바뀌고 망토도 바닥에 쓸릴 것처럼 보였다. 몸 전체가 생각하기 때문이다. 윌슨 대통령은 침착하고 집중된 두 눈만 살아 있다. 입 주위의 살은 죽어있고 두 손도 죽어 있으며, 옷들은 기계적으로 늘 하던 대로 솔질하고 옷을 접는 하인의 움직임 외에 몸의 어떤 움직임도 암시하지 않는다. 앞 작품에는 모든 것이 자연 자체에서 흘러나오는 에너지였지만, 뒤 작품은 모든 것이 열렬한 연구이며 외부적 힘의 가벼운 굴절이다. 앞 작품에는 인간의 정신과 몸이 압도적으로 주관적인 데 반해, 뒤 작품에는 모든 것이 객관적이지만, 말을 철학에서처럼 사용하지 않고 일상대화에서처럼 사용한다.

어떤 시[708]의 상징을 사용하자면, 달의 원의 밝은 부분은 주관적 정신이며 어두운 부분은 객관적 정신이다. 우리에게는 인간과 그 생각의 움직임을 분류하는 28개의 상(相)이 있다. 달빛이 전혀 없는 밤인 첫 상에서는 모든 것이 객관적인 데 반해, 열다섯 번째 밤에는 보름달이 되고 주관적 정신만 있게 된다. 르네상스 중기에는 단지 보름에 근접할 수 있을 뿐이었다. "보름에나 그믐에는 인간의 삶이 없기 때문이다." 그러나 우리는 달의 그 다음번 세 밤에 셰익스피어와 티치아노, 스트로치, 반 다이크와 같은 인간들이 속한 것으로 치며, 밤이 지나면서 그들이 더 합리적이고 더 정연하고 덜 격동적으로 변하는 것을 지켜볼 수 있을 것이다. 네 번째 밤(처음부터 시작해서는 19번째 달)이 되기 전에 커다란 변천이 갑작스럽게 이루어지기 때문에, 구름이 비가 되고 물이 얼 때처럼 급격한 변화가 보이는 것이 당연하다. 인기 있고 전형적인 인간들은 더 추해지고 더 논쟁적이 된다. 반 다이크가 치명적인 얼굴이라고

---

[708] 예이츠의 「달의 위상」(1919). 달의 위상과 인간 유형에 관해서는 이 시가 실려 있는 예이츠의 『비전』 참조.

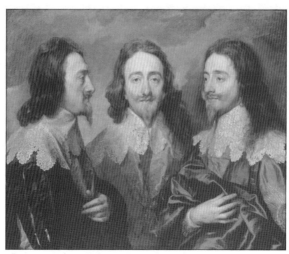

『세 위치에서 본 찰스 1세의 머리』(안토니 반 다이크 그림)

부른 얼굴[709]은 크롬웰[710]의 사마귀 투성이 고집 센 머리 앞에 사라졌다. 그 이후로는 "완벽하게 균형 잡힌 인체"처럼 만들어진 어떤 정신도 대중을 지배하지 못할 것이다. 위대한 인간들은 자신들의 한 부분 속에 갇혀 살며 전문적이고 추상적으로 될 수밖에 없기 때문이다. 그러나 달의 제3사분기가 거의 지나지 않았고, 추상성이 절정에 도달하기는 했지만 지나가지 않았으며, (내가 확인한 바에 의하면) 22번째 밤의 반이 아직도 남아있음을 그들은 알고 있다. 그래서 그들은 유토피아적인 꿈

---

[709] 찰스 1세의 궁정화가였던 플랑드르 출신의 안토니 반 다이크(1599~1641)가 『세 위치에서 본 찰스 1세의 머리』(1635~1636, 유화, 85cm×97cm)를 이탈리아 조각가 베르니니(1598~1680)에게 보냈을 때, 베르니니는 그것을 '치명적인 얼굴'이라고 말했다.

[710] 올리버 크롬웰(1599~1658)은 영국 청교도혁명의 중심인물. 1642년에 왕당파와 의회파 사이의 내전에서 의회파를 이끌며 공화정을 수립했다. 1653년에 호국경의 자리에 올라 1658년에 병으로 죽을 때까지 전권을 휘둘렀다. 열렬한 청교도 신자이며 영국 국수주의자이기도 한 그는 무자비한 군인이며 정치가로서, 실질적으로 아일랜드를 정복하고 게일족과 가톨릭을 내몰고 탄압했다.

을 제압하고 쟁취하여, 품고 있을지 모른
다. 그리고 추상성을 더욱 확산시켜서 마
침내 생각이 그저 얇은 막이 되어 더 이상
어두운 깊이가 없이 표면만 있게 된다.

올리버 크롬웰

그러나 본성이 보름에 가까운 밤에 속하
는 사람들, 비극적인 소수의 사람은 여전히
태어난다. 사적인 위치에 머무르기에는 욕
망이 너무 큰 사람들은, (내 상징도 마찬가
지이지만) 19번째 상에 있는 와일드가 했던
것처럼 하는 것 외에, 그 어떤 방식으로 자신의 일을 할 수 있겠는가?
와일드는 진정한 개성을 갖는 것이 불가능하다는 자신의 약점을 이해하
고 있었다. 진정한 개성은 고독 속에서 태어나는데, 그의 달에 속한 사람
은 고독하지 않기 때문이다. 그는 커다란 야망을 갖고 있으므로 다른
사람들 눈앞에, 말하자면 많은 대중의 눈앞에 자신을 투사해야만 한다.
그러나 그의 진짜 생각에 관심을 가지는 대중은 더 이상 없다. 그는 유머
를 구사하고 사람들을 구슬리고 가장하며 낡아빠진 무대 상황을 택해야
한다. 자신의 모험담에 대해 믿지 않는 한 그는 자기 좋을 대로 낭만적일
수 있다는 것, 그리고 그가 믿는 것에 대해 던지는 약간의 경멸적인 위트
에 관중이 귀를 기울이게 할 수도 있다는 모든 사실을 알기 때문이다.
우리 《시인클럽》 시인들은 유머를 구사하지도, 구슬리는 말을 쓰지도
않았다. 그러나 와일드가 우리와는 달리 대중에게서 유리되지 않으려고
한 것은 전적으로 그의 약점이라기보다는 부분적으로 그가 가진 다른
종류의 장점 때문이었다. 내가 이해하는 바로는, 버나드 쇼는 자기 시대
와 진짜로 싸운 것은 아니다. 그 시대의 달과 그의 달이 거의 정확하게
일치하기 때문이다.[711] 그는 나르시스와 그의 어릿광대를 철도교차로의

신호등과 교환하는 데 아주 만족한다. 그 교차로에서는 상품과 여행자들이 논리적이고 빛나는 길을 끊임없이 지나다닌다. 와일드는 군주제 지지자였다. 군주제가 그 자체의 안위를 위해 민중선동가에게 의지할 수밖에 없다는 데 만족했지만 말이다. 와일드는 런던의 식탁을 휘어잡는 방식으로 극장을 휘어잡았다. 그는 "런던의 식탁을 지배할 수 있는 사람이 세계를 지배할 수 있다."고 자랑했다. 반면, 버나드 쇼는 단지 거리 모퉁이 사회주의자의 연설을 무대에 올렸다. 그래서 사람들은 한때 그의 옷과 뻣뻣한 관절에서 발견했듯이 돈이 많아짐에 따라 혹은 세월이 지나감에 따라 윤곽이 무뎌지기 전 그에게서, 그의 글과 대중연설에서, 사전트의 그림이 탐구한 문명을 발견한다. 그의 관중도 그도, 윌슨 대통령을 죽음에 이르게 한 사실, 즉 달이 제4사분기로 가까워지고 있다는 사실을 발견하지 못했다. 그러나 자신의 달이 제4사분기에 다다른 개인에게 어떤 일이 일어나며, 그런 문명에는 어떤 일이 일어날 것인가?

오늘 밤 나는 관악곡을 기억할 수 있을 따름이다. 그것을 넘어서 더 무거운 음악도 기억 속에 반쯤 있지만 말이다. 그러나 현대국가가 〈문화의 통합〉으로 돌아갈 수 있다는 꿈, 내가 갓 어른이 되었을 때 가졌던 그 꿈이 거짓이라는 것만큼은 어쨌든 확실하다. 특정한 인간만이 그것을 달성할 수 있고, 달이 제 세기에 들 때까지 그대로 내버려두어야 할지도 모르겠지만 말이다.

고양이가 여기저기 돌아다니고
달은 팽이처럼 빙빙 돌았다.
달의 가장 가까운 친족인

711 예이츠는 『비전』에서 오스카 와일드는 제19상, 버나드 쇼는 제21상에 속하는 것으로 분석했다.

기어 다니는 고양이는 달을 올려다보았다.
    ·   ·   ·   ·   ·

미날로시[712]는 풀 속을 기어간다,
달빛 비추는 곳 여기저기를,
머리 위의 성스러운 달은
새로운 상을 취했다.
미날로시는 알고 있는 것일까?
자신의 눈동자가 계속 변하리라는 것을,
보름달 모양에서 초승달 모양으로
초승달 모양에서 보름달 모양으로 변하리라는 것을.
미날로시는 풀 속을 기어간다,
혼자, 으스대며 영리하게.
그리고 변하는 달을 올려다본다,
자신의 변하는 두 눈으로.[713]

IV

여러 고민거리와 병이 헨리[714]를 덮치기 시작했다. 그 역시 야심 있고 만만치 않은 사람이었다. 그는 행동에서나 논리에서나 똑같이, 이를테면 로세티나 랜더에 대한 공감의 부족 때문에, 심하게 분열된 문명에서 우리 자신의 본성이 완벽한 표현에 이를 수 있는 부분이 얼마나 작은지를, 그것조차도 엄청난 노고에 의해서만 가능하다는 것을, 결코 이해하지 못했음을 보여주었다. 우리 자신의 〈상〉이 제대로라면, 조각 하나가 전체의 이미지가 될 수 있다는 것, 말하자면 와인 잔에 비치는 거의 흔들림

---

[712] 모드 곤의 딸 이술트의 고양이.
[713] 예이츠의 「고양이와 달」(1918), 제1~4, 17~28행.
[714] 주석 329 참조.

윌리엄 헨리

없는 고요한 달의 이미지가 될 수 있다는 것은 의심할 바 없지만 말이다.

헨리는 한 몸에 헤릭과 존슨 박사[715]가 들어 있는 것처럼 전체 대중의 진정한 축도가 되려고 했고 모든 시인을 그렇게 만들려고 했다. 이것은 《머메이드 태번》[716]이 문을 닫기 전에는 그렇게 어렵지 않았지만 이제는 더 이상 가능하지 않으므로 그의 작품은 음악이 없고 추상적이다. 행동 자체보다 행동에 대한 생각이 자신의 정신에 더 분명하게 느껴질 때, 말하자면 컵에서 입술까지 이어지는 선이 물이 가득 찬 무거운 컵에 눌린 손의 감각보다 더 분명하게 느껴질 때, 배우의 동작이 그럴 수 있는 것처럼 말이다.

그는 우리의 눈앞에, 그가 택한 대중의 너무나도 잘 이해하는 눈앞에, 단순한 암시에 만족하는 그가 꿈꾼 그 거칠고 건장한 사람을 불러오는 데 만족했다. 그래서 나는 그가 자신의 시에 대해서 충분히 오래 작업을 하지 않았다고 생각한다. 그는 로세티를 싫어한 것처럼 빅토르 위고를 싫어했지만, 로세티의 『성주』 번역은 오로지 기술적 능숙함 때문에 헨리 자신의 노래보다 훨씬 낫다.

우리 어머니는 돌아가셨다. 신의 인내심도 바닥났다.

---

[715] 헤릭과 존슨 박사: 로버트 헤릭(1591~1674)은 17세기 영국의 왕당파 시인으로서, 영국 국교회 목사이면서도 관능적, 이교도적인 경향이 강한 작품을 많이 썼다. 새뮤얼 존슨(1709~1784)은 18세기 후반 영국의 시인이며 비평가로서, 17세기 이후의 영국 시인들을 다룬 『시인전』으로 잘 알려져 있다.
[716] 《머메이드 태번》은 엘리자베스 시대에 세인트 폴 성당 동쪽에 있던 술집으로, 극작가와 시인들이 자주 모이던 곳.

목사도 하지 않으려고 했던 것 같다.

계속 사랑하라. 무슨 상관이람?

무슨 상관이람? 계속 사랑하라.[717]

나는 그의 시를 감격하여 읽을 수 있지만, 변경(邊境)민요작가나 왕당파 시인 같은[718] 그의 모습을, 혹은 시인으로서가 아니라 인간으로서의 그의 실제 모습을 보려고 읽는다. 그는 심지어 파멸할 때도 와일드에게 없는 열정이 있었다. 이를테면 파넬 같은 대단한 행동가처럼 열정적이었던 것 같다. 스티븐슨과 말다툼을 했을 때[719] 그는 이런저런 여인을 거론하며 탄식했다. 그의 악명 높은 글은 스티븐슨 여사에게 복수를 하기 위한 것이었다. 그녀는 "장엄한 불멸의 머스킷 총을 든 병사"에 삶의 기초를 두고 있는 유쾌한 친구인 스티븐슨과는 전혀 닮지 않은, 가상의 것으로 생각되는 인물을 대중이 보게 만들어 스티븐슨의 삶에 해가 되게 했던 것이다. 헨리가 믿기로는 그녀가 싸움의 원인이었으며, 세상 사람들의 기억에서 자기의 젊은 시절 친구 스티븐슨을 지워버림으로써 또다시 자신에게서 그 친구를 강탈해갔던 것이다. 그가 친구를 강탈당했다고

---

[717] 로세티가 번역한 빅토르 위고 『성주들』에 나오는 두 노래 중 첫 노래의 제5~8행.

[718] 변경민요는 특히 잉글랜드와 스코틀랜드 접경지역에서 불린 발라드나 이야기체의 시. 왕당파 시인들은 찰스 1세를 지지하고 궁정을 중심으로 활동하면서 사랑과 유흥을 주제로 세속적인 시를 쓴 영국 시인들.

[719] 로버트 루이스 스티븐슨(1850~1894)은 스코틀랜드 출신의 소설가, 시인, 수필가, 여행 작가로서, 『보물섬』, 『지킬박사와 하이드 씨』 등으로 잘 알려져 있다. 헨리와 스티븐슨은 1875년에 친구가 되었고 몇 개의 극을 공동작업하기도 했다. 1887년에 스티븐슨은 미국으로 떠났다. 1888년 3월에 헨리는 스티븐슨에게 편지를 써서 스티븐슨의 부인 패니 오스본 스티븐슨의 단편소설 중 하나가 표절의혹이 있다고 지적했다. 헨리와 스티븐슨 부인과의 적대감은 결국 헨리와 스티븐슨의 결별을 초래했다. '악명 높은 글'은 1901년의 『팰맬 매거진』 제25호에 실렸고, "장엄한 불멸의 머스킷 총을 든 병사"는 헨리가 『병원에서』에 쓴 스티븐슨에 대한 「발문」에서 나온 구절이다.

로버트 스티븐슨

믿었기 때문에, 나는 그 분노에 찬 과장된 구절들에 깊은 공감을 하며 읽었다.[720] 그것들을 헨리의 전집에서 빼버린 사람은, 스티븐슨 여사가 스티븐슨의 기억을 왜곡한 것처럼, 그의 기억을 왜곡했다고 나는 생각한다.

헨리는 사색적인 사람이거나 나무 모형이나 종이 패턴을 즐거워하며 소유하는 사람이 아니라 아주 열정적인 인간이었고, 그의 어떤 친구도 그를 달리 상상하지 않았다. 나는 후년에 그를 거의 보지 못했지만, 그가 여섯 살 난 딸[721]이 죽은 후에도 여전했을 것 같지는 않다. 그의 시 몇 구절은 비록 언어와 소리의 정확성은 없지만 그 딸에 대한 몇 개의 구절처럼 나를 감동시킨다. 딸이 오로지 희망이었을 때, 그는 딸이 자신의 '생명의 선물'과 아내의 '사랑의 선물'을 갖기를 기도한다. 딸이 몇 개월밖에 안 되었을 때, 그는 자고 있는 딸을 보고 중얼거린다.

네가 아기침대에서 깨어날 때
경험이 한 치밖에 안 되는 너는
이리저리 뛰어다녔지,
어둠에 대한 경이로움으로.
비록 너는 미약하지만
너에게 도움이 되며 너를 품어줄 것이라고 느끼는

---

[720] 그가 친구를 강탈당했다고 믿었기 때문에, 나는 그 분노에 찬 과장된 구절들에 깊은 공감을 하며 읽었다: (1922년판) 그가 그것을 믿었기 때문에 나는 그 분노에 찬 구절들을 작가에 대해 단지 더 깊은 공감을 하며 읽었다.

[721] 마거릿 엠마 헨리(1888~1894).

어떤 것에 닿으려고

안간힘을 쓰고 흐느끼면서.[722]

그리고 이제 그는 "우리 아름다운 아기를 초록빛 평화 속에 눕힌 그 날" 자신과 아내를 맞아주었고 이제는 자신도 죽은, "소년 같고 친절하고 수줍어하는" 어떤 친구를 칭찬한다. 그리고 그 후에 그는 "죽음에 의해 동경이 된,"[723] 그래서 적이 된 사랑에 관해 이야기한다.

내가 아이의 죽음에 대해 언급하자 그는 말했다. "그 아이는 천재였어요. 정신의 천재성, 육체의 천재성이 있었지요." 또 나중에도, 자신의 생각을 온통 사로잡은 것에 대해 사람들이 침묵을 지킬 수 없어서 말을 하듯이 그가 자기 딸에 대해서 말하는 것을 듣게 되었다. 뿐만 아니라, 딸의 질문에 대답하려고 읽은 자연사 책에 관해 이야기한 것도 기억난다.

그에게는 당시에 템스 강변 모트레이크에 커다란 담쟁이넝쿨 더미가 문과 창문을 온통 뒤덮고 있는 집이 있었다. 어느 날 밤 그가 애정의 몽상 속에서 우리가 도달할 수 없는 곳으로 휩쓸려 들어가는 것을 보고 방 안에 가득 찬 사람들은 깜짝 놀랐다. 와일드를 무안하게 하려 했던 어떤 우둔한 인간이, 내가 옆에 있는 사람에게 했던, 지금은 기억할 수 없는 어떤 부주의한 발언에 자극을 받아 갑자기 방에 있는 온 사람들에게 말했다. "예이츠는 마술을 믿고 있답니다. 난센스 아닙니까?" 헨리가 말했다. "아니요, 난센스가 아닐 수도 있지요. 흑마술이 지금 파리에서 대유행을 하고 있어요." 그리고는 내 쪽으로 돌아서서 목소리를 바꾸어 말했다. "이것은 그저 게임입니다. 그렇잖아요?" 나는 그의 진지한 어조

---

[722] 헨리의 『칼의 노래와 기타 시편』(1892)에 실린 '마거릿 엠마 헨리에게 바치는' 무제의 시 첫 부분.

[723] 헨리의 『산사나무와 라벤더, 기타 시편』(1901)에 실린 「이틀」(1894)의 제12행.

를 너무 늦게야 알아채고, 또 그 둔한 인간의 친구들이 그 문제에 대해 떠들어대는 것을 막으려고 이렇게 대답했다. "어떤 사람은 환상을 보아왔고 또 보기를 원하지요. 그게 전부입니다." 그러자 헨리가 아주 낮은 목소리로 말했다. "어떻게 딸에게 가까이 갈 수 있는지 알고 싶습니다. 내가 지난밤에 여기 앉아 있었는데, 딸이 방 안으로 들어와 식탁 주위에서 놀다가 다시 나갔습니다. 그제야 나는 문이 닫혀있는 것을 보았고, 그래서 환상을 보았다는 것을 알았습니다." 모두 당황해 잠시 침묵이 흘렀는데, 누군가가 다른 주제로 얘기를 시작하자 우리는 서둘러 그것을 열심히 토론하기 시작했다.

V

나는 이제 런던에 더 자주 오게 되었고, 《시인클럽》의 모임이나 《아일랜드 문학회》의 평의회 모임에도 빠지는 법이 없었다. 평의회 모임에서 나는 끊임없이 아일랜드식으로, 결판이 날 때까지 싸웠으며, 내켜하지 않는 개번 더피를 압박해서 우리의 새로운 운동과 관련된 책들을 출판하게 만들었다. 우리는 정치가를 의장이나 다른 자리에 세우지 않는 것을 원칙으로 삼았기 때문에 아일랜드인 국회의원들은 우리를 약간 적대적으로 바라보았다.

어느 날 나이가 지긋한 아일랜드인 국회의원 하나가 우리 회원들의 모임에 나타났는데, 국회의원으로서는 아마도 유일했던 것 같다. 그는 《청년 아일랜드당》의 방식으로 울프 톤과 에밋, 오윈 로 등의 성스러운 이름[724]을 반복해서 언급했다. 새로운 시인들과 새로운 운동들이 그들의

---

[724] 울프 톤(1763~1798), 로버트 에밋(1778~1803), 오윈 로(?1584~1649)는 희생된 독립운동가들.

성스러움을 앗아가 버렸다고 슬퍼하며, 그는 아주 감정을 살려서 자작 발라드를 낭송했다. 그 발라드는 문학적인 가치는 없었지만, 나는 양심의 괴로움을 느끼며 집으로 돌아갔다. 아마도 십여 년 동안, 내가 민족을 강화하는 이 모든 것에 대한 깊은 인식 속에서 우리 작업의 결과를 보기 시작할 때까지, 그 괴로움은 남아있었던 것 같다. 내가 불과 며칠 전 다음과 같은 작품을 쓸 때도 그 노정치가는 내 마음속에 남아있었다.

> 우리의 역할은
> 어머니가 아이 이름을 부르듯이
> 이름 하나하나를 읊조려 볼 뿐.[725]

《시인클럽》은 비극으로 깨지기 시작했다. 우리는 그 극이 끝날 때까지 그것을 알지 못했지만 말이다. 나는 그 비극을 어떻게 충실히 설명해야 할지 알지 못한다. 빅토리아조 시인들과는 달리 우리는 거의 모두가 가난한 사람이었고, 훌륭한 글을 방해하는 온갖 종류의 돈 버는 행위를 피하는 것이 양심의 문제라고 생각했다. 그리고 가난은 스트레스이며 대부분 길들여진 삶에 대한 거부를 의미했다는 사실을 때때로 기억해냈다. 또 존슨에게는 개인적인 돈벌이 수단이 있었고, 비극적인 결말에 이른 다른 사람들에게는 아내와 가족들이 있었다는 사실 또한 기억해냈다.

우리가 추구하는, 공공의 이익과는 상관없는 정서를 주장하는 서정시 형태가 아마도 불안정한 사람들을 한데 모으고 혹사하지 않았나 하는 생각이 어느 날에는 들기도 한다. 다음 순간에는, 미쳐버린 첫 번째 시인

---

[725] 예이츠의 「1916년 부활절」(1916), 제60~61행에 나오는 구절로서, 부활절 봉기의 희생자들에 대해서 우리가 지금 할 수 있는 일은 그들의 이름을 되뇌어보는 것밖에 없다는 말.

은 시에 재능이 없었지만 세상살이에서 기지가 넘치는 사람처럼 보인다는 주로 그 이유 때문에 높이 평가된 것이 기억난다. 그리고 얼마 후에, 인간으로서나 작가로서나 똑같이 우둔하고 자기만의 형식을 갖추지 못한 것처럼 보였던 또 다른 시인은 미쳐서 자기 시들을 처음으로 태워버렸다. 유일하게 그의 시를 본 사람의 주장과는 달리 나는 그 시들이 그의 천재성을 입증할 거라고 생각하지 않는다.

그 모임은 언제나 점잖았고 흔히 따분했다. 어떤 사람이 시를 낭송하면 우리는 논평을 했는데, 너무 정중해서 비평으로는 그다지 가치가 없었다. 그러나 우리는 시를 낭송했고 그렇게 해서 검증받을 수 있다고 생각했는데, 그것이 바로 우리 모임의 정확한 목적이었다. 「사랑의 야상곡」[726]은 세상의 가장 아름다운 시 중 하나이지만, 그 생각과 비유가 너무나도 정교해서 로세티가 여러 번 거듭해 읽거나 낭송을 자주 멈추어 어떤 구절의 의미를 끝까지 생각하도록 해줄 때까지는 아무도 그 아름다움을 발견할 수가 없었다. 그리고 스윈번의 「파우스틴」은 아주 강력하고 음악적이지만, 목소리가 아무리 선명하다고 해도 그것을 낭송하면, 이해하고 즐기기 어려웠다. 자루에 가득 찬 총알처럼 논리적인 구조가 없었기 때문이다. 그러나 라이널 존슨이 단조롭지만 음악적으로 「채링 크로스에 있는 찰스 왕의 동상 옆에서」를 크게 낭송한 그 날 저녁은 평생 잊을 수 없을 것 같다. 그 단조로운 낭송이야말로 그 시가 제시하는 의미와 운율에 맞는 가장 정확한 발성법이었던 것이다. 나는 마치 위대한 연설을 듣고 있는 것 같았다. 다시는 그 시가 내게 그 첫날 밤 같지는 못할 것이다.

오랫동안 나는, 긴 제목의 첫 단어들만 인용하자면, 다우슨의 「아, 죽

---

[726] 단테 가브리엘 로세티, 「사랑의 야상곡」(1870).

음이여」[727]와 그의 「저물녘 전원시」를 오로지 낭송을 통해서 알고 있었다. 《시인클럽》의 첫 번째 책으로 출판하기를 내가 제안한 것은 그 시들을 내 손에 지니고 싶은 욕구 때문이었다. 그 시들은 말하는 목소리를 위한 노래였지만 말이 아니라 완벽한 노래였다. 우리가 그렇게 감탄해 마지 않은 프랜시스 톰슨이 우리 모임에 단 한 번밖에 나오지 않았고 우리의 시집에 시를 싣는 것을 거부하게 된 것은, 우리가 다른 무엇보다도 낭송에 어울리는 노래 같은 시, 훌륭한 연극이나 훌륭한 대화처럼 적절한 청중의 주의를 끌 수 있는 시를 좋아했기 때문일 것이다. 나는 톰슨이 출판한 첫 작품인 「지는 태양에 바치는 오드」[728]의 교정지를 출판 전에 《체셔 치즈》에 가져다준 적이 있다. 그는 정교한 시에 몰두해 있어서 우리가 중시하지 않은 것에만 오히려 주목을 했고 우리에게는 단순한 것처럼 보이는 것을 공허하기만 한 것으로 생각했을지 모른다. 어떤 회원들에게는 이 단순성이 아마도 자신들의 떠들썩한 삶 때문에 만들어졌을지 모른다. 그들은 자신들이 욕망하는 여인을 찬미하고 여인이 그 찬미하는 시 속에서 그녀 자신을, 적어도 그들 자신의 바로 그 열정을 발견하기를 바랐다. 그리고 그녀는 무지하기 때문에 「사랑의 야상곡」[729]이 아무리 고상하고 은은하게 흘러도 그 가운데 잠들 거라는 것을 알았다.

이 모든 것에도 불구하고 여인 자체는 우리 눈에 여전히 낭만적이고 신비스러운, 자신을 모시는 신전의 여사제로 보였다. 우리의 정서는 로

---

[727] 원래의 제목은 「아, 죽음이여! 네가 기다렸다면 나를 이해했으리라」. 《시인클럽》은 시선집을 1892년과 1894년, 두 차례 발행했다.

[728] 프랜시스 톰슨, 「지는 태양에 바치는 오드」(1889).

[729] 22개의 연(각 연은 7행), 총 154행으로 된 단테 가브리엘 로세티의 시. 시인은 사랑을 의인화하고 그 사랑이 시인의 마음을 연모하는 여인의 꿈속에 들어가 전해주기를 바란다. 시인은 여인의 사랑을 얻지 못하는 삶을 죽음으로 생각한다.

로세티의 『릴리스』

로세티의 『시빌라 팔미페라』

세티의 『릴리스』와 『시빌라 팔미페라』를 기억하고 있었다.[730] 왜냐하면 희극적 감각이 위대한 화가들과 공예가들의 디자인에서 보이는 미미하고 부수적인 손질 속 여기저기에 아직은 거의 나타나지 않았기 때문이었다. 희극적 감각은 그야말로 이내 유행에 본보기가 되고 우리 세대 사람들의 눈으로 볼 때는, 마침내 미 자체에 대한 감각을 파괴하게 되어 있었다. 그것은 다르게 나타날 수가 없었다. 사람들이 좋아하는 '인생은 제식'이라는 존슨의 구절은 어느 정도 우리 생각 속에 있는 것을 표현했기 때문이다. 여인이 상징적인 자리를 차지하지 않는다면 어떻게 인생이 제식이 될 수가 있겠는가?

로세티가 잠재의식적 영향력

---

[730] 로세티의 소네트 「릴리스」(1868)와 「시빌라 팔미페라」(1868)(1881년에 이들의 제목은 각각 「육체의 아름다움」과 「영혼의 아름다움」으로 바뀜)는 자신이 그린 같은 제목의 두 유화 『릴리스』와 『시빌라 팔미페라』(94cm×83cm)를 묘사하고 있다.

을, 아마도 무엇보다 강력한 영향력을 갖고 있었다면, 우리는 의식적으로 철학을 페이터에게서 찾았다. 3~4년 전에 나는, 내가 좋아하는 것을 더 이상 새로이 찾는 대신, 『쾌락주의자 마리우스』를 다시 읽었다. 그러나 그것은 모두에게 그렇듯이 나에게도 여전히, 현대 영어로 쓰인 단 하나의 위대한 산문작품으로 보였다. 그러나 나는 그 작품이나, 가장 고상한 표현으로서 그 작품을 낳은 그 정신적 태도가 내 친구들에게 재앙이 되지 않았을까 하는 의문을 갖기 시작했다.

그것은 우리에게 고요한 하늘을 가로질러 단단하게 뻗어있는 밧줄 위를 걷도록 가르쳤고, 우리는 폭풍 속에서 흔들리는 밧줄 위에 발을 딛고 있도록 남겨졌다. 페이터는 우리를 박식하게 만들었고, 다른 곳에서는 어떠하든 격식을 차리고 정중하며 서로의 관계에서 거리감을 두도록 만들었다. 술을 거의 마시지 않는 것처럼 보이고 아주 위엄 있고 과묵한 태도를 보였던 다우슨이 이탈리아 음식점 주인의 딸[731] 때문에 상심해서 방탕을 일삼고 술을 마셨다는 사실, 그리고 바로 그날 밤에 간이숙소의 6페니짜리 침대에서 자려 했다는 사실을 그때까지 아무도 알지 못했을 것이라고 생각한다. 지금 나는 1894년과 1895년의 일에 관해 말하고 있는데, 그때까지도 우리가 읽고 비평하는 시들을 빼고는 서로를 잘 몰랐던 것 같다. 아마도 내가 잊어버렸거나 아니면 아일랜드에 너무 많이 머물러 있어서 그랬을 수도 있다. 그러나 이 한 가지 사실, 즉 우리가 오로지 예술적인 삶만을 공유했다는 사실은 확신한다.

가끔 존슨과 시먼스가 옥스퍼드에 있는 우리의 현인, 페이터를 방문했다. 보고를 늘 믿을 수 있는 것은 아니었지만, 존슨이 돌아와서 한 말이

---

[731] 애들레이드 폴티노비츠는 《폴란드》로 알려진 소호의 음식점 주인의 딸이었는데, 1897년에 그 음식점 웨이터와 결혼했다. 다우슨이 처음 만난 것은 1891년으로 그녀가 12살 때였다.

기억난다. 그 말은 내 머리에 오랫동안 남아있었다. 그는 페이터의 책 중에서 정치경제학에 관한 책들에 주목했다. 페이터는 "한동안 사람들을 사로잡고 있는 것은 모두 공부할 가치가 있다"고 말한 적이 있었다. 우리 뒤에 오는 희극적 시대의 젊은이들처럼 어떤 새로운 것에서 권위를 찾는 대신, 학식이 있는 체하면서 과거의 모든 문학을 우리의 권위로 삼고, 그래서 그것이 여전히 부인할 수 없는 권위가 된 것, 아직도 깨지지 않는 것처럼 보이는 바윗돌을 아직 오염되지 않은 거품보다 좋아한 것, 그리고 우리가 모두 옷이나 태도나 의견이나 문체에서 똑같이 전통에 집착한 것은 아마도 페이터의 영향 때문이었을 것이다.

마치 고대의 도서관에서 책을 읽고 있는 사람들에게 방해가 될까봐 두려워하는 것처럼 낮은 목소리로, 그리고 모든 주제는 이미 오래전에 탐구되었고 모든 질문은 먼지가 앉은 책 속에 오래전에 정해져 있다는 사실을 아는 것처럼 소심하게 자신들의 의견을 얘기하는 사람들이 왜 그런 무질서의 삶을 살며, 시 속에서 충동적 일상생활의 구조를 재발견하려고 하는 것일까? 우리가 소위 "전환기"를 살고 있었고, 그래서 일관성을 결여했거나 대립적인 것만을 추구했기 때문이었을까?

VI

사랑이나 우울과 별개로 모든 것이 우리에게는 공부였다. 이미 보티첼리에 박식했던 혼[732]은 자기가 보티첼리에 관해 글을 쓸 때는 문헌이 없었고 모두가 그저 배우고자 할 뿐이었다고 자랑을 늘어놓았다. 시먼스는, 내가 그를 처음 만났을 때 썼듯이, 초서 시대를 공부하듯이 보드빌[733]에

---

[732] 허버트 혼(1864~1916)은 영국의 시인이며 예술사가, 건축가, 역사가, 편집인으로서, 《시인클럽》 회원이었다. 후년에 피렌체로 이주했다가 그곳에서 사망했다.

대해 공부했다. 반면 나는 기독교 카발라철학[734]이라고 불리는 것에 많은 시간을 썼고, 존슨[735]은 모든 학문 분야를 다 자기 분야라고 주장했다. 나는 1888년 혹은 1889년에, 오후 5시경 샬럿 가에 있는 집으로 찾아가서 처음으로 그를 만났다. 그러나 존슨이 혼과 이미지[736]와 함께 부리는 남자 하인은 나에게 그가 아직 일어나지 않았다고 말하며 "언제나 7시에 저녁식사를 하러 일어난다."고 털어놓았다. 다른 사람이 저녁을 먹을 때 아침을 먹는 이 습관은 불면증 때문에 시작되었지만, 존슨은 그 습관 자체를 변명하게 되었다. 그것 때문에 사람들에게서 멀어지지 않느냐고 물었더니 그는 "필요한 지식은 내 서재에서 모두 얻을 수 있어요."라고 대답했다. 확실히 그에게는 내가 알고 있는 그 어떤 젊은 사람보다 훨씬 방대한 서재가 있었는데, 책이 너무 많아 샹들리에처럼 새 책꽂이들을 천장에 매다는 방법을 찾을 수 있지 않을까 생각할 지경이었다.

회색 코르덴 커튼이 문과 창문, 책장에 쳐져 있고, 벽을 갈색 포장지로 바른 그 방은 언제나 내게 즐거움을 주었다. 혼이 생각해낸 것으로 보이는 그 양식은 곧 유행이 되었다. 그곳에는 시미언 솔로몬이 그린 종교화인, 약간은 존슨 자신처럼 보이는 뉴먼 추기경의 초상화와 그리스어와

---

[733] 보드빌: 노래와 춤, 촌극, 곡예 등이 등장하는 대중적 희가극으로서 특히 19세기 후반부터 20세기 초에 유행한 예술형태.

[734] 예이츠가 유대교 신비철학인 카발라에 접하게 된 것은 맥그리거 매서스가 번역한 『베일을 벗은 카발라』를 통해서였을 것이다. 매서스는 《황금새벽회》의 창시자이며 지도자로서, 존 디(1527~1608)와 코르넬리우스 아그리파(1486?~1535)의 기독교 카발라철학의 상징을 사용했다.

[735] 라이널 존슨(1867~1902)은 영국의 시인이며 비평가. 그는 『내셔널 옵서버』 등의 많은 잡지에 기고했고, 《시인클럽》의 시선집에 모두 참여했다. 1891년에는 가톨릭으로 개종하고 국수주의자가 되었으며, 런던의 《아일랜드 문학회》에 가입했다.

[736] 셀윈 이미지(1849~1930)는 런던 태생의 시인이며, 성직자, 스테인드글라스 디자이너.

라틴어로 된 신학서적들과 함께 일반적으로 깔끔하고 엄격한 분위기가 있었다. 그래서 촛불을 켜놓고 대화를 하며 빌리에 드 릴라당[737]의 오만한 말, "생활의 문제는 … 하인들이 알아서 해줄 겁니다."[738]를 지껄여도 결코 아주 이상하지는 않을 것처럼 보였다.

그러나 존슨 자신의 숨겨진 반(半)의식적인 부분은 자신이 포기한 세상을 갈망했다는 것을[739] 이제 나는 알 수 있다. 나는 그가 흔히 인용한 지혜롭고 늘 적절한 대화를 자주 나눈 그 유명인사들이나 미녀들을 언제, 어디서 만날 수 있었을까 자주 의아해했는데, 그가 죽기 직전에야 그 대화가 상상으로 만든 것이라는 사실을 알게 되었다. 그는 대화의 세부내용을 절대 바꾸지 않았고, 글래드스턴이나 뉴먼에 대해 지어낸 대화를 몇 년 동안 증보나 수정 없이 학자의 정확성 같은 것을 가지고 인용하곤 했다. 그가 즐겨 인용한 것은 뉴먼의 것이었는데, 나는 존슨이 뉴먼을 만난 적이 없다고 생각한다. 이제 나는 뉴먼이 존슨에게 했다는 "나는 언제나 문인이라는 직업을 사제의 세 번째 계급으로 생각했습니다."라는 인사말만을 기억할 수 있지만 말이다. 이 인용문은 너무나 유명해서 뉴먼이 죽었을 때 『19세기』지의 편집자는 출판을 요청하기도 했다. 형식적이고 정리된 것을 좋아했기 때문에 그는 사람이 죽은 후라도 사적인 대화를 공적으로 인용하는 것에 반대했고, 이런 조심스러운 태도가 그의 거절을 쉽게 해주었다.

존슨의 이런 상상들은 그의 작위적인 생활에 의해 필수적인 것이 된

---

[737] 19세기 프랑스 상징주의 작가인 오귀스트 빌리에 드 릴라당(1838~1889).

[738] 빌리에 드 릴라당의 극시 『악셀』(1890), 제4막 2장에서 나온 말. 예이츠는 시먼스의 번역에서 따옴.

[739] 자신이 포기한 세상을 갈망했다는 것을: (1922년판) 자신이 포기한 세상을 갈망했다는 것, 연구의 대상으로서 갈망했다는 것을.

것 같다. 그러나 그런 삶이 시작되기 전에도 옥스퍼드에서 그는 토리 당원인 자기 가족이 우쭐하도록 이런 편지를 쓴 적이 있다. 그가 자기 방 서재 사다리에 올라가 선반에서 책을 꺼내고 있을 때 글래드스턴 수상[740]이 대학 당국자를 만나려고 위층으로 올라가는 길에 열린 문 앞을 막 지나다가 발길을 멈추고는 머뭇거리며 그 방에 들어와서 거기서 한 시간 동안 함께 얘기를 하며 보냈다는 내용의 편지였다. 그날은 글래드스턴이 옥스퍼드 근처에도 오지 않았다는 사실이 곧 밝혀졌다. 그러나 그는 그 대화를 죽는 날까지 토씨 하나 바꾸지 않고 인용했으며, 나는 그가 친구들과 했던 대화처럼 그것을 굳게 믿었던 것으로 생각한다. 이 대화들은 언제나 감탄할 정도로 잘 꾸며져 있었지만, 그 우연하고 우발적인 성격을 잃어버린 만큼 너무 극적이거나 너무 다듬어져 있지는 않았다. 그것들은 그의 인생철학을 표현한 일련의 환상 같은 것들이었다.

존슨이 세상에 대한 지식을 자신의 환상으로부터 만들었다면, 언어와 책에 대한 그의 지식은 확실히 아주 대단한 것이었다. 그렇지만 그가 우리에게 믿기를 바랐던 만큼 지식이 대단했을까? 이를테면, 그는 웨일스어를 진짜 알았을까? 그가 나에게 얘기했듯이 정말로 자신의 유일한 사랑 노래, 비할 데 없이 뛰어난 그『모피드』를, 그가 웨일스 도보 여행을 할 때 어떤 여인이 문간에서 부르는 것을 들은 웨일스어로 된 3행의 노래를 토대로 만들었을까? 혹은 그는 단지 자신이 그들과 감정만을 공유했다는 사실을 감추고 싶어 한 것일까?

아, 바람은 무엇인가?

---

[740] 윌리엄 글래드스턴에 관해서는 주석 538 참조.

그리고 물은 무엇인가?
내 눈은 바로 당신의 눈.[741]

존슨은 라틴어의 무게를 지닌 그의 시와 끊임없이 교부들이나 교회 철학자들에 대해서 언급하는 그의 종교, 그의 철두철미한 예절 대부분 등 모든 것이 지성의 연구이며 성취라는 사실을 우리가 믿기를 원했다. 아서 시먼스의 시는 그를 화나게 했다. 그것은 그 업적을 파리의 인상주의로, 즉 "런던의 안개, 흐릿한 황갈색 가로등, 붉은 마차, 을씨년스러운 비, 울적하게 만드는 진창, 진을 파는 번지르르한 가게, 떨고 있는 단정치 못한 여인들 등 문자 그 이상의 의미를 갖지 못하는 교묘한 세 개의 연"으로 바꾸려 했기 때문이다.

반면에 나는 예술이 정서만을 위해서 존재하는 것처럼 얘기를 해서 존슨을 화나게 했고, 그는 반박하기 위해 아이스킬로스의 삼부작[742] 마지막 부분인, 아크로폴리스에서의 오레스테스의 재판을 인용하곤 했다. 그러나 그에게는 때때로 자신이 생각하는 지성이 너무도 심하게 책에만 의존해서 생생한 경험을 결하고 있지 않나 하는 생각이 들기도 했다. 그는 나에게 이렇게 말한 적이 있다. "예이츠, 자네는 도서관에서 10년을 보낼 필요가 있지만, 나는 황야에서 10년을 보낼 필요가 있어." 그러나 나는 그가 "황야"라고 했을 때 그는 어떤 역사적인, 책에 나오는 사막, 테바이드,[743] 혹은 마리오티스 호수 주위의 땅[744]을 생각하고 있었다고

---

[741] 라이널 존슨의 「모피드에게」(1891)에 나오는 후렴구.

[742] 아이스킬로스의 〈오레스테이아 삼부작〉은 『아가멤논』, 『코이포로이(제주를 바치는 여인들)』, 『에우메니데스('자비로운 여신들'의 뜻, 복수의 여신들을 완곡하게 표현한 것)』.

[743] 고대 이집트의 테바이 주변지역. 4세기 기독교 수도생활의 중심지.

[744] 4세기 기독교 수도생활과 관계 깊은 사막지역은 상이집트의 수도였던 테바이의

확신한다.

존슨의 뛰어난 시는 자연스럽고 열정에 차 있었지만 그는 시에 대해서는 거의 언급하지 않고 자신의 산문에 대해서만 많은 얘기를 했다. 그리고 독서용으로 쓴 글이 낭송용으로 쓴 글보다 덜 자연스럽다고 생각할 이유가 없다고 주장하곤 했다. 그는 토머스 하디에 관한 자신의 책에 나오는 문장 하나를 즐겨 언급했는데, 그 문장은 길이가 두 페이지나 되지만 활기에 넘친다고 주장했다. 존슨은 17세기 방식을 따라 구두점을 찍었는데, 콜론의 정확한 사용법에 관한 토론에 기꺼이 한 시간도 보낼 태세가 언제나 되어 있었다. "사람들이 세미콜론을 쓸 때는 콜론을 써야 하며, 사람들이 콤마를 쓸 때는 세미콜론을 써야 합니다."라는 주장은, 내 생각으로는, 나의 무지에 대한 완곡한 지적이었다. 그 문제는 다른 많은 미묘한 문제와 연관되어 있는 것이 명백했기 때문이었다.

VII

존슨이 절주를 하고 있었기 때문에 1895년 어느 시점까지 나는 그가 그렇게 술을 많이 마실 수 있으리라고는 생각지 못했다. 그의 주량은 내가 알고 있는 대부분의 사람의 주량보다는 훨씬 많은 것이었지만 말이다. 우리는 아주 친한 친구인 것이 분명했지만, 나는 뉴먼 주교에 관한 그의 기억을 의심하지 않았듯이 그의 자제력 또한 의심치 않았다. 그가 그렇게 술을 많이 퍼마신다는 사실을 알게 된 것은 내게 충격이었고, 세상에 관한 나의 일반적인 견해를 바꾸도록 만든 것 같다.

주변지역과 알렉산드리아 남쪽의 마리오티스(마리우트) 호숫가였다. 예이츠가 알고 있던 제임스 하네이의『사막의 지혜』(1904)는 불모지에 대한 묘사와 초기 기독교 수도사들의 악마와의 영적투쟁을 설명하고 있다.

나는 올리어리와의 친분 때문에, 또 개번 더피와의 싸움 때문에, 한 무리 사람들의 주의를 끌었다. 그들은 당시에 영국과 스코틀랜드에 남아 있던 옛 페니언 운동의 잔재에 매달려 있던 사람들이었다. 결국 아무것도 아니게 되었지만, 우리의 헌법적, 비헌법적 정책들을 다시 한 번 결합하려는 시도가 행해지고 있었다. 그 당시에 나는 미국에서 열리는 회의[745]에 그들을 대표하여 참석하도록 요청받았다. 내가 존슨에게 상의를 하러 갔더니 그는 책들에 둘러싸인 채 탁자에 앉아 있었다. 완전히 내 마음대로 발언해도 좋다는 약속을 받았기 때문에, 나는 미국에 가고 싶은 강한 유혹을 받았다. 더구나 나는 당시에 한 아일랜드계 미국 신문에 난, 아일랜드 지주들의 집들을 몽땅 태워버리자는 터무니없는 기사에 몹시 분개하고 있었다. (9년 후에 내가 미국에서 강연을 하고 있을 때[746] 어느 멋진 아일랜드 노인이 글을 쓰기 위해 인터뷰를 하려고 찾아왔다. 우리는 인터뷰에 대해서는 까맣게 잊어버리고, 서로 알고 있는 아일랜드 민담을 비교하면서 전에 가져보지 못한 아주 즐거운 시간을 보낸 것 같다. 그는 아일랜드 민담을 아주 굳게 믿고 있었다. 그가 가고 난 후에 명함을 보고 나는 그가 그 방화를 선동하는 글을 쓴 사람이었다는 것을 알게 되었다.) 결국 나는 존슨에게, 결정할 시간이 일주일이 주어졌다면 당연히 가기로 결정했겠지만 그들이 나에게 사흘밖에 말미를 주지 않아서 거절했다고 말했다.

존슨은 내가 그들을 비난하기를 무척 기대하면서 내가 한 거절에 관한 얘기는 들으려 하지 않았다. 그 비난은 가톨릭교도들에게 효과적이었을 것이다. 존슨은 내게 모든 종류의 정치적 범죄, 특히 폭탄 테러리스트

---

[745] 밝혀지지 않음.
[746] 예이츠의 첫 번째 미국과 캐나다 강연은 1903년 11월 11일부터 1904년 3월 9일까지 있었다.

나 방화범들의 범죄를 비난하는 신부들의 글을 찾아주려고 했기 때문이다. 어떻게 신부들이 들어보지도 못한 무기들에 대해서 비난할 수 있었는지 묻자, 그 무기들은 옛 방법과 무기를 단지 더 발전시킨 것이며, 신부들은 모든 것을 원칙에 의거해 결정한다고 주장했다. 그러나 나는 그 문제로 애쓸 필요는 없었다. 존슨은 현재의 상황을 아주 상세하게 언급하면서, 내가 미국으로 떠나기 전에 타자로 친 그들의 강령을 내 손에 넣어주려고 했기 때문이다. 그는 완벽히 논리적인 것 같았지만, 평소보다 약간 더 자신감 있고 열정에 차 있을 뿐이었다. 나는 그것을 받아들이기로 약속을 한 것 같은데, 그때 그는 의자에서 일어나 들뜬 마음으로 나에게 다가오다가 바닥에 고꾸라졌다. 그제야 나는 그가 술에 취해있다는 것을 알았다.

그때부터 존슨은 자신의 삶을 통제할 수 없어지기 시작했다. 그는 등불이나 촛불을 엎어서 집에 불을 낼지 모른다는 두려움이 항상 있는 것처럼 보였던 샬럿 가의 집에서 그레이스 인으로, 그레이스 인에서 링컨스 인 필드에 있는 낡은 어수선한 방들로 계속 옮겨갔다. 마침내 누군가가 그의 바깥문이 닫혀있고 문간에 놓인 우유가 상한 것을 발견하고는 사람을 불렀다. 잭 네틀십 아저씨처럼, 가끔 나는 그에게 재활기관에 들어가라고 졸라댔다. 어느 날 내가 아주 집요하게 굴자, 그는 "자기 몸의 모든 원자를 울부짖게 만드는 갈망"에 대해서 말했다. 그는 다음 순간에는 "나는 치료 받고 싶지 않아."라고 말하고, 또 그 다음 순간에는 "10년이 지나면 나는 돈 한 푼 없이 초라해질 것이고, 친구들에게 손을 벌릴 것"이라고 했다.

존슨은 자신에게 즐거움을 주는 환상을 명상하는 것 같았다. 과거를 되돌아보니 그가 언젠가 내게 와일드의 쾌락과 흥분은 아마도 그가 미동들[747]을 찾아낸 무리들, 그 거지와 공갈범 무리들이 더 타락할수록 더

커졌을 것이라고 말한 기억이 난다. 또한 그것에 내가 놀라자, 존슨은 마치 내가 결코 들어갈 수 없는 심리학적 심연에 대해서 자신이 얘기한 것처럼, 미소를 지은 것이 기억난다. 그의 사고의 엄격성과 우울함, 때때로 경험한 영적 황홀경은, 마치 보색들이 서로를 더 돋보이게 하듯, 〈악에 대한 비전〉뿐만 아니라 악의 매력도 돋보이게 하지 않았을까? 단지 비용[748]만이, 혹은 단테 또한, 공포 속에서 나타나는, 말하자면 심판받고 사라진 악에 대한 매력을 느꼈던가? 어떤 인간이 유혹을 느끼지 않을 만큼 오만할 수 있겠는가? 자신의 지성은 결코 기만에 빠지지 않았다는 확신을 가질 만큼 강하지 않고서야 말이다.

VIII

이제는 다우슨[749]에 관한 이야기들이 돌기 시작했다. 나는 그저 《시인 클럽》이나 존슨 집에서의 우연한 만남을 통해서 그를 알게 되었다. 나는 게으르며 일을 질질 끄는 버릇이 있어서, 내가 저녁을 먹자고 청하거나 그와 가까워지기 위해 뭔가를 해볼까 생각했을 때는 그는 파리나 디에프에 가 있는 것 같았다. 그는 술을 마셨지만, 사후 부검에서 열다섯 살 이후로 뇌를 제외하고는 자란 게 없다는 것이 밝혀진 존슨과는 다르게, 성적 욕망이 가득했다. 존슨과 그는 친한 친구여서, 존슨은 순결에 관해 신부들에게서 들은 말을 다우슨에게 강의 조로 떠들어 댔고 순결이 주는 커다란 유익에 대해서 자랑스럽게 이야기했다. 그러나 그 둘을 제외한

---

[747] 주석 71 참조.

[748] 15세기의 프랑스 시인 프랑수아 비용에 관해서는 주석 674 참조.

[749] 영국시인 어니스트 다우슨(1867~1900)은 라이널 존슨처럼 1891년에 로마가톨릭에 입교했으나, 그의 방탕함은 바뀌지 않았다. 『사보이』지와 『비평가』지에 번역들을 기고했다.

우리 모두는 그들이 얘기를 하면서 비우는 술잔의 수를 세고 있었다. 나는 이제는 그 음식점 주인의 딸[750]에 대해, 그녀가 웨이터와 결혼한 것에 대해, 그리고 다우슨의 정서적 생활에 커다란 몫을 차지한 그녀와 매주 했던 카드게임에 대해, 자세한 얘기를 듣기 시작했다. 맨정신일 때 다우슨은 다른 여자들은 쳐다보지도 않았지만, 술에 취하기만 하면 우연히 만나는 여자가 깨끗하든 더럽든 상관치 않고 취하려 했다는 얘기가 있었다.

존슨은 천성이 엄격하고 지성적이었으며, 친구를 고르는 데 언제나 신중했던 것 같다. 그러나 다우슨은 유순하고 다정하며 정해진 친구가 없었다. 그의 시는 얼마나 진실하게 그가 종교에 푹 빠져있었는지를 보여주지만, 그의 종교는 단지 순수한 황홀경에 대한 욕망만 있었기 때문에 교조적인 특징이 없는 것이 확실했다. 아주 가까운 친구인 아서 시먼스가 썼듯이 그가 음식점 주인의 딸을 젊다는 이유만으로 사랑을 한 게 사실이라면, 사람들은 그가 종교에서도 비슷한 특성을 찾았다고 거의 확신했을지 모른다. 스베덴보리[751]가 말한 것과 같은, "젊음의 새벽"을 향해서 영원히 움직이는 천사가 발견한 그 어떤 것을 말이다. 존슨의 시는 마지막 쇠퇴기 이전의 그 자신처럼, 기쁨과 지적 명료함, 견고한 에너지의 정서를 전달한다. 그는 우리에게 자신의 승리를 이야기한다. 반면, 자신의 모습처럼 슬픈 다우슨의 시는 유혹과 패배의 삶을 그려낸다.

---

[750] 주석 731 참조.
[751] 에마누엘 스베덴보리(1688~1772)는 스웨덴의 신비주의 철학자. 처음에는 과학자로서 출발했으나 신비한 체험을 겪은 후 과학의 한계를 인식하고, 신비주의 철학자로 변모했다. 여기에서 언급한 구절은 『부부애에 관한 지혜의 기쁨』(1768)에서 나온 것.

우리의 것이다,
쓸쓸하며 즐거운 우리의 것,
술과 여인들과 노래가.[752]

　도취를 바라보는 그들의 방식은 둘의 성격 차이를 보여주었다. 자책을 하지 않았다면 「어둠의 천사」[753]를 쓰지 못했을 존슨은 친구들에게 뉘우치지 않는 얼굴을 보여주었고, 그가 아일랜드 음주 클럽을 만드는 것을 막으려 노력한 나를 단념시켰다(그 클럽은 회원 부인들이 분개해서 한번 만나고는 끝장이 났다). 반면, 내가 마지막으로 다우슨을 보았을 때 그는 내 방의 텅 빈 구석에서 혼자 위스키 잔을 따르면서 중얼대며 자동적으로 흘러나오는 변명을 계속했다. "오늘 첫 잔이야."

IX

　두 사람이 언제나 내 곁에 있었다. 라이널 존슨과, 조금 후에 내가 만나게 되는 존 싱이 그들이었다. 그러나 존슨이 내 기억에는 더 생생하다. 그것은 아마 정신의 명료성을 표현하는 것처럼 보이는 그의 외모, 뚜렷하게 두드러지는 풍채 때문일 가능성이 있다. 나는 다우슨의 최상의 시가 영원할 것이며, 말하자면 유명한 소설과 극, 지식이 넘치는 역사물, 그리고 기타 산만한 글보다 오래 남을 것이라고 생각한다. 그러나 내가 좋아하기에는 너무 모호하고 부드러웠다. 나는 그를 아주 잘 이해하고 있었다. 강한 향신료를 찾도록 만든 어떤 식욕이 나에게 없었다면 그와 같았을 것이기 때문이다.

---

[752] 다우슨의 「전원시: 시인의 길」(1899), 제10~12행.
[753] 라이널 존슨의 「어둠의 천사」(1893)는 IX에 인용됨.

나는 무엇이 우리 세대의 사람들에게 불행을 가져다주었는지 설명하기 어렵지만, (달에 대한 나의 우화에 의존하자면) 다우슨과 존슨의 방탕함의 어떤 부분은 설명할 수 있다고 생각한다.

일상의 꿈에서 깨어난 예술가가
어떤 몫을 이 세상에서 가질 수 있겠소?
방탕과 절망밖에.[754]

에드먼드 스펜서가 패드리아와 아크레이시아[755]의 섬들을 묘사했을 때, 그는 "이마가 우둘투둘한" 벌리 경의 분노를 일으켰는데, 도덕성이 우리의 유일한 목적이라면 벌리 경이 옳았다.

그런 섬에서는 미의 어떤 특질, 어떤 형태의 감각적 아름다움이 삶의 일반적인 목적에서 분리되었다. 그것들은 지금까지 유럽 문학에 나타나지 않았고, 역사적 과정조차 밀물과 썰물이 있어서 키츠가 『엔디미온』을 쓸 때까지는 나타나지 않았다. 나는 우리의 사고의 흐름이 그런 식으로 정신의 이미지들과 영역들을 점점 더 분리해왔으며, 그 이미지들은 현실적으로 쓸모가 없을수록 오히려 예술적인 아름다움이 커진다고 생각한다. 말하자면 셰익스피어는 장인(匠人)으로서도 사람들과 국가의 일반적 운명에 기대고 있었고, 자기 주위에 극장의 흥분이 있었다. 그리고 우리 시대가 올 때까지, 그리고 거의 왔을 때도, 몇 페이지를 제외하고 스펜서를 포함한 거의 모든 시인은 자기 동료 작가들과 우정을

---

[754] 예이츠의 「나는 너의 주」, 제49~51행. 제3권 마지막 부분에 보다 길게 인용되어 있다.
[755] 패드리아와 아크레이시아: 에드먼드 스펜서의 『요정여왕』에 나오는 유혹적인 미녀들. "이마가 우둘투둘한" 벌리 경(제4권 첫 부분) 로버트 세실은 사랑과 시의 중요성을 의심하는 전형적인 활동가.

나눌 수 있는 선전이나 전통적 원칙을 갖고 있었다. 매슈 아널드는 자신이 자기 세대의 최상의 생각이라고 묘사한 것에 대한 믿음을 갖고 있지 않았던가?[756] 브라우닝은 심리학적 호기심을, 테니슨은 자기보다 앞선 셸리와 워즈워스처럼 미학적 가치가 아닌 도덕적 가치를 갖고 있지 않았던가? 그러나『옛 뱃사람의 노래』와「쿠블라 칸」을 쓴 콜리지, 그리고 로세티의 모든 글은, 아널드가 "병적 노력"이라고 불렀던 것, 즉 "생각과 감정의 완성"을 추구했고, 이것을 "형식의 완성과 결합하기 위해"[757] 이 새롭고 순수한 미를 찾았으며, 그것 때문에 삶에서 고통을 겪었다.

고전 시대의 전형적 인간들은 (나는 반(半) 동물적인 미와 잔인함, 변덕을 지닌 코모두스 황제[758]를 생각한다) 취향의 호기심을 추구하며 공적인 삶을 살면서, 테바이드와 마리오티스 호수 지역에 전해진 기독교에서 필요한 재갈을 찾았다. 그러나 욕망의 영원한 이미지들을 불러내면서 사적인 생각으로부터 모든 것을 점점 더 많이 만들어내는 사람들에게 그 기독교인 고백자가 무슨 말을 할 수 있겠는가? 그는 전 생애가 예술과 시인 곳에서 "예술가가 되지 말라, 시인이 되지 말라"고 얘기할 수 없고, 공포로 두 눈을 감고 고통을 겪는 사람들에게 세상을 떠나라고 할 수 없기 때문이다.

콜리지와 로세티(언젠가 그의 둔한 동생[759]이 로세티가 불가지론자임

[756] 매슈 아널드의「현시대 비평의 기능」(1864)에는 "세상에서 알려지고 생각된 것 중 최고의 것"이라는 구절이 나옴.
[757] 인용된 부분과 같은 구절은 아널드의 글에는 없다. 다만『교양과 무질서』(1869)에 나오는「감미로움과 빛」에 특히 아널드의 '완성'에 관한 관심이 잘 나타난다.
[758] 로마 황제 코모두스(재위기간: 180~192년)는 마르쿠스 아우렐리우스의 아들로서, 그가 다스린 기간에 로마 제국은 그의 개인적 포학성, 이민족의 침입과 경제적 불안 등으로 쇠퇴의 길에 들어섰으며 결국 암살당했다.

을 납득시키려 한 적이 있는데)는 열렬한 기독교인이었으며, 스타인벅[760]
과 비어즐리도 죽는 날까지, 다우슨과 존슨도 평생 그러했다. 그러나 나
는 그것이 단지 절망을 깊게 했고 유혹을 배가시켰을 따름이라고 생각
한다.

어둠의 천사여, 가슴 아픈 욕망으로
세상 사람들의 뉘우침을 없애는.
악의에 찬 천사여, 언제나
내 영혼에 섬세한 폭력을 가하는!

음악이 울릴 때, 그대는
은빛의 불꽃을 관능의 불꽃으로 변화시키며,
그대의 시기심에 찬 가슴은
욕망에 시달리지 않는 기쁨을 허락지 않으리.

그대를 통해서 우아한 시의 여신들은
분노의 여신들로 변한다, 아 나의 적이여!
모든 아름다운 것들은
사악한 황홀의 화염으로 타오른다.

그대 때문에 꿈의 나라는

---

[759] 영국의 화가이며 시인인 단테 가브리엘 로세티(1828~1882)의 동생 윌리엄 마이
클 로세티(1829~1919)는 예술비평가, 편집인.
[760] 맥밀런 출판사의 예이츠 자서전들이 모두 '스타인벅'(Steinbock)이라고 한 것을
1999년에 나온 스크리브너 출판사의 자서전은 '스텐벅'(Stenbock)으로 수정했다.
스텐벅(1860~1895)은 괴기스럽고 환상적인 작품들을 쓴 영국출신의 러시아 시
인, 작가.

두려움이 모이는 장소가 되고
시달리며 선잠에 들었다가 끝내
쓸모없는 눈물을 격하게 쏟는다.[761]

어찌하여 오랜 역사가 만들어낸 기독교에 만족할 수 없는 마음을 지닌 이런 낯선 영혼들이 오늘날 곳곳에서 태어나는가? 연애편지는 사랑보다 오래 남는다. 모든 미술 유파는 그 창시자보다 오래가며, 모든 붓놀림은 그 충동을 소진시킨다. 라파엘전파주의는 약 20년 동안 지속되었고, 인상주의는 30년 동안 지속되었던 것 같다. 왜 우리는 종교가 그것과 대립적인 것을 가져올 수 없다고 믿는가? 말라르메가 말했듯이 우리의 공기는 "성전 휘장의 떨림"[762]에 의해서 동요되며, "우리의 전체 시대는 어떤 성서를 만들어내려고 애쓰고 있다"[763]는 것이 사실인가? 우리 중 몇 사람은 지난 세기가 끝날 무렵에는 그런 책을 생각했지만, 그 조수는 다시 가라앉고 있었다.

X

역시 비극적인 삶을 살았던 존 데이비슨[764]이 "형식의 완성"과 결합하기 위해 그 "병적 노력", "생각과 감정의 완성"을 추구했는지 그렇지 않

[761] 라이널 존슨의 「어둠의 천사」(1893), 제1~20행.
[762] 제2부 서문 주석 289 참조.
[763] 예이츠는 「문학의 켈트적 요소」(1898)에서 이 생각이 벨기에 상징주의 시인이며 극작가인 에밀 베르하렌에게서 왔다고 말한다.
[764] 존 데이비슨(1857~1909)은 스코틀랜드 출신 시인, 극작가. 그는 1890년에 런던에 와서 『스피커』, 『스타』 등의 잡지에 평론을 발표했다. 1897년에 쓴 글에서 예이츠는 그를 "주된 가치가 열정적인 주장에 있는 몇몇 단순한 관념을 열정적으로 주장하는 데이비슨 씨"라고 쓰고 있다. 데이비슨은 1909년에 자살했다.

앞는지 나는 모른다. 그는 실패 뒤에 숨어 있으니까 말이다. 《대영박물관》 도서관에서 오전 11시에 그를 만난 것은 1894년인 것 같다. 나는 그때 『마음속 욕망의 나라』 공연을 위해 오랫동안 떠나 있던 런던에 다시 돌아왔었다. "여기서 일하십니까?"라고 내가 묻자, 그는 "아니요, 빈둥거리고 있어요. 오늘 일을 다 끝냈거든요."라고 대답했다. "뭐라고요, 벌써요?" "저는 하루에 한

존 데이비슨

시간씩만 일해요. 그 이상 일을 하면 아주 지치게 된답니다. 게다가 누군가를 만나고 얘기를 하게 되면 다음 날도 글을 쓸 수 없어요. 그래서 저는 일이 끝나면 빈둥거린답니다." 아무도 그의 성실성을 의심한 적이 없었다. 그는 하루에 몇 시간씩 어떤 유명한 소설가[765]를 위해 "악마 짓"을 하면서 몇 년 동안 자기 아내와 가족을 부양했다. 내가 "그건 어떤 작품입니까?"라고 묻자 그는 이렇게 대답했다. "시입니다. 오랫동안 산문을 써왔었죠. 그런데 어느 날 내가 좋아하는 것을 쓰는 게 낫겠다는 생각이 들었습니다. 이렇든 저렇든 밥 굶는 것은 마찬가지일 테니까요. 그것은 이제껏 내가 한 생각 중에 제일 용한 것이었습니다. 이제 내 에이전트가 발라드 한 편에 40파운드를 받게 해주고, 지난번 시집으로는 300파운드나 벌었거든요."

그는 동료 《시인클럽》 시인들보다 나이가 열 살이나 많았다. 스코틀랜드의 공립학교 선생이었던 그는 월급을 올려달라는 요구를 하다가 해

---

[765] 찰스 제임스 윌스(1842~1912). 데이비슨은 그의 소설 대부분을 대필해주었다. 『로라 루스벤의 과부생활』(1892)은 그나마 공동저작으로 되어 있다. 데이비슨은 출판사들의 교정을 보아주기도 했다.

고를 당해서 아내와 아이들과 함께 런던에 오게 되었다고 했다. 그는 나이보다 더 늙어 보였다. 그가 "엘리스, 당신은 나이가 몇입니까?"라고 물었을 때, 에드윈 엘리스[766]가 "오십이요.", 혹은 그의 나이가 어떻게 되었든 자기 나이를 알려주자, 그는 "그렇다면 가발을 벗겠습니다. 나는 방에 서른이 안 된 사람이 있을 때는 절대 가발을 벗지 않는데 말입니다."라고 대답했다. 그는 비극적인 극빈의 삶을 견뎌왔으며 또 견뎌야만 했다. 세상이 자기를 반대하며 어떤 이유로 자신의 정당한 자리를 거부당했다는 그런 확신 때문에 그 삶은 더욱더 어려워졌다. 엘리스의 생각으로는 그가 사회적으로 성공하기를 갈망하기조차 한다는 것이었다. 나는 그의 스코틀랜드인 특유의 시기심이 그에게 계속 지방색을 띠게 만들고 확실한 명료성을 주지 못했다고 생각했다.

파넬의 무덤에 관한 논쟁이 있었을 때, "내게 아일랜드 사람들은 혈통이 좋은 사슴을 언제나 끌어내리는 사냥개 무리처럼 보인다."는 우리 아일랜드인의 시기심을 묘사하는 괴테의 글 인용문[767]이 신문에 떠돌았다. 그러나 나는 우리가 반대 그 자체를 위해 탁월한 사람들을 반대한다고 생각지는 않는다. 우리가 사슴을 죽인다면, 그것은 사슴의 머리와 뿔을 취하기 위해서이다. 올리어리는 이렇게 말한 적이 있다. "아일랜드 사람들은 어떤 예술에서도 좋은 것과 나쁜 것을 구별하지 못한다. 그러나 일단 좋은 것을 꼭 찍어 주면, 그들은 좋은 것을 싫어하지는 않는다."[768] 라틴어로 하는 미사와 중세적인 철학을 지닌 오류 없는 교회와

---

[766] 에드윈 존 엘리스(1848~1916)는 영국의 시인이며 삽화가. 예이츠 아버지의 오랜 친구였는데, 예이츠 가족이 1879년에 베드퍼드 파크로 이사온 후 아들 예이츠와도 가까워졌다. 《시인클럽》의 모임과 시선집에 참여했으며, 지금은 세 권의 윌리엄 블레이크 시집을 예이츠와 공동으로 편집한 인물로 잘 알려져 있다.

[767] J. P. 에커만의 『괴테와의 대화』(1892), 「1829년 4월 7일」. 파넬의 시신은 1891년 10월 11일에 아일랜드로 돌아왔고, 더블린의 글래스네빈에 묻혔다.

우리 신교도의 사회적 편견은 우리 중에 가장 유능한 사람들에게 평등화의 열정을 갖지 못하게 했다. 그러나 데이비슨은, 칼라일이 그러한 열정이 있음을 알고, 스코틀랜드 사람의 것이었을지도 모르는 질투심으로 잽싸게 그것이 신 포도라고 생각했다. 그는 여성적 현학성을 변별력 있는 섬세한 안목으로 찾아내려 애썼고, 기분이 내키면 건강하고 인기 있고 부산해 보이는 모든 것에 즐거움을 느꼈다.

언젠가 내가 허버트 혼의 지식과 감식안을 칭찬했을 때, 데이비슨은 버럭 소리를 질렀다. "누군가 감식가가 되고자 한다면 여성을 감식하는 감식가가 되게 하십시오." 정말로 데이비슨은 그와 같은 유형에 속한 사람들이 쓰는 가장 특징적인 구절을 사용해서《시인클럽》시인들을 "고통과 쓰라림"이 없는 사람들로 늘 묘사했다. 그리고 스코틀랜드인 네 사람을 더 끌어들여 그

허버트 혼

부족한 고통과 쓰라림을 메우려 하다가 우리 모임을 거의 끝장나게 할 뻔했다. 그는 같은 날 저녁에 넷 모두를 데려왔다. 한 사람은 낭송을 위해서 쓴 것이 분명해 보이는 구명보트에 관한 시를 낭송했고, 또 한 사람은 자신이 호주에서 금을 캐고 있을 때 지구가 둥글다는 사실을 의심하는 다른 광부와 어떻게 싸우고 때려눕혔는지를 묘사했다. 반면 나머지 사람들에 대해서는 그들이 논쟁에 뛰어났다는 것밖에는 기억나는 게 없다. 데이비슨은 그들의 입회 여부에 관한 투표를 즉시 실시할 것을 주장했다.《시인클럽》시인들은 교육받은 영국인들이 가끔 나를 놀래키는

---

[768] 제1부 XXIX에도 같은 내용이 언급되어 있음.

그 자기만족적인 훌륭한 예절 때문에, 은밀히 다시는 모이지 말자고 결의하면서도 그의 말에 따랐다. 그래서 내가 또 다른 모임을 갖고 그 스코틀랜드인들을 투표로 다시 쫓아내는 데 일곱 시간이나 걸리게 만들었다.

며칠 후에 나는 우연히 음식점에서 데이비슨을 만났다. 그는 아주 상냥했고, 헤어질 때는 악수를 하면서 내가 "고통과 쓰라림"이 있는 사람이라고 아주 열광하며 외쳤다. 나는 그가 나 대신에 다우슨이나 존슨 혹은 혼이나 시먼스에게 열광했더라면 성공한 사람이 되었을 것이라고 생각한다. 그들은 아직도 내게는 없는 정교한 기교에 대한 의식이 있었고, 내가 가져본 적 없는 학술적 능력을 갖추고 있었기 때문이다. 밀짚에 붙은 불과 같은 맹렬한 에너지는 몇 분이 지나면 신경의 활력을 소모시키며 예술에서는 쓸모가 없다는 사실을 그들은 나에게 가르쳐준 것이다. 우리의 불꽃은 서서히 타야만 한다. 우리는 끊임없이 돌아서서 생각하고, 우리가 쓴 것을 끊임없이 분석해야만 한다. 심지어 우리는 글 쓰는 작업 이외의 삶은 거의 없다는 것에 만족하고, 자신의 찡그린 눈에 돋보기를 끼는 시계 수리공이 보여주는 것처럼 자기 일 이외의 삶을 다른 사람에게 되도록 적게 보여주는 데 만족해야만 할 것이다. 그제야 비로소 우리는 활력을 보존하고 마음을 충분히 통제하는 법을 배우며, 삶으로부터 여러 정서가 떠오를 때 그 정서들을 표현하기에 충분한 유연한 기교를 만드는 법을 배우게 된다.

우리가 박물관에서 만난 지 몇 달이 지나서 데이비슨의 영감은 이미 다 소진되어 있었다. "불이 꺼져버렸으니 이제 나는 식어버린 쇠붙이나 두들길 수밖에 없네."라고 그는 말했다. 몇 년 전에 그가 물에 빠져 자살했다는 소식을 들었을 때, 나는 언제나 그런 결말을 예상하고 있었다는 사실을 알았다. 그는 위대한 시인이 되기에 충분한 열정이 있었지만, 초년에 교양 있는 사람을 만나지 못해서 지적인 수용 능력을 갖추지 못했고, 어떤 포즈나 제스처도 쓰지 못한 채 혼란스럽고 모호했다. 이제는 그의 시마저도 내 기억에 남아있는 것이 없다.

XI

나는 점차 라이널 존슨 대신에 아서 시먼스와 친밀한 우정을 나누게 되었다. 라이널 존슨에게서는 양심의 가책 때문에 서서히 멀어지게 되었다. 존슨이 나를 만나러 오게 되면, 그는 단지 활력을 정상적인 높이로 올리는 데 필요한 것처럼 보이는 술을 주기 전까지는 입을 꼭 다물고 앉아 있었다. 내가 그의 집을 찾아가면, 그는 너무나 술을

아서 시먼스

많이 마셔서 나 역시 그와 한패가 되었다. 한번은 그가 계속해서 반복적으로, 그리고 하도 애타게 간청을 해서, 한 친구와 함께 우리의 정상적인 취침시간을 넘겨서 오랫동안 앉아있었다. 우리가 떠나면 검은 우울이 그에게 드리워질 것을 알고 있었고, 그를 잠자리에 들게 하겠다는 무언의 희망이 있었기 때문이었다. 그는 웃고 엉뚱한 표정을 지으며 우리를 뚫어지게 바라보며 말했다. "자네 둘은 지금 그저 내 술친구일 뿐이라는 사실을 명심하기 바라네." 그때가 바로, 지나치도록 세심하게 정확성을 지키려는 느낌을 주지 않는 가상의 대화를 그에게서 들을 수 있었던 유일한 시간이었다. 그는 감옥에 있는 와일드와 나누었다는 대화를 두 가지로 얘기했다. 처음에는 와일드가 머리를 길게 기르고 있을 때였다고 하더니, 그 다음에는 감옥 이발사가 와일드의 머리를 짧게 깎았을 때였다고 말했다. 존슨은 점차 새로운 경험을 받아들이는 능력 또한 잃어가고 있어서 그의 산문이나 시는 옛날의 생각과 감정들을 반복하고 있었으

아서 시먼스

나, 단지 약간, 관심이 옅어지기 때문에 그러는 것처럼 보였다. 나는 그가 기도를 많이 했을 것이라고 확신한다. 한낮이 되기 전이나 한낮을 조금 지나서 옷을 차려입은 그의 활발한 모습을 본 몇 안 되는 날에는 그가 팜 가에 있는 교회의 오전 미사에 다녀왔으리라 결론지었다.

존슨과 있을 때면 나를 그의 기분에 맞추었다. 그러나 아서 시먼스[769]는, 말하자면 다른 사람의 마음속으로 들어가는 것을 내가 알고 있는 그 누구보다 더 잘할 수 있어서, 내 생각들은 그의 공감에서 풍부함과 명료함을 얻을 수 있었다. 또한 나의 창작과 이론이 그가 읽어준 카툴루스와 베를렌과 말라르메의 구절에 얼마나 많이 힘입었는지 나 자신도 알지 못할 정도이다. 나는 그 이전에 『악셀』[770]을 혼자서 읽은 적이 있었는데, 당시에도 다시 그 작품을 아주 천천히 그리고 아주 힘들게 읽는 중이어서 어떤 구절들은 과장될 정도로 중요한 것처럼 느껴졌다. 한편으로, 모든 것이 아주 모호하게 남아있어서 내가 갈망하여 마

---

[769] 아서 시먼스(1865~1945)는 웨일스 출신의 시인, 비평가, 번역가, 편집인으로서, 영국의 세기말 퇴폐주의(데카당스) 운동을 대표하는 인물. 예이츠와 시먼스는 1895년 10월초부터 이듬해 2월말까지 런던의 미들템플, 파운틴 코트 2번지에 있는 아파트에서 함께 살았다. 그들은 아일랜드 서부를 함께 여행하기도 했다. 시먼스는 예이츠가 프랑스 상징주의 문학에 눈뜨게 만들었는데, 그의 『문학에 있어서의 상징주의 운동』은 영국에 프랑스 상징주의를 소개한 대표적 저작이다. 그는 정신병을 앓아 1908년에 이탈리아로 가서 2년 동안 정신병원에서 지내며 점차로 건강을 회복했고, 1919년에는 다시 글을 쓸 수 있게 되었다.

[770] 『악셀』(1890)은 빌리에 드 릴라당의 극. 예이츠와 모드 곤은 1894년 2월 26일 파리에서 공연을 보았고, 1894년 4월호 『북맨』에 평을 실었다. 1925년에는 P. R. 핀버그의 번역에 서문을 썼다.

지않던 경전을 마침내 여기에서 발견했구나 하는 상상을 어렵지 않게
할 수 있었다.

아일랜드 친구 하나는 오래된 작은 탑 옆에 커다란 새 고딕식 홀과 계단이 솟아있는 집에 살고 있었다.[771] 가끔 나는 그에게 그 작은 로마식 등잔 외의 모든 불을 끄게 만들었다. 나는 의미 없는 장식들을 지워버리는 희미한 불빛과 커다랗고 불분명한 그림자 가운데서, 나 자신이 굉장한 모험담의 일부가 되어 있다고 상상했다. 소년시절에 셸리의 『사슬

에드워드 마틴 (새러 퍼서 그림)

에서 풀려난 프로메테우스』를 시작으로 해서, 대여섯 번 나는 그런 분위기에서 몇 시간 동안 혹은 몇 달 동안 내가 갈망하던 책에 빠져있었다. 내 생각에는 시먼스는 예술과 인생에 대한 자신의 인상주의적 견해에 거짓됨이 없이 나의 갈망을 깊게 했던 것 같다.

과거를 돌아보니 우리는 언제나 삶의 가장 강렬한 순간에 관해 토론한 것 같다. 성경 「아가서」와 〈산상수훈〉[772]에 일반적인 성스러움을 부여하며, 말하자면 머리털이 곤두서는 듯한 초자연적인 무엇을 발견하는 순간에 대해서 말이다. 시먼스는 말라르메와 베를렌, 칼데론, 십자가의 성 요한의 글을 번역하고 있었는데, 그것들은 우리 시대의 가장 뛰어난 시 번역이었다. 그의 말라르메 번역이 당시의 내 시와 나중에 나온 『갈대숲의 바람』에 실린 시들과 「그늘진 바다」에 정교한 형태를 부여했을지도

---

[771] 골웨이 카운티에 있는 에드워드 마틴의 툴리라 캐슬.
[772] 「아가서」는 솔로몬의 노래. 〈산상수훈〉은 「마태복음」 제5장 7절 참조.

모른다. 반면 빌리에 드 릴라당은 페이터가 형성해주지 못한, 나의 「연금술 장미」에 있는 모든 것을 형성해 주었다. 시먼스가 파운틴 코트에서 내게 처음으로 헤로디아가 그녀의 유모인 무당에게 한 말을 읽어준 그 날이 기억난다. 그 유모는 달일 수도 있다.

처녀로 살아간다는 것의 끔찍함을 나는 즐거워하고
삼단 같은 내 머릿단이 주는 오싹함 속에서
살고 싶다. 밤이면 나는
아무도 범하지 않는 뱀이 되어, 그대의 얼어붙은 불꽃의
희고 희미하게 빛나는 광채를 느끼리라.
욕망으로 죽는 정결한 그대,
얼음과 잔인한 눈의 하얀 밤이여!
영원한 누이여, 나의 외로운 누이여, 자
내 꿈은 그대를 향해 솟아올랐다! 이제는 외로이,
나의 꿈꾸는 가슴은 더없이 귀한 수정이 되고
내 주위의 모든 것은 나의 이미지 속에서
산다, 다이아몬드 눈을 한 이 에로디아드를 비추는
자랑스러운 우상숭배의 거울에 비친.[773]

---

[773] 시먼스가 번역한 말라르메의 미완성 장편 시 「에로디아드」(1893), II.103~16행.
에로디아드(헤로디아)는 헤롯의 후처이며 살로메의 어머니. 성경에 의하면 세례
요한은 헤롯이 이복동생의 부인인 헤로디아를 취한 것을 공개적으로 비판했다.
이를 괘씸하게 여긴 헤로디아는 헤롯의 생일잔치 때 살로메의 춤을 이용하여
쟁반에 요한의 목을 가져오도록 만들었다. 이 작품의 주인공은 에로디아드가 아
니라 그녀의 딸인 살로메이며, 인용문에서 '삼단 같은 머릿단'을 한 '처녀'는 사
실 에로디아드의 모습이 아니라 살로메의 모습이다. 살로메 대신 에로디아드라
는 이름을 쓴 것은 단순한 무희(舞姬)가 아닌 성격이 좀 더 복합적인 인물을
염두에 둔 것으로 보인다. 그러나 말라르메가 그리고 있는 에로디아드는 시아주
버니와 결혼한 부정한 여인의 모습이 아니라 지상의 육체적인 것, 감각적인 것을
멀리하고 영원한 고독의 세계를 찾는 자의 모습을 보여준다.

그러나 움직이는 작은 빛의 원 속에서 혼자 춤추는 것처럼 보이는 우리 극에 나오는 헤로디아처럼, 이질적이고 우연한 모든 것, 모든 성격과 환경에서 분리된 예술의 창조를 시도하게 만드는 어떤 것이 나 자신 속에 있다는 것을 나는 확신한다. 나는 내 초기 시들과 아일랜드의 민속예술에서 소재를 얻어온 것들에서 상당히 멀어졌음이 분명하다. 마치 빛의 원이 움직이지 않고 사람들의 전체적 삶을 포함하고 있는 마우솔루스와 그 왕비의 조각상에서 멀어진 것처럼 말이다. 그러나 내가 왜 그렇게 확신하는가? 나는 한 애

귀스타브 모로의 『이아손과 메데이아』

런 제도 사람이 헤매다니다가 우연히 룩셈부르크 화랑으로 들어가는 것을 상상할 수 있다. 그는 인상주의나 후기인상주의의 그림에 당혹하며 눈길을 돌려, 모로의 『이아손』[774] 앞에서 머뭇거리고 말없이 놀라며[775] 그 정교한 배경을 곰곰이 살핀다. 그 많은 보석, 아주 정교하게 다듬은 돌과 주조된 청동이 있는 그 배경을 말이다. 사랑에 빠진 남자가 애인에게 섬 노래로 약속하지 않았던가? "금과 은으로 된 돛, 물고기 껍질로

---

[774] 귀스타브 모로의 『이아손과 메데이아』(1865, 유화 2.03m×1.14m).

[775] 말없이 놀라며(mute astonishment): 1922년판에는 '잠시(약간) 놀라며'(minute astonishment)로 되어 있었는데, 1926년판에서 내용을 수정한 것인지 오자를 바로잡은 것인지 확실치 않다.

된 장갑, 새의 가죽으로 된 신발, 아일랜드에서 가장 값비싼 비단옷이 있는 배"를.[776]

XII

이때까지 런던에 있을 때 나는 베드퍼드 파크에서 가족과 함께 지냈다. 그러나 이제는 템플에서 좁은 복도를 통해 아서 시먼스의 방과 연결된 방에서 약 열두 달 동안 살게 되었다.[777] 누군가가 어느 쪽 문에서 벨을 울리면 우리 둘 중 하나가 서로 연결되어 있는 복도 창문을 통해서 내다보고 보고를 했다. 그리고는 둘 중 한 사람이 손님을 맞으러 나갈지 둘 다 나갈지, 그의 문을 열어줄지 내 문을 열어줄지, 아니면 두 문 모두 닫고 있을지를 결정했다. 나는 런던을 좋아해본 적이 없지만, 어두워진

『옐로북』

후에 조용하고 사람이 없는 장소를 걷거나 일요일 아침에 시골에 있는 것처럼 거의 혼자 분수 가장자리에 앉아 있을 수 있으면 좀 나았다.

내가 이미 거기에 정착했다고 생각할 즈음, 어떤 출판업자가 방문해서 시먼스에게 평론지 혹은 잡지[778]의 편집장 자리를 제안했다. 시먼스는 비어즐리가 미술 쪽 편집을 맡는다는 조건으로 수락했다.[779] 그가 제안

---

[776] 애런 제도의 사랑 노래에서 나온 것으로 보임. 베아라가 에오건에게 연어 껍질로 옷을 만들어 주는 내용이 있다.
[777] 예이츠는 1895년 가을부터 이듬해 봄까지 아서 시먼스와 함께 런던 미들 템플 지역의 아파트에서 살았다.
[778] 『사보이』, 1896년 1월호~12월호.

한 모든 다른 기고자와 마찬가지로 나도 그 조건에 만족했던 것 같다. 오브리 비어즐리는 『옐로북』[780]의 미술편집자 자리에서 해고당했는데, 우리는 그 상황에 분개하고 있었다. 그는 와일드의 『살로메』삽화를 그렸고, 그의 낯선 풍자적 예술은 그 대중잡지 독자들의 분노를 일으켰다.

와일드에 대한 비난으로 흥분이 절정에 달했을 때, 영국 대중의 가장 관습적인 태도에 상당한 영향력을 끼치는 한 인기 여류소설가[781]가 비어즐리의 해고를 요구하는 편지를 썼다. 그녀는 "그것이 영국 사람들 앞에서의 자신의 위치상 당연한 일"이라고 말했다. 비어즐리는 와일드의 친구도 아니었고, 그들은 심지어 서로 싫어하기도 했다. 그에게는 비정상적인 성적 취향은 없었지만, 확실히 인기가 없었다. 인기 없는 사람을 제거할 때가 온 것이다. 즉시 대중은 그에게 불리한 증거들이 있다는 결론을 냈다. 그들이 다른 결론을 내린다는 것은 상상할 수도 없었을 것이다. 그는 전보로 해고통지를 받았고, 스물세 살 정도 되었던 비어즐리는 마음이 상하여 비참하게 느끼며 방탕에 빠져들었다. 우리는 분노한 잡지와 대중을 상대해야 한다는 것을 알았지만, 모두 젊었기 때문에 적들과 영웅적인 분위기를 주는 모든 것을 즐겼다.

---

[779] 비어즐리에 관해서는 주석 686 참조. 비어즐리는 1894년부터 『옐로북』의 미술편집자로서 일하기 시작했는데, 1895년 4월에 비어즐리가 오스카 와일드와 연관이 있다고 생각한 폭도들이 『옐로북』을 출판하는 보들리 헤드 출판사의 유리창을 부순 사건이 일어났다. 당시의 인기소설가 험프리 워드 여사의 사주를 받은 시인 윌리엄 왓슨이 발행인 존 레인에게 전보를 보내어 비어즐리의 그림을 빼지 않으면 자기 책을 모두 철회하겠다고 압박했다. 그해 후반기에 아서 시먼스는 레너드 스미서스가 발행한 『사보이』지의 미술편집자로 비어즐리를 불러들였다.

[780] 『옐로북』은 1894년 4월부터 1897년 4월까지 발행된 계간지. 황색 바탕에 먹으로 그린 비어즐리의 그림으로 유명한 이 잡지는 탐미적, 퇴폐적인 세기말문학의 중심이었다. 예이츠와 제임스, 시먼스, 데이비슨, 다우슨 등이 주 기고자로서, 『옐로북』의 경향이 있는 작가들을 〈옐로북 파〉라고 불렀다.

[781] 예이츠는 초고에서 이 소설가는 험프리 워드 여사(1851~1920)라고 밝혔다.

XIII

윌리엄 블레이크의
『코퀴투스 강가에
베르길리우스와 단테를 놓는
안타이오스』

우리가 만일 비어즐리와 연관되지
않았다면, 아마도 그의 미술적 재능만
큼 위대한 문학적 재능을 약속하는 라
블레 풍의[782]『언덕 아래서』가 아니었
다면, 또한 우리 잡지를 진열하는 철
도 매점을 통제하는 서적판매상의 거
부가 없었다면, 우리는 살아남았을지
모른다. 의심할 바 없이 비어즐리의
디자인을 찾고 있던 서적판매상의 매
니저는 블레이크의『코퀴투스 강가에
베르길리우스와 단테를 놓는 안타이
오스』[783]를 거절의 근거로 삼았다. 아
서 시먼스가 블레이크는 "아주 영적인

예술가"로 여겨진다는 점을 지적하자 그는 이렇게 대답했다. "아, 시먼
스 씨, 우리에게는 불가지론자 독자들뿐 아니라 젊은 여성독자들도 있다
는 사실을 명심하셔야 합니다." 그러나 그는 아서 시먼스를 문간에서
다시 불러 세우고 말했다. "예상과는 달리『사보이』지가 많이 팔린다면,
우리는 기꺼이 다시 볼 수도 있겠죠."

　블레이크의 디자인이 내 기사의 삽화로 들어갔기 때문에, 나는 한 주

[782] 프랑수아 라블레(c.1494~1553)는 16세기 르네상스 시대 프랑스 작가이며 의사,
인문주의자. 라블레 풍은 성적 농담과 예리한 풍자가 특징임.
[783] 윌리엄 블레이크의『코퀴투스 강가에 베르길리우스와 단테를 놓는 안타이오
스』(1824~1827, 펜과 수채화, 53cm×37cm). 그리스 신화에서 코퀴투스는 하계의
강이며, 안타이오스는 발이 땅에 닿을 때마다 더 강해지는 거인. 단테의『지옥』
제31장, 112~143행에 언급됨.

요 일간지에 그 주목할 만한 말[784]에 관한 편지를 써 보냈다. 그러나 나는 비어즐리를 언급했고, 편집자에게서 자기 신문은 비어즐리의 이름을 절대 언급하지 않는 것을 원칙으로 삼는다는 말을 들었다. 나중에 그를 만났을 때 내가 물었다. "호가스[785]의 경우에도 똑같은 규칙을 적용하셨을 겁니까?" 호가스에 대해서는 많은 반대가 있을 수가 있었다. 편집자는 꿈꾸는 듯한 표정을 지으며 말을 할 좋은 기회를 놓친 것이 갑자기 생각난 듯이 대답했다. "아, 호가스 시대에는 유명한 잡지가 없었지요."

우리 시대에는 인기 있는 잡지가 있었고, 그 잡지의 의견이 우리가 우연히 만나는 지인들에게, 심지어 공공장소에서 우리의 안위에 영향을 미치기 시작했다는 사실을 절대 잊어버릴 수 없었다. 잘 알려진 어느 집에서 한 노인은 옆에 앉아 있다가 내게 소개를 받자마자 일어나 방 다른 편 끝으로 가버렸다. 그러나 열차 객실에서 어떤 젊은 사람들이 내 주의를 끌려고 목소리를 높여서 나의 일반적인 행적에 관해 쑥덕거리도록 만든 것은 내가 가깝게 지내는 것으로 생각된 사악한 친구들 때문만이 아니라 아일랜드 배반자로서의 나의 평판 때문이었다.

그러나 어느 날 저녁, 나는 우리가 멸시뿐만 아니라 시기를 받고 있을 수도 있다는 사실을 알았다. 나는 극장 일반석에 있었는데, 내 조금 바로 앞에 아서 시먼스가 있는 것이 막 눈에 띈 참이었다. 그때 가게 점원이나 직원처럼 보이는 젊은 사람이 말하는 소리가 들렸다. "저기 아서 시먼스가 있습니다. 작품 주문을 받지 못하면, 특석을 살 돈도 없단 말입니까?" 분명히 사람들은 우리가 옳지 않은 글을 쓰면서 잘 사는 것으로 여겼고, 구질구질하게 일반석에 앉는 것을 추하다고 생각했다.

---

[784] "아주 영적인 예술가"
[785] 윌리엄 호가스(1697~1764)는 로코코 시대의 영국의 대표적 화가, 판화가로서, 세태를 사실주의적으로 풍자한 연작으로 유명하다.

비어즐리의 『이발사』

또 다른 극장에서 아버지 젊은 시절 친구의 미망인인, 내가 한때 좋아한 아주머니를 보았다. 나는 그녀의 주의를 끌려고 애썼지만, 그녀는 무대 커튼밖에 보지 않았다. 나에게 적대적인 사람이 없었던 어느 집에서 한 인기소설가가 내 손에서 『사보이』지를 낚아챘다. 그는 비어즐리의 『이발사』라는 그림[786]이 있는 부분을 펼쳐서 그 그림이 왜 나쁜지 설명하고는, 이렇게 말을 끝냈다. "지금 당신이 정말로 위대한 펜화를 보기 원한다면, 『펀치』지에 나오는 린들리 샘번[787] 씨의 만평을 보세요." 집주인은 우리 둘을 화해시킨 후에, "예이츠 씨, 당신의 시를 『사보이』지 대신 『스펙테이터』지에 보내보지 그래요."라고 말했다. "내 친구들은 『사보이』지를 읽지, 『스펙테이터』지는 읽지 않습니다."라고 내가 대답하자 그는 당황하며 못마땅한 표정을 지었다.[788]

그렇지만 비어즐리와는 별개로 우리는 충분히 유명한 집단이었다. 맥스 비어봄, 버나드 쇼, 어니스트 다우슨, 라이널 존슨, 아서 시먼스, 찰스

---

[786] 오브리 비어즐리의 『이발사』(1896, 잉크)는 1896년 7월호 『사보이』에 실린 비어즐리 자신의 시 「이발사의 발라드」의 삽화였다.

[787] 에드워드 린들리 샘번(1844~1910)은 1867년부터 1909년까지 『펀치』지의 삽화가였다.

[788] 당황하며 못마땅한 표정을 지었다: (1922년판) 더 못마땅해 하는 표정을 지었다. * 1916년에 예이츠는 런던의 보수적 주간지 『스펙테이터』지의 편집자에게 휴 레인이 소장한 그림들에 대한 편지를 쓴 적이 있다. 예이츠는 12년이 지난 1928년에는 아일랜드 검열제도에 관한 에세이를 실었고, 1932년부터는 정기적으로 시와 산문을 기고했다.

콘더, 찰스 섀넌, 해블록 엘리스, 셀윈
이미지, 조지프 콘래드 등. 그러나 사람
들에게는 증오할 수 있는 이름 하나 외
에는 아무것도 중요하지 않았다. 나는
우리가 도전을 받으면 이런 식으로 반박
할 수 있었으리라 생각한다. 즉, 〈과학은
흔히 조롱을, 때로는 핍박을 받으면서도
육신의 눈앞에 지나가는 것이 무엇이든,
단지 지나간다는 이유만으로, 탐구할 권
리를 얻었다. 말하자면, 비록 벤 존슨은
『새 여관』[789]에서 곤충학자에 대한 정당

린들리 샘번의
『최근에 100세를 맞은 이의 건강을
기원하며 술잔을 드는 펀치 씨』

성을 발견하지 못하고 그의 사랑은 좌절되었지만, 딱정벌레와 고래를
똑같은 차원에 놓을 권리를 얻었다. 문학은 이제 마음의 눈앞에 지나가
는 모든 것을, 단지 지나간다는 이유만으로, 똑같이 탐구할 권리를 요구
한다〉고. 그것은 물리적 객관성을 정신적 객관성으로 대체하기 때문에
완전한 변호는 되지 못한다. 그러나 역사적 과정에서의 우리의 위치를
정하는 데 있어서 당장은 충분할지 모른다.

그 비판자가 우리 세대 어떤 사람들은 오랫동안 금기시되어온 주제들
에 대해 비과학적 편애를 가지고 글 쓰는 것을 즐긴다고 응수한 것은
당연한 일인지 모른다. 그러나 특히 오랫동안 금기시되어온 것을 탐구하
는 것은 중요하지 않은가? 또한 이것을 입센 추종자들처럼 "가장 고귀한
도덕적 목적을 품고서"만이 아니라, 즐겁게, 순전히 장난으로, 혹은 정신

---

[789] 벤 존슨의 『새 여관 혹은 가벼운 마음』은 1629년 1월에 공연허가가 났고, 그해
후반기에 《블랙프라이어스 극장》에서 〈킹스맨〉 극단에 의해 공연되었다.

의 놀이가 주는 단순한 즐거움 때문에 하는 것 또한 중요하지 않은가? 던[790]은 원하는 대로 형이상학적일 수 있었지만 동시에 원하는 대로 물질적일 수 있었기 때문에 셸리가 흔히 그랬던 것과는 달리, 비인간적이거나 히스테리컬하지는 않았던 것 같다. 게다가, 만일 우리가 〈악에 대한 비전〉을 발견할 수 없다면, 타는 혀를 지닌 형이상학자들을 누가 목마르게 찾을 것인가?

나는 오랫동안 포기한 나 자신의 초기 작품들에서, 그리고 우리 세대 다른 사람들의 작품 여기저기에서, 이를테면 던의 작품에는 존재하지 않는, 받아들이기 힘든 사소한 감상적 관능성을 느꼈다. 왜냐하면, 던은 자기가 원하는 것을 말할 수 있도록 허용이 되었기 때문에, 정신과 감각 사이에서 머뭇거릴, 아니 그보다는 우리 인간이 그 사이에서 머뭇거린다고 가장할, 유혹을 받지 않았기 때문이다. 나는 얼마나 자주 우리시대 사람들이 정신과 감각의 만남에 관해 얘기하는 것을 들었던가? 그러나 그런 만남이란 없으며 단지 그 순간의 변화만 있을 뿐이다. 무대의 불이 갑자기 "블랙아웃" 되는 것 같은 변화를 인식함으로써 열정은 가장 강렬한 감각을 창조하는 것이다.

XIV

다우슨은 어느 때는 디에프에, 또 어느 때는 노르망디의 어떤 마을에 있었다. 와일드 역시 디에프에 있었고, 시먼스와 비어즐리 등등은 서로 만나고 또 만나면서 많은 얘기를 가지고 돌아왔으며, 편지와 전보가 많이 오갔다. 다우슨은 자기의 무질서한 생활에 대해서 너무 생생하게 에

---

[790] 기발한 비유를 중시한 17세기초 영국 형이상학파의 대표적 시인 존 던(1572~1631).

세이를 쓴 친구에게 항의하는 편지를 쓰면서, 실제로 자신은 조그만 시골마을에서 근면한 삶을 살고 있다고 설명했다. 그러나 그 편지가 도착하기 전에 그 친구는 〈체포됨. 시계 팔아 송금 바람〉이라는 전보를 먼저 받았다. 다우슨은 자기 시계를 런던에 두고 왔던 것이다. 그리고 그 친구는 〈석방됨〉이라는 또 다른 전보를 받았다. 10년 후에 들은 바에 따르면 얘기는 이런 식으로 흘러간다. 다우슨이 술에 취해서 빵집 주인과 싸움이 붙었는데, 마을대표가 치안판사에게 가서 '무슈 다우슨'(다우슨 씨)은 가장 저명한 영국 시인 중의 하나라고 설명했다. 그러자 치안판사는 "내게 말해주길 잘했습니다. 빵집 주인을 감옥에 처넣겠습니다."라고 말했다.

《시인클럽》 시인 하나가 디에프의 카페에서 다우슨이 흔하디흔한 창녀와 함께 있는 것을 보았다. 그 시인이 지나갈 때 반쯤 취한 다우슨은 그의 소매를 잡고 속삭였다. "이 여자는 시를 씁니다. 우리가 브라우닝 부부 같죠?" 그 다음으로는 다우슨이 직접 들려준 아주 놀라운 얘기가 하나 있는데, 말로 한 것인지 편지로 쓴 것인지는 기억나지 않는다. 와일드가 디에프에 도착했고, 다우슨은 "보다 유익한 취미"를 가질 필요가 있다면서 와일드를 다그쳤다. 그들은 주머니를 탈탈 털어 카페 탁자 위에 가진 돈을 모두 꺼내 놓았다. 많은 돈은 아니었지만 두 사람의 돈을 모으니 한 사람 몫은 충분히 되었다. 그 동안에 소식이 퍼져서, 그들은 환호하는 무리들과 함께 출발했다. 목적지에 도착해서 다우슨과 무리들은 밖에 기다리고 있었는데, 와일드는 들어갔다가 바로 다시 나왔다. 그는 나지막한 목소리로 다우슨에게 말했다. "10년 만에 처음 해봤는데, 마지막이 될 걸세. 식은 양고기 같았네." 헨리가 얘기했듯이, 언제나 "학자이며 신사였던" 와일드는 엘리자베스 시대 극작가들이 사용한 "식은 양고기"[791]라는 말의 의미를 틀림없이 기억하고 있었던 것이다. 그리고는 그 무리가 들을 수 있도록 큰 소리로 말했다. "그 얘기를 영국에 가서 하게. 그러면 내 존재감이 완전히 살아날 테니까 말이야."

XV

『사보이』지의 첫 몇 호가 발행되었을 때, 기고자들과 출판업자가 함께 저녁을 먹었다. 시먼스가 설명하기를 우리 중 몇은 저녁을 먹은 후에 출판업자[792]의 집에 초대되었으며 그때 한 번만 가면 다시는 갈 필요가 없다고 했다. 나는 그 출판업자를 추한 인간으로 생각해서 만나기를 거부해왔다. 우리 모두는 그의 성격이 어떠한지에 대해서는 생각이 같았지만, 그와 우리 사이에 놓인 거리감에 대해서는 서로 의견이 달랐다.

나는 편지 두 통을 받은 적이 있는데, 하나는 T. W. 롤스턴에게 온 것으로서, 『스펙테이터』지에 나오는 기사가 보여주는 전통적인 도덕적 진지함으로, 내가 그런 잡지에 글을 쓰는 데 대해서 반대했다. 또 하나는 A. E.에게 온 것으로, 그는 강한 개인적 신념으로 그 잡지를 "인큐버스들과 서큐버스들의 기관"[793]이라고 부르며 비난했다. 우리가 식탁 주위에 서서 착석하라는 신호를 기다리고 있다가 출판업자가 분노한 목소리로 "편지 좀 줘 보세요. 편지 좀 줘 봐요. 그놈을 고소하겠어요."라고 소리치는 것을 들을 때까지, 나는 아서 시먼스가 내게서 그 편지들을 가져갔다는 사실을 까맣게 잊고 있었다. 나는 시먼스가 롤스턴의 편지를 출판업자

---

[791] 만족스럽지 않은 창녀를 일컫던 말.

[792] 레너드 찰스 스미서스(1861~1907).

[793] 로마 신화에서 인큐버스는 잠자는 여성의 꿈에 나타나 범한다는 남자 귀신이며, 반대로 서큐버스는 남성의 꿈에 나타나 유혹한다는 여자 귀신이다. 로마에서는 악몽이나 가위눌림이 인큐버스나 서큐버스의 성적 공격 때문이라고 여겼다. 인큐버스라는 말은 '위에 올라타다'라는 뜻의 라틴어 '인쿠보'에서, 서큐버스라는 말은 '아래에 있다'라는 뜻의 라틴어 '스쿠로'에서 유래한 것.

손에 닿을 듯 말 듯 흔들고 있는 것을 보았다. 그러고 나서, 시먼스는 그것을 접어서 호주머니에 넣고는 A. E.의 편지를 읽기 시작했다. 그러자 출판업자는 조용해졌다. 나는 비어즐리가 귀를 기울이고 있는 것을 보았다. 이내 비어즐리는 나에게로 와서 말했다. "예이츠, 내 말을 들으면 아주 놀라실 겁니다. 나는 당신 친구 말이 옳다고 생각해요. 평생 나는 영적인 생활에 매력을 느껴왔거든요. 어릴 때 나는 벽난로 장식 위에서 피를 흘리는 그리스도의 환상을 보았죠. 그러나 결국은, 하고 싶은 일이 아주 많이 있어도 자기 일을 하는 것이야말로 일종의 종교이지요."

저녁식사가 끝난 후에 무슨 일 때문이었는지는 기억나지 않지만 얼마간 지체하게 되었다. 출판업자의 집에 도착했을 때 나는 비어즐리가 방한가운데 있는 의자에서 반백의 지친 모습으로 몸을 괴고 있는 것을 보았다. 내가 들어갔을 때, 그는 의자에서 일어나 다른 방으로 가서 피를 뱉고는 곧장 다시 들어왔다. 출판업자는 얼굴에 땀을 뻘뻘 흘리면서 허디거디[794]의 손잡이를 돌리고 있었다(나는 전기회사가 전기공급을 중단하지 않았을 때는 그것이 전기로 작동했다는 얘기를 들었다). 출판업자가 충분히 손잡이를 돌린 것이 분명한데도 비어즐리는 "소리가 정말 아름답군요." "아주 좋은데요." 등등의 말을 하며 계속 돌리라고 재촉했다. 그것이 출판업자를 멀리 떼어놓는 그만의 방법이었다.

또 다른 이미지가 내 기억 속에서 그 이미지와 다툰다. 아침식사를 하고 난 후 얼마 되지 않아 《파운틴 코트》에 비어즐리가 젊은 여자와 함께 도착했다. 그 여자는 분명히 우리 편이 아닌 출판업자 편인데, 사람들은 그녀를 〈색깔 있는 2펜스짜리〉나 〈색깔 없는 1펜스짜리〉[795]라고 부

---

794 허디거디는 원통을 돌려서 네 개의 현과 마찰하여 소리가 나게 만든 류트 모양의 악기로서, 9세기경부터 유럽에서 사용되었다.
795 〈색깔 있는 2펜스짜리〉나 〈색깔 없는 1펜스짜리〉: 색깔이 있는 것은 값이 2펜스,

른다. 비어즐리는 약간 취해 있는데, 벽에 손을 대고 거울을 쳐다보고 있는 것을 보니 『옐로북』에서 해고당한 일에 계속해서 마음을 쓰고 있다. 그는 "그래, 그래, 나는 동성애자로 보이지."라고 중얼거린다. 분명히 그렇게 보이지는 않았다. "아니야, 난 그렇지 않아." 그리고는 그가 자신의 선조라고 주장하는 위대한 피트까지 거슬러 올라가며 자기 조상을 모두 싸잡아[796] 이것저것 꼬투리를 잡으면서 욕하기 시작했다.

XVI

셰익스피어가 이 넓은 세상의 영혼은 앞으로 올 미래를 꿈꾼다는 확신을 소네트라는 제한된 공간에서 정당화할 수 없었던 것과 마찬가지로, 이 몇몇 짧은 장에서 나의 신념을 정당화하기는 어렵다. 그러나 내가 세상을 보이는 대로 묘사하기 시작했듯이, 나는 관객으로서, 사건들뿐만 아니라 사건들이 벌어지는 유형도 묘사해야겠다. 기적을 행하는 한 프랑스 신부[797]가 언젠가 모드 곤과 나와 함께 찾아간 영국 가톨릭교도에게 말했다. 어떤 성스러운 여인이 자기 마을을 위해서 "희생"이 되었다고. 또 신부 자신 역시 "희생"이 될 운명이었기에, 온 프랑스를 위해서 "희

없는 것은 1펜스라는 것으로서, 겉만 화려한 싸구려라는 뜻.

[796] 비어즐리의 외할아버지의 이름은 윌리엄 피트였지만, 그 집안이 〈위대한 하원의 원〉으로 불린 영국의 정치가 윌리엄 피트(1708~1778)의 후손이라는 증거는 없다.

[797] 아베 바셰르(수도원장 바셰르). 1914년 5월 11일에 예이츠는 모드 곤, 에버라드 필딩(1867~1936, 《심령연구회》 명예비서)과 함께 프랑스 미레보에 피 흘리는 성심 석판화 기적을 조사하러 갔다. 예이츠는 이에 관한 에세이를 썼지만 출판하지 않기로 했다. 이 에세이는 1976년에야 조지 밀스 하퍼가 편집하고 서문을 붙여서 『예이츠와 비술』에 「조사의 주제: 미레보의 기적」이라는 제목으로 출판되었다. 변호사이며 선구적인 심령현상연구가였던 필딩의 보고서 「수도원장 바셰르 건」은 이 두 명의 성스러운 여인의 이름을 구체적으로 밝히고 있다.

생"이 된 또 다른 성스러운 여인이 그 신부에게 자기의 십자가를 주었다고 말했다.

쉬담의 리드비나[798]의 생애는 폴 클로델에게 『마리아의 수태고지』를 쓰도록 영감을 주었다. 프랑스 심령연구는 그런 성인들이 스스로 질병을 떠안음으로써 그 질병을 정말로 치유한 역사적 증거물들을 지지하는 근거를 제시했다. 질병은 죄의 결과로 여겨졌기 때문에, 질병을 스스로 떠안는다는 것은 그리스도를 모방하는 것이었다. 정

쉬담의 성 리드비나

신이 정신으로 흘러들고 우리는 정신과 육체를 구분할 수 없다는 내가 가진 모든 증거는 많은 복합적인 형태의 희생에 대한 생각을 내가 수용하도록 만들었다. 그래서 나는 비어즐리의 이상하고 조숙한 천재성을 설명할 수 있지 않을까 하고 스스로에게 묻는다. 그는 나의 달(月) 비유에서 제13상(相)에 있는 사람으로서,[799] 그의 본성은 〈존재의 통합〉의 경계 지점에 있고, 지성에 의해 그 〈통합〉을 이해하는 것이 그의 유일한 주

---

[798] 쉬담의 리드비나: 리드비나는 네덜란드 쉬담 출신의 가톨릭 성인. 어린 시절에 스케이트를 타다가 친구와 부딪쳐 오른쪽 갈비뼈를 다치고, 그로 인한 여러 가지 심각한 후유증을 계속 겪으면서, 천국과 지옥, 연옥, 그리스도의 현현 등의 비전을 보는 신비한 재능을 갖게 되었다. 리드비나는 두통과 구토, 발열, 목마름, 욕창, 치통, 근육경련, 신경염 등 자신이 겪는 모든 고통을 신의 뜻이며 인간의 속죄를 위한 것으로 생각했다. 병자들의 성인인 그녀의 축일은 4월 14일이다.

[799] 달의 상에 관해서는 예이츠의 『비전』 참조. 예이츠는 제13상은 '완전한 관능성, 말하자면 다른 요소가 섞이지 않는 관능성이 가능한 유일한 상이다. 이제 완전한 지적 통합, 즉 정신의 이미지들을 통해 이해되는 〈존재의 통합〉이 가능하게 된다.'고 적고 있다.

목적인 사람이다. 반면, 쉬담의 리드비나나 그녀 같은 종류의 사람은 성인이기 때문에 제27상에 있으며 개인적 존재를 초월한 삶과의 통합을 추구한다. 비어즐리는 완전히 주관적이기 때문에 죄의 결과를 떠안으려고 하기보다는 죄 그 자체에 관해 탐구하려고 한다. 그렇게 함으로써 그는 자기 이름을 결코 들어보지 못한 사람들조차 순수성을 회복하도록 만들 수 있었다는 그런 엉뚱한 생각을 나는 해보게 된다.

또한 나는, 두세 사람이 본질적으로 서로 보완적이거나 대조적이면 그들의 명상이나 꿈도 서로 대조되고 보완적인 경우를 너무나 자주 명상하고 꿈꾸었기 때문에, 비어즐리가 정확히 성인(聖人)들이나 잠재적인 성인들에게서 자신의 지식을 얻는다고 확신하게 되었다. 나는 그가 그린 뚱뚱한 여인들과, 그림자처럼 가련한 소녀들, 반은 아이이고 반은 태아인 무시무시한 아이들의 모습 속에서, 또한 그가 사적(私的)으로 발행한 그림들의 음탕하고 괴물 같은 모든 이미지 속에서, 처음부터 재앙과 헤어 셔츠[800]를 거부한 환영들을 본다. 나는 언젠가 그에게 반쯤 진지하게 말했다. "비어즐리, 자네를 변호할 유일한 방법으로서, 자네가 그리는 모든 그림은 부정에 대한 분노에서 영감을 받는다고 말함으로써, 나는 지난밤에 자네를 변호하고 있었네." 그는 대답했다. "그렇게 영감을 받는다 해도 작품은 절대 달라지지 않을 걸요." 그의 말뜻은, 그가 아주 진지하게 그림을 그리기 때문에 동기가 변한다고 해도 이미지를 변하게 만들 수는 없다는 말이었던 것 같다.

병이 도지면 비어즐리의 눈앞에는 성적인 이미지들이 나타나기 시작했음을 나는 알고 있으며, 그가 이런 이미지들을 그렸다는 사실을 의심

---

[800] 헤어 셔츠는 과거 종교적인 고행을 하던 사람들이 입던, 털이 섞인 거친 천으로 만든 옷.

치 않는다. 그는 "종이 위에 잉크 한 방울을 떨어뜨리고, 그 잉크를 이리저리 굴리면 무엇인가가 나타나지요."라고 내게 말했다. 그러나 그가 부정한 것들에 대한 분노 때문에 이런 것들을 그렸다고 내가 말한 것은 잘못이었다. 그가 그 분노를 알기 위해서는 반드시 객관적이고, 다른 사람들과 교회나 신성이나 자신의 머리 밖에 있는 것들에 관심을 가져야 하며, 죄를 탐구하기보다는 죄의 결과에 책임을 져야 하기 때문이다. 그가 준비한 것은 행동으로 죄를 소진하는 것이었지만, 반면 성인이 준비하는 것은 자만심의 소진이다. 그는 성인의 겸손 대신 일종의 얼어붙은 열정, 즉 처녀 같은 지성 속에서 정신의 이미지들을 보았던 것이다.

스스로를 끊임없이 비판하는 천성이 있는 사람이 행동이나 욕망 속에서 개인적 감정을 완전히 소진시켜서 개인을 넘어서는 어떤 것, 행동이나 욕망과 관계없는 어떤 것, 비몽사몽간에 정신 앞을 지나가는 이미지처럼 예견되지 않고 완전히 조직되며 독특하기까지 한 어떤 것이 갑자기 그 자리를 대신할 때, 모든 예술은 나타나지 않는가?

그러나 모든 예술이 희생은 아니다. 그리고 비어즐리 예술의 증오심의 많은 부분은, 희생이 보들레르 시대 이래로 프랑스 비평에는 다른 이름으로 친숙했지만 영국에는 알려지지 않았다는 사실에서 왔다. 그는 거의 언제나 환멸을 그리며, 그가 죽을 때 폐기하려고 했던 사적으로 발행한 그림들[801]을 빼면 욕망을 표현하는 것은 없다. 심지어 아름다운 여인들조차 역설의 정신에 의해서 인형같이 예쁘장하게 과장되어 있다. 혹은 좌절되었거나 타락한 순수함을 보여줌으로써 신랄하게 되어 있다. 나는

---

[801] 예를 들면, 『아리스토파네스의 여자의 평화』(1896), 『베누스와 탄호이저 이야기』(1907) 등 사적으로 발행한 책의 삽화들을 말한다. 비어즐리는 1898년 3월 7일 임종 침상에서 레너드 스미서스에게 쓴 편지에서 '『여자의 평화』 책 **모두와** … **모든** 외설적인 그림'을 파기해주기를 부탁했다.

비어즐리의 『절정』

비어즐리가 살아있을 때보다 지금 오히려 그의 예술을 더 잘 이해할 수 있다. 1895년이나 1896년, 미가 신비와 결합하는 것처럼 보였던 막 그 당시에, 내가 좋아한 미를 시들게 만들기 시작한 희극화의 조짐이 새로 보이자 나는 절망했기 때문이다. 나는 그에게 "자네는 세례 요한의 머리를 든 살로메[802]에 필적할 만한 것을 그린 적이 없네."라고 말했는데, 그가 "그래, 그래, 미라는 것은 몹시 어렵지요."라고 대답한 그 순간만은 그가 진심이었다고 생각한다. 그것은 그 순간뿐이었다. 대중의 분노가 커져가고 자신의 질병이 커감에 따라 그의 풍자는 점점 격해지거나, 그의 강력한 논리적 지성이 조롱의 정신으로 명상이나 만족스러운 열정까지도 암시하는 모든 윤곽을 제거하는 미의 형태를 창조해 냈기 때문이다.

이미지와, 말하자면 환영과, 개인적 행동 및 욕망의 차이는 죽음이 다가옴에 따라 새로운 형태를 띠었다. 비어즐리는 두세 개의 매력적이고 신성모독적인 그림을 그렸다. 나는 그중 특히 『성모와 아기 예수』[803]가

---

[802] 비어즐리가 오스카 와일드의 『살로메』(1891)의 삽화로 그린 『절정』(1894)이나 『춤추는 여인의 보상』(1894) 같은 작품을 말한다. 『살로메』는 19세기말의 데카당스적 작품으로서, 살로메가 일종의 팜므 파탈로 표현되어 있다. 살로메가 헤롯에게 요한의 머리를 요구한 것은 성경에서는 어머니 헤로디아의 사주에 의한 것으로 그려져 있지만, 와일드의 『살로메』에서는 살로메가 요한의 목소리와 몸에 반했기 때문인 것으로 되어 있다. 비어즐리의 그림에서도 보이듯 살로메가 잘린 요한의 머리에 입 맞추는 장면은 세기말 유미주의의 극치를 보여준다.

[803] 「성모와 아기 예수」는 『사보이』지 제1호(1896년 1월)에 들어있던 그림.

떠오르는데, 거기서는 아기 예수가 바보스러운 인형 같은 얼굴을 하고 있고 정교한 현대적 아기 옷을 입고 있다. 또 장미로 장식한 비싼 가운을 걸치고 있는 『리마의 성 로스』[804]가 떠오르는데, 그녀는 사랑에 도취되었지만 성스러움과는 전혀 어울리지 않는 얼굴을 한 채 하늘로 올라가 성모의 가슴에 안겨있다. 나는 그의 가톨릭 개종이 진심에서 우러나온 일이었다고 생각한다. 그러나 기도와 의식, 형식을 갖추고 있는 행동과 욕망에 스스로를 소진할 수 있는 많은 충동은 그것과는 반대되는 이미지에 의해서 조롱당하는 꼴이 되었다고 생각한다. 내가 오해했을 수도 있지만, 또 아마도 그것은 역사상 기독교가 장난감 상자로 축소되었고 그 상자를 침대보에 모두 쏟아내는 것은 재미있을 수도 있다는 그의 단순한 인식 때문이었을지 모른다.

XVII

아주 길게 머무른 적은 없지만, 나는 파리에 상당히 자주 갔었다. 마지막으로는 《시인클럽》 시인 중의 한 사람[805]과 함께 갔는데, 그는 예쁜 여자만 보면 호기심과 감정이 불끈 솟아올랐다. 그는 때로는 나에게 감탄하는 듯이, 때로는 놀라며 조롱하는 듯이 나를 대했다. 사랑에 빠졌지만 사랑에는 운이 없었던 나는, 아주 가까운 사람과 관계되는 일이면 극도로 청교도적이었기 때문이다.

어느 날 저녁에 뤽상부르 공원 가까이에서 자전거 복장을 한 낯선 젊은 여자 하나가 골목에서 나와서 팔로 그의 목을 감고는 한마디 말도

---

[804] 「리마의 성 로스의 승천」은 비어즐리의 『언덕 아래서』에 들어간 삽화로서, 『사보이』지 제2호(1896년 4월)에 실렸다. 예이츠는 복제본을 하나 가지고 있었다.
[805] 아서 시먼스.

없이 우리와 나란히 100야드 정도를 걸어가다가 또 다른 골목으로 잽싸게 사라졌다. 그는 발그레한 혈색에 금발이었는데, 그 여자가 어둠 속에서 어떻게 그것을 알았는지 알 수가 없었다. 나는 화가 나서 그를 비난했지만, 그는 "길 잃은 고양이를 만나면 쓰다듬어 주지 않을 수 없잖아요. 저도 비슷한 본능이 있어요."라고 변명했다. 곧 우리는 카페에 들어갔는데(《카페 다쿠르》였던 것 같다) 영국 신문을 읽다가 고개를 들었을 때, 나는 매춘부들에게 둘러싸인 것을 깨달았고 그가 복수하고 있다는 사실을 알았다. 나는 프랑스어로 대화를 이어갈 수 없었지만, 이렇게 말할 수 있었다. "저쪽에 있는 신사는 여자라면 술이든 커피든 다 산답니다." 그러자 순식간에 여자들은 그의 주위에 탐욕스러운 비둘기처럼 자리를 잡고 앉았다.

나는 당시에 내게 있었던 이상을, 젊음과 함께 사라져버린 그 이상을, 「자만심 강한 코스텔로」[806]의 묘사에 집어넣었다. 〈다른 사람들이 신에 대해서, 성모 마리아에 대해서, 성인들에 대해서 그러는 것처럼, 그는 사랑을 위해서, 혹은 증오를 위해서 마음을 순수하게 유지하는 열정적 금욕주의자에 속했다.〉[807] 내 친구는 사랑에는 관심이 없었다. 그는 여성의 아름다움 속에 깃든 낭만적 특이함이나 그녀가 처한 환경의 낭만적 특이함에 끌렸고, 그 여성이 일으킨 호기심이 반쯤 지적이라면 더욱 끌렸다. 내가 글을 쓴 그 시점이 조금 지난 후에, 그는 음악당인지 곡마장인지를 다녀온 후에 우리 집 의자에 몸을 던지면서 말을 시작했다. "아, 예이츠, 나는 지금까지 한 번도 뱀 다루는 여자하고는 사랑에 빠진 적이 없었네." 그는 객관적인 사람이었다. 인용을 좋아하는 그의 말대로 하자

---

[806] 주석 634 참조.
[807] 1925년에 예이츠는 이 구절을 작품에서 빼버렸다.

면, 그에게는 "눈에 보이는 세계만 존재했고," 나는 그가 제4사분기에 들어간 달의 상에 속하지 않나 생각했다.

XVIII

처음에 나는 샹 드 마르스 근처나 뤼 모차르트에서 맥그리거 매서스와 그의 우아한 젊은 아내와 함께 머물곤 하다가 나중에는 혼자 라틴 구역에 있는 학생 숙소에 머물렀다. 이런저런 사건이 일어났을 때 내가 어디에 머물고 있었는지 늘 기억할 수는 없다. 맥그리거 매서스 혹은 맥그리거는(그는 이제 "매서스"라는 이름을 던져버렸기 때문이다) 어느 날은 호라티우스의 책을, 또 다음날은 맥퍼슨의 어시언808을 가지고 아침 식사를 하러 내려와서는 식사를 하는 동안 부분 부분 읽었다. 그는 두 책을 모두 똑같이 진짜라고 생각했다. 언젠가 내가 어시언의 진위 여부에 관해 질문을 하자 그는 버럭 화를 냈다. 내가 잉글랜드의 적을 편들 이유가 있었겠는가? 나는 18세기에 벌어진 논쟁이 아직도 그에게 분노를 일으킨다는 사실을 알았다. 밤에 그는 스코틀랜드 고지 사람들의 옷을 차려입고 검무를 추었으며, 그의 마음은 씨족들과 타탄 무늬의 계보에 골똘해 있었다. 그러나 순간순간 나는 그가 스코틀랜드 고지에 가본 적이 있는지, 심지어 그가 어떤 《백장미회》에 의해 그곳으로 초대받을 때까지 스코틀랜드 자체에 가본 적이 있는지조차 의심스러웠다. 일요일

---

808 어시언은 1760년부터 스코틀랜드 시인 제임스 맥퍼슨(1736~1796)이 발행한 서사시 연작의 화자이며 저자라고 칭해지는 인물. 맥퍼슨은 이 서사시가 게일어 이야기를 채록하여 번역한 것이라고 주장했다. 어시언은 아일랜드 신화에 나오는 전설적 시인인 어쉰에 기초를 두고 있다. 이 작품의 진위 여부를 놓고 아직도 의견이 나뉘어 있는데, 대체로 합의가 되는 점은 맥퍼슨은 자신이 수집한 민담에 기초하여 이 시들의 틀을 만들었고, 어시언이라는 인물은 문학적 허구라는 것이다.

마다 그는 영혼들을 불러내는 데 몰두했고, 나는 그날 그가 피를 뱉는다는 사실에 주목했다. 피가 머리에서 나온 것이지 폐에서 나온 것은 아니기 때문에 대수롭지 않은 일이라고 그는 말했다. 나는 그가 무슨 병을 앓고 있었는지 알지 못하지만, 엄청나게 긴장을 하며 살았다고 생각한다. 나는 곧 그가 브랜디를 아무것도 타지 않은 채 취할 정도까지는 아니라도 너무 많이[809] 마시고 있다는 사실에 주목하게 되었다. 그것은 어느 정도 스코틀랜드인적인 태도였고, 나는 그가 자신의 재커바이트[810] 입장처럼 나이가 들 때까지 그 버릇을 계속 이어갔는지는 알지 못한다.[811]

그는 1893년 혹은 1894년에, 엄청난 전쟁의 임박을 알리는 세계의 변화에 대해서 예견하기 시작했다. 또 그가 구급차 관련 일을 배우고 다른 사람에게도 배우도록 권한 것은 1895년이었던가, 1896년이었던가? 그는 손목에(아니면 아마도 이마에, 내 기억이 분명치 않아서 말이다) 그가 전쟁이 발발한 것으로 오해한 학생소요 때 입은 자상(刺傷)이 있었다. 내가 다음과 같이 시작하는 시를 쓰게 된 것은 그가 한 말 때문이었을 것이다.

> 이슬은 천천히 방울져 떨어지고 꿈이 모여든다. 정체 모를 창들이
> 꿈에서 깨어난 내 두 눈앞을 난데없이 날아가고,
> 말 탄 병사들이 쿵하고 떨어지는 소리와
> 전멸해가는 무명의 병사들의 절규가 내 귓전을 때린다.[812]

---

[809] 취할 정도까지는 아니라도 너무 많이: (1922년판) 취하도록이 아니라 몸과 마음이 상하도록.

[810] 재커바이트: 명예혁명 후에 망명한 스튜어트 왕가의 제임스 2세와 그 자손들을 정통 영국군주로서 지지한 영국의 정치세력. 가톨릭교도들로서 스코틀랜드나 아일랜드에 주로 거주했고, 잉글랜드에 대항하여 17세기말과 18세기 초에 여러 반란을 일으켰다.

[811] 그것은 어느 정도 … 알지 못한다: 1926년판에 추가된 문장.

전 세계의 영매들과 천리안이 있는 사람들이[813] 곧 반복하게 된 그의 예언은, 전쟁에 대해서 깊이 생각하는 상상력이 이끌어낸 무의식적 추론 이었던가, 아니면 예언이었던가? 무정부 상태가 전쟁을 뒤따르고 전쟁 에 동반될 것이라는 진술을 자주 반복한 것은 그것이 예언임을 암시하 며, 자신의 말에 근거도 없이 확신하는 것 역시 그러하다. 그의 꿈은, 예언이었건 추론이었건, 의심할 바 없이 그 개요가 모호했고, 그것을 명 확하게 하려고 시도했을 때 국가들과 개인들은 그의 욕망과 두려움의 자의적 상징으로 변하는 것 같았다. 그는 자신의 나폴레옹 같은 역할과, 자신의 환상에 따라 변화된 유럽, 원래의 지위로 회복된 이집트, 하이랜 드[814] 공국을 상상했고, 심지어 시답지 않은 사람들에게 부수적인 지위를 제안하기도 했다.

나는 곧 그와 다투게 되었지만, 제1차 세계대전 중에 그가 죽을 때까 지 그의 소식을 이따금 들었다. 1914년 혹은 1915년 언젠가 그는 자기 집을 모병사무소로 만들어서, 프랑스에서 태어난 영국인이나 미국인 중 에서, 혹은 영국에서 태어난 프랑스인 중에서, 〈외인부대〉에 들어갈 600

---

[812] 예이츠의 「검은 돼지 골짜기」(1896), 첫 4행.

[813] 전 세계의 영매들과 천리안이 있는 사람들이: 이 문단부터 다음 문단 거의 끝부 분에 있는 '다음과 같은 치유력 있는 구절이었다.'까지는 1922년판의 10여 행의 구절을 수정하고 길게 확장한 것임. 1922년판은 다음과 같다: 전쟁이 무정부 상 태를 가져오거나 무정부 상태에 의해 전쟁이 일어나게 되어 있었지만, 그것은 과도기적 단계일 뿐이라고 그는 선언했다. 그의 꿈은 모두 나폴레옹적이었기 때 문이다. 그는 분명히 자신이 할 수 있는 커다란 역할을 예견하고는 자신을 전쟁 놀이의 인정받는 대가로 만들었고, 잠시 생계를 위해 그것을 프랑스 장교들에게 가르쳤다. 그는 우울증으로 죽게 되어 있었고, 초기에는 관대하고 쾌활하고 상냥 해서 내게 그런 인상을 주지는 않았지만, 어떤 순간에나 어떤 주제에 대해서는 아마도 이미 미쳐있었던 것 같다. 나는 철학 없이 카멜레온의 길을 걸은 사람이 잘 되는 것을 본 적이 없다. 그는 자기 친구들도 역시 각자 스스로 확신하게 만들 거라는 막연한 확신만 있었을 뿐 철학이 없었다.

[814] 하이랜드는 스코틀랜드 산악지방.

명의 지원자를 모았고(그들은 다른 목적으로 쓰였다) 그들의 훈련에 어떤 역할을 맡았다. 그는 내가 그를 처음 알았을 때 가지고 있던 생계를 유지해 주던 얼마 안 되는 그 수입원조차 잃어버리고는 몹시 가난한 생활에 빠졌다. 그러나 그 반작용으로 그는 퐁디셰리에서 싸웠던 재커바이트 조상에게 루이 15세가 수여한 작위를 기억하고 스스로를 〈글렌스트래 백작〉이라고 불렀고, 자기 주위에 작위가 그보다 더 모호한 프랑스 사람들과 스페인 사람들을 모았다. 그중에는 자신이 프랑스 왕족이라는 알 수 없는 주장을 하는 사람도 있었고, 대부분은 그만큼 가난하고 또 몇 사람은 그보다 더 부정직했다. 그는 그 꿈의 궁전 속에서 (좌절을 숨기려고) 기계적인 농담을 끝없이 해댔고, 끝까지 용감한 사고와 친절한 행동을 유지했다. 그는 젊은 시절의 꿈을 연장하려고 노력했고 카멜레온의 길에 올라간 것인데, 나는 철학이 없는 사람이 그 길에 올라서서 잘되는 것을 보지 못했다. 그 점에 대해 그가 알고 있는 모든 것은, 막연한 긍정과, 그가 모든 역경의 순간에 반복하고 친구들로 하여금 반복하게 만든 다음과 같은 치유력 있는 구절이었다. "나의 어떤 부분도 신에게 속하지 않는 것이 없다."

언젠가 매서스가 자기 〈선생들〉을 많은 군중 속에서 만났고 가슴에 가해지는 전기충격 같은 충격에 의해서 그들이 단지 유령이었다는 사실을 알았다고 얘기한 적이 있다. 나는 그가 속거나 환각을 느낀 게 아니라는 것을 어떻게 아느냐고 물었고, 그는 이렇게 대답했다. "지난밤에 나는 그들 중 한 사람의 방문을 받고는, 그를 따라 나가 좁은 길을 내려가다가 오른쪽 길로 접어들었네. 나는 바로 우유배달부 아이에게 넘어졌는데, 우유배달부 아이는 버럭 화를 냈네. 나뿐만 아니라 내 앞 사람도 자기에게 넘어졌다는 거야."

환상과, 환상이 하는 말[815]에 몰두해온, 내가 알고 있는 모든 사람과 마찬가지로, 그는 환상이 마음과는 독립적으로 작용할 수 있다는 것을 자신이 입증했을 때 그 환상도, 그 환상이 속삭이는 것도 마음에서 생겨나지 않았다는 것을 역시 입증한다고 생각했다. 그러나 그에 반대되는 증거는 바로 그의 지붕 밑에서 얻을 수 있었다. 나는 스페인과 미국의 전쟁 뉴스를 알고 싶어서 아침식사 전에 『뉴욕 헤럴드』를 사러 맥그리거가 사는 동네인 뤼 모차르트로 갔다. 아침을 차리고 있는 젊은 노르망디 출신 종업원을 지나가면서 나는 속으로 학창시절의 모험담을 생각하고 있었고, 나의 상상은 내가 필사의 탈출을 한 후에 팔걸이붕대를 하는 지경까지 미쳤다. 나는 신문을 사 가지고 돌아와서 문간에 맥서스가 있는 것을 보았다. 그는 "어, 자네 멀쩡하네? 자네가 팔을 다쳐서 팔걸이붕대를 한다고 여종업원이 말한 것은 무슨 뜻이지?"라고 말했다.

언젠가 거리에서 긴 양말에 단검을 여러 개 꽂은 채 스코틀랜드 고지 사람 복장을 한 그를 만났을 때, 그는 "이렇게 옷을 입으면 걸어 다니는 불꽃처럼 느껴진다네."라고 말했다. 그가 한 모든 것은 걸어 다니는 불꽃처럼 느끼려는 시도였다는 생각이 든다. 그러나 그는 마음이 유순하고, 심지어 약간 소심하기조차 했던 것 같다. 그는 코에 장애가 있어서 아주 고생을 했는데, 간단한 수술만으로도 고칠 수 있는 것이었다. 그는 언젠가 생포용 쥐덫들이 있는, 쥐가 들끓는 아파트에 남겨진 적이 있었다. 그는 잡은 쥐들을 커다란 새장에 모아두고, 물에 빠뜨려 죽이는 일을 피하려고 거기서 2주 동안 쥐들에게 먹이를 주었다. 아는 것은 많았지만 비학술적인 사람이었기 때문에[816] 그는 근본적 대립들을 가장 조악한 형태로 표현했다. 또한 오만했기 때문에 아마도 제정신을 유지하는 데 필

---

[815] 환상이 하는 말: (1922년판) 환상의 속삭임.
[816] 비학술적인 사람이었기 때문에: (1922년판) 독학을 한, 비학술적인 사람이었기 때문에.

월리엄 샤프

요한 상반된 두 본성의 상호 전환을 가능하면 피하려고 했다. 그 본성이 반대편의 정신적인 쪽으로만 쏠리게 되면 상호 전환은 있을 수 없다. 그러나 어떤 본성이 있는 사람이 그렇게 할 만큼 순수할 수 있겠는가?

나는 1890년대의 파리를, 내 인생의 논리적인 구조 속에서 어떤 위치도 부분도 없는, 서로 연관되지 않고 원인도 결과도 없는 수많은 사건으로 본다. 아주 어린 시절의 사건들처럼, 흔히 나는 일이 벌어진 날짜들을 거의 기억할 수가 없다. 월리엄 샤프[817]는 1895년에 거기로 나를 보러 왔을 것이다. 아니면 4년이나 5년 뒤에 왔을지도 모른다. 그러나 내가 라스파일 대로에 있는 호텔에 있었던 것은 분명하다. 가려고 일어서면서 그는 "저게 뭐지?" 하고 창턱에 놓인 마분지 조각에 그려진 기하학적 형상을 가리키면서 말했다. 내가 채 대답하기도 전에, 그는 창문 밖을 내다보고 말했다. "장례행렬이 지나가네." 나는 말했다. "참 이상하네요. 저 마분지에 그려진 것은 죽음의 상징이니까 말입니다." 나는 창밖을 내다보지는 않았지만, 장례행렬은 없었다고 확신한다. 며칠 뒤에 그가 돌아와서 말했다. "나는 아주 심하게 앓았네. 그 상징을 다시는 내게 보여주지 말게."

샤프는 질문을 받고 싶어 하지는 않았지만 몇 년 후에 말했다. "이제 내가 자네에게 파리에서 일어난 일을 말해 주겠네. 내 호텔 방은 방이 2개였는데, 앞 응접실과 그리고 그 방에 연결된 침실이 있었네. 응접실

---

[817] 월리엄 샤프(1855~1905)는 스코틀랜드 출신의 시인, 전기작가, 편집자. 1893년부터 죽을 때까지 그는 '피오나 맥클라우드'라는 필명으로 자신을 숨기며 글을 썼다.

문지방을 지나고 있을 때, 나는 어떤 여인이 책상 앞에 선 채로 글을 쓰고 있는 것을 보았네. 그녀는 내 침실로 곧장 들어갔네. 나는 누군가가 실수로 방을 잘못 들어왔다고 생각했네. 그러나 책상으로 가보니 그녀가 쓴 것으로 보이는 종이 한 장이 있었지만 아무 글씨도 쓰여 있지 않았네. 침실로 가보니 거기에는 아무도 없었어. 그러나 침실에서 계단 쪽으로 통하는 문이 있었기 때문에, 나는 그녀가 그쪽으로 갔는지 보려고 계단을 따라서 내려갔네. 거리로 나갔을 때 그녀가 모퉁이를 막 도는 걸 보았지. 그러나 내가 모퉁이를 돌았을 때 그곳에는 아무도 없었고, 그 다음에는 또 다른 모퉁이에서 그녀를 보았네. 그런 식으로 끊임없이 그녀를 보고 놓치고 하면서 마침내 센 강까지 따라갔지. 거기서 나는 그녀가 담이 트인 곳에서 강물 아래를 내려다보면서 서 있는 것을 보았네. 그리고는 그녀는 사라졌는데, 왜 그렇게 되었는지 그 이유를 말할 수 없네. 그러나 나도 담이 트인 곳으로 가서 그녀가 서 있었던 것처럼 서서 똑같은 자세를 취하고 있었네. 그때 나는 스코틀랜드에 있고 양의 목에 단 종소리가 들린다고 생각했지. 그 후에 나는 의식을 잃은 게 틀림없어. 흠뻑 젖은 채 벌렁 누운 채 사람들이 주위에 서 있는 것을 발견할 때까지는 나는 아무것도 알지 못했기 때문이네. 나는 센 강에 몸을 던진 것일세.”

나는 샤프의 말을 믿지 않았다. 그 이야기가 불가능하다고 생각해서가 아니었다. 나는 그가 내가 알던 어떤 사람보다 상징이나 텔레파시의 영향력에 민감하다는 것을 알고 있었기 때문이다. 내가 그를 믿지 않은 것은 그가 누구에게도 진실을 얘기하지 않았기 때문이다. 삶에서 겪게 되는 여러 사실은 그를 혼란스럽게 하고는 잊혔다. 그의 이야기들은 그 사실들을 바탕으로 창조된 것이었지만 몽상의 상태로 남아있었다. 비록 그는 세월이 지나면서 그것을 실제 일어난 사건처럼 믿게 되었지만 말이

다. 샤프는 자신을 경탄해 마지않는 헌신적인 아내의 애정 가득한 남편
으로서(그는 상상 속에서 사랑하는 사람을 만든 것이다) 재능을 보여주
는 그의 모든 책이 그녀에게서 나온 것이라고 했다. 그는 으레 맨정신이
되기도 했지만, 술에 취해 취기가 절정에 이르면, 대부분의 사람이 진실
을 말하게 되는 것과는 달리, 자신이 그런 신세가 된 것을 아내 피오나
맥클라우드를 두고 바람을 피운 데 대한 자책감 탓으로 돌리는 것을 나
는 알고 있었다.

폴 베를렌

폴 베를렌[818]은 자기 본성의 두 반쪽 사이
에서 별다른 분명한 저항 없이 왔다 갔다
했기 때문에 그는 못된 아이처럼 보였다.
비록 그의 종교시들을 읽으면 아마도 아기
예수가 자신의 첫 집을 짐승들과 공유했다
는 것이 기억나게 되지만 말이다. "커피와
담배 무한제공"으로 나를 초대하고 "당신
의 벗, 아주 쾌활하게, 폴 베를렌"이라고 서
명한 쪽지를 내가 받은 것은 몇 월이었을까? 생자크 가에 있는 다세대주
택의 꼭대기 층에서 불편한 다리를 붕대로 칭칭 감은 채 안락의자에 앉
아 있는 그를 나는 만났다. 그는 영어로 내가 파리를 잘 알고 있느냐고
묻고는, 자기의 다리를 가리키면서 자신이 파리를 "잘, 너무나도 잘" 알
고 있고, "그 속에서 마멀레이드 단지에 들어간 날벌레처럼 살고 있기"
때문에 파리가 그의 다리를 그 지경으로 만들었노라고 덧붙였다. 그는

---

[818] 폴 베를렌(1844~1896)은 세기말 데카당스와 관계된 프랑스의 시인. 예이츠는
1894년 2월에 파리에서 폴 베를렌을 만났다. 이보다 석 달 전에 베를렌은 아서
시먼스와 같은 집에 살고 있었고, 나중에 예이츠도 여기에 합류했다. 베를렌의
병인 '단독'은 상처가 난 피부로 세균이 들어가 열이 오르고 얼굴이 붉어지며
붓는 전염병. 그는 1896년에 파리에서 죽었다.

방에 있는 몇 안 되는 책 중의 하나인 영어사전을 집어 들고 자기의 병명을 찾기 시작했다. 오랫동안 찾은 후에 비교적 정확해 보이는 '단독(丹毒)'이라는 말을 골라냈다. 그동안 그의 수수하게 생긴 중년의 정부[819]는 커피를 만들어주고 담배를 찾아다 주었다. 그 방의 성격을 만든 것은 분명히 그녀였다. 창문에 매달린 몇 개의 새장에 카나리아들이 있었고, 그가 벽에 핀으로 꽂아둔 누드 그림들과 그녀의 애인을 여러 종류의 원숭이로 묘사한 신문 캐리커처 가운데 그녀의 감상적인 석판 그림들이 여기저기 못 박혀 걸려 있었다.

밧줄로 허리를 맨 바지에 머리에는 오페라 모자를 쓴, 지저분한 누더기를 입은 사내가 들어왔다. 그녀는 상자 하나를 난롯가로 끌어왔고, 그 사내는 이제 자기 무릎 위에 있는 오페라 모자를 쥐고 앉아있었다. 그가 모자를 계속 엎었다 뒤집었다 하는 것을 봐서 그 모자를 최근에 갖게 되었음이 틀림없다는 생각이 든다. 베를렌은 그를 이렇게 소개했다. "이 사람은 가난하지만 아주 좋은 사람이에요. 루이 11세 같이 보여서 우리는 루이 11세라고 부르죠." 나는 베를렌이 빅토르 위고에 대해 "최고 시인이지만, 불꽃화산일 뿐만 아니라 진흙화산"이기도 하다고 얘기하고, 빌리에 드 릴라당을 "광적이며" 프랑스어를 아주 잘 쓴다고 추켜세웠던 것을 기억한다. 또 자신이 번역하려 했지만 하지 못한 『인 메모리엄』[820]에 관해 얘기한 것을 기억한다. "테니슨은 너무나도 고귀하고 너무나도 영국적인 사람입니다. 그는 상심에 빠졌을 때 많은 것들을 떠올렸지요."

그로부터 불과 몇 달 만에 베를렌을 매장하게 되었을 때, 시신을 덮은 천을 누가 갖느냐 하는 문제를 놓고 그의 정부는 무덤 옆에서 출판업

---

[819] 유지니 크란츠.
[820] 『인 메모리엄』(1850)은 친구인 핼럼의 죽음을 애도하기 위해 쓴 테니슨의 대표적 장시.

자[821]와 싸웠다. 그리고 그 '루이 11세'는 묘지에서 나무에 기대둔 우산을 열네 개나 훔쳐갔다.

XIX

존 싱

정확하게 알아내려고 무진 애를 썼기 때문에 확신하는 날짜가 있다. 1896년 가을에 존 싱[822]을 처음으로 만났는데, 그때 나는 서른한 살, 그는 스물네 살이었다. 나는 평소 묵은 곳 대신 《코르네유 호텔》에 머물고 있었는데, 왜 그랬는지 기억이 잘 안 나지만 묵었던 곳이 비싸서 그랬던 것 같다. 싱의 전기 작가는 내가 그 이전에 묵었던 곳도 일주일에 1파운드면 된다고 하지만, 나는 직접 아침식사를 요리하고 생자크 가에 있는 무정부주의자가 운영하는 음식점에서 1실링을 거의 넘지 않는 돈으로 저녁을 먹는 데 익숙해져 있었다.

이름이 기억나지 않는 누군가[823]가 그 집 꼭대기에 가난한 아일랜드인이 살고 있다며 곧 우리를 소개해주었다. 싱은 이탈리아에서 최근에 돌아왔는데, 슈바르츠발트[824]에 있는 농부들에게 바이올린을 연주해주고 번 돈 50파운드로 여섯 달 동안 여행을 한 것이었다. 이제는 프랑스 문학

---

[821] 레옹 바니에르(1847~1896).

[822] 존 밀링턴 싱(1871~1909)은 아일랜드의 극작가, 시인, 여행기 작가. 아일랜드 문예부흥운동의 중심인물이며 《애비극장》의 공동창립자이기도 하다. 『바다로 달려가는 사람들』(1904), 초연 때 폭동이 일어난 『서쪽나라의 바람둥이』(1907) 등의 작품으로 유명하다.

[823] 제임스 크리 박사. 그는 싱을 그레고리 여사에게 소개하기도 했다.

[824] 독일 남서부 삼림 지대.

을 읽고 병적이며 우울한 시를 쓰고 있었다. 그는 자신이 트리니티 칼리지에서 아일랜드어를 배웠다고 했고, 그래서 나는 그에게 애런 제도에 가서 모든 것이 다 표현된 삶 대신에 문학에서 표현되지 못한 삶을 찾아보기를 권했다. 나는 그의 천재성을 간파하지는 못했지만, 그가 병적인 상태와 우울에서 벗어나게 하려면 뭔가가 필요하다고 느꼈다.

조지 무어

아일랜드어를 아는 젊은 아일랜드 작가라면 그 누구에게나 아마도 나는 똑같은 충고를 했을 것이다. 그해 여름에 이니스메아인과 이니스모를 다녀와서 머릿속이 그 주제로 가득했기 때문이다.[825] 친구들과 함께 내가 어선에서 내렸을 때, 우리가 섬사람들 무리 가운데 있다는 것을 알았다. 그중 한 사람이 우리를 이니스메아인에서 나이가 제일 많은 노인에게 데려다주었다. 그 노인은 두 눈에 웃음을 띠고 아주 천천히 말했다. "죄를 저지른 사람이 신사라면 우리는 그 누구든 숨겨줄 것이오. 아버지를 살해한 신사가 있었는데, 그가 미국으로 떠날 때까지 여섯 달 동안 우리 집에 데리고 있었지요."[826]

당시부터 나는 싱을 자주 만났고, 그를 모드 곤에게 데려갔다. 아마도

---

[825] 예이츠의 1896년 8월 애런 제도 여행에는 아서 시먼스, 에드워드 마틴, 조지 무어가 동행했다. 이 여행에 대한 시먼스의 보고서 「문학한담 - 아일랜드의 성으로부터」가 『사보이』지 제6호(1896년 10월)에 실렸다. 이니스메아인은 아일랜드 서부 골웨이 만에 있는 애런 제도의 세 개의 섬 중 중간에 있는 섬으로, '중간 섬'이라는 뜻이며, 이니스모는 위쪽에 있는 가장 큰 섬이다. 애런 제도는 아일랜드어를 사용하고 아일랜드 문화가 강하게 남아있는 곳으로 유명하다.
[826] 이 애런 제도의 일화는 싱의 『서쪽나라의 바람둥이』에 영향을 주었을 것이다.

모드 곤의 설득으로 그는 《파리 아일랜드 청년회》(그것은 우리가 파리에 사는 대여섯 명의 아일랜드인에게 붙여준 이름인데)에 가입한[827] 것 같다. 그러나 그는 몇 달 후에 "그 모임은 대륙에 있는 국가들이 영국에 맞서도록 선동하기를 원하지만, 영국은 스스로 안전하다고 느낄 때까지는 아일랜드인들에게 자유를 주지 않을 것"이라는 이유로 그만두었다. 그 말은 내가 그에게서 들은 유일한 정치적 발언이었다.

1년이 지나서야 싱은 내 충고를 받아들여 잠시 애런 제도의 오두막집에 정착하면서, 그가 글로 썼듯이, 마침내 "가난한 사람들의 불결함과 부자들의 무가치함에서"[828] 도피해서 행복해졌다. 그가 파리에서 보여준 산문과 시에 대해 나는 거의 잊어버렸다. 그가 죽은 후, 문서로 남긴 요청에 따라, 발행해야 할 것과 발행하지 말아야 할 것을 내가 결정해야 했을 때 모두를 다시 처음부터 끝까지 죽 읽게 되었지만 말이다. 정말로 내게는, 창문 밖을 내다보려 하면서도 창문에 입김을 불어 자기가 보는 모든 것을 흐리게 만드는 사람에게 느끼는 것 같은 모호한 인상만 남아 있다.

나의 달 비유에 따르면 싱은 제23상의 인간이었다. 주관적 삶이(삶으로 끊임없이 되돌아오는 것이 내 꿈의 일부였다) 끝난 인간, 한때 힘과 기쁨이었던 모든 주관적인 꿈이 이제는 자기 속에서 타락해가고 있기 때문에 이미지를 추구하는 대신 이미지에서 달아나야만 하는 인간이었다. 그는 자기를 넘어선 세계에 처음으로 뛰어들어야만 했고, 즉 언제나 단순한 기교에 집착하던 자신에게서 처음으로 벗어나야만 했고, 하려고 하거나 해야 하기 때문이 아니라 단지 할 수 있기 때문에 하는 데서 기쁨

---

[827] 가입한: (1922년판) 가입하고 서명한.
[828] 『애런 제도』(1907), 76쪽.

을 느끼게 되었다.

싱은 언젠가 나에게 말했다. "인간은 가족을 부양하며 동시에 도덕적이어야만 합니다. 그 이상을 할 수 있다면 청교도라 할 수 있지요. 극작가는 자신의 주제를 표현하며 동시에 미를 찾아내야만 합니다. 그 이상을 할 수 있다면 유미주의자라 할 수 있지요." 말하자면 그는 의식적으로 객관적이었다. 싱은 사투리가 없는 극을 쓰려고 여러 번 시도했지만 그때마다 엉망이었다. 오로지 사투리를 씀으로써 그는 자기표현에서 벗어나 자신의 모든 글을 외적 관점에서 볼 수 있었으며, 자기 정신의 이미지들이 마치 다른 정신에 의해서 창조된 것처럼 자신의 지성이 판단하도록 만들 수 있었기 때문이었다.

그러나 싱의 객관성은 단지 기술적인 것이었다. 그의 모든 마음속 욕망이 그 이미지들 속에 드러났기 때문이다. 그는 소심하고 일반적인 대화를 하는데 너무 수줍어했으며 말도 안 되는 도덕적 거리낌이 가득했다. 그는 어떤 때는 호언장담하는 허풍쟁이를, 또 어떤 때는 시적인 말을 주절대는 술에 약간 취한 할멈을, 또 어떤 때는 아주 건강미 넘치는 젊은 남자와 아가씨를 창조하게 되었다. 싱은 결코 불친절한 말을 하지 않았고 감탄스러울 만큼 예절을 잘 지켰다. 그러나 그의 예술은 거리를 폭도로 가득 채웠고 가장 친한 친구들에게 평생 가는 적들을 남겨주었다.

어떤 정신도 둘로 나뉘기 전까지는 그렇게 할 수 없지만, 키츠나 셸리 같은 사람의 정신은 뒤따르는 지적인 부분과 숨겨진 감정의 날아가는 이미지로 나뉜다. 반면 싱과 같은 정신을 지닌 사람에게 있어서는 감정적인 부분은 두려움의 대상이고 정체된 것이지만, 지적인 부분은 깨끗한 거울 같은 기교를 성취한다.

그러나 글에서는 내가 싱을 훨씬 앞서 나갔는데, 1896년에는 그는 많은 사람 중 하나에 불과했기 때문이다. 나는 나중에 우리 삶에서 중요한 부분이 될 사람이나 집을 아무런 감정의 동요도 없이 만나거나 지나칠 수 있다는 것을 생각하면 자주 놀란다. 거기에는 맥그리거 매서스[829]가 환영을 처음 만났을 때 느낀 것 같은 신경의 나풀거림이나 심장의 멈춤이 있지 않을까?

XX

많은 영상이 날짜나 순서와 관계없이 내 앞에 나타난다. 나는 뤽상부르 공원 근처 어딘가를 걷고 있는데, 좀체 일반화를 하지 않는 싱이 많은 생각을 한 후에야 말한다. "세 가지가 있는데, 그중 두 가지는 흔히 합쳐지지만 결코 세 가지가 합쳐지는 법은 없지요. 황홀과 금욕주의와 내핍, 나는 이 셋 모두를 합치고 싶습니다."

.   .   .   .   .   .

맥그리거 매서스가 윌리엄 샤프를 모호하고 감상적이라고 생각하는 반면, 샤프는 매서스[830]의 완고함과 교만에 반발을 느낀다는 점에 나는 주목한다. 윌리엄 샤프는 매서스를 루브르에서 만나서 말했다. "자네가 하는 연구를 보건대 자네는 우유와 과일로 사는 것이 틀림없어." 그러자 매서스가 대답했다. "아니야, 정확히 우유와 과일은 아니야. 그러나 거의 그렇지." 이제는 샤프가 매서스와 점심을 계속 같이 먹지만, 그에게서 브랜디와 무만 받아먹었다.

---

[829] 맥그리거 매서스: 이하에 나온 것들도 1922년판에는 '맥그리거'로 되어 있었음.
[830] 매서스: 이하에 나온 '매서스'들은 1922년판에는 모두 '맥그리거'로 되어 있었음. XVIII 처음 부분의 언급과는 달리, 예이츠는 '맥그리거'보다는 '매서스'를 쓰려고 함.

．　　　．　　　．　　　．　　　．

　　매서스는 영적인 조언을 원하는 여인들 때문에 괴롭힘을 많이 당한다. 한 여인이 방문을 해서, 썩은 시체와 같은 형상의 환영들을 물리치기 위해 그의 도움을 청하고 밤에 자기와 잠자리를 함께 하게 만들려고 애썼다. 그는 그녀를 내쫓으면서 이렇게 분노하며 말했다. "양쪽 모두 아주 고약한 취미가 있군."

．　　　．　　　．　　　．　　　．

　　나는 18세기 신비주의자 생 마르탱의 추종자들과 함께 대마초를 핀다.[831] 새벽 한 시에 우리가 격렬한 대화를 나누고 몇몇은 춤을 추고 있는데, 닫힌 창문을 두드리는 소리가 난다. 문을 여니 세 명의 여인이 들어온다. 같이 놀 사람들을 만나려고 생각한 어떤 문인의 아내와 그녀가 몰래 난잡한 춤판에 데리고 갔던 젊은 두 시누이이다. 그녀는 우리를 알아보고 아주 당황스러워하지만, 이 사람 저 사람을 살핀 후 우리가 대마초를 피우고 있다는 사실을 알고는 웃는다. 우리의 규범이나 일반적 규범에 따르자면 그녀는 소문이 좋지 않은 여자라는 것을 막연히 알지만, 우리는 몽롱한 상태가 되어 그녀에게 관대하게 미소를 짓고 웃는다.

．　　　．　　　．　　　．　　　．

---

[831] 나는 18세기 신비주의자 생 마르탱의 추종자들과 함께 대마초를 핀다: (1922년판) 나는 두 프랑스계 미국인들과 함께 카페에 앉아있다. *이 문장은 다음 다음 문단으로 옮겨감. 루이 클로드 생 마르탱(1743~1803)은 프랑스의 비술과 신비주의 작가.

나는 스튜어트 메릴 집에 있고, 거기서 젊은 유대계 페르시아인 학자를 만난다. 그는 아마추어가 만든 아주 투박해 보이는 커다란 금반지를 끼고 있다. 그는 그것이 자기 손가락에 저절로 형성되었다고 설명하며 말한다. "이 반지에는 합금이 섞여 있지 않기 때문이죠. 연금술로 만든 금입니다." 누가 그 금을 만들었는지 묻자, 그는 랍비가 만들었다고 대답하며 그 랍비가 일으킨 기적들을 얘기하기 시작한다.[832] 우리는 그를 의심하지 않는다. 사실일 수도 있고, 모두 그의 상상일 수도 있다. 우리는 역사에 나타난 모든 믿음을 다시 받아들이는 경향이 있다.

·　　·　　·　　·　　·

나는 두 프랑스계 미국인들과 독일 시인 두헨다이, 그리고 내가 스트린드베리[833]라는 것을 알게 된, 현자의 돌[834]을 찾고 있는 말 없는 사람과 함께 카페에 앉아있다. 프랑스계 미국인 하나[835]가 라틴 구역에 뿌리기로 한 선언서를 낭송한다. 그것은 버지니아에 예술인들의 공산주의적 식민지를 건설하자고 제안하고 있다. 왜 그가 버지니아를 골랐는지를 설명하는 각주가 붙어 있다. "예술은 같은 곳에서 두 번 융성한 적이 없다. 버지니아에서는 예술이 번성한 적이 없다."

시인으로서 약간의 명성을 얻은 두헨다이는 자신의 시에 동사가 없다

---

[832] 예이츠는 『상냥하고 조용한 달빛 속에서』(1917)에서 이 일을 설명하면서, 여기에 나오는 유대계 페르시아인 학자를 '젊은 아랍학자'로 묘사한다.

[833] 요한 아우구스트 스트린드베리를 말함. 주석 661 참조.

[834] 현자의 돌은 중세 연금술사들이 모든 금속을 금으로 변화시키고 영생을 얻을 수 있도록 해준다고 믿었던 상상의 물질. 요한 스트린드베리는 1894~1895년에 파리에서 연금술로 금을 만들려고 노력했다.

[835] 누구인지 밝혀지지 않음.

고 설명한다. 동사는 세상 모든 악의 근원이기 때문이라는 것이다. 그는 마치 구름이 대리석으로 만들어져야 한다는 듯이 모든 사물이 움직이지 않는 예술을 원한다. 나는 그가 보여주는 책 중 한 권의 책장을 넘기며 극적 형식으로 되어 있는 시 한 편을 발견한다. 그러나 그것이 공연되기를 원하느냐고 물었을 때 그는 대답한다. "이 작품은 검은 대리석 벽 앞에서 손에 가면을 들고 있는 배우만 공연할 수 있습니다. 그들은 가면을 써서는 안 됩니다. 그러면 현실에 대한 나의 경멸을 표현할 수 없기 때문입니다."

· · · · ·

나는 자전거 복장을 한 아가씨에게 끌렸던 그 《시인클럽》 시인과 함께 알프레드 자리의 『위뷔왕』 첫 공연을 보러 《테아트르 드 로부어》에 간다.[836] 관중은 서로 주먹을 휘두르는데, 그 시인이 나에게 속삭인다. "이 공연이 끝난 후에는 자주 싸움을 합니다." 그리고 무대에서 벌어지고 있는 상황을 내게 설명해준다. 배우들은 인형과 장난감, 꼭두각시가 되게 되어 있는데, 이제는

알프레드 자리

나무로 만든 개구리처럼 모두 깡충깡충 뛰고 있다. 왕이라고 할 수 있는 주인공이 옷장을 청소할 때 쓰는 솔을 홀(笏)처럼 들고 있는 것이 보인다. 가장 활기찬 쪽을 지지해야 한다고 느끼면서 우리는 연극을 보며 소리를

---

[836] 예이츠와 아서 시먼스는 1896년 12월에 프랑스 상징주의 극작가 알프레드 자리 (1873~1907)의 『위뷔왕』 공연에 갔다.

질렀지만, 그날 밤 《코르네유 호텔》에서 나는 슬펐다. 희극, 객관성이 점점 세력이 커지는 것을 다시 한 번 보여주었기 때문이다. 나는 말한다. "스테판 말라르메 이후에, 폴 베를렌 이후에, 귀스타브 모로 이후에, 푸비 드 샤반 이후에, 우리 자신의 시 이후에, 우리의 미묘한 색채와 신경 리듬 이후에, 콘도르의 희미하게 섞인 색채 이후에, 더 이상 무엇이 가능하겠는가? 우리 이후에는 야만적인 신이 있을 뿐."

제5권
깨어나는 뼈들
The Stirring of the Bones

I

아마 1897년 봄이었던 것 같다. 모
드 곤이 런던을 지나는 길에, 알 수
없는 이유로 더블린위원회가 그녀의
미국 강연여행[837]을 승인하지 않았다
고 했다. 젊은 더블린 민족주의자들
은 울프 톤 기념상 건립계획[838]을 세
웠다. 너무나 쉽게 타협 당하고, 동시
에 타협에도 능했던 다니엘 오코넬
기념상[839]의 크기나 높이를 능가하는
기념비가 되기를 원했다. 모드 곤은
이 강연으로 건립기금을 모으자고
제안한 것이다.

울프 톤 기념상

나는 템플을 떠나 블룸스베리에
방 두 개짜리 집을 얻었다.[840] 블룸스
베리에는 런던의 중요한 민족주의자

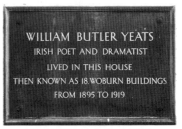

워번 빌딩 18번지 기념명판

---

[837] 모드 곤은 1897년 10월~12월에 울프 톤 기념비와 아일랜드 사면위원회의 기금을
모으기 위해 미국 강연여행을 했다.

[838] 아일랜드 민족주의자 울프 톤(1763~1798)의 기념상은 에드워드 드레이니가 조
각한 3m 높이의 크기로, 화강암 기둥들로 둘러싸여 있는데 1967년에야 건립되었
다.

[839] 다니엘 오코넬(1775~1847)은 '해방자'로 잘 알려진, 파넬이 등장하기 전에 활약
한 19세기 아일랜드의 민족주의 정치지도자. 실물보다 약간 큰 그의 기념상은
그의 이름을 딴 오코넬 가 초입에 있는데, 설계자 존 폴리가 죽은 지 8년이 지난
1882년에 모습을 드러냈다.

[840] 기념명판의 내용과는 달리 예이츠가 워번빌딩 18번지(현재의 워번워크 5번지)로
이사한 것은 1896년 3월(2월이라는 기록도 있음)로 알려져 있다.

다니엘 오코넬 기념상

들이 살았는데, 페니언 운동 시기에 의학도였던 나이든 의사들이었다. 그래서 나는 필요한 결의안을 통과시키기에 충분한 위원회를 소집할 수 있었다. 모드 곤이 배를 타고 떠나자마자 나는 더블린위원회가 그것을 거부한 이유, 아니 그것보다는 지연이나 모호한 약속들로써 그것을 미룬 이유를 찾아냈다. 저명한 아일랜드계 미국인이 정치적 이유로 살해되었고, 또 다른 아일랜드계 미국인도 재판을 받고 석방은 되었지만 여전히 반대세력에게

고소를 당한 상태였다. 논쟁이 런던과 아일랜드로 확산되었고, 그것이 현재의 정치문제와 얽히면서 새로운 반목을 낳았다.[841]

내가 속한 위원회와 영국 전역에 걸쳐있는 대부분의 아일랜드 독립협회들은 한 편이 되고, 아일랜드에 있는 더블린위원회와 대부분의 민족주의협회는 반대편이 되어 서로 적대감이 고조되고 있었다. 모드 곤의 정치적 동지들은[842] 나의 동지이기도 했기 때문에 그녀가 모금한 돈이 그 운동에 쓰일 뿐 그 동지들의[843] 손에 들어가는 것은 아니라는 점을 더블

---

[841] 미국의 페니언 조직인 '게일의 씨족'이라는 뜻의 《클랜 나 게일》 내부의 논쟁은 아주 격렬했는데, 사건이 끝난 지 오래 지났지만 아일랜드로 확산되었다. 1889년에 패트릭 크로닌 박사를 살해한 혐의를 받은 〈폭탄 테러리스트〉인 알렉산더 설리번은 시카고 배심원단에 의해 무죄 방면되었으나, 이것은 그의 추종자들인 〈트라이앵글〉과 존 드보이(1842~1928) 추종자들 사이의 분열을 심화할 뿐이었다.

[842] 정치적 동지들은: (1922년판) 동지들은.

[843] 그 동지들의: (1922년판) 그 동지들과 그들의 반대파에게.

린위원회에 이해시킬 수가 없었던 것이다. 내가《재영국 '98년 기념회》[844]의 회장직을 수락한다면, 드러내놓고 하는 싸움을 막고 대규모 중앙위원회를 개최하는 것이 가능할 것 같았다. 나는 그런 싸움을 한 차례 막았으나 그 누구에게도 도움이 되지 못한 것 같다. 적어도, 열성적으로 활동한 사람 하나가 자신이 맡은 일의 중요한 부분을 내가 빼버렸다는 사실을 확인해준 것을 보면 말이다. 또한 우리 중앙위원회는 보통 한 종

모드 곤

류의 팸플릿이나 한 사람의 조직책만으로도 충분할 때도, 양쪽을 대표할 수 있도록 조직책을 둘 다 보내거나 두 종류의 팸플릿을 인쇄한 것으로 보아 그 운동에는 전혀 도움이 되지 못한 것 같다.

II

그것은 원래 내 일이 아니었지만, 바로 그 이유 때문에 그 일에서 벗어날 수 없었다. 내게 주어지는 일들은 어느 것이나 딱 내 일이 아닌 한, 나를 유혹했다. 여전히 나는 나 자신이 속한 인간 유형에게는 〈존재의 통합〉만큼 중요한 것은 없다고 생각한다. 그러나 내가 그 유형에 속하지 않은 괴테의 방식으로 〈존재의 통합〉을 추구한다면, 단지 나 자신과 다른 사람들에게서 서로 양립할 수 없는 것들(이제야 과거를 회상할 때 그렇

---

[844] 예이츠는《재영국 1798년 아일랜드 반란 100주년 기념회》와《울프 톤 기념 사업회》회장직을 맡았다. 〈1798년 아일랜드 반란〉은 프랑스혁명의 영향을 받아 1798년 5월부터 9월까지 영국의 아일랜드 지배에 대항해서 일어난 독립운동.

게 보이는데)을 결합하게 될 뿐이다. 달의 제18상에서는 어둠이 빛과 섞이기 때문에, 괴테에게는 객관성과 주관성이 섞여 있다고 생각된다. 빌헬름 마이스터가 지적이고 비판적으로, 그리고 신중하게 선택한 수많은 경험을 통해 〈존재의 통합〉을 추구했듯이 괴테도 그렇게 할 수밖에 없었을 것이다. 여러 사건과 여러 형태의 기술은 마치 수집가가 이것저것 모으듯이 그렇게 모인다. 반면, 제대로 된 것이 아니면 그 어떤 경험도 거부하고 그 수량 또한 제한함으로써, 우리는 단 하나의 음만 건드려도 모든 자연이 그에 공명하는 진정한 〈존재의 통합〉을 정서적, 본능적으로 찾아낼 수 있게 된다.

이 모든 것에 대해서 나는 아무것도 몰랐다. 내가 아버지의 말씀에 비추어 세상을 보았고, 〈존재의 통합〉을 위해 두려움을 극복하려고 해부실에 자주 갔던 프랑스인에 관해서 얘기한 것을 보면 말이다. 아버지는 이유도 설명해주지 않고 비웃었지만, 불행히도 나는 전율하는 매혹을 느꼈다. 아무리 현명하게 〈존재의 통합〉을 추구한다 해도, 이제는 더 이상 가능하지 않은, 계급이나 집단을 초월한 〈문화의 통합〉 없이는 〈존재의 통합〉을 이룰 가능성이 얼마나 희박한지 나는 그때까지도 이해하지 못하고 있었다.

어려운 일에 매력을 느껴
핏줄의 피가 마르고
가슴에서 저절로 샘솟는 기쁨과
자연스러운 만족감을 빼앗겨 버렸다.[845]

---

845 예이츠의 제5시집 『초록 투구와 기타 시편』에 실린 「어려운 일의 매력」, 제1~4행.

나는 여기저기서 열린 잉글랜드와 스코틀랜드의 여러 모임과 시끄러운 더블린 회의에 가끔 참석해 발언하면서 내 생애 최악의 몇 달을 견디었다. 몇 년 전, 외삼촌의 말 조련사가 크리스마스에 저녁식사를 함께 하자고 초대했을 때, 나는 내가 커다란 성취를 이루었구나 하고 느꼈다. 그때 우리는 마구(馬具)를 넣어 두는 방의 난로 앞에서 고기를 구워 먹었다. 이제는 군소 조직책과 함께 보냈던 저녁에도 거의 마찬가지의 긍지를 느끼게 되었다.[846] 그의 침 뱉는 그릇에 몰래 세 번째 위스키 잔을 부어버렸었지만 말이다. 나는 끊임없이 침착성과 신속한 결정력, 위장하는 능력 등을 더 갖고 싶었다. 그렇지만 아마도 이때 나는 전혀 달라진 점이라고는 없이 그저 나무처럼 싹이 돋았다가 시들 뿐이었던 것 같다.

돌아온 모드 곤은 잉글랜드와 아일랜드 두 곳 모두에서 주도적 위치가 되었다. 주로 그녀의 주문에 의해서 우리 운동은 파넬 파와 파넬 반대파 사이의 불화와 위엄성 결여에 대한 항의의 성격을 띠게 되었다. 이 두 파는 7~8년 동안 서로 싸웠고, 그래서 마침내 바쁜 사람들이 그들을 그냥 지나쳐가는 지경에 이르렀다. 내가 어린 시절에 보곤 했던 채링크로스 역 밖에 있는 탁자 위에서 서로 으르렁대며 위세를 부리는 고양이들을 지나쳐가듯이 말이다.

의회의 두 파는 모든 아일랜드 젊은이, 그리고 꽤 많은 나이든 사람이 그 운동에 참여한다는 사실을 알고 우리와 함께하려 했다. 그렇지만 파넬 반대파들은 독자적인 정체성을 포기하지 않으려 했다. 우리는 그 두 파를 모두 받아들인 것 같은데, 어떤 조건을 전제로 했는지는 기억나지 않는다. 나와 두세 명의 사람들은 마이클 대비트[847]와 F. X. 오브라이

---

[846] 1898년 2월 20일 리버풀에서의 일로 추정됨.

마이클 대비트

언[848]이라는 의원을 만나서 결론이 날 때까지 독자적인 정체성 문제에 관해 토론해야만 했다. 나는 마이클 대비트의 태도와 인상을 빼놓고는 무엇이 통과되었는지는 기억나지 않는다. 그는 그런 협상에, 심지어 있을 법한 정치적 현안에도, 나 못지않게 적합하지 않았던 것 같다. 그래서 나는 그를 동정심으로 지켜보았다. 감정을 집중하면 의자에 앉는 방식을 보고도 사람들을 판단할 수 있는 법이다. 대비트의 앉는 방식은 행동가라기보다는 작가이고 화가이며 일종의 예술가라는 것을 암시해주었다.

역시 F. X. 오브라이언도 자신이 제대로 된 주장을 하는지 서툰 주장을 하는지, 자신이 바보처럼 보이는지 똑똑한 사람처럼 보이는지에는 관심을 두지 않고 자신의 의견을 개진했다. 오브라이언이 서툰 주장을 하면, 대비트는 몇 분을 기다려 다시 진술해야 했지만, 우리의 생각을 그 문제로 다시 되돌리곤 했다. 사람들은 대비트가 언제나 자신이 경멸하는, 상상력 없고 비효율적인 사람 몇몇과 함께 살아왔을 거라고 느꼈다. 또한 아마도 어린 시절에 교육을 받지 못했기 때문에, 또 아마도 자신의 인생 형성기에 9년 동안 감옥생활을 한 것이[849] 현실에 대한 접촉을

---

847 마이클 대비트에 관해서는 주석 258 참조.

848 J. F. X. 오브라이언(1828~1905)는 아일랜드의 민족주의자, 페니언 혁명가, 국회의원.

849 대비트는 아일랜드 《페니언 형제단》 반란에 앞서 1867년 2월, 무기 탈취를 기도했다가 실패하고 수배를 받았다. 1870년 5월에 체포되어 국가반역죄로 15년형을 선고받았다. 그는 독방에 있으면서 아주 가혹한 대우를 받았다. 정치범들에 대한 가혹행위가 알려지면서 이에 대한 사람들의 분노가 일어나자 대비트는 다른 정치범들과 함께 1877년 12월에 석방되었다. 대비트가 감옥에 있었던 기간은 예이

저해하고 불가능하게 만들었기 때문에, 《토지연맹》의 첫 몇 달 동안을 제외하고는 이 사람들을 통솔하는 데 실패했다고 느꼈다. 그는 내게, 《아일랜드당》의 분열이 없었다면 《토지연맹》을 하이랜드에 들여왔을 것이라고 했다. 또한 여전히 혈통으로나 언어로나 게일족인 스코틀랜드의 많은 부분을 아일랜드에 되찾아왔을 것이라고 말했다.

프랜시스 사비에르 오브라이언

F. X. 오브라이언, 그리고 내가 지명한 두 협상자(한 사람은 바리스타, 또 한 사람은 의사였다)를 흥미롭게 만든 우리의 협상은 나보다 대비트를 훨씬 지루하게 했을 것이다. 그들은 내게는 그저 신기하게 보였다. 그러나 하이랜드 계획은 그 역사적 기초와 막연한 가능성으로 대비트를 흥분시켰고, 우리의 말과 행동은 다른 순간에도 역시 그를 동요시켜 그것과 유사한 엉뚱한 생각과 감정을 갖게 한 것 같다. 그는 내가 보낸 공감을 되돌려준 듯하다. 그는 죽기 얼마 전에, 하원의원직 사임 연설 후에 내가 보낸 축하의 말에 대한 화답을, 영국의회에서 아일랜드의 대표성의 질을 개선하려는 자신의 계획에 대한 설명과 함께 보냈기 때문이다.[850]

츠의 말처럼 9년이 아니라 정확히는 7년 반이었다.

[850] 대비트는 1899년 10월 25일에 하원의원직을 물러나면서 보어전쟁 반대연설을 했다. 1899년 11월 2일에 예이츠가 보낸 편지에 대한 11월 4일자 답장에서 그는 '파당의 제약에서의 자유'를 회복한 데 대해 안도감을 표하고, 아일랜드의 자유와 권리에 대한 주장의 기초를 '독립을 옹호하는 모든 사람을 위해 우리가 변호해야 하는 권리로서의 이 정의에' 두기를 희망했다.

IV

대비트는 시인이나 철학자처럼 마음을 터놓고 모두 말하거나 아니면 어떤 영향도 주려 하지 않고 그냥 조용히 있을 필요가 있다고 생각한 것 같다. 내 친구의 말을 이 상황에 맞게 바꾸자면, 혀끝으로 뺨을 볼록하게 하는 것만큼 옷소매에 심장을 올려놓는 것이 꼭 필요한[851] 운동에 그는 몇 년 동안 몸담고 있었다. 아일랜드 농지운동의 기초를 놓은 사람들은 종교사와는 모순되는 원리에 의거해 행동하고 있었다. 그 원리는, 무지한 사람들은 이념을 위해 일하지 않으며 정치적인 열정을 그 자체로 느끼지 못한다는 것이었다. 또한 운동을 위해서는 소위 "지렛대"를, 즉 실제적인 불만을 찾아내야만 한다는 것이었다. 혁명가들 사이에 광범위하게 퍼진 "지렛대"에 대한 이 믿음이 단지 18세기의 기계적 철학의 결과라고 믿을 만큼 나 자신이 비현실적이라고는 생각지 않는다. 콜리지가 말했듯이 18세기의 기계적 철학은, 아직도 예술작품을 "길에서 굴러다니는 거울"[852]처럼 보이도록 만들기는 하지만, 인간정신을 거울 뒤의 수은으로 바꿔놓았다.[853]

올리어리는 그때까지 공식적으로 알려지지 않은 것으로 생각되는 이야기를 해주었다.[854] 페니언주의 때문에 감옥에 갔다가 석방된 지 얼마 되지 않은 저명한 아일랜드계 미국인이 파넬에게 전보를 쳤다는 것이다. 〈토지개혁 문제를 국가문제와 함께 들고나올 것. 당신을 지원할 것임.

---

[851] 혀끝으로 뺨을 볼록하게 하는 것만큼 옷소매에 심장을 올려놓는 것이 꼭 필요한: '농담을 하는 것만큼 마음을 털어놓는 것이 꼭 필요한'이라는 뜻.

[852] 스탕달의 『적과 흑』(1831)의 제13장 에필로그.

[853] 콜리지의 『문학평전』, 제7장 참조.

[854] 예이츠는 1889년 10월 19일자 『스코트 옵서버』에 실린 익명의 리뷰에서 이 이야기를 한 적이 있다.

키컴[855]을 만나 보기 바람〉. 오만한 지주인 파넬이 농부나 농부의 불평으로 무슨 일을 할 수 있었겠는가? 그는 정말로 둘 모두에 무지했기 때문에 소설가이며 페니언 지도자인 키컴에게 사람들이 토지 관련 소요를 일으킬 거라고 생각하는지 물었다. 그러자 키컴이 대답했다. "그것 때문에 사람들이 망하지 않을까 걱정일 뿐이오." 올리어리의 논평은 "그래서 망했지."였다.

찰스 키컴

그렇게 해서 소요의 기초가 마련되었다. 이것을 어떤 사람들은 토지를 위한 국가적 열정인 것처럼, 어떤 사람들은 국가를 위한 토지경작자의 열정인 것처럼, 또 어떤 사람들은 진보를 위한 두 가지 열정 모두인 것처럼 생각했다. 내가 글을 쓰고 있는 이 시점에 이르러서는, 나이든 사람만이 소요에 참여한다. 그들은 여러 해 노동한 후에, 몇몇은 여러 해 감옥살이를 한 이후에, 자신들이 파렴치한 사람들로 조소를 받는다는 것을 알게 되었다. 가식 속에서 성장했기 때문에 분명히 그들은 파렴치했다. 지금은 그들이 실제로 하는 불평이 숨길 수도 더 자극할 수도 없을 정도로 거의 굳어버렸기 때문에, 그들의 가식은 누구나 다 알 수 있다. 그들은 언제나 말을 유창하게 했지만, 이전 세대에서 물려받은 감상적 이미지와 시에 대한 언급을 제외하면 공유하는 것이 결코 없었다. 그들은 모든 웅변조의 말에 반기를 든 세대와 맞서게 되었던 것이다.

국회의원 한 사람[856]이 기억에 떠오른다. 그는 파넬이 죽은 후에 자신

---

[855] 찰스 키컴(1828~1882)은 소설가, 시인, 아일랜드 혁명주의자. 《아일랜드공화국 형제단》의 핵심 단원이었다.
[856] 누구인지 알려지지 않음.

폴 크루거

이 크게 손해를 보면서도 파넬의 정책을 위해서 싸웠다. 그는 보어전쟁이 선포되었을 때, "영국이 옳다"고 생각했기 때문에 내 친구들이 소집한 회의에 참석하기를 거부했다. 그러나 일주일 후에 더블린 군중이 그 문제를 들고 일어났을 때, 그는 아일랜드 병사들에게 상관을 사살하고 크루거 대통령[857] 편이 되라고 독려했다.

또 다른 더 저명한 정치가[858]가 기억나는데, 그는 만년에는 파넬 반대파를 지지했다. 그는 한창때 어떤 식민지 총독에 대한 추문을 폭로하기도 했다. 내 친구는 총독 아들에게 자기 아버지의 목숨을 구하기 위해 글을 쓰라고 권하고 나서, 그 추문을 떠올리고는 불안한 마음 때문에 그 정치가를 방문했다. 그 정치가는 더할 나위 없이 진지하게 말했다. "제가 선거 때 무슨 말을 했건 그 말에 신경 쓰지 마시기를 간청 드립니다."

이들 중 어떤 사람들은, 공공연한 선입견을 모두 제쳐놓으면, 아주 달변가이며 상냥하고 친절했다. 그들은 시골의 유머와, 대부분 반쯤은 감상적이고 반쯤은 실질적인 철학, 그리고 모두 가식이라고는 할 수 없는 시적 감정에 의해서 때때로 자신들이 풍요로워지는 기억이 있었다. 영국인 동조자들은 에린[859]의 눈에 어린 미소와 눈물에 대한 이 시적 감정을

---

[857] 폴 크루거(1825~1904)는 19세기 남아프리카의 주요한 정치적 인물로서, 네덜란드인의 후손인 보어인이 건설한 트랜스발 공화국의 대통령을 역임했다 (1883~1900). 1899~1902년에 있었던 제2차 보어전쟁에서 역시 보어인이 건설한 이웃 오렌지 자유국과 함께 영국에 대항해 싸웠다.

[858] 아마 아일랜드 민족주의자 정치가 윌리엄 오브라이언(1852~1928).

[859] 에린은 아일랜드의 옛 이름으로, 시적으로 부르는 말.

아주 감동적이라고 생각했다. 심지어 다른 지역에 있는 같은 부류의 사람들보다 더 성실할 수도 있지만, 그들은 목숨을 바치도록 만드는 대의를 물려받았기 때문에 스스로 감옥에 갔다. 그들은 물려받은 그 순교정신이 아주 몸에 배어 있어서 얼마간 보통사람이 아닌 것처럼 보이기도 했지만, 이제는 대가를 치를 수밖에 없었다.

"방금 막 머해피[860]에게 그 무리는 천재들의 당이라고 얘기했네."라고 와일드가 나에게 말한 적이 있다. 이제는 존 올리어리와 테일러와 많은 진지한 무명의 사람들이 그들을 끌어내렸다. 그러나 개인의 영혼을 무엇보다 중시하는 눈으로 판단할 때, 나중에 오는 것이 반드시 훨씬 낫다고 할 수 있는가? 처음에는 시의 움직임, 그 다음에는 감상성의 움직임과 토지소유욕이 추상과 증오의 움직임과 갈등했고, 나

존 머해피

라가 모든 혁명의 두 번째 단계로 들어감에 따라 추상과 증오의 움직임에 굴복했다. 추상성과 증오가 승리를 거두었지만, 약 20년 동안의 두 번째 시기 이후에는 제3의 〈중간상태〉와 합리적 정신의 틀이 나타날 분명한 징조가 보이지 않는다.

개인의 영혼만이 반대쪽에 있는 정신에 도달할 수 있음을 보자면, 혼란 속에 있는 국가는 기계적 대립들 사이를 오갈 수밖에 없다. 그렇지만, 사람들은 언제나 그 대립들이 남자와 여자처럼 되어 자식을 낳기를 바란

---

[860] 존 펜틀랜드 머해피 경(1839~1919)은 스위스 출생의 아일랜드 고전학자, 파피루스학자, 음악학박사로서 다방면에 박식했던 인물.

다. 아일랜드의 정치적 복속의 결과에 대해서 생각하는 순간마다 나는 오스카 와일드가 마법에 관한 책에서 발견했다고 주장하며 내게 해준 이야기를 기억해냈다. 그는 말했다. "만일 에메랄드에 케르베로스[861]를 새기고 그것을 등잔 기름 속에 넣어서 원수가 있는 방에 갖다 놓으면, 원수의 양어깨에 머리 두 개가 나타나서 머리 셋이 서로 잡아먹을 것이네."

타당한 불평을 하는 모든 사람과 우리의 전통적인 감상적 수사학을 공유하는 대신에, 사람들이 그 불평에 조금이라도 관심이 있건 없건, 우리 대부분은 이교도들을 비난하고 있었다. 국적은 종교와 같아서 목숨을 던질 수밖에 없고, 묵상에는 단 한 가지 주제인 완전한 나라와 완전한 봉사만 있을 뿐이다. 내 친구에게 배달된 서명 없는 엽서에 이렇게 쓰여 있었다. "여론 때문에 당신은 아일랜드어를 배우지 않을 수 없을 것이오." 분명히 여론은 정해진 습관이 있는 많은 사람에게 재단사와 옷감을 바꾸도록 만들었다. 나도 나 자신이 여론에 따라 옷을 입는다고 생각하고 있었다. "스코틀랜드부터 내내 와야 하기 때문에, 코네마라 옷감[862]을 가져오는 데는 아주 오랜 시간이 걸린다."라고 말하는 재단사의 사과편지를 받기 전까지는 말이다.

말하자면, 사람들이 애정을 품은 아일랜드는 스스로 움직이고 스스로 창조해야만 한다. 아직은 (절망적으로 보이는 결론을 피하여) 정치적으로 영국과는 전적으로 별개로 언급하는 사람은 거의 없지만 말이다. 그러나 사람들은 당장은 최후의 성취보다는 그것을 위해 투쟁하는 동안 영국 정당들과 그 영향력에서 독립하는 데 더 관심이 있었다. 우리에게

---

[861] 케르베로스는 머리 셋에 뱀 모양의 꼬리를 한 그리스 신화의 지옥 지키는 개.
[862] 코네마라는 아일랜드 서부 해안에 있는 지역.

는 더 이상 지도자가 없었고, 추상성이 그 자리를 대신하게 되었다. 올리어리가 의장을 맡은 시기에는 그가 커피를 마실 참이 되면 진행규칙들을 전혀 고려하지 않고 토론을 중단시키기도 했다. 그때 우리의 회의는 아직 아주 소수이기는 했지만 매우 열정적인, 신학적 분파와 같은 강렬함과 편협성이 있는 소수 그룹들, 즉 게일족 선전가들이 지배하고 있었다.

나는 옛것과 새로운 것을 조화시킬 계획이 머릿속에 있었다. 그래서 스코틀랜드와 더블린과 중부 지방의 회의에 참석하러 함께 기차여행을 하는 문제로 모드 곤과 많은 고무적인 대화를 나누었다. 울프 톤 조각상의 베일을 벗길 때가, 혹은 심지어 기단석을 놓을 때가 가까워졌을 때, 더블린과 런던에 있는 조직들을 설득해서 파넬 파와 파넬 반대파, 그리고 아일랜드에 대한 과도한 세금부과 때문에 분노해 편을 거의 바꾼 연합주의자 새 그룹의 지도자들을 초청하여 그들의 정책을 우리 협의회에 올리도록 설득하지 않는다면, 협의회를 지속시키자고 제안하고 지속시키거나, 집행위원들을 임명해서 아일랜드 정책 방향을 정하고 때때로 보고하도록 만들지 못할 상황이었다.

영국의회나 영국정부에서의 전면적인 철수는 서로 잡아먹는 두 개의 머리가 똑같은 힘을 갖기 전인 1870년대에도 제안되었다. 왜냐면 우리의 케르베로스는 머리가 두 개밖에 없었으니 말이다.[863] 그리고 이제는 추상적인 머리가 더 강해져서 그 철수안을 다시 제안할 수 있었다. 그러나 협의회는 그들을 독립적인 세력으로서가 아니라 단지 대표로서, 협의회가 결정할 때만, 협의회가 결정해주는 목적을 위해서, 거기로 보낼 수 있었다.

---

[863] 왜냐면 우리의 케르베로스는 머리가 두 개밖에 없었으니 말이다: 1926년판에서 추가된 구절. 파넬 지지파와 파넬 반대파를 말함.

존 딜런

존 레드먼드

나는 과격한 페니언 운동을 두려워했고, 정치보다는 마음에 더 두고 있는 문학으로써, 집행부를 구성하는 소수의 사람으로 시작할 수 있는 〈문화의 통합〉을 꿈꾸었다. 나는 내 계획을 여러 조직책과 의논하기 시작했는데, 그들은 자주 딜런과 레드먼드[864]에 대한 새로 알려진 험담을 하며 주의를 흩트려놓았다. 그들은 그저 예의상 주의를 기울이는 척하고 있었을 것이다. 나는 모드 곤의 지지를 받고 있다고 생각했는데, 그녀의 대화를 엿듣고는 평소에 그녀는 아일랜드 출신 의원들의 전면적인 철수를 촉구한다는 것을 알았다. 그녀가 내 계획과 관련하여 언급한 것이라고는 영국에 누더기를 입은 술 취한 거지 80명이나 권투선수 80명을 보내서 "그 결과에 따라 대가를 치르자."고 제안하는 정도였다.

내가 아는 한, 모드 곤은 공개적으로나 반공개적으로 우리 시대의 실질적인 정책으로 아일랜드 출신 국회의원들이 의회에서 철수하는 문제를 거론한 최초의 사람이었다. 그러나 다른 사람들도 생각은 하고 있었을지 모른다. 국가가 위기에 처하면 사람들은 거의 한 마음처럼 된다.

---

[864] 존 블레이크 딜런(1851~1927)은 국회의원으로서《토지연맹》의 조직자. 파넬의 추종자였던 그는 1890년에 파넬이 몰락하자 파넬 반대파가 되었다. 존 에드워드 레드먼드(1856~1918)는 민족주의 성향의 국회의원으로 1891년 이후에 파넬 파의 지도자가 되었고, 마침내 1900년에 아일랜드 의회당을 재통합했다.

아니 그보다는, 각각의 흐름이 통과하는 그 마음의 색깔을 띠는 나란한 생각의 흐름의 통로가 되는, 내가 묘사한 그런 마음들처럼 된다. 내가 생각하기로는 이런 흐름들은 대화나 공표를 통해서가 아니라 보통의 의식 아래에 있는 어떤 깊은 곳에서 "텔레파시적인 접촉"을 통해서 움직이게 된다. 미래에 일어난 사건들이 그 주제들의 중요성을 보여준 몇 년 후에서야 우리는 그것들이 공통주제의 서로 다른 표현이었음을 발견하게 된다.

스스로 움직이고 스스로 창조하는 국가는 아일랜드의 정책 중심지를 필요로 했다. 나는 주로 앉아서 일을 하고 생각이 많은 사람이었기 때문에 서로 잡아먹는 두 머리 사이의 불가능한 시기상조적 평화를 계획했다. 그러나 모드 곤은 앉아서 일하는 타입은 아니었고, 나는 그녀가 큰일이 있기 전에는 생각은 하지 않고 아주 미신적이 된다는 사실을 알았다. 그녀와 같은 사람들은 커다란 위기의 순간에 자신들의 정신을 초월한 어떤 힘을 의식하는 것인가? 혹은 우리 아버지 세대의 어떤 훌륭한 초상화처럼 모델이 눈에 보일 때만 생각하는 것인가? 언젠가 시위가 있기 전날 밤에 나는 그녀가 새장에 들어있는 종달새와 핀치새 몇 마리를 단지 행운을 얻으려 풀어주는 것을 발견했다.

비렐이 정리한 대학[865]에서 아직 교육을 받지 못한 우리의 젊은이들은 의견이 같지 않은 사람이면 그 누가 되었든 소리를 질러 확실히 입을 다물게 만들었다. 또한 그들의 돈 씀씀이가 너무 지나쳤기 때문에 조각

---

[865] 오거스틴 비렐(1850~1933)은 영국 자유당 정치가로서, 1907~1916년에 아일랜드 담당 비서실장을 역임했다. 그는 1908년의 대학법에 책임을 진 인물로서, 아일랜드의 국립대학들이 이 법에 의거해 더블린의 유니버시티 칼리지, 코크의 유니버시티 칼리지, 골웨이의 유니버시티 칼리지, 메이누스의 성 패트릭 칼리지, 그리고 별개의 독립적 대학으로서 벨파스트의 퀸스 유니버시티 등으로 정리되었다. 더블린의 트리니티 칼리지는 더블린 대학이 되었다.

오거스틴 비렐

상을 세우기에는 재정이 터무니없이 모자랐고 초석과 그것을 보호하는 철제난간에 만족할 수밖에 없다는 것을 알고서 나는 그 계획을 포기했다. 반면, 모드 곤은 자기가 세운 모든 계획을 밀고 나갔다.

군중을 지배하는 그녀의 힘은 절정에 달했다. 그 힘의 원천 일부는 그녀가 불합리해 보이는 지경까지 추상적 원칙을 밀고 나갈 때조차 자신의 마음을 자유롭게 할 수 있다는 사실에 있었다. 그래서 사람들은 단지 그녀가 아름다워서가 아니라 그 아름다움이 기쁨과 자유를 암시했기 때문에 그녀의 말을 따랐다. 게다가 그녀의 아름다움에는 옛 게일족 이야기와 시가 마음에 가득 차 있는 사람들을 움직이는 요소가 있었다. 그녀는 마치 고대문명 속에서 사는 것처럼 보였기 때문이다. 그 문명에서는 정신이든 육체든 모든 우월성은 공공 의식의 일부이며, 어떤 점에서는 군중의 창조물이었다. 마치 교황이 베드로 성당에 들어가는 것이[866] 군중의 창조물인 것처럼 말이다. 큰 키가 받쳐주는 그녀의 아름다움은 믿을 수 없을 정도로 특출했기 때문에 연극무대에 흔히 등장하는 뻔하고 화려한 미인들의 경우와 같지 않았고, 곧바로 집회에 영향을 미쳤다. 그녀의 얼굴은 생각이 드러나지 않는 그리스 조각상 같았지만, 그 집회가 여러 사람이 섞이고 뭉쳐서 유독 두드러져 보였던 것처럼, 그녀의 전체적인 모습은 오랫동안 고심하여 만든 걸작처럼 보였다. 심지어 현재에도 통용되는 기준이 있는 아르테미시아의 무덤 이미지[867]에 맞설 수 있도록, 스코파스가 이집트의

---

[866] 교황이 베드로 성당에 들어가는 것이: (1922년판) 바티칸으로 들어가는 교황이.

현인들과 바빌론에서 온 수학자들과 함께 측량하고 계산하고 협의한 것처럼 말이다.

그러나 고대 문명에서는 추상적인 사고가 거의 존재하지 않았던 반면 그녀는 그저 부분적으로 잠깐씩 걷잡을 수 없는 추상성을 보였다. 다른 여인들도 그러는 것처럼, 그런 이유로 그녀는 자신의 아름다움을, 다른 사람에게 미치는 영향 때문이 아니라 거울 속에 비친 그 이미지 때문에 증오했다. 미는 대립적 자아에서 오는 것이며, 여인은 그것을 증오할 수밖에 없다. 그것은 매일 매일의 고통스러운 숭배를 요구할 뿐만 아니라, 자아부정 혹은 자아소멸을 요구하기 때문이다.

> 그 사랑스러움을
> 태어나게 하려고,
> 독수리나 두더지를 능가한
> 청각과 시각,
> 아르키메데스의 추정을 초월한
> 측량의 수고를 하며
> 그 영혼은 자리를 뜨지 않고
> 얼마나 많은 세기를 보냈던가?[868]

V

대규모 시가행진[869]이(내 기억에 남아있는 것 중에서 최대 규모였는

---

[867] 《대영박물관》은 카리아의 왕인 아르테미시아(기원전 약 353~351년 재위)와 그녀의 남편이며 오빠인 마우솔루스(기원전 377~353 재위)의 조각상을 소장하고 있다. 제2부 1권 XIV에도 언급되어 있음.

[868] 예이츠의 시극 『에머의 유일한 질투』(1919)에 나오는 「여인의 아름다움은 연약한 흰 새와 같다」, 제7~14행.

데) 있던 날 아침에 파넬 파와 파넬 반대파 국회의원들이 폭풍우를 만난 소떼처럼 한 덩어리가 되어 우리 마차 뒤에 모인다. 나는 존 레드먼드가 자신의 최근 적들에게 말하는 것을 듣는다. "내가 행렬 맨 앞쪽으로 가까이 가니 진행요원이 이렇게 말하더군요. '레드먼드 씨, 이곳은 당신이 있을 곳이 아닙니다. 당신 자리는 저 뒤입니다.' 나는 '아니요. 여기 있겠소.'라고 했더니 그자가 '그러면 당신을 뒤로 끌고 가겠습니다.'라고 하지 뭡니까." 나중에 나는 남아프리카에서 온 대표가 떠밀고 어깨로 밀치는 것을 보고 자리와 행렬이 얼마나 중요한지 알게 된다. 모드 곤은 가는 곳마다 환호를 받지만 아일랜드 출신 국회의원들은 환호하는 사람들도 없이 이 거리 저 거리를 누비는 것을 보고, 그들의 적들이 의도적으로 굴욕을 당하게 만들지 않았을까 나는 생각한다.

·　·　·　·　·

우리는 시장관저의 연회에 있다. 존 딜런은 파넬 사후에 처음으로 더블린의 일반대중 앞에서 연설을 하고 있다. 나는 런던 대표들이 방해하지 못하도록 몇 차례 제지한다. 딜런은 아주 긴장해 있다. 그를 지켜보고 있자니 막연한 감정이 내 안에서 일어나기 시작한다. 나는 잔인한 본능에 거의 압도되어 이렇게 외치고 싶어 한다. "자기 왕을 살해한 지므리가 평화를 얻었던가?"[870]

---

[869] 이 시가행진은 울프 톤(1763~1798)의 100주기를 기념하여 1898년 8월 15일에 열렸는데, 예이츠는 연단에서 존 딜런, 존 레드먼드와 기초석 제막식에 관해 연설했다.
[870] 성경 「열왕기상」 제16장 8~20절, 존 드라이든(1631~1700)의 『압살롬과 아키토펠』(1681~1682) 제544~568행 참조. 딜런이 파넬의 몰락 이후 파넬 반대파로 돌아선 것에 대한 언급인 듯.

빅토리아 여왕의 60주년 기념제[871]를 위해 시내 중심가를 장식했을 때도 아직 우리는 울프 톤 조각상의 초석도 놓지 못하지 않았던가?

호텔에서 모드 곤이 아주 우울해 보이는 젊은 노동자에게 말하는 것을 나는 본다. 그녀는 사회주의자협회 정규모임에서 빅토리아 여왕에 관해 연설하겠다는 제안을 했고, 그래서 그는 대규모 야외모임을 소집했다. 그녀는 연설을 거부했고, 그는 아무도 그가 약속을 받았다는 것을 믿지 않을 것이기에 그녀의 거부는 자신의 파멸을 의미한다고 말한다. 그가 불평을 하거나 화를 내지 않고 떠났을 때, 모드 곤은 야외모임을 반대하는 아주 설득력 있는 이유를 댄다. 그러나 나는 그 젊은이와 그의 우울한 표정

제임스 코널리

패트릭 피어스

밖에 생각나지 않는다. 그는 주소를 남겨두었다. 그래서 내 설득으로 모드 곤은 바로 마차를 타고 그의 아파트로 간다. 거기서 그와 그의 아내와 자식들이 좁은 공간에 옹기종기 모여 있는 것을 본다(아마도 단칸방인

---

871 빅토리아 여왕(1837~1901년 재위)은 1897년 6월 20일에 즉위60주년 기념제를 거행했다. 6월 21일에 거행된 더블린 기념제에서 모드 곤은 적극적으로 반대시위를 이끌었다. 10년 전인 1887년에도 빅토리아 여왕은 유럽 왕과 왕자 50명을 초대하여 즉위 50주년 골드 주빌리(기념제)를 치렀고, 이때 기념 은화를 발행하기도 했다.

것 같다). 그 모습 때문에 마음이 움직여서 모드 곤은 연설하기로 약속한
다. 그 젊은이는 제임스 코널리[872]로서, 패트릭 피어스[873]와 함께 1916년
봉기를 일으키고 처형될 인물이었다.

·　　　·　　　·　　　·　　　·

　그 모임은 칼리지 그린에서 열리고 있는데, 아주 많은 사람이 모였다.
모드 곤이 의자에서 일어나 말을 하는 것 같다. 그녀 앞에는 에드워드
피츠제럴드 경[874]의 모형을 든 여인이 있다. 그 여인은 흥분하여 모형을
흔들며 외친다. "나는 그녀가 태어나기 전에 거기에 있었지." 모드 곤은
그날 아침 성 미카엘 성당[875]에 있는 순교자의 무덤에 화환을 바치러 간
일을 얘기한다. 그날이 1년 중에 화환을 놓을 수 있는 유일한 날이지만,
여왕기념제 날이라는 이유로 입장이 거부되었다. 그러고 나서 잠시 말을
멈추더니, 그 후에 그녀의 목소리는 절규에 가까워진다. "여왕이 기념제
를 한다고 돌아가신 분들의 무덤에 꽃을 바칠 수도 없단 말입니까?"

·　　　·　　　·　　　·　　　·

---

[872] 제임스 코널리(1868~1916)는 노동조합 지도자로서, 사회주의 계열의 신문인『노
　　동자공화국』을 만들고 《아일랜드 사회주의공화당》을 창설했다. 1916년 부활절
　　봉기 때는 아일랜드 독립선언서에 서명한 7인 중 하나이며, 공화국군 사령관으
　　로서 중앙우체국을 점거하고 지휘했다. 체포된 그는 5월 12일에 총살형을 당했
　　다.
[873] 패트릭 피어스(1879~1916)는 시인이며 교육가로서, 게일어 보급에 힘쓴 인물이
　　다. 1916년 부활절 봉기 때는 아일랜드 공화국군의 총사령관이며 임시정부의 대
　　통령이었다. 5월 3일에 총살형을 당했다.
[874] 에드워드 피츠제럴드 경에 관해서는 주석 52 참조.
[875] 성 미카엘 성당이 아니라 성 미션 성당임. 《아일랜드연합》과 연루된 혐의로 처
　　형된 존 쉬어스(1776~1798)와 헨리 쉬어스(1753~1798) 형제의 무덤, 로버트 에
　　밋의 무덤이 있다.

밤 여덟 시 아니면 아홉 시경이다. 모드 곤과 나는 대회가 열리던 시청을 나와서 러틀랜드 스퀘어에 있는 《내셔널 클럽》으로 걸어간다.[876] 우리는 거리에서 큰 무리의 군중을 만나는데, 그들은 우리를 에워싸고 우리와 동행한다. 곧 유리창 깨지는 소리가 들린다. 군중이 장식된 집들의 유리창에 돌을 던지기 시작한 것이었다. 질서를 지키자는 말을 하려고 할 때, 나는 대회에서 너무 말을 많이 해서 목소리가 잠겼다는 것을 알게 된다. 나는 속삭이듯 말하고 몸짓만 할 수 있을 뿐이다. 그렇게 의무감에서 자유로워지니 나는 군중의 감정을 공유하게 되고, 유리가 깨질 때 그들이 느끼는 것처럼 똑같이 느끼는 듯하다. 모드 곤은 웃는 얼굴을 뒤로 젖히고 걸어가면서 환희의 표정을 짓는다.

그날 밤 늦은 시각에 코널리는 위에 "대영제국"이라고 쓴 관 하나를 행렬 속에서 운반한다. 경찰과 군중이 그것을 서로 차지하려고 싸운다. 결국, 경찰이 그것을 차지하지 못하도록 리피 강에 내던진다. 경찰과 유리창을 깨뜨리는 사람들 사이에 여러 번 싸움이 벌어진다. 나는 아침 신문에서 많은 사람이 부상당했다는 기사를 읽는다. 약 200명이 병원에서 치료를 받았다. 한 할머니가 죽었는데, 경찰봉에 맞았거나 군중의 발에 밟혔을 거라고 한다. 또 2천 파운드 상당의 장식 유리창이 깨졌다. 나는 일련의 연관된 책임소재를 헤아리고 손가락으로 꼽아보며, 우리 토론회와 연관이 있지 않을까 생각해본다.

·　·　·　·　·

빅토리아 여왕이 도시를 방문한다. 더블린 연합주의자들은 아일랜드

---

[876] 1897년 6월 21일 여왕즉위 60주년 기념제가 열린 날에 있었던 이 대회는 《'98 울프 톤 100주기 기념위원회》의 회의였다. 예이츠는 100주기 집행위원장이었다. 러틀랜드 스퀘어는 지금의 파넬 스퀘어.

Mr W B Yeates next proposed—"That this Convention of Irishmen assembled this 22nd day of June, 1897, declares its belief in the right of Ireland to freedom." (Applause). He said that as he went about the streets of Dublin at the present time it seemed to him that that resolution was necessary. He should not have thought that they would have had in Ireland after her history quite so obvious or quite so energetic a manifestation of the necessity of this resolution. The Irish people next year would be celebrating a jubilee of their own (applause). One wondered why their friends outside—he would not give them so much importance as to call them their enemies—were engaged in celebrating the present Jubilee. Was it because more than four millions of the Irish people had been forced to emigrate, or was it that a million of the people had died of starvation, or was it that Ireland had for many years been robbed of nearly three millions a year. His opinion was that this bunting was hung out from sheer snobbery (applause). It was done for the same reason that people sometimes sought to acquire English accents (hear, hear). He did not, however, think that they need trouble much about these people. This Jubilee celebration meant that England had grown rich upon the robbery of the world, because they had built up their empire by rapine and fraud (applause). Next year Irishmen would celebrate the centenary of '98 in a very different manner. They would be celebrating a holy and sacred cause, and let them all hope that from that celebration would arise a movement that would unite the Irish people once again (applause). All he had to say was if they could not agree to worship their own martyrs then they were a defeated and discredited people (renewed, applause).

1897년 6월 22일, 빅토리아 여왕 60주년 기념제에 즈음해서 행한 예이츠의 연설 내용

전역에서 약 12,000명의 아이들을 모아서 그들을 위해 스탠드를 세우고, 여왕을 환호하도록 사탕과 빵을 사 먹였다. 일주일 뒤에 모드 곤은 40,000명의 아이들을 더블린 거리와 드럼콘드라 너머에 있는 들판에서 행진하게 만들었다. 아이들은 교회 사제 앞에서 아일랜드의 자유를 얻을 때까지 영국에 대한 영원한 적대감을 갖기로 맹세한다.[877]

이들 중 얼마나 많은 아이가 서른 살 전후가 되었을 때 폭탄이나 총을 들게 될 것인가?

．　　．　　．　　．　　．

더블린 조직과 런던 조직 사이의 적대감이 아직도 팽배해있다. 동료 대의원인 런던의 의사 하나가 아침식사 조금 후에 나를 찾아와서 자신이 전날 밤에 어떤 비밀협회로부터 죽음을 선고받았다고 말하는 것을 보면 말이다. 생명이 위험한 것처럼 보이지는 않지만 참을 수 없는 모욕을 당했기 때문에 그는 몹시 화가 나 있다.

．　　．　　．　　．　　．

협의회 모임을 위해서 우리는 챈서리 레인에 도착하지만, 마침 더비 경마 날[878]이다. 권투경기를 마련한 사람들이 우리 방을 차지하고 있다. 우리는 구식 음식점처럼 판자를 댄 칸막이 방들이 있는 이웃 술집으로 장소를 옮긴다. 그 주에 받은 편지들에 어떻게 답장을 할지를 비서에게

---

[877] 이 부분은 3년 후인 1900년에 있었던 일들에 대한 회상이다. 이 해 4월 9일은 빅토리아 여왕의 6일간의 더블린 방문 마지막 전날로서, 연합주의자들은 피닉스 파크에 약 5천 명의 아이들을 모았다. 모드 곤은 1900년 부활절 일요일에 《에린의 딸들》이라는 모임을 창립하고 초대회장이 되었으며, 7월 1일에는 약 3만 명의 아이들을 모아 클론터크 파크에서 '애국어린이 조약식'을 개최했다.

[878] 1900년 6월 5일에 개최된 더비 경마.

알려준다. 더비 경마에 갔다 온 위원 때문에 회의가 여러 번 중단된다. 그는 이제는 탁자에 반쯤 누워서 같은 말을 반복한다. "나는 당신들이 무엇을 생각하는지 알고 있소. 당신들은 횃불을 건네주자고, 횃불을 우리 아이들에게 건네주자고 생각하지만, 내 대답은 아니요, 입니다. 즉시 봉기를 지시해야 한다는 말이오."

곧 권투선수 중의 한 명이 도착한다. 우리에게 사과를 하러 온 것처럼 보이는데, 그는 우리가 누군지 알아보지 못했다고 해명한다. 그는 사과를 시작하다가 멈추고는, 잠시 생각에 잠겨 비난하는 듯한 눈길로 우리를 뚫어지게 바라보더니 외친다. "아니요, 나는 사과하지 않겠습니다. 지금 내가 비너스와 아도니스, 그리고 하늘에 있는 다른 혹성들 말고 누구에게 관심을 두겠습니까?"

· · · · · ·

프랑스 동조자들이 골웨이에 있는 옛 건물들을 보려고 왔는데, 머릿속에 남부 프랑스의 마을이 있는 그들은 전혀 감동을 받지 못한다. 사람들 대부분은 북적이는 조그만 호텔에 있다. 이내, 내가 아는 사람 하나가 아직도 대낮인데 침실에 들어가서 창문 밖을 몰래 내다본다. 그는 현관 문 근처에 있는 호텔 여사장과 도로에 서 있는 진지한 돈키호테 같은 더블린 바리스타를 본다. 그 옆에는 열두 개의 요강을 막대기에 걸어 어깨로 운반하는 소년이 있다. 화가 난 목소리와 애원하는 듯한 설명조의 부드러운 목소리가 들린다. "그렇지만 사장님, 예상치 않게 손님들이 그렇게 많이, 나라 손님[879]이 그렇게나 많이 들이닥치는데 분명히 사장님

---

[879] 나라 손님: '교도소 재소자'를 뜻하는 비어.

이라도 대비하지 못했을 거예요." "나는 그런 모욕을 당해 본 적이 없네." "사장님, 저는 우리나라의 명예를 생각하고 있습니다."

·　·　·　·　·

나는 모드 곤의 호텔에 있고, 가리발디의 친구인 이탈리아인 동조자 치프리아니[880]도 거기에 있다. 지금은 노인이지만 그는 내가 본 사람 중에서 제일 잘생긴 사람이다. 나는 방의 한쪽 끝에서 영어로 유령 얘기를 하고 있고, 그는 다른 쪽에서 프랑스어로 정치 얘기를 하고 있다. 누군가가 "예이츠는 유령을 믿는답니다."라고 말하자, 치프리아니는 잠시 열정적인 열변을 멈추고 멋진 동작과 억양을 넣어 영어로 말한다. "내가 믿는 것은 대포밖에 없소."

아밀카레 치프리아니

·　·　·　·　·

나는 웨스트모어랜드 가에 있는 더블린 조직[881]의 사무실을 찾아간다. 앞문과 사무실 문이 모두 열려있다. 사무실은 비어 있지만 찬장 문이 열려있고 선반에 금화 18파운드가 놓여있는 것을 발견한다.

---

[880] 아밀카레 치프리아니(1844~1918)는 이탈리아의 무정부주의 혁명가로서, 1898년 8월에 모드 곤, 예이츠와 함께 더블린을 방문했다.
[881] 《울프 톤 100주기 기념회》 본부.

런던위원회 모임에서 나는 한 중년 남자에 주목한다. 그는 잠시 방에 슬며시 들어와 비서에게 뭔가를 속삭이더니 탁자에 3~4실링을 놓고 슬며시 나간다. 그는 아일랜드 기숙학교 선생인데, 초년에 술과 담배를 하지 않기로 맹세를 했고 그렇게 해서 절약한 돈을 매주 아일랜드의 대의를 위해 기부하기로 맹세한 사람이라는 얘기를 나는 듣는다.

VI

맥그리거 매서스

스물두 살에 『어쉰의 방랑』을 마쳤을 때 내 문체는 너무 정교하고 너무 장식적이었다. 나는 몇 주 동안 갑판에서 자볼까 생각했다. 내가 무서워하는 외할아버지와 외할머니가 계시는 슬라이고가 아닌 다른 곳이었다면 그것을 시도했을 것이다. 『사보이』지에 실을 「연금술 장미」를 완성했을 때, 해묵은 근심이 다시 돌아왔다. 나는 상의를 하러 친구에게 갔다.[882] 그 친구는 내 카발라철학 상징의 영향으로 명상과 황홀경 사이의 상태로 빠져들 수 있었다. 내 기억이 정확하다면, 스스로를 마가리스마라고

---

[882] 예이츠의 「연금술 장미」는 1896년 4월호 『사보이』지에 실렸다. 여기서 말하는 친구는 소설가이며 라이널 존슨의 사촌인 올리비아 셰익스피어(1863~1938). 예이츠는 그녀를 1894년에 처음 만났고, 1896년경부터 연애를 시작했다.

부르는 상징적 인물이 나에게 물 가까이에 살되, "숲은 태양빛을 모으니까" 숲은 피하라고 조언했다. 내 친구의 정신을 통해서 말을 하고 있는 숨어있는 자아인 나 자신의 다이몬[883]에게서 이 불가사의한 말이 나왔다고 나는 믿었다. 내가 매서스에게 배운 모든 가르침에 따르면 "태양"은 정교하고, 기교로 가득 차고, 풍부하고, 금세공업자의 작업을 닮은 것 모두를 의미했다. 반면 "물"은 "달"을 의미했고, "달"은 단순하고, 대중적이고, 전통적이고, 정서적인 것 모두를 의미했다. 그러나 왜 숲이 태양빛을 모은다는 말인가? 나는 그 이유를 이해할 수가 없었고 지금도 이해하지 못한다. 나는 그 부분의 메시지는 잘못된 것으로 보고 버리기로 결정했다. 나머지는 어려움 없이 받아들였다. 『어쉰의 방랑』 이후 나는 시골 이야기들로 상상력을 채우면서 문체를 단순화했기 때문이다.

내 친구들은 정신의 어두운 부분(잠재의식)은 헤아릴 수 없는 힘, 심지어 사건들까지 지배하는 힘이 있다고 믿었다. 사건들이나 자신의 정신에 영향을 미치려면 그 어두운 부분의 주의를 끌어야만, 말하자면 그것을 새로운 방향으로 돌려야만 할 것이다. 매서스는 어린 시절에 자신이 일어나기를 원하는 사건을 어떻게 거듭해서 그림으로 표현했는지를 설명했고, 그 그림들을 본능적 마술이라고 불렀다. 그러나 대부분의 경우 사람들은 어떤 이름들을 반복해서 부르거나 이미 정확한 의미를 얻은 상징적 형태들을 자기 정신의 어두운 부분(잠재의식)뿐만 아니라 민족의 정

---

[883] 다이몬(daimon): 다이몬은 귀신, 악마, 수호신 등을 의미하는데, 초자연적이며 영적인 존재를 의미하는 그리스어 다이몬(daimōn)에서 유래한 말이다. 호메로스는 이것을 신과 같은 의미로 생각하여 모든 일의 원인으로 보았다. 헤시오도스는 죽은 사람들이 다이몬이 되어 후세 사람들을 인도한다고 생각했는데, 따라서 그에게 다이몬은 인간의 수호령의 의미였다. 현대적 관점에서 보자면 인간의 무의식에 작용하는 모든 힘을 다이몬이라고 할 수 있다. 이처럼 원래 다이몬은 악마성과 반드시 연결되는 존재는 아니었지만, 그리스도교의 출현과 함께 이교도적 신들이 배제되고 다이몬도 악마나 귀신과 같은 단순한 의미로 쓰이게 되었다.

신으로 끌어가 연관 짓거나 상상했다. 나는 카발라철학의 생명나무에서 달과 연관되는 이름들을 따르기로 결정했다. 성스러운 이름, 천사계급의 이름, 천체의 이름 등등을 말이다. 그리고 이 점에 있어서 나의 기억은 분명치 못하지만 어떤 기하학적 형상들을 그리기로 결정한 듯하다.

아서 시먼스와 내가 골웨이에 있는 툴리라 캐슬에 에드워드 마틴[884]과 함께 머물 작정을 하고 있을 때, 나는 그곳이야말로 내가 달에 기원을 해야 할 곳이라고 생각했다. 나는 밤마다 잠자리에 들기 직전에 기원을 했다. 여러 밤 후(아마도 8~9일 밤 후)에 마치 영화관에 있는 것처럼 나는 비몽사몽간에, 질주하는 켄타우로스를 보았다. 그리고 조금 후에는 좌대에 서서 별을 향해 활을 쏘고 있는 믿을 수 없이 아름다운 나체의 여인을 보았다.[885] 모든 인간의 육신을 건강치 못한 것처럼 보이게 만드는 그 놀라운 육신의 살빛을 나는 아직도 기억한다. 그리고 그런 형상들을 본 다른 사람들이 똑같은 특징을 기억하고 있었다는 사실 또한 기억한다.

다음 날 아침 식전에 아서 시먼스는 나를 잔디밭으로 데리고 나가서 짧은 시 한 편을 낭송했다. 그것은 그가 꿈에게 말하는 형식으로 쓴 유일한 시[886]였다. 그는 전날 밤에 대단히 아름다운 여인에 대한 꿈을 꾸었다. 그러나 그 여인은 옷을 입고 있었고 활과 화살을 갖고 있지 않았다. 런던으로 돌아갔을 때 그는 피오나 맥클라우드[887]가 『사보이』지에 보낸 단편

---

[884] 에드워드 마틴(1859~1923)은 아일랜드의 극작가, 문화운동가로서, 1905년 창설된 아일랜드의 공화주의 정당인 신페인당의 초대 당대표였다.

[885] 예이츠는 옥스퍼드 신학자인 바커 버치 박사가 1923년 2월 1일자로 보낸 편지의 자료들에서 이 책의 권말주석을 조합했다. 권말주석에는 예이츠가 버치 박사의 이름을 밝히려 했지만 편지를 둔 곳을 찾지 못한 것으로 되어 있다.

[886] 시먼스, 『사랑의 잔인함』 중 「꿈에서 본 여인에게」(1896년 8월 15일자).

[887] 피오나 맥클라우드는 스코틀랜드 시인이며 전기작가인 윌리엄 샤프(1855~1905)가 쓴 익명의 필명으로서, 생전에는 거의 비밀로 되어 있었다. 주석 817 참조.

소설 한 편이 그를 기다리고 있는 것을 발견했다. 그 제목은 「활 쏘는 사람」[888]이었던 것 같다. 그 이야기에 나오는 어떤 사람이 하늘로 활을 쏘는 여인에 관한 환상을 보고, 나중에는 파우누스의 몸에 쏜 화살이 파우누스의 심장에 박히고 심장이 찢겨 나와 나무에 박혀 있는 환상을 보는 내용이다.

몇 주 후에는 나도 런던에 있었는데, 이때 매서스의 제자 중에서 한 여인[889]을 알게 되었다. 내가 막 환상을 볼 때거나 그 조금 후였던 것 같은데, 그 여인의 아이가 정원에서 뛰어들어와 소리쳤다. "아, 엄마, 하늘에 화살을 쏘는 아줌마를 봤어요. 하느님을 죽이지 않았을까 걱정돼요." 내 서류 가운데 어딘가에 나의 아주 오래된 친구[890]가 보

모드 곤의 딸 이술트

낸 편지가 하나 있다. 아마 그 일로부터 몇 달 후의 일인 것 같은데, 그 편지는 자기 어린 사촌이 꾼 꿈을 설명하고 있다. 어떤 남자가 총으로 별을 쏘아 떨어뜨렸다. 그러나 그 아이는 "별이 아주 늙었기 때문에 죽는 것을 상관치 않았다고 생각해요."라고 말했다. 그리고 곧 별이 요람에 누워있는 것을 보았다고 했다. 어떤 대사건은 신화가 현실인 세계에서 일어났고, 우리는 그 일부를 본 것일까? 내 동창 하나는 "신화는 다이몬

---

[888] 여성 가명인 피오나 맥클라우드가 쓴 것으로 되어 있는 윌리엄 샤프의 단편소설 「활 쏘는 사람」은 『사보이』지에 실리지 못했다.

[889] 밝혀지지 않은 《황금새벽회》 회원.

[890] 모드 곤과 그의 딸 이술트에 관한 언급. 이술트 곤(1894~1954)은 모드 곤이 유부남이었던 프랑스의 언론인이며 우파 정치가 뤼시앙 밀레보이 사이에 몰래 낳은 딸. 프랑스에서 아일랜드로 돌아왔을 때 모드 곤은 이술트를 자기의 조카 혹은 사촌이라고 했다. 따라서 여기서 말하는 어린 사촌은 이술트.

들의 활동'[891]이라는 그리스 사람들의 말을 인용하기도 했다. 아니면, 수천 년 전 사람들이 믿었던 것을 우리가 그저 인류의 기억 속에서 본 것일까? 혹은, 아마도 나 자신을 포함해서 그 누군가가 그저 생각의 전이에 의해서 다른 사람에게 전해지는 환상적인 꿈을 꾼 것일까? 나는 어떤 결론에도 이르지 못했지만, 발견할 수만 있다면 거기에는 어떤 상징적인 의미가 있을 거라고 확신했다.

올리비아 셰익스피어

나는 메가리스마에게 말을 걸었던 친구[892]를 찾아갔다. 그녀는 다시 한 번 무아지경의 명상에 들어가서 설명되지 않는 문장 하나를 귀로 들었다. "그것을 본 사람이 셋인데, 이 셋은 뱀보다 더 오래된 지혜를 얻을 것이지만 아이는 죽을 것이다." 이것이 나와 아서 시먼스, 피오나 맥클라우드 그리고 활 쏘는 사람이 하느님을 죽이지 않았을까 걱정한 그 아이를 언급하는 것이었을까? 나는 그렇지는 않다고 생각한다. 시먼스는 그 주제에 깊은 관심이 없었고, 두 번째 아이에 관해서도 설명해야 했기 때문이었다. 필시 그것은 그 신화의 새로운 세부내용이거나 그 의미에 대한 해석이었을 것이다.

당시에, 내가 몇 년 동안 만나지 못했지만 한때 알고 지낸, 카발라철학을 잘 아는 런던의 검시관[893]이 있었다. 나는 그를 찾아가서 내가 이 책에

---

[891] 출처가 밝혀지지 않음.

[892] 올리비아 셰익스피어. 앞부분에는 '메가리스마'(Megarithma)가 아닌 '마가리스마'(Margarithma)로 되어 있다.

[893] 윌리엄 윈 웨스트코트 박사(1848~1925)는 영국태생의 검시관, 신지학자로서, 맥

적은 것을 모두 얘기했다. 그는 서랍을 열더니 두 개의 수채화를 꺼냈다. 단지 상징을 기록한다는 목적밖에 없는 서툰 화가가 그린 것들이었다. 하나는 켄타우로스에 관한 것이고, 또 하나는 돌 좌대에 서서, 별처럼 보이는 것을 향해 화살을 쏘는 여인에 관한 그림이었다. 별을 주의 깊게 보라고 해서 보니 그것은 작은 황금 심장이었다. 그는 말했다. "당신은

윌리엄 웨스트코트

어떤 책에서도 읽어보지 못한 것들을 만나신 겁니다. 이 상징들은 당신이 알지 못하는 기독교 카발라철학의 한 부분에 속합니다."(그는 아마 정확히 이런 용어를 쓰지는 않았을 것이다) "켄타우로스는 원초적 영혼이고 여인은 사메크 길의 신성한 영혼이며, 황금 심장은 카발라철학의 생명나무 중앙지점이며 세피로트 티페레트에 상응합니다."

나는 흥분으로 가득 찼다. 마침내 이제야 이해하기 시작했기 때문이었다. "생명나무"는 직선으로 결합된 세피로트라고 불리는 열 개의 원 또는 구로 이루어진 기하학적 도형이다. 한때 인간들은 그것을 열매와 잎으로 덮여있는 커다란 나무처럼 생각했음이 틀림없다. 그러나 아마도 13세기 어느 시기에 아라비아의 수학 천재에 의해 손질이 되어 그 자연적인 형태를 잃어버렸다. 태양에 속하는 세피로트 티페레트는 사메크 길이라고 불리는 직선에 의해서 달에 속하는 세피로트 이소드와 결합한다. 이 선은 궁수자리에 속한다.

그리거 매서스, 윌리엄 우드먼과 함께 《황금새벽회연금술교단》의 이시스-우라니아 템플을 창설함.

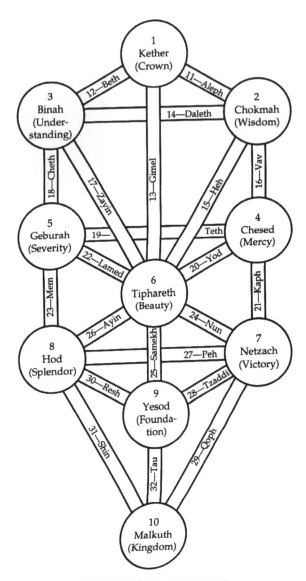

카발라철학의 〈생명나무와 32경로〉

그는 더 이상 얘기해 주려고 하지도 않았고, 얘기해 줄 수도 없었다. 그러나 내가 들은 얘기를 요트를 타는, 요트 디자이너이자 카발라철학자인 동창생에게 다시 들려주었더니 그는 이렇게 말했다. "이제 너는 뱀보다 더 오래된 지혜가 무슨 뜻인지 안다." 카발라철학에서 말하는 나무에는 그것을 감고 올라가는 초록색 뱀이 있다. 그것은 자연이나 본능의 구불구불한 길을 나타내며, 사메크 길은 나무의 중심을 통하여 올라가는 긴 직선의 일부이고, 그것은 "의도적 노력"의 길로 해석이 되었다는 점을 그는 나에게 상기시켜주었다. 별을 쏘는 것을 본 세 사람은 마법을 공부함으로써 지혜에 도달할 수 있는 사람들이라고 말했다. 그것은 "의도적 노력"이기 때문이다. 인간의 길을 직선으로 묘사한 발자크의 말을 내가 인용한 일이 기억난다.[894] 그러나 그는 쏜 화살이 노력을 상징한다는 것 외에 다른 상징들에 대해서는 밝힐 수가 없었다. 나 또한 더 이상의 깨달음을 얻을 수 없었다.[895]

·　·　·　·　·

내가 환상을 본 2주일 후에,[896] 언젠가 런던에서 잠깐 만난 그레고리 여사[897]가 툴리라로 마차를 몰고 왔다. 시먼스가 런던으로 돌아간 후 나는

---

[894] '인간만이, 지상에서 인간만이, 무한에 관한 의식이 있어서 직선을 알 수 있다' (발자크, 『세라피타』)

[895] (1926년판 원주) 그러나 권말주석 II 참조.

[896] 내가 환상을 본 2주일 후에: VI 첫 부분부터 이 구절까지 원문으로 6쪽 남짓이 되는 이 글은 1922년에 있었던 4행을 삭제하고 대폭 확충한 것. 원래 있던 4행은 다음과 같다: 내가 정치에 끌리기 몇 달 전, 나는 《아일랜드 극장》의 오래된 계획을 가능하게 만들어줄 우정을 맺게 되었다. 아서 시먼스와 나는 골웨이에 있는 툴리라 성에서 에드워드 마틴 씨와 함께 머물고 있었다.

[897] 이사벨라 그레고리 여사(1852~1932)는 골웨이 카운티에서 태어난 아일랜드의

그레고리 여사
(조플링의 소묘 작품)

그녀의 집에 머물렀다.[898] 호수 가장자리에 있는 그녀의 큰 숲을 보았을 때 숲을 피하고 물가에서 살라던 말이 기억났다. 이 새로운 친구 그레고리 여사는 나의 기원 때문에 온 것이었을까, 혹은 그 말은 단지 예언이며, 내 기원 역시 의지의 행동이 아니라 예언이었을까? "숲은 태양빛을 모으니까 피하라."라는 그 이해할 수 없는 말은 단지 꿈속의 혼란, 숲과 물의 실제적 병치를 상징적으로 설명하는 시도였을까? 나는 그때도 지금도 말할 수가 없다.[899]

나는 건강이 나빴고, 젊음의 긴장감이 보통사람들보다 더 컸다. 심지어 젊음을 고통스럽다고 생각하는 것처럼 보이는 상상력이 풍부한 사람들의 경우보다 더 컸다. 게다가 나는 몇 년 동안 정기적으로 〈카멜레온의 길〉[900]에서 나 자신을 잃어버렸다. 처음 그런 일이 있었던 것은 열여덟

작가이며 예술후원자. 그녀는 쿨 호수 근처의 대규모 사유지를 소유한 윌리엄 그레고리 경과 1880년에 결혼했으나, 1892년에 남편과 사별했다. 예이츠는 1896년에 런던에서 그녀를 처음 만났고, 그해에 쿨 파크를 처음 방문했다. 예이츠와 그레고리 여사, 에드워드 마틴은 《아일랜드 문예극장》을 설립했는데, 이것은 《애비극장》의 전신이었다. 그레고리 여사는 극장 감독과 극작가로서 일했다. 예이츠의 친구이며 후원자, 문예활동의 협력자로서 그레고리 여사의 역할은 지대했다.

[898] 그레고리 여사가 툴리라로 마차를 몰고 왔다. 시먼스가 런던으로 돌아간 후 나는 그녀의 집에 머물렀다: (1922년판) 그레고리 여사가 마차를 몰고 왔고, 시먼스가 런던으로 돌아간 이후에 나는 툴리라에서 약 4마일 떨어진 그녀의 집에 머물렀다.

* 그레고리 여사의 집은 골웨이에 있는 사유지 쿨 파크로서 1768년에 로버트 그레고리가 매입한 것인데, 가옥은 1941년에 헐렸다.

[899] 호수 가장자리에 있는 … 지금도 말할 수가 없다: 1926년판에서 추가된 부분.

혹은 열아홉 살 때였다. 그때 나는 더 다양
한 극형식을 창조하려고 애썼다. 지금 나는
쓰지도 중단하지도 못하는 소설[901] 때문에
그 길에 들어서게 되었다. 그 소설의 주제
는 〈카멜레온의 길〉이다. 플로베르의 성 앙
투안이 기독교 종파들을 보았듯이,[902] 그 소
설 속 주인공은 당황한 눈으로 현대의 모든
신비주의 종파가 지나가는 것을 보게 되어
있다. 내 소설 속 주인공이 철학적 질서를
창조하지 못했듯, 나는 예술적 질서를 창조
하지 못했다. 그것은 내가 질서를 사랑하지

예이츠의 『점박이 새』 표지

않거나 그에 대한 능력이 없어서가 아니라 내 힘에 벅차게 일을 했기
때문이다. 내 힘에 벅찼던 것은 예술과 사고에만 한정된 것은 아니었다.
내가 예술적 질서를 창조하지 못한 또 다른 이유는 너무 많은 요소를
택해서가 아니라 그 요소들로 이룰 수 있는 결합 자체가 너무나 많아
보이기 때문이다. 헨리 모어가 스콜라철학자의 문제를 설명할 때 쓴 말
로 하자면, 바늘 촉에 찔리고 공격당하며 그 촉 위에서 춤을 추는 수없이
많은 천사처럼[903] 말이다. 50년 전이었다면 내 고통은 덜했을 것이다. 그

---

[900] 주석 630 참조.

[901] 예이츠가 1896년부터 1902년경까지 쓴 미완성의 자전적 소설 『점박이 새』를 말
함. 예이츠가 켈트족 신비주의 교단을 만들려고 했듯, 이 소설의 주인공도 예술
과 마법을 결합한 신비주의 교단을 만들려고 시도한다. 주요 등장인물은 예이츠
자신과 모드 곤, 올리비아 셰익스피어, 맥그리거 매서스, 그리고 아버지에 근거
를 두고 있다.

[902] 귀스타브 플로베르, 『성 앙투안의 유혹』(1874).

[903] 영국의 플라톤 철학자 헨리 모어(1614~1687)의 『영혼의 불멸성』(1659), 151쪽에
서 나온 표현.

러나 시대 자체가 〈카멜레온의 길〉에 도달하면, 무엇을 할 수 있겠는가?

그레고리 여사는 내가 아픈 것을 알고는 나와 함께 오두막 여기저기를 다니면서 민간신앙과 민담 등을 수집하고 우리가 수집한 것을 글로 적었다. 다른 사람들에게 말을 시키고 들판을 너무도 많이 돌아다녀야 했던 이 일은, 시골사람들의 말로 하자면, "마음에 부담을 주지 않을" 거라고 생각해서였다. 그녀는 다음 해에도 거기로 오라고 청했다. 그래서 나는 그 후 몇 년 동안 여름을 그녀의 집에서 보내게 되었다.

쿨 장원(예이츠의 파스텔화)

다시 건강을 되찾았을 때, 아마 완성이 불가능한 소설에 대한 두려움이 내가 부리는 태만의 부분적인 이유라는 것을 알게 되었다. 그래서 그녀에게, 내가 매일 11시에 작업을 시작하게 하고 또 다른 시간에는 편지를 쓰게 하며 필요하면 게으름을 나무라달라고 부탁했다. 그녀의 단호함과 보살핌이 없었다면 내가 인생에서 그렇게 많은 일을 했을지 의심스럽다. 곧바로 되지는 않았지만 얼마 후에는 성실성을 상당히 되찾을 수 있었다. 글을 쓰기 전에 버티면서 많이 미루지 않고 한 시간 동안 시를 대면하는 것은 비록 후년에 가서야 가능해졌지만 말이다.

슬라이고의 숲, 두니 바위 위쪽 숲, 그리고 다시는 걸을 것 같지 않은 벤 불벤 산에 있는 폭포 위쪽 숲은 내 마음 속에 아주 깊이 박혀 있어서 밤이면 그 숲들의 꿈을 꾼다. 그러나 쿨 호수에 있는 숲은 꿈에 나타나지 않는다. 그럼에도 쿨 호수의 숲은 나의 생각과 너무나도 많이 얽혀 있어서, 내가 죽으면 찾아가 가장 오랫동안 머무를 곳이 바로 그 숲이 될 것이라고 확신한다. 내가 믿는 바에 따르면, 우리는 죽으면 생전으로 돌아가 몇 년을 살면서 우리가 걸었던 길을 걷고 다시 젊어지며 심지어 어린애가 된다. 마침내 몇몇은 자연의 단순한 사고가 아니라 인간 지성의 최고의 성취인 순수성에 도달하게 된다. 지금은 다른 생각들과 서로 엉켜서 복잡해졌지만, 나 자신의 정신을 초월한 곳에서 온, 세상을 설명해주는 몇몇 단순한 생각을 처음으로 받아들인 것은 쿨 호수에서였다.

나는 명상을 했고, 명상은 잠에 아주 큰 영향을 미친 것 같다. 그래서 나는 일반적인 꿈이나 비몽사몽간에 꾸는 반(半)꿈(그렇게 부를 수 있을지 모르겠는데)과는 달리, 찬란한 빛 가운데 있는 것처럼 느껴지는 언제나 일관성이 있는 꿈들을 꾸기 시작했다. 그런 경험들은 흔히 내 주의가 산만한, 가장 적절치 않아 보이는 시간에 자주 일어난다는 사실에 나는 주목했다. 마치 외적 정신이 다른 무엇인가에 몰두한 상태에 있을 필요가 있는 것처럼 말이다.

그 꿈들이 처음 나타나기 시작한 것은 내가 늘 정치모임에 들락거리던 1897년 혹은 1898년 동안이었다. 나는 인치 우드 가까이에 있는 작은 개울을 건너고 있었다. 큰 걸음으로 한쪽 둑에서 다른 쪽 둑으로 실제로 건너가는 동안, 이전에 경험해보지 못한 감정이 나를 덮쳤다. 나는 "이것이 신앙심 깊은 기독교인이 느끼는 것, 그가 자신의 의지를 하느님의 의지에 바치는 방법이다."라고 말했다. 나의 모든 상상력은 고대 아일랜드의 이교도적 신화에 몰두해 있었기 때문에 나는 극도로 놀라움을 느꼈다. 나는 커다란 지도에 붉은 잉크로 성스러운 산을 모두 표시하던 중이었다. 이튿날 아침 나는 동틀 무렵이 되어서야 어떤 목소리를 듣고 깨어났다. "인간영혼은 하나하나 유일하기 때문에 하느님의 사랑은 각 인간 영혼에게 무한하며, 한 영혼에 하나님이 원하는 것을 다른 영혼으로는 만족시킬 수 없다."[904]

그레고리 여사와 나는 바꿔침을 당한 사람들의 얘기를 많이 들었다. 이들 중에는 아이들뿐만 아니라 성인남녀들도 있다. 사람들이 믿기로는, 요정들이 그들을 데려가고 그 대신 어떤 영혼이나 무생물이 마법에 걸려 그들과 비슷한 모양을 하고 남아있다는 것이다. 자주 나는 아주 많은 증거에 근거하여, 어떤 진실이 이런 이야기들 속에 숨어있는지 끊임없이 스스로에게 물었다. 나는 어느 날 밤중에 깨어나 내 자신이 온 사지가 뻣뻣한 채 벌렁 누워 있는 것을 발견했다. 그리고 내 목소리 같지 않은 격식을 차린 계산된 목소리가 내 입술을 통해서 이렇게 말하는 것을 들었다. "우리는 자고 있는 사람의 이미지를 만든다. 그것은 자고 있는 그 사람이 아니다. 우리는 그것을 임마누엘이라고 부른다."[905] 여러 해 후에, 그 관념은 이상하게 자주 그것에 덧붙여지는 다른 관념들과 함께 〈마스크〉의 관념이 되었다. 나는 그것을 사람들의 성격을 설명하는 이 회고록에서 썼다.

몇 달 전에 나는 옥스퍼드에서 왜 "자는 사람의 이미지"여야만 하는지 스스로에게 물으면서, 나도 모르게 선반에서 버킷의 『초기 동방 기독교』[906]라는 책을 꺼내서 되는대로 책장을 펼쳤다. 열고 보니, 추방을 당해서 이집트(이집트는 자연 상태의 상징)에서 자고 있는 어떤 왕의 아들과, 그가 자고 있는 동안 어떻게 천사가 그에게 왕의 망토를 가져다주었는지를 이야기하는 그노시스파 찬가 부분이 나왔다.[907] 그리고 나는 그

---

[904] 예이츠는 이 사건을 「1898년 7월 11일에 시작된 환상들」이라는 두 권으로 된 일지에서 기록하고 있다.

[905] 성경 「마태복음」 제1장 23절 참조.

[906] 영국 신학자이며 케임브리지 대학 교수인 프랜시스 크로퍼드 버킷(1864~1935)의 『초기 동방 기독교』(1904). '영혼의 찬가'는 218~223쪽에 언급되지만, 예이츠가 말하는 각주는 없다.

[907] 열고 보니 … 그노시스파 찬가 부분이 나왔다: (1922년판) 어떤 왕의 아들이 추방

페이지 맨 밑에서 망토라는 말은 그 의미를 나타내는 데 적절치 않다고 설명하는 각주를 발견했다. 천사가 준 물건은 그 추방당한 왕자 자신과 닮은 형상을 하고 있었기 때문이다. 그러나 나는 이집트와 그 마스크가 나타내는 것은 대립적이라는 나의 또 다른 믿음[908]을 그 그노시스파 찬가 속에서는 발견하지 못했다. 어떤 시골사람이[909] 그레고리 여사와 나에게 11월에 새로 태어난 양들의 울음소리를 들었다고(요정의 세계에서 봄은 우리에게는 11월이므로) 얘기했을 때, 나는 그 사실이 명확해졌다고 생각한다.

·　·　·　·　·　·

쿨 호수에서 몇 마일 떨어진 듀라스의 해안에서 플로리몬드 드 바스테로라는 늙은 프랑스 백작이 매년 몇 달씩 살았다. 그레고리 여사와 나는 그의 집 잔디밭에 모여든 엄청난 오리떼를 지켜보면서 나의 《아일랜드 극장》 계획에 대해 논의했다.[910] 그가 파리에서 그곳에 올 때쯤에는 언제나 오리가 많이 모여들었지만, 가을에 로마로 떠날 때

그레고리 여사

는 아주 적었고, '떼'라고 하기 어려울 정도로 적은 숫자의 오리만 남아 있었다.

을 당해서 자연 상태의 상징인 이집트에서 어떻게 자고 있었는지, 그가 자고 있는 동안 어떻게 천사가 그에게 왕의 망토를 가져다주었는지를 이야기하는 그노시스파 찬가에서 나온 구절에 내 눈길이 갔다.

[908] 믿음(conviction): (1922년판) 생각(thought).
[909] 어떤 시골사람이: (1922년판) 내가 몇몇 전조를 보기는 했지만 어떤 시골사람이.
[910] 1897년 8월의 이 모임에는 에드워드 마틴도 있었다.

여러 소규모 홀에서 연극을 시작하는 데 필요한 돈을 조달할 수 없었으므로 나는 그레고리 여사에게 내 계획을 포기했다고 말했다. 그러자 그녀는 필요한 돈을 모금하거나 자신이 주겠다고 약속했다. 그것이 아일랜드의 지적 운동에 그녀가 처음으로 한 커다란 기여였다. 그녀가 우리의 운동을 돕는 데 자기가 할 수 있는 일이 무엇인지 맨 처음에 물었을 때 내가 아무것도 제시하지 않았다는 사실을 며칠 전에야 그녀는 나에게 상기시켜주었다. 그리고 내가 존 싱의 재능을 미리 알아보지 못했듯이 그레고리 여사의 재능을 미리 알아보지 못했고, 그녀 자신도 그랬음이 분명했다. 그녀가 글을 쓰거나 글을 쓸 야심을 갖게 된 것은 우리의 극장이 이미 설립된 후였지만, 그녀의 작은 희극들에는 유쾌함과 아름다움, 그리고 그 두 가지의 비상한 결합이 있었다. 그녀가 아일랜드 영웅담을 아주 단순하고 고상하게 정리하고 영어로 번역한 두 권의 책은 아일랜드적인 상상력을 깊게 하는 데 다른 책들보다 더 많은 기여를 할 수 있을지도 모른다.[911] 그 책들은 우리의 고대 문학을 담고 있다. 그것들은 우리의 『마비노지언』[912]보다 낫고, 거의 우리의 『아서왕의 죽음』이라고 할 수 있을 것이다.

그러나 회고록에서는 그레고리 여사의 개인적 영향력에 관해 얘기하는 것이 더 적절할 것이다. 특히 이 점에 관해서는 나보다 더 잘 아는 사람이 없을 것 같기 때문이다. 그녀의 영향력이 없었다면 아일랜드는 크게 빈곤했을 것이다. 엄청나게 많은 것들이 쿨 파크의 서재나 숲에서

---

[911] 그레고리 여사가 켈트족 전설을 영어로 번역한 두 권의 책은 『뮈어텀의 쿨린』(1902)과 『신들과 전사들』(1904)이다. 그레고리 여사의 극작품으로는 『퍼지는 소문』(1904), 『킨코라』(1905), 『히아신스 핼비』(1906), 『골 게이트』(1906), 『떠오르는 달』(1907), 『구빈원』(1907) 등이 있다.
[912] 『마비노지언』(1838~1849)은 샬럿 게스트 여사가 수집한 4개의 웨일스 이야기.

계획되었다. 아닌 게 아니라 바로 그곳에서 존 쇼테일러는 계급과 가문에서의 해방을 생각해냈다.[913] 그리하여 그는 지주와 소작인 사이의 회의를 소집했고, 소작인들이 토지를 매입하게 만든 것이다. 또한 바로 그곳에서 휴 레인은 그 아일랜드적인 야망을 품었다. 그로 인해 엄청난 돈을 뿌리면서도 배은망덕함을 맛보았지만 말이다.[914] 그리고 플로리몬드 드 바스테로의 집에서 나눈 대화가 아니었다면, 싱의 천재성은 어떻게 드러날 수 있었겠는가?

그레고리 여사의 조카 휴 레인

내 친구 그레고리 여사의 귀는 칭찬이나 비난에 무관심한 것처럼 보인다. 그러나 오래전 과거의 사건들보다 최근 사건들이 흔히 더 모호하게 느껴지는 젊은이들이 자신들이 어떤 빚을 지고 있는지, 누구에게 그 빚을 지고 있는지 알게 하고자, 나는 모든 것을 후손에게 맡겨놓는 대신에 직접 이 글을 썼다.

[끝]

---

[913] 1902년에 아일랜드 담당 장관인 조지 윈덤이 제출한 토지매입법안은 기각되었지만, 1903년에 그레고리 여사의 조카인 존 쇼테일러의 노력으로 결국 토지매입법이 통과되었다. 이 법은 지주들의 토지매각을 유도하고 소작인들이 좋은 조건에 토지를 매입할 수 있게 만들어 아일랜드의 토지재분배를 가져왔다.

[914] 아일랜드의 예술품 수집가였던 휴 레인 경(1875~1915)은 그레고리 여사의 또 다른 조카로서(존 쇼테일러와는 사촌), 1900년에 쿨 파크에서 예이츠를 처음 만났다. 그가 소장한 막대한 양의 현대화, 특히 프랑스화에 대해 런던과 더블린의 두 국립박물관이 서로 권리를 주장하여 논쟁이 계속되었는데, 1959년에 이르러 두 도시가 번갈아 가면서 전시하기로 합의했다.

권말주석⁹¹⁵

I. ≪연금술연구회≫

모이나 매서스 여사
(철학자 앙리 베르그송의
여동생)

≪연금술 연구회≫는 맥그리거 매서스와 우드먼 박사, 런던의 검시관인 윈 웨스트코트 박사에 의해서 창설되었다. 그 연구회에 관한 설명과 일반적인 지침은 이름을 알 수 없는 어떤 사람이 맥그리거 매서스에게 준 것이다. 그 사람에 관해서 당시 사람 중 유일한 생존자인 모이나 매서스 여사가 나에게 말해줄 수 있는 것은 아무것도 없다. 그 사람은 필시 불워 리튼⁹¹⁶ 마법의 유명강사인 케네스 매켄지⁹¹⁷가 자기 남편에게 소개했을 것이고, 프랑스에서 살았으며, 스코틀랜드인 후손이고, 유사한 연구를 하는 사람들과 연관되어 있으며, 그녀는 그를 칭호로밖에 모르는데 그 칭호는 라틴어로 된 모토일 뿐이었으며, 그가 날아오를 힘이 있다는 사실밖에 그

---

⁹¹⁵ 1923년 7월, 『크라이테리언』지와 『다이얼』지에 처음 발행된 이 주석은 1926년 판 『예이츠 자서전』에서 권말주석으로 실린다. 주석 885 참조.

⁹¹⁶ 에드워드 불워 리튼 남작(1803~1873)은 영국의 신비주의자, 소설가, 극작가이며 정치가. 역사물, 모험담, 추리물, 신비주의 등에 관한 작품으로 베스트셀러 작가가 되었다. 대표작으로는 ≪펠럼≫(1828), ≪폼페이 최후의 날≫(1834), ≪리엔지≫(1835) 등이 있다.

⁹¹⁷ 케네스 매켄지(1833~1886)는 영국의 신비주의자, 동양학자, 언어학자, 작가, 잡지편집인이며 프리메이슨.

녀는 말해줄 수 없었다. "나는 열성적인 초심자였고 분명히 아주 감명을 받았지요."라고 그녀는 덧붙인다. 그녀는 알려지지 않은 과거와의 이 연결고리, 그리고 그녀와 그녀의 남편이, 그 알려지지 않는 사람이 잡아준 날짜와 시간에 시도한 투시에 기초하여 이 협회의 제식과 교리가 확립되었다고 말한다.

원 웨스트코트 박사는 이 연구회에 관한 지식이나 관심을 보여주는 편지들을 받았지만, 맥그리거 여사의 생각으로는 그 편지를 쓴 사람들은 창립자에 속하지도 그들과 함께하지도 않았다. 그녀가 믿기로는 그들은 유럽대륙의 프리메이슨과 연결되어 있었다. 그러나 원 웨스트코트 박사와 맥그리거 매서스는 이런 문제들에서 비롯된 논쟁을 아주 맹렬하게 벌였다. 원 웨스트코트 박사는 편지에 근거를 둔 권위를 주장했다. 약 40년 전에 만들어진 이 연구회의 기초는 고대 종교의 기초와 마찬가지로 대부분 모호한 상태이다.

중요한 문제에 대해 내가 밝힐 수 있는 것이 거의 없음이 유감스럽다. 여러 나라에서 그 제식을 갖게 된 사람들이 증거를 제시하지 않고 독일이나 오스트리아의 장미십자회에서 온 권위를 주장하기 때문이다. 그러나 내가 알기로는 그 제식이 본질적으로 고대에서 왔다는 심적 확신이 내게 있다는 사실을 덧붙인다. 고대의 문서와 만나지 않는 한, 그렇게 언어로 명시되어 있지는 않지만 말이다. 명백하고 멜로드라마적이라고 생각되는 것들이 조금 있는데, 정확히 이 부분 때문에 그것들이 프리메이슨의 제식을 닮았다는 이야기를 했다. 그러나 아름답고 심원하다고 생각되는 부분이 많았다. 그것들에 대해서 지금 처음으로 듣게 된다면 무엇을 떠올리게 될지 모르겠다. 청소년기에 무엇이 나를 움직였는지 판단할 수 없기 때문이다.

나는 매서스 여사의 허락을 받고 《연금술연구회》의 기원에 관한 몇몇 사실을 제시한다. 그러나 그녀의 남편에 관한 내 설명을 그녀에게 보여주지는 않았다. 나의 진술을 비난할지 받아들일지 그녀에게 묻는 것은 옳지 않다고 생각했기 때문이다. 그녀는 초판의 설명에 충격을 받았다. 새로운 구절들을 추가하기는 했지만, 나는 한두 가지 잘못된 사실을 빼고는 아무것도 생략하지 않았다. 매서스는 나에게 진실을 보여주지 않았지만, 자기가 공언한 일을 했고 그것에 이르는 길을 가르쳐주었다. 그래서 감사하고 있다. 그러나 그가 가진, 눈에 띄는 기질과 정신의 결점을 묘사해야만 한다고 생각한다. 그런 기질과 정신에서는 우화가 자라날 수 없다. 내가 인간 양심을 조정할 수 있는 사람이라면, 혹은 그들 정신 속의 어떤 종류의 이상적 인물이 된다면, 나는 내 약점들을 보여주거나 심지어 그 약점을 과장할 것이다. 혹은 그럴 것이라고 상상한다. 모든 창조는 우리의 마음으로든 다른 사람의 마음으로든 갈등에서 만들어지는 것이며, 무혈의 승리를 꿈꾸는 역사가들은 부상당한 참전용사들에게 과오를 범하는 것이다. 《연금술연구회》와 나의 연관은 자신들의 환상에 대한 장미십자회의 성사(聖事)를 주장하는 사람들이 일으킨 언쟁들 가운데서 끝장났다. 그렇지 않았다면 그들은 존경할 만한 사람들인데 말이다. 불필요한 반응을 피하고자 내가 지금은 카발라철학회의 회원이 아니라는 점을 덧붙인다.

II. 활 쏘는 사람의 환상

이 환상에 대한 묘사는 이 책의 초판에는 없던 것이다. 동부 지중해 유물에 정통한 사람의 충고를 받아들여 이것을 추가한다. 잉글랜드에서 강연여행 중에 만난 그는 이것을 중요하다고 생각했고 주석을 달아주겠다고 약속했다. 나는 그의 이름을 알리고 싶고, 어쨌든 그래도 되는지 그에게 편지를 써서 묻고 싶다. 그러나 몇 시간을 찾아도 그의 편지를 찾을 수 없고, 우리가 만났다고 생각한 집에서 그를 추적할 수도 없다. 나와 편지를 주고받는 어떤 사람은 그를 환영이라고 생각하는 것 같지만 그는 환영은 아니었다. 나는 내가 결례를 범했으리라 생각되는 것에 사과를 할 수 있을 뿐이다. 그는 몇 페이지의 주석을 보냈는데, 그에 대해 논평하고 요약하겠다.

(ㄱ) 아이와 나무

어느 날 밤 데번셔에서 농부들과 농장 노동자들, 그들의 부인들과 아이들은 과수원에 있는 가장 좋은 사과나무 앞에서 제식을 거행한다. 뿌리에 술을 뿌리고 가지 위에 빵을 놓으며, "아이 형상이나 새 형상을 한 나무인" 아이를 가지에 앉힌다. 어른들은 아이에게 막무가내로 욕을 퍼붓는다. 모든 사람이 나무 둘레를 돌고 춤을 추며 다음과 같이 노래를 부른다.

"좋은 사과나무여, 너를 위해 건배를,
한가득 꽃피고 열매 맺도록" 등등.
(『데번셔협회보』, 1867년. 위트콤, 「콘월의 과거」)[918]

"이 노래는 고대의 원형, 크레타 섬의 팔라이카스트로에서 발견된 코이트들[919]의 찬가를 연상시킨다. 코이트들은 '가득 찬 단지들과 수확된

---

[918] 메리 위트콤의 「데번셔와 콘월의 과거 – 현존하는 미신과 관습」.
[919] 코이트들은 그리스 신화에 나오는 쿠레스들(쿠레테스)을 말한다. 신탁 때문에 자식들을 삼켜버리는 크로노스를 피해 그의 아내인 레아가 제우스를 돌보도록 맡긴 크레타 섬의 반인반수 종족. 레아는 이들에게 격렬하게 뛰는 춤을 가르쳤다. 이들은 제우스 주위를 지키면서 창으로 방패를 두드려 시끄러운 소리를 내서 아기 제우스가 우는 소리가 크로노스에게 들리지 않게 했다고 한다. 이것은 크레

풍부한 열매' 위를 '뛴다.' 더구나, 앞 연에서 레아를 위해 불멸로 만들어진 그 갓난아기는 찬미된다."

"이 아이는 발드르[920]와 유사한데, 발드르는 '겨우살이의 가지 혹은 화살에 맞아 죽음을 맞지만, 그것은 생명이다'."

내 환상에서 별은 화살에 맞는다. 내가 묘사한 아이의 꿈속에서는 하느님이 화살을 맞는다. 반면 다른 아이의 꿈에서는 별이 총을 맞는다. "발더는 나무로 현현된 존재이다. 그의 이름이 그것을 말해준다. 최근의 문헌학은 그 이름이 애플, 아블, 아팔 등을 의미하거나 관련이 있다는 사실을 말해주었다. 그러나 그것은 충분히 사실적이지 않다. 크레타 섬의 그림문자 해독이 처음 책으로 발행되면, 그 이름은 옛 크레타 신앙에서는 나무의 신이었던 크레타 섬의 아폴로까지 거슬러 올라간다는 사실을 알려줄 것이다." 그는 "이다 산 근처의 향기 풍기는 딕턴에 숨겨져 있는 아라투스 계열의 아이"(『현상』, 제32행 이하)이며, 그가 중요한 것은 태양과 관련되어 있기 때문이라는 것 역시 분명하다. 그는 매년 태어나서 자라나고(아라투스, 칼리마코스, 『제우스』, 제55행 이하 등)[921] 다시 죽는 것으로 믿어졌다. 오르페우스는 이 사실을 많이 이용했다(로벡, 『아글라오파마스』, I, 제552행 이하).[922]

타 섬의 제우스 축제 때 농기구를 두드리는 행사의 기원이다. 쿠레스들의 이름으로 제우스를 불러내는 찬가가 들어있는 기원전 200년경의 명문(銘文) 파편이 팔라이카스트로에서 발견되었다.

[920] 발드르 혹은 발데르는 북유럽 신화에 나오는 광명의 신. 오딘과 프리그 사이에서 태어난 아들로서 아름답고 지혜로워 만인의 사랑을 받았다. 사악한 신 로키의 사주에 의해 발드르와 쌍둥이인 눈먼 신 호드르가 겨우살이나무의 가지를 꺾어 던짐으로써 죽음을 맞았다. 그래서 세상은 어두워지고 신들의 황혼이 왔는데, 이 이야기는 북유럽의 음산한 겨울 날씨를 신화화한 것으로 볼 수 있다.

[921] 아라투스의 『현상』 제32행 이하, 칼리마쿠스의 「제우스 찬미가 1」 제55행 이하는 특히 제우스에 관해 언급하고 있다.

[922] 크리스티안 아우구스트 로벡의 『아글라오파마스』 제1권 제552행 이하.

나는 그 상징적 나무와 연관된 히브리 이름들을 사용했는데, 화살을 맞은 그 별은 태양과 연관된 세피로트를 상징하는 것처럼 보인다. 어떻게 보면 "태양의 영향"을 없애거나 극복하기를 나는 빌었다.

(ㄴ) 화살을 쏜 여인

그녀는 어머니 여신이었던 것 같다. 그 대표 여사제는 아이에게 화살을 쏘았고, 아이의 희생적인 죽음은 나무의 정령 혹은 아폴로의 죽음과 부활을 상징했다. 그녀는 기원전 5세기의 크레타 은화에 옷을 거의 걸치지 않은 채 나뭇가지 한복판에 앉아있는 아름다운 여인으로 그려져 있다.(G. F. 힐, 『그리스와 로마 동전 편람』, 163)[923] 그녀는 크레타 종교의 최초의 형태까지 거슬러 올라가며, 아마도 아들 나무를 죽이는 어머니 나무일 것이다. 그러나 그녀는 아르테미스이기도 하다. 나폴리에는 왼손에 줄이 매어진 활을 들고 있고 오른손에 나뭇잎을 들고 있는 모습으로 커다란 기둥에 새겨진 그녀의 고대 이미지를 보여주는 아름다운 항아리(라이나크, 『그리스 화병 안내서』 i. 379. I)[924]가 남아있다.

(ㄷ) 터진 심장

교회신부인 피르미쿠스 마테르누스는 자신의 책 『세속적 종교의 오류』[925]에서 살해되고 다시 태어난 아이의 신화를 살해와 간음의 이야기

---

[923] 조지 F. 힐, 『그리스와 로마 동전 편람』(1899) 163과 플레이트 IV, no.2. 이 은화들에는 나무에 앉아있는 에우로파가 새겨져 있다.

[924] 살로몬 라이나크의 『그리스 화병 안내서』 제1권. 379. I. 파테라-음주나 헌주를 위한 접시.

[925] 시칠리아의 이교천문학자였다가 기독교논객이 된 율리우스 피르미쿠스 마테르누스의 『세속적 종교의 오류』(약 346년) 제6장, 4~5.

로 바꿔 놓는다. 크레타 섬의 주피터는 "자기 아들의 형상을 석고로 만들고, 그 형상의 가슴 곡선이 보이는 부분에 아이의 심장을 놓았다." 그것을 아이의 누이인 미네르바가 간직했고, 그 형상을 안치하도록 사원이 만들어졌다. "그 누이가 아이의 심장을 숨기고 있는 바구니"를 따라가는 축제와 시끄러운 행렬이 있었다. 나에게 이 주석을 준 그 박식한 사람은 "아마 형상에는 희생자의 심장이 들어있는 흉강도 함께 만들어졌다고 추측할 수 있을 것"이라고 쓰고 있다.

(ㄹ) 별

별은 크레타의 어머니 여신에게로 곧장 거슬러 올라간다. 그것의 후기 그리스 형태는 아스테리오스 혹은 아스테리온이었다. 예를 들어, 후자는 아다이아에게서 낳은 주피터의 아들로 알려져 있다(파우사니아스 ii. 31. I).[926] "이 별의 이름은 일차적 용법으로 어떤 특정한 별을 의미하지는 않았다. 그것은 별이 총총한 하늘을 의미하는 것으로 보인다. … 제우스-아스테리오스는 후기 고티니아(크레타)의 연어(連語)다 (요하네스 말랄라,『연대기』, 5).[927] 크레타 초기사상에서 그녀의 신격화된 왕들은 아스테리온 혹은 아스테리오스라는 똑같은 이름을 지녔다(예를 들어, 바킬리데스, 단편 47과 디오도루스 iv. 60)."[928]

---

[926] 파우사니아스의『그리스 안내』제2권, 31. I.

[927] 요하네스 말랄라,『연대기 역사』, 5. 연어란 어떤 언어체계 내에서 흔히 함께 쓰이는 단어들의 결합으로서, 이를테면 '범죄'라는 말과 '저지르다'라는 말처럼 흔히 붙어 다니는 말을 지칭한다.

[928] 데이비드 캠벨 편집 및 번역의『그리스 서정시』(1992)에 실린 바킬리데스, 단편 47 참조. C. H. 올드파더 번역의『역사의 도서관』(1939)에 실린 시칠리아의 디오도루스 iv. 60(「아스테리우스」) 참조.

(ㅁ) 켄타우로스

아주 초기의 그리스 항아리 파편은 다리가 길고 가는, 거칠게 그려진 두 켄타우로스를 보여준다. 그중 하나는 긴 잎들과 둥근 과일처럼 보이는 것이 달린 나무에 손을 대고 있다. 켄타우로스들 위에는 새 한 마리가 가지에 앉아 있다. 그러나 분명히 나무와 떨어져 있다(잘츠만, 『카미리의 공동묘지』, 플레이트 39).[929]

(ㅂ) 화살자리

"기원전 3세기경에도 우리는 아폴로가 화살자리와 여전히 긴밀하게 연결되는 것을 발견한다." 나는 금년에 발행된 점성술에 관한 책에서 다음과 같은 구절을 발견한다. "궁수자리. 이 상징은 미지의 것을 향해 쏜 화살이다. 그것은 입문과 재생의 표시이다." (『학생용 점성학 교본』, 비비안 E. 롭슨 저, 178)[930]

[끝]

---

[929] 아우구스트 잘츠만의 『카미리의 공동묘지』(1875), 플레이트 39.
[930] 비비안 E. 롭슨의 『학생용 점성학 교본』(1922), 178.

젊은 시인의 초상

예이츠(1902~1914년 사이)

자서전이란 무엇인가? 자서전을 예술작품의 하나로 볼 수 있는가? 우리는 왜 자서전을 읽는가?

과거에는 잘 알려진 문인이나 사회적으로 영향력이 큰 인물이 주로 자서전을 썼다. 자서전 필자의 범위는 시대가 흐를수록 확대되어 왔다. 이런 현상은 단지 출판문화의 환경변화에 기인하는 것만은 아니다. 근본적으로 사람들의 의식구조가 자신을 표출하려는 경향이 강해지고 있기 때문이다. 자서전의 수적 증가는 개개의 인간이 중시되는 시대적 변화의 반영이라고 할 수 있다.

자서전은 흔히 회고록과 동의어로 쓰이기도 하는데, 둘 사이의 경계는 사실상 모호하다. 그런데 '자서전'이라는 말은 그 대상이 필자 자신임을 분명하게 드러내는 데 반해, '회고록'이라는 말에는 회고의 대상이 명시되어 있지 않다. 예컨대 윈스턴 처칠에게 노벨 문학상을 안겨준 『제2차 세계대전 회고록』은 처칠 자신의 얘기라기보다는 세계대전의 긴박한 상황에 대한 처칠의 회고를 담고 있다. 그런 점에서 본다면, 자서전은 주로 한 개인의 생애에 초점에 맞추어져 있는 데 반해 회고록은 한 개인의 눈을 통해서 보는 사회로 초점이 열려 있다. 자서전은 그 집필행위를 하는 주체와 대상이 동일한 데 반해, 회고록은 주체와 대상이 동일할 수도 상이할 수도 있는 셈이다.

자서전은 일기나 일지와도 다른 성격을 지니고 있다. 자서전과 마찬가지로 일기나 일지도 집필자 자신의 얘기를 담고 있다. 그러나 이들은 자서전과는 달리 매일 매일의 기록이라는 느낌이 강하다. 자서전이 그 필자의 전 생애를 대상으로 한다면 일기나 일지는 특정 기간의 세세한 일상의 기록이라고 할 수 있다. 자서전이 일기나 일지와 다른 점은 무엇보다도 그것이 더 문학적인 틀을 지닌다는 것이다. 일기나 일지는 그날그날 새로이 일어나는 일들을 기록해나가는 형식을 취하기 때문에 나중에 하나의 일관된 관점에서 전체적으로 재수정하는 과정을 거치지 않으면 단순한 기록의 누적에 불과하다. 그래서 문학작품에서 요구되는 시작과 중간과 결말이 있는, 긴밀하게 연결된 통일적 구조와 전개를 기대하기 어렵다.

자서전을 전기의 파생된 형태로 보아야 할지, 문학의 장르 상 소설양식의 하나로 보아야 하는지 하는 등의 문제는 많은 논의를 필요로 한다. 그런데 엄밀히 보아 자서전은 아니지만 '자서전적'이라고 말할 수 있는 작품이 있다. 자서전 하면 흔히 『벤저민 프랭클린 자서전』이나 『헨리 애덤스의 교육』 등을 떠올린다. 그러나 예컨대 소설 형식을 취한 제임스 조이스의 『젊은 예술가의 초상』과 같은 작품도 자서전의 범주에 포함해야 할지 모른다.

이런 논의들을 제쳐놓고라도 우리가 자서전을 읽는 이유가 무엇인지 생각해볼 필요가 있을 것 같다. 예이츠의 자서전을 읽는 이유이기도 하기 때문이다. 자서전을 읽는 것은 자서전을 발행하는 행위로 해서 이미 알려지게 된 다른 사람의 비밀 아닌 비밀을 몰래 들여다보는 행위는 아니다. 물론 자서전을 쓴 한 인간의 생애에 대한 단순한 관심이나 그 사람이 혹시나 밝힐지도 모르는 알려지지 않는 사실에 대한 호기심 때문에 읽을 수도 있다. 혹은 하나의 문학작품으로서의 관심 때문에 읽을지도 모른다.

예이츠의 자서전을 읽는 이유는 그보다는 좀 더 복합적으로 보인다. 그 이유는 우선 자서전에 대한 일반적인 관심 외에도, 현대 영미문화권에서 가장 중요한 작가 중 하나인 그의 시와 시극 등 다른 문학작품에 대한 이해를 높이는 데 그의 생애에 관한 기록이 도움이 될 것으로 생각되기 때문이다. 예이츠는 현대 영미시의 또 다른 축을 형성하는 엘리엇과 흔히 비교된다. 몰개성 이론을 내세웠던 엘리엇은 시에서 개인적 목소리의 노출을 극도로 꺼리는 경향을 보여준다. 반면 예이츠는 작품에 그의 생애가 그대로 녹아난다. 그런 점에서 본질적으로 엘리엇은 고전주의자로, 예이츠는 낭만주의자로 분류할 수 있을 것이다. 작가의 생애나 그가 살았던 시대 혹은 역사적 환경을 통해 작품분석을 하는 것을 현대 비평은 피하려는 경향이 있다. 그러나 예이츠의 경우에는 이렇듯 삶이 작품에 고스란히 투영된다는 점에서 자서전은 그의 다른 작품들을 이해하는 데 매우 중요한 자료가 될 수 있을 것이다.

예술이란 삶에 대한 해석을 영구한 형태로 만든 것이며, 자서전은 예술가 자신의 삶을 예술화한 것이다. 예이츠의 자서전이 중요한 것은 그의 중요한 주제의 하나인 예술과 삶의 관계를 이 책을 통해 여실히 엿볼 수 있다는 점 때문이다. 예이츠는 예술과 삶을 하나로 인식한 인물이다. 예이츠는 '시인이란 전적인 성실성을 가지고 인생을 사는 사람이며 시가 훌륭할수록 그의 삶도 성실하다'고 말하기도 했다. 그는 예술과 삶은 불가분의 연속적 관계라고 생각했다. 그러나 이 말은 예술가 자신이 겪은 사건이나 사적인 감정을 그대로 노출하는 것이 예술이 된다는 말은 아니다. 예술작품이 되려면 그것들을 객관적 예술형태 속에 담는 작업이 필요하다. 예이츠가 즐겨 쓴 방법 중의 하나는 드라마적인 요소를 작품에 도입하는 것이었다.

예이츠의 자서전은 그 자체로도 문학적 중요성이 있다. 실제로 이 작품은 대학생 필수독서목록에도 자주 이름을 올린다. 아서 시먼스는 이 자서전의 중심 부분을 차지하는 『휘장의 떨림』에 대해 '절대적 걸작이며, 예이츠가 남긴 최대의 작품'이라고 평한 바 있다. 예이츠의 아버지는 그 자서전에 자신이 아들에게 책을 집어던진 사실이 언급된 것을 보고 놀라기도 했지만, 그 역시 이 책이 '영원히 고전 가운데 하나가 될 것'이라고 말했다.

예이츠의 자서전은 판본이 여러 개 있다. 처음 『예이츠 자서전』이 나온 것은 1926년의 일로서, *Autobiographies*: *Reveries over Childhood and Youth* and *The Trembling of the Veil* by W. B. Yeats(런던: 맥밀런 출판사)라는 제목으로 출판되었다. 예이츠가 언제부터 자서전을 염두에 두고 있었는지는 정확하게 말하기 어렵다. 어쨌든 자서전 초판에 실린 글들은 예이츠가 애초부터 자서전 일부로 계획하고 썼다기보다는 이미 출판되었거나 초고의 형태로 있던 글들을 다시 다듬고 증보한 것이다. 제1부 『유년기와 청소년기에 대한 회상』(1916)은 1914년에 쓴 글로서, 예이츠가 유년기부터 20대 중반까지 슬라이고와 런던, 더블린 등에서 겪은 일들을 기록하고 있다. 20대 초반부터 30대 중반까지의 예이츠의 삶을 기록한 제2부 『휘장의 떨림』(1922)은 전체가 다섯 권으로 구성되어 있고, 『예이츠 자서전』의 대부분을 차지하는 가장 핵심적인 부분이라고 할 수 있다.

이로부터 10여 년이 지난 1938년에 예이츠의 자서전은 이미 초판 출판 이전에 쓴 일기와 그간 나온 각종 글을 추가하여 *The Autobiography of William Butler Yeats, consisting of Reveries over Childhood and Youth, The Trembling of the Veil, and Dramatis Personae* (뉴욕: 맥밀런 출판사)라는 제목으로 출판되었다. 예이츠 생전에 나온 마지막 판인 이 증보판에 추가된 글은 예이츠의 극작품 및 극 운동과 관련된 『극 중 인물들』(1936), 1908년 12월부터 1909년 3월까지의 일기 중에서 뽑은 「멀어진 사이: 1909년 일기 초록」과 1909년 3월부터 1914년 10월까지의 일기 중에서 뽑은 「싱의 죽음」, 노벨상 수상(1923) 때의 스웨덴에 대한 인상을 기록한 「스웨덴의 너그러움」(1924) 등이다. 1965년에 같은 출판사에서 나온 자서전부터는 예이츠의 노벨 문학상 연설문인 「아일랜드 극 운동」이 추가되었다.

1999년에 스크리브너 출판사에서 비교적 상세한 주석을 곁들여 《예이츠 전집》 제3권으로 나온 자서전은 *Autobiographies. The Collected Works of W. B. Yeats*, Vol. III이라는 제목을 달고 있는데, 우리는 이제껏 출판된 예이츠의 자서전 제목이 일정치 않게 *Autobiographies* 혹은 *The Autobiography* 식으로 단수 혹은 복수의 형태를 번갈아 썼음에 주목할 필요가 있다. 1926년판에 복수형을 쓴 것은 1916년에 나온 자서전적인 글인 『유년기와 청소년기에 대한 회상』에다 1922년에 나온 또 다른 자서전적인 글인 『휘장의 떨림』을 단순히 모아서 출판했다는 느낌을 준다. 반면 1938년판에서 예이츠가 정관사를 붙인 단수형 *The Autobiography* 를 사용한 것으로 보아 그는 그것을 자신의 정식 자서전으로 확정 짓고 싶어 한 것 같다. 그러나 맥밀런 출판사는 예이츠 사후에 나온 1955년판에 다시 복수형 *Autobiographies*을 사용함으로써 예이츠의 바람과는 달리 이 자서전이 전체적으로 하나의 통일된 틀이 있는 완결된 작품이라고 보기는 어렵다고 판단했음을 보여준다.

1938년 증보판 자서전은 예이츠의 소망에도 불구하고 사실상 자서전으로서의 성격을 잃어버린 것으로 보인다. 1926년에 나온 예이츠의 자서전을 제외하고는, 증보판에 추가된 글들은 대체로 자서전에 어울리는 글이라고 말하기는 어렵다. 추가된 글은 자서전적인 글이라기보다는 예이츠 자신의 극 운동에 관한 글이거나 일기, 스웨덴 인상기, 연설문 등이며, 사실상 시나 에세이, 편지 등으로 분류하여 따로 출판하기에는 애매한 짧은 글을 모아 놓은 것 같은 느낌을 준다. 1938년에 나온 예이츠의 자서전을 읽은 많은 독자가 이 책은 자서전이 아니라 자전적 에세이 모음집 같다고 말하는 것도 증보 자서전의 성격이 어떤 것인지를 단적으로 말해준다.

예이츠는 1926년 첫 자서전 출판 이후 그 책에서 다루지 못한 30대 중반 이후의 생애를 담아 자신의 완성된 자서전을 만들어내고 싶어 한 것으로 보인다. 문제는 1926년에 그의 나이가 이미 환갑을 넘기고 있었다는 사실이다. 1922년 아일랜드가 영국에서 독립하여 자치정부가 들어선 후 그가 6년간 상원의원으로서 활동한 것도 결과적으로 자서전의 확장을 힘들게 만든 한 요인이 되었다. 더구나 1927년부터 예이츠는 건강이 급격하게 악화되었다. 그는 폐충혈 때문에 스페인과 남부 프랑스 등으로 요양을 다녔고 1929년에는 이탈리아의 라팔로에서 병으로 쓰러졌다. 상원의원을 연임할 수 없었던 것도 건강문제가 요인이었다. 이런 상태에서 그가 새로운 자서전을 위한 글을 새로이 써내기는 사실상 어려웠다. 따지고 보면 1938년 증보판 자서전에 실린 글들은 1935년에 쓴『극중 인물들』을 제외하고는 모두 이미 초판 출판 이전에 쓰인 글임을 알 수 있다.

슬프게도 예이츠는 자신이 애초에 의도한 것과는 달리 증보판 자서전에서 자신의 후반 생애를 담아내지 못했다. 『극 중 인물들』에서 다루고 있는 상황도 그의 나이 37세인 1902년경에서 끝이 난다. 그런 점에서 본다면 초판 자서전이야말로 예이츠의 순수한 자서전이라고 할 수 있을 것이다. 이 책은 이런 이유들로 해서 1926년 초판 자서전을 번역의 기본 텍스트로 삼았다.

　이 책의 제1부 『유년기와 청소년기에 대한 회상』은 주로 1892년경(27세)까지의 예이츠의 생애와 관련된 기억들을 다루고 있다. 제목에 있는 '회상'의 영어 'reverie'는 단순한 과거 회상이 아니라, 몽상, 백일몽, 비현실적인 환상, 꿈속의 생각 등을 의미하는 말이다. 말하자면 초년 시절에 겪은 일들과 그때 느꼈던 생각을 사실적이고 체계적으로 정확하게 기술하기보다는 떠오르는 대로 그저 꿈꾸듯이 써내려간 글이라는 뜻이다. 제1부의 「서문」에서도 자신이 '오랜 세월이 흐른 후에, 친구나 편지나 옛날 신문의 도움을 받지 않고 기억에 떠오르는 대로 쓰고 있다.'고 말하고 있다. 오랜 세월이 흘렀다든지, 다른 자료에 의존하지 않고 있다든지, 떠오르는 대로 글을 쓴다는 말은 사실성에 대한 시비를 미리 차단하겠다는 뜻이다. 한편으로 'reverie'라는 말은 인간의 유년기와 청소년기의 특성을 단적으로 나타내 주며, 예이츠가 이 글을 쓰던 1914년(49세)에서의 시간적 거리감을 더욱 멀게 느끼도록 해주는 말이기도 하다.

　실제로 이 책 첫머리에 나오는 생애 최초의 기억에 관한 부분에서도 보이듯 단편적 기억들이 마치 꿈에서 나타나는 듯 현재형으로 나열되는 부분이 이 책 곳곳에 나타난다. 그러다 보니 같은 내용이 반복되는 경우도 적지 않다. 예이츠는 이렇듯 우발적으로 떠오르는 기억들을 기술해 나가고 있다는 느낌을 줌으로써 비판적 독자들을 무장해제시키고 있다. 그러나 한편으로 이것은 이 책이 뚜렷한 구조나 탄탄한 틀이 없는 산만한 글이라는 느낌을 주도록 만든다. 애초에 예이츠가 제1부와 제2부를 전체적으로 하나의 틀 속에서 구상하고 기술해 나갔다면, 현재와 같은 제1부와 제2부의 내용 중복 현상은 나타나지 않았을지 모른다. (예이츠의 『자서전』에는 한 문장 안에 집어넣기 힘든 내용들이 중문, 복문으로 엉켜있거나 문단의 구분이 적절하지 못하고, 한 문단이 여섯 페이지에 이르는 경우도 있다. 이런 문체의 부분적인 이유는 이 작품이 체계적이고 논리적인 글이라기보다는 예이츠 자신의 과거 삶을 기억에 떠오르는 대로 기술하고 있는 글이기 때문이다. 역자는 원저의 문장과 문단을 그대로 살릴 것인지, 아니면 그것들을 적절히 나누어 우리말로 읽었을 때 이해하기 쉽게 만들 것인지 하는 선택의 문제로 고민했다. 결국 독자들의 작품 이해에 더 도움이 될 것이라고 판단되는 경우에 한해서 문장과 문단을 적절히 나누어 번역했음을 밝혀둔다.)

제1부가 아무런 구도 없이 닥치는 대로 쓰인 것은 아니라고 말하는 비평가들이 있다. 제1부에는 예이츠가 유년기와 청소년기에 겪은 여러 가지 사건과 가족, 친구, 친척들에 관한 잡다한 얘기가 나온다. 소설의 구조처럼 하나의 중심적 사건을 축으로 이야기가 전개되지 않기 때문에 얼핏 전체적인 틀이 없는 것처럼 보인다. 그러나 많은 사건과 인물의 등장에도 불구하고 이 이야기는 예이츠가 그의 외할아버지와 아버지와 갖는 관계와 그들에게서 받게 되는 인상과 영향이 중심축을 이룬다.

선장 출신인 외할아버지 윌리엄 폴렉스펜은 여러 가지 에피소드를 통해 매우 강인하고 남성적인 인물로 그려져 있고, 이것은 약하고 소심했던 어린 시절의 예이츠와 대비된다. 그러나 이야기가 전개되면서 외할아버지의 지혜와 위엄성, 영향력은 점차 쇠퇴하는 반면 삶에 대한 예이츠 자신의 이해력과 인식능력은 확장되어 간다. 부유하고 힘이 넘쳤던 외할아버지는 제1부 마지막에서 재산이 많이 줄어든 채 병들고 약해진 모습으로 죽으면서 무대에서 사라진다. 이때쯤 독립주의자 존 올리어리가 등장하며 예이츠의 마음속에 외할아버지가 차지하던 자리를 이어받는 구조를 갖는다. 외할아버지가 죽을 때쯤 예이츠는 첫 시집『어쉰의 방랑』(1889)을 출판한다. 이것은 예이츠가 가문의 영향력을 벗어나 시인으로서 홀로서기를 시작했음을 상징적으로 보여준다.

화가였던 아버지는 외할아버지보다 예이츠에게 실질적으로 더 큰 영향을 미친 인물이다. 제1부는 외할아버지와 예이츠의 관계보다는 아버지와 예이츠의 관계가 더 큰 축으로 작용하고 있다고 보아야 할 것이다. 예이츠의 성장 과정에 미친 아버지의 영향력이 점차 증가했다가 최고조에 이른 후 점차 쇠퇴해가는 과정이 이 이야기의 실제 중심축으로 보인다. 제1부 제14장과 제15장의 첫머리는 각각 '섹스에 눈뜨는 것은 사내아이의 삶에서 큰 사건이 된다.'와 '내 사고에 대한 아버지의 영향력은 최고조에 이르렀다.'라는 말로 시작한다. 예이츠가 성(性)에 눈뜨기 시작했다는 말은 남자로서, 인간으로서 독립하기 시작했다는 뜻이다. 그때쯤 아버지의 영향력은 최고조에 이르렀지만 이제는 예이츠에게 성인의 징후가 나타남으로써 아버지의 영향력이 점차 감소하리라는 것을 암시해준다. 실제로 그 이후의 여러 장에서는 아버지의 존재 대신, 예이츠의 창작과 사랑, 신비주의에 관한 관심 등이 이야기의 중심내용이 된다. 예이츠가 첫 시를 쓴 것도 이때쯤이며, 로라 암스트롱과 사랑에 빠지고 초자연적인 현상들에 관한 탐구를 시작한 것도 이때쯤으로 되어 있다.

예이츠의 아버지는 자기 예술에 대한 고집이 세고 까다로운 인물로 그려져 있다. 제5장에 나오는 '아버지는 그림을 봄에 시작해서 그해 내내 그리셨는데, 그림은 계절에 따라 변해갔고 히스가 덮인 둑에 눈이 내린 풍경을 그리고서는 미완성인 채로 포기하고 말았다. 아버지는 결코 만족할 줄 모르셨고, 자신의 그 어떤 작품도 완성되었다고 자신하지 못하셨다.'와 같은 묘사는 그의 아버지가 어떤 인물이었는지를 단적으로 말해준다. 예이츠의 아버지는 초상화가였지만 단순히 그림만 그리는 사람이 아니라 폭넓은 문학적 소양이 있었고, 예이츠가 문학에 관심을 둘 수 있었던 것은 주로 아버지의 영향 때문인 것으로 되어 있다.

예이츠는 신비주의에 관한 관심 등으로 해서 아버지가 지녔던 성향에서 멀어지고 결국 예술적 독립을 성취하지만, 아버지에게서 받은 예술관 가운데 그를 평생 지배하는 것이 있었다. 그것은 바로 예술에 있어서의 추상성과 일반화에 대한 혐오였다. 이 책에는 예이츠의 추상성에 대한 혐오와 구체성에 대한 강조가 반복되어 나타난다. 그러나 추상성을 피하고 구체성을 중시한다는 말은 사실성을 추구한다는 말과는 다르다. 오히려 제2부 곳곳에서는 19세기의 물질주의를 대표하는 헉슬리, 틴들과 함께 사실주의를 대표하는 카롤루스 뒤랑과 바스티앵르파주가 하나의 다발처럼 같이 묶여 비판되고 있다. 예술의 추상성과 일반화를 피하고 구체화된 경험을 제시하기 위해 예이츠가 택한 방법은 페르소나(persona)의 사용과 극화(劇化)였다. 자서전이라고 해서 페르소나가 작가 자신과 일치하는 것은 아니다. 예이츠의 자서전에 나오는 "나(I)"는 예이츠 자신이라기보다는 작품 속에 설정된 가상의 자아라고 볼 수도 있을 것이다.

이 책의 제2부 『휘장의 떨림』은 대략 1887년경(22세)부터 1903년경(38세)까지 예이츠가 벌인 여러 가지 사회적 활동과 다른 예술가들에 관련된 기억들을 다루고 있다. 이 부분 역시 제1부가 그랬던 것처럼 자서전으로 묶여 나오기 전에 독립적으로 발행된 작품이다. 그러나 전체가 다섯 권으로 이루어진 제2부는 1922년 발행에 즈음하여 한꺼번에 쓰인 것이 아니다. 이 작품의 토대가 된 최초의 형태인 소위 "초고"(1972년에 따로 발행된 『회고록』에 실려 있음)는 이미 제1부 『유년기와 청소년기에 대한 회상』의 출판을 전후한 시기인 1915~1917년(50~52세)에 쓴 글이다. 예이츠는 이 초고를 바탕으로 1920~1921년 사이에 제2부의 첫 권에 해당되는 「4년간의 삶: 1887~1891」을 쓰고, 1921~1922년 사이에는 「추가 회고록」을 썼다. 그리고 이 두 글과 1896년에 이미 발행된 「1894년의 베를렌」을 수정 증보하여 1922년에 『휘장의 떨림』을 발행했다.

그러나 예이츠는 『유년기와 청소년기에 대한 회상』(1916)과 『휘장의 떨림』(1922)을 한데 묶어 발행하기 전에 또 이 두 작품에 많은 수정을 가한다. 그는 『유년기와 청소년기에 대한 회상』에 실린 글의 일부를 삭제하는 방향으로 수정하고, 1915~1917년의 "초고"를 바탕으로 1923년에 쓰고 발행한 「단편적 전기」를 합쳐서 『휘장의 떨림』을 대폭 수정하고 증보한다. 그러니까 1926년에 발행된 최종적 형태의 초판 『자서전』은 각각 1916년과 1922년에 출판된 형태와는 약간 차이가 있다. 이 번역본에서는 주석을 통해 그 차이가 나는 부분을 모두 밝혔다.

"초고"(1915~1917)에 비해 『휘장의 떨림』(1926)은 더 복합적이고 수사학적이며 사색적인 방향으로 바뀐다. "초고"는 말 그대로 다듬어지지 않은 초고의 형태로 되어 있었을 뿐 출판을 전제로 정교하게 완성된 상태가 아니었다. 『휘장의 떨림』의 이런 변화에는 이 두 글 사이에 나온 『비전』(1925)의 영향이 컸다고 할 수 있다. 예이츠의 신비주의적 상징체계를 통합적으로 다룬 『비전』의 집필과 출판은 그의 사고방식과 다른 글의 집필에도 영향을 미쳤을 것으로 짐작된다.

예이츠가 "초고"에 쓴 내용 중에 『휘장의 떨림』에서 삭제한 부분들로는 우선, 아직 살아있는 사람들에게 상처를 줄지도 모르는 내용들을 들수 있다. 이를테면 찰스 올덤의 애국심과 도덕성에 대한 풍자나 윌리엄 어니스트 헨리가 매독에 걸린 일 따위다. 또 예이츠는 글의 전체적인 흐름으로나 균형상 맞지 않는 부분을 조정하기도 했다. 신비주의나 민족주의에 관한 부분 등은 대폭 축소되거나 애매하게 일반적인 관점으로 처리되었고, 예이츠 자신의 성(性)과 사랑에 관한 부분도 역시 축소, 수정의 과정을 거쳤다. 예이츠가 처음으로 깊은 관계에 빠져든 상대는 다이애나 버넌으로 알려진 올리비아 셰익스피어였다. 이 관계는 1년 남짓밖에 지속되지 않았고 나중에는 우정 비슷한 감정으로 변했지만, 예이츠를 감정적으로 깊이 몰두하게 만들었다. 또 예이츠에게 희망과 절망을 동시에 안겨준 모드 곤에 대한 사랑은 "초고"의 중심주제 중의 하나였다. 예이츠는 오랜 독신 생활을 접고 1917년(52세)에 조지 하이드 리즈와 결혼하게 되는데, 이 두 여인과의 사랑에 관한 이야기가 나중에 희석되거나 축소된 것은 자신의 결혼과도 관계가 없지 않을 것이다.

제2부 『휘장의 떨림』의 첫 권 「4년간의 삶: 1887~1891」은 1921년 6월, 7월, 8월 세 차례에 걸쳐 『런던머큐리』와 『다이얼』지에 동시에 연재된 글이다. 이 글이 크게 호응을 받자 예이츠는 자서전을 《아일랜드 문예극장》에 대한 언급으로까지 확장하기로 마음먹는다. 『휘장의 떨림』의 제2권 "파넬 이후의 아일랜드" 전부, 그리고 제3권 "카멜레온의 길"과 제4권 "비극적 세대"의 일부로 구성되어 있었던 「추가 회고록」은 1922년 5월부터 8월에 걸쳐 《런던머큐리》에, 1922년 5월부터 10월에 걸쳐 《다이얼》지에 연재된 글이다. 예이츠는 이 글들을 모아 『휘장의 떨림』이라는 제목으로 발행하기로 출판업자 로리와 합의하게 되었다. 그리고 1926년에는 10년 전에 이미 발행한 『유년기와 청소년기에 대한 회상』을 함께 묶어 『자서전』을 발행했다.

예이츠의 가장 뛰어난 산문 중의 하나로 알려진 제2부 『휘장의 떨림』은 실질적으로 그 분량이나 내용에서 예이츠 『자서전』의 중심적인 부분이다. 제2부는 예이츠의 가족이 베드퍼드 파크로 다시 이사 오는 것에서 시작한다. 베드퍼드 파크는 예이츠 가족이 9년 전에 이사 와서 2년 동안 살았던 예술인 마을로서, 그곳으로 처음 이사 왔을 때 느낀

경이로운 감정은 제1부에 언급되어 있다. 예이츠는 제2부 서두에서 그 마을에 대한 과거의 기억들을 떠올리며 그동안 마을이 어떻게 변했는지를 묘사함으로써 제1부와 제2부가 자연스럽게 연결되도록 만든다. 이곳으로 다시 이사 온 후에도 예이츠는 가족과 7년을 함께 지냈지만 제2부에는 가족에 관한 언급이 거의 없다. 제1부에서 예이츠에게 지배적인 영향을 미치던 아버지의 존재 또한 거의 나타나지 않는다.

이미 스무 살을 넘긴 나이였던 만큼 제2부는 개인적 가족사보다는 이런 공적, 사회적 활동에 관한 이야기가 주를 이룬다. 제2부에는 가족에 관한 얘기뿐만 아니라 예이츠 존재 자체도 잘 드러나지 않는다. 제2부에서 그의 존재는 더 중심적으로 자리를 잡지만, 그 존재가 직접적으로 드러나는 대신 주변인물들과의 관계를 통해서 간접적으로 드러나게 된다. 제1부를 쓸 때의 예이츠는 거기서 다룬 유년기와 청소년기와는 시간상 멀리 떨어져 있었다. 따라서 이야기에서 언급되는 주변인물들과의 관계에서 그만큼 거리감이 있었기 때문에 글을 쓸 때 비교적 심리적으로 편안했을 것이다. 그러나 제2부를 쓸 때의 예이츠는 자신이 글에서 다루는 시기와 시간상 훨씬 가까웠고 언급하는 주변인물들과 아직도 관계가 서로 얽혀있었기 때문에 다른 방식으로 거리감을 유지하고 싶었을 것이다. 그래서 그는 자신과 여러 주변인물의 관계를 직접적으로 그리기보다는 주변인물을 주로 묘사하면서 자신의 페르소나가 간접적으로 드러나도록 하는 방법을 택했다.

제2부 제1권 「4년간의 삶: 1887~1891」은 예이츠가 22~26세이던 시기를 다루고 있다. 이 기간은 사실상 제1부 마지막 부분과 겹친다. 여기에는 예이츠의 삶과 예술에 지대한 영향을 미치며 그와 지속적인 우정을 유지한 여러 인물에 관한 이야기가 나온다. 또한 아일랜드의 행동주의적 민족주의자였던 모드 곤에 대한 사랑 얘기가 담겨있다. 제1부에서는 예

이츠가 위기의 순간마다 들었다는 내면의 소리나 요정들, 신비의 새에 관한 얘기들이 나오는데, 이런 신비적 세계에 대한 예이츠의 관심은 제2부에서는 좀 더 체계적인 형태를 띠게 된다. 그는 마담 블라바츠키와 매서스 등을 만나고, 《신지학협회》와 《금빛새벽연금술회》에 가입하고 활동하면서 신비주의에 깊이 빠져들게 된다.

제2권 「파넬 이후의 아일랜드」의 제목에 나오는 찰스 파넬은 아일랜드 자치를 위해 일한 의회의 정치지도자였다. 예이츠는 1891년 파넬의 갑작스러운 죽음 이후에 비폭력적인 방법에 의한 아일랜드 문제 해결 가능성은 실질적으로 사라졌다고 생각했다. 그래서 향후에는 아일랜드 문제를 정치적으로 해결하기보다는 민족의식을 고취하기 위한 문학예술 운동으로 전향해야 한다고 생각했다. 이런 취지에서 시작된 것이 1891년에 런던에서 창립된 《아일랜드 문학회》와 이듬해 더블린에서 창립된 《국립문학회》였다. 이들의 일차적 목표는 아일랜드의 문학작품을 발행하고 그 책들을 아일랜드 전역에 보급하는 것이었다. 이 과정에서 예이츠는 개번 더피와 편집권을 놓고 싸움을 벌였지만 결국 그 편집권을 더피에게 빼앗기고 말았다. 예이츠는 자신들의 편집계획을 누설한 친구에 대한 섭섭한 감정을 나타내기도 한다.

제3권 「카멜레온의 길」이라는 제목은 다양성, 변화 가능성, 혼란, 예측 불가 등을 의미한다. 예이츠는 바로 자신도 이런 카멜레온의 길에 들어섰다고 생각했다. 그러면서도 예이츠는 외삼촌인 조지 폴렉스펜과 함께 여러 가지 신비현상에 관해 탐구한 시절을 즐겁게 떠올린다. 그는 《금빛새벽연금술회》의 매서스에게서 배운 상징들을 실험하고, 그 상징이 인간의 정신에 변화를 몰고 올 수 있다고 믿게 된다. 예이츠는 이 모든 것을 아우를 체계나 철학을 찾으려고 노력한다.

제4권 「비극적 세대」는 1890년대에 예이츠가 만난 여러 문인과 예술가들의 인생과 그 비극을 다루고 있다. 그들 중 하나는 오스카 와일드로서, 그는 대중의 사랑을 많이 받았지만 결국 동성애 혐의로 파멸한 극작가였다. 재판을 받고 2년 동안 감옥생활을 한 후 국외로 추방되어 파리에서 쓸쓸하게 죽어간 와일드의 모습이 그려져 있다. 예이츠는 술과 방탕함으로 파멸한 라이널 존슨과 다우슨에 관해서도 언급한다.

제5권 「깨어나는 뼈들」에서 예이츠는 1890년대 말과 1900년대 초에 아일랜드에서 일어난 폭력적 민족주의 운동들 때문에 자신의 노력이 수포가 되고 말았음을 한탄스러운 감정으로 회고한다. 특히 예이츠가 사랑한 모드 곤의 과격한 독립운동에 우려를 표하며, 더 큰 폭력이 닥치지 않을까 걱정한다. 이때 그를 좌절감에서 구한 것은 바로 그레고리 여사와의 만남이었다. 예이츠는 그녀의 장원에 머물며 건강을 회복할 수 있었고, 그녀와의 협동작업을 통해 아일랜드 민담을 수집하고 아일랜드 극 운동의 계기를 마련하게 된다. 그렇게 이 자서전은 희망적으로 끝이 난다.

제2부에서 예이츠는 자신이 가진 예술관이나 정치적 견해를 직접적으로 얘기하기보다는 당시에 자신이 접한 동료 예술가들과 정치가, 활동가들의 여러 초상을 통해 간접적으로 보여주는 방법을 택하고 있다. 그가 묘사하는 인간군상 가운데는 사회적으로 특별히 알려진 사람 혹은 자신의 예술관이나 정치적 견해와 통하는 사람만 있는 것은 아니다. 그는 동료 예술가들의 특별한 점을 확실하게 평가해주고 동시에 그들의 기행(奇行) 등도 함께 기록함으로써, 그들이 보여준 활동과 행위의 전체적인 의미를 읽어내려고 노력한다. 인간과 사회에 대한 이런 포용성과 균형잡힌 시각은 예이츠가 대작가로 성장할 수 있도록 만들었을 것이다.

제2부의 권말주석에서 보이듯 예이츠의 자서전은 그가 가졌던 신비주의적 색채가 짙게 배어있다. 어려서부터 그가 가졌던 민간신앙이나 민

속, 설화, 마법 등에 관한 관심을 단순히 비과학적이고 미신적인 것으로 치부하기는 어려울 것이다. 결국 그것은 예이츠의 개인적인 영역을 넘어 그가 속한 민족과 그 역사, 문화, 전통에 뿌리가 닿아있기 때문이다. 실제로 자서전 곳곳에서 예이츠는 미신적 행위와 인간의 이성적 판단을 흐리는 여러 행위를 비판적으로 바라보고 있다. 모드 곤이 중요한 사건이 있기 전에 새들을 풀어준 일이나 사람들이 강령회에서 최면에 빠져서 객관적 사실을 망각하는 것을 예이츠는 지적하기도 한다.

예이츠는 자신이 추구한 예술의 경우에도 끊임없이 민족과 역사, 사회 문제 등과 연관 지어 고민한 것으로 보인다. 단순히 예술가로서 미를 추구한다거나 민족과 역사의 관점에서 예술을 추구했다기보다는 어느 한쪽으로 매몰되지 않고 예술을 자연스럽게 민족과 역사, 문명의 문제 등과 연관 지어 전체적으로 보려고 노력했다. 그는 독창적인 예술가가 되기 위해 어떤 새로운 것, 특이한 것을 찾기보다는 더 큰 덩어리인 자신의 문학적, 예술적 뿌리와 전통을 찾으려고 애썼던 것이다. 그러나 의식적으로 전통에 몰두했다기보다는 자신의 상황을 진지하게 고민함으로써 자연스럽게 민족과 전통의 문제, 예술의 진정한 역할에 관한 문제를 건드리게 된 것으로 보인다.

예이츠의 관점에 다른 예술가들이 동의하지 않는다고 하더라도 예이츠가 한 고민이 의미를 갖는 것은 그는 예술가라면 가져야 할 진지한 태도를 보여주었다는 점이다. 예이츠가 이 자서전에서 다룬 예술적인 문제들이 예술가로서 고민하게 되는 요소를 모두 포괄한다고 할 수는 없다. 예이츠는 예술가라면 마땅히 생각해야 할 것들, 이를테면 인간의 삶과 예술의 관계, 예술가와 사회, 시대, 민족과의 관계, 자신이 속한 예술그룹과의 관계 같은 것들에 피상적이지 않고 진지하게 고민한 것이며, 그런 진지한 예술가의 초상이 다른 예술가들에게나 일반 독자들에게 의미가 있을 수 있다는 말이다.

예이츠가 처음부터 자신의 예술관을 보여주려고 이 자서전을 계획했다면 더 체계적이고 조직적으로 예술의 중요한 문제들을 조목조목 거론하고 정리했을 것이다. 이 자서전에서 예이츠는 단순히 자신이 지나온 길을 얘기하고 있을 뿐이다. 그러나 예이츠가 살았던 시대가 예술사적으로 중요한 전환기였고 그가 아일랜드인이었다는 사실 때문에, 말하자면 그 자신이 불안정하고 불확실한 시기와 민족, 상황 속에 있었기 때문에 자신의 얘기를 충실히 한다는 것만으로도 예술이 부딪히게 되는 핵심적인 고민들을 짚어줄 수 있었던 것으로 보인다. 만일 그가 훨씬 편안한 조건에 있었다면, 이를테면 그가 영국인이었거나 지배층으로서 더 안정적인 시대에 살았더라면 예술가로서 아무리 진지하고 성실했다고 하더라도 창작자가 되기 위해 젊은 시절에 거쳐야 할 기본적인 관문, 건드리고 지나가야 할 법한 문제들을 총체적으로 보여주기 어려웠을지 모른다. 상황이 복잡하고 여러 가지 문제가 많은 시대였기에 그 상황에 충실하게 대응함으로써 예술에서 고민해야 할 많은 문제가 저절로 건드려진 것이다. 예이츠는 예술의 실제적인 문제에 대한 해결방법을 보여주기보다는 그런 상황에서 예술가로서 어떻게 자신의 자리를 찾아나가는지를 보여주었다고 할 수 있을 것이다.

자서전은 독자를 위한 것일 뿐 아니라 작가 자신을 위한 것이기도 하다. 단지 자신의 살아온 경험을 정리하고 그 의미를 성찰한다는 뜻만은 아니다. 집필행위 자체가 작가에게 일종의 해방감을 주고 그의 감정을 정화하는 작용을 하게 된다. 예이츠는 올리비아 셰익스피어에게 보낸 편지 중에서 회고록은 마치 몸을 씻고 새 옷을 갈아입은 것처럼 자신이 깨끗해졌다는 느낌을 준다고 말하기도 했다.

자서전의 의미를 크게 확대한다면 우리 모두는 각자 매일, 그리고 일생을 통틀어 자서전적 행위를 하면서 살고 있다. 자신의 일상을 매일 반추하고 정리하며, 과거의 삶을 회고하고 반성하기도 한다. 그 행위가 글을 통해서건 마음속 생각을 통해서건 말이다. 그런데 우리가 떠올린 과거는 과거 그 자체는 아니다. 떠올린 것이 바로 그날의 일이거나 조금 전의 일이었다고 하더라도 그것은 과거의 일 자체는 아니다. 어디까지나 자신에 의해서 재정리되고 해석된 과거, 현재화된 과거이다. 우리는 칼날 같은 현재의 순간에 살고 있을 뿐이다. 영원한 현재밖에 없다. 과거는 이미 지나갔고, 미래는 아직 현실화되지 않는 가상의 시간일 뿐이다. 떠올린 과거는 현재 순간에 해석한 과거일 뿐이다.

순간순간 다시 나타남으로써 그것은 살아있는 새로운 현재가 된다. 예이츠가 자서전을 쓰면서 자신의 과거를 계속 현재화하며 자신의 삶으로 만들었듯 우리도 예이츠의 자서전을 읽으며 그의 과거의 삶을 현재화할 뿐 아니라 우리 자신의 삶도 현재화하고 있다. 릴케는 『두이노의 비가』에서 '모든 존재는 한 번뿐, 단 한 번뿐. 한 번뿐, 더 이상은 없다. 우리도 한 번뿐. 다시는 없다. 그러나 이 한 번 있었다는 사실, 비록 단 한 번뿐이지만, 지상에 있었다는 사실은 취소할 수 없는 일'이라고 말했다. 우리의 존재를 확실히 해주는 것은 바로 과거를 계속 현재화하는 우리의 자서전적 행위일 것이다.

예이츠 연보

1865 (0세): 윌리엄 버틀러 예이츠, 아일랜드의 수도 더블린에서 화가 존 예이츠와 수전 예이츠(친정 폴렉스펜)의 장남으로 출생(6월 13 일). 증조부와 조부는 목사.

1867 (2세): 예이츠 집안, 런던으로 이주함(7월).

1872 (7세): 수전 예이츠가 아이들을 슬라이고에 있는 외가로 데려감.

1874 (9세): 런던으로 돌아옴(10월).

1875~80 (10~15세): 잉글랜드의 고돌핀 스쿨에 다님. 방학 때는 주로 슬라이 고에서 보냄(외가 폴렉스펜 집안은 선박회사를 운영함). 예이 츠 집안은 런던에 있는 베드퍼드 파크로 이사함.

1881 (16세): 예이츠 집안, 아일랜드 호스(더블린의 동쪽 끝 마을)로 이주함 (여름). 예이츠, 더블린의 에라스무스 고등학교에 등록함.

1882 (17세): 최초로 시들을 씀.

1884 (19세): 더블린의 메트로폴리탄 미술학교에 등록(5월). 조지 러셀(AE) 등과 어울려 동양의 신비사상에 관심을 가짐. 트리니티 칼리지 에 입학하기를 거절하여 부친이 실망함.

1885 (20세): 최초의 서정시들이 대학 잡지 《더블린 대학 리뷰》에 실림(4 월). 조지 러셀, 찰스 존스턴과 함께 《더블린 연금술협회》를 창립하고 회장직을 맡음(6월). 첫 교령회(세앙스) 참석. 모히니 채터지가 더블린에 와서 《신지학협회》의 창립을 도움. 더글러 스 하이드, 캐서린 타이넌, 존 올리어리 등을 만남.

1886 (21세): 전문적 문필가가 되기 위해 미술공부 포기(4월). 존 올리어리 의 영향으로 아일랜드 민족주의에 눈뜨기 시작함.

1887 (22세): 예이츠 집안, 런던으로 다시 이사(4월). 런던에 온 블라바츠키 여사를 만남(5월). 맥그리거 매서스를 만남. 영국의 잡지에 최 초로 시들을 발표함.

1888 (23세): 윌리엄 모리스, 버나드 쇼, 어니스트 헨리, 오스카 와일드 등을 만남. 『아일랜드 농부의 동화와 민담』 편집. 런던의 《신지학협

회》에 가입(11월). 크리스마스를 오스카 와일드 집에서 보냄.

1889 (24세): 첫 시집 『어쉰의 방랑과 기타 시편』 발간(1월). 존 올리어리의 소개로 모드 곤을 만나 사랑에 빠짐.

1890 (25세): 예이츠에게 알려지지 않은 채 모드 곤이 프랑스 정치가이며 언론인인 유부남 뤼시앙 밀레보이의 아들을 낳음. 「호수 가운데 있는 섬 이니스프리」 발표함. 《금빛새벽연금술회》에 가입 (3월). 《신지학협회》〈비교분과〉에서 떠나라는 요구를 받음(10월).

1891 (26세): 런던의 《시인클럽》과 《아일랜드 문학회》의 창립회원. 모드 곤에게 처음으로 청혼, 거절당함. 모드 곤의 아들 죽음. 여러 문학단체를 규합하기 위해 예이츠와 올리어리가 《아일랜드 청년회》를 조직함. 찰스 파넬 죽음(10월).

1892 (27세): 『아일랜드 동화집』 편집 발간(5월). 더블린 《아일랜드 문학회》의 창립(8월). 아일랜드 문예부흥 운동에 전력함. 시극(詩劇) 『캐슬린 백작부인과 여러 가지 전설 및 서정시』 발간(8월).

1893 (28세): 에드윈 엘리스와 『블레이크의 시, 상징 및 비평 작품집』 편집 발간(1~2월). 신화 및 민담집 『켈트의 여명』 발간(12월).

1894 (29세): 파리 처음 방문, 모드 곤에게 재청혼. 런던에서 라이널 존슨의 소개로 그의 사촌 올리비아 셰익스피어(필명: 다이애나 버넌)를 만남. 모드 곤이 뤼시앙 밀레보이와의 사이에 딸 이술트를 낳음(8월).

1895 (30세): 『아일랜드 시집』 편집 발간(3월). 『시집』 발간(8월).

1896 (31세): 올리비아 셰익스피어와의 연애가 시작됨(2월). 에드워드 마틴의 소개로 그레고리 여사를 만남(8월). 파리에서 극작가 싱을 만남(12월).

1897 (32세): 시집 『비밀의 장미』 출판(4월). 여름을 그레고리 여사의 장원 쿨 파크에서 처음 보냄. 그레고리 여사, 에드워드 마틴, 조지 무어와 함께 켈트 극장 창설을 논의함. 모드 곤과 함께 영국에서 아일랜드 민족주의자 울프 톤의 기념비 건립모금을 위한 강연여행을 함.

1898 (33세): 모드 곤과 잉글랜드, 스코틀랜드, 아일랜드 등을 답사함.

1899 (34세): 파리에 있는 모드 곤 방문, 다시 청혼, 거절당함(2월). 『갈대숲의 바람』이 그해의 최고 시집으로 로열 아카데미상을 받음. 더블린에서 《아일랜드 극협회》 창설. 첫 공연으로 『캐슬린 백작부인』 상연됨. 예이츠가 회장을 맡고, 모드 곤, 더글러스 하이드, 조지 러셀이 부회장을 맡음.

1900 (35세): 어머니 수전 예이츠 죽음(1월). 모드 곤은 아일랜드를 방문한 빅토리아 여왕 더블린 방문 항의시위에 관여함(4월). 《금빛새벽연금술회》의 런던 지부장이 됨.

1902 (37세): 존 퀸, 제임스 조이스 등을 만남. 모드 곤이 주연을 맡은 『캐슬린 니 홀리한』 상연됨(4월).

1903 (38세): 모드 곤이 맥브라이드 소령과 결혼(2월), 예이츠 큰 충격을 받음. 시집 『일곱 숲에서』 발간(8월). 미국 강연여행(40회)으로 재정적 성공을 거둠(11월).

1904 (39세): 미국에서 돌아옴(3월). 《애비극장》 개관.

1906 (41세): 그레고리 여사, 싱과 함께 《애비극장》의 운영위원이 됨. 『시집: 1899~1905』 출간.

1907 (42세): 싱의 극 『서쪽나라의 바람둥이』 공연으로 《애비극장》에 폭동이 일어남(1월). 존 올리어리 사망(3월). 예이츠의 아버지, 뉴욕에 영구히 정착함.

1908 (43세): 8권의 초기 시편 완전 개정판인 『시전집』 완성. 노르망디에 가서 남편과 별거 중인 모드 곤을 만나 체류, 프랑스어를 배움(12월).

1909 (44세): 싱 죽음.

1910 (45세): 《애비극장》 자금 모집을 위해 런던에서 강연. 조지 폴렉스펜 죽음(9월). 시집 『초록 투구와 기타 시편』 출간(12월).

1911 (46세): 에즈라 파운드 만남(4월). 셰익스피어 여사의 소개로 후일에 부인이 된 조지 하이드 리즈를 만남(5월). 『아일랜드 극장을 위한 극』 출간.

1912 (47세): 노르망디에서 모드 곤과 체류. 휴 레인 미술품 사건.

1913 (48세): 서식스의 스톤 코티지를 빌림. 에즈라 파운드가 예이츠의 비서로 일함. 『낙담 속에서 쓴 시편』 출간.

1914 (49세): 미국 강연여행을 떠남(1월). 시집『의무』출간(5월). 파운드가 셰익스피어 여사의 딸 도로시와 결혼함. 아일랜드 자치법안이 통과되었으나 유럽 정세의 불안으로 시행되지 못함. 제1차 세계대전 발발(8월).

1915 (50세): 파운드 부부와 겨울을 서식스에서 보냄(1~2월). 파운드에게 자극을 받아 일본극(能)에 흥미를 갖게 됨. 휴 레인 실종(5월). 영국기사작위 거절함(12월).

1916 (51세): 『유년기와 청소년기에 대한 회상』출판(3월). 더블린에서 부활절에 민중봉기가 일어나 피어스, 코널리, 맥브라이드 등이 주모자로 체포되어 처형당함(4~5월). 노르망디에 있는 모드 곤을 방문하여 청혼했으나 거절당함(7~8월). 모드 곤의 양녀 이슐트와 프랑스 시를 읽음.

1917 (52세): 발릴리 고탑(古塔)을 구입함(3월). 이슐트에게 구혼, 거절당함(8월). 조지 하이드 리즈에게 청혼(9월)하고 결혼함(10월). 서식스로 신혼여행을 할 때부터 자동기술이 시작됨(나중에『비전』으로 발전). 시집『쿨 호수의 야생백조』출판(11월).

1918 (53세): 옥스퍼드로 이사(1월). 신페인당이 의회의 다수당이 됨.

1919 (54세): 장녀 앤 버틀러 예이츠 출생 (2월. 나중에 화가가 됨). 발릴리 탑으로 이사함.

1920 (55세): 미국 강연여행을 떠남(1월). 부인 유산함(8월).

1921 (56세): 시집『마이클 로바츠와 댄서』출판(2월). 장남 윌리엄 마이클 예이츠 출생 (8월. 나중에 상원의원이 됨). 아일랜드 자치정부 수립(12월).『4년간의 세월』출판.

1922 (57세): 아일랜드 내란 발발(1월). 거기에 자극을 받아 시편「내란 시의 명상시편」을 씀. 내란이 휴전상태에 들어가자 영국정부는 아일랜드의 자유정부를 인정함. 예이츠는 상원의원으로 추대되어 6년간 일함. 아버지 존 버틀러 예이츠 뉴욕에서 사망(2월). 트리니티 칼리지에서 명예박사 받음.『휘장의 떨림』출간.

1923 (58세): 내란종식(4월). 노벨 문학상(詩劇) 수상(11월), 스톡홀름에서 수상연설(12월).

1924 (59세): 『에세이집』출간(5월).

1925 (60세): 예이츠 부부 이탈리아에 머무름.

1926 (61세): 『비전』 초판 출간(1월). 『자서전』 초판 출간(11월).

1927 (62세): 폐충혈 등으로 건강 악화해 가을부터 요양을 시작함.

1928 (63세): 시집 『탑』 출간(2월). 가족과 함께 이탈리아 라팔로로 이주함 (4월). 상원의원 임기를 끝내고 건강 때문에 재선을 사양함(9월). 시집 『나선계단』 출간(10월)

1929 (64세): 발릴리 탑을 마지막으로 감(여름). 라팔로에서 병으로 쓰러짐 (12월).

1930 (65세): 예이츠 부부 쿨 파크에 머무름(가을).

1931 (66세): 옥스퍼드에서 문학박사 학위 수여(5월). BBC에서 첫 방송강연 (9월). 그레고리 여사 건강악화. 쿨 파크를 자주 방문함(가을~겨울).

1932 (67세): 쿨 파크에 머무름(겨울~봄). BBC 방송강연(4월). 버나드 쇼, 조지 러셀 등과 《아일랜드 문학원》 설립(4월). 그레고리 여사 사망(5월). 마지막 미국 강연여행(10월).

1933 (68세): 시집 『나선계단』 출간(9월). 『시전집』 출간(11월).

1934 (69세): 회춘 수술을 받음(4월), 성공적. 『시극전집』 출간(11월).

1935 (70세): 조지 러셀 사망(7월). 폐충혈 재발. 요양하러 마요르카 섬에 감 (겨울). 『옥스퍼드 판 현대시』 편집 착수. 시집 『3월의 보름달』 출판(11월). 고희연(古稀宴).

1936 (71세): 병이 중태. 병중에 BBC에서 현대시 강연(여름). 『옥스퍼드판 현대시』 출판(11월).

1937 (72세): BBC 방송 강연 4회(4월, 7월, 9월). 『비전』 개정판 출간(10월). 『에세이집: 1931~1936』 출판(12월).

1938 (73세): 극작품 『쿨린의 죽음』 집필 착수. 『자서전』 증보판 출간. 모드 곤이 리버스데일로 방문(늦여름). 옛 애인 올리비아 셰익스피어 사망. 프랑스 남부에서 체류.

1939 (74세): 병 돌발, 1월 26일에 사망. 28일 프랑스 로크브륀에 매장됨. 제2차 세계대전 발발(9월).

1948: 예이츠의 유해가 아일랜드 군함에 실려 고국 아일랜드에 돌아옴(9월). 육군의장대 호위. 정부대표로 외무장관 션 맥브라이

드(모드 곤의 아들)가 참석함. 슬라이고 근교 벤 불벤 산기슭 드럼클리프 교회 묘지에 재매장됨. 묘비명은 시 「벤 불벤 산 아래서」에 써 놓은 것과 같음: 〈싸늘한 시선을 던져라/ 삶에, 죽음에/ 말 탄 사람이여, 지나가라!〉

예이츠 친가/외가 가계도

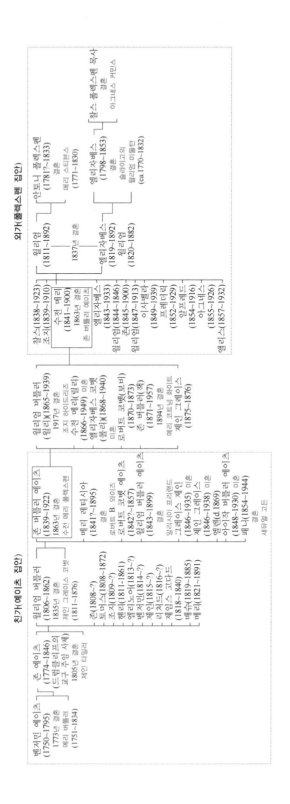

친가(예이츠 집안)

벤저민 예이츠
(1750~1795)
1773년 결혼
메리 버틀러
(1751~1834)

존 예이츠
(1774~1846)
(드럼클리프의
교구 주임 사제)
1805년 결혼
제인 타일러

윌리엄 버틀러
(1806~1862)
1835년 결혼
제인 그레이스 코벳
(1811~1876)

존 버틀러 예이츠
(1839~1922)
1863년 결혼
수전 메리 폴렉스펜

- 존(1808~?)
- 토머스(1808~1872)
- 조지(1809~?)
- 헨리(1811~1861)
- 엘리노어(1813~?)
- 벤저민(1814~?)
- 제인(1815~?)
- 리처드(1816~?)
- 제임스 고다드
  (1818~1840)
- 매슈(1819~1885)
- 메리(1821~1891)

메리 레티시아
(1841?~1895)
결혼
로버트 B. 와이즈

로버트 코벳 예이츠
(1842?~1857)

윌리엄 버틀러 예이츠
(1843~1899)

일라이자 프리랜드
그레이스 제인
(1846~1935) 미혼

제인 그레이스 미혼
(1846~1938)

엘렌(d.1869)

아이작 버틀러 예이츠
(1848~1930) 미혼

패니(1854~1944)
결혼
새뮤얼 고드

외가(폴렉스펜 집안)

윌리엄 버틀러
(윌리)(1865~1939)
1917년 결혼
조지 하이드리즈
(1866~1949) 미혼
수전 메리(릴리)
엘리자베스 코벳
(롤리)(1868~1940)
미혼
로버트 코벳(보비)
(1870~1873)
존 버틀러(잭)
(1871~1957)
1894년 결혼
메리 코튼엄 화이트
제인 그레이스
(1875~1876)

찰스(1838~1923)
조지(1839~1910)
  수전 메리
  (1841~1900)
  1863년 결혼
  존 버틀러 예이츠
엘리자베스
(1843~1933)
윌리엄(1844~1846)
존(1845~1900)
윌리엄(1847~1913)
이사벨라
(1849~1939)
프레더릭
(1852~1929)
알프레드
(1854~1916)
아그네스
(1855~1926)
엘리스(1857~1932)

윌리엄
(1811~1892)
1837년 결혼
엘리자베스
(1819~1892)
윌리엄
(1820~1882)

안토니 폴렉스펜
(1817?~1833)
결혼
메리 스티븐스
(1771~1830)

엘리자베스
(1798~1853)
결혼
윌리엄 미들턴
(ca 1770~1832)

찰스 폴렉스펜 목사
결혼
아그네스 커민스

찾아보기: 윌리엄 버틀러 예이츠의 작품

* 작품명 __본문 페이지

시와 시집

「1916년 부활절」("Easter 1916") __387주

『갈대숲의 바람』(*The Wind among the Reeds*) __311주, 413, 522

「검은 돼지 골짜기」("The Valley of the Black Pig") __435주

「고양이와 달」("The Cat and the Moon") __381주

「나는 너의 주」("Ego Dominus Tuus") __355주, 403주

「난롯가에서 얘기를 나눈 사람에게」("To Some I Have Talked With by the Fire")
    __339주

「매」("The Hawk") __251주

「바보의 또 다른 노래」("Another Song of a Fool") __271주

『비밀의 장미』(*The Secret Rose*) __278, 279주, 311주, 329주, 521

「시간이라는 십자가 위의 장미에게」("To the Rose upon the Rood of Time")
    __332주

「애비극장에서」("At the Abbey Theatre") __288주

「어려운 일의 매력」("The Fascination of What's Difficult") __456주

『어쉰의 방랑』(*Wanderings of Oisin*) __119주, 138주, 178, 178주, 218, 262주,
    279, 478, 479, 510, 521

「어쉰의 방랑」("Wanderings of Oisin") __95, 133주, 194, 194주

「여인의 아름다움은 연약한 흰 새와 같다」("A Woman's Beauty is like a white
    frail Bird") __469주

「요정 나라를 꿈꾼 남자」("The Mand Who Dreamed of Faeryland") __172주

「재림」("The Second Coming") __253주

「호수 가운데 있는 섬 이니스프리」("The Lake Isle of Innisfree") __204, 521

드라마

「그늘진 바다」("Shadowy Waters", 시극) __95, 95주, 413

『마음속 욕망의 나라』(*Land of Heart's Desire*) __262주, 361, 361주, 362주, 370, 407

『조각상들의 섬』(*Island of Statues*) __119, 119주

『캐슬린 백작부인』(*The Countess Cathleen*) __133주, 158주, 262, 262주, 521

산문

『아일랜드 농부의 동화와 민담』(*Fairy and Folk Tales*) __198주, 520

「연금술 장미」("Rosa Alchemica") __171주, 414, 478, 478주

「자만심 강한 코스텔로」("Proud Costello, Macdermot's Daughter, and the Bitter Tongue") __329, 329주, 432

「추방자의 십자가형」("The Crucifixion of the Outcast") __370, 370주

『켈트의 여명』(*The Celtic Twilight*) __80, 92, 189, 345, 521

찾아보기

* 가나다 순

A.E. → 러셀(조지)

가넷(에드워드, 영국의 비평가) __262, 262주, 300주

가리발디(주세페, 이탈리아의 혁명가) __477

갈가니(젬마, 가톨릭 성녀) __348, 348주

강베타(레옹, 프랑스의 정치가) __104, 104주

《게일연맹》_167주, 284주, 329주

『고대 로마 시편』(토머스 맥콜리의 시집) __59

고돌핀 경 __41

고돌핀 스쿨 __41주, 52주, 520

고드윈(에드워드, 영국의 건축가) __178

고딕 __28주, 41, 56주, 204, 204주, 413

곤(모드) __122주, 138주, 162, 162주, 163, 242주, 302, 302주, 303, 361주, 381주,
      412주, 426, 426주, 443, 453, 453주, 454, 457, 465, 466, 467, 468, 470,
      471, 471주, 472, 473, 475, 475주, 477, 477주, 481주, 487주, 513, 514,
      516, 517, 521, 522, 523, 524, 525

골드스미스(올리버, 영국의 작가) __30, 30주

괴테(요한 볼프강 폰, 독일의 작가) __112주, 247, 308, 309, 408, 408주, 455,
      456

《국립미술관》(런던) __104주, 152주

『국민정신』(시선집) __268, 287주

그레고리(이사벨라) 여사 __284, 284주, 290, 442주, 485, 485주, 486, 486주, 488,
      490, 491, 492, 492주, 493, 493주, 516, 521, 522, 524

그레이엄(케네스, 영국의 작가) __170

그레코(엘) __267, 267주

『그림동화집』 __60

글래드스턴(윌리엄, 영국의 수상) __184주, 276, 276주, 277, 297, 334, 394, 395,
      395주

《금빛새벽연금술회》_241주, 242주, 515, 521, 522

나르시스 __379
나폴레옹 __27주, 202, 202주, 435, 435주
낙너레이 산(슬라이고) __44, 100, 101, 340, 344, 347, 366
네로 황제 __368
네틀쉽(존 트리벳, 잭, 영국의 화가) __56, 113, 113주, 207, 207주, 208, 209,
    209주, 210, 211, 289, 399
넬슨 제독 __51, 197
뉴먼(존 헨리, 추기경) __393, 394, 397

다빈치(레오나르도, 이탈리아 르네상스 예술가) __173주, 206, 250주, 283, 283주
다우든(에드워드) __110, 110주, 111, 111주, 112, 112주, 113, 113주, 114, 124,
    308, 309주, 371
다우슨(어니스트) __219, 222, 388, 391, 391주, 400, 400주, 401, 402, 402주,
    403, 405, 410, 417주, 420, 422, 423, 516
다윈(찰스, 영국의 박물학자) __78, 101
단테 __104, 149, 150주, 193, 215, 215주, 250, 251, 315, 316주, 339, 339주,
    352, 352주, 353, 355주, 400, 418, 418주
달루(쥘, 프랑스 조각가) __104
대비트(마이클, 아일랜드의 민족주의자) __125주, 186, 186주, 264, 264주, 279,
    457, 458, 458주, 459, 459주, 460
《대영박물관》_160, 160주, 161, 162, 198, 199, 199주, 203, 206, 240, 292, 407,
    469주
《더블린 시립(현대, 휴 레인)미술관》_318, 318주
더블린 캐슬 __24주, 28주
더피(찰스 개번) __123주, 261주, 262, 262주, 266, 280주, 294, 295, 295주, 296,
    296주, 297, 297주, 298, 298주, 299, 300, 300주, 301, 386, 398, 515
던(제임스 스코트, 스코틀랜드 언론인) __168, 168주
던(존, 영국의 시인) __422, 422주
데메테르(그리스 신화의 대지, 곡물, 수확의 여신) __160, 160주, 162, 362
데이비스(토머스 오스본) __123, 123주, 130, 133주, 225, 264, 264주, 269, 274,
    287주, 295, 295주, 296주, 298, 300, 300주
데이비슨(존) __219, 220, 222, 406, 406주, 407주, 409, 410, 417주
《데일리 익스프레스》_290

데카르트(르네, 프랑스의 철학자) __252

도스토옙스키(표도르, 러시아의 소설가) __275, 275주, 318

돈키호테(세르반테스 소설의 주인공) __242, 242주, 251, 476

두니 바워 __488

뒤랑(카롤루스) __150, 150주, 151주, 162, 209, 222, 228, 249, 359, 359주, 511

드 모건(영국의 예술가) __55

드와이어(아서) __310주

디아나(달, 사냥의 여신) __345

디즈레일리(벤저민), 비콘스필드 백작 __184, 184주, 276주

딜런(존 블레이크) __123주, 295주, 466, 466주, 470, 470주

라스(선사시대 원형 토성) __100, 100주

라신(장, 프랑스의 극작가) __319

라운드 폰드(런던 켄싱턴 공원 연못) __38, 38주

라이헨바흐 남작 __115, 116주

라파엘 __56주, 86

라파엘전파 __56, 56주, 86, 86주, 104, 111, 147, 148, 149, 150, 153, 165, 166,
    166주, 169, 173주, 175, 177, 178, 187주, 212, 213, 222, 406

래드퍼드(어니스트, 영국의 시인) __219

랜더(월터 새비지, 영국의 작가) __278, 278주, 353, 353주, 381

러셀(윌리엄 클라크) __109

러셀(조지, A. E.) __102, 103주, 115주, 313, 313주, 314, 315, 316, 316주, 317,
    318, 318주, 319, 320, 322, 323, 324, 325, 520, 522, 524

러스킨(존) __56주, 166, 166주, 169, 194, 206

러틀랜드 스퀘어(현재 파넬 스퀘어) __473, 473주

러플리(슬라이고 만에 있는 곳) __95

레드먼드(윌리엄, 아일랜드의 민족주의자) __333, 333주

레드먼드(존 에드워드, 아일랜드의 국회의원) __466, 466주, 470, 470주

레버(찰스, 아일랜드의 소설가) __182, 182주, 272

레비(엘리파스, 프랑스의 신비주의 사상가) __243, 243주

레이튼(프레더릭, 영국의 화가) __212

레인(휴) __318주, 420주, 493, 493주, 522, 523

로댕(오귀스트, 프랑스의 조각가) __104

로세티(단테 가브리엘) __56, 57주, 114, 149, 150, 150주, 166, 184, 186, 186주, 208, 209, 222, 292, 381, 382, 383주, 388, 388주, 389, 389주, 390, 390주, 404, 405주

로세티(윌리엄 마이클) __404, 405주

로센스타인(윌리엄) __163주, 164

『로스메르 저택』(입센의 극) __360, 360주

로크(존, 영국의 철학자) __343, 343주, 350

롤스턴(토머스 윌리엄) __218주, 219, 224, 224주, 261, 262주, 279, 299주, 300주, 311주, 424

루이 11세 __441, 442

루이 15세 __436

루이스(윈덤, 영국의 예술가) __365, 365주

루크(토머스 매슈즈, 영국의 수채화가) __56주, 148

뤽상부르 공원(파리) __431, 446

르 갤리엔(리처드, 영국의 작가) __219, 220, 221

르낭(에르네스트, 프랑스의 역사가) __117, 117주

리드비나(쉬담의, 네덜란드 출신 성녀) __427, 427주

리스(어니스트, 영국의 작가) __198주, 218, 218주

『리어왕』(셰익스피어의 극) __10, 120주, 173

리케츠(찰스) __223, 223주, 267주

린넬(존, 영국의 풍경화가) __214, 214주, 215, 215주

마네(에두아르, 프랑스의 화가) __106

마르크스(카를) __197

『마리아의 수태고지』 __427

마리오티스 호수 __396, 397주, 404

〈마스크〉__202, 202주, 249, 250주, 279, 321, 322, 352, 353, 354, 354주, 490, 491

마우솔루스 __199, 199주, 251, 415, 469주

『마지막 음유시인의 노래』(월터 스코트의 시) __59, 59주

마틴(에드워드) __284주, 413주, 443주, 480, 480주, 485주, 486주, 491주

말라르메(스테판, 프랑스의 시인) __143, 143주, 243주, 406, 412, 413, 414주, 450

말버러 __25, 25주

매서스(맥그리거) __241, 241주, 242, 243, 244, 245, 246, 332, 336, 349, 349주, 393주, 433, 436, 437, 446, 446주, 447, 479, 481, 482주, 487주, 494, 495, 515, 520

매서스(모이나 베르그송) 여사 __241주, 244, 494

맥케나(스티븐, 아일랜드계 영국 언어학자, 번역가) __303, 303주

맥콜(패트릭 J, 아일랜드의 작가) __266, 303주

맥콜리(토머스, 영국의 역사가, 정치가) __268, 268주

맥클라우드(피오나) → 샤프(윌리엄)

맥퍼슨(제임스) __433, 433주

『맨프레드』 __83, 83주, 85, 85주

맹건(제임스 클래런스, 아일랜드의 시인) __64, 64주

머스킷 총을 든 병사 __383, 383주

머해피(존) __463, 463주

멀어브갤러웨이(스코틀랜드 남단) __65

메데이아 __195, 415주

메디치 __167, 167주

메릴(스튜어트, 미국 출신의 상징주의 시인) __448

메테를링크(모리스, 벨기에의 작가) __254, 254주

메트로폴리탄 미술학교 __101주, 313주, 520

모로(귀스타브, 프랑스의 화가) __317, 317주, 415, 415주, 450

모리스(메이) __192, 192주

모리스(윌리엄) __55, 154, 185, 185주, 186주, 187, 187주, 188, 188주, 189, 189주, 190주, 192, 192주, 193, 194, 194주, 196, 197, 198, 199, 202, 204, 226, 251, 252, 252주, 323, 331, 520

모리스(제인 버든) 부인 __186, 186주, 196

모어(헨리, 영국의 철학자) __340, 340주, 343, 487, 487주

몰리에르(프랑스의 극작가) __224

『무기와 인간』(쇼의 희극작품) __360, 362주, 363, 364, 365, 365주

무녀(시빌) __161, 163

무어(조지, 아일랜드 출신의 영국 소설가, 시인) __443주, 521

무어(토머스, 아일랜드의 시인, 작곡가) __272, 272주, 273, 287주

뮈세(알프레드 드, 프랑스의 시인) __237

미들턴 집안 __11, 20, 70, 88

미들턴(루시) __21주, 98주

미들턴(조지) __19, 70

미브 여왕 __344

미첼(존) __268, 281, 296주, 297, 297주

미켈란젤로(이탈리아의 화가) __56주, 185, 185주

밀(존 스튜어트) __114, 127, 127주

밀교 __116주, 117

『밀교』 __117, 117주

밀턴(존) __137주, 159주, 193

바그너(리하르트) __272

바스티앵르파주(쥘, 프랑스의 사실주의 화가) __150, 150주, 151주, 162, 165,
    165주, 209, 222, 224, 225, 228, 249, 359, 359주, 511

바이런(조지 고든, 영국의 시인) __83주, 107, 107주, 272주, 322주

반 다이크 __376, 377, 378주

발릴리 탑 __144, 523

발자크(오노레 드, 프랑스의 소설가) __62, 62주, 113, 137, 193, 237, 485, 485주

『배아』(Germ, 라파엘전파 잡지) __224

배틀(메리, 예이츠 외삼촌 집 하녀) __91, 94, 335, 335주, 337, 340, 344, 346

《백장미회》(보수 국수주의 단체) __433

버넘 비치스(버크셔에 있는 공원) __36, 36주, 58

버러(슬라이고 인근) __334

버킷(프랜시스 크로퍼드, 영국의 신학자) __490, 490주

버틀러(새뮤얼, 영국의 작가) __365

번 존스(에드워드, 영국의 화가) __38, 187, 187주, 190

번즈(로버트, 스코틀랜드의 시인) __286

벌리 경(로버트 세실, 영국의 정치가) __403, 403주

베드로 성당 __468, 468주

베드퍼드 파크 __38, 38주, 55, 58, 73, 79주, 147, 147주, 149주, 153, 157, 157주,
    158주, 162, 163, 175, 176, 198, 261, 261주, 274주, 275, 359, 408주, 416,
    513, 520

베랑제(피에르 장 드, 프랑스의 시인, 샹송 작곡가) __268, 268주

베르그송(앙리, 프랑스의 철학자) __241주, 244

베르길리우스(로마의 시인) __74, 163, 163주, 418, 418주

베르나르(사라, 프랑스의 여배우) __230, 230주

베르하렌(에밀) __254, 254주, 406주

베를렌(폴) __367주, 412, 413, 440, 440주, 441, 450, 512

베리(존, 아일랜드의 학자) __120주

베아트리체(단테의 작품 속 인물) __150주, 352

베인(알렉산더, 영국의 심리학자) __367주, 367

벤 불벤 산 __19, 19주, 23, 255, 255주, 488, 525

벤슨(프랜시스, 영국의 배우) __85

벨라스케스(디에고) __177, 177주, 266, 267주

보들레르(샤를, 프랑스의 시인) __243주, 429

보티첼리(산드로, 이탈리아의 화가) __166, 173주, 223, 223주, 392

뵈메(야콥, 독일의 신지론자, 신비주의자) __214, 214주, 331

『부바르와 페퀴셰』(플로베르의 미완성 소설) __349, 349주

불워 리튼(영국의 소설가) __42주, 494, 494주

브라우닝(로버트, 영국의 시인) __57주, 104, 184, 208, 221, 404, 423

브루투스(마르쿠스, 로마의 정치가) __275

브륀(메리, 『마음속 욕망의 나라』의 여주인공) __361, 361주

블라바츠키(마담 헬레나) __115주, 116주, 228, 228주, 229, 229주, 230, 231, 232,
233, 234, 234주, 235, 236, 238, 239, 245, 246, 515, 520

블레이크(윌리엄) __113주, 149, 150, 153, 208, 211주, 213, 214, 214주, 215,
215주, 216, 217, 239, 331, 408주, 418, 418주, 521

비너스(아프로디테, 사랑의 여신) __163주, 322주, 330주, 476

비렐(오거스틴) __467, 467주

비어봄(맥스, 영국의 작가, 풍자만화가) __168주, 420

비어즐리(오브리) __219주, 362, 362주, 405, 416, 417, 417주, 418, 419, 420,
420주, 422, 425, 426주, 427, 428, 429, 429주, 430, 430주, 431주

비용(프랑수아, 프랑스의 시인) __352, 352주, 353, 400, 400주

빅토리아 여왕 __307주, 471, 471주, 473, 475주, 522

빌리에 드 릴라당(오귀스트, 프랑스의 상징주의 작가) __394, 394주, 412주, 414,
441

빌헬름 마이스터 __456

「사랑의 야상곡」 __388, 388주, 389

사모트라키 섬 __134주, 330

사보이 __400주, 416주, 417주, 418, 420, 420주, 424, 430주, 431주, 443주, 478,
478주, 480, 481주

사스필드(패트릭, 아일랜드의 독립운동가) __26, 26주

『사슬에서 풀려난 프로메테우스』(셸리의 시) __84, 84주, 112, 116, 199, 254, 413

사전트(존 싱어, 미국의 화가) __376, 376주, 380

사포 시집 __305

《사회주의연맹》_185, 194주

살비니(토마소) __166, 166주

상드(조르주, 프랑스의 소설가) __237

샘번(에드워드 린들리) __420, 420주

생 마르탱(루이 클로드 드) __447, 447주

생쟈크 가 __440, 442

샤프(윌리엄, 필명 피오나 맥클라우드, 스코틀랜드의 시인) __438, 438주, 439, 440, 446, 480, 480주, 481주, 482

섀넌(찰스, 영국의 화가) __223, 223주, 421

성 미카엘[성 미션] 성당(더블린) __472, 472주

성 시메온(기둥 위의, 시메온 스틸리테스, 기독교 수도자) __321

성 안토니우스 __321

성 요한(세인트 존) 성당(슬라이고) __83, 83주, 88, 88주

성 요한(십자가의) __413

세례 요한 __103, 205, 205주, 315, 414주, 430, 430주

세븐 다이얼즈 __292

세지무어 전투 __26, 26주

셰익스피어(올리비아, 다이애나 버넌) __478주, 482주, 487주, 513, 518, 521, 522, 523, 524

셰익스피어(윌리엄) __75, 76, 85주, 120주, 164, 166주, 189, 189주, 206주, 251, 251주, 275주, 290주, 308, 309, 352주, 376, 377, 403, 426

셰파드(올리버) __103, 103주, 111, 315주

셸리(퍼시 비쉬) __83주, 84주, 85, 87, 112, 132, 199, 226, 228주, 238주, 247, 265, 309, 322, 323, 404, 413, 422, 445

소로우(헨리 데이비드) __93, 93주, 204

솔로몬 왕 __83, 83주, 413주

솔로몬(시미언, 라파엘전파 화가) __222, 393

쇼(리처드 노먼, 영국의 건축가) __55, 157주

쇼(조지 버나드, 아일랜드 출신의 극작가) __177, 185, 195주, 196주, 360, 360주, 362, 362주, 363, 363주, 364, 364주, 365, 366, 379, 380, 380주, 420, 520, 524

쇼테일러(존) __493, 493주

쇼펜하우어 __179

수피교도(이슬람교의 신비주의자) __254, 254주

슈레이너(올리브, 남아프리카의 소설가) __219

스베덴보리(에마누엘, 스웨덴의 과학자, 신비주의자) __214, 214주, 317, 318, 331, 401, 401주

스윈번(앨저넌 찰스, 영국의 시인) __111, 157, 157주, 184, 193, 195, 195주, 221, 222, 388

스코트(월터) __59주, 66주, 198주, 268, 268주

스코파스(고대 그리스의 조각가) __200, 200주, 468

스텐벅(에릭, 영국계 러시아 작가) 백작 __405, 405주

스텝니악(세르기우스, 러시아의 혁명가) __170, 170주

스트로치(베르나르도, 이탈리아의 화가) __376, 376주, 377

스트린드베리(요한 아우구스트, 스웨덴의 극작가, 소설가) __346, 346주, 448, 448주

스티븐스(제임스, 아일랜드의 혁명가) __123주, 278

스티븐슨(로버트 A. M., 영국의 화가, 미술비평가) __170, 170주, 175, 176, 177, 177주

스티븐슨(로버트 루이스, 영국의 작가) __176, 383, 383주

스펜서(에드먼드) __87, 119, 403, 403주

시거슨(조지) 박사 __265, 265주, 304주

시먼스(아서) __143주, 219, 220, 221, 222, 254, 391, 392, 394주, 396, 401, 410, 411, 412, 412주, 413, 414주, 416, 416주, 417주, 418, 419, 420, 422, 424, 431주, 440주, 443주, 449주, 480, 480주, 482, 485, 485주, 486주, 505

시바 여왕 __97

《시인클럽》(Rhymers' Club) __218, 218주, 219주, 249, 292, 379, 386, 387, 389, 389주, 392주, 393주, 400, 407, 408주, 409, 423, 431, 449, 521

신드바드 __56, 68

《신지학협회》_115, 116주, 117, 228주, 229주, 235, 240주, 281주, 309주, 515, 520, 521

신페인 __265, 480주, 523

싱(존 밀링턴) __270, 271주, 282주, 283, 361, 402, 442, 442주, 443, 443주, 444, 445, 446, 492, 493, 506, 521, 522

써(헨리) 소령 __26주, 27, 27주

아널드(매슈) __112, 173주, 404, 404주

〈아니마 문디〉__340, 340주, 343

아담 형제들(로버트와 제임스 아담 형제, 런던의 건축가) __147

아도니스 __476

아르키메데스 __469

아르테미시아 __199, 199주, 202, 251, 415, 468, 469주

아리스토파네스(아테네의 극작가) __226, 226주, 429주

아리오스토(루도비코, 이탈리아의 시인) __152, 188, 251

『아서왕의 죽음』(토머스 맬로리 작품) __492

『아이반호』 __59, 59주, 60주

아이스킬로스(그리스의 극작가) __396, 396주

《아일랜드 문예극장》/《아일랜드 극장》_262, 284, 284주, 361, 485주, 486주, 491, 513, 522

《아일랜드 문학회》/《국립문학회》_153주, 261, 261주, 262, 274주, 292, 302주, 303주, 305주, 314, 325, 329주, 386, 393주, 515, 521

《아일랜드 왕립학술원》(더블린) __106, 106주, 245

《아일랜드 청년회》_125주, 129, 130주, 131, 134, 267주, 269, 270, 271, 273, 280주, 281, 282, 287주, 288, 305주, 444, 521

《아일랜드(더블린) 국립미술관》__104, 153주, 275주, 376, 376주

아처(윌리엄, 영국의 번역가, 비평가) __359주, 360, 360주

아타나즈 __83, 83주, 226주, 322

아폴로 __348, 498, 499, 501

아하수에루스(셸리 시의 등장인물) __228주, 233, 238, 241주, 322

〈악에 대한 비전〉__320, 353, 400, 422

『안나 카레니나』(톨스토이의 소설) __254

안데르센(한스 크리스티안, 덴마크의 작가) __60, 60주

알라스토르(셸리 시의 등장인물) __83, 84주

알렉산더 대왕 __120주, 225

알키비아데스(아테네의 정치가, 장군) __225, 225주

암스트롱(로라) __97, 97주, 510

암스트롱(존) 장군 __25주

앙페르(장 자크, 프랑스의 문헌학자) __87, 87주

애런 제도(골웨이) __415, 416주, 443, 443주, 444, 444주

《애비극장》_283주, 284주, 361, 442주, 486주, 522

앨런(에드워드 헤론, 영국의 작가) __159, 159주

어빙(헨리, 영국의 배우) __61, 85, 107주, 166

어쉰 __255, 255주, 290, 433주

언윈(피셔) __262, 262주, 299

얼(조지프와 엘리자베스) __36

에라스무스 스미스 고등학교 __73, 73주, 101, 115주, 520

에머슨(랄프 월도, 미국의 초절주의 사상가) __281, 320

에밋(로버트) __27, 27주, 386, 386주, 472주

에셴바흐(볼프람 폰) __200, 200주

에우리피데스(아테네의 극작가) __161

엘리스(알렉산더) __211주

엘리스(에드윈) __113, 113주, 211, 211주, 212, 212주, 213, 213주, 214, 215,
    216, 217, 219, 298, 315, 408, 408주, 521

엘리엇(조지, 영국의 소설가) __113, 504

엡스타인(제이콥) __365, 365주

예이츠 가족 __5주, 24, 38주, 73주, 79주, 147주, 408주, 513

예이츠(매슈, 맷, 종조부) __24, 24주, 29, 69

예이츠(메리, 미키, 종조모) __23, 24, 25, 28, 66

예이츠(벤저민, 고조부) __24, 24주, 29, 29주

예이츠(수전 메리, '릴리', 예이츠의 여동생) __13, 13주, 20, 20주, 26주, 28주,
    29주, 32, 32주, 39, 39주, 192, 192주

예이츠(수전 폴렉스펜, 예이츠의 어머니) __21, 34, 35, 38, 40, 44, 45, 52, 57,
    60, 76, 79, 80, 147, 147주, 172, 221, 520, 522

예이츠(앤, 예이츠의 딸) __105주, 215주, 350, 350주, 523주

예이츠(엘리자베스 코벳, '롤리', 예이츠의 여동생) __32주

예이츠(윌리엄 버틀러, 목사, 할아버지) __25주, 45, 45주, 47, 66, 69, 102

예이츠(잭 버틀러, 예이츠의 남동생) __68, 68주, 89

예이츠(존 버틀러, 예이츠의 아버지) __30, 31, 32, 33, 34, 35, 36, 37, 38, 40,
    41, 42, 45, 49, 51, 54, 55, 56, 58, 59, 60, 61, 62, 66, 68, 73, 73주, 75,
    76, 79, 80, 82, 84, 85, 86, 87, 89, 93, 96, 101, 102, 104, 105, 106, 107,
    108, 109, 110, 111, 112, 113, 114, 115, 116, 117, 118, 125, 130, 135, 147,
    148, 149, 150, 153, 154, 156, 157, 162, 166, 174, 176, 182, 187, 191, 206,
    208, 211, 212, 216, 221, 250, 261, 269, 275, 306, 308, 420, 456, 467, 505,
    509, 510, 511, 514, 520, 522, 523

예이츠(존, 목사, 예이츠의 증조부) __23, 27, 27주, 28, 73주, 102

예이츠(존, 종조부) __24주

『옐로북』(1894~1897) __417, 417주, 426주

오그레이디(스탠디쉬 제임스) __133주, 263, 265, 289, 289주, 290, 290주, 300, 309

오닐(오언 로) __283주

오닐(휴, 티롤 백작) __47주, 90, 283, 283주

오도노휴(데이비드 제임스) __273, 273주

오라힐리(이건) __285, 286주

오브라이언(제임스 F. X., 아일랜드의 정치가) __457, 458, 458주, 459

오커리(유진, 아일랜드의 문헌학자, 게일어 학자) __290, 290주

오코넬(다니엘) __256, 268, 272, 453, 453주

올덤(찰스, 더블린 유니버시티 칼리지 경제학과 교수) __119, 120, 512

올리어리(엘렌, 아일랜드의 시인) __122, 122주, 128

올리어리(존) __122, 122주, 124, 125, 125주, 127, 129, 129주, 130, 130주, 131, 132, 138, 162, 261주, 265, 267주, 274, 274주, 275, 275주, 276, 277, 278, 279, 279주, 280, 281주, 282, 298, 299, 301, 302, 305, 398, 408, 460, 463, 465, 510, 520, 521, 522

올리펀트(로렌스, 영국의 소설가, 신비주의자) __236, 236주

와일드(레이디 제인, 오스카 와일드의 어머니) __182주, 371, 373, 373주

와일드(오스카) __170, 172, 172주, 174, 175, 176주, 177, 178, 178주, 180, 181, 181주, 182, 182주, 183, 184, 190, 219, 226, 349, 349주, 362주, 366, 366주, 367, 368, 368주, 369, 370, 370주, 371주, 372, 373, 373주, 374, 375, 379, 380주, 383, 385, 399, 411, 417, 417주, 422, 423, 430주, 463, 464, 516, 520

와일드(윌리엄 로버트 경, 오스카 와일드의 아버지) __182, 182주

와일드(윌리엄 찰스, 오스카 와일드의 형) __182주, 371, 371주, 373, 373주, 375

와츠(조지 프레더릭, 영국의 화가, 조각가) __188, 188주

왓슨(존 윌리엄, 영국의 시인) __219, 417주

《왕립미술원》(런던) __56주, 86, 86주, 222

《왕립학술원》(런던) __106주

왕세자(웨일스 왕자, 에드워드) __364

요크 가(더블린) __84, 84주, 116, 129

우파니샤드 __320

워즈워스(윌리엄) __86, 113주, 114, 309, 404

워커(에머리, 영국의 판화가) __185, 185주

원반 던지는 사람(미론의 조각품) __101

『월든』(소로우의 작품) __93, 93주

월리스(알프레드 러셀, 영국의 박물학자) __78

월시(윌리엄 J., 아일랜드의 수석 대주교) __299

월폴(호레이스) __28, 28주

『웨일스 트라이어드』 __168, 168주

웹(매슈, 영국의 수영선수) 선장 __9

위고(빅토르, 프랑스의 소설가, 극작가) __113, 134주, 382, 383주, 441

위블리(찰스, 영국의 비평가) __170, 172

윌슨(우드로우, 미국의 대통령) __376, 380

윌슨(조지, 스코틀랜드의 화가) __56, 59, 59주, 208

유클리드 기하학 __74, 75

이니스메아인, 이니스모(애런 제도) __443, 443주

이니스프리 섬(길 호수) __93, 204

이미지(셀윈, 영국의 시인) __219, 222, 393, 393주, 421

〈이미지〉__279, 291, 321, 322, 352, 353, 354, 354주

『이슬람의 반란』(셸리의 시) __84, 84주

『인간희극』(발자크의 소설) __62, 62주

인상주의 __179, 396, 406, 413, 415

인치 우드(쿨 파크) __489

일레시우스 __330

입센(헨리크, 노르웨이의 극작가) __359, 359주, 360, 360주, 421

자리(알프레드, 프랑스의 극작가) __449, 449주

자유시형(vers libre) __165

제임스 1세 __24, 90

조로아스터 __332, 332주

조하르 __339, 339주

존스(이니고, 영국의 건축가) __223

존슨(라이널, 영국의 시인) __219, 220, 221, 222, 223, 249, 291, 291주, 292,
292주, 293, 294주, 367, 368주, 374, 387, 388, 391, 393, 393주, 394, 395,
396, 396주, 397, 398, 399, 400, 400주, 401, 402, 402주, 403, 405, 406주,
410, 411, 412, 420, 478주, 516, 521

존슨(벤, 영국의 극작가) __268주, 421, 421주

존슨(새뮤얼, 영국의 비평가) __163주, 231주, 382주

〈존재의 통합〉__202주, 250, 250주, 320, 321, 375, 427, 427주, 455, 456

종센(코넬리우스 존슨, 얀센, 영국 출신 네덜란드 화가) __376, 376주
주니 인디언(아메리카 원주민 한 종족) __310

『차일드 해럴드』(바이런의 시) __132
채터지(모히니) __118, 118주, 520
채프먼(조지, 영국의 시인) __321, 322주
《청년 아일랜드당》_122주, 123, 123주, 128, 128주, 134주, 266, 267, 267주,
　　　294, 295, 295주, 296주, 298, 386
《체셔 치즈》_218, 219주, 225, 389
체일라(힌두교의 제자) __117
첼리니(벤베누토, 피렌체의 조각가) __184, 185주
초서(제프리, 영국의 시인) __62, 62주, 148, 148주, 187, 189, 193, 200, 200주,
　　　248, 251, 251주254, 392
치프리아니(아밀카레, 이탈리아의 혁명가) __477, 477주

카넉트 __90, 91, 102, 182, 286, 329, 330주
카멜레온의 길 __349, 435주, 436, 486, 513, 515
카발라(유대교의 신비철학) __214, 241, 241주, 243주, 336, 339주, 347, 347주,
　　　349, 393, 393주, 478, 480, 482, 485, 496
카토(마르쿠스, 로마의 철학자) __275
카툴루스(가이우스 발레리우스, 이탈리아의 시인) __412
칼데론(대 라 바르카, 페드로, 스페인의 극작가) __413
칼라일(토머스, 스코틀랜드 출신의 역사가) __127주, 194, 268, 281, 281주, 295,
　　　295주, 302, 409
칼턴(윌리엄, 아일랜드의 소설가) __283, 283주, 286, 295
캐슬록 __330
캘러난(제레미야 조지프, 아일랜드의 시인) __132, 132주
캠벨(이스레이의 캠벨, 존 프랜시스, 스코틀랜드의 작가) __9
캠벨(토머스, 스코틀랜드의 시인) __268, 268주
케네디(미상의 영국 화가) __37
케르베로스(그리스 신화에 나오는 머리 셋 달린 개) __464, 464주, 465, 465주
켐스코트 하우스(윌리엄 모리스의 집) __185, 192
코널리(제임스, 아일랜드의 민족주의자) __472, 472주, 473, 523
코네마라(골웨이) __200, 464, 464주
코르네유(피에르, 프랑스의 극작가) __319

코리올레이누스(셰익스피어의 비극, 그 주인공) __84, 85주, 206주

코모두스(로마의 황제) __404, 404주

코벳(로버트, 예이츠의 종조부) __27주

코벳(제인, 예이츠의 증조모) __30

코벳(패트릭, 소령) __27주, 29주

코스텔로(투마우스) __329

코스트(피에르, 프랑스의 신학자) __343, 343주

코커럴(시드니, 영국의 사서) __185, 185주

코크레인(윌리엄, 글렌의 코크레인, 슬라이고의 엔지니어) __366, 367

코피(데니스, 내과의사, 교수) __266

코피(조지, 고고학자) __266

콘더(찰스, 영국의 예술가) __420

콘래드(조지프, 영국의 소설가) __421

콘포드(레슬리 코프) __171주

콜럼브킬(아일랜드 수호성인) __255, 255주

콜리지(새뮤얼 테일러, 영국의 시인) __318, 404, 460, 460주

콩그리브(윌리엄, 영국의 극작가) __252, 252주

『쾌락주의자 마리우스』(월터 페이터의 소설) __391

「쿠블라 칸」(콜리지의 시) __404

쿠싱[쿠샨트](프랭크, 민족학 학자) __310

쿠퍼(제임스 페니모어, 미국의 소설가) __36, 36주

쿠훌린 __103주

쿨(호수, 파크) __271주, 355주, 486주, 488, 491, 492, 493주, 521, 523, 524

쿰우드 __63

퀸스베리 경(후작) __366, 366주, 372주, 374

크레인(월터) __185, 185주

크로 패트릭(산) __255, 255주

크로빈 이빙(더글러스 하이드) __284주, 286, 287주, 288

크로포트킨 왕자 __185, 185주

크롬웰(올리버) __269, 378, 378주

크루거(폴, 남아프리카의 정치가) __462, 462주

클레오파트라 __352

클로델(폴, 프랑스의 시인, 극작가) __427

키츠(존) __85, 85주, 132, 157, 157주, 188, 193, 223주, 353, 353주, 403, 445

키컴(찰스, 아일랜드의 소설가, 페니언 지도자) __461, 461주

키플링(조지프, 영국의 작가) __170, 171, 171주

《킬데어 스트리트 도서관》(아일랜드 국립 도서관) __90, 117

《킬데어 스트리트 박물관》(아일랜드 국립 박물관) __116

킹(리처드 애쉬, 아일랜드의 작가) __266

킹슬리(찰스, 영국의 작가) __308

타이넌(캐서린) __125, 125주, 136주, 281주, 520

터너(조지프, 영국의 화가) __104주, 167주, 169주

테니슨(알프레드, 영국의 시인) __104, 108, 108주, 221, 404, 441, 441주

테르모필레 전투 __374, 374주

테리(엘렌, 영국의 배우) __61

테바이드 __396, 404

테일러(존 프랜시스) __122주, 125, 125주, 127, 128주, 129, 130, 265, 279, 280, 280주, 281, 282, 283주, 295, 298, 298주, 299, 302, 308, 308주, 463

토드헌터(존) __153, 153주, 154, 157, 157주, 158, 158주, 219, 360, 362

토리 섬 __65

《토지연맹》_47, 47주, 72, 125주, 459, 466주

톤(울프) __26주, 131주, 386, 386주, 453, 453주, 455주, 465, 470주, 471, 473주, 477주, 521

톨스토이(레오) __254

톰슨(프랜시스) __219, 300, 300주, 322, 322주, 389, 389주

통일아일랜드군 __26, 26주

투록산 __324

툴리라 캐슬(골웨이) __413주, 480주, 485주, 486주

트라팔가르 해전 __51

트리니티 칼리지 __27주, 102, 102주, 110주, 118, 118주, 125주, 153주, 232주, 280주, 443, 467주, 520, 523

트와이퍼드 사원 __63

티치아노 __152, 152주, 153, 166, 188, 376, 377

틴들(존) __151, 151주, 165, 209, 222, 228, 249, 359, 359주, 511

틸링(찰스 맥카시) __130주, 305주

파(플로렌스) __158, 158주, 159, 160, 161, 162, 242주, 244, 360, 360주, 361주, 364, 366

파넬(찰스 스튜어트) __186, 186주, 256, 258주, 259, 270, 280, 305, 305주, 334, 383, 408, 408주, 453주, 457, 460, 461, 462, 465, 465주, 466주, 470, 470주, 513, 515, 521

파르치팔 __200, 200주

『파리의 로베르 백작』(월터 스코트의 소설) __66, 66주

파우스트 __247, 247주

파월(프레더릭 요크) __154, 154주, 157, 282, 287, 343, 343주

팔라스 아테나 __200

패러(토머스 찰스, 미국의 화가) __37, 58

패짓(헨리 매리어트, 영국의 화가, 삽화가) __155주

팰코너(윌리엄, 영국의 시인) __11, 11주

페낭(말레이시아) __27, 27주

페니언 __18, 18주, 122, 122주, 136, 162, 201, 249, 249주, 274, 274주, 277, 278, 279주, 333, 398, 454, 454주, 458주, 460, 466

페르세우스 __353, 353주

《페이비언협회》 __195, 195주, 363, 363주

페이지(미상의 예술가) __37, 56

페이터(월터) __173, 173주, 183, 391, 414

페인(배리, 영국의 유머작가) __170

포(애드거 앨런, 미국의 작가) __67, 67주

포스터(윌리엄, 영국의 정치가) __305

포지오(브라치올리니, 이탈리아의 인문학자) __205, 205주

포카혼타스 __156, 156주

포터(프랭크 허들스톤) __56, 57주, 58

『폭풍의 언덕』(에밀리 브론테의 소설) __113

폴렉스펜(아그네스 미들턴, 이모) __35주

폴렉스펜(알프레드, 외삼촌) __12주

폴렉스펜(엘리자베스 미들턴, 외할머니) __5주, 6, 7, 11주, 13주, 16주, 21주, 23주, 24주, 31주, 35주, 89주, 138, 138주, 139주, 140, 478주

폴렉스펜(윌리엄 미들턴, 외삼촌) __12, 12주, 88주

폴렉스펜(윌리엄 미들턴, 외종조) __6, 6주, 9, 19, 64, 70주, 72, 87

폴렉스펜(윌리엄, 외할아버지) __5, 5주, 6주, 7, 8, 10, 11, 12, 16, 17, 19, 28, 31, 39, 47, 48, 64, 65, 67, 87, 88, 88주, 90, 109, 139, 140, 188, 478, 509, 510

폴렉스펜(조지, 외삼촌) __13, 13주, 87, 88주, 89, 90, 91, 92, 94, 94주, 97, 242주, 332, 332주, 333, 334, 335, 336, 337, 338, 340, 344, 346, 347, 348, 366, 457, 515, 522

폴렉스펜(집안) __13, 19, 25, 29, 68, 88, 520

폴렉스펜(프레더릭, 외삼촌) __10, 10주, 13, 13주

폴리필리 __205주

퐁디셰리 __436

푸비 드 샤반(피에르, 프랑스의 화가) __450

프락시텔레스(그리스의 조각가) __200, 200주

프림로즈 힐 __183

《프림로즈연맹》 249주

플라(빅터) __219

플라톤 __310, 340, 340주, 487주

플렁킷(조지) 백작 __265, 303주

플로베르(귀스타브, 프랑스의 소설가) __183, 349, 349주, 370, 370주, 487, 487주

플로티누스 __303, 303주

플루타르크 __122

피어스(패트릭) __167주, 472, 472주, 523

피온[핀] __255, 255주, 290

피츠기번(제럴드) __126주, 308, 308주

《피츠윌리엄 박물관》 185주

피츠제럴드 경(에드워드, 아일랜드의 혁명가) __27, 27주, 472, 472주

피트(윌리엄) __426, 426주

필립스(스티븐, 영국의 극작가) __300, 300주

하디(토머스, 영국의 시인, 소설가) __397

하이드 캐슬 __284

하이드(더글러스) __125, 125주, 167, 167주, 261주, 265, 274주, 284, 284주, 285주, 286, 286주, 287, 287주, 299, 300, 300주, 329, 329주, 330, 520, 522

하인드먼(헨리, 영국의 사회주의자) __185, 185주, 195, 195주

하코트 스트리트 스쿨 → 에라스무스 스미스 고등학교

해리스(토머스, 미국의 신비주의자) __236주, 310

『해학집』(포지오 브라치올리니의 만담집) __205, 205주

햄릿 __62, 107, 121, 166, 179, 189, 189주

『햄릿』 __61, 76주, 107주, 189주, 290주

『향연』(단테) __250, 250주, 311

허버트(조지, 영국의 시인) __221, 221주, 322

헉슬리(토머스 헨리) __78, 101, 151, 151주, 165, 209, 222, 228, 249, 359, 359주, 511

헤들램(스튜어트, 영국의 성직자) __372

헤릭(로버트, 영국의 시인) __382, 382주

헤켈(에른스트, 독일의 생물학자) __78

헨리(윌리엄 어니스트) __163, 163주, 164주, 165주, 166, 167, 167주, 168, 168주, 169, 169주, 170, 171, 171주, 172, 174, 175, 178주, 179, 180, 188, 190, 226, 230, 287, 323, 381, 382, 383, 383주, 384, 385, 385주, 423, 512, 520

헹글러 서커스(런던의 원형극장) __157

호가스(윌리엄, 영국의 화가) __419, 419주

호라티우스(로마의 시인) __433

호메로스 __80, 116, 179, 180, 183, 201주, 251, 272, 290, 479주

호스(더블린 동쪽 소도시) __42, 42주, 73주, 79주

혼(허버트, 영국의 편집인) __220, 222, 223주, 392, 392주, 393, 409, 410

화이트(글리슨) __375

『황금가지』(터너의 유화) __104, 104주, 169

휘슬러(제임스, 영국 출신의 미국 화가) __106, 178, 274, 362주

휘트먼(월트) __302, 320

휴즈(존) __103, 103주, 111, 315주

지은이 **윌리엄 버틀러 예이츠** (William Butler Yeats)

20세기의 가장 위대한 영시 작가 중의 한 사람으로서, '최후의 낭만주의자'로 불리며 19세기의 낭만주의 시와 현대시의 가교역할을 한 시인이다. 1865년에 아일랜드 더블린에서 출생하여, 켈트족의 민담과 설화, 동양의 신비주의사상에 대해 깊은 관심을 가졌다. 특히 민족정신 고양을 위한 아일랜드 문예부흥운동에 힘썼으며, 1923년에는 아일랜드 작가 최초로 노벨문학상을 수상했다. 주요작품으로는 『어쉰의 방랑』(1889), 『쿨 호수의 야생백조』(1917), 『탑』(1928), 『나선계단』(1933) 등 많은 시집과 『시극전집』(1934), 켈트족의 민담 모음집인 『켈트의 여명』(1893), 자동기술법에 의해 자신의 독특한 사상체계를 담은 『비전』(1926, 1937) 등이 있다.

옮긴이 **이철**

서울대 영어영문학과와 같은 대학원을 졸업(문학박사)하고, 하버드대 비교문학과와 코넬대 영문과에서 해외파견연구를 했다. 현재 강릉원주대학교 영어영문학과 교수로 재직 중이다. 『비전』, 『열정적인 너무나 열정적인』, 『낭만주의 선언』, 『생일편지』, 『물방울에게 길을 묻다』 등의 역서와 『르네상스와 신고전주의 영시의 이해』, 『낭만주의와 현대 영시의 이해』, 『영시읽기의 기초』, 『영국문학의 이해』, 『영미시』 등의 저서가 있다.